PELA CIDADE

Guilherme de Almeida (1890-1969)

PELA CIDADE

SEGUIDO DE
Meu Roteiro Sentimental da Cidade de S. Paulo
Guilherme de Almeida

Edição preparada por
FREDERICO OZANAM PESSOA DE BARROS

Martins Fontes
São Paulo 2004

Copyright © 2004, Livraria Martins Fontes Editora Ltda.,
São Paulo, para a presente edição.

1ª edição
agosto de 2004

Atualização ortográfica
Ruy Cintra Paiva
Frederico Ozanam Pessoa de Barros
Acompanhamento editorial
Helena Guimarães Bittencourt
Revisões gráficas
Maria Luiza Favret
Sandra Garcia Cortes
Dinarte Zorzanelli da Silva
Produção gráfica
Geraldo Alves
Paginação
Moacir Katsumi Matsusaki

Dados Internacionais de Catalogação na Publicação (CIP)
(Câmara Brasileira do Livro, SP, Brasil)

Almeida, Guilherme de, 1890-1969.
  Pela cidade, seguido de, Meu roteiro sentimental da cidade de S. Paulo / Guilherme de Almeida ; edição preparada por Frederico Ozanam Pessoa de Barros. – São Paulo : Martins Fontes, 2004. – (Coleção contistas e cronistas do Brasil / coordenador Eduardo Brandão)

  Bibliografia.
  ISBN 85-336-2031-4

  1. Almeida, Guilherme de, 1890-1969 – Crítica e interpretação 2. Contos brasileiros – História e crítica 3. Crônicas brasileiras – História e crítica I. Barros, Frederico Ozanam Pessoa de. II. Brandão, Eduardo. III. Título. IV. Título: Meu roteiro sentimental da cidade de S. Paulo. V. Série.

04-5243   CDD-869.93

Índices para catálogo sistemático:
1. Contos : Literatura brasileira   869.93
2. Crônicas : Literatura brasileira   869.93

Todos os direitos desta edição para a língua portuguesa reservados à
Livraria Martins Fontes Editora Ltda.
Rua Conselheiro Ramalho, 330 01325-000 São Paulo SP Brasil
Tel. (11) 3241.3677 Fax (11) 3105.6867
e-mail: info@martinsfontes.com.br http://www.martinsfontes.com.br

COLEÇÃO
"CONTISTAS E CRONISTAS DO BRASIL"

Vol. III – Guilherme de Almeida

Esta coleção tem por objetivo resgatar obras de autores representativos da crônica e do conto brasileiros, além de propor ao leitor obras-mestras desse gênero. Preparados e apresentados por respeitados especialistas em nossa literatura, os volumes que a constituem tomam sempre como base as melhores edições de cada obra.

Coordenador da coleção, Eduardo Brandão é tradutor de literatura e ciências humanas.

Frederico Ozanam Pessoa de Barros, organizador desta edição, depois de se dedicar à tradução de clássicos da literatura mundial, voltou sua atenção para a vida e a obra de poetas românticos. Passou, depois, a dedicar-se à obra de Guilherme de Almeida, tendo cuidado das reedições de *Poesia vária* e do poema *Raça*, assim como do volume que lhe é dedicado na coleção Literatura Comentada, da Editora Abril.

Ultimamente vem pesquisando a obra de Guilherme de Almeida inédita em livro.

ÍNDICE

Introdução IX
Cronologia XIX
Nota sobre a presente edição XXVII

PELA CIDADE

CRÔNICAS DE URBANO (1927-1928) 3

MEU ROTEIRO SENTIMENTAL DA CIDADE
DE S. PAULO 533

INTRODUÇÃO

O QUE SE PODE FAZER COM UMA SIMPLES SEÇÃO DE QUEIXAS E RECLAMAÇÕES

Quando, no primeiro semestre de 1927, o Partido Democrático, criado no ano anterior por uma ala dissidente do Partido Republicano Paulista, resolveu que era preciso publicar um jornal para divulgar e defender o seu programa político, seus diretores tiveram de formar uma equipe de redatores na qual figurassem nomes representativos das letras ou do jornalismo nacional capazes de atrair para as suas páginas o maior número possível de leitores sem os quais o partido estaria pregando no deserto.

Jornal moderno, cujo âmbito de influência não pretendia restringir-se aos limites da cidade ou do Estado de São Paulo – por isso o título de *Diário Nacional* –, seus artigos, que versariam sobre tudo o que pudesse interessar aos leitores – política nacional, internacional, sobretudo, política estadual, modas, crônica policial, religião, ciência, artes, medicina, etc. –, nem por isso poderiam dispensar a clássica seção de queixas e reclamações, sem a qual o jornal ficaria incompleto.

Quando se soube que o responsável por essa seção seria ninguém menos do que Guilherme de Almeida – que na época já era um nome consagrado das letras nacionais, com uma legião de admiradores e, por isso mesmo, com outra legião, talvez maior, de inimigos –, chegou-se a pensar que dificilmente esse convite, por motivos óbvios, seria aceito pelo poeta.

Contudo, os que conheciam bem o convidado sabiam que razões outras que as ligadas apenas ao seu lugar na hierarquia do jornal seriam levadas em consideração para que ele aceitasse essa incumbência: primeiro, porque a nova função representava um interessante desafio à sua capacidade de adaptação a um novo gênero, e o poeta não costumava fugir aos desafios; depois, porque o ordenado oferecido melhoraria consideravelmente o orçamento familiar, na época, necessitado de um reforço urgente depois que seu pai, o dr. Estevam de Araújo Almeida, um dos advogados mais bem pagos de São Paulo, e quase o único e generoso provedor de toda a sua numerosa família, faleceu em abril de 1926.

O jovem *pater familias*, casado há pouco mais de três anos, no Rio, com Belkiss (Baby) Barrozo do Amaral, e com um filho, Guy, de apenas dois anos, e mudando de endereço ao sabor das circunstâncias – rua Júlio de Castilho, no Rio; rua Fausto Ferraz, provisoriamente, na casa dos pais, em São Paulo; rua São Benedito, no longínquo bairro de Santo Amaro, em São Paulo; alameda Ribeirão Preto, também em São Paulo –, não estava mesmo em condições de rejeitar o convite.

Providencialmente, pouco antes da morte do pai, Guilherme de Almeida tomara posse do cargo de secretário da Escola Normal do Brás, cujo ordenado lhe assegurava o mínimo para as despesas do mês. E Júlio Mesquita, pai, sabedor das dificuldades por que passava o moço e conhecedor da sua capacidade de trabalho, convidara-o para criar duas novas seções no seu jornal, *O Estado de S. Paulo*. Guilherme de Almeida agarrou com entusiasmo essas duas novas oportunidades, passando a redigir as crônicas diárias de *A Sociedade*, verdadeiros poemas em prosa – na mesma linha dos criados por Aloysius Bertrand ou por Charles Baudelaire, dois de seus ídolos e modelos na literatura francesa – e, logo depois, a seção, também diária, de crítica de cinema, os *Cinematógrafos*, ambas presentes no jornal até 1942, quando se encerrou a primeira fase da colaboração do poeta no jornal dos Mesquitas.

Nessa mesma época – que ninguém o acusasse de negligente ou de preguiçoso – o poeta tentou dar início a carreiras mais estáveis, como a de professor de Literatura no Ginásio do Estado. À vaga criada por concurso público ele concorreu apresentando, além da tese sorteada – *Do sentimento nacionalista na poesia brasileira* –, "tratada despretensiosamente como simples preleção, em puro caráter didático", outra tese – *Ritmo, elemento de expressão* – por ele "escolhida entre os dez pontos formulados pela Congregação, e tratada em puro caráter literário"[1].

---

1. As teses, datadas de 15 e 28 de julho de 1926, foram publicadas pela tipografia da Casa Garraux, de São Paulo, em 1928.

Mas as duas teses, assim tratadas, não foram bem recebidas pela Congregação. Na primeira, o candidato não foi além dos simbolistas, dos decadentes e dos regionalistas, e se negou a opinar sobre os modernos, "não só por ser cedo para julgar dos seus esforços, como também e principalmente porque a ele pertence e por ele tem combatido, com o duplo sacrifício do seu nome e dos seus interesses". Na segunda, o candidato à vaga confessa ter evitado entrar em "mesquinhas discussões de técnica ou de escolas literárias, elucidando-a, na parte demonstrativa, com exemplos colhidos unicamente na própria obra", um luxo a que só ele, com vinte livros de poesia publicados, podia dar-se, mas que não foi bem compreendido. Resultado: a exclusão do seu nome ao cargo pretendido, para o qual foi escolhido o professor Alexandre Correia. Num caderno em que anotava suas efemérides, em 1926, data do concurso, o poeta desabafa: "Não obtive a cadeira por clamorosa injustiça."

Guilherme teve de se contentar em criar, dia após dia, crônicas que, pelo próprio caráter efêmero dos jornais em que eram impressas, terminavam, como eles, amontoadas a um canto da casa para servir a eventuais necessidades. Mas os que o conheciam bem, mesmo ignorando o seu lema ou mote – "Não subir alto demais, mas sozinho" – inspirado em Edmond Rostand, sabiam que, custasse o que custasse, um texto assinado por Guilherme de Almeida, mesmo com pseudônimo, sempre primaria pela qualidade e pela originalidade.

Nessa época, a rotina diária do cronista, além de dar prosseguimento à publicação de seus poemas em livro, era a seguinte: de bonde desde o bairro de

Santo Amaro até o centro da cidade; daí, descer até o bairro do Brás, de bonde ou auto-ônibus, até a Escola Normal Padre Anchieta, depois de enfrentar o teste de paciência a que as porteiras da "Inglesa" submetiam todas as pessoas que pretendiam cruzar a cidade. À tarde, fazer esse percurso no sentido contrário, até a redação dos jornais, para entregar sua tarefa diária. E – depois que começou a escrever os *Cinematógrafos* – ir a um dos cinemas do centro assistir a um filme para dele dar contas a seus leitores no *Estado*.

Resolvida, pois, a escolha do pseudônimo sob o qual se apresentaria – Urbano –, que se juntaria a tantos outros, usados principalmente na produção avulsa de crônicas e poemas no início de sua carreira – Guy, Guidal, Guy d'Herval ou simplesmente G. –, estava criado o suspense para ver como se sairia o poeta que pela primeira vez se responsabilizaria por uma seção que não lhe dava chance para altos vôos nas asas da inspiração.

Mas os amigos mais antigos, de seu tempo de estudante, não estavam minimamente preocupados com isso. Eles ainda tinham vivas na lembrança suas ousadas incursões em domínios estranhos à poesia, como por exemplo o conto policial, sempre secretariado pelo amigo Ignácio Ferreira da Costa, o Ferrignac, que assinava as caricaturas em que foram fixados para a posteridade o estranho e instigante perfil do colega poeta em seus tempos de almofadinha. Juntos, eles escreveram um conto, "A dona de Pontevel", no estilo de Eça de Queiroz, publicado em três números do *Pirralho*, que, como outras revistas da época, principalmente *A Cigarra* e *A Vida Moderna*, acolhiam em suas páginas as primícias de sua produção poética.

Ainda no *Pirralho*, com o mesmo Ferrignac, Guilherme de Almeida publicou, quando ainda estudante de Direito, uma série de contos policiais a que deu o título geral de *As desventuras extraordinárias de um policial amador*, com vários e emocionantes episódios: "Bull-Dog e sua teoria", "O terror da Vila Mariana", "A mão negra", "O rapto do presidente", "O nariz de Bull-Dog" e "Bull-Dog contra Fox", que, se não tomavam o lugar de Conan Doyle na preferência dos apreciadores do gênero, divertiam sem dúvida os seus autores.

Todos esses precedentes, e outros mais, que seria cansativo enumerar, prognosticavam para o poeta uma bem-sucedida carreira no atendimento aos assinantes "queixosos" do *Diário Nacional*, e *Pela Cidade* logo se transformou naquela seção do jornal que o leitor curioso procura antes de se inteirar de qualquer outro assunto, por mais momentoso que fosse.

Definitivamente, as crônicas de Urbano são os flagrantes mais realistas, mais fiéis, engraçados e, às vezes, mais dramáticos de São Paulo no final da década de 20, quando a cidade começava a construir seus primeiros arranha-céus e dava os primeiros passos para se transformar na metrópole que é hoje.

Tendo como atores principais os bondes da Light e a variedade quase infinita de seus usuários, e como atores secundários os raros táxis, os ônibus e os "grilos", identificados por seu porte hierático, seus uniformes impecáveis e pela estridência insistente de seus apitos, as crônicas de *Pela Cidade* foram mais um desafio que o poeta soube vencer, transformando uma simples seção de queixas e reclamações num texto que ainda hoje pode ser lido com surpresa e agrado.

E logo a partir do número inaugural do *Diário Nacional*, de 14 de julho de 1927, a sua coluna – "caixa de socorro", "botão de alarme", na definição do poeta – tornou-se não apenas a mais apreciada do jornal, mas também a válvula de escape pela qual seu autor, Urbano/Guilherme de Almeida, ao mesmo tempo que cumpria a finalidade para que fora criada, podia dar vazão ao seu humor, ou *humour*, como ele preferia grafar.

E era com esse *humour* que ele ia em frente, consciente da deserção de seus amigos de ontem, incapazes de apreciar suas vitórias. Acontecia com ele o que o crítico Agenor Barbosa observara anos antes, em 1920, ao comentar o lançamento de um de seus mais primorosos poemas, o *Livro de horas de Sóror Dolorosa*:

> Guilherme de Almeida chegou àquele ponto a que os imbecis chamam de "nefelibatismo" e os incapazes de "poesia insubsistente" e que no entanto melhor foi batizada, com admirável propriedade e inteligência, de "arte para poucos". Uns chamavam-no de incompreensível, outros de pretensioso e complicado; preferimos os primeiros, isto é, aqueles que confessam que não o entendem.[2]

Ainda hoje há quem ache que Guilherme de Almeida não tinha tantos inimigos, que seriam simplesmente invenção de uma sensibilidade neurótica. Sobre esse particular, leia-se este desabafo insuspeito

---

2. Agenor Barbosa, na revista *A Cigarra*, Ano VII, nº 147.

de Mário de Andrade no mesmo *Diário Nacional*, de 9 de março de 1930, quando o poeta foi eleito para a Academia Brasileira de Letras:

> Foi bem geral, nos meios literários malditos, o espanto causado pela eleição de Guilherme de Almeida para substituir Amadeu Amaral, na Academia Brasileira de Letras. Acho esse espanto pueril porque afinal das contas a Academia Brasileira, sendo de Letras, como lhe determina o nome, e provam alguma tradição bonita e muitos atos, está claro que de vez em longe há-de chamar para si literatos também. É o que têm feito estes últimos tempos elegendo a figura nobre e grandemente culta de Afonso de Taunay e agora Guilherme de Almeida.
> ....
> Em literatura, como em todas as outras formas sociáveis da atividade humana, a divisão mais primária que a gente poderá estabelecer é a de poderosos e malditos. Poderosos são os que têm já oficializada a sua catalogação social. Os malditos, bem mais difíceis de definir, meu Deus!, somos "nós".
>
> Pois os malditos não podem resistir aos gestos elevados de Literatura que a Academia Brasileira está fazendo agora: pesquisa duma ortografia, publicação da *Música do parnaso*, eleições de Afonso de Taunay e Guilherme de Almeida.
>
> Esta última então me encheu de verdadeira alegria. Por tudo quanto encerra, de dignificação e de prêmio, a eleição a uma Academia, Guilherme de Almeida merece o lugar que agora ocupa. No momento presente, não vejo, na literatura brasileira, uma organização mais integral de poeta que a dele: lirismo, grande faculdade imaginativa, artista incomparável. Personalidade fixa, nenhuma vagueza psicológica, cultura adequada e aquele pingo ácido de liberdade em rela-

ção aos homens e às coisas, que é parte pela qual os poetas verdadeiros são incomensuráveis por metro humano. Louros ele já colhera por si. Faltava é que pelas escurezas malditas um holofote batesse nele. Agora bateu. E Guilherme de Almeida está vivendo em toda a sua grandeza merecida.[3]

E, sem dúvida, foi esse "pingo ácido de liberdade em relação aos homens e às coisas" que salvou a obra de Guilherme de Almeida da mediocridade. Para esses "malditos" o poeta chegou a rascunhar um texto – *A súcia* – que não chegou a publicar, obedecendo ao sábio conselho que seu pai lhe deu na ocasião: "Não dê o pontapé que glorifica."

FREDERICO OZANAM PESSOA DE BARROS

---

3. Mário de Andrade, *Táxi e crônicas no Diário Nacional*, organização e notas de Telê Porto Ancona Lopez, Livraria Duas Cidades, Secretaria da Cultura, Ciência e Tecnologia do Estado de São Paulo, São Paulo, 1976.

CRONOLOGIA

1890. 24 de julho, Guilherme de Andrade Almeida nasce em Campinas (SP), filho do Dr. Estêvão de Araújo Almeida e de D. Angelina de Andrade Almeida. Passa os primeiros anos da infância nas cidades de Limeira, Araras e Rio Claro, todas no interior paulista.

1902. Preparado primeiro pelo pai e, depois, por Tia Aninha, D. Ana de Almeida Barbosa Campos, irmã do Dr. Estêvão, torna-se aluno do Ginásio de Campinas, hoje Colégio Culto à Ciência.

1903. Muda-se para São Paulo e ingressa no Ginásio São Bento.

1904. Em abril, adoece gravemente. Com o irmão Marco Aurélio, transfere-se para Pouso Alegre (MG), continuando os estudos no Colégio Diocesano de São José.

1906. De volta a São Paulo, cursa o 5º ano no Ginásio Nossa Senhora do Carmo.

1907. Recebe o diploma de bacharel em Ciências e Letras pelo mesmo ginásio.

1908. Ingressa na Faculdade de Direito do Largo de São Francisco, onde seu pai é professor.

1909. Pela primeira vez, num periódico da faculdade, "O Onze de Agosto", publica um trabalho seu, *O eucalyptus* (poesia).

1912. Recebe o diploma de bacharel em Ciências Jurídicas e Sociais. Inicia sua colaboração nas revistas *A Cigarra*, *O Pirralho* e *A Vida Moderna*, com crônicas, contos e poesias.

1913. Para pôr fim a um estilo de vida demasiado alegre, o pai o condena a um "exílio" em Apiaí, pequena cidade do interior de São Paulo.

1914. É nomeado promotor interino em Moji-Mirim (SP). Em agosto, volta para a capital.

1916. Publica *Théâtre Brésilien*, com as peças em francês "Mon Coeur Balance" e "Leur Ame" (teatro), escritas em colaboração com Oswald de Andrade. Começa a trabalhar no jornal *O Estado de S. Paulo*, onde redige o "Carnet".

1917. Com José Wasth Rodrigues, vence o concurso para o brasão da cidade de São Paulo. Publica seu primeiro livro de poesias: *Nós*.

1919. Publica *A dança das horas* e *Messidor* (poesia).

1920. Publica o *Livro de horas de Sóror Dolorosa* (poesia).

1921. Escreve *Natalika* (prosa), *Narciso* e *Sheherazada* (poesia).

1922. Participa da Semana de Arte Moderna. Publica *Era uma vez...* (poesia). Início do namoro por correspondência com Belkiss Barrozo do Amaral (Baby), da sociedade carioca. Escreve *O festim* (poesia).

1923. Viaja freqüentemente para o Rio e Petrópolis, ficando noivo a 16 de abril. É nomeado secretário da Escola Normal Padre Anchieta, no Bairro do Brás, em São Paulo (2 de agosto). Escreve *Carta à minha noiva* (poesia). Casa-se no Rio a 3 de setembro.

1924. Nasce seu filho Guy (29 de agosto). Publica *A frauta que eu perdi* (poesia) e *Natalika*.

1925. Publica *Narciso*, *Encantamento*, *Meu* e *Raça* (poesia). Toma posse de seu cargo na Escola Normal do Brás. Viaja a Porto Alegre, Recife e Fortaleza, divulgando o Modernismo com a conferência Revelação do Brasil pela Poesia Moderna.

1926. A doença e a morte do pai (16 de abril) forçam seu regresso a São Paulo. Passa a morar em Santo Amaro, bairro afastado da capital. Publica *Do sentimento nacionalista na poesia brasileira* e *Ritmo, elemento de expressão*, teses com as quais concorreu ao concurso para lente de Literatura no Ginásio do Estado. A convite de Júlio Mesquita (pai), volta a fazer parte da redação do *Estado*. Sob o pseudônimo de G., inicia uma longa série de crônicas sobre cinema: *Cinematógrafos*. Muda-se para a alameda Ribeirão Preto, no Morro dos Ingleses, zona central de São Paulo.

1927. Além do trabalho no *Estado*, passa a assinar uma seção no *Diário Nacional*, "Pela Cidade", com o pseudônimo de Urbano.

1928. Sob o pseudônimo de Guy, dá início a "Sociedade", crônicas publicadas diariamente no *Estado*. É convidado a preencher a vaga do pai na Academia Paulista de Letras.

1929. Publica *Gente de cinema, I série* (prosa), e *Simplicidade* (poesia). Inscreve-se para a vaga de Amadeu Amaral na Academia Brasileira de Letras.

1930. É eleito para a Academia Brasileira de Letras (6 de março), onde é recebido a 21 de junho.

1931. Publica *Você, Carta à minha noiva* e *Poemas escolhidos* (poesia).

1932. Publica *Cartas que eu não mandei* (poesia), *Eu e você* (poesia), tradução do *Toi et moi*, de Paul Géraldy, e a tradução do *Gitanjali*, de Rabindranath Tagore. Participa da Revolução Constitucionalista, inicialmente como soldado e depois como diretor do *Jornal das Trincheiras*. Com a derrota de São Paulo (28 de setembro), é preso e detido no Rio até a partida para o exílio, em Portugal. Em Lisboa, é recebido solenemente na Academia de Ciências.

1933. Durante os meses de abril e maio, viaja pela Galiza e pela França. De volta a São Paulo, em julho, instala-se à rua Pamplona. Publica *O meu Portugal* (prosa). Começa a trabalhar na Rádio Cruzeiro do Sul, com dois programas semanais: Momentos de Poesia e "Preview" da Semana, este último de crítica cinematográfica.

1935. Publica *A casa* (prosa).

1936. Publica *Os poetas de França* (poesia), edição bilíngüe, e *Suíte brasileira*, tradução da terceira parte do livro de Luc Durtain, *Quatre continents*.

1937. É eleito presidente da Associação Paulista de Imprensa. Viaja para o Uruguai, como chefe da Missão Cultural do Serviço de Cooperação Intelectual do Ministério do Exterior, para inaugurar a herma de Olavo Bilac em Montevidéu.

1938. Publica *Acaso* (poesia).

1939. Publica a tradução de *O jardineiro*, de Tagore.

1940. Lê, no Teatro Boa Vista, a peça "O estudante poeta" (que continua inédita), escrita em colaboração com Jayme Barcelos (27 de janeiro).

1941. É nomeado oficial de gabinete do interventor Fernando Costa. Publica *Cartas do meu amor* (poesia) e *O sonho de Marina*, história infantil. Com *João Pestana*, de Hans Christian Andersen, dá início a uma série de traduções de clássicos da literatura infantil.

1942. Publica *João Felpudo*, de Wilhelm Busch (tradução).

1943. Deixa a redação do *Estado* (28 de janeiro). Toma posse no cargo de diretor dos jornais *Folha da Manhã* e *Folha da Noite*, onde escreve *Sombra amiga* (crônicas). Publica *O amor de Bilitis*, de Pierre Louys (tradução). É nomeado secretário do Conselho Estadual de Bibliotecas e Museus. Publica *Pinocchio*, versão livre do clássico de Collodi, e as traduções: *O camundongo e outras histórias*, *Corococó e caracacá* e *O fantasma lambão*, de Wilhelm Busch.

1944. Compõe a *Canção do expedicionário* (entre 7 e 8 de março), para a Força Expedicionária Brasileira. Publica *Flores das "flores do mal"*, de Charles Baudelaire (poesia), e *Paralelamente a Paul Verlaine* (poesia), traduções. Publica ainda: *Tempo*, seleção de poemas, e *Gonçalves Dias e o romantismo* (prosa).

1945. Retira-se da direção das "Folhas" (8 de março). Trabalha pela fundação do *Jornal de São Paulo*, cujo primeiro número aparece a 10 de abril. O jornal é fechado pela ditadura de Vargas (4 de maio) e só volta a aparecer em junho. Nesse período, escreve *Folhinha* (crônicas).

1946. Publica *A mosca*, de Wilhelm Busch, e *Uma oração de criança*, de Rachel Fields (traduções). Estréia do bailado *Iara*, no Teatro Municipal, com argumento de sua autoria, cenários de Portinari e música de Francisco Mignone. Inicia sua colaboração no *Diário de São Paulo*, com as crônicas intituladas "Ontem, hoje e amanhã". Muda-se para a casa da rua Macapá, no bairro do Pacaembu, onde residirá até a morte.

1947. Publica *Poesia vária* (poesia).

1948. Lançamento de *Entre quatro paredes* (tradução do *Huis clos*, de Jean-Paul Sartre) no Teatro Brasileiro de Comédia, do qual foi um dos diretores. Publica *História, talvez...* (prosa) e *Palavras de Buda* (tradução). É nomeado chefe de gabinete do prefeito Lineu Prestes.

1951. Publica *O anjo de sal* (poesia) e *A cartola*, de Wilhelm Busch (tradução).

1952. Lançamento de sua transcrição da *Antígone* de Sófocles no Teatro Brasileiro de Comédia.

1953. Lançamento de *Toda a poesia*, em seis volumes, e de *Baile de formatura* (prosa).

1954. Aposenta-se do cargo de secretário da Escola Normal do Brás (12 de fevereiro). Preside à Comissão do IV Centenário da Cidade de São Paulo. Publica *Acalanto de Bartira* (poesia) e *Na festa de São Lourenço*, tradução em versos, nas partes tupi e castelhana, do auto de José de Anchieta.

1956. Publica *Camoniana* (poesia).

1957. Deixa a redação do *Diário de S. Paulo* e volta a escrever no *Estado*. "Eco ao longo de meus passos" é o título da última série de suas crônicas. Publica *O pequeno romanceiro* (poesia).

1958. Inicia sua colaboração na revista *Manchete*, com a "Crônica de São Paulo" (15 de maio).

1959. É eleito Príncipe dos Poetas Brasileiros, o quarto do título (16 de setembro).

1960. Convidado pelo presidente Juscelino Kubitschek para ser o orador oficial da inauguração de Brasília, compõe a *Prece natalícia a Brasília*, que lê na inauguração da nova capital (21 de abril). Eleito presidente de honra das comemorações do V Centenário da Morte de D. Henrique, em Portugal.

1961. Publica *Rua* (poesia) e a tradução do *Journal d'un amant*, de Simon Tygel.

1962. Publica *Cosmópolis* (prosa).

1965. Publica *Rosamor* (poesia) e as traduções de *Festival*, de Simon Tygel, de *Arcanum*, de Niles Bond, e de *História de una escalera*, peça teatral de Antônio Buero Vallejo. Na Academia Brasileira de Letras, pronuncia a oração comemorativa do centenário de Olavo Bilac.

1967. Compõe o *Cântico jubilar para o advento da Rosa de Ouro*, comemorativo da outorga dessa insígnia à Basílica Nacional de Aparecida pelo papa Paulo VI. Publica *Meus versos mais queridos*, seleção de poemas, e *Os frutos do tempo*, de Simon Tygel (tradução).

1968. Publica *Os sonetos de Guilherme de Almeida*. Começa a compor os poemas de seu último livro, *Instantes*, que continua inédito.

1969. Morre a 11 de julho, poucos dias antes de completar 79 anos de idade.

NOTA SOBRE A PRESENTE EDIÇÃO

As "Crônicas de Urbano", de Guilherme de Almeida, para o *Diário Nacional*, terminam em 8 de novembro de 1928. Após essa data, suas crônicas – que o jornal esporadicamente publicou – vinham assinadas por Sub-Urbano, Inter-Urbano e por outros pseudônimos.

A pesquisa para o estabelecimento do texto foi feita nas coleções de jornais do Instituto de Estudos Brasileiros da Universidade de São Paulo, no Arquivo do Estado de São Paulo e, principalmente, na coleção de jornais da Faculdade de Direito do Largo de São Francisco, também em São Paulo.

A ortografia foi atualizada, respeitando-se, porém, o uso das maiúsculas. Alterou-se a pontuação unicamente nos casos – raros – em que a incorreção do original era manifesta. Alguns trechos não estavam claros e, portanto, a sua transcrição pode não ser exata. Essas passagens e aquelas totalmente ilegíveis estão indicadas por colchetes. As palavras estrangeiras em itálico nesta edição estavam, no original, entres aspas.

PELA CIDADE

CRÔNICAS DE URBANO
(1927-1928)

Quinta-feira, 14 de julho de 1927

A cousa complicada que é uma cidade qualquer! A cousa complicadíssima que é uma grande cidade moderna!

Dá nisso o progresso: querendo facilitar a vida por meio de fios, gasolinas, ondas hertzianas, dificulta-a ainda mais. Quanto menos intrincada é uma máquina, mais facilmente funciona. Exemplos: comumente se vê um relógio parar e depois continuar a andar quando se lhe extraem duas ou três rodinhas implicantes e excessivas; raramente se vê um guarda-chuva emperrar enquanto se lhe não acrescentam aperfeiçoamentos prejudiciais (calha para captação de águas pluviais, pára-raios, válvulas de segurança, etc.).

Ora, uma cidade é uma perfeita máquina com engrenagens, êmbolos, pistões, paralelogramos de Watt, apitos e tudo. Por isso, com a maior facilidade se desconserta, deixando a gente envergonhadíssimo, a procurar uma caixa de socorro, um telefone serviçal, um botão de alarme. O *Diário Nacional* quer que a gente que vive no bojo desta enorme engenhoca que é S. Paulo, tenha, nele também, pregados a uma de suas colunas, uma dessas caixas de socorro, um desses telefones serviçais, um desses botões de alarme. E aqui está às ordens dos desgostosos, dos leitores queixosos, esta seção. O sinal será sempre dado. O que absolutamente não podemos garantir é se será atendido pelos mecânicos das oficinas de consertos, ou se estes consertos serão sempre eficientes ou gratuitos...

URBANO

Sexta-feira, 15 de julho de 1927

A coluna mercurial desce. Temperatura mínima do dia: 11... 9... 7... 5... Peles, lãs de Rodier, *sweaters*, *pull-overs*, luvas grossas. Nem um único chapéu de palha em toda a cidade. Nas ruas, os narizes fumegam; nos *bars*, os *grogs* fumegam; nos telhados nenhuma chaminé fumega. Oh! as chaminés denunciadoras do *coin-de-feu* bem íntimo, com poltronas lascivas de couros bons, *tea-wagons* envernizados e silenciosos, *magazines* coloridos e interessantes! Nada disso: S. Paulo tem frio, mas S. Paulo não se aquece. Segue o exemplo do seu padroeiro: entrega-se cristãmente ao martírio.

O paulista, vaidoso, olhando as ruas cinzentas de asfaltos, cimentos e ardósias, os plátanos podados pelas tesouras onipotentes da Prefeitura, a gente apressada, calafetada, toda de escuro; esse bom paulista, ingênuo e viajado, esfrega as mãos trabalhadoras vestidas de luvas mornas e diz cadencialmente, gostosamente, escancarando muito as vogais:

– Sim senhores! Como S. Paulo está adiantado. Até parece a Europa...

Parece. Parece, porque não é. E não é, porque esse mesmo paulista, ingênuo e viajado, não tem a noção requintada do conforto. Ele é o pobre homem que, no seu automóvel aberto, no seu *living-room* gelado, no seu *club* glacial, nos seus teatros frigidíssimos, é obrigado a se conservar embrulhado nas suas cheviotes, no seu *cache-col*, nos seus guantes, nas suas polainas, engolindo aspirinas perigosas ou Cognacs suspeitos. Entretanto, mais barato que duas pequenas visitas de um médico e uma grande conta na farmácia, custa um bom calorzinho familiar... E, para esse calorzinho, já não digo que se instale uma *chauffage centrale*, nem mesmo uma lareira de lenha ou carvão, nem mesmo uma *salamandre* provinciana, nem mesmo um *poêle* boêmio de *atelier*: – basta um radiadorzinho elétrico. Não é cousa assim tão cara, que diabo! E mesmo que o fosse: é às vezes, como agora, por exemplo, quando a coluna mercurial desce, o café sobe...

Urbano

Sábado, 16 de julho de 1927

Em boa hora, de feliz inspiração, a Prefeitura resolveu dar execução à lei que autoriza a criação de um jardim zoológico paulista.

Era uma necessidade. Em matéria de bichos, até agora tem-nos contentado mais ou menos – somos tão fáceis, tão dóceis! – o jogo do bicho. Evidentemente isto não basta. Uma grande metrópole civilizada exige cousas mais adiantadas, menos perigosas. Isso, todo o mundo reconhece. Por isso, todo o mundo aplaudiu a resolução prefeitural. E não foram só para esta resolução as palmas unânimes de S. Paulo: elas se endereçaram também à comissão que estudou e escolheu o local do nosso "zôo" – o Jaraguá. Um trecho adorável de verdadeira terra brasileira, a poucos minutos da cidade. Matas selvagens, acidentes pitorescos de terreno, montículos, grutas, águas frias e boas em córregos, cascatas e lagos; um grande ar fresco e livre... Verdadeira Terra da Promissão para os inocentes moradores dos sertões brasileiros, que, mansos e tão pouco exigentes como o nosso povo, aí terão um perfeito *habitat*.

Reconhecemos que, de fato, o sítio que o bom gosto e o bom senso indicariam para o futuro, interessante logradouro público, só poderia ser esse. E às palmas incondicionais de todo o mundo, juntamos também as nossas, não incondicionais. Porque... Porque uma nuvenzinha preta, teimosa e pessimista aparece-nos lá longe, pairando num horizonte próximo. Preocupa-nos extraordinariamente o destino que terá esse jardim. Não somos uma cidade de "turismo"; não gostamos muito de passeatas dominicais pelos campos; temos pouca, insignificante curiosidade, principalmente pelo que é nosso. Vá, quem quiser observar, ao Ipiranga, tão bonito, com seu monumento tão grandioso, seu jardim tão Le Nôtre[1], seu museu tão ar-

---

1. André Le Nôtre (1613-1700), desenhista francês de parques e jardins; são dele os planos dos parques de Versailles, de Dijon e de Chantilly, na França.

quitetônico; vá quem quiser e quando quiser àquela histórica e aprazível colina, ligada à cidade por bondes freqüentes e ruas boas, e aí não verá ninguém. Ninguém. Ora, de S. Paulo a Taipas[2], por melhor que seja a indispensável estrada de concreto que necessitaria e imprescindivelmente se construirá, e por mais aperfeiçoados que se tornem os veículos, a distância será sempre a mesma. E uma dúvida venenosa, e um medo terrível nos assalta: – esse jardim, que deve ser zoológico, é bem capaz de se tornar o viveiro de uma espécie única de animais. É capaz de ficar, como muitas outras cousas nossas, às moscas.

URBANO

Domingo, 17 de julho de 1927

Sei de um jornalista japonês que, chegando do Brasil à sua linda terra das cerejeiras cor-de-rosa, narrou aos seus pequenos patrícios maravilhosas cousas exóticas deste tão longínquo, semibárbaro país. Contou que, uma vez por ano, há por aqui uma festividade religiosa durante a qual, por uma virtude misteriosa da divindade homenageada, o povo perde a cabeça e a compostura e fica com o direito de cometer as maiores arbitrariedades e os mais violentos absurdos. Essa festividade, ao que se infere da sua detalhada descrição, é o Carnaval.

---

2. Na época, uma simples estação da Estrada de Ferro Santos–Jundiaí, junto ao pico do Jaraguá.

O nipon não errou muito. Temos, no nosso fundo fetichista, uma fascinação supersticiosa, quase religiosa por Momo. E não é só nos três dias a ele consagrados, mas em qualquer oportunidade, sob qualquer pretexto – um luto nacional ou um incêndio no centro – que lhe rendemos o tresloucado culto.

Ainda há pouco, no Rio, quando foi da chegada do "Jaú"[3], o povo, com estandartes, cordões e maxixes, improvisou um bom Carnaval. Em S. Paulo, essas manifestações são menos freqüentes mas nem por isso muito raras.

Há umas duas semanas ainda tivemos uma. No largo São Bento, quando os anjos de bronze do frontispício romano-bizantino acabavam de bater as quatro marteladas da tarde, ouviu-se, vindo da rua Florêncio de Abreu, um toque clássico de clarim: a marcha da *Aída*. Imediatamente, três bigas romanas fizeram entrada no Triângulo. Na primeira, ia Nero, coroado de heras e rosas, tangendo a lira que ritmou o incêndio de Roma; na segunda, um centurião de crista; na terceira, três soldados. Era a reclame carnavalesca de um bom filme que se levava num dos primeiros cinemas paulistanos. Os olhares curiosos desprezaram o centurião e os soldados, para se fixarem exclusivamente no Imperador. Era um senhor gordo e alegre, pobremente metido numa túnica de galões prateados. A sensação do ridículo ganhou a multidão: a multidão corou, sofreu, envergonhada, calada, aquele espetáculo doloroso, como

---

3. Nome do hidroavião em que João Ribeiro de Barros realizou a primeira viagem aérea Gênova–Santos (1926-1927).

se fosse ela inteira, ela mesma que estivesse ali, com aquela coroa e aquela lira, naquela biga de papelão. Ninguém riu: o ridículo nunca faz rir. E o ridículo do caso estava na semelhança extraordinária do *camelot* com o Imperador Romano. Se não fosse essa semelhança, se em vez daquele perfil cesariano, escanhoado, sangüíneo e gordo, houvesse naquela cara uma magreza, uma palidez, um bigode, um *cavaignac* e um monóculo, estaria salva a situação. Mas aquela espantosa parecença...

Infelizmente, contra essas pobres tristezas não existe censura policial; nem sequer o piedoso apito de um "grilo".

Urbano

Terça-feira, 19 de julho de 1927

O polígono irregular que, na geometria paulistana, toma o nome de Triângulo, está perdendo o seu antigo, secular prestígio. Já aí não estão mais os guerreiros valentes de Caiubi e Tibiriçá para defenderem os velhos desfiladeiros da histórica cidadela dos catecúmenos... Ela terá que cair, enquanto sobem os seus arredores.

E é um bom sintoma esse. Vamos, pouco a pouco, perdendo a mania da centralização, reconhecendo, pela experiência e pela necessidade, que a pequena colina de há quatro séculos já não comporta as grandiosas cousas deste século. Dir-se-ia que a força centrífuga, da imperturbável mecânica celeste, que presidiu ao doloroso nascimento dos mundos desprendidos como faíscas de uma nebulosa primitiva, também preside ao glorioso crescimento das cidades. Em torno do Triângulo Central, como de um eixo, rodava, vertiginosa, a nossa vida. Agora, desse núcleo dinâmico, começam a escapar os germes colossais de núcleos novos.

É o que se constata quando, num dia claro de preguiças brasileiras, de uma altura vizinha se contempla o panorama de S. Paulo. Dos trinta e tantos arranha-céus que começam a eriçar o perfil moço da cidade, nem um único está espetado no Triângulo. Pelas vias mais próximas do famoso polígono começou essa arquitetônica vertigem de altura: Líbero Badoró, Benjamim Constant, Sé, Boa Vista... Agora, já transpôs o Vale dos Suicidas (mais conhecido pelo nome bárbaro de Anhangabaú): e vai indo pelas ruas Barão de Itapetininga e Santa Efigênia além.

Além... Até onde? Bem bom não saber. Bem prudente não profetizar.

URBANO

Quarta-feira, 20 de julho de 1927

O coronel J. F. M., hóspede habitual do Hotel do Oeste, escreve-me uma longa e curiosa carta, na qual narra pormenorizadamente uma das suas chegadas a S. Paulo.

Apesar do coronel usar das palavras "rodovia" e "cinesíforo", o que depreendi de sua epístola é que ela formulava uma queixa esquentada contra um humilde táxi da nossa praça. Esse táxi recebeu em seu bojo, na tarde de anteontem, em frente à Estação da

Luz, um *cavour*⁴ e um guarda-chuva. Isto, só, não teria importância. Mas é que, dentro desse *cavour* e pendurado nesse guarda-chuva, estava o coronel J. F. M. Isto também não teria muita importância. Mas é que, para ir da Estação ao Largo de S. Bento, o semovente desceu a Avenida Tiradentes, enveredou pelo Bom Retiro, apareceu na Barra Funda, subiu ao Alto das Perdizes, desceu ao Pacaembu, fez um pequeno "corso" (só duas voltas) pela Avenida Paulista, acompanhou um enterro na rua Consolação e, de repente, de uma maneira inexplicável, desembocou no Triângulo. Quando parou, o *chauffeur* pronunciou as palavras: "37$200". O bom fazendeiro de Sertãozinho não discutiu. E, como da discussão nasce a luz, o *chauffeur* riscou um fósforo e o coronel leu claramente, com seus próprios olhos, no taxímetro: "37$800".

O coronel termina declarando que absolutamente não pode mais acreditar naquela geometria do Caraça, segundo a qual o caminho mais curto entre dois pontos é a linha reta. Porque – diz ele – há dois meses, chegando a S. Paulo, tomou, na Luz, um táxi que o trouxe em linha reta, pela rua Florêncio de Abreu ao Largo de São Bento, exatamente por aquela mesma quantia, tostão por tostão: 37$800.

*"Qui potest capere, capiat."*⁵

URBANO

---

4. Capote ou capa sem mangas, do nome do político italiano Camillo Benso Cavour (1810-1861), um dos promotores da unidade italiana.

5. "Quem tiver capacidade para compreender, compreenda" (Mateus, 19,12).

Terça-feira, 21 de julho de 1927

Wilde, o Caluniado, teve, sobre o chá, como sobre muitas outras coisinhas, uma frase bonita e fina, numa de suas doidices fim-de-século:
– "Uma xícara de chá?
– Sim. Os prazeres simples são os últimos refúgios dos seres complexos".

Uma pessoa incrível (quando um homem diz "uma pessoa", evidentemente quer se referir a uma mulher misteriosa), flor *rose-beige* de Vionnet, disse-me, um dia, com uma perfeita seriedade de *kasha* neutro e uma absoluta segurança de desenho do *Vogue*, que "o grau de adiantamento de uma cidade mede-se hoje pelo número de casas de chá que consegue manter".

Ora, há uns dez anos, aplicando este elegante critério a este elegante S. Paulo, a nossa boa cidade seria equiparada imediatamente à capital do Afganistão. Não havia então, por todo S. Paulo, uma única casa de chá, nem mesmo nas proximidades do Viaduto do mesmo nome. O paulistano limitava-se e contentava-se em chupar, de hora em hora, com um admirável orgulho e uma sublime abnegação, o seu cafezinho forte e preto. Um dia, uma terrível epidemia começou a grassar pelo Triângulo: a epidemia do branco. "Ripolin", "Chi-Namel", todas as espécies de esmalte branco – o medonho micróbio! – entraram a produzir as suas pavorosas devastações. Tudo se esmaltava. Uma das principais vítimas – lembro-me muito bem – foi um café muito concorrido da rua 15 de Novembro: esmaltaram-se as paredes, as mesas, o teto, os lustres, as xícaras, as caras dos *garçons*; até mesmo o mostrador, os ponteiros de um pobre relógio de madeira, que, sobre a porta de entrada, marcava ali a boa vidinha dos seus súditos. Este relógio, indignado, revoltado contra o ludíbrio, parou.

De repente, os donos de cafés começaram a reparar no erro doloroso em que haviam caído: pintando tudo de um branco alegre, a assistência, por causa do contraste, começou a ficar cada vez mais escura e mais triste. E, tomada de um ódio alucinado contra a própria cor, fugiu, apavorada, daqueles ambientes hospitalares. E invadiu as confeitarias, pedindo chá, bastante chá, muito chá.

E aí estão, lindos, tilintantes de porcelanas e de espírito, os *tea-rooms* de S. Paulo: o da Casa Alemã, o do Mappin Stores, o da Brasserie, a Seleta, a Vienense... Aí estão as frívolas casas de chá, onde, diariamente, das 16 às 18, se discutem acaloradamente Wilde[6] e preços de café.

URBANO

Sexta-feira, 22 de julho de 1927

Tenho recebido várias opiniões sobre os "camarões" da Light, que, repletos como andam, passaram a ser "recheados".

---

6. Oscar Wilde (1854-1900), dos escritores de língua inglesa, é o mais citado por Guilherme de Almeida, que dele traduziu, em 1960, com Werner J. Loewenberg, *The Importance of Bing Earnest* (A importância de ser prudente).

Algumas pessoas doentias, sossegadas e comodistas mostram-se apaixonadas pela rubra inovação. Bem calafetados contra estes friozinhos irritantes, livres da perseguição dos charutos toscanos (que, como Deus, são eternos e estão em toda parte), com bons assentos e útil corrimão que evita desequilíbrios nas curvas rápidas – dizem essas pessoas – os modernos "camarões" satisfazem qualquer paladar.

Outras pessoas, mais apressadas, mais impacientes, acham graves defeitos nos imensos veículos. Acusam-nos de tardios, preguiçosos, com grandes demoras nas paradas, principalmente quando o condutor (ou porteiro) faz troco. Dizem que, devido a essas demoras, os horários se desorganizam e os "camarões" andam sempre juntos, dois ou três, aos cardumes...

Certas pessoas indefinidas e equívocas, de colarinho de celulóide e algibeiras profundas e impenetráveis – boas criaturas de Deus com as quais, inexplicavelmente, ninguém simpatiza – têm uma opinião muito curiosa, muito pessoal sobre os "camarões". Um desses excelentes seres, com o qual tive o prazer de palestrar, há dias, dentro de um daqueles bondes, declarou-me que os "camarões" lhe trouxeram a solução do mais intrincado problema da sua vida: o problema da habitação. Esse louvabilíssimo sistema de "pagar ao descer" é, no seu entender, uma das obras de mais elevada filantropia que se tem ultimamente perpetrado. O meu interlocutor, que não tinha domicílio certo, passou um dia inteiro muito bem instalado dentro de um "camarão", fazendo voltas pelo bairro mais *chic* de S. Paulo, regalando a vista pelas pitorescas vivendas da Avenida e comendo, de vez em quando, o pão nosso de cada dia que umas criancinhas de grupo escolar deixavam, de propósito, cair das bolsas a seus pés. Ao sair, às 2 horas da madrugada, na estação da Alameda Glete, pagou, por tudo, 200 réis. E calculou: 200 vezes 30, 6.000. Seis mil-réis por mês é bem menos do que gastava antes da filantrópica instituição. E ficou freguês: o mais entusiasta freguês da Light.

Urbano

Sábado, 23 de julho de 1927

Dizem os modernistas que "estamos numa época de sínteses; isto é, de rapidez". Não temos mais tempo a perder. Temos muito o que fazer. Para substituir as tardias diligências com cocheiros de cartolão e salteadores de máscara, capa e arcabuz, inventaram-se os automóveis. Para substituir o moço-de-recados, com namoradas embaraçantes em todas as esquinas, inventou-se o telefone. Para substituir o teatro vagaroso, com decotes arfantes e peitilhos comovidos, inventou-se o cinema. Para substituir as enfadonhas, quotidianas crônicas jornalísticas, inventou-se...

E essa, esse furor da velocidade, vai ganhado todas as atividades da precipitada humanidade. Mesmo as mais gostosas atividades. Por exemplo: o café. O cafezinho, durante o dia, era um rito, entre nós. Um rito complicado e descansado. Uma cousa preguiçosa e boa. A gente entrava num café, sentava-se a uma mesa, sobre duas cadeiras (uma para o indivíduo propriamente dito, outra para a capa de borracha, a pasta, o chapéu, o jornal e o embrulhinho de queijo da família). Começavam a chegar os amigos. O caldinho preto e cheiroso escorria lento como a conversa fiada. Murros e caricaturas sobre o mármore branco da mesa. Discussões políticas. Jogo do bicho. Às vezes, letras-de-câmbio, duplicatas, cheques assinados a caneta-tinteiro; ou longuíssimos artigos-de-fundo espreguiçados em onze folhas de papel comercial (o próprio papel marcado do Café). E assim ia a vida. Ia gostosa: e a gente abençoava o Deus brasileiro que *nobis haec otia fecit*...[7]

De repente, síntese. Tudo se precipitou, como nos filmes cômicos. E o bom Café vendeu em leilão mesas, cadeiras, estantes, balcões, tinteiros, canetas, papel-de-bloco, jornais, travesseiros, *chaises-longues* – tudo. E sintetizou-se numa porta do centro, num corredor barato, com uma máquina fumegante parecida com um aquecedor de banho, homens de branco parecidos com enfermeiros, sob esta tabuleta rápida: "Café Expresso".

Mas, qual! Somos mesmo tropicalmente preguiçosos. Revoltamo-nos contra esses processos facilitadores da vida – e continuamos, muito brasileiramente, discutindo política e jogo do bicho, naqueles Cafés Expressos. E as cousas, em vez de melhorar, pioraram. Porque, pelo menos, nos antigos Cafés havia, sob a nossa xícara, uma mesa, um anteparo de mármore que garantia e salvava os nossos sapatos e as nossas calças dos perigos de uma gesticulação violenta com a xícara cheia na mão...

---

7. A citação completa é: *Deus nobis haec otia fecit*. Em tradução livre: "Um deus nos deu esta ventura."

E os Cafés Expressos tornaram-se, como tudo o que é "expresso" nesta terra, ainda mais lentos e mais descansados. Ficaram como os "expressos" da Central do Brasil, que chegam no dia seguinte, e as "cartas expressas" que são entregues depois da humilde correspondência de 200 réis.

URBANO

Domingo, 24 de julho de 1927

Sente-se, há dois ou três dias, um verdadeiro suspiro de contentamento na gente de S. Paulo: vai ter solução o problema das porteiras do Brás[8]. O projeto está em discussão.

....

As porteiras estavam fechadas. Por isso, o ônibus em que eu viajava parou. Parou atrás de nove bondes enfileirados e entre 58 automóveis, 31 auto-caminhões, 14 carroças, 1 bicicleta e 396 pedestres. Estes números estão rigorosamente exatos: durante os 17 minutos (também está exato) em que esteve parado o meu ônibus, pude, calmamente, efetuar esse cálculo. Pude até mais: pude, principalmente, obser-

---

8. As porteiras do Brás, ou "da Inglesa", desafiavam há tempos a paciência da população, fechando-se não só para a passagem de trens mas para as mais diversas manobras de suas composições, interrompendo o trânsito nas avenidas Rangel Pestana e Celso Garcia durante grande parte do dia. A solução só veio em janeiro de 1968, quando o então prefeito Faria Lima inaugurou o viaduto sobre os trilhos da Estrada de Ferro Santos–Jundiaí.

var esse ônibus. Um veículo interessante. Boa máquina, bons assentos, bom *chauffeur*, bom cobrador, boa campainha, boa corneta, bom preço. Eu ia atrás, no penúltimo banco. Éramos, ao todo, oito passageiros. Examinei mais um pouco o engenho. Havia lá na frente, por detrás do cinesíforo, um vitral de igreja com um formoso santo, vivamente colorido. Ao lado da mística imagem, um instrumento curioso, que eu, a princípio, e por espírito de coerência, tomei por um castiçal ou por um turíbulo. Mas não era castiçal nem era turíbulo: era um aparelho "Pluvius", extintor de incêndios. Tive um pouco de medo. E esse medo foi se acentuando mais e mais, quando comecei a prestar atenção aos passageiros que iam ali comigo, e ao que diziam e faziam. Apesar do vitral religioso, com aquele santo tão comovedor, os sete homens eram todos ateus, hereges, descrentes, e berravam blasfêmias horríveis contra Deus, por causa das porteiras fechadas. E, apesar do "Pluvius", todos eles, muito enervados, fumavam desesperadamente, atirando fósforos de cera acesos sobre o tanque de gasolina e sobre a barba do *chauffeur*, que usava "Petrolina".

Eu sou o único homem do mundo que abençoa aquelas porteiras: elas me proporcionam excelentes ensejos de experimentar sensações novas.

URBANO

Terça-feira, 26 de julho de 1927

– Bom tempinho aquele!

De tarde, ao crepúsculo, a gente suspira isso: e sente logo, dentro de si, essa divindade luso-brasileira que tem forma de guitarra, olhos revirados, voz de fado e o mau costume de andar sempre de costas, olhando para trás... A saudade...

Entretanto, não foi ao crepúsculo que a dolorida divindade me assaltou: foi numa hora meridiana de um lindo dia deste julho luminoso e frio. E foi ali, na raiz da ladeira do Mercado, prosaicamente, entre bondes e carroças.

Eu vinha do Brás, num ônibus. (Estou ouvindo exclamar o meu problemático leitor: "Irra! Ainda os ônibus do Brás! Este homem está despeitado. Mas, não. Este homem não está despeitado. Este homem ainda não esgotou o assunto. Felizmente. Esgotar é sempre um horror.) O ônibus, formoso como um cisne, fez uma volta graciosa e parou. Uma voz imperativa:

– Baldeação!

Foi isso, foi essa palavra que acordou em mim a alminha fadista que todos nós temos no fundo... Baldeação... Lembrei-me logo de uma estaçãozinha da Paulista, quando eu era criança. A baldeação era sempre uma aventura arriscada. Havia correrias assanhadas de pais ansiosos que perdiam o guarda-pó, de mães precipitadas que perdiam filhinhos, de meninos bobos que perdiam a cestinha de figos; de negras gordas que perdiam o baú, de desgraçados vociferantes que perdiam o trem... Baldeação... Lembrei-me de conversas de cometas – homens entendidos em horários, bons hotéis e romances proibidos de capa lustrosa e colorida; conversas em que a palavra "baldeação", pronunciada no silêncio das paradas, entre duas anedotas perigosas cochichadas atrás do jornal com olhos maliciosos às senhoras, dava uma nota quase erudita...

Lembrei-me de tudo isso e lembrei-me também de que eram um atraso bem inútil, bem remediável, aquelas saudades passadistas e aquelas baldeações de ônibus a ônibus, a todo momento, ali, na raiz da ladeira do Mercado. Tão fácil evitá-las! Bastava uma ordenzinha enérgica, um simples *Circulez!* assobiado pelo "grilo" vistoso: e os bons ônibus, mansos e humildes de coração, começariam a subir por aí, por General Carneiro, e a descer pelo Carmo, e vice-versa, ao contrário, de trás para diante, às avessas...

URBANO

Quinta-feira, 28 de julho de 1927

O homem que vinha de longe era ignorante e inteligente. Nunca tinha visto uma cidade: uma grande cidade com fios, estátuas, desastres, bacharéis e cartolas. O seu baú cor-de-rosa não quis passar pelas mãos grosseiras de um carregador: saiu da Estação da Sorocabana sob o braço honesto do homem que vinha de longe. E com ele ficou. E com ele começou a caminhar pela grande cidade.

Na sua vilazinha do interior, um viajante, profundo em cidades e patuscadas, tinha-lhe dito que aqui, na capital, a vida era muito complicada: que a gente tinha que obedecer, na rua, a todas as ordens dos soldados, dos sinais, dos letreiros.

O homem que vinha de longe era obediente e tinha horror a *gaffes*. Por isso, foi se submetendo a tudo quanto ouvia, lia ou via. Antes de mais nada, queria conhecer bem S. Paulo. E começou a caminhar a pé, sozinho, atento, observando. Na primeira esquina por que passou, viu uma seta: sem nem sequer pensar em índios, seguiu a direção indicada pela flecha. Noutra esquina, outra seta, e outra submissão à silenciosa ordem. Noutra esquina, idem, idem. Meia hora depois, o homem pensou que havia dado a volta ao mundo: – estava, de novo, no ponto de partida. Deu as costas e foi seguindo outras flechas. Fazia calor: começou a suar, a sentir coceiras. Parou. Descansou o baú e o chapéu numa sarjeta e pôs-se a matutar, coçando muito a cabeça. De repente, deu com este letreiro: "Não maltrate os animais!" Pôs novamente o chapéu e não se coçou mais. Foi andando. Achou-se muito distante, entre os trilhos de uma estrada de ferro. Foi andando. Subitamente, leu um disco pregado a um poste: "Apite!" Assobiou com força. E foi andando. Havia uma porteira. Saiu da linha férrea e encontrou-se entre trilhos de bonde. Foi andando. Mas eis que uma tabuleta esquisitíssima pendurou-se sobre a sua cabeça, entre fios: "Abra o controle!" Leu, corou e não soube absolutamente o que havia de fazer. Afinal, saiu correndo, desabaladamente, atraindo atenções e polícia. Preso em flagrante, recebeu do delegado as devidas instruções e conselhos. E aprendeu a viver numa grande cidade: tinha adquirido o necessário *self-controle*.

URBANO

Sexta-feira, 29 de julho de 1927

Há cidadãos inimigos da luz. Não são *fans* cinematográficos, nem enfermos atacados de fotofobia. São apenas pessoas que não gostam dos lampiões-de-gás. Implicam com eles. A sua fina estesia repele aqueles aparelhos inofensivos; o seu bom gosto revolta-se contra aquelas humildes sentinelas das ruas noturnas. Uma ojeriza como muitas. Uma antipatia como qualquer outra.

Ora, a respeito desses cidadãos veio ontem alguém a esta redação contar algumas cousas. Disse-nos que mora numa rua retirada, escura, que a arborização copada torna ainda mais sombria. No seu quarteirão há dois bicos-de-gás. São os seus bons amigos. Os seus guardas. A sua garantia, quando lhe acontece entrar em casa alta hora da noite. Pois bem. Criaturas, que não podem se conformar com o seu bem-estar, deram de apedrejar, todas as noites, aqueles bons lampiões. O nosso amigo não sabe com que intuitos: longe dele quaisquer insinuações menos amáveis. Nota apenas, com certa curiosidade, que, assim que se perpetra o apedrejamento, logo que as trevas impenetráveis envolvem a sua rua, da ramagem folhuda de cada uma daquelas árvores frondosas desce um homem esquisito, armado de lanterna furta-fogo, chinelos de lã, gazua e dinamite. O nosso interlocutor, sem pretender caluniar quem quer que seja, sem ousar levantar a mais leve suspeita sobre os seus concidadãos, acha apenas estranho essas autoridades municipais, no seu terrível resultado: passa as noites em claro pensando no caso, esperando uma solução, procurando uma explicação para tão intrincado mistério. Está preocupado, nervoso, pálido e magro. Apareceu aqui para que, por ele, pedíssemos explicações do caso à polícia ou a quem de direito. Não é o único paulistano que se julga prejudicado com isso: sabe, por ouvir dizer a pessoas de suas relações, moradores dos bairros mais incoerentes – Ipiranga, Saracura-Grande, Ponte Pequena, Limão, Higienópolis – que essa mesma prática está perfeitamente generalizada por toda a cidade. O nosso leitor acha prudente e eficaz agir com calma e reflexão. Chega mesmo a nos sugerir um alvitre que nos parece bem lembrado: – intercedermos ante as autoridades municipais, no sentido de serem, por precaução, penduradas aos lampiões-de-gás umas pequenas tabuletas com estes simples dizeres:

"Aquele que for inocente, atire-lhe a primeira pedra!"

URBANO

Sábado, 30 de julho de 1927

A cotidiana sugestão das cidades...

A gente fica, às vezes, esquecidamente, horas e horas, olhando por uma janela a natureza artificial que os homens fizeram com a sua inteligência e com as suas mãos: e aprende tanta cousa! Aprende cousas bonitas e cousas feias, cousas úteis e cousas inúteis, cousas boas e cousas ruins, cousas tristes e cousas alegres. Principalmente cousas alegres...

Dizem os homens silvestres e toscos que não há nada, para bem dispor as almas, como os campos. Mas nós – gente da Cidade, que não somos nem silvestres nem toscos – achamos que não há nada que nos alegre mais do que a vida de uma grande cidade. Sobretudo quando se tem esse dom – indispensável à saúde moral – de procurar e achar o fundo cômico das cousas tristes. Uma americana inteligente e moderna – Constance Talmadge – conta que quase morreu de rir diante de um incêndio tristíssimo que destruiu um prédio de 19 andares de Nova York, só porque na sobreloja daquele prédio estava instalado um alfaiate; e porque no meio de todas aquelas desgraças, daquelas mulheres descabeladas chorando e daqueles homens arruinados engatilhando revólveres, a americana viu, sorridentes, felizes, muito bem vestidos e indiferentes a tudo, debruçados na janela do alfaiate, três serenos manequins...

Ora, S. Paulo é uma cidade que se presta admiravelmente à observação dessa gente bem-humorada. As pequenas desgraças, quando atingem certas pessoas, tornam-se grandes comédias. E S. Paulo é cheio dessas pequenas desgraças e dessas certas pessoas.

Um dos tipos mais gaiatos de S. Paulo é o tipo comuníssimo do "homem que protesta". Esse homem quase sempre é vítima de motorneiros que não param o bonde ao seu sinal; de cascas de banana, atiradas de propósito, por diabinhos invisíveis, no caminho; de cadeiras que têm um prego velhaco cujo único destino é rasgar a aba negra do seu fraque; de automóveis que o perseguem até nas calçadas e quase o matam (há sempre um "quase" nas aventuras desse cavalheiro). Verificado o abuso, o homem que protesta toma atitudes de orador e inicia a "explicação à multidão". É a sua mania: ajuntar gente. Mas a multidão, que não tem nada com isso, sorri, diverte-se, adora esse homem, tem mesmo vontade de lhe "correr uns cobres".

Se a Prefeitura tivesse tino e bom humor, deveria considerar de utilidade pública esses homens que alegram a cidade, evitam doenças de fígado e dispendiosos espetáculos de circo de cavalinhos. Deveria mantê-los numa constante atmosfera de irritabilidade, promovendo, cada dia, pequenos desastres propositais, ligeiras arbitrariedades engraçadas. Por exemplo: fios elétricos que se partem inexplicavelmente sobre a sua cabeça, com grandes faíscas azuis; armadilhas, alçapões cavados nas calçadas sob um hábil *camouflage*; chuvas repentinas que caem só em cima deles quando estão sem guarda-chuva; prisões súbitas, injustas, escandalosas, em ruas movimentadas; impostos pesadíssimos atirados como pedras, excepcionalmente, só sobre eles; etc.

URBANO

Domingo, 31 de julho de 1927

Pode, quem quiser, considerar esta crônica um anúncio de produto farmacêutico. Se não é, parece. E parecer é muito mais do que ser: tem duas sílabas a mais.

Com certeza v. s., sr. meu leitor, está afetado de hipocondria profunda: todo o mundo tem dessas crises ferozes, porque todo o mundo tem criados contrariantes, filhinhos perversos, inimigos anônimos que pisam nos calos alheios no meio da rua, engomadeiras que queimam em dias de gala o peitilho da única camisa de *smoking*, etc.

Se v. s. quiser curar-se dessa tristeza poética, dessa irritabilidade sugestiva, vá visitar uma feira-livre.

As feiras-livres são os melhores lenitivos para os nervos das pessoas melancólicas. Evidentemente ninguém espera ver aí palhaços ou hércules de feira: cousas antigas, ineficazes, que não conseguem mais fazer rir quem quer que seja. Nesses grandes hospitais contra a neurastenia, quem cura os doentes são, naturalmente, os enfermeiros. Não que sejam diferentes dos outros enfermeiros de outros hospitais. Nada disso: são idênticos. O mesmo avental branco, o mesmo gorro de brim imaculado, o mesmo ar pressuroso, solícito, servil... Mas, não sei por quê, são engraçadíssimos. Parece que não se sentem mal dentro daquele uniforme alvíssimo a que os condenaram as severas higiênicas autoridades municipais. E nem ficam desajeitados, nem esquisitos, nem arrependidos, nem envergonhados de si mesmos.

Coitados! Por isso mesmo fazem cócegas na alma da gente. Têm muito espírito e muita "pose" quando, branquíssimos, puríssimos, esquartejam um boi, auscultam uma galinha ou aplicam uma injeção de açafrão num ovo falso...

É uma malvadez sujeitá-los assim àqueles camisolões espectrais. Mas uma boa malvadez. Porque, na verdade todos eles têm dignidade, todos eles são *gentlemen*. Isso, eles são. Deslizam, altivos, na sua *peacock parade*, como *baronnets* nas calçadas de Burlington. E todos eles, sem exceção, assinam e lêem, antes, durante e depois da feira, a *Vanity Fair*.

URBANO

Terça-feira, 2 de agosto de 1927

Desde ontem, na cidade engalanada, o povo paulista vibrou de patriótica emoção..., etc.

Mas, para que esta frase repolhuda que todo o mundo já sentiu, já pensou e – o que é pior – já disse ou escreveu? Ela não acrescentará glória alguma ao já tão glorioso "Jaú"; não emprestará nunca brilho maior à heróica tenacidade dos nossos bravos patrícios; não aumentará, de maneira alguma, a justa, a legítima alegria do nosso povo. A mim me basta a íntima, calada, vaidosa certeza em que estou de que são muito meus também – como de todos os paulistas – aquela glória, aquele brilho, aquela alegria. Meu Deus, então eu também não estava no meio de toda aquela gente que delirava pelas ruas, e com ela não passei também sob aqueles arcos-de-triunfo – os da Praça do Patriarca e o da rua 15 – certo de que o triunfador era eu mesmo, como toda aquela gente estava certa de que o triunfo era dela?

....

Há homens incontentáveis que têm o costume de achar defeitos em tudo. Na própria Perfeição. "A Perfeição é monótona" – dizem eles. Eles são o "mas" desapontador que nos espera no fim de todas as felicidades humanas. Um desses homens amargos, mamando um amargo charuto e bebendo um "Amer Picon", na varanda elegantíssima de um clube, dizia mal daquelas luminárias e daqueles embandeiramentos.

Achava-os "pobrinhos, provincianos, de mau gosto".

Ouvi, com uma alegria absoluta, a crítica azeda, e saí assobiando, com uma absoluta convicção, o "Salve Jaú!" e pensando... pensando que Ribeiro de Barros é um aviador e que os aviadores – que diabo! – não reparam nessas cousas, vêem tudo por alto, pairam acima dessas pequeninas insignificâncias...

URBANO

Quarta-feira, 3 de agosto de 1927

O noticiário dos jornais anda cotidianamente cheio de acidentes automobilísticos registrados sob os títulos mais aterrorizadores: "A morte que passa!", "O monstro de rodas!", "Os veículos da morte!", "O quinto cavaleiro do Apocalipse!", etc., etc.

Uma charmosa injustiça. Porque, refletindo-se bem, chega-se calmamente a uma iniludível conclusão: a culpa é mais dos pedestres precipitados e nervosos, do que das boas máquinas dóceis e simpáticas. E a culpa é mais dos pedestres por uma razão única: porque eles têm medo. Têm um medo injustificável dos excelentes, utilíssimos veículos que encurtam distâncias e vidas.

Resultado desse medo: os veículos ficam zangados e matam mesmo.

Vou agora prestar um serviço impagável (no verdadeiro sentido da palavra) à população da cidade.

Vou dar um conselho medicinal que evitará centenas, milhares de desastres automobilísticos. Em primeiro lugar, é preciso que a gente aprenda a dominar os seus nervos, para não ter medo (o medo é a origem, a causa de todos os males). Para conseguir isso, a gente deve sempre, ao atravessar uma rua, fazer esta simples reflexão:

– Por que ter medo de automóveis? Não há nada mais natural, mais comum do que morrer sob quatro pneumáticos.

A morte por automóvel é uma morte digna, que não pode envergonhar ninguém. Vergonha seria a morte sob as rodas e as patas de um tílburi, por exemplo. Isso, sim, é uma nódoa que infamaria um nome, até a quinta geração.

Eis, pois, o meu conselho: – Ninguém deve ter medo de automóveis. Hoje, que os tílburis desapareceram, deve-se ter medo, sim, de carrinhos de mão ou carros de bebês. Ser atropelado por uma ama, ou morrer sob a roda de pau de uma carrocinha de jardineiro é uma dessas desgraças imprevistas que desonram toda uma descendência. Principalmente, se a vítima estiver de fraque.

Resumindo, pois: – Evitai carrinhos e fraques.

URBANO

Quinta-feira, 4 de agosto de 1927

Um famoso urbanista francês – o professor Agache[9] – está em S. Paulo, de passagem. Veio ver a cidade.

Problema delicadíssimo é esse de se mostrar S. Paulo a forasteiros ilustres, mormente em se tratando de especialistas em cidades.

Delicadíssimo, porque nós temos bastante brio, e a cidade bastantes defeitos. Em todo caso, penso que não é problema insolúvel; e que, com um pouco de calma e habilidade, bem se poderiam respeitar aquelas duas cousas: a nossa vergonha e o pudor da cidade. O plano que passo a expor é simples, barato e eficaz.

Em primeiro lugar, cada vez que nos visita um viajante famoso, devemos tomar as necessárias providências para que a sua chegada se verifique sempre à noite: não é difícil provocar atrasos propositais nos trens. É bom concitar o povo a ir, em massa, receber a personagem, na *gare*: a cercá-la, envolvê-la, assaltá-la de perguntas, distraí-la bem, para que não possa nem sequer ver o lugar em que está; conduzi-la a um automóvel previamente preparado (uma *limousine*, por exemplo) e "chispar", numa louca velocidade, até o hotel. Durante o percurso, será de bom aviso dar-se ao visitante qualquer cousa a ler ou a ver: um artigo de jornal com a sua biografia, ou um álbum de cartões-postais (na falta deste, um sim-

---

9. O urbanista francês Alfred Donat Agache (1875-1959), depois de visitar o Rio, para onde fora contratado para elaborar o plano de remodelação da cidade, fez uma rápida visita a São Paulo.

ples álbum de retratos de família produzirá o mesmo efeito). Chegando ao hotel, o hóspede recolher-se-á imediatamente: os seus aposentos não devem ter janela alguma para a rua. No dia seguinte, inicia-se a visita à cidade. É o grande perigo. Deve-se, previamente, acondicionar o automóvel: serve a mesma *limousine* que foi buscar o homem à estação, contanto que devidamente aparelhada. Este aparelhamento consiste num sistema de cortinas automáticas que, à pressão de um simples botão, abrem-se ou fecham-se com excessiva rapidez. Confia-se esse botão a um cicerone de bom gosto, profundo conhecedor da cidade. Quando o auto passar por um lugar bonito – o Anhangabaú, a Praça do Patriarca, a rua Líbero Badaró, as avenidas Paulista, Angélica, Higienópolis, etc. – as cortinas deverão permanecer abertas. Mas logo que qualquer cousa inconfessável – o Largo do Ouvidor, o Bexiga, os ônibus e as porteiras do Brás, o monumento a Bilac, uma feira-livre – ameaçar aproximar-se, zás! cortinas fechadas! O visitante absolutamente não poderá estranhar esse procedimento. Inútil recomendar que, durante todo o trajeto, o auto deverá manter-se sobre os trilhos dos bondes, para fazer crer que as ruas são asfaltadas. E, para que esta ilusão absolutamente não se desfaça, os assentos do auto deverão ser muito baixos, mantendo o visitante – por exemplo, o professor Agache – constantemente agachado.

URBANO

Sexta-feira, 5 de agosto de 1927

Hoje, vou falar a sério. Vou me ocupar muito ligeiramente da praça da Sé, uma das cousas mais sérias de S. Paulo.

Dá-me assunto um projeto de aproveitamento dessa praça que está, há dias, exposto numa vitrina da tortíssima rua Direita. O projeto revela logo, à mais superficial observação, uma preocupação prática, utilitarista: servir-se daquela praça para uma grande estação, de uma futura subvia, e para amplíssimas garagens.

Sim, sejamos práticos, utilitaristas, mas sem esquecer uma cousa salvadora que deve ser a razão de tudo: a intenção de beleza. E haverá, nesse projeto, tal propósito? Isto é que é discutibilíssimo. A sua execução reclamaria o nivelamento da praça. Ora, justamente nesse suave declive tem aquele pedaço de S. Paulo a sua pouca beleza. Essa ligeira inclinação fará sempre realçar a forte mole de granito que será a Catedral, por enquanto estagnada, oferecendo excelentes perspectivas. Qualquer que seja o plano adotado de embelezamento da praça de Sé, essa inclinação só lhe poderá ser favorável: sejam canteiros, sejam arborizações, sejam tapetes de mosaico, haja aí qualquer monumento – tudo terá a lucrar com esse declive. Ora, nivelado o largo, esse destaque desaparecerá. Pior ainda: as construções laterais que enquadram a praça e a Catedral – as já existentes como as que hão de vir – perderão, quase que soterradas, muito de sua possível imponência. E nós, que vivemos a braços com qualquer cousa que possa nos embelezar ou recomendar um pouco, temos que protestar contra qualquer atentado ao relativo bom gosto que, de vez em quando, ainda nos visita. Somos, em matéria de praças, já bastante experimentados. Conseguimos fazer uma cousa boa e direita que aí está como um exemplo vivo e atual a nos dar uma constante lição: a praça do Patriarca. Nada de ajardinamentos, nada de quiosques, nada de monumentos pretensiosos e inaceitáveis! E, muito menos, nada de estações problemáticas de problemática utilidade, e nada, sobretudo, de garagens oleosas, barulhentas, incomodativas. Apenas isto: amplidão e perspectiva. Isto é: o simples, discreto e barato mosaico da praça do Patriarca. Ou então... Ou então, em vez de estações e garagens, mil vezes o jardim público brasileiro, do largo da Matriz, com coreto para as bandas de música dominicais e calçadas para os tabuleiros cheirosos de paçoca e amendoim torrado!

URBANO

Sábado, 6 de agosto de 1927

Quando o Ford fagueiro passou por aquela pequena praça cheia de carroças e de andaimes, tive uma sensação de alívio. Ali, atrás daqueles andaimes, ao lado daquelas carroças, estava se construindo uma *gare*: a Estação da Sorocabana. Cousa grandiosa, própria para geografias ilustradas, almanaques ou cartões-postais. Arre! Até que enfim vamos ter mais um monumento! Eu já andava aborrecido, enjoado de encontrar sempre em todas as geografias, em todos os almanaques, em todos os cartões-postais, aquela mesma cousa longa e majestosa, cheia de torres, tijolos londrinos e ferros *marrons*, sob esta eterna legenda: "S. Paulo, Estação da Luz". Era preciso variar um pouco. E vamos variar: vamos ter uma linda *gare*. Luís XVI, com não sei quantas plataformas e uma torre de não sei quantos metros de altura. Ora, graças a Deus! As nossas estações eram tão acanhadas...

... Estou pensando na cena que presenciei na estaçãozinha daquela cidade de certa importância do interior cafeeiro. Faz alguns anos. Eu vinha de um lugar de terra vermelha, Fords vermelhos, guarda-pós vermelhos, cometas vermelhos. Quando o trem parou na tal estaçãozinha, embarcaram, com cestinhas de jaboticabas, canetas-tinteiro e aventuras de Nick Carter, três meninos calçudos e espigados. Eram o 14º, 15º e 16º filhos de Juquita, fazendeiro de *cavaignac* e dinheiros. Muito meu amigo. Um pai severo que com a mesma facilidade com que chupava um cafezinho forte ou enrolava um goiano, dava pontapés públicos na barriga dos filhotes. Os meninos, que deviam viajar sós, acomodaram-se, humildes, de cabeça raspada, cheia de calombos. O pai entrou, como uma fúria, num vendaval de barbas e gestos. E começou a descompô-los e aterrorizá-los (este era o seu sistema de ministrar conselhos paternais): que já havia dado ordens ao chefe do trem para vigiá-los, não os deixar comer nem falar absolutamente nada, e, em caso de desobediência, atirá-los pelas janelinhas. "Juízo! Senão... Senão, já sabem!" Empolgou-se tanto nos seus carinhos o bom pai, que nem percebeu que o trem partia, levando-o também. Precipitou-se para saltar. Mas, era tarde: a estação, pequena demais, já tinha ficado lá atrás, com a sua pequenina plataforma de cimento. Seguiu, esbordoando os filhos, por vingança.

Todo o mundo perde o trem. Este foi o único homem do mundo que perdeu a estação.

URBANO

Domingo, 7 de agosto de 1927

Escrevem-nos:

"Sou um homem de 32 anos. Tenho um *bungalow*, um anel de bacharel, uma mulher, um aparelho de radium e outras cousas modernas, úteis e dispendiosas. Só me faltam um filho e um automóvel: boas cousas que, com o tempo e um pouco de paciência, hão de vir. Ora – deixando de lado o filho – um homem que, hoje em dia, não tem um automóvel é quase um paralítico. Porque, de duas uma: ou terá que andar a pé, ou terá que tomar bondes. (Táxis são ruinosos, absurdos para dias de gala.) Meus calos hereditários e heráldicos não me permitem andar a pé. Logo, tenho que tomar bonde.

O sr. não ignora que o bonde foi inventado para andar um pouco mais depressa do que um bípede, uma bicicleta ou um tílburi. No entanto... Tome um bonde, sr. redator! Saia apressado de sua casa e fique meia hora junto ao poste cintado de branco, exposto à galhofa dos autos particulares que passam desdenhosos, ou à ironia odiosa dos táxis que se oferecem, piscando um olho provocador; quando a grande máquina surgir no horizonte longínquo, fique entre os trilhos, de bengala ou revólver em punho, ordenando a parada sempre problemática; se o veículo parar, sente-se entre a cesta da cozinheira gorda, que vem da feira, e o charuto toscano do carniceiro arfante e ensangüentado. E aí, comodamente instalado no banco de pau, consulte o seu relógio e calcule: o sr. tem 20 minutos para ir ao encontro marcado, e esse percurso faz-se comumente em 15 minutos: portanto, o sr. vai com tempo. Mas, repare um pouco: parece que o bonde está adiantado. Veja como ele pára, suavemente, gracioso e lânguido como um cisne, em todas as esquinas; veja como em todas as esquinas o amável condutor apeia para, gentilmente, ir convidar a tomar o bonde as pessoas que estão flanando pelas calçadas; como essas pessoas discutem com ele, animadamente, o preço da passagem e a vantagem de se servirem desse meio de transporte; veja como há sempre, na rua, um homem manco que dá o sinal no meio do quarteirão e leva 10 minutos, pelo menos, para atingir o estribo do veículo; veja como há sempre senhoras um tanto desproporcionadas, que precisam de grande esforço, grande paciência e grande tempo para apear; veja como... como o seu relógio correu e como o sr. já está atrasado quase 20 minutos. Veja, observe tudo isso, sr. redator; veja, observe e, com certeza, por espírito de ódio ou de vingança, o sr. há de subscrever e até publicar esta carta..."

Urbano

Terça-feira, 9 de agosto de 1927

Um "homem de salão" (espécie rara de que ainda se encontram alguns remanescentes), além da obrigação de tratar às senhoras por "damas" e oferecer-lhes *bouquets*, tem o dever social de conhecer um bom lote de charadas, perguntas enigmáticas, quebra-cabeças, etc. São recursos salvadores, de indiscutível utilidade quando uma conversa esmorece, esfria e morre, entre pequenas tosses provocadas, sob um silêncio incomodativo, cheio de dedos... Nessas tristes ocasiões, o homem de salão, precavido, depois de um "mas..." longo e sibilante, levanta-se e começa a propor os curiosos problemas armazenados na sua previdente memória. São inúmeras e sobejamente conhecidas essas distrações. Ao seu amplo rol, quero acrescentar hoje uma pergunta enigmática muito interessante, de absoluta novidade e garantido sucesso. O cavalheiro levanta-se e anuncia, com ênfase, um novo problema que ninguém é capaz de decifrar. (Não será de mau gosto fazerem-se apostas avultadas: a sessão tornar-se-á mais interessante e o cavalheiro não perderá de todo o seu tempo.) Então, com um grande, misterioso ar de prestidigitador em cena, o homem de salão enuncia o problema, lentamente, escancarando bem as sílabas:

– Qual a diferença que existe entre o poeta alemão Goethe, os fósforos marca "Olho" e a cidade de S. Paulo?

Feita a embaraçante pergunta, pode o cavalheiro correr os olhos pela sala: garanto que será de assombro e imbecilidade a expressão de todos os circunstantes, mormente se entre eles houver algum prefeito e quatro ou cinco vereadores. Muitas pessoas presentes, prevendo uma resposta menos delicada ou uma piada de mau gosto, hão de se retirar, incomodadas, olhando para o tapete, para as senhoras ou para os lados, e erguendo muito os ombros, em sinal de timidez e inquietude. Não faz mal: a assembléia ficará mais selecionada, mais à vontade. Passada uma hora de profunda meditação, numa atmosfera de silêncio e lutas cerebrais, o homem de salão galantemente arrecada as importâncias das apostas e, sorrateiro, vai-se aproximando, disfarçada e prudentemente, da porta de saída. E daí, dentre os reposteiros e já com o chapéu e a bengala na mão, declama a resposta única ao terrível enigma:

– É que Goethe morreu dizendo: "*Licht, mehr Licht!*"[10]; os fósforos marca "Olho" têm a divisa "*Fiat Lux*"; e a cidade de S. Paulo é a mais mal iluminada que há no mundo!

URBANO

"Fingimentos"

Quarta-feira, 10 de agosto de 1927

Não é permitido a nenhum paulista deixar, amanhã, de pensar um pouquinho na nossa Faculdade de Direito. Está velhinha: tem cem anos de existência oficial.

---

10. "Luz, mais luz!"

(Vamos esquecer, um momento, este caráter oficial, que só serve para esfriar as cousas, para vestir tudo de fraque e tudo reduzir à chateza convencional de um "Tenho a honra de levar ao conhecimento de V. Exc.".)

Ali, naquele largo São Francisco, junto àquelas igrejas gêmeas, de um colonial paupérrimo e comovedor; à sombra daquele José Bonifácio, o Moço, velhíssimo na sua sobrecasaca esverdeada, de bronze; perto daquela Escola de Comércio, de uma frieza alemã nas vidraças largas e nas cimalhas retas; ali envelhece, dia a dia, feio de aspecto, mas bonito de tradição, o antigo casarão dos jurisconsultos, dos políticos, dos poetas. Dos poetas, principalmente. Nem é possível deixar-se de ser poeta quando, uma vez na vida, se ouviu, nas manhãs encolhidas de garoa ou nos dias lúcidos de sol, o pequeno sino bater marcando os quartos; quando se entalhou, naqueles bancos boêmios, o próprio nome, que nunca mais se apagará; quando se sentiu que havia uma inflexão amiga na voz carinhosa do mestre; quando se pensou que ali acabava a mocidade e ali começava a vida, a triste, triste vida...

. . . .

Certo modernismo imigrante – "fingimento-modernismo" – que confunde pátria com ganha-pão, inventou, para as cousas sérias que lhes tolhem a ganância pouco séria, uma palavra insignificante: passadismo. Será, para ele, passadismo a comemoração de amanhã. Para ele, o que amanhã se deveria fazer era arrasar-se a velha Faculdade e aí, *ubi fuit*[11], cons-

---

11. Referência ao verso de Virgílio (*Eneida*, III): "... *et campos, ubi Troia fuit*" (... e os campos onde se erguia Tróia).

truir-se o quase-arranha-céu novo-rico, com fingimento-pedra, fingimento-mármore, fingimento-bronze, fingimento-Nova York; um desses com que a irresponsabilidade estrangeira, apoiada pela irresponsabilidade municipal, vai "acafajestando" a cidade.

Fingimento-modernismo.

Porque, na verdade, os enriquecidos autores dessas idéias *parvenues* vão construir em bairros bons os seus maus acampamentos: e guardam, inconscientes, irresponsáveis como sempre, nas fachadas das suas barracas, detalhes coloniais mal copiados ao nosso passadismo, com fingimento-rótulas, fingimento-azulejos, fingimento-rocalhas... E nem se pejam de hastear nos frontispícios, em dias de gala e cavação, uma espécie de bandeira verde e amarela, fingimento-bandeira nacional...

URBANO

Quinta-feira, 11 de agosto de 1927

Está por aí, amplamente divulgado, o programa dos festejos de hoje, comemorativos do primeiro centenário da fundação dos cursos jurídicos no Brasil. Sabe-se tudo o que deve haver. Ora, o essencial é saber-se o que haverá...

Que haverá no dia 11 de agosto de 1927?

Fecho os olhos... Volto uns quinze anos atrás na minha vida... E sonho. Recordo o que sempre havia. O extra-programa delicioso das festas de estudantes, nesse dia lindo de alegrias e liberdades: invasões de teatros, cinemas, cafés, *bars*... Ataques brutais nos bondes da Light – vítimas eternas, elétricos bodes expiatórios da nossa boa, feliz irresponsabilidade. Violências engraçadas; arbitrariedades espirituosas. Tudo, em S. Paulo, rejuvenescia nesse dia. Era a verdadeira entrada da primavera. A polícia cruzava os braços armados e tomava também um arzinho patusco de "farra" grossa... Uma vez... (a dolorosa delícia de lembrar!) uma vez, em 1911, o Teatro S. José, onde uma companhia de operetas fazia furor, foi o alvo da estudantada solta. Começou a invasão, a escalada, o assalto. Um moço, delegado de polícia – que tinha uma alma de noventa anos – ousou dar ordens aos bombeiros da porta para correrem os estudantes a água. A mangueira estufou e jorrou, espirrou uma vergastada grossa na massa alegre. Pensava a autoridade que com aquela água, tardia e inútil nos verdadeiros incêndios, conseguiria apagar a chama de entusiasmo que há sempre no coração da gente moça, moça de verdade. Tolice! Foi vaiado, tomou um banho e a invasão sistemática consumou-se.

O Teatro S. José já não existe. Que pena!

S. Paulo dos estudantes! S. Paulo do Polytheama, do Progredior, do Padre Bacalhau, dos tílburis... Tudo, aqui, dir-se-ia, era uma criação dessa mocidade descuidada que vivia no convento de São Francisco: ela inventava os tipos da rua, consagrava os teatros, impunha as confeitarias...

Hoje...

Deus permita que ainda haja estudantes, que sempre haja estudantes, enquanto houver S. Paulo...

URBANO

A terrível incógnita

Sexta-feira, 12 de agosto de 1927

Eram precisamente 17 horas e 20 minutos, quando a terrível incógnita entrou no Triângulo. Essa incógnita – os leitores certamente já o adivinharam – era um X. E esse X – ninguém pode ignorar isso – estava escrito num bonde, ali, naquele lugar onde costumavam figurar os números de linha: 36, 25, 17... Era o bonde X. O enigma pitoresco veio do Viaduto do Chá e parou em frente à igreja de Santo Antônio. O motorneiro, gordo e roxo, olhou para o condutor, piscou um olho entendido e o condutor virou uma manivela esquisita. Apareceu escrito no frontispício do veículo: "Higienópolis". Uma porção de gente que se destinava a esse bairro encheu alguns bancos. Na outra parada da rua Direita, em frente ao "Fasoli", outra piscadela do motorneiro e outra volta na manivela suspeita. E apareceu escrito na frente: "Barra Funda". Várias criaturas inocentes, que demandavam essa zona, instalaram-se no bonde X. Na rua 15, em frente ao cinema Triângulo, nova parada, novo piscar de olhos, nova manivelada, novo letreiro: – "Campos Elíseos" – e nova invasão de gente incauta. O veículo já estava mais que cheio. Na rua Bríccola, ainda uma vez repetiu-se todo o misterioso rito: e o X, com o letreiro "Al. Glete", parou no Largo de São Bento. Já havia gente pendurada pelos balaústres, acocorada no tejadilho, montada na alavanca, enfiada entre os raios das rodas; gente que estava convencida, tranqüilamente, de que seguia um destino certo, habitual, infalível: o destino do lar. Outra vez a mesma inexplicável história e um novo letreiro. Mas, agora, era um letreiro terrível, horripilante, tenebroso: "Recolhe". E, subitamente, o motorneiro meteu dois dedos na boca e produziu um assovio de *apache*. O condutor compreendeu, saltou para a rua e violentamente desceu a entrevia do lado direito: o motorneiro abriu todo o "controle", soltou uma gargalhada infernal e pulou também para a rua. Então, como um cacho de uvas muito maduras, arrastado por um tufão, o enigma pitoresco enveredou, numa disparada doida, pelo Viaduto Santa Efigênia. Começou o pânico: os passageiros precipitavam-se, como suicidas, aos berros, arrancando cabelos e correntes de relógio do vizinho. Um velhinho, caído e pisado entre dois bancos, aproveitou a ocasião para sacar de uma caneta-tinteiro e escrever às pressas, num pedaço de papel, o seu testamento. E o X vertiginoso seguia, indiferente, despejando gente e imprecações... Ao barafustar pela rua Santa Efigênia, um choque tremendo: era o fim. A força centrífuga atirara o veículo contra a igreja e o veículo, respeitoso, supersticioso, prostrou-se por terra. Vieram ambulâncias. E todas as infelizes, ludibriadas vítimas do bonde X foram transportadas (era o seu destino) para os Raios X.

Urbano

O Largo do Ouvidor

Sábado, 13 de agosto de 1927

Têm-se feito muitas acusações à Municipalidade. Muitas acusações, mas poucos, raros, nenhuns elogios. Um exagero, um erro em que também incidimos mas de que, agora, neste retalho de jornal, vamos, em tempo, nos penitenciar.

Uma cousa que aos senhores administradores da cidade não se pode negar é certa lógica, certo espírito de coerência que os tem levado a harmonizar o aspecto de tal ou tal rua, tal ou tal praça, com o seu nome, com o seu significado.

Se, em alguns casos, esta prática tem sido inteiramente falha – como, por exemplo, no caso da rua Direita, que é a mais torta da cidade, ou o da rua Formosa, que é a mais feia, ou do Viaduto do Chá, que tem tudo menos chá, etc.; noutros, entretanto, é forçoso confessar, ela tem tido galharda aplicação. Seja exemplo o largo do Ouvidor. Há aí um perfeito, louvável intuito de respeito à tradição, de rigor histórico, de fidelidade ao passado. "Ouvidor"... Este velho, colonial, monárquico magistrado, merecia bem aqui, como mereceu no Rio, uma homenagem. E dedicou-se-lhe uma pequenina praça pública: o tal largo do Ouvidor. Vejam só como estão perfeitamente de acordo com a ancianidade do título, como se adaptam bem à figura histórica que esse nome evoca, as construções arcaicas daquele largo: um casarão de taipa e beirais entre a ladeira de São Francisco e a rua José Bonifácio, de um lado, e, em frente, vários casarões lustrosos, pintados a óleo, verdes e *marrons*... Que bonito! Como é lindo esse culto ao passado! Como soubemos aproveitar inteligentemente a lição estrangeira, que conserva intactos o Louvre, a Torre de Londres, a Acrópole, as Pirâmides, a macieira de Adão e Eva! Imagine-se o horror, o despropósito, o absurdo que seria um largo cheio de fura-céus, de estações de metropolitano, de antenas de radiotelefonia, de planos de *aterrissage*, com este nome velhinho, de chinelas, rapé e bofes de renda: largo do Ouvidor!

Achamos que, na impossibilidade de se demolirem aquelas antigas, preciosas construções, ou de se mudar arbitrária, injusta e impatrioticamente aquele nome, o governo da cidade só terá uma cousa a fazer: criar outra vez aquele antigo cargo e obrigar o novo funcionário a morar num daqueles pardieiros, para, como bom Ouvidor, ouvir, todas as noites, os ruídos misteriosos que, naqueles soalhos largos, naqueles paredões e naquelas telhas-vãs, devem-se produzir, assustadoramente.

URBANO

Domingo, 14 de agosto de 1927

O garoto paulistano tende a desaparecer. Aplicando, dando execução ao Código de Menores, os comissários, diariamente, apreendem, nas nossas ruas e nas nossas praças, esses pequenos futuros milionários que engraxam sapatos, vendem jornais, oferecem bilhetes de loteria, ganham, como podem, a triste vidinha...

Dura lex... Mas, que remédio? Essas pequeninas alegrias esfarrapadas, essa alma buliçosa da cidade terá que se exilar: terá que trocar a sarjeta de pedra, o estribo do bonde, a banqueta de pau dos salões (salões?) de engraxates, por um casarão frio e triste, um Abrigo Provisório que a ironia da sorte colocou, para eles, sarcasticamente, no Paraíso...

O garoto de S. Paulo é um tipo à parte, *sui generis* no Brasil. Tem uma almazinha boêmia, satírica às vezes, com um pouco da calma ironia do nosso caboclo e muito da deliciosa, quase artística, indolência dos *lazzaroni* napolitanos, cantando ao belo sol...

Lembro-me de um vendedor de jornais que tinha espírito; dois espíritos: espírito comercial e espírito propriamente dito (*humour*, graça). Para impingir os seus jornais, não hesitava em inventar – com extraordinária imaginação – crimes sensacionais, desastres horripilantes, suicídios tenebrosos. E criava romances extraordinários, aventuras engraçadíssimas, que a gente tinha pena que não fossem verdadeiros, que não tivessem "acontecido" mesmo. Uma vez, correndo os balaústres de um bonde apinhado, o pequeno anunciava:

– "Olhe o padrasto que matou a avó da concunhada para fugir com a sogra!"

Outra vez, há poucos meses, num ônibus, onde um parzinho encolhido, de olhos apaixonados, murmurava sonhos:

– "Olhe o almofadinha que fugiu com a melindrosa!"

Assim, rindo, brincando, satirizava os costumes, as gentes e as cousas. Agora, com certeza, já está no

Abrigo. E há de ser a felicidade, o sorriso, o raiozinho de sol daquela casa austera.

Urbano

Terça-feira, 16 de agosto de 1927

O bonde *chic* descia a rua Marquês de Itu. Transportava boa quantidade dessas pessoas esquecidas que fazem parte, no noticiário mundano dos jornais, daquele grupinho que fica no fim das listas: "e outras pessoas cujos nomes nos escaparam". Boa, boníssima gente que tinha os seus automóveis no conserto, ou não tinha encontrado táxis no ponto vizinho: – senhoras de *face-à-main*[12] e golas altas, meninas com perfumes de Rosine e *chaines d'or*, senhores em *tweed* autêntico e envoltos em nuvens de charuto "Comercial"... De vez em quando, para impor mais respeito, uma *cornette* branca de Sion ou um ministro do Tribunal de Justiça. Como se vê, gente respeitável, habituada a bons tratos, bons criados, boas cousas. Gente abnegada, que, heroicamente, se expunha às mais absurdas afrontas, a todos os escândalos e a todas as inconveniências a que se devem sujeitar criaturas que tomam um bonde. Porque todos os bondes têm um condutor. E porque todo condutor é um figadal inimigo do *"Don't"*. Principalmente o condutor daquele bonde *chic* que descia a rua Marquês de Itu. Um homem

---

12. *Face-à-main* ou *lorgnon*: luneta que se segura por um cabo, usada principalmente pelas senhoras; forma aportuguesada: lornhão.

atarracado, de barba azul, sobrancelhas esvoaçantes e unhas muito mal manicuradas. Não era possível precisar a sua nacionalidade: tinha agilidades de marinheiro inglês, misturadas com um corte quadrado de cabeça alemã, uma risada bárbara de toureiro, um almíscar perfeitamente oriental e uma voz teatral de tenorino de ópera lírica... O ser heterogêneo e complexo não podia se conformar com o reumatismo de um ancião, a obesidade de uma matrona, a saia estreitíssima de uma mocinha: cousas incomodativas que retardavam sobremaneira a subida ou descida dessas pessoas, no bonde. Pendurava-se, covardemente escudado pelos ferros e madeiras da plataforma, e gritava impropérios aos desgraçados fregueses do seu veículo: "Suba depressa! Encomende um carro especial! Isto aqui não é um coche fúnebre! Venha pagar aqui na plataforma, que eu não estou para levar calotes!", etc. (Neste etc. entra toda a clandestina coleção de nomes feios da língua anglo-teuto-hispano-turco-itálico-nacional)...

Quando o bonde *chic* entrou no Viaduto do Chá, transportava apenas três pessoas: um chinês, um surdo-mudo e uma senhora desmaiada.

URBANO

Cousas tristíssimas

Quarta-feira, 17 de agosto de 1927

Dizem os modernistas que estamos numa época de síntese, de rapidez. O máximo no mínimo. Mínimo de espaço e mínimo de tempo. Não se tem espaço nem tempo a perder: tudo há de ser conciso e vertiginoso.

Aplicado ao urbanismo, este atual conceito tem produzido várias excelências: os andares de dois metros, as ruas estreitas, os cafés expressos, os automóveis velossíssimos, os mensageiros de bicicleta, etc.

Entretanto, a uma única cousa urbana não me parece proveitosa a aplicação dessa lei: aos enterros. Proveitosa ela é apenas para a empresa necrófila que explora essas tristezas. Porque aqueles automóveis Renault, inteiramente pretos, voando, em disparada, para o cemitério, com o seu fúnebre carregamento, podem muito bem causar, em caminho, várias mortes utilíssimas aos espertos negociantes. Isto, não se pode negar, é perfeitamente comercial; mas não é absolutamente digno.

Mas existem pessoas, além dos diretores da indústria funerária, que admitem e até justificam esses coches assustadores com *chauffeurs* de cartola e fitões de crepe. Uma dessas condescendentes pessoas, negando, passando por cima daquela modernista razão de ser – a rapidez – explicou-me assim a necessidade dos horríveis veículos:

– O senhor compreende... *"Il faut bien contenter tout le monde et son pére"*[13]... Muitas famílias queixavam-se, ressentidas, de não serem inteiramente pretos os coches fúnebres: tinham muitos dourados... A empresa, então, encomendou e pôs em circulação novas carruagens distintíssimas, inteiramente pretas: colunas, plumas, cavalos, arreios, *valets-de-pied* e tudo...

---

13. "É preciso agradar todo o mundo e o próprio pai."

Não bastou. Diziam as sentidas criaturas enlutadas: – "Sim, os cavalos... Mas, olhe: os dentes deles são brancos; quando eles riem, tornam-se irreverentes..." Exigências! Mas, que remédio? Pintar a pixe as dentaduras das boas feras seria crueldade que resvalaria para o ridículo... Que fazer? Compraram-se os automóveis. Tem quarenta cavalos cada um. Mas são cavalos clandestinos, que absolutamente não podem contrariar ninguém. E não têm dentes...

URBANO

Os basbaques

Quinta-feira, 18 de agosto de 1927

Há uma categoria de gente que tem uma esquisita psicologia: a gente que age sem saber por quê, que funciona maquinalmente, automaticamente, inconscientemente. Dessa interessante espécie estão cheias as ruas de S. Paulo. É bastante que um arquiteto, por exemplo, em plena praça Antônio Prado, pare um pouco, sob o sol glorioso destas tardes de cristal, e, interessado, se ponha a examinar o estilo de uma fachada ou a torre de distribuição do concreto de um arranha-céu em construção; é bastante essa simples e natural atitude de sua vida, para que imediatamente em torno dele se forme uma roda imensa de indivíduos que absolutamente não são arquitetos. Olham, mas não sabem onde, como, por que, o que estão olhando. Gostam de ajuntamentos; acreditam que "a união faz a força"; adoram enigmas; são visionários; são imitativos; vão "na onda".

Há poucos dias assisti a uma cena curiosa. Foi no largo S. Bento. Havia uma multidão enorme e silenciosa atravancando uma calçada, em frente de uma vitrina. Já se falava em agressão, em assassinato, em síncope cardíaca... A ambulância não devia tardar... Já se tirava a sorte para ver quem é que teria o prazer de levar a notícia à viúva... Furei a barreira humana e aproximei-me da vitrina. E o que vi foi apenas isto: – A vitrina era a de uma casa de ferragens. As vítimas eram dois indivíduos baixos, mal encarados e completamente sujos de óleo e de graxa: um, vestido de xadrezinho e *casquette*, com ares de homem que gosta de motocicleta; o outro, de roupa preta, camisa de flanela e cartolinha enterrada até ao queixo, devia ser um funileiro. Com gestos pavorosos de dedos apinhados, discutiam acaloradamente. Usavam de termos técnicos num dialeto que eu absolutamente não conhecia. Consegui, entretanto, reter algumas palavras que, a muito custo, pude mais tarde traduzir para o vernáculo: pistão, êmbolo, biela, descarga, contravapor, válvula de segurança, linotipo, máquina de costura, dinamite, etc. Todo o mundo se interessava extraordinariamente por aquele assunto. Todo o mundo entendia profundamente daquelas cousas. Todo o mundo compreendia muito bem aquela língua e aqueles termos. Todo o mundo achava belíssima, perfeita, maravilhosa, encantadora, *chic* e mimosa, mesmo, uma cousa pequenininha que estava na vitrina e que era objeto daquele *meeting*: um parafuso vulgar.

URBANO

A inércia

Sexta-feira, 19 de agosto de 1927

Está acontecendo uma cousa misteriosa em S. Paulo. Em quase todos os lares parece que penetrou uma esquisita loucura: todo o mundo – chefes de família, donas-de-casa, filhos, criados, etc., de todas as idades e de todas as cores –, todo o mundo começou, de repente, a entregar-se a inexplicáveis e perigosíssimos exercícios acrobáticos. A mania da ginástica. Nos terraços, nas salas de visita, nas cozinhas, nos banheiros, nos quintais, há arames ou cordas esticadas, que, à primeira vista, se poderiam tomar por antenas de rádio. Mas não são antenas. São arames ou cordas iguais aos dos circos de cavalinhos, sobre os quais certos malabaristas andam, equilibrados. Não é raro, é mesmo comuníssimo, verem-se famílias inteirinhas entregues, nas horas vagas, a esse perigoso e difícil divertimento. Por necessidade de equilíbrio – pela mesma razão por que os acrobatas de circo, ao praticarem essa ginástica, empunham uma maromba, um bambu ou uma sombrinha japonesa –, essa boa gente serve-se, para esse fim, de vassouras, guarda-chuvas, bengalas, *vacuum-cleaners*, ferros de engomar, cabides, máquina de escrever, etc. Velhos de camisolão, matronas dignas (zeladoras de arquiconfrarias religiosas) em *matinée*, operários em *over-all*, meninas em pijama, rapagões inteiramente nus, aos urros ou aos gritinhos, passam horas a fio andando sobre fios. Parecem andorinhas. Alguns despencam como pedras e morrem imediatamente. Gasta-se muito dinheiro com essas cousas.

(Só as lavadeiras e os empregados da Light é que fazem uma boa economia: andam nos varais ou nos fios dos bondes.)

Ora, como tudo o que existe tem sua razão de ser, essa loucura também havia de ter uma explicação. Investigamos, fizemos uma reportagem meticulosa: e o caso se esclareceu. Toda essa gente anda nos "camarões" da Light. E como esses animais inquietos não podem absolutamente esperar que se acomode quem entra, ou pise em terra firme quem sai, os passageiros têm que realizar prodígios de equilíbrio para não darem escândalo. A inércia é uma força física que ainda não foi domada. Cada vez que um desses bondes impacientes, rubros de cólera, começa a andar, as pessoas que estão de pé, procurando lugar ou preparando-se para sair, sentem incontinenti que o seu centro de gravidade sai fora do polígono de apoio. Então, cambaleiam, são atirados ao longo do veículo e, não podendo alcançar (a nossa raça é mediana) o altíssimo corrimão, têm, por instinto de conservação e de dignidade, que se agarrar a qualquer cousa sólida que se lhes depare: a perna de uma senhora, o guarda-chuva de um senador, os ombros de uma velhinha, o grande embrulho do empregado de uma casa de cristais, as barbas de um ancião, etc.

E justamente para evitar essas cenas aborrecidas e inconvenientes é que a população de S. Paulo está se exercitando em suas casas, nas horas de lazer. É preciso domar a inércia.

Urbano

Corpos gasosos

Sábado, 20 de agosto de 1927

É curioso: – Há muito tempo que o noticiário dos jornais não registra um daqueles interessantes e divertidos suicídios no Viaduto do Chá. Eram espetáculos públicos bem apreciáveis, que substituíam com vantagem os cinemas ao ar livre, os homens com embrulhos e filhos correndo atrás de bondes, os funcionários de fraque protestando, em praça pública, contra arbitrariedades e perseguições..., etc. Além disso, um meio prático e econômico para certas pessoas que, não podendo comprar um revólver, um vidro de lisol ou um gramofone, pretendiam acabar com a vida.

É uma lei universal, de estabilidade, de equilíbrio, essa que diz que o desaparecimento de qualquer cousa implica, logicamente, no aparecimento de um sucedâneo dessa mesma cousa. Por exemplo: quando desaparece, de sobre o banco do Jardim da Luz, o embrulho de dinheiro que o coronel, recém-chegado do interior, ali pusera enquanto respirava um pouco de ar puro, logo, no lugar desse pacote, aquele coronel há de encontrar um outro maço, mais ou menos igual, porém cheio só de palpites para o jogo do bicho. Assim, aplicando-se ao caso em questão essa lei imutável, devemos procurar qual o sucedâneo do Viaduto, para o efeito dos suicídios, em S. Paulo. Não são precisos muitos esforços nem muita perspicácia para se descobrir logo o misterioso equivalente. Basta uma leitura atenta dos *faits divers* e das "Queixas e Reclamações" dos nossos principais jornais. Essas seções estão repletas de cadáveres ou semicadáveres, fabricados por um gás esquisito, vulgarmente conhecido pelo nome de "óxido de carbono". Esse gás sai dos três enormes balões que a Companhia do Gás mantém na rua do Gasômetro e, sorrateiramente, velhacamente, vai se insinuando por cantos ocultos e intrometendo-se nas diversas residências particulares, mesmo nas casas de famílias tranqüilas onde absolutamente não há candidatos ao suicídio. E, aí, recebe o batismo do fogo nos aquecedores de banho ou nos fogões das cozinhas; e, vingativo como é, reage: envenena e mata. Envenena e mata cegamente, sem critério algum, desde o homem gordo que gosta de boiar horas inteiras na banheira, fumando charutos; até a pobre cozinheira que alimenta aquele homem gordo.

Felizmente, muitas vezes o feitiço vira contra o feiticeiro. Assim é que os próprios empregados da Companhia mortífera têm sido vítimas do terrível, gasoso inimigo. Ainda há poucos dias edificou-se, no cemitério do Araçá, um túmulo novo, que traz, em letras garrafais, este doloroso epitáfio:

> Aqui jaz
> Braz Vaz,
> Acendedor de gás:
> Bebeu água-raz,
> Respirou esse gás
> E, zás-trás,
> Repousa em paz!

URBANO

Chuva de primavera

Domingo, 21 de agosto de 1927

De hoje a um mês, a folhinha trêmula e o trêmulo boletim do Observatório Astronômico anunciarão a S. Paulo a entrada da Primavera.

Alguém disse que "há dor no nascimento de uma criança, de uma estrela, ou de uma idéia". Entretanto, parece que só as cousas tristes, cujos destinos apagados hão de ser de sombras e de lágrimas, se deveriam anunciar, fazer-se pressentir por um prelúdio de profética melancolia. Mas não. Mesmo as grandes alegrias têm esse prólogo doloroso.

Assim a Primavera. Antes que ela venha colorir a terra, salpicar de mocidade a vida, alegrar as cousas e as almas danadas que o inverno empalideceu, uma grande neurastenia terá que vir, inevitável, superior. E vem. Vem do céu, desse céu baixo, de algodão sujo, onde a pluma negra de fumo, enfiada nas chaminés retas, é ainda mais negra, mais lânguida, mais lúgubre. O céu pardo se liquefaz nessa pequena chuva fina, teimosa, impertinente, que espeta alfinetes longos de aço enferrujado na almofada fofa da terra dorminhoca. E uma hipocondria cinzenta, biliosa anda esborrifada no ar, contagiosa, epidêmica, geral. Prostra todas as gentes e todas as cousas. As gentes estão encorujadas e murchas: – ou enfaixadas nos *cache-cols* inúteis, debaixo dos toldos oblíquos das lojas; ou lendo narrativas de viagens polares ou de explorações nos desertos africanos, bem fechadas em casa, em *robe-de-chambre* felpuda e chinelos de feltro... As cousas choram: – choram as fachadas herméticas e misteriosas, pintadas de umidade; as árvores, peladas *à la garçonne* ou *en boule* como mulheres; as ruas mal calçadas, onde uma lama escorregadia faz "derrapar" os pneumáticos enlambuzados e os *cavours*[14] burocráticos...

E, sob este céu enervado, neste tempo agreste, todas as cousas e todas as gentes têm, por força, uma alma negra e lacrimejante de guarda-chuva...

URBANO

Hora certa

Terça-feira, 23 de agosto de 1927

O meu amigo Aarão ganhou, quando fez 49 anos, do seu bom papai um bom relógio de ouro: jóia rara de família, que fizera toda a campanha do Paraguai e que agora, em vez de dormir sob os louros da vitória, ainda continuava a trabalhar conscientemente, como um burro de carga. Um dia, o relógio teve uma espécie de síncope cardíaca – e parou. Aarão auscultou-o, tomou-lhe o pulso, abanou a cabeça e foi a um relojoeiro especialista. O sábio submeteu a máquina a um exame radioscópico e, serenamente, diagnosticou:

– Cousa sem importância: falta de corda.

Aarão deu corda ao relógio e as rodinhas começaram, de novo, a funcionar. Mas o relógio, durante a sua primeira letargia, sofrera um certo atraso: 4 ho-

---

14. Ver nota 3.

ras. Aarão estava na Praça da Sé. Quis acertar o seu bom cronômetro. Olhou para o grande mostrador público que fica ali, naquela ilhota, sobre pessoas que esperam bondes e jornais que esperam pessoas. Eram, ali, 11 horas e 45 minutos. Aarão colocou os ponteiros do relógio nos seus devidos lugares. E foi descendo a rua Quinze. Aarão não sabe explicar por que, sentiu uma misteriosa atração para a torre do edifício da "Previdência", onde também há um mostrador. Olhou e viu que eram precisamente 11 horas e meia. Acertou por esse o seu relógio. E continuou a caminhar. Em frente à Casa Michel, outra tentação. Olhou: o mostrador daí marcava meio-dia e dez minutos. Aarão submeteu o seu bom relógio a essa nova ordem. Prosseguiu. Os relógios das casas Bento Loeb e Grumbach discordavam: um dizia que eram 11 horas em ponto, outro que eram 11 horas e 40 minutos. Aarão tirou uma média, uma bissetriz, e pôs o seu cronômetro nas 11 horas e 20 minutos. Quando chegou ao largo S. Bento, os anjos de bronze do mosteiro batiam 12 horas e meia e o quadrante que existe no centro do largo teimava, insistia em afirmar que eram 13 horas em ponto. Aarão hesitou. Refletiu, longamente, de olhos fechados. Ajuntou gente em roda dele. E, sempre de olhos fechados, sacou do bolso a jóia de família e pôs-se a fazer com que os ponteiros girassem, girassem desesperadamente até que parassem numa hora qualquer estável, definitiva. Quando abriu os olhos, o seu relógio marcava exatamente 7 horas e 48 minutos, mas continuava a andar. E as pessoas que estavam em torno dele – jogadores profissionais – começavam a receber o dinheiro das apostas que tinham feito.

Aarão fingiu que não viu nada e voltou ao relojoeiro para pedir-lhe que fizesse o seu relógio parar, de novo, para toda a vida.

URBANO

Os vigaristas

Quarta-feira, 24 de agosto de 1927

Dizem que vamos ter um jardim zoológico. Não será, para nós, grande novidade.

Já tínhamos um, e bem bom: o Jardim da Luz. Magnífico "zôo". Tinha bichos de toda qualidade, de todos os temperamentos, capazes de tudo: – veados calmos, passivos, comendo grama; macacos desavergonhados, arrancando gargalhadas de criancinhas inocentes, e de homens gordos e maliciosos; jaburus melancólicos, pensando na vida dos insetos rasteiros; siriemas alimentando-se de cobras e de *dendrobium thyrsiflorum*; emas divertidas, vorazes, comendo, sem critério algum, chaves, canivetes, relógios, garruchas ou carburadores, que a filantropia dos visitantes lhes ministrava; etc. A essas espécies de feras expostas aos olhares cúpidos dos curiosos, é nosso dever acrescentar ainda outras, quase invisíveis e mais perigosas: pernilongos, balas venenosas vendidas à entrada, olhares fatais de melindrosas, baratões-barbeiros, lagartas rosadas e vigaristas.

Esta, a pior espécie. O vigarista é um animal estranho, terrivelmente daninho, que aparece pelas aléias justamente à hora da chegada dos trens do Interior na Estação fronteira. Tem a propriedade de se confundir, como os camaleões, com as outras pessoas que passam; não tem medo de soldados e alimenta-se quase que exclusivamente de coronéis. Assim que ouve o apito de um trem, começa a farejar coronéis. Quando aparece, sob o toldo da Estação, algum guarda-pó, ou algum baú, ou alguma canastra, ou algum cestinho de jabuticabas, já se sabe: o bicho fica assanhado. Desfere um melodioso canto de sereia e a vítima entra, maquinalmente, como que hipnotizada, no jardim. Entra, escolhe um banco e senta-se. Então, o animal daninho aproxima-se, cauteloso, e estuda a situação. Depois, arma o bote, e pede à vítima um fósforo, emprestado. Senta-se a seu lado e puxa prosa. Conta-lhe cousas absolutamente verdadeiras: que tem um bilhete de loteria premiado, mas que não pode ir receber o prêmio, porque deve tomar um trem que parte daí a dez minutos; que inventou uma máquina infalível de fabricar dinheiro; que está com um pacote de 80 contos no bolso, para depositar no Banco, mas tem medo de ser assaltado; etc. O coronel interessa-se extraordinariamente por aquelas admiráveis realidades e entra logo em negociações com o bicho. São negociações misteriosas, pactos secretos, combinações clandestinas, cujos termos não podem absolutamente ser revelados. Depois, despedem-se.

Meia hora mais tarde, quando a polícia, chamada pelo telefone, penetra no quarto do hotel em que se hospedou a vítima, encontra apenas isto: – os despojos de um coronel gesticulando e vociferando dentro de um guarda-pó indignado:

– Só me deixou isto! Nem sequer a minha cestinha de jabuticabas! Ai! ai! ai!

Urbano

Abalroamentos

Quinta-feira, 25 de agosto de 1927

O bom humor inglês abriu, um dia, em Londres, um concurso com importante prêmio ao escritor que conseguisse contar "a história mais inverossímil que fosse possível inventar-se". Imaginações excitadas por um saco de libras esterlinas inventaram dragões irreais, castelos impossíveis, enredos absurdos, explosões inacreditáveis – e apresentaram histórias perfeitamente inadmissíveis. Essas superexcitadas imaginações esqueceram-se de que o júri era constituído de inteligências que tinham o sábio equilíbrio do *humour* e não o desarranjo tolo da fantasia doida. Por isso, desprezou todas aquelas inúteis, imprestáveis inverossimilhanças, para premiar um simples caso que "poderia ser" de todos os dias, mas que absolutamente "não é". Ganhou o autor da seguinte pilhéria:

Numa rua movimentadíssima de um bairro industrial, há um choque brutal entre duas carroças. Multidão silenciosa, em torno. Os cocheiros, como perfeitos *gentlemen*, descem das suas boléias e dão-se mutuamente explicações, nos mais polidos termos que é possível imaginar-se. "Queira o cavalheiro perdoar-me: a culpa é toda minha..." – "Oh! por quem é, excelência, eu é que fui algo imprudente..." "Faço questão de indenizar v. s....", etc.

Não se pode, de fato, conceber nada mais corriqueiro e mais inverossímil. O prêmio foi justo.

Tenho a fantasia de imaginar esse mesmo concurso aberto em S. Paulo e de pensar que fosse paulistano esse feliz humorista. Tendo estudado profundamente a nossa cidade, as nossas gentes e os nossos costumes, tenho certeza de que, ao narrar essa mesma história, não poria as surpreendentes palavras nos lábios brutais de dois pobres carroceiros. Não. Para tornar ainda mais inverossímil a sua anedota, estou cegamente convencido de que o engraçado escritor escolheria, para personagens do seu inesperado diálogo, um simples *garçon* de café e um funcionário de certas repartições. E faria com que o funcionário, de calças brancas e ordenados diminuídos, tivesse, com o *garçon* que carrega um bule fumegante, sério abalroamento.

URBANO

Imprudência

Sexta-feira, 26 de agosto de 1927

Há pessoas que ainda não adotaram a calma filosófica da sentença popular: "A pressa é inimiga da perfeição". Essas pessoas são geralmente os *chauffeurs*, os donos dos "cafés expressos" e os homens gordos. No entanto, a todos eles a experiência vem provando, quotidianamente, a verdade daquela sábia e prudente máxima. A morte por automóveis apressados é antipática e banal: suja demais as roupas e faz ajuntar gente. Os "cafés expressos" apressados, que a gente chupa de pé, fervendo, são incômodos e antiestéticos: os braços trêmulos de um homem idoso não oferecem a mesma segurança de uma sólida mesa de mármore – anteparo, barreira intransponível entre o líquido negro e as calças de flanela clara –, e aquele café, saindo daquela máquina, dá a impressão desagradável de um caldo escuro escorrendo de um aquecedor de banho (*without a vent-pipe*[15]). A posição de um homem gordo e apressado, na multidão, é sempre embaraçante e perigosa: impede as entradas nos elevadores (mesmo nos de porta elástica) e interrompe a circulação nas artérias centrais de intenso movimento.

Para ser sintético, vou me ocupar apenas de um homem, que era *chauffeur*, dono de "café expresso" e gordo, ao mesmo tempo.

Começo por lhe dar um conselho: seja lento, coerente com o seu material. Repare um pouco como, no reino animal, por exemplo, todos os seres gordíssimos são vagarosos. Eles sentem, por instinto, a necessidade da prudência; eles têm a consciência do seu volume. Nunca se viu um paquiderme – elefante, rinoceronte ou hipopótamo – saltar ribeiros ou pular barras de circo-de-cavalinhos, como um *poney*, uma zebra, um galgo russo ou um gafanhoto.

O fato de se reencarnar uma daquelas feras num ser mais inteligente e superior, num *homo sapiens*, não justifica absolutamente o abandono daquela idéia instintiva e primitiva de prudência. No entanto, parece que, por uma brincadeira de mau gosto da natureza, quanto mais gordo é um homem, tanto mais apressado, mais rápido, mais precipitado se torna. É preciso que essa qualidade de homens evite espetáculos públicos como este a que anteontem assisti:

Apesar de ser *chauffeur* e dono de "café expresso" também, o homem gordo a que acima me referi

---

15. Sem chaminé de ventilação.

vinha num bonde. O bonde era aberto – dos antigos; e o homem era gordíssimo – desses tais que gemem, quando cruzam as pernas, e rebentam o *paletot* abotoado, quando espirram. O veículo entrou na praça da Sé e o homem gordo tocou a campainha. Mas não era ponto de parada. Ora, o grande ser não quis se compenetrar disso: rangeu, gemeu, pôs-se de pé e, sem nem sequer descer ao estribo, mesmo de cima do banco, num abrir e fechar de olhos, sem dar tempo a qualquer intervenção dos passageiros, ergueu os braços, apontou a barriga para os paralelepípedos e gritou:

– Lá vou eu!

Esborrachou-se completamente.

Nem todo o mundo é bola de borracha. Nem todo o mundo gosta de ver jogar futebol.

URBANO

Circulez!

Sábado, 27 de agosto de 1927

Um dia, não me lembro quando, a polícia de S. Paulo enfiou um capacete, empunhou um *casse-tête* parisiense e colocou-se no meio da rua, gritando: "*Circulez!*" Os homens inofensivos, de canetas-tinteiro, que assinavam cheques nas calçadas; e as senhoras curiosas, de alta responsabilidade, que olhavam cousas nas vitrinas, experimentavam uma nova, misteriosa sensação de inquietude nas pernas: e começaram a andar. Começaram a andar à toa, por acaso, pelo Triângulo, ao Deus-dará; começaram a andar por andar, a "ir na onda", a mover-se maquinalmente, a girar automaticamente: a circular. E a vida, no centro, ficou mais fácil: correu, lubrificada, mais harmoniosa e mais eficiente. "Conserve a sua direita!" E a faixa humana, dócil, humilde, escorreu, suave, pelas ruas desimpedidas, numa e noutra calçada, em sentidos diferentes: descendo por uma e subindo por outra. Era bonito e bom.

Passaram-se meses. A polícia pensou:

– O pessoal já está acostumado. Agora, podemos descansar.

E descansou. Mas... qual!

Assim que o bom *policeman*, bigodudo e vermelho, cochilou um pouquinho, logo, nas artérias centrais, foram-se os glóbulos brancos, os glóbulos vermelhos e os glóbulos pretos acumulando pelos paralelepípedos, enroscando pelas esquinas, fazendo roda pelos passeios, aglomerando sob os toldos, apinhando diante dos cristais... São 900.000 glóbulos estagnados, absolutamente convencidos do lindo lema belga: "A união faz a força". Ficam por aí, discutindo política, cinema, jogo do bicho, modas, *raids* aéreos, amores, finanças, etc.

Ouvem-se, em todas as línguas do mundo, mais ou menos, estas palavras sempre: "eleições", "*kein Geld*", "ho guadagnato", "Allah! Alcorão!", "*crêpe georgette*", "*business*", "*lindos ojos, manola!*", "duplicata", "*wodka*", etc., etc.

E a polícia, formosa, toda nova-iorquina, de azul-marinho, botões de prata, luvas e polainas brancas, já não dá confiança a essa gente plebéia e deselegante, que anda a pé. Essa gentinha baixa que compre automóveis, se quiser circular!

URBANO

Classificações

Domingo, 28 de agosto de 1927

Aqui, derreado nesta poltrona mole, de couro, os olhos e o *store* semicerrados, apraz-me imaginar o futuro.

H. G. Wells, meu velho amigo, empresta-me a tua máquina! Mas, por quem és, vamos juntos, que eu tenho medo!

A Máquina de Explorar o Tempo parou. Ano de 2114. Há tantos aviões, que o sol tem vergonha de chegar até a cidade. "Expressos Interplanetários." Nas vias, aerovias e subvias, os elétricos-sem-fio dispararam, em silêncio. Não há pedestres: há patinadores. Patins automáticos: rádios-patins. Cada patinador tem uma antena espetada na cabeça.

No entanto, com todos esses adiantamentos, ainda há museus. Entro no "Museu de Veículos!, "Galeria de 1927". E vejo. Está tudo classificado, etiquetado, conservado em redomas de ar sólido. Sete classes. Discriminadamente, em escala decrescente:

1ª classe: "Automóveis particulares." O veículo distinto do Século da Gasolina. Pequenos carros bem conservados, de pouco uso, marcados com um "P". Alguns trazem, também, um monograma. Certos monogramas têm, em cima, uma coroa de conde.

2ª classe: "Auto-ônibus da Light." Espécie raríssima. Exemplar único.

3ª classe: "Táxis." Muito feios espécimens do terrível veículo do Século XX. Muito explosivos. Péssimo estado do conservação. Notar as manchas de sangue nos pneumáticos.

4ª classe: "Bicicletas." Pequeninas máquinas implicantes, com ou sem motor ou *sidecar*. Humorísticas. Também conhecidas pela velha alcunha de "Vontadinha de ter automóvel".

5ª classe: "Camarões." Grandes objetos rubros. Espécie particularmente apreciada pelos acrobatas da época. Eram tímidos. Tinham horror à solidão. Andavam aos cardumes. Rebeldes a horários.

6ª classe: "Pedestre." Bom veículo. Homem empalhado. Vestes rotas. Sapatos gastos. Evidentes sinais de violência: escoriações, ataduras, amputações. Forte cheiro de arnica. Falta uma perna e a cabeça.

7ª e última classe: "Bondes vulgares." Conhecidos também pela designação de "Veículos da promiscuidade". Grandes engenhos repelentes. Cheios de tocos de charuto e de cigarro, penas de galinhas, cascas de amendoim e outras nojentices. Máquina de baixa extração. O veículo ínfimo nas cidades antigas.

....

Wells, meu velho amigo, não dês marcha-ré na tua máquina, por amor de Deus! Vamos ficar por aqui mesmo!

URBANO

Agência de empregados

Quinta-feira, 1º de setembro de 1927

Um dos espetáculos gratuitos mais interessantes que S. Paulo oferece cotidianamente à gula dos seus habitantes curiosos é a "Agência de Empregados", do Largo de São Bento. Modelar, moderna e higiênica a instalação ao ar livre. Espécie de feira livre.

Há ali cousas, gentes e fatos engraçadíssimos. Aquelas calçadas e sarjetas parecem longas, estreitas colunas de jornal: oferecem-se copeiras, lavadeiras, cozinheiras, arrumadeiras, amas-secas e molhadas, *chauffeurs*, jardineiros, palafreneiros, eletricistas, carrascos, etc. Tudo... Estes anúncios-vivos apertam-se, discutem, brigam, empastelam-se, sempre prontos para precipitarem-se com uma voracidade quase antropófaga sobre a boa senhora de chapéu e bolsa grande, que, através de um *face-à-main* implicante, analisa a mercadoria e estuda os tipos. A excelente senhora – protótipo da boa dona-de-casa – é uma criatura sagaz, expedita, e previdente: leva sempre sob o braço um livro (*Teoria de Lavater*[16]) e vários aparelhos de identificação e tortura (fichas para impressões digitais, estetoscópios, microscópios, balanças, fitas-metros, revólveres, algemas, etc.). E é um manual ambulante de conversação: seis línguas. Discute, em japonês, com um copeiro; faz observações, em polaco, a uma ama; produz blasfêmias, em árabe, a uma arrumadeira-odalisca; vocifera nomes feios, em quimbando, a uma cozinheira...

Com a futura patroa, todos se entendem muito bem; entre si não se entendem absolutamente. Todos prometem ir ao emprego: nenhum vai. Por quê? Preferem ficar ali, naquela calçada preguiçosa e cos-

---

16. Suposta ciência inventada por Johann Caspar Lavater (1741-1801), que determina as qualidades e inclinações da pessoa pelas feições do rosto – fisiognomia.

mopolita, admirando o sublime movimento dos bondes "Casa Verde" e dos ônibus "Oriente".

Divertem-se em iludir afavelmente as futuras patroas que saem dali, para os seus lares, satisfeitas como quem fez uma pechincha.

Boa gente: sua profissão é "alimentar esperanças" (mesmo quando não são cozinheiras).

URBANO

Patriotismo

Domingo, 4 de setembro de 1927

Enquanto chove – e chove tanto, e chove sempre! – a gente das cidades de hoje, em vez de ficar em casa recitando versos de Verlaine[17], ou de esconder-se nas redações dos jornais para copiar versos de poetas inimigos, ou de insinuar-se na sala-de-espera da Câmara ou do Senado para beber inspiração de futuros poemas patrióticos desinteressados; é bem melhor que vá para a rua, ver e sentir a verdadeira poesia da chuva na cidade. Mas é melhor ainda que não procure estragar essa poesia, pondo-a em versos. Ver, ouvir e calar.

... Por isso mesmo, esta crônica, que estava com vontade de explorar um pouco esse tema poético urbano e de falar mal da vida alheia, vai imediatamente

---

17. Paul Verlaine (1844-1866), um dos poetas franceses mais admirados por Guilherme de Almeida, que dele traduziu, entre outros poemas, o *Parallèlement*.

mudar de assunto. Vai, mais uma vez, sem associações de idéias, tratar do nosso futuro jardim zoológico.

Essa futura, louvável instituição, para ser bem moderna e bem brasileirista, terá que seguir também os ditames de certa cartilha que se resume numa esquisita "condição de todos os impulsos para um determinado fim". Essa determinada finalidade é uma única: salvar o país. Isto é: ser pai da pátria, ser deputado. Eis a atual, única obrigação de todo verdadeiro brasileiro. Ora, aplicado este puríssimo, ideal princípio ao nosso futuro "zôo" (dizemos só "Zôo", porque é assim que dizem os gregos, os ingleses e os alemães e porque nós somos cosmopolitas), compreende-se bem o que ele será, o seu único *but*[18] (substantivo francês e conjunção inglesa): uma chocadeira de deputados. É, pois, tempo de lembrarmos à Municipalidade a absoluta necessidade de se incluírem nas coleções do futuro jardim certos exemplares de bichos bem brasileiros, indispensáveis ao verdadeiro escopo a que se propõe o logradouro público. São espécies altamente patrióticas e significativas. Além disso, fáceis de se obterem. Apenas isto: uma anta, um papagaio e um bucentauro dogal.

URBANO

---

18. Em francês, no caso, significa *objetivo*; em inglês, significa *mas, porém*.

Salões

Terça-feira, 6 de setembro de 1927

Esta palavra sugere logo cousas de séculos passados: – lustres, damas, cavalheiros, monóculos, valsas, biombos, lacaios... Salões... E quem suspira, hoje, essa evocativa palavra, com a ingenuidade dos homens frizados que ainda acreditam em "noitadas de pura arte e finos galanteios", há de, por força, sentir forte abalo cada vez que, passando por uma rua qualquer desta cidade, deparar com esta tabuleta: "Salão de engraxate". Tabuleta? – Não: Um pedaço de papelão balançando num barbante. Salão? – Sim... Talvez... Há, ali dentro, boas poltronas, quase tronos, em que a gente se derreia, como o duque de Morny se espreguiçava nas *bergères* da rainha Hortência. Mas poltronas moderníssimas, com um jornal ao lado e uma espécie de estribos de bronze ou de pau, embaixo, para que descansem com firmeza os pés – a base, a pedra angular do edifício humano. E, se a gente não quiser ter o desagradável trabalho de ler gazetas, há, também ali, contra o fastio e o tédio dos dias incolores, uma boa prosa. Cada um daqueles pequenos engraxates atirados aos nossos pés é uma reencarnação de mademoiselle de Lespinasse ou de madame Du Deffand[19]. Aqueles salões são os remanescentes dos velhos "laboratórios de espírito", que funcionaram com tanta graça no grande século de França. Fala-se,

---

19. Julie de Lespinasse (1732-1776) – em seu salão se reuniam os enciclopedistas. Marie, marquesa Du Deffand (1697-1780) – seu salão era freqüentado por artistas, poetas e escritores.

aí, de tudo e de todos. Fazem-se boas piadas. Fabricam-se inesquecíveis trocadilhos. Comenta-se política, religião, finanças, aviação, urbanismo, metafísica, etc. Há engraxates entendidíssimos que resolvem, com quatro palavras e dois gestos de escovas, os mais graves, momentosos problemas mundiais. Enquanto eles falam, os ignorantes fregueses, envergonhados e cabisbaixos, escutam, tímidos como discípulos. De vez em quando, um ou outro freguês mais ousado anima-se a trocar uma pequenina idéia, a contrariar insignificantemente uma ligeira afirmação dos mestres. Sai-se mal. Sai esmagado sob uma avalanche de argumentos e pomada *marron*.

Sei de um bom homem que, ouvindo discutirem-se, num desses salões de espírito, tantos e tão diversos assuntos, se atreveu, certa vez, a atacar uma questão até então virgem, inédita, desconhecida naqueles ambientes: a questão da higiene. Foi muito infeliz. Ninguém compreendeu nada. Apenas o dono do salão deu um pequenino aparte:

– *Io giá conosco u sinhôre! É quillo caxêro-viaggiante das inscarradêra higiencia... Questa porcheria num péga aqui!*

URBANO

"Brada aos céus!"

Quarta-feira, 7 de setembro de 1927

De repente, no dia frio e pardo, todos os habitantes de S. Paulo, que estavam chocando negócios no Triângulo, olharam para o céu. Não era um eclipse: os boletins do Observatório Astronômico, que nunca mentem, mantinham-se silenciosos. Não era um novo arranha-céu: os tapumes são cousas bonitas e importantes, que não desmontam assim a todo momento. Não era um astro desconhecido: era meio-dia e nem todo mundo gosta de ver estrelas a essa hora. Não era um cometa: os caixeiros-viajantes ainda não sabem voar... Que seria?

Um zunido trepidante respondeu, das nuvens baixas e geladas. E um aeroplano apareceu. (Garanto que o leitor absolutamente não estava adivinhando!) Saint-Romain? Nungesser? Redfern? – Qual! Um simples avião que fazia reclame de qualquer cousa. Sobre cada praça, cada cruzamento de ruas principais, onde quer que houvesse mesquinhos "bichos da terra" em atitude astronômica, a máquina voadora lançava um punhado de papéis. Os pequeninos cartazes pairavam, horizontais, inclinavam-se um pouco, ensaiavam uma "queda de asa", e vinham em zig-zag, devagar, devagarinho, cair nas mãos curiosas ou nas cabeças esquentadas dos terrenos. Todo o mundo tinha olhos de admiração e "bravos!" íntimos para aquelas acrobacias *tremendously gripping* do avião que parafusava no ar.

Todo o mundo? – Não: quase todo o mundo. Porque ali, naquela esquina obscura, entre uma dama carregada de bebês e um ancião carregado de *cache-nez* e galochas, havia um homem – uma gorda, vermelha e indignada exceção – que erguia braços de desespero, dava patadas de ódio e vociferava teatralmente:

– Arre! Agora, até de lá! Até do céu!

Era um bom lixeiro, um pobre varredor.

URBANO

Triste história

Quinta-feira, 8 de setembro de 1927

... é a história do "O Homem que vai ao Brás".

Ele era longo e apressado. Usava "cronômetro" (os homens metódicos, pontuais e cumpridores de seus deveres costumam dar este nome aos seus relógios de bolso). Tinha uma ternura quase paternal para aqueles ônibus inumeráveis, que partiam do largo do Tesouro cheios de charutos toscanos, cestas de compras e cronômetros matemáticos. Era o melhor freguês daqueles bons veículos mansos e suaves. A estes devia ele a precisão com que pendurava o chapéu no cabide da Secretaria e a exatidão com que empunhava a caneta para a penada cotidiana do "ponto", que lhe garantia a vida e os nervos. Os ônibus do Brás eram como que partes integrantes, membros do seu corpo. Não, membros inúteis como amígdalas, baço, apêndice, unhas, pêlos, etc. Eram membros indispensáveis.

– "Mooca 10"! "Mooca 8"! Vai pra Penha! – eram as abençoadas palavras que punham, todas as manhãs, um raio de sol na sua vidinha parda.

Um dia... (dia 1º. de setembro de 1927) tudo mudou. O Homem que vai ao Brás chegou ao largo do Tesouro, consultou o cronômetro, jogou fora o palito, acendeu o cigarrinho Sudan e esperou o seu veículo.

Esquisito... Ter que esperar... São tão abundantes... Que teria sucedido? Um mau pressentimento fez bater forte o seu coração de pai... Esperou mais um pouco. Esperou. Esperou. Esperou. Os motorneiros, à frente dos grandes bondes que desciam, olha-

vam para ele disfarçando gargalhadas satânicas com risinhos de mofa, fazendo fosquinhas, dando ódio...
O Homem que vai ao Brás chamou um *chauffeur* que andava por ali e indagou dos ônibus.

– Acabaram. Acabaram de uma vez. Agora é só táxi, bonde ou "calcante"!

Tinha-se esgotado, a 31 de agosto, o prazo da licença para os bons bichos poderem circular.

E esgotou-se também qualquer cousa na cabeça do Homem que vai ao Brás. Na sua vida abriu-se um vácuo impreenchível. E na Secretaria deu entrada, tarjado de preto, um requerimento de exoneração "por motivo de força maior".

De fato, os bondes são maiores e mais forçudos do que os ônibus. Mas "não vão lá das pernas"...

URBANO

De bonde

Sexta-feira, 9 de setembro de 1927

No "Camarão" quentinho e calafetado, que descia, entre franjas de chuva, para a cidade, houve um desconsolo silencioso. Todos os olhos, quase irados, voltaram-se para uma terrível capa de borracha que conversava com um terrível guarda-chuva.

– Que tempinho, hein?
– É mesmo. E isto vai longe...

Não sei que horas eram. Quando chove e se está dentro de um bonde, nunca se sabe bem que horas são. Um rapazinho que tinha um pic-nic marcado para o dia seguinte; um velho reumático, empregado municipal, que tinha que fazer uns lançamentos; uma mocinha que precisava "fazer o Triângulo"; um cobrador que devia percorrer bairros longínquos; um "homem de prestações" que mantinha negócios importantes em ruas de *bungalows* – toda esta boa e torturada gente olhou com ódio para o moço da capa-de-borracha e para o senhor do guarda-chuva, que acabavam de pronunciar tão desesperantes palavras. E eles, indiferentes, prosseguiam:

– Sim, o café... Isto é ouro que cai do céu, rapaz!

– É. É ouro para os chapeleiros, sapateiros e farmacêuticos...

No silêncio do bonde de janelas embaciadas, as ponteiras de aço dos guarda-chuvas desenhavam, sobre as tábuas do assoalho, geografias elementares. Um rio... Um lago... Uma ilhota... Uma península... Um istmo... Um cabo... Um golfo...

Afastei minhas galochas do Oceano Pacífico que avançava para o meu lado. Suspirei pelo Saara, ou pelo Ceará.

O bonde parou atrás de um táxi "enguiçado". Um silêncio impressionante imobilizou os vinte e três passageiros do "Camarão". Poli, com os dedos, um pedacinho da vidraça fosca e olhei para a rua. Ali, naquela calçada de cimento, sob o toldo de uma casa de comércio, uma multidão escorrida e triste abrigava-se da chuva. Bom toldo aquele! De repente, surgiu, de dentro da loja, um homem gordo com uma manivela na mão. Enfiou a manivela numa cousa invisível e começou a trabalhar. O toldo foi, pouco a pouco, se encolhendo, foi subindo e desapareceu numa saliência da fachada. Sobre a pobre multidão escorrida e triste, despencou um Niagara. Houve gritos de protesto. Nomes feios. No bonde, a meu lado, um engenheiro eletricista murmurou:

– Hulha branca. Isto, aproveitado, devia dar uns 2.800 watts...

A multidão dissolveu-se resmungando. O proprietário gordo, bem abrigado, esfregou as mãos. Olhei para o edifício. Havia uma tabuleta explicativa: "Secos e Molhados"!

URBANO

Melodrama

Sábado, 10 de setembro de 1927

Há pessoas tristes, feitas para provocarem o riso, como há palhaços alegres, feitos para provocarem o pranto, mesmo que não seja na ópera do sr. Leoncavallo (dois ótimos palpites para hoje).

Eis aqui o caso de uma pessoa triste feita para provocar o riso:

Isto foi há dias, ao lado da Delegacia Fiscal, à entrada da avenida Anhangabaú. Eram 17 horas mais ou menos: a hora do chá. Mas nem todo o mundo gosta de chá. Por isso, havia muita gente na rua, àquela hora. Um táxi inofensivo, que descia a avenida São João, fez uma curva graciosa e entrou nos asfaltos ajardinados que sepultam o rio histórico de Anhangá. Mas, ao entrar, assustou ligeiramente um homem que atravessava a rua. Não aconteceu absolutamente nada. Apenas o *chauffeur*, que não tinha intenção de perseguir quem quer que fosse, avistou o vulto, tocou o *klaxon*, o homem ouviu em tempo, parou calmamente, e o auto prosseguiu, suave como um cisne. Entretanto, aquele grito gutural da buzina chamou a atenção das criaturas que não queriam tomar chá. E todas olharam para o homem não atropelado. Este, que era um velhinho sadio e fagueiro, percebeu que todos o olhavam. Foi quanto bastou para que ele sentisse a delícia de ser vítima. Estabeleceu-se a dúvida no seu espírito: "Terei sido atropelado?" E, sem mais reflexões, insensatamente, o velhinho sentou-se no meio do asfalto, tirou o chapéu, pô-lo no chão, a seu lado, enxugou o suor com um lenço vermelho, limpou a garganta oratória, e começou a declamar:

– Matem! Acabem com este velho inocente! Matem-no de uma vez! Liqüidem este velhinho imprestável! Matem! Matem este infeliz!...

Em círculo, a multidão silenciosa, de mãos nas costas, via e ouvia, com uma atenção extraordinária, aquela tragédia pública. Houve pessoas sem coração, absolutamente destituídas de bons sentimentos, que ousaram chorar.

URBANO

Gente perdida

Domingo, 11 de setembro de 1927

Dizem que foi Lavoisier quem, um dia, afirmou que "nada se perde e nada se cria na natureza". Os sábios (homens ingênuos que acreditam cegamente em verdades absolutas, axiomas, leis, etc.) aceitaram também essa afirmação como um dogma, completamente esquecidos de que estavam "perdendo" tempo e "criando" uma porção de embaraços à vida assustada dos preparatorianos de física e química.

Era bem preciso que um desses sábios fizesse uma ligeira visita a certo departamento da Polícia de S. Paulo. Esse departamento é o "Gabinete de Objetos Achados", curioso repositório de cousas perdidas na natureza, pitoresca documentação para um estudo psicológico sobre "A memória e a honradez das massas".

As pessoas que freqüentam esse gabinete são, geralmente, pessoas tristes, distraídas, desmemoriadas; são sonhadores, poetas, gênios, sonâmbulos.

Todos, naturalmente, cardíacos: experimentam tantas emoções!

Entram ali com o coração batendo demais e a alminha pendurada no gancho de um ponto de interrogação: "Acharam ou não acharam?" Chegam embalsamadas de esperança e tão cegas de ilusão, que nunca lêem o letreiro invisível que se acha sobre a porta de entrada: a mesma tabuleta que Dante leu no portal da "Cidade Dolente". É uma *"perduta gente"*...

Os senhores discípulos de Lavoisier terão, nesse museu, a prova documental, insofismável de que tudo se perde e tudo se cria na natureza: – perdem-se chaves, guarda-chuvas, carteiras, capotes, bebês, mulheres...; criam-se chaves, guarda-chuvas, carteiras, capotes, bebês, mulheres, que não são absolutamente os que se perderam.

É de estranhar!

Sei de um homem, singularmente distraído, totalmente desmemoriado, que perdeu, há poucos dias, um elefante. Procurou-o nesse curioso laboratório de metamorfoses e não o encontrou. Saiu pálido e murcho. Mas, ao passar por um *chalet* de loteria, leu, num quadro negro, qualquer cousa que o esclareceu e o consolou: tinha dado o elefante.

URBANO

Gente pesada

Terça-feira, 13 de setembro de 1927

O "Código do Esnobismo", a elegante exasperação de 1907, preceituava, entre outras cousas, o seguinte: "O único fardo que é permitido a um *gentleman* conduzir na rua é um melão desembrulhado, ou uma mulher (embrulhada)." Essa velha lei, que teve a sanção universal, parece ainda inteiramente desconhecida em S. Paulo. Pois há, por aqui, *gentlemen* que se atrevem a sair à rua com grandes embrulhos que nem sempre são melões ou senhoras. Sei que existe, ou existiu, uma postura municipal, proibindo aos pedestres transitar pelas calçadas com grandes volumes. E imagino que esse sábio preceito foi revogado ou caducou. Porque, francamente, transitar em S. Paulo, por estas ruas de estreitos passeios e largo movimento, é, hoje em dia, uma verdadeira corrida de obstáculos. Não raro passam por nós imensos cestos de abacaxis espinhentos que produzem cócegas desagradáveis nos nossos pescoços; trouxas de roupa, que de maneira alguma podem ser confundidas com *sachets*; embrulhos tilintantes de cristaleria ameaçando catástrofes; jacás de galinhas cacarejantes pondo ovos nos nossos sapatos; pneumáticos, pianos, balões de oxigênio, caixões de defunto e, algumas vezes, até automóveis.

Compreende-se que é difícil "flanar-se" ileso por esse mercado ambulante que é S. Paulo. Compreende-se também a justa indignação que se apossou de um conhecido meu que, de roupa nova, garganta seca e coração aos pulos, ia visitar a noiva. Naturalmente ia apressado. A seu lado caminhava uma mulher mal-encarada, sobraçando um imenso fardo. De repente o fardo sentiu-se mal, teve uma vertigem e caiu nos braços do noivo. Era um recém-nascido perfeitamente comprometedor e temporão.

URBANO

O policiamento

Quarta-feira, 14 de setembro de 1927

A falta de policiamento noturno nas ruas da capital é o assunto preferido, o *leit motif* das cartas inúmeras que quotidianamente recebemos. Parece que os vagabundos notívagos têm também as suas preferências: simpatizam com certos bairros. Evidentemente os mal iluminados, que eles se encarregam de envolver em mais densas trevas ainda, apedrejando os combustores de gás. Queixam-se disso os moradores de várias transversais da avenida Brigadeiro Luís Antônio.

Um proprietário, na alameda Jaú, conta-nos, pormenorizadamente, o que aí se passa à noite: lampiões quebrados, vidros partidos nas janelas, e cousas piores...

Da alameda Ribeirão Preto escrevem-nos narrando também o apedrejamento dos combustores de gás e, mais, da própria placa, única ali existente, que dá nome à rua. "Isto então – diz o missivista – é mais grave, pois trata-se de uma rua nova, ainda pouco conhecida, que, sem a indicação da tabuleta, não poderá nunca ser identificada..."

Outro leitor, residente à alameda Itu, queixa-se de escuridão. Escuridão propícia aos malfeitores, que têm penetrado nos jardins de algumas residências, cometendo toda sorte de depredações.

Na rua dos Ingleses, Treze de Maio (parte baixa, no Bexiga) e em todas aquelas transversais, para além da avenida Carlos de Campos, tais abusos são cousas de todas as noites, invariavelmente.

Ora, diante dessas denúncias, a quem apelar, de preferência? À Companhia do Gás? Mas se os originais notívagos implicam com seus lampiões e esta empresa não pode dispor de vigilância noturna... Naturalmente é à polícia que endereçamos as mil queixas que vimos ouvindo. Um vez bem policiadas essas ruas, os gênios maus das trevas hão de se dispersar e os habitantes e os lampiões de gás dormirão em paz...

URBANO

Cousas pretas

Quinta-feira, 15 de setembro de 1927

Há três dias que, sobre S. Paulo, invariavelmente, se desencadeia a cólera dos céus. Nuvens pardas como a massa encefálica de um hipocondríaco; escuridão pesada e ruidosa como túneis da Estrada de Ferro Central do Brasil; raios rápidos e apavorantes como explosões de magnésio numa sala de conferências; trovões surdos como cadeiras arrastadas no andar de cima quando há doentes no andar de baixo... E, de vez em quando, como que de propósito, justamente no momento em que estamos trinchando um peru, quebrando um ovo na cozinha, consultando o termômetro que esteve dois minutos junto ao nosso corpo febril, extraindo um dente na cadeira elétrica de um dentista de Boston; – justamente nesses instantes sensacionais da nossa vida, nesses momentos decisivos do nosso destino, a luz elétrica, que a Light & Power nos fornece, sofre colapsos repentinos e inexplicáveis. Evidentemente brincadeiras de mau gosto, de que resultam graves acidentes de lamentáveis conseqüências: – um peru gorduroso precipitado sobre o peitilho alvo de uma casaca; um ovo fresquíssimo quebrando-se dentro da manga de zuarte de uma cozinheira nervosa; um termômetro Casella enterrado, como uma agulha de injeção, num músculo sadio; um dente perfeito e são arrebatado com dores, por engano, de uma pobre boca vociferante...

Ora, The S. Paulo Tramway Light & Power Company Limited parece que ignora absolutamente essas e outras cousas muitíssimo mais sérias. Se acontece, em momentos de temporal, interromper-se, por efeito de uma faísca elétrica, a sua corrente normal, são-lhe precisos sempre uns cinco ou dez minutos para servir-se da corrente de reserva. Em cinco ou dez minutos podem muito bem se passar imensas cousas perfeitamente capazes de decidir da vida ou da reputação de muitos seres humanos. Os médicos-operadores, ou seus clientes, que o digam!

URBANO

Situação insustentável

Sexta-feira, 16 de setembro de 1927

De manhã cedo, à hora espreguiçada dos jornais assanhados e novidadeiros, nós, habitantes de S. Paulo, Capital do Estado mais agrícola deste país tão essencialmente agrícola, tínhamos o vício inocente, a inofensiva mania de corrermos depressa, com o coração aos pulos, àquele cantinho de que, em cada jornal, o Observatório Astronômico dispõe para exarar os seus infalíveis oráculos. A nossa alminha agrícola exigia aquilo. Tempo e café – é o nosso *panem et circenses*. Temos constante e insofismável necessidade de sabermos sempre, previamente, o que vai acontecer: chuva, trovoada, geada, alta ou baixa de temperatura, eclipses, cometas, ciclones, etc. A nossa pobre, quotidiana vidinha depende desses surpreendentes e traidores fenômenos: – devemos ou não fazer uma projetada excursão automobilística? Devemos ou não sair à rua de roupa clara? Devemos ou não pôr no prego o nosso bom guarda-chuva de cabo de ouro? Devemos ou não plantar batatas? etc. São problemas gravíssimos, de todos os dias, para cuja solução consultávamos o Boletim do Observatório, como quem consulta uma boa tábua de logaritmos. Esse boletim decidia da nossa existência. Era o nosso mentor, o nosso guia.

De repente, misteriosamente, desapareceu do simpático retângulo o capítulo "Previsão". O Boletim deixou de prever o tempo das 16 às 16 horas, como antigamente. Limitou-se a ir registrando o passado, sem se incomodar com o futuro. Deixou de profetizar. Foi prudente demais: não quis ser profeta em sua terra. Abandonou-nos. Que interesse pode ter, para nós, cousas que já aconteceram? Queremos profetas, adivinhos, magos, videntes, cartomantes, quiromantes, sonâmbulos, médiuns... Não queremos historiadores. O futuro é tudo; e tudo mais são histórias!

A falta da *alinea* "Previsão" no Boletim do Observatório Astronômico tem perturbado seriamente a nossa vida. Isto não pode continuar. Talvez o próprio Observatório, com aquela simpática, ingênua modéstia dos sábios, ignore a importância que tinha para nós as suas profecias. A população de S. Paulo está magra e abatida. Não dorme mais. Deita-se e levanta-se assustada, cardíaca, sob constante terror, perguntando a si mesma:

– Teremos terremotos hoje?

URBANO

Camouflage

Sábado, 17 de setembro de 1927

Com a terminação do prazo de licença, diminuíram extraordinariamente, desapareceram quase, os auto-ônibus do Brás. No entanto, a população de S. Paulo continua a crescer. Conseqüência: os poucos, dignos veículos que, hoje, de 30 em 30 minutos, escorrem pela ladeira General Carneiro, são cachos, pencas humanas, susceptíveis de se desmancharem todas ao menor atrito. Lotação: 18 passageiros. Mas... Mas aqueles ótimos *bus* partem de um largo que se chama Largo do Tesouro. Oh! o tesouro! A tentação da riqueza! Os pobres seres não resistem àquela contínua fascinação: fraqueiam, pecam, consentem no proibidíssimo excesso de lotação. Quando descem daquele largo endinheirado, trazem, introduzidas no seu bojo, além dos dezoito felizardos acomodados, várias cunhas humanas que estabelecem uma perfeita adesão de corpos, garantindo a coesão das moléculas contra quaisquer choques eventuais. São úteis, em todos os sentidos.

Por ali descia, ontem, sob chuviscos, um desses pobres auto-ônibus, transgressores involuntários da malvada postura municipal. O bom bicho escorria silencioso e tímido. (Esses animais têm medo de tudo: principalmente de "grilos".) Entre passageiros e cunhas, havia, ao todo, 26 volumes. Ao aproximar-se o cacho de uvas do velho e emporcalhado Mercado Municipal, foi dado um ligeiro alarme: havia, nos horizontes turvos, um "grilo" ameaçador.

– Submarino alemão!

Não houve pânico. O almirante, quero dizer, o recebedor – um homem simpático e jeitoso – cacarejou esta voz de comando:

– Pessoal sentado, firme! Pessoal de pé: abaixem-se todos bem, fiquem bem baixinhos até passar o "grilo"!

Não houve hesitações, não houve desobediências, não houve fraquezas. Verificou-se uma perfeita, sublime disciplina. Todos aqueles bons marujos –

homens familiares e sérios – tomaram uma nobre atitude marcial: ficaram de cócoras, em silêncio, palitando os dentes.

E o *bus* passou altivo, perfeitamente lícito aos olhos do submarino alemão. O submarino, contente, esfregou as luvas brancas e rezou:

> *Du, gutter Got,*
> *Ich bitte dich,*
> *Ein frommes Kind*
> *Lass werden mich!*[20]

URBANO

Lirismo

Domingo, 18 de setembro de 1927

É evidente, é inegável, é fatal esta verdade: todos os barulhos têm eco. Têm, pelo menos, ressonâncias. Assim, a Ópera deve ter também o seu eco, a sua ressonância. E tem. Tem eco, tem ressonância nos salões de barbeiro. Os barbeiros de S. Paulo são como os de Sevilha: gostam de Ópera. Todos os barbeiros de S. Paulo, durante a estação lírica, cantam árias. Os seus salões são grutas onde repercutem longamente, e se repetem, e reboam, e morrem os acordes e os estertores do Municipal. Raspando uma barba agreste de peregrino, operando um *shampoo* complexo num ser calvo, ministrando uma massagem melindrosa,

---

20. "Tu, bom Deus, / Eu te peço, / Permite que eu seja / Um bom filho!"

aplicando uma fricção cheirosa e cáustica, tonsurando um bispo – cantam sempre, sempre. Mesmo que da navalha escorra sangue, ou que o sabão inglês invada olhos, orelhas e narinas, ou que o vibrador elétrico desça a funcionar na sola do pé do freguês nervoso, ou que a loção alcoolizada penetre nos lábios do cliente abstêmio, ou que a tesoura faça de um bispo um papa (coroa de 0,25 de diâmetro) – mesmo errando, distraído, no seu trabalho, difamando a sua nobre profissão, o lírico barbeirinho de S. Paulo canta sempre, todos os anos, nestes meses sonoros, o seu refrão predileto: *"Sono barbiere di qualità!"* E os bons fregueses acreditam nisso. Até gostam.

Cada salão tem a sua freguesia certa, escolhida, selecionada. Só se admitem clientes que entendam muito de óperas. Conheci, há muitos anos, um barbeiro que empregava um esquisito e infalível estratagema para afugentar do seu salão fregueses indesejáveis: barbeava-os com uma navalha histórica, completamente cega. Esse instrumento criou fama em S. Paulo: era geralmente conhecido pela alcunha de *"Una furtiva lagrima"*.

URBANO

Capítulo galináceo

Terça-feira, 20 de setembro de 1927

Os habitantes de uma dessas "alamedas" enlameadas que a Prefeitura teima em manter para fazer realçar, pelo contraste, as belezas asfaltadas da Avenida Paulista, escreve-nos uma extensa, queixosa epístola, na qual graves acusações são formuladas contra um ser misterioso, invisível: espécie de lobisomem noturno, que nunca ninguém viu, mas que deve existir. É uma criação esquisita, inédita, pitoresca, que escapou sorrateiramente às locubrações de Conan Doyle[21] e de Maurice Leblanc[22]; um facínora da pior espécie, estrangulador terrível, criminoso de baixos instintos: o ladrão de galinhas.

O ladrão de galinhas é um ladrão unilateral. Quer dizer: só rouba galinhas. Gosta só de galinhas. Não é como o bom Jean Valjean[23] que surrupiava pães ou castiçais de prata; não: o ladrão de galinhas quer só galinhas. Gosta só disso. Nada mais lhe interessa, nada mais lhe apetece.

À noite, por horas mortas, surge ele (isto supõe-se, pois nunca ninguém o viu), de capa negra e feltro desabado. Ronda um muro de quintal, fareja, estabelece o plano de ataque e começa a funcionar. Começa por subir a um lampião de gás e despedaçar a camiseta, para criar escuridão. Depois, galga o muro e, como uma raposa, infiltra-se no galinheiro. As galinhas já o conhecem muito: não fazem barulho, não reagem, não mordem. Entregam-se em si-

---

21. Arthur Conan Doyle (1859-1930), escritor inglês conhecido sobretudo por seus romances policiais, que têm por herói Sherlock Holmes.
22. Maurice Leblanc (1864-1941), autor francês conhecido pelo personagem Arsène Lupin, protagonista principal de suas novelas e contos.
23. Jean Valjean, personagem principal de *Os miseráveis*, romance de Victor Hugo.

lêncio. Nos quintais há sempre roupas nos varais, automóveis nas garagens, cachorrinhos nos canis. Os ladrões de galinhas desprezam essas insignificâncias: querem só galos, frangos, galinhas, frangas. Mesmo que sejam garnizés. Esta espécie é até mais portátil. Limpo o galinheiro, o larápio desaparece, evapora-se como veio: em silêncio, sem um pio...

Esses enigmáticos avicultores pensam como todo o mundo: "cautela e caldo de galinha"... Só a polícia é que não pensa assim: não toma cautela, não toma caldo. Precisa, deve tomar uma cousa e outra. Não é difícil; pelo contrário: é facílimo, é "canja"!

URBANO

Progresso

Quarta-feira, 21 de setembro de 1927

Tudo progride neste mundo (até o próprio Conselheiro Acácio). Tudo. Principalmente a gatunagem. Os modernos processos de obrigar, à força, o próximo a ser caritativo, deixam lá longe, no passado, rindo um riso amarelado de desapontamento, a célebre "Arte de furtar" de certo clássico que os anticlericais pensam ser o padre Antônio Vieira.

Há furtos originalíssimos nestes tempos. Sem falar na célebre história do bonde elétrico (uma escamoteação moderna que consiste em vender-se a um homem do interior um bonde da Light, e que será assunto de uma futura crônica), basta-me, por hoje, para documentar o que acabo de afirmar, transcrever aqui textualmente a notícia, de que apenas suprimo os nomes próprios, anteontem publicada pelos jornais:

"Ao comissário de serviço no Gabinete de Investigações, foi apresentada ontem queixa-crime contra o motorista F. de Tal, empregado na Garagem F..., à rua Manoel Dutra, que na noite de anteontem obrigou um pobre homem que passava pela rua Conselheiro Ramalho, a comprar-lhe gasolina, tomando-lhe, em seguida, sob terríveis ameaças, a quantia de 100$000. Aquela autoridade encaminhou a queixa ao delegado de Roubos."

Como se vê, progrediu também a frase clássica dos salteadores de diligências nas encruzilhadas: "A bolsa ou a vida!" Agora, o que se diz é isto: "Gasolina ou a vida!"

E isto ainda é pior, porque, naturalmente, as vítimas preferem dar gasolina. E, alimentados dessa gasolina, os veículos vão matar gente por aí. Era preferível que elas se sacrificassem, filantropicamente, a bem do resto da humanidade sofredora.

URBANO

O 5º Cavaleiro do Apocalipse

Quinta-feira, 22 de setembro de 1927

Anda solto por aí. É notívago e gosta só de ruas *chics*, bem calçadas, bem asfaltadas, bem habitadas. É um bicho esquisito, peludo e lento. Perigosíssimo. Todo o mundo o conhece; apenas não liga o nome à pessoa (digo: ao monstro).

O 5º Cavaleiro do Apocalipse confunde a gente. Se v. s. transitar, por volta de 1 ou 2 horas da madrugada, de regresso de um inocente "assustado" familiar, aí pela Avenida Paulista, rua Vergueiro, Higienópolis, etc., há de, por força, tomá-lo por uma cousa bem diferente do que ele é na realidade: há de pensar tratar-se de uma biga romana, um arado, um *tank* de guerra, ou outro qualquer objeto. Não é nada disso. É um veículo singular: tem 2 ou 4 cavalos na frente, seguindo-se-lhes uma boléia vulgar com um cocheiro fumegante e adormecido, e, atrás do cocheiro, o grande mistério. O grande mistério é uma espécie de escova cilíndrica, de pêlos duríssimos e pretos: uma ampliação daquelas, de manivela, com que antigamente os cabeleireiros arrepiavam a nossa cabeça dolorida depois do corte de cabelo "*à la Bressan*". Esse rolo peludo e bruto vai rodando no meio da rua, arrastado pelo resto do veículo. Resultado: ergue-se uma nuvem mortífera de pó, carregada de todos os miasmas possíveis: bacilos de Kock, pneumococos, espiroquetas, hematozoários de Laveran[24], baratões barbeiros, lagartas rosadas, vibriões coléricos, etc. Todos estes micróbios vorazes e irritados tornam-se, contra a luz dos arcos-voltaicos, perfeitamente visíveis a olho nu. Tão visíveis, que chegam até a cegar os curiosos insensatos.

O 5º Cavaleiro do Apocalipse é um cavaleiro sintético. Resume todos os outros: traz consigo a peste, a guerra, a fome e a morte.

O nosso Serviço Sanitário devia proibir a sua aparição nas ruas da cidade, enquanto houver ainda

---

24. Alphonse Laveran (1845-1922), bacteriologista e médico militar francês, que estudou sobretudo o impaludismo.

certo movimento. Depois de 3 horas da madrugada, sim, ele pode circular sem perigo. A essa hora só costumam perambular criaturas indesejáveis: bêbedos, loucos e lobisomens.

URBANO

Primavera

Sexta feira, 23 de setembro de 1927

"Setembro – S. Maurício – Lua nova a 25 – 22 – Quinta-feira – 1711: Sob as ordens do almirante Dugay-Truin, os franceses ocupam o Rio de Janeiro."
É só. É isto, é só isto que dizia ontem a folhinha.
E a Primavera? Não existe?
Não. Não existe para esses homens práticos, cheios de charutos e negócios, que resfolegam como locomotivas escarrapachados em cima de burras gordas... Não existe para essas senhoras paradoxais, de óculos e buço, gola alta e *tailleur* de merinó, que ficaram tão feministas que até parecem homens... Não existem para os senhores do Observatório Astronômico, que se limitam a anunciar "ventos no quadrante NE", enquanto os seus discípulos, atacados de noroeste forte nos calos e nos nervos, cochilam nos bondes...
Mas a Primavera existe. Existe para a gente que sabe olhar com inteligência os jardins dos bairros bons, atapetados de cousinhas lindas e coloridas, e os rebentos verdes e tenros dos plátanos cidadinos... Existe para as sensibilidades esquisitas que sa-

bem abstrair as chatas brutalidades da vida de cidade, para só sentir a finura de seda que há, de tarde, nestes céus altos e lânguidos... Existe para os que ainda não acreditam só em folhinhas, relógios e barômetros, mas, principalmente, em si mesmos, na sua capacidade emotiva, no seu poder de imaginar, de fantasiar, de sonhar...

Então! Ao ver essas figurinhas frágeis da moda – flores artificiais, perfumadas e vivas, de *kasha*, crepe-cetim e tule, que fazem das ruas canteiros, dos salões estufas e dos terraços jardins-suspensos –, ao ver toda essa beleza flutuante da cidade, haverá ainda quem duvide da Primavera?

Graças a vocês, meninas bonitas de S. Paulo, a nossa Primavera existe – e é de todo o ano...

URBANO

Porcarias

Sábado, 24 de setembro de 1927

Há muitos, muitos anos, a Polícia proibiu os "papa-níqueis". Sumiram as máquinas humildes e sóbrias que se contentavam com as pequenas rodelinhas de metal branco, tão simples e tão baratas. E, logo, os homens glutões sofismaram:

– Papar níqueis é proibido; mas papar notas não é proibido.

Então, inventaram os "papa-notas".

São engenhos complicados e múltiplos. Gulosos, exigentes, incontentáveis. Variam, dia a dia, ao infinito. De vez em quando, aparecem, em S. Paulo, verdadeiras novidades no gênero: – A Mulher Barbada, O Enterrado Vivo, A Vaca Misteriosa, O Deputado-Gramofone, O Pato-Boi, A Pulga-Elefante, A Banana-Maçã, etc., etc.

Há especialistas encarregados de rebuscar na natureza essas monstruosas exceções: casos teratológicos, prodígios, aleijões, abortos, para com eles extorquir-se dinheiro à curiosidade doentia das gentes bobas. Há até perversos que se encarregam de provocar esses dolorosos absurdos. A descoberta do enxerto-animal impulsionou extraordinariamente a nova indústria: enxertam-se asas de morcego em sapos nauseabundos, braços de criancinhas em peixes-espadas, rabos de lulus da Pomerânia em mimosos colibris, paralelepípedos em *cavaignacs* de senadores, etc. Repugnantes perversidades, com que se obtém um perfeito exemplar de "papa-notas" funcionando admiravelmente bem.

Agora, na principal artéria do populoso bairro do Brás, está-se exibindo um chamado "Porco-Fenômeno". Não sei ainda do que se trata. Mas imagino. Imagino, como qualquer pessoa pode facilmente imaginar, tratar-se apenas de um fenômeno porco.

A Polícia deveria acabar com essas porcarias.

URBANO

Cena de rua

Domingo, 25 de setembro de 1927

O bom humor é a única cousa capaz de salvar uma reputação em perigo. No entanto, nem todos os homens da cidade – seres naturalmente evoluídos e civilizados – compreendem essa verdade. Andam aí, pelas ruas, pessoas constantemente zangadas, que reclamam contra tudo, que gostam de barulhos, que costumam fazer "ajuntar gente".

Ontem, sábado, na rua 15 de Novembro, à hora em que as portas dos cafés se confundem com as portas dos Bancos, assisti, em frente à Casa Garraux, a uma dolorosa cena de mau humor. Vinha vindo um homem elegante, gordo e grande, fechado dentro de um terno bom mas excessivamente estreito, extraordinariamente agarrado. As suas carnes bem tratadas comprimiam-se e asfixiavam-se dentro daquelas lãs inglesas esticadas. As suas polainas e os seus "botins de polimento" (esses homens usam essas cousas) luziam e intimidavam. De repente, o homem parou. Todo o mundo parou atrás dele. Alçou os ombros, estendeu os braços e olhou para o sol. Parecia que ia ter uma apoplexia. Mas não era apoplexia. O homem apenas ia espirrar. Todos olharam-no fixamente, esperando que se produzisse o fenômeno, sem ocultar certa inquietude. Afinal, veio o espirro. Foi uma cousa simples e rápida, sem grande estampido. Apenas, de consequências lamentáveis. Porque o *paletot* do cidadão, todo abotoado, justíssimo demais, não podendo resistir à dilatação do tórax e à pressão do vapor, fendeu-se de alto a baixo. Houve risos tímidos na multidão. O homem, em vez de rir também, para desapontar os outros, teve olhos de cólera e esbravejou logo:

– Não admito!

(Todos os homens que vão explodir começam sempre assim: "Não admito!".) E a multidão, cabisbaixa e muda, ouviu insuportáveis injúrias contra o governo, contra a Prefeitura, contra a Light, contra a Polícia, contra a Central do Brasil, contra a Telefônica, contra o Telégrafo, etc.

O homem endefluxado e bem vestido queixou-se de tudo, menos dos alfaiates e das correntes de ar.

Urbano

Evolução

Terça-feira, 27 de setembro de 1927

O "conto do vigário" seguiu também a lei natural de todas as cousas: evoluiu. Já vai longe o tempo em que se trocavam, na estação, pacotes de 80 contos por humildes notas de 500$000; em que se vendiam por preço de ocasião as engenhosas "máquinas de fazer dinheiro"; em que se cedia gentilmente um bilhete de loteria, premiado com cem contos, pela bagatela de 2 ou 3 contos (preço de ocasião), etc. Esses processos arcaicos são considerados, hoje em dia, pelos entendidos e pelos especialistas, como cousas ineficazes e de uma absoluta imprestabilidade. Agora, os processos de ganhar dinheiro são outros. Um dos mais aperfeiçoados, mais práticos e mais produtivos é a "venda do bonde". Vende-se um bom bonde da Light, dos legítimos, por uma insignificância qualquer. Eis aqui como se maneja essa novidade:

Ao desembarcar, de manhã cedo, na Estação da Luz, o rico fazendeiro encontra logo, entre os empregados de hotéis, um homem roxo e forte, com um uniforme de motorneiro da Light. Esse homem dirige-se afavelmente ao fazendeiro e "passa a cantada". Conta-lhe que é proprietário de três bondes da Light, funcionando admiravelmente bem e em perfeito estado de conservação. Infelizmente não pode manter todos os três: falta de empregados de confiança, excesso de serviço, etc. E convida o fazendeiro a dar uma volta no seu bonde. Geralmente esse bonde é da linha "Ponte Grande". O fazendeiro aceita o convite. Ambos tomam o bonde: o passageiro fica entre os seus semelhantes, para não dar na vista; e o motorneiro, depois de uma troca de palavras e piscadelas de olho com o condutor, vai na plataforma. O pretendente começa a tomar nota da produtividade da máquina: com um lápis, vai assentando num caderninho todo o movimento de passagens. Só na corrida da avenida Tiradentes à Vila Mariana o veículo transportou 145 pessoas, o que dá um total de 29$000. Bom lucro. O bonde volta: volta com o fazendeiro e com o motorneiro. Nova viagem. Novas viagens. Afinal, ao escurecer, o pretendente convence-se perfeitamente da grande vantagem que há em comprar um bonde. E efetua o negócio: passa ao motorneiro um cheque de oito contos e recebe a manivela. Ambos apertam-se as mãos honradas. O motorneiro desce, despede-se do seu bonde, o seu velho bonde tão bom, tão amigo, e, com uma lágrima nos olhos, desaparece "na extrema curva do caminho extremo". O fazendeiro, de posse da sua nova máquina, começa a usá-la. E vai preso imediatamente.

URBANO

Esperteza

Quarta-feira, 28 de setembro de 1927

Uma das sete obras de misericórdia é esta: dar de beber a quem tem sede. E é das mais fáceis de serem praticadas. É sempre com grande prazer que um *barman* abre mais um barril de chope, ou que um enfermeiro despeja na boca de um coitado uma droga líquida e amarga.

Deve ter sido também com um grande prazer que a municipalidade mandou colocar em certas esquinas de S. Paulo os bebedouros públicos. Com prazer e com elevado espírito de religião. São Francisco de Assis – que parece que não conheceu o sr. José Lobo – dizia: "nossos irmãos os lobos". Os lobos e, naturalmente, todos os outros animais são também gente como nós: andam, dormem, comem, bebem, etc. A municipalidade pensa também assim. Pensa e pratica. Inventou os bebedouros comuns, onde os homens, os cavalos e os tico-ticos bebem água. Água boa, pura, salutar. É um espetáculo edificante, que sublimiza a alma e encanta os olhos, ver-se o espírito de liberdade, de igualdade e de fraternidade com que um cocheiro, um condutor de bonde, um burro de carroça, uma patativa e um deputado – seres absolutamente inimigos – se aproximam irmãmente dos bordos benfazejos daquelas fontes!

E pensar que é só esse o benefício que nos trouxeram as "samaritanas"? Qual! Conheço uma família do interior – gente esperta, cheia de filhos, jacás de galinha e pratinhos de arroz-doce – que, uma noite, saiu de casa, sorrateira e ladina, e foi, com padrinhos e madrinhas, batizar de graça um filhote numa dessas pias batismais!

URBANO

Reclamação

Quinta-feira, 29 de setembro de 1927

Bem-aventurados os que reclamam, porque... Por quê? – Porque fornecem ao cronista entediado, nestes dias mornos de noroeste e bocejos, o assunto, o bendito assunto que a imaginação avara lhe recusa formalmente.

Quero transcrever hoje, *ipsis litteris*, a carta, justa sob todos os pontos de vista, que nos mandou um bem-aventurado leitor. Aí vai a epístola:

"Sr. Redator do Diário Nacional Saudações Peço que por meio do seu conceituado jornal chame atenção dos poderes municipais paraque olhe o estado de abandono em que se acha o bairo do Bom Retiro na zona da rua Solon para baixo São ruas todas edificadas dum lado autro amais de 40 anos e até hoje sempre abandonadas A ruas por aí que apenas tem meia dúzia de casas mas como são casas de ricos são logo calçadas e nos aqui devido ser o lugar muinto baixo cuando chove formase tamanho charco que não podemos nem entrar em casa e os veículos nem se fala fica horas e horas encalhados e chamando a deus que venha tiralos dali e só ver para crer Agora que o calçamento e pago pelos proprietários bem podia ser calçadas Grátis pela publicação
um leitor assíduo."

Nada mais se continha na referida epístola. Está conforme o original.

URBANO

As chácaras

Sexta-feira, 30 de setembro de 1927

O "Morro dos Ingleses"... A gente sabe bem o que aquilo é: uma graciosa colina, toda edificada de casas bonitas e bem habitadas, dominando o vale do Anhangabaú, que, nas suas faldas, toma o gentil nome de Saracura Grande... Pois é aí, nesse suave morro, em pleno bairro da Avenida, que estão acontecendo cousas tremendas, a exigirem imediata intervenção dos poderes municipais.

Alguns proprietários de terrenos – que, por esperteza, esperando valorizações, ainda não os venderam, nem edificaram neles – alugaram a chacareiros essas já valiosíssimas terras. Ora, a alma de um chacareiro rural é uma cousa perfeitamente nociva à tranqüilidade pública: uma cousa repolhuda que só pensa em provocar indigestões vegetarianas nos seus semelhantes e em prejudicar, quanto possível, aos bons, inofensivos carniceiros.

Mas a alma de um chacareiro urbano é cousa ainda pior. Não se contenta com aquelas maldades; quer mais, quer exterminar por completo a vizinhança, para que não ande falando mal dos seus legumes. Para conseguir esse infernal desígnio, os assassinos costumam estrumar, quanto podem, as suas promissoras glebas. Resultado: desse estrume levanta-se uma nuvem mortífera de micróbios perigosíssimos, vulgarmente conhecidos pelo nome de moscas. Um animal carnívoro, nada vegetariano. Esses bichinhos invadem, sem escrúpulos, todas as casas do bairro aristocrático em que engorda o chacareiro e emagrecem, sob cortinados, os seus fregueses.

Os antigos diziam: "Chácara é achaque". Compreende-se bem a sábia verdade da velha sentença.

É preciso acabar com isso! O Morro dos Ingleses – há aí duas ou três das tais chácaras adubadíssimas – é um morro de verdade, todo habitado: não deve andar às moscas, não é só "para inglês ver"...

URBANO

Mistério

Sábado, 1º de outubro de 1927

Um homem que anda pelas ruas de uma cidade está, naturalmente, exposto a perigos imanentes, cousas inesperadas, surpresas fatais, imprevistos inevitáveis, etc. Para evitar sustos e, portanto, doenças de coração, o sistema mais prático, quando se anda pelas ruas, de bonde, de táxi, é distrair a imaginação, lendo qualquer cousa. E das cousas legíveis, as mais interessantes são as tabuletas, os avisos, os cartazes, as inscrições diversas, que estão sempre, em toda parte, à nossa disposição. Nos bondes, por exemplo, há um passatempo delicioso: ler todos os avisos da Light e todos os anúncios comerciais. Quando se esgotar completamente o *stock*, deve-se começar a ler tudo, de novo, de trás para diante: formam-se então palavras engraçadas, trocadilhos surpreendentes, enigmas, charadas... Num táxi, a cousa mais curiosa e calmante que se pode ler é a marcação do taxímetro. Não sei por quê, esse aparelho exerce um prodigioso poder de fascinação sobre o passageiro. É raro o freguês de um táxi que despregue o olho daquele buraquinho onde os números se sucedem com uma calma e uma indiferença perfeitamente superiores e desumanas.

Um dia destes, deparei com um letreiro absolutamente inédito, para mim. Eu estava no largo de S. Bento, esperando um bonde. Já tinha lido tudo quanto havia por ali, sem achar novidade em cousa alguma. De repente, surgiu, por Florêncio de Abreu, um desses ônibus que fazem o "cruzeiro do Oriente".

A tabuleta era banal: "Lgo. S. Bento". Mas, lá embaixo, entre as rodas da frente, é que estava a cousa extraordinária, a maravilha, o portento por que minha alma ansiava. Sobre o pára-choque niquelado, li, em letras vermelhas, esta palavra inaudita: "Perigo". Não compreendi a intenção, o sentido daquilo. Recuso-me a compreendê-lo e faço mau juízo de quem quer que tente explicá-lo.

Urbano

Domingo, 2 de outubro de 1927

Há, em todos os bondes da Light (menos nos "camarões"), um banco fora do comum. É o primeiro banco: o banco que vai de costas. É o banco que as pessoas nervosas preferem para [...] adivinharem, no horizonte longínquo, as ameaças de desastres prováveis. E é também o banco que os homens bem vestidos escolhem para mostrarem a roupa nova. Quem quer que tome assento nesse móvel – sejam nevropatas ou sejam manequins – torna-se logo alvo dos olhares e das conversas de todo mundo.

Por isso, aquele mistério *marron* que se sentou ontem naquele primeiro banco, tornou-se logo uma volúpia para os meus olhos. Não era um homem nervoso nem de roupa nova. Pelo contrário: os seus nervos desapareciam completamente sob a sua roupa ampla, espessa e coçada. Um terno de um tom aguado, vago, duvidoso, entre *marron* e *beige*. Era cor de *teque*[25] (cor que está muito em voga entre os astecas, no Texas e na Tchecoeslováquia). O homem levava três grandes embrulhos: uma lata de óleo Texaco, uma cesta cheia de carás e uma gaiola com uma seriema. Sentou-se e colocou tudo sobre o banco, a seu lado. O óleo ameaçava escorrer ao primeiro abalo do veículo; os carás despertavam apetites inoportunos, e a seriema gritava, exigindo cobras. Quatro passageiros, vizinhos da frente, desceram indignados, resmungando impropérios. O homem não compreendeu a desfeita. Pelo contrário: agradeceu, espichando as pernas e colocando os pés sobre o banco esvaziado. Acendeu um toscano com taquara no meio. Houve protestos em todo o recinto, o con-

---

25. Palavra criada pelos Almeidas para, em família, referirem-se a qualquer coisa que não parecesse e, principalmente, não cheirasse bem.

dutor foi chamado. Ouviu as queixas. Quando se aproximou do banco, o mistério *marron* exclamou:

– Eh! Compadre! Como vai essa força? Toma lá!

O condutor recebeu 200 réis e um toscano de taquara.

Não posso atinar com o motivo por que esse primeiro banco é geralmente conhecido pela alcunha de "banco dos cínicos".

URBANO

Quarta-feira, 5 de outubro de 1927

Está grassando, em S. Paulo, uma nova epidemia: a epidemia da insônia. Felizmente, o mal, por enquanto, acha-se circunscrito a uma única rua: a rua Marquês de Itu. Todos os habitantes desta linda artéria, que sobe para o lindíssimo Higienópolis dos jardins geométricos e dos *manoirs Louis XVI*, estão gastando verdadeiras fortunas com clorofórmios, morfinas, ópios, adalinas, compêndios de Economia Política e outros hipnóticos. Senhoras de idade – boas mamãs, boas vovós – já estão roucas de tanto cantar o "Bicho Papão" ou o "Tutu Marambaia". Donzelas e mancebos sentimentais já estão vesgos de tanto revirar os olhos para recitar o "Dorme, que eu velo, sedutora imagem". Tudo inútil. Todos perambulam pela casa, noite a fio, como zumbis, dentro de camisolões ou de pijamas assustadores. Estão com olheiras profundas, olhos empapuçados e esse gostinho cinzento de "ressaca", na alma. É horrível.

Há quem diga que a causa do pavoroso mal é uma enfiada de postes semafóricos, que algum perverso plantou nessa rua, em todas as esquinas. Os novos aparelhos, regularizadores da circulação de veículos nas artérias da cidade, estão perturbando a circulação do sangue nas veias do cidadão: piscam demais e tocam campainha demais. Uma das muitas cartas que, a propósito, temos recebido, reza pacientemente assim:

"Sr. redator. – Leitor assíduo do *Diário Nacional* apelo a v. s. para que seja publicada no seu jornal uma reclamação que reputo justíssima. Vejo-me prejudicado no sossego que devo ter em minha residência, à rua Marquês de Itu, com o tocar incessante da campainha dos novos aparelhos automáticos, regularizadores do trânsito. Reflita v. s. que cada aparelho, estando calculado para tocar três vezes por minuto, ou seja, 180 vezes por hora, toca, no fim de um dia de serviço, a ninharia de 2.520 vezes... E durma-se com um barulho destes!"

E assim é, de fato.

E, enquanto isto, enquanto os munícipes velam, a municipalidade dorme... o sono da inocência.

URBANO

Credo! Cruz!

Quinta-feira, 6 de outubro de 1927

Nem tanto, nem tão pouco.

Este dístico corriqueiro aplica-se ao mesmo "motivo" que encheu ontem esta coluna: nem tantos postes de sinais na rua Marquês de Itu, nem tão poucos na avenida Angélica. Enquanto os moradores daquela rua se queixam de insônia, de não poderem dormir com as 4.320 campainhadas que diariamente desfere cada um dos inúmeros aparelhos automáticos ali instalados, os habitantes desta avenida queixam-se da ausência absoluta, ali, de assinaladores mecânicos ou humanos. Ausência esta que produz este admirável resultado: livres de qualquer vigilância, os automóveis explosivos abusam de tudo e de todos. Causam insônias e surdez. Correm doidamente, por ali, como diabos soltos, como lobisomens malvados, como cucas malignas, entre nuvens de enxofre, com *klaxons*, estouros e escapamento aberto... *Sabbat* quotidiano. Há Belzébus negros e imensos, de olhos fosforescentes, que parecem ter sete mil pneumáticos na alma: pneumáticos que rebentam estrondosamente, de minuto em minuto. Há tinhosos velocíssimos que chispam em velocidades infernais, atropelando todos os *vendeurs de sable*[26] que passam, à noite, pela endemoninhada avenida...

No entanto, nem um só grilo, nem um único poste semafórico plantado ali, como um anjo da guarda, ou como uma cruz, para afugentar tantos satanases!

E dizer-se que aquele pandemônio se chama, seraficamente, avenida Angélica!

URBANO

---

26. Referência à expressão francesa *le marchand de sable a passé*, para dizer que as crianças estão com sono, com os olhos ardendo, como se estivessem com areia.

O bairro misterioso

Sábado, 8 de outubro de 1927

Não há impossíveis numa grande cidade. Tudo pode acontecer. *Nil admirari*[27]. Uma vez, no Baixo Piques, um bonde entrou na casa de uma família adormecida. Depois disto, compreende-se bem que não há mais nada que possa espantar a quem quer que seja.

Mas a teoria é uma cousa; e a prática outra, muito diferente. Não posso negar o verdadeiro terror que se apossou de mim, certa manhã, diante de certa consideração. As cousas passaram-se mais ou menos assim:

Eu estava nesse estado de espírito comum a todas as pessoas sem espírito: vendo passar gente. Sempre que olho a multidão tenho a impressão de que estou falando da vida alheia: começo a fazer mau juízo de todo o mundo. Um divertimento perverso, mas gostoso. Assim, eu fiz logo uma idéia infeliz de certa senhora que me apareceu subitamente. Era uma estrangeira idosa, redonda, com um guarda-chuva fortíssimo, que me pareceu todo de ferro, e uma bolsa enorme, de couro, estilo *peau rouge*. A gente sabe bem o que é esse aparelho: camurça cor de fogo e uma cabeça de índio, cheia de ódios e de penas, estampadas a cores vivas, em pirogravura. A senhora interpretou erroneamente o meu olhar: quis falar comigo. Tive algum medo, mas não pude fugir. A valquíria abordou-me e abriu a

---

27. Expressão tirada de Horácio (Epístolas, I, 6,1):-"Não se emocionar com nada."

bolsa. A cabeça de índio tomou uma expressão amassada e feroz. De dentro da mala saiu um papelzinho branco como a inocência. E de dentro da senhora saiu uma pergunta negra como o crime:
— Favor dizer onde bairro "Avenida Grande"?

Esta linguagem lacônica assustou-me como um telegrama (mesmo porque não era dia dos meus anos). O cenário desta tragédia era o Largo da Sé. Sem refletir, fiz um gesto largo de deus e apontei para um bonde "Avenida Grande", que apareceu ali, como um milagre, na ponta do meu gesto divino. As cousas estrangeiras rolaram em direção ao veículo. E o veículo rodou com elas.

Só então caí em mim. Readquiri a minha calma habitual para poder repetir aquelas últimas, terríveis palavras: bairro "Avenida Grande". Bairro? Sim: tem bondes... Mas... Como é isso? Ai! Que cousa horrível! Em S. Paulo há um bairro que não existe!...

URBANO

Flor de caridade

Domingo, 9 de outubro de 1927

Mais uma vez, pelas ruas de S. Paulo, andou ontem, e andará ainda hoje, a Caridade, sob o seu mais lindo aspecto, na sua mais adorável manifestação.

As vendedoras de flores... Diante delas, divinos instrumentos da mais divina das virtudes – a gente, apesar destas chuvas frias e extemporâneas e apesar de todo o grosseiro espírito utilitarista deste século, tem que acreditar em duas cousas bonitas, consoladoras e eternas: a primavera e a caridade.

Mas não serão ambas uma única e mesma cousa? Não será a primavera a doce caridade do céu, a despejar sobre a terra pequenina e triste todos os suaves bens, todas as coloridas dádivas, toda a perfumada bênção das flores? E não será a caridade uma primavera da gente da terra, da alma e do coração dos homens, a lançar, nas vidas esquecidas e desgraçadas, flores que, um dia, como que retribuindo a generosidade do céu, rebentarão em frutos de ouro na seara divina das estrelas?

Talvez. O que é certo, o que os nossos olhos têm que ver e o nosso sentimento não pode negar é a inédita, desacostumada beleza com que a "flor da caridade" ilumina e perfuma as ruas de S. Paulo. Por aí, por esses corredores estreitos onde se acotovelam apetites, voracidades, gulas; onde cada homem que passa dá a impressão de um hércules de feira sobraçando uma burra abarrotada; por esse Triângulo geométrico, onde tudo é cálculo frio, problema gelado, preocupação matemática; por aí, onde raramente abotoam, como flores de sonho, um sorriso ou uma mulher; por aí, as "flores de caridade" são pedacinhos vivos de coração, partículas de alma, são luminosidades e consolações. Soam, inesperadamente, como um verso de Samain[28], citado no relatório de um Banco; ou como uma frase da *Imitação de Cristo* invocada por um guarda-livros no balancete de uma Sociedade Anônima.

Urbano

---

28. Albert Samain, poeta francês (1858-1900) do grupo simbolista.

Árvores

Terça-feira, 11 de outubro de 1927

A humanidade nasceu debaixo de uma árvore. Expulsa do Jardim das Delícias, teve, depois, naturalmente, muitas saudades. E começou a construir, no seu exílio, imitações de Paraíso Terrestre: o Jardim da Luz, o Parque Antártica, o Bosque da Saúde...

A árvore é uma necessidade étnica, orgânica, da raça que ainda é humana. Precisamos de árvores por instinto e para todos os fins: para nos encostarmos quando o álcool o exige, para nos escondermos de um credor, quando as circunstâncias o reclamam; para fazer lenha, quando o gás foi cortado; para nos enforcarmos, enquanto não se constrói o Viaduto da Boa Vista, etc., etc.

Entretanto, parece que a Prefeitura não reconhece essas tendências e essas necessidades humanas: não quer arborizar a cidade. Tem medo, um medo bíblico de que apareçam, pelas árvores, cobras com maçãs na mão; ou de que haja, em S. Paulo, Judas com remorsos e cordas. Um excesso de prudência, condenável como todos os excessos.

Uma porção de gente que mora lá pelos lados da avenida Paulista está-se queixando da falta de arborização nas suas lindas ruas. Até há pouco, manteve-se silenciosa; mas desde que se começaram a plantar – há uma semana – promissoras árvores naquele trecho infeliz da avenida Brigadeiro Luís Antônio, que fica para além da avenida Paulista, já não pode conter a sua amarga queixa. As humildes transversais da Luís Antônio – Jaú, Itu, Franca, Lorena, etc. – estão com uma inveja louca do felizardo Brigadeiro... Elas são alamedas – pelo menos, é assim que dizem as raras tabuletas das esquinas. Ora, "alameda", em qualquer dicionário do mundo, quer dizer isto: "rua de árvores, aléia", etc.

Mas "alameda", no dicionário da Prefeitura, parece que quer dizer outra cousa: "fingimento" de rua, sem iluminação, nem calçamento, nem árvores, mas com casas bonitas para renderem bonitos impostos.

Os moradores daquelas avenidas não querem discutir com a Prefeitura uma simples questão lingüística. Não. Querem apenas fazer uma ligeira ponderação. A Prefeitura não ignora o clássico, fleugmático tríptico da perfeição humana: gerar um filho, escrever um livro, plantar uma árvore. E, certamente, há de querer ser perfeita, não é mesmo? Pois então! Filhos ou filhotes ela já produziu, naturalmente, em grande quantidade. Livros... Nem se fala! Bastam esses relatórios tão encorpados, essas leis tão volumosas, esses projetos tão grossos, essa tão útil Biblioteca Municipal, etc. Agora, o que lhe falta, para ser perfeita, é apenas plantar árvores. Aproveite a ocasião! Qualquer mato serve: até batatas!

URBANO

Café

Quarta-feira, 12 de outubro de 1927

Aquele homem comovido e patriótico sairá hoje, bem cedo, de sua casa, para festejar condignamente, com toda a cidade, o segundo centenário do cafeeiro no Brasil. Ele, o bom paulista das boas intenções, há de tomar, na esquina, um "camarão" vermelho como os seus sentimentos cívicos. E, ao descer no largo de São Francisco, há de pagar ao imóvel condutor da saída com uma nota de vinte mil-réis, pedindo todo o troco em níqueis. O condutor esboçará um sorriso amável de delicadeza, ou de piedade, e, sem dúvida alguma, há de satisfazer-lhe o ingênuo, inofensivo desejo. Então, com um admirável senso de equilíbrio e de eqüidade, o bom paulistano distribuirá, pelos nove bolsos do seu terno novo, os níqueis todos.

E começará, para ele, a solene comemoração. Irá a todos os cafés do centro – expressos ou não – tomar, em cada um, um gole preto e quente do ótimo líquido nacional.

O que se passará no seu estômago, qualquer profano pode muito bem prever. Mas o que se passará no seu espírito, só um psicólogo sutil será capaz de adiantar. Ora, eu, que não sou psicólogo nem sutil, mas que conheço profundamente aquele homem comovido e patriótico (ele é o meu mais íntimo, único amigo), eu posso adivinhar com segurança todo o seu movimento psíquico durante a execução do original programa que traçou para comemorar os nossos duzentos anos de café.

Quer de pé, em frente da máquina de um "Expresso", resfolegante, fogosa e ameaçando explosões; quer serenamente sentado diante do mármore redondo cheio de palpites de "bicho", cálculos aritméticos e versinhos líricos, de um dos antigos, decadentes cafés ociosos do Triângulo; onde quer que seja, ao olhar para a superfície negra da xícara fumegante e perfumada, uma lágrima indecifrável há de apontar no canto indiscreto dos seus olhos emocionados.

E, dentro do homem comovido e patriótico, uma grande alma falará assim:

– Meu velho, você está bebendo o suor de duzentos anos de trabalho paciente e honrado. Sinta bem, com orgulho, o gosto de glória que isto tem! Porque a riqueza honesta é uma glória, e porque essa glória é também um pouquinho sua, meu amigo... Pense um pouco no quanto de sofrimento, de dedicação, de coragem, de audácia, de amor custou a você e a todos os seus irmãos essa linda atualidade brasileira, que será agora concentrada na essência negra que enche esta xícara pequenina! Ah! Você não pode sonhar bem o que foi todo o nobre drama brasileiro! O doloroso romance de Iracema – virgem, trigueira, bonita como uma fruta do mato – surpreendida, de repente, na inconsciência das sombras úmidas e verdes, pelo Guerreiro Branco... Alencar não quis contar tudo. O forasteiro namorou-a com volúpia, mas sem coração. Porque não é do coração brutalizar. E ele brutalizou-a. O Guerreiro Branco não se contentou, não se satisfez com o corpo novo da índia: tomou-lhe as flechas emplumadas, os colares de tetéias, as penas do cocar. Quis mais ainda. Quis também os diamantes que estavam na grande jazida de sua alma: fê-la chorar e bebeu-lhe, com gula, as lágrimas. Quis também o sangue das suas artérias latejantes: e sangrou-lhe o ouro puro dos seus veios. Enriqueceu. Tirou-lhe tudo. Nada lhe deu. Nada? Sim, deu-lhe um filho. Um filho que havia de crescer, um dia, e amar de verdade, e adorar a linda abandonada. Cresceu. E foi homem. Emancipou-se. Então consolou a mãe atribulada. Encheu-a de carinhos inéditos, desacostumados, surpreendentes. À primeira carícia das suas mãos inteligentes, filiais, Iracema arrepiou-se toda de emoção sadia, de alegria sã, de orgulho legítimo... Olhe, meu velho, olhe como ainda estão, como cada vez mais estarão arrepiados de cafezais aqueles horizontes fazendeiros... E como esse contagioso *frisson* se alastra pelos horizontes da cidade, arrepiados de chaminés, de arranha-céus, das serrilhas cinzentas dos telhados das fábricas... Que emoção, e que felicidade, para ela e para você, bom filho, meu excelente paulista...

URBANO

Curiosidades

Sexta-feira, 14 de outubro de 1927

Hoje, ao bater na "Remington" o título quotidiano desta tira de papel, eu e os meus dedos tivemos vontade de fazer dois plurais, de acrescentar dois "ss" generalizadores, elásticos, cômodos: "Pelas Cidades". Mas a máquina de escrever estava viciada; e a cousa saiu como de costume: exclusivista, seca, sem graça.

Felizmente, os títulos não têm importância: o conteúdo é que importa. Sob uma nobre coroa de barão ou dentro de uma garrafa com um rótulo nobiliárquico de Borgonha, podem, muito bem, esconder-se um "rato-de-hotel" ou uma poção médica venenosa e cara.

Ora, hoje, vamos encontrar aqui, em S. Paulo, bonitos pedacinhos geográficos, lindos aspectos de vidas completamente estranhas a esta cidade.

Aí vão eles: são simples telegramas, relativamente recentes, transcritos de vários jornais:

"*Southampton*, 6 (A. P.) – Afirmando o seu direito de cruzar as ruas em segurança, um pedestre apareceu hoje, no ponto de maior movimento desta cidade, com uma buzina de automóvel, em miniatura, mas muito barulhenta, presa à sua bengala, sendo tocada para chamar a atenção dos motoristas, quando o transeunte estava para atravessar qualquer rua."

"*Rio*, 8 – No lugar denominado Água Branca, subúrbio desta capital, o lavrador Pedro Costa apostou que seria capaz de beber, de um só trago, um litro de 'parati'. Depois de depositados cem mil-réis, o lavrador ingeriu todo o líquido, mas, logo que terminou, caiu morto."

"*Varsóvia*, 8 (A.) – Comunicam de Lodz: Depois de ter bebido grande quantidade de 'vodka', um homem, de nome Stobb, abaixou-se para apagar, com um sopro, o fósforo com que tinha acendido um cigarro. A chama penetrou-lhe pela boca, e uma explosão se seguiu, caindo Stobb sem sentidos sobre o chão. Poucos minutos depois, estava morto. As autoridades policiais procederam imediatamente à trasladação do corpo. Realizada a autópsia, verificou-se que a boca, a garganta e o esôfago do infeliz estavam verdadeiramente tostados."

* * *

Agora, para dar um pouco de cor local a estes retalhos, transcrevo, integralmente, o seguinte cartaz amplamente divulgado em S. Paulo:

"TOURO OU VACA?
Venham ver o maior fenômeno da natureza! Um zebu que não é touro nem vaca, mas é vaca e é touro.
Ver para crer!
5:000$000 a quem provar o contrário. – Não se trata de mistério..."

URBANO

L'Oiseau Bleu

Sábado, 15 de outubro de 1927

Foi anteontem, às vinte e uma horas e meia, que o Pássaro Azul apareceu em plena Glória.

O Pássaro Azul, como o leitor com certeza já adivinhou, era o bonde da Light. E a Glória era aquela rua que começa no Largo 7 de Setembro e vai para o infinito.

Todos os jornais noticiaram minuciosamente o fato. O grande bonde vinha para o centro cheio de gente. Vinha voando. De repente, manifestou-se por todo ele um clarão. Uma longa chama azulada alastrou-se por todo o teto. E várias fitas de luz azul, espirrando fagulhas, enroscaram-se pela alavanca, pelos balaústres, pela entrevia, pela plataforma, pelos bancos, pelos passageiros, pelas rodas, pelos trilhos... O bicho ficou todo fosforescente e lindo, na noite serena. O motorneiro, que ia à frente, feliz, entregue à sã vertigem da velocidade, não percebeu nada. Mas o condutor, deslumbrante, todo entre faíscas, gritou lá de trás:

– Olha, Gennaro! Está acontecendo uma cousa horrível!

Gennaro largou a manivela, olhou para trás, iluminou-se todo no celestial clarão e bradou ao camarada:

– Vamos! Um! Dois! Três!

E ambos, fiéis cumpridores dos seus deveres, se precipitaram sobre paralelepípedos, deixando o bonde sozinho, desamparado, entregue ao seu luminoso destino.

Ora, nem sempre, num bonde, há só duas pessoas; às vezes há passageiros também. E, no carro em questão, devia haver uns trinta e tantos. Ninguém se lembrou deles. Ninguém pensou neles. Sós, completamente abandonados, esquecidos como cousas imprestáveis dentro do maravilhoso fogo-de-artifício, os bons pagantes fechavam os olhos e começavam a pensar em cousas alegres para disfarçar. Um deles, calmo, imperturbável, explicou:

– Não é nada. Um curto-circuito. Tenho grande prática de curtos-circuitos.

Todos o olharam, entenderam e acenderam cigarros. Só uma senhora idosa não compreendeu a explicação. Entendia só de demônios. Atribuiu, por isso, a horrível fosforescência a uma manifestação satânica. Benzeu-se e precipitou-se, pensando que era anjo e que tinha asinhas. Os outros continuaram imóveis e confiantes, pensando em Sacco e Vanzetti[29] enquanto o meteoro voava, incandescente, desprendendo fagu-

---

29. Nicola Sacco e Bartolomeo Vanzetti, anarquistas italianos, acusados de um crime de morte. Apesar de suas declara-

lhas, ladeira abaixo. Então, o homem do curto-circuito, belo como um herói, correu à plataforma traseira e puxou a corda que mantém cativa a alavanca indomável. Operou-se o milagre. Imediatamente o clarão se desfez. As faíscas se apagaram, e o magnífico Pássaro Azul ficou sendo um simples bonde parado, na escuridão.

Todos desceram e, sem nem sequer comentar o fato, continuaram a pé, para a cidade, assobiando cousas alegres.

Só um meu amigo, que narrou o incidente, fez uma reflexão. Aplicou ao caso a moralidade de *L'Oiseau Bleu* de Maeterlinck: aquele condutor e aquele motorneiro, como Rythil e Mythil[30], foram procurar a felicidade bem longe, lá pelos lados do Cambuci, quando ela estava ali, muito perto, bem ao seu alcance, na plataforma amarrada por uma corda, como um cachorro bravo.

URBANO

História da roda

Domingo, 16 de outubro de 1927

No princípio, ela era quadrada. Tinha seus inconvenientes: andava aos arrancos, socando muito. Os

---

ções de inocência, foram condenados à morte e eletrocutados nesse ano de 1927.

30. O nome dos personagens principais de *L'Oiseau Bleu*, de Maurice Maeterlinck, escritor belga (1862-1949), tem outra grafia: Tyltyl e Myltyl, e não Rythil e Mythil, como aparece no jornal.

homens peludos e belos como macacos, que inventaram a roda quadrada, sentiram-se mal nos seus primitivos veículos: o seu organismo tornou-se muito sujeito a transposição de vísceras. Mas foram agüentando assim mesmo: eram idealistas, estóicos e perseverantes. Sabiam que, com o uso, devido ao atrito, os quatro ângulos retos de cada roda haviam de se ir gastando, gastando... até que a roda ficasse redonda. Foi o que aconteceu. Então, sim, generalizou-se logo o emprego da roda. Todo mundo só queria rodas. E, da quadriga romana aos automóveis (exceção feita dos *tanks* de guerra), a roda não se alterou na sua essência, na sua forma pura: conservou-se imutável, intacta, eterna, sagrada como uma divindade. Apenas, além de membro de locomoção, começou a ser usada também em outros misteres: roda de suplício, roda de enjeitados, roda de amigos, etc.

Agora, parece que se estão fabricando grandes rodas esquisitas, para um novo, misterioso fim. São carretéis imensos, duas vezes mais altos do que um homem de boas dimensões, e que ficam pelas esquinas, imóveis, impenetráveis, como trambolhos, atravancando calçadas e indignando gentes. Quem quiser admirar esse novo tipo de roda, dê um giro por S. Paulo: há de ver muitas e muitas delas. Ninguém sabe o que isso é. Alguns sábios afirmam que são os gigantescos carretéis dos cabos para o novo serviço de telefones automáticos com que se vai dotar a cidade. Mas afirmam isso frouxamente, sem convicção alguma. Porque ninguém ainda conseguiu lobrigar o que existe dentro dessas imensas rodas, nem nunca as viu funcionar. São terríveis, ameaçadoras e atraentes como as cousas que escondem em segredo. De noite, dão medo: servem de esconderijo e lar para ladrões e bêbedos. De dia, são menos desagradáveis: servem para as crianças ousadas brincarem de "roda-gigante".

Mas, com todas essas utilidades, têm também os seus inconvenientes. Um leitor escreve-me, contando que na noite de anteontem (eram 3 horas da madrugada) uma dessas rodas teve a má idéia de funcionar um pouco, sozinha. Ela estava quieta, numa esquina, sobre a calçada, ao alto de uma ladeira. A hora avançada e a solidão absoluta excitaram-na. A roda oscilou levemente, orientou-se, fixou um ponto, lá embaixo da ladeira, e veio como um bólido, rodando loucamente, cada vez mais impetuosa e violenta. Chegando ao fim da rampa, encontrou um obstáculo desagradável e importuno: uma casa humilde de porta e janela. Resolveu prosseguir retamente; e, muito mal-educada, sem nem sequer bater palmas ou pedir licença, penetrou com estrondo no lar adormecido. Deu um suspiro de alívio e descansou um pouco. Na casinha pequenina moravam duas boas senhoras. Despertaram um tanto assustadas com aquele grande carretel no quarto, velando à sua cabeceira. Examinaram-no bem e continuaram a dormir, tranqüilas.

Naturalmente, atribuíram a presença noturna, ali, daquele disforme carretel a um simples pesadelo. Elas eram costureiras.

Urbano

O labirinto de Creta

Terça-feira, 18 de outubro de 1927

São sem conta as reclamações que nos fazem contra o estranho sistema de circulação humana empregado nas várias dependências do Palácio das Indústrias, na presente Exposição do Café. Um cordão nacional, verdamarelo, como o fio do Labirinto de Creta, corta ao meio, longitudinalmente, escadas e corredores. Pela direita, entra-se; pela esquerda, sai-se. Muito bem. Mas o que não está muito bem é isto: onde não existe a grossa corda patriótica, existem "grilos". Então começa a complicação. Aqueles Apolos marciais, com um "Manual de Conversação das Seis Léguas" no bolso e no cérebro, aplicam, de vez em quando, a grande mão de lã branca na barriga dos visitantes, e regougam:

– Queirra Voss'mecê voltarr parra trrás! Porr esta porrta nogs puderr passarr!

E a boa gente da república, humilde e morena, desacostumada àqueles tratos aristocráticos com toda a nobreza da Hungria, da Áustria, da Lituânia, etc. (marqueses, condes, barões, "vidames" exilados na Polícia de S. Paulo), a simples gente democrática fica murcha, triste, volta sobre os seus passos e sai. Sai vexada, rindo um risinho amarelo de desaponto e timidez. Sai sem ter visto nada, sem nenhuma impressão da vida rústica dos nobres solares fazendeiros; mas com uma perfeita noção do que seja a fidalga vida palaciana nas cortes européias...

Ora, um homem de São João da Bocaina arriscou-se, domingo último, a ir combinar o seu terno de sarja azul com a heráldica florentina – flores de lis, quimeras, galgos, leões, etc. – do Palácio da Várzea do Carmo. Perdeu-se, como um cretino, no labirinto.

Os gentis-homens loiros impediram-no de passar por todas as portas que o seu coraçãozinho agrícola desejou, por todos os corredores que a sua alminha rural cobiçou. Não viu nada.

Viu apenas, à saída, junto a um carro amarelo em que se moía garapa, uma multidão compadecida olhá-lo com curiosidade e dó. Sentiu-se alvo de alguma cousa. Então, caiu em si e tomou uma resolução inteligente: dar uma gargalhada. Todo homem tem que dar uma gargalhada definitiva na vida. O homem de São João da Bocaina sentiu chegado o seu momento decisivo.

– Quá! quá! quá!

A Assistência não veio. Apenas um bombeiro mais ousado atreveu-se a se aproximar do homem e indagar da causa daquela súbita hilaridade. Escutou, com atenção e espanto, a confidência do bom homem. Tirou o capacete, enxugou o suor honrado da fronte e chamou, com um gesto disfarçado, a multidão para junto de si. Então, revelou o mistério:

– Enlouqueceu. Positivamente. Passou três horas entrando por uma porta, atravessando uma sala escura, saindo pela outra porta, e entrando de novo pela primeira, e saindo de novo pela segunda, etc. Voltava continuamente, de minuto em minuto, ao ponto de partida. Está cegamente convencido de que deu a volta ao mundo.

Urbano

Pantomima aquática

Quarta-feira, 19 de outubro de 1927

Dizem que todos os gênios tristes – Edgard Poe, Lamartine, etc. – foram grandes pândegos; assim como todos os gênios humorísticos – Mark Twain, Jerôme K. Jerôme, etc. – foram grandes macambúzios. E eu acredito nisso. Porque a natureza, a vida dos homens tem que ser toda de reações contrárias, toda de pesos e contrapesos, toda de contrastes, para ser normal, equilibrada, harmoniosa.

Ora, eu imagino que deve ser um verdadeiro inferno de amarguras a alma dos *chauffeurs* desses autos-irrigadores que andam por aí lavando ruas. Porque a obra desses gênios noturnos é puramente humorística. Vivem engendrando comédias, farsas, boas piadas, anedotas, etc. O seu campo predileto de ação é a avenida Paulista. À noite, pelos asfaltos abastados da grande rua, surgem os imensos Saurer, verdes e barrigudos, como locomotivas. Vêm vindo, com um ar de banqueiros empanturrados, torcendo enormes bigodes brancos. O seu dever quando cruzam, por exemplo, com qualquer outro veículo mesquinho, é apiedar-se deles, poupá-los, interrompendo o jato benfazejo de água. Mas isto seria banal. Não há nada menos interessante e menos engraçado do que cumprir com um dever. Aqueles homens tristíssimos, que conduzem aquelas máquinas poderosíssimas, precisam produzir, na vida, qualquer cousa interessante e engraçada, para disfarçar. Mas, brincar de quê? Brincar de inundação não vale a pena: gasta muita água. Brincar de bombeiro, também não: é um pouco perigoso. De que há de ser? E resolvem brincar de ducha escocesa. É uma brincadeira muito espirituosa. Consiste em correr "a toda", pela rica avenida, para caçar, a tiros de água, as humildes, inofensivas cousas que encontram pelo caminho. E assim fazem dos pançudos Saurer da Prefeitura. Disparam, por ali, chocalhando uma sonora barriga de água, e espirrando pelas narinas espadanadas terríveis de H_2O. Nada respeitam: regam com brutalidade árvores raquíticas, agridem transeuntes que ousaram passar por ali sem guarda-chuva ou *waterproof*, promovem pequenos dilúvios nos jardins bem tratados; lavam as fachadas das casas; transformam os outros automóveis que passam em submarinos... E, o que é pior, desnorteiam completamente os aparelhos do Observatório Astronômico, ali, ao lado do Trianon, que começa a anunciar, em seus boletins, todos os dias, "chuvas fortes" na avenida...

Se os poderes competentes não puseram cobro a estes despropósitos, tenho certeza de que os autos-irrigadores, um dia, hão de se corrigir. Hão de encontrar alguém que lhes faça frente, que lhes dê uma boa lição. Por exemplo: um homem que use revólver, sofra de epilepsia e, principalmente, que seja bem hidrópico. Porque "dois bicudos não se beijam".

URBANO

Bate-boca

Quinta-feira, 20 de outubro de 1927

Para um homem que se obriga, em S. Paulo, a escrever uma crônica cidadina por dia, o bonde é sempre um sugestivo, constante, abençoado motivo. Um "deus ex-machina".

Adoro os bondes. (Bonde, no verdadeiro sentido da palavra, isto é, grandes carros elétricos, com estribos, balaústres, entrevia [...] de galinha [...] nada de "camarões".) Quando tomo um bonde, vou sempre de costas, no "banco dos cínicos", com todo o veículo aberto aos meus olhos como um manual de Psicologia ou de Etiqueta Social. Estudo e aprendo. Mas há uma cousa que eu nunca consegui compreender num bonde: a falta de troco nos bolsos do condutor, e a falta de lições de civilidade na educação do mesmo. Não só eu: todo mundo estranha isso. "Condutor", na luminosa e poderosa concepção da Light & Power, pode-se definir assim: "o homem que não tem troco nem educação".

O sr. meu leitor já sabe, por experiência própria, o que lhe acontece quando cai na asneira de entregar a um condutor uma nota de dez mil-réis, por exemplo: é polêmica certa. Já sabe também o que lhe sucede quando paga com uma moeda de quinhentos réis: o homem pergunta logo: – "Tem um tostão aí?" (Esse tostão é para fazer troco ou promover polêmicas.) E já sabe também que, na impossibilidade de achar, num bonde, troco para uma cédula de cinco mil-réis, se o sr. quiser comprar um caderno de passes, não encontrará nunca essa mercadoria com o homem das passagens. (Motivo para outra polêmica.)

Decididamente, um condutor não gosta de trocar dinheiro com a gente: gosta só de trocar idéias. Que horríveis idéias, e em que horríveis termos! Vi, um dia, uma senhora educada e tímida descer de um bonde sob os impropérios de um recebedor que se recusou a trocar-lhe cinco mil-réis. Um cavalheiro gentil e serviçal ofereceu-se para pagar a passagem da assustada dama. Mas o condutor, implicante, não quis receber:

– *Illa tê qui pagá, illa misma!*

O cavalheiro tentou chamar à razão o empregado da Light. Mas o terrível funcionário teimava:

– *U signore é meglio che si deixe de "bulinaçó"! Illa tê chi pagá, illa misma!*

Ninguém mais, é claro, ousou intervir na disputa. Nem mesmo um "grilo" schopenhaurista, que gosta de chops e detestava mulheres.

URBANO

Sexta-feira, 21 de outubro de 1927

Recebi e publico com o máximo prazer a seguinte carta:

"Senhor redator.

Em todas as cidades do mundo acontecem cousas esquisitas. Em S. Paulo, porém, essas cousas, além de acontecerem, se eternizam.

Ficam crônicas, como crônicas.

Pelas imediações da Avenida Paulista (eu sou passadista, senhor Urbano), precisamente nas ruas mais próximas das torres da Rádio Educadora, passam diariamente rebanhos de cabras, com campainhas no pescoço, sempre escoltadas por cabritinhos nervosos, cuja única função na vida é sugar inutilmente tetas murchas e executar as mais mirabolantes cabriolas que um mamífero dessa natureza pode fazer.

Às vezes aparecem bodes chibantes, que denunciam de maneira excessiva e escandalosa a sua perfumada presença.

Dois pastores portugueses conduzem o bando capricórnio e deixam os quadrúpedes subirem nas calçadas e nas grades dos jardins, onde procedem a uma devastação sistemática nas plantações ao seu alcance. Algumas vezes, chegam a devorar a correspondência das Caixas de Cartas, que ficam abertas. É reconhecida a voracidade desses animais. Entretanto, os guias não protestam, porque eles não são pastores protestantes.

O que é mais incômodo é que esses animais procuram imitar o Pequeno Polegar, que deixava cair pela estrada miolinhos de pão, para marcar a direção da casa paterna.

E ainda há quem goste de cenas bucólicas e originais!

Peço, senhor Urbano, que proteste pelo seu jornal contra essas inconveniências caprinas.

Seu devotado admirador –
Luiz Gonzaga das Dores".
Está conforme.

URBANO

Cousas que acontecem

Sábado, 22 de outubro de 1927

A cousa que se colocou ao meu lado era enorme e ruidosa. O bonde vinha de um bairro onde havia feira-livre. E eu vinha no segundo banco, para fumar bastante, sem ser incomodado, e estender as pernas à vontade. Vinha feliz. Mas a felicidade mora em pratos rasos. E um bonde foi sempre, para mim, um prato raso. Acabou-se num instante aquela pequena felicidade: o instante agitado e barulhento em que entrou e se postou ao meu lado a cousa enorme e ruidosa.

A princípio, pensei que se tratava apenas de uma brincadeira de mau gosto. E preparei-me para sorrir com enfado e desapontamento. Mas não era brincadeira: era sério. Convenci-me disto pelo olfato, pela vista, pelo tato, pelo ouvido e, mais tarde, pelo paladar. Acompanhando a cousa enorme e ruidosa, entrou uma imensa mulher resfolegante. Toda embrulhada em quilômetros de algodãozinho listado. Tinha um lenço amarrado à cabeça, para que os preciosos cabelos não escapassem. Mas assim mesmo escapava um par de arrecadas minhotas, monumentais e tilintantes. Numa de suas mãos havia outro grande pano indefinível, com um nó numa das pontas, para o dinheiro não escapar. Assim mesmo escaparam 200 réis para o condutor. Mas tudo isto não teria a mínima importância, se a mulher não tivesse tido, a princípio, a repugnante idéia de querer sentar-se no meu colo, e se não a acompanhasse a tal cousa enorme e ruidosa.

Ah! a terrível cousa! Tinha o tamanho de um bom caixão de defunto e foi colocada metade sob o banco e metade fora dele, roçando nas minhas meias. Num dado momento, de dentro dela saiu a coroa espinhenta de um abacaxi e arrancou três fios da malha daquelas minhas caríssimas meias. Não dei muita importância ao prejuízo. Mas, logo depois, a cousa começou a agitar-se, a mover-se como se adquirisse vida: e, de dentro dela saiu a cabeça de um galo, com pescoço, crista, bico e tudo. Ao mesmo tempo, senti uma dor aguda e rápida na outra meia e vi um bico furioso procurando milhos na minha perna perfeitamente humana. Ainda desta vez, fingi não ver nada. Mas, logo adiante, a cousa agitou-se de novo. Agitou-se muito. E foi aumentando, e foi estufando, e foi inchando como uma bola de borracha soprada por um *boxeur*. Ameaçava rebentar. Recuei um pouco, como se recua de uma bomba de dinamite. E deu-se a explosão. Ouviu-se em todo o bonde um grito esquisito, gutural, gaguejante e longo como o glu-glu que sai do gargalo de uma garrafa que se esvazia. Uma cauda enorme abriu-se como um leque. Era um peru apoplético, rubro, bêbedo. Bufou, abriu um vôo airoso e veio pousar, gargarejando no meu ombro. Fiz-lhe uma festinha carinhosa na crista pletórica e dei-lhe um cafuné meigo na nuca macia. Mas o abutre não queria saber de amabilidades. Simpatizou ociosamente com o meu chapéu e atravessou-o, de lado a lado, com uma bicada certeira...

As gargalhadas, nos bancos do bonde, atrás de mim, aborreciam-me bastante. Tomei uma resolução rápida: sacudi com violência os ombros e a ave farfalhante desprendeu um vôo gracioso para trás. Houve alarido no carro todo. Senhoras nervosas desmaiaram aos gritinhos. Cavalheiros previdentes engatilharam revólveres. O bonde parou e o condutor veio convidar-me a descer, sob pena de...

Desci e fui direto ao escritório da Companhia perguntar para que serviam as plataformas dos bondes.

Respondeu-me um funcionário que isso era uma questão sutil que escapava inteiramente às suas cogitações.

URBANO

Pretensão

Domingo, 23 de outubro de 1927

Tudo é possível neste mundo. *Nil admirari*[31]. Tudo: até mesmo citar latim. Ou até mesmo encontrar-se um pobre homem desta "*mui nobre e leal cidade*" perdido na capital luminosa e quente de um Estado do Norte do país. Pois o pobre homem, que assina Urbano, neste quotidiano, obscuro, ilegível pedaço de coluna, encontrou-se um dia, por acaso, com o bom Senhor Cabral, numa terra "em tal maneira graciosa", que até a conta do hotel lhe foi entregue, no fim da semana, já devidamente paga, com um recibo surpreendente, em regra, legalizado, selado, etc. E aí encontrou também uma das três Graças – que felizmente não se chamava Eufrosina – e que entendeu de gracejar com ele. Dizia a Graça, assobiando deliciosamente, em "x", os "ss" finais:

– Vocês, paulistas, são de uma pretensão intolerável! Olham para tudo e para todos com um arzinho superior... sempre de cabeça erguida... Sim, senhor, de cabeça erguida...

Na cabeça abatida do sr. Urbano rebentaram faíscas de cólera, chispas de indignação, que, felizmente, não se exteriorizaram. Não se exteriorizaram

---

31. Ver nota 27.

porque o sr. Urbano só tem aquele tímido, póstumo espírito a que os franceses chamam de *esprit d'escalier*. Ou, mais positiva e modernamente, *esprit d'ascenseur*. Porque só depois que a grade extensível, toda em losangos, do lento elevador se fechou sobre a sua indignada pessoa, como sobre uma fera se fecha a grade de uma jaula, é que no humilde senhor Urbano ocorreu a boa resposta, nada urbana, que merecia aquela deliciosa, mas impiedosa Graça:

– Sim, é verdade, andamos sempre de cabeça erguida. Que remédio! Estamos habituados a olhar todos os dias, a todos os momentos, as fachadas tão altas dos nossos arranha-céus!

Mas... Mas também à perturbadora criatura bem podia ocorrer uma respostazinha perversa, irônica, má. Por exemplo:

– *Parvenus*[32] de arranha-céus! É assim mesmo: quem nunca comeu melado...

URBANO

Reclamar

Quarta-feira, 26 de outubro de 1927

O ônibus "Mooca 10" estava literalmente cheio, quando resolveu precipitar-se pela ladeira do Mercado. Um homem de *pince-nez* e pasta deu o alarme: fez a primeira reclamação. Há um provérbio chinês

---

32. Diz-se das pessoas que subiam acima da sua condição social sem ter adquirido a cultura e os modos que conviriam a seu novo *status*.

que diz: "O coçar e o reclamar estão no começar." É bem verdade isto. O *pince-nez* reluziu assim:

— Excesso de lotação! Não sei para que é que se tem uma polícia de veículos!

A população do ônibus sentiu-se animada e excitada. Um instante depois, quando o veículo passeava sobre a próxima-futura-problemática ponte da Boa Vista, estourou a segunda queixa. Saiu de dentro de um homem baixo cheio de pêlos e que gostava muito de viadutos:

— Afinal, esta droga sai ou não sai? Onde já se viu uma cidade de 900.000 habitantes com dois viadutos só?!

Uma mulher, toda de preto e sem chapéu, sentiu-se encorajada. Havia cócegas visíveis na sua língua. Rebentou logo que o ônibus alcançou o Mercado.

— Este mercado é uma imundice! Ladrões! Roubaram a minha bolsa e passaram-me três pratas falsas de 2$000!

Começaram os ânimos a se exaltar cada vez mais. Eu estava vendo o momento em que aqueles *sans-culottes* incendiariam o pobre veículo. Surgiu, nas janelinhas quebradas, o Palácio das Indústrias. Um homem, completamente invisível para mim, explodiu:

— Qual exposição qual nada! Exploração é que é. Paga-se entrada e, uma vez lá dentro, tem-se que pagar tudo. Pagar para ver o Jaú, pagar para ver a onça brava, o gato-do-mato, o tamanduá... Uma exploração!

Um cheiro forte de gás suavizou a atmosfera. Estávamos em frente do Gasômetro. A grande mulher do primeiro banco gritou à pequena mulher do último banco:

— A sra. já viu, d. Rita, que despropósito! Ontem recebi a conta do gás: 114$000! Casa de casal sem filhos!

Houve uma pequena trégua no bombardeio. Afinal, surgiram no horizonte, hermeticamente fechadas, as famosas, sugestivas porteiras do Brás. Uma locomotiva negra fazia uma manobra preta e inútil. Quatro vozes, em coro, protestaram dentro do ônibus.

– É um abuso! Quando ficaremos livres disto?!

Duas horas depois, o ônibus atravessava a porteira e enroscava-se entre as rodas de uma carroça, na praça da Concórdia. Então, chegou a vez do *chauffeur*, proprietário do veículo. O homem ergueu-se, encarou a multidão passageira, e proferiu solenemente a auto-reclamação:

– *É una porcheria questo otomóbile indisgraziato! Io vô pigá foco inzima dillo!*

URBANO

As eternas crianças

Quinta-feira, 27 de outubro de 1927

Isto foi há três ou quatro dias. Havia, pendurados no céu, pedaços de crepe fúnebre. Eram seis horas da tarde. Na praça do Patriarca, todo o mundo olhava para aquelas grandes nuvens perigosas, esperando raios interessantes. Parecia um céu de Calvário. De repente, caíram três cousas: um raio, um homem medroso e uma gota grossa de chuva. O raio caiu num pára-raios; o homem caiu na calçada do Mappin e a gota de água caiu no oceano encapelado da nossa existência... Todo o mundo começou a correr em todas as direções, com medo de ser pedra dura sob água mole.

E despencou a chuvarada forte. Gente murcha, sob toldos bambos, olhando e ouvindo, em silêncio, a gesticulação e o canto pluvial da natureza. Os jardins do Anhangabaú faziam pensar em Débussy.

Em dado momento, a água começou a subir pelas calçadas, a perseguir botinas, meias, ligas, joelhos, umbigos... Os bueiros, insuficientes ou entupidos, não davam conta do recado.

Houve agitações inúteis entre a assistência. Desesperos de náufragos perdidos. Em vão: a água invadia tudo. Então, aconteceu o que costuma acontecer nesses casos: todos se entregaram... Tomaram chuva de propósito, com ódio, chegando até a tirar o chapéu ou o *paletot*, no meio da rua. Homens mais bem-humorados acharam logo nisso motivos de distração. Travessos e incorrigíveis, começaram a brincar: brincar de Dilúvio, brincar de Veneza, brincar de Niagara... Apareceram os primeiros barquinhos de papel feitos com cheques ou notas de 500$000. Um *chauffeur*, puxando por uma corda o automóvel atolado, brincava de "Barqueiro do Volga". Um vendedor de bilhetes de loteria caiu na enxurrada e lá se foi também. Dizem que estava brincando de Arca-de-Noé...

URBANO

Vingança

Sexta-feira, 28 de outubro de 1927

Têm havido frouxas tentativas para se desmentir o *politikon zoon* de Aristóteles. O homem há de ser sempre, quer queira, quer não, seja grego ou brasileiro, um "animal social" – e nada mais.

Sem falar na velha Tebaida dos anacoretas peludos, uma das mais desesperadas para negar o antigo aforismo foi a bicicleta: o único veículo em que o homem procurou isolar-se completamente dos seus semelhantes. Inútil. Vejam só como a bicicleta caiu de moda! E tão depressa! Substituiu-a, com certa vantagem e muito ruído, a motocicleta explosiva. Mas imediatamente o eterno espírito de sociabilidade, esse horror à solidão, que grita no fundo de todos nós, ligou à motocicleta esse humaníssimo tamanco chamado *side-car*.

Qual! O homem é mesmo um animal sociabilíssimo...

Era no meio da rua que eu fazia estas graves ponderações. Passavam por mim bondes imensos, povoadíssimos; ônibus enormes, cheios de gente; automóveis de lotação completa; carrinhos de bebês com gêmeos galantes esgoelando e inglesas de óculos empurrando... De repente, no horizonte da rua apareceu, como um monstro antediluviano, uma bicicleta. O animal solitário vinha na contramão, pedalando furiosamente. Ameaçou entrar dentro de três bondes despreocupados, tentou contra a vida transparente do enorme cristal de uma vitrina, brincou de esconde-esconde com um Ford preto e criançola que engatinhava pela rua e acabou atropelando um homem magro.

Estendido sobre paralelepípedos ásperos, com uma roda na cabeça, outra na barriga e um gigante em cima de tudo, o coitado contorcia-se e murmurava antífonas. "Grilos" tiniram. O trânsito interrompeu-se. Caixas de socorro funcionaram. E o que é pior, contra todas as expectativas e contra os íntimos desejos do ciclista assassino – ajuntou gente. O misantropo tinha horror à multidão: e, sem saber como, provocou ajuntamento. Seguiram-se naturalmente os primeiros curativos na Assistência, e a prisão do delinqüente. Os curativos foram banais, sem grande interesse. A prisão é que foi o "suco"... O homem que tinha horror à humanidade, o solitário, o asceta, o anacoreta ciclista teve que cavalgar a sua máquina, levando, na garupa, um soldado zombeteiro...

URBANO

Cousas engraçadas

Sábado, 29 de outubro de 1927

Alguém nos escreve protestando contra o critério, adotado pela Prefeitura, para regularizar a numeração das casas: supressão das letras. Não há mais 47-A, 47-B, 47-C, etc.; há só 47, 48, 49, etc. Nada de letras: somos um país essencialmente analfabeto.

O alguém, que se queixa, pinta-nos "carteiros atrapalhados" com a correspondência de "clientes" novos em endereços antigos; cobradores atrás de devedores que se mudaram... sem ter mudado; enterros saindo de casas onde não morreu ninguém; visitas enveredando por casas alheias, com todo o desembaraço, certas de que estão entrando em casa de íntimo amigo, pois, não há uma semana, encontraram-se na cidade e trocaram cartões de visita insistindo mutuamente para que se procurassem sem cerimônias; etc. Casos que certamente desopilarão os causadores da 'façanha', do mesmo modo porque muito se divertiam os estudantes d'antanho, quando, pelas caladas da noite, saíam à rua para trocar a placa do médico pela da Empresa Funerária; a da chapelaria pela do sapateiro; a da modista pela da casa de banhos; a do padre pela da parteira, etc. A Light, por sua vez, já mandou para o prelo a nova lista telefônica, atendendo somente às modificações verificadas e comunicadas até o dia 10 p. passado, o que dará margem a outra série de contratempos, pois há muita gente que se orienta pelos endereços da referida lista…".

Até aqui, o reclamante. Agora, a opinião do redator desta seção: – Acho a queixa muito justa. Mas as cousas que estão acontecendo são tão engraçadas e sugestivas (para mim), que vale a pena brincar de mudar números.

Sou insuspeito para falar: também fui vítima dessa troca (com ou sem cedilha no "c"). Amanhã contarei aqui o que foi que me aconteceu.

URBANO

Questão numérica

Domingo, 30 de outubro de 1927

Prometi, como a pérfida Sheherazade dos contos árabes, narrar hoje, aqui, uma história que se passou comigo. Essa história prende-se estreitamente ao processo empírico posto em prática pela Prefeitura, para regularizar a numeração das casas de S. Paulo.

Eu morava, antigamente, numa rua pequenina (dois quarteirões só), e a minha casa tinha o antipático número 17. Um jardineiro português vinha, todos os meses, fabricar primavera no meu jardim. Esse bom reinol era o que se entende rigorosamente por uma *v'lleza d'homem*. Grande nariz aquilino, fartas "ratazanas" negras e frondosa barba em torno de uma boca vermelha e lânguida. Linda cabeça de navegador *made expressely* para uma gola genovesa. Mas não era navegador: era português – e nada mais. Jardineiro também. E pontualíssimo. Cada terceiro dia de cada mês, vinha, de tesourão e ancinho, fazer o meu jardim. Um dia, prolongaram a minha rua: acrescentaram-lhe três quarteirões. E a minha casa, que tinha o número 17, recebeu uma pequena tabuleta azul com o desgracioso número 101. Subiu 84 graus o termômetro da minha estupefação. Joguei naquela centena e perdi: deu a vaca. Perdi dinheiro e jardineiro. Porque nunca mais me apareceu o belo navegador. Dois meses... Quatro meses... Sete meses... Esperei com paciência e calma. A grama crescera como a roseira do palácio da Bela Adormecida. E eu, como uma Fera Adormecida, esperava em vão a chegada do Príncipe Encantador, que viria ali, de tesourão e ancinho, despertar-me daquela ruinosa letargia. Um dia, rompi o mato a canivetadas, e saí. Era um terceiro dia útil do mês. Desci a rua. E aí, lá embaixo, em frente ao novo número 17, encontrei a *v'lleza d'homem*, sentado à calçada, imerso na mais profunda meditação. Fiz-me uma carícia na barba, estilo Escola de Sagres, e o homem despertou. Olhou-me atônito e aflito, como quem olha para um redivivo. Tomou fôlego. E, muito tempo depois, explicou-me:

– Cá tenho vindo todos os meses. A casa de voss'ência era cá nesta rua, número 17 para quem sobe e 71 para quem desce. É o número desta casa. Faz favor de verificar! Não tenho culpa de vss'ência não aparecer mais!

Aquela casa, aquele novo 17, era uma venda infecta.

URBANO

Berlinda

Terça-feira, 1º de novembro de 1927

Neste tão sério e tão obscuro palmo de coluna, costumam estar sempre na berlinda duas sugestivas e importantes cousas: os bondes e os auto-ônibus. Deve haver leitores tremendos que implicam – e com toda a razão – com esta antipática insistência. Faço de propósito: não quero que os meus bons leitores não tenham razão, quando estraçalharem a dentadas de ódio este pedaço de jornal. Acho que um homem digno deve ter sempre razão.

Aqui vai, pois, mais uma cousa a respeito de bondes. Mais propriamente: a respeito de certos complementos dos bondes.

Há aqui em S. Paulo um longo e extraordinário veículo que parte, cada 15 minutos, do largo S. Francisco e que se chama dulçurosamente "Vila Clementino". Antigamente esse carro chamava-se "Matadouro". E, como tal título poderia assustar passageiros nervosos, e como viajassem sempre nesse bonde carniceiros de facão e serrote, completamente ensangüentados, a Light resolveu, estrategicamente, mudar-lhe o nome. Crismou-o com o apelido de "Vila Clementino", como que a implorar dos fregueses um pouco de "clemência" para com aquele longo e extraordinário veículo. Longo e extraordinário, sim. Porque é o único bonde de S. Paulo que traz "reboque". Ah! o "reboque"! A cauda barata e barulhenta que o bonde sacode, como um cachorro, para fazer festinhas ao freguês...

A propósito desse bonde fora do comum, presenciei, há dias, uma cena regularmente interessante. Um legítimo português de calça de saragoça e lenço vermelho estava no largo da Sé, encostado ao relógio do "abrigo", esperando um bonde. Eram 19 horas exatamente. O bom lusitano tinha um ar resignado e manso. Olhou-me demoradamente, entre as suas sobrancelhas crespas e folhudas como os cedros do Bussaco. Tomou ânimo e perguntou-me:

– Com a devida permissão, pode voss'ência informar-me se isto aqui é o largo São Francisco?

– Não senhor. Isto aqui é a praça da Sé.

– É a praça da Sé, pois não? – Bem que me estava a parecer. Pois não é que cá estou desde às 2 horas a esperar um raio de "americano"! O tal de "Vila Clementino"!

– Sim, o sr. enganou-se. Esse bonde não passa por aqui.

– Não passa por cá, pois não?! Ora essa ! E o "reboque"?

URBANO

Finados

Quarta-feira, 2 de novembro de 1927

— Que tempinho, hein?
É verdade. Foi sempre assim em S. Paulo. Chove, todos os anos, no dia dos mortos...
Ouvi, no silêncio triste de uma sala-de-espera de cinema, quase vazia, essa conversa desconsolada. E, intimamente, concluí:
— É natural que chova: é a cidade que chora também...
A banalidade da imagem veio, necessária e inevitável, ao meu espírito, naquele instante; e volta-me agora, imperativa, fatal, à ponta inexpressiva da pena com que escrevo. O banal é um distintivo de sinceridade.
Mas eu seria quase feliz — como se fosse possível a alguém sentir-se um pouquinho feliz no dia de hoje! — se o céu quisesse desmentir a observação desconsolada que ouvi e a imagem corriqueira que me ocorreu. Eu seria quase feliz se o dia de hoje fosse um dia alto de luz viva e impetuosa, de sol adulto e violento, de ar translúcido e vibrante. Porque neste dia, mais do que nunca, sentimos a necessidade urgente de ser negados. Negados pelos mortos, que assistem, impassíveis e eternos, à nossa efêmera agitação. Convencemo-nos, hoje, de que a vida, a verdadeira vida, não está conosco: está com aqueles que já a conquistaram, que já a possuíram e que já a abandonaram na inconsciente renúncia da morte. O que está conosco, o que nos ficou é apenas este anseio do descanso, este desejo da paz em que dor-

mem, felizes, os mortos invejados. Deles nos vieram, há tempos, a vida instantânea e os bens transitórios que gastamos, pensando neles. Vivemos deles e para eles. Eles desmentem, calmos, a pequena ilusão de vida que nos embala e seduz.

– Chove, todos os anos, no dia de Finados...
– É natural que chova: é a cidade que chora também...

Se o dia de hoje – como eu desejo – nascesse, glorioso, todo boiando num sol de ouro líquido, nós acreditaríamos ainda mais no poder sobre-humano dos mortos. Acreditaríamos que eles, sepultados, podem ainda desmentir todas as banais observações dos vivos, todas as corriqueiras imagens dos pobres poetas imaginários...

URBANO

Bolchevismo

Sexta-feira, 4 de novembro de 1927

Dizem que os extremos se tocam. Eis aí um paradoxo perfeitamente popular, perfeitamente aceito por todo o mundo. Se ainda houver alguém que duvide disso, para destruir esse detestável estado frouxo do espírito, que é a dúvida, eu aconselharia uma simples medicina caseira: examinar, por exemplo, com bastante atenção, um cachorrinho coçando a cauda. Ou então... Ou então, eu aconselharia ao cético que tomasse um automóvel (bonde não convém: demora muito) e fizesse um ligeiro passeio por dois extremos da cidade: a rua do Gasômetro e a avenida Higienópolis. ("Extremo", aqui, está empregado num sentido mais elevado e menos material do que um focinho e um rabo.) Esta avenida é tudo o que há de mais *chic* em S. Paulo: é a nossa verdadeira *peacock-alley*; aquela rua é exatamente o contrário. No entanto, são parecidíssimas. "São" ou "estão"? Estão. Porque, há um ano atrás, não era assim. Um terrível gênio bolchevista, um tremendo espírito comunista andou, de noite, às ocultas, igualando aquelas duas artérias da cidade. Nada de distinções sociais! Nada de diferenças de *clan*! E – zás! – tudo igual, tudo achatado numa uniformidade rasa e anti-estética. E anti-higiênica, também. Para que "Higienópolis"? Todos nós somos filhos de Deus! O sol nasce para todos! E o gênio mau, o perverso espírito levantou o calçamento das duas ruas, cavou profundas trincheiras, enlameadas e sujas, onde invisíveis demônios se escondem à espera do homem cidadino, seu mortal inimigo. E aí, de emboscada, os diabinhos traiçoeiros armam inesperadas arapucas: abrem buracos e peraus em que se atolam *gentlemen* de sapatos de polimento e automóveis de luxo, operários de botas de couro cru e caminhões "pesados"...; lança rastilhos de lama para que se emporcalhem bem as meias de seda das damas aflitas e os jacás cacarejantes das vendedoras de frangos...; produzem e espalham gases asfixiantes, para que todo o mundo morra depressa, isto é, para que todo o mundo se iguale completamente no indiscutível comunismo da morte...

Mas há uma injustiça, há uma falta de eqüidade nesse programa maléfico. Os habitantes de Higienópolis são mais prejudicados do que os da rua do Gasômetro. Porque esse Grande Espírito Igualitário pode, muito bem, de um momento para outro, transportar para a rua do Gasômetro, a título de embelezamento urbano, um dos palacetes Luís XVI da aristocrática avenida; e, para a avenida Higienópolis, a título de utilidade pública, dois ou três daqueles balões fedidos do Gasômetro negro...

URBANO

Trevas

Sábado, 5 de novembro de 1927

Tem sido fartamente anunciada e comentada pelos jornais uma nova resolução da Câmara Municipal: taxar de elevados impostos os cartazes-luminosos no centro da cidade.

À primeira vista, a intenção prefeitural parece absurda, arbitrária, monstruosa. Os homens da "primeira vista", isto é, aqueles que tudo julgam superficialmente, que desprezam o âmago das cousas, que são de cortiça, que bóiam à flor das águas sem nunca descer ao fundo misterioso e confuso do "manso lago azul"; esses homens rápidos revoltam-se contra a malfadada resolução. Refletem como espectadores, como simples órgãos óticos. São estetas. Acham que o cartaz-luminoso é uma linda cousa, colorida e dinâmica como um fogo de artifício que não acabasse nunca. Enfeita a cidade. Empresta às ruas centrais um *cachet* especial de grande metrópole. São atraentes: chamam gentes e mariposas. Dão movimento e grande impressão de vida e de comércio à *urbs*... etc., etc., etc.

Isto, realmente, é o que quase todo o mundo "acha", à primeira vista. Acha e esconjura, amaldiçoa as sábias deliberações municipais. Depois... Depois a gente reflete mais maduramente. Isto é, a gente janta bem, vem para o terraço com um palito entre os dentes, escarrapacha-se na cadeira de vime e acende o gordo e fumegante otimismo de um bom charuto. Então, aquele deus de veludo e azeite, que se chama Bom Humor, escorrega para dentro da gente e começa a fazer suaves cócegas na alma. A gente tira, de olhos fechados, uma fumaça longa do *habano* e solta, com ela, a observaçãozinha azul e leve e esvoaçante de uma "piada". Reflete, por exemplo, da seguinte maneira:

— Ora! Afinal de contas, bem pesadas as cousas, os srs. munícipes não deixam de ter a sua razãozinha... As ruas do centro andam emburacadas, as calçadas andam sujas... É preciso que ninguém veja essas misérias...

Apaguem-se, pois, todos esses indiscretos cartazes-luminosos. Trevas e mais trevas! Toda a alma peninsular do Cardeal Ruffo[33], que não quis "apagar o sol pelas alturas", palpita também nos corpos daqueles excelentes senhores desta nova Salamanca.

URBANO

---

33. Fabrizio Dionigi Ruffo (1744-1827), cardeal e estadista italiano.

Nordeste

Terça-feira, 8 de novembro de 1927

Há três dias que aparecem, no boletim meteorológico, estes enervantes e assustadores dizeres: "Ventos no quadrantes NW". O terrível quadrante! Parece que uma corrente elétrica atravessa esta cidade tranqüila. Há em tudo, há em todos uma estranha inquietude. Nervos, nervos e nervos. E, pior do que nervos: calos. Todos os calos de S. Paulo doem horrorosamente. Vêm-se moços mancando, apoiados em bengalões de mendigo, como velhinhos entrevados. Os salões de engraxates ficam parecidos com gabinetes dentários: há prantos e ranger de dentes... – "Ui! devagar, sua besta!" – "Não esfregue assim a pomada! Ai!" – "Arre! Cuidado com essa escova, amaldiçoado!" etc. E os ânimos vão se exaltando. E começam a haver ameaças de agressões, prenúncios de assassinatos, sintomas de loucura furiosa.

Um mau humor odioso arrebata temperamentos. Por qualquer cousa – por um simples esbarrão, uma cotovelada involuntária, um pequenino esquecimento de qualquer espécie... – por tudo os homens da cidade se exaltam e ficam logo dispostos a se devorarem uns aos outros. Todos se entreolham com desconfiança e receio. Nas fisionomias mais mansas, mais serenas, mais angélicas (como, por exemplo, as das freiras ou as dos açougueiros) a gente começa a descobrir traços lombrosianos. Epilepsia coletiva. Ventos no quadrante NW!

Conheço um indivíduo desalmado que resolveu explorar esse vento. E o infame está quase milionário. Disfarçadamente e sob diferentes nomes supostos o facínora instalou, dependentes umas das outras, três instituições comerciais: uma sapataria, um gabinete de calista e pedicuro, e um consultório médico especialista em moléstias dos nervos. O torturado transeunte, que cambaleia pela cidade sob o peso atmosférico do noroeste, de pés inchados e nervos irritados, ao deparar com a primeira placa, não resiste: "Sapatos científicos. Evitam calos." Entra na loja e paga um dinheiro absurdo por uns sapatos perfeitamente iguais ao sapato vulgar.

Ao ensaiar, na calçada, os primeiros passos, uma dor fina, agudíssima atravessa-lhe todo o organismo. Nisto, uma nova tabuleta se dependura diante de seus olhos: "Calista-pedicuro. Serviço rápido e garantido. Os calos nunca mais voltam." Não hesita: entra no gabinete e entrega seus desgraçados pés à lanceta do carrasco. Paga bem e vai-se embora. Mas qual! Começa-lhe a doer a alma, a medula dos ossos. Alguém (evidentemente um comparsa do malvado explorador) pisa-lhe de rijo o pé tratado.

À sua boca e ao seu punho sobe uma indignação e uma irresistível vontade de matar. Mas, incontinenti, uma placa aparece na ponta do seu nariz: "Moléstias nervosas. Cura certa em uma consulta." A vítima aceita o convite, gasta seu último dinheiro e sai do gabinete médico perfeitamente convencida de que tem todas as moléstias do mundo: até lepra! O ignóbil explorador está com vontade de montar também uma farmácia. Isto também é demais!

URBANO

3$000

Quarta-feira, 9 de novembro de 1927

O homem, que diz constantemente "os tempos estão bicudos", usa jaquetão azul-marinho e calça listada. O jaquetão é eterno: é o mesmo que ele mandara edificar, há oito anos, no dia em que ganhou 1:800$000 num milhar. A calça listada é aquela mesma que servira de alicerce ao seu fraque de *elasticotine*, no dia longínquo do seu longínquo himeneu. Ambos, jaquetão e calça, são agora o suplício de uma esposa que gastava um vidro de benzina por mês para apagar as impressões digitais, que os dedinhos mimosos e açucarados de cinco filhinhos costumam deixar, todos os dias, naqueles bons panos.

Anteontem, o jaquetão e a calça, pela primeira vez em toda a sua longa existência, resolveram experimentar as macias molas de um táxi. Nunca tinham provado essa delícia. É que acabara de dar o urso, e de aparecerem, num dos bolsos do jaquetão, duas notas extraordinárias de 20$000 cada uma.

O caso passou-se assim: – Ao sair do *chalet* da praça Antônio Prado – eram 17 horas, mais ou menos – uma chuva repentina despencou sobre a cidade. O jaquetão e a calça, desarmados de guarda-chuva e pilhados em flagrante no meio da rua, não tiveram outro remédio senão penetrar no interior de um táxi providencial que, ao chamado de SOS, ali aparecera, como um "Alhena" ou um "Mosella".

– Leve-me até o primeiro toldo!

O Chevrolet nadou um pouco – uma grosa de metros – pela rua S. Bento, e parou. De dentro dele saiu uma prata de 2$000, que foi depositada na mão honrada do "cinesíforo" (é esse o nome que costumam dar aos *chauffeurs* os homens de jaquetão e calça listada). E o resto do conteúdo saltou para a calçada, sob o toldo. Mas, de repente, um grito de maldição chamou-o de novo à portinhola do veículo:

– Agora é 3$000 a "bandeirada"!

– Mas, como, senhor?

E entabulou-se, sob cordas irônicas de água e gargalhadas impiedosas dos circunstantes, uma trovejante polêmica.

Resultado da polêmica: mais uma moeda amarela, de 1$000, no bolso do motorista.

Outro resultado: – o jaquetão e a calça listada, completamente ensopados, sacudindo a pobre cabeça atribulada e arrependida, sob o toldo, e resmungando:

– 3$000 a "bandeirada"! Os tempos estão bicudos... Maldita terra de bandeirantes!

(E, enquanto esses horrores se passam, a Prefeitura ri a bandeiras despregadas.)

URBANO

Estética

Sexta-feira, 11 de novembro de 1927

"P.", meu distinto confrade do *O Estado*, publicou ontem, nas suas apreciadas "Coisas da Cidade", a carta de um leitor, em que por várias vezes se usa e abusa da palavra "estética": "Estética urbana", "sob o ponto de vista da estética", "estética das fachadas", etc.

A preciosa palavra grega aparece aí como um "Cavalo de Tróia", cheio de *danaos* aguerridos, de lança enristada contra um terrível, mastodôntico inimigo: o arranha-céu. O missivista acha que a arrojada arquitetura *yankee*, além de anti-higiênica, é antiestética.

Quanto à primeira acusação, a higiene, limito-me apenas a invocar, contra a sua asserção, o indiscutível e autorizado testemunho do sr. Twyfords, cujas fabricações são muito mais aceitas e aplicadas a um arranha-céu do que aos antigos casarões térreos, acaçapados e inconfortáveis; e, mais, o do senhor Bom Senso, que aconselha construções bem altas em cidades tão expostas, como S. Paulo, a ventos mortíferos (como os do quadrante SE, por exemplo); e, ainda, o da sra. Observação, que afirma não se ter construído até agora um único arranha-céu no Triângulo Central, mas sim em lugares largos e bem arejados, como a praça da Sé, as ruas Boa Vista (ponto inicial do futuro viaduto), Líbero Badaró, Barão de Itapetininga, Benjamin Constant (ora em obras de alargamento), etc.

Quanto à estética... *"Hoc opus hic labor est"*...[34] Cousa complicada, a estética! Também para que é que foram inventar esse termo difícil e antiestético? Para o epistológrafo (linda palavra!), um exemplo, um modelo de estética urbana é a praça do Patriarca (lado novo), cuja uniformidade na altura e na arquitetura ele gaba e encarece.

Basta-me esse exemplo para eu me convencer de que, em matéria de beleza, não estamos absolutamente de acordo: eu gosto de mulheres morenas,

---

34. "Aqui está a dificuldade, o perigo" (Virgílio).

magras e altas; e ele deve gostar de mulheres loiras, gordas e baixas... Eu gosto de arranha-céu – sem arquitetura, sem berloques, simples, geométricos, americanos, úteis, práticos, nítidos, modernos; ele gosta de *faux Louis XVI*, com frisos, medalhões, festões, guirlandas, *oeil-de-boeuf*, ardósias, laçarotes, cetins, cabeleiras empoadas, etc. Eu vivo no século XX, em plena América; ele existe no século XVIII, em pleno Paris. Eu sou amigo da assimetria, da desigualdade (posto que democrático), dos grandes volumes verticais, dessa harmonia, desse acorde que nunca se obtém com duas notas iguais... Ele é camarada da simetria, da uniformidade, da *égalite* (*liberté, point!*), das linhas horizontais e dos enfeites bonitinhos...

De quem, a culpa? Com quem está a razão?

Quem quiser responder a estas perguntas, escreva-me, que eu publicarei aqui o que for publicável.

URBANO

Andaimes

Sábado, 12 de novembro de 1927

Um andaime é um dos interessantes suplícios que escaparam às doentias e ferozes maquinações da inquisição e ao jardim sádico do sr. Mirbeau[35]: o suplício da esperança.

A gente que passa pela rua, perfeitamente convencida de que "S. Paulo progride", olha, com olhos

---

35. Octave Mirbeau (1848-1917), escritor francês, autor de romances realistas e de comédias.

infantis de criancinha, para o alto andaime e o opaco e impenetrável tapume que oculta uma fachada em embrião. Há fé e esperança naquele olhar paulista. (A caridade vem depois.) A gente espera que, arrancadas aquelas tábuas, corrido aquele velário, promissor de cousas ótimas, apareça uma maravilha, ou, pelo menos, uma cousa qualquer em qualquer diminutivo: engraçadinha, bonitinha, lindinha, etc.

Mísera esperança! O que, geralmente, surge a nossos olhos, de sob aquela ciumenta cortina de pau, é uma habilidade, mais ou menos parecida com bolos de casamento ou almofadas de exposição colegial: clara de ovo e confeitos prateados, ou organdi e miosótis de seda... Arquitetura de imigração: máscaras e volutas da Renascença, trifólios e gárgulas góticas, ovais e frisos Luís XVI, papoulas e garças *art-nouveau...* Horror!

Esses andaimes são parecidos com aquele lenço com que os ilusionistas ou os prestidigitadores cobrem uma cartola. Toda a assistência fica de olho pregado no pano mágico, esperando portentos. E o homem misterioso, de casaca e barba nazarena, levanta o lenço e exibe lampiões, coelhos, baralhos, omeletes e outras incoerências.

Esses andaimes são parecidos também com o pano *marron*, que encobre, na sala de uma Secretária de Estado, o retrato do grande homem, que vai ser inaugurado. O pessoal administrativo, assanhado e palpitante de emoção, cheio de hinos nacionais na almazinha sonora e de auriverdes pendões no coração precipitado, tem uma doce fé republicana nos olhos e nos *pince-nez* fincados no pano *marron*. Espera surgir dali a efígie séria e honrada do grande estadista – a testa inteligente afrontando a posteridade, com uma ruga severa no meio, a mão honesta apoiada sobre um livro, o livro sobre uma coluna, a coluna sobre um tapete...

Terminado o discurso substancioso do detentor da pasta, zás! Puxa-se a cordinha e aparece uma beleza de homem desconhecido, sem dignidade alguma, todo pimpão, de bigodes retorcidos e olhos de alcova... O tipo do "homem cor-de-rosa"...

URBANO

Mitologia

Terça-feira, 15 de novembro de 1927

Os homens dividem-se em duas espécies: homens que gostam de pernas e homens que gostam de meias.

Isto quer dizer que, nos "pontos" de bondes, no Triângulo, não há ser calçudo que não faça ponto. Ficam ali fingindo que vão para casa. Esperam todos os bondes possíveis – e nenhum lhes serve. Tanto a primeira espécie – a espécie positiva – como a segunda – a espécie também "pose"... tiva – são constituídas por verdadeiros exemplares caprípedes, convenientemente mitológicos, que escaparam do Bosque Sagrado ou de algum poema de poeta parnasiano. Dão medo. Deviam ser fundidos em bronze ou talhados em mármore, e colocados sobre um plinto ou uma herma (a indispensável avena entre os lábios). Mas, não. Continuam de carne e osso, de calça-balão em vez de pêlos de bode, de charuto ou piteira em vez de flauta agreste, etc., aí, pelas calçadas, aquele pedacinho estreito, na Praça do Patriarca, junto à Igreja de Santo Antônio (padroeiro dos namorados); ou aquele trecho de cimento rente à Confeitaria Fasoli; ou no "abrigo" de mosaico da praça da Sé, ou na rua Boa Vista (este nome é propício ao seu mister), canto do largo São Bento; etc.

Ficam por aí. No momento em que pára um bonde e há ninfas que querem embarcar, que tentam galgar, de vestido curto, o alto estribo, os seres mitológicos agem. Agem opticamente.

. . . .

E não há uma única farda azul de "grilo" que ouse aproximar-se dos semideuses. Não há um único centauro que se decida a "pousar" com eles para um quadro vivo, reconstituição de qualquer friso do Partenon.

Também... que pode um simples conde ou barão húngaro (títulos humanos e mesquinhos) contra violentas e excitadas divindades mitológicas?

Os homens dividem-se em duas espécies: homens que gostam de pernas e homens que gostam de meias.

URBANO

Um "Auto" de Anchieta

Sexta-feira, 18 de novembro de 1927

O homem de maus bofes tinha, entretanto, uma fisionomia de anjo. Anjo de Murillo: bochechudo, vermelho, olhos apertadinhos, carão redondo entre duas asinhas (estas asas eram invisíveis a olho nu, porque estavam na alma voadora do "águia"). O que não era invisível é a nuvem que o envolvia, igual à da "Assunção": nuvem de fumo (charuto comercial).

Apenas, para quebrar ligeiramente a monotonia clássica da sua expressão seráfica, o querubim conservava, além do charuto, no outro canto da boca, um palito.

Era meio-dia e ele vinha sentado no primeiro banco – o banco dos cínicos – de um dos bondes da linha de Higienópolis. Fumava, fumava, fumava. À sua frente e a seus lados havia senhoras e meninas: lindas visões da moda, tossindo, engasgadas, esbatidas na névoa azul do seu charuto poético. De repente, surgiu, no estribo, o *trouble-fête*: um homem cheio de galões e bigodes, tilintante de níqueis. Era o condutor do bonde, o diabo que vinha enfrentar aquele anjo fumegante. O diabo fez ao homem de maus bofes um sinal de surdo-mudo: levou dois dedos aos lábios, adejando-os depois, horizontalmente, num "não" convencional. O anjo virou a cara do outro lado e mamou ainda com mais força o seu charuto e o seu palito.

Houve um silêncio promissor de excelentes tragédias. Quebrou bruscamente o silêncio uma campainhada seca, sinal de fazer parar o veículo. E, na primeira cinta branca da rua, o "Higienópolis" estacou. Uma expectativa excitante paralisou aquele pedaço da humanidade que enchia o bonde. Viram-se os galões funcionários caminhar, ligeiros, pelos balaústres, até o primeiro banco. Então, trovejou forte. Estabeleceu-se o diálogo de um dos "Autos" de Anchieta: Anjo e Diabo.

Diabo: – Ou o senhor joga fora esse charuto, ou desce já do carro!

Anjo: – Eu faço o que bem entendo!

Diabo: – Cavalheiro, faça o favor de ler o aviso no bonde: "É proibido fumar nos três primeiros bancos!"

Anjo: – Está bem. Eu deixo o charuto, mas, antes, queria que o senhor me vendesse um livro de passes.

Diabo: – Não tenho. Isso, só com o fiscal, no largo da Sé.

Anjo: – Pois leia também o aviso do bonde: "O condutor tem passes à venda!" Cumpra, primeiro, o senhor com o seu dever, que eu cumprirei com o meu, depois!

E, tal como nos santos "Autos" do Padre José de Anchieta, venceu o espírito do Bem: o homem de maus bofes...

URBANO

Festa da bandeira

Sábado, 19 de novembro de 1927

O "auriverde pendão" faz anos hoje. E, porque é dia de seus anos, será também, como todo mundo, mais ou menos festejado.

Evidentemente, estou escrevendo estas cousas de véspera. E, evidentemente também, quando este jornal, com esta crônica, saírem à luz nova e fresca deste dia, eu ainda estarei dormindo sossegadamente (queira Deus!). Portanto, por isto e por aquilo, o que quer que seja que, a propósito da feliz efeméride, se possa escrever assim tão pontualmente, não pode deixar de ser falso, sem sinceridade. Ou, na melhor das hipóteses, não pode ser senão profecia.

Ora, um homem colocado entre hipóteses – como entre mulheres – é natural que se descida pela melhor, isto é, pela menos perigosa... Assim, pois, eu, como todo homem, vou entrar aqui no terreno da profecia, da previsão, da conjectura.

Imagino que – como todos os anos anteriores – este dia será luminoso, nascerá todo banhado em sol e alegrias... E que – como todos os anos – sob esse sol e essa alegria, em todas as fachadas do Triângulo, a linda bandeira do losango de ouro há de tatalar, desfraldada, pendente dos mastros, sobre cabeças pesadas de impostos e ruas esburacadas pela incontentável picareta prefeitural... E que – como todos os anos – há de haver desfiles marciais e colegiais, sonoros de hinos e brilhantes de botões e sorrisos... E que – como todos os anos – ... etc. – Mas imagino também, graças a Deus, que, este ano, a bonita data brasileira terá uma nota original, um pequenino aspecto que quebre a monotonia, que rompa a sonolenta simetria com que, de ano a ano, vem sendo festejada a bandeira da nossa terra. E, dessa nota original, nova, interessante, vai se encarregar a simpática classe dos *chauffeurs* de praça. Todos eles terão também desfraldada a "bandeira" do seu taxímetro: excelente bandeira que, cada vez que é arreada agora, custa ao bom senhor que se abriga à sua sombra protetora a dolorosa quantia de 3$000.

Os nossos *chauffeurs* são patriotas – isso não se pode negar. Mas não são "integralmente" patriotas.

Têm, na sua bandeira, vários símbolos do nosso pavilhão querido. Mas não todos. Têm, por exemplo, as estrelas, porque o freguês vê sempre estrelas ao meio-dia... Têm "Progresso", porque a "bandeira", que custava, há 15 dias ainda, 2$000, progrediu: passou a custar agora 3$000... E assim por diante. Só o que não têm é a "Ordem": cada taxímetro marca, desordenadamente, para distâncias iguais, preços diferentes. Isto é esquisito e insuportável.

Urbano

Patriotismo

Terça-feira, 22 de novembro de 1927

O patriotismo assume, em certos temperamentos, um caráter todo especial: – há homens minuciosos e unilaterais, que vêem a Pátria apenas num soldado, num versinho de hino, no carimbo negro sobre um selo, numa boa "farra", num *cavaignac* presidencial, etc. E, muitas vezes também, na maneira de fazer-se ou usar-se uma bandeira: se está certa ou errada, bem hasteada ou mal hasteada... E outros detalhes mais.

Pertence a esta última espécie a capa de borracha que nos procurou ontem à noite. Impossível descrever-se esse vulto. Se eu fosse artista, e tivesse que fabricar um quadro ou uma estátua com o título "Banalidade", eu limitar-me-ia a pintar ou esculpir uma capa de borracha.

A cousa impermeável colocou-se à minha frente, de pé, os punhos peludos pousados, como dois ouriços, sobre a minha mesa. Começou logo:

– Estou indignado!

Procurei acalmá-lo um pouco, elogiando o seu *waterproof*:

– Inglês legítimo, não? Impermeável?

– Pode experimentar.

E, estraçalhando o gargalo de uma garrafinha de Guaraná, que estava sobre a mesa, despejou todo o líquido espumante num dos bolsos da capa. Depois, sobre o tumor, começou a dar socos fortes. Recuei um pouco.

– Realmente, bem impermeável.

– E incombustível também! Quer ver?

E, sem me dar tempo de tirar da gaveta o meu "Pluvius" e o meu vidro de linimento calcário, ou de telefonar para o Corpo de Bombeiros, o homem riscou um fósforo, aproximou-o da gola da sua veste e eu senti um cheiro nauseabundo de borracha queimada.

– É. Não pega fogo...

E, para que ele não continuasse a desafiar os outros elementos da filosofia antiga (Água, Fogo, Terra e Ar), ousei pronunciar:

– Então, como o sr. estava dizendo, está muito indignado?

– Muito. Creio que vou explodir.

– Espere um pouco. Queira expor, antes da explosão, o seu caso.

– Ludibriaram, ultrajaram o pavilhão nacional, o símbolo sacrossanto da Pátria!

– Oh! que cousa horrível!

– Ali, numa repartição pública! Onde estamos? Para onde vamos? Qual será o fim disto?!

– Dolorosas interrogações...

– Sim. É doloroso. Imagine, sr. redator, que hoje, dia da Festa da Bandeira, na fachada de um edifício público, foi hasteada a gloriosa bandeira nacional... Imagine de que maneira!
– A meio-pau, por exemplo...
– Nada disso: de cabeça para baixo, sr. redator! De cabeça para baixo! É inominável! É uma infâmia. Brada aos céus! Eu vou explodir!

Chamei a um canto da sala da redação a capa de borracha e segredei-lhe qualquer cousa ao ouvido. Ela deu-me um tapa íntimo na barriga, escancarou uma risada alvar e apertou-me as mãos, resmungando:

– Sim, o sr. tem razão! O símbolo é mais completo... mais exato... É isso mesmo: tudo de cabeça para baixo! Tudo de pernas para o ar... Ao Viaduto! Ao Viaduto!

E o *waterproof* foi experimentar o símbolo.

N. da R. – Esta crônica deixou de ser publicada em nossa última edição por absoluta falta de espaço.

URBANO

Ponto de bonde

Quarta-feira, 23 de novembro de 1927

O que geralmente se entende, em todas as cidades civilizadas, por "ponto de bonde", é um lugar largo, abrigado sob um toldo, ou pelo menos protegido contra possíveis perigos, e onde os bons animais domésticos (infelizmente bípedes e, mais infelizmente ainda, sem penas) ficam esperando alguns minutos o veículo que os deve levar a um destino provisório (porque o único destino definitivo é a morte). Uff! que linda definição! Isto, nas cidades civilizadas. O que se entende por "ponto de bonde" no Senegal ou no norte da Groenlândia, eu não posso saber.

Em S. Paulo, eu sei. Em S. Paulo, "ponto de bonde" é um lugar estreito, desabrigado de qualquer toldo e perfeitamente exposto a todos os perigos possíveis. Isto parece calúnia, mas não é. É verdade. É tão certo, como existe a praça do Patriarca. Nessa praça nova há um lado velho: o lado da igreja de Santo Antônio. E nesse lado pequeno, de estreitíssimo passeio, há o "ponto de bonde" mais concorrido hoje em dia. Ora, acontece que, sobre a estreiteza ingênita do passeio, indivíduos evidentemente mal-intencionados colocaram andaimes que o reduzem a uma terça parte da sua primitiva exígua largura. E nesse terço – 40 centímetros – deve se espremer uma multidão aflita e devem passar todos os estribos e todos os "pingentes" de todos os bondes que entram na rua Direita.

O que então acontece, todo o mundo adivinha: – empurrões, cachações, marretadas, abalroamentos humanos, tentativas de assassínio e de linchamento coletivo, etc. Com um ar superior e convencido de *right man in the right place*, os veículos da Light passam por ali de cabeça erguida (cabeça, sim), retamente, sobre seus trilhos imóveis. Dão a impressão de carregadores n. 12 da Estação do Norte, carregando as malas de uma *troupe* teatral pelo corredor de um *bungalow*... São ruinosos e mortíferos.

É preciso arrancar dali aqueles andaimes ou afastar dali aqueles trilhos. Porque é preciso evitar aquilo que ontem se passou naquele inferno: – Uma senhora excessivamente robusta, ao passar, foi roçada por todos os "pingentes" do bonde, lixada pelo estribo, acariciada pelos pregos de um dos andaimes – e voou, leve e graciosa, não se sabe a que céu. Enquanto isso, indiferente à catástrofe, o motorneiro, risonho, de bigodes retorcidos e peito estufado de tenor de ópera, cantarolava, vermelhinho:

> *"La donna è mobile*
> *Qual piuma al vento..."*

URBANO

H_2O

Sexta-feira, 25 de novembro de 1927

Escrevem-nos:

"Sr. redator – Eu sou cearense e morei muitos anos nos Estados Unidos da América do Norte. Sou, portanto, um dos homens mais entendidos em secas, que há no mundo. Secas aqui, no Ceará, e Lei Seca lá: – cá e lá, más fadas há.

V. s. não sabe o que é o martírio da seca! Suplício inquisitorial que me levou a abraçar, num momento de desespero, a profissão que exerço atualmente: escafandrista. Ora, um escafandrista, morando numa cidade como S. Paulo, sofre mil vezes mais que qualquer outro ser da espécie humana. Porque o seu ambiente, a sua atmosfera, o seu meio, o seu *habitat* é o elemento líquido: justamente o elemento que mais escasseia em S. Paulo. Os outros três – a Terra, o Ar e o Fogo – abundam nestas paragens. Terra: basta ver a quantidade de poeira que cada automóvel que passa levanta em torno de si, em qualquer rua da cidade. Ar: é suficiente notar o número extraordinário de pneumáticos que estouram, a cada momento, espetados pelo horroroso calçamento de S. Paulo. Fogo: é bastante ler, nos jornais de ontem, por exemplo, as notícias de dois incêndios que destruíram, num instante, numa mesma noite, duas serrarias em dois bairros opostos...

Muito bem. Mas água, sr. redator, água... Nem cheiro dela! Se v. s. morasse no Brás (como eu) – o que é pouco provável – e quisesse tomar um banho – o que não é impossível – sabe o que aconteceria? Receberia, de todas as torneiras de sua casa, uma vaia de assobios. E, nu, a esponja e o sabonete nas mãos, v. s. se sentiria de um ridículo doloroso sob aquela assuada irônica e perversa.

A primeira vez que isso me sucedeu – que eu abri uma torneira para adquirir um pouco d'água e, em vez de corpo líquido, saiu do cano um corpo gasoso –, julguei que tivesse havido um ligeiro engano: que eu tivesse aberto o registro do gás em vez de abrir a torneira d'água. Desconfiado, aproximei um fósforo aceso. Não houve a explosão que eu esperava. Por isso, fiquei inquieto. No dia seguinte, repetiu-se a cena. Então, resolvi agir: liguei o cano de água no cano de gás e tomei um banho de luz. Amanhã, vou tomar outro. É possível que venha a perder a vida nessa horrível atmosfera de gasômetro. E, prevendo esse doloroso desenlace, é que resolvi escrever a v. s. para que, divulgada pelo *Diário Nacional* esta carta, se possa culpar alguém da minha

morte. Faço questão de que alguém seja culpado! Adeus, sr. redator. Penso que um escafandrista pode muito bem mergulhar na Eternidade.
Seu crdo. Obrdo.
(a.) Moysés Dall'Ácqua."
Está conforme.

URBANO

Associações de idéias

Sábado, 26 de novembro de 1927

Não sei por que é que estou pensando, hoje, com grande derretimento, na cadeirinha da marquesa de Santos... Vadiagem do espírito... Que bom! A gente fica ali, todo esparramado numa poltrona, no *hall* Tudor de um clube decente – e deixa o pensamento vagabundear por aí... Boa cadeira, esta *maple*!... O Luís XVI do meu amigo M... tem uma *marquise* de vidro na frente, na frente... Amanhã, vou de automóvel para Santos... Eis aí: – Cadeira... *marquise*... Santos... Cadeirinha da marquesa de Santos.

Mas, não é nada disso. Isso não é sincero. Eu pensei na cadeirinha da marquesa de Santos, só porque devo ir hoje cedo ao Brás. Hoje – sábado. Sábado – dia de casamentos. Casamentos do Brás – automóveis pintados de branco e pérola, com cupidinhos esvoaçando e pombinhos beijando-se entre grinaldas de flor de laranjeira... Uma boniteza. Dentro desses fenômenos matrimoniais, dois corações palpitam e disparam (4 cilindros e 40 à hora, como o motor): – um coração vestido de cetim e salpicado de botões de laranjeira; e um coração metido dentro de um terno de *elasticotine* negra, com gravata branca e bigodes frisados. Ambos, superiores, absolutamente desdenhosos do mundo e enjoados da vida. O mundo e a vida são, naquele instante, a mesa-de-doces que enche de lágrimas os olhos gulosos das pessoas egoístas que vão atrás do coche, em automóveis "L".

Que boniteza aqueles veículos epitalâmicos! Fazem a gente acreditar no amor. Porque só por uma cegueira de amor, ou por um excesso de falta de amor próprio, duas criaturas são capazes de circular pela cidade dentro daquilo; e só por um delírio de amor ao dinheiro um homem honrado terá coragem de pôr em circulação e explorar aquelas máquinas inocentes e pálidas.

Todo o mundo ri dessas carruagens de Cendrillon. Até os outros automóveis. Haverá ainda quem duvide de que os automóveis também riem? – Quem passar por ali, pelo largo da Concórdia, num sábado de sol puro, e tiver olhos observadores, notará bem isso. Dignos carros americanos, de linhas sóbrias e cor escura, sentem-se visivelmente mal, estacionados ao lado daqueles velhos carros europeus infamados pelo horrendo esmalte branco. Mas, como fazem ponto ali, já não estranham, já não se impressionam. Quando acontece passar por aquelas paragens algum carro distinto, que vem lá de cima, dos bairros *chics*, é que a hilaridade automobilística se manifesta deveras. As grandes Lincoln verde-garrafa, ou as Packard, ou as Cadillac negras, olham aquelas almas de outro mundo, param, os motores se escancaram, e, mostrando uma dentuça de cilindros polidos, estouram uma gargalhada gutural de *klaxons*... Alguns até se portam mal, tornam-se inconvenientes: torcem-se, rolam pelo chão em barrigadas de riso. Depois, vão-se embora, com soluço...

URBANO

Questão líquida

Terça-feira, 29 de novembro de 1927

Escrevem-nos:

"S. Paulo, 25-11-1927 – Prezado Urbano. – Acabo de ler, e com enorme interesse, como sói acontecer com suas crônicas, a do *Diário* de hoje, sobre a preciosa fórmula H_2O.

Da sua química, senhor redator, em que o suponho de profundíssimo cabedal, v. s. não quis, egoisticamente, dar prova maior do que a simples referência à síntese. Entretanto – vá isto não à guisa de eruditismo pernóstico, e sim de anódino lembrete – a época da síntese já passou. Estamos hoje no regime pormenorizante, em pleno período analítico, portanto.

Mas, '*vade retro, Satana*', e, de lado estas cousas bolorentas (perdão pela liberdade do termo!), vejamos a que vim. Eu sei que o tempo do amigo Urbano é verdamarelamente sagrado, e não quero tomá-lo por mais.

A falta d'água, de que o missivista Moisés Dall' Acqua (que nome irônico!) se vem queixando, é, a meu ver, refinada *blague*. Escasseando-lhe mais que fazer, tomou-se ele de amores pelos humanos mortais que habitam esta Buracópolis 'pirolítica', com a devida vênia do Juó Bananére[36], e endereçou-lhe a carta a que v. s. deu agasalho.

O sr. Dall'Acqua não pôde e não pode dar-se ao deleite de um banho. Ora, sr. redator, isto é contingência de quem possui uma torneira em casa. Além de objeto incômodo, e atestado vivo da última beleza governamental paulista, o rio Claro, a torneira é inútil e dispensável. Perfeitamente dispensável.

Não possuísse o sr. Dall'Acqua uma torneira em sua habitação e a sua reclamação não existiria, *ipso facto*, como lá diria o ilustre conselheiro Acácio.

Mas, por que julgo *blague* a falta d'água como a aponta o sr. Dall'Acqua? É muito simples: sou, sr. Urbano, por cousas da vida, dos que vivem de média... papel e tinta. Assim, recolho-me aos penates pelas horas em que, a cada esquina, não mais trila um 'grilo', e em que, de longe em longe, nos chega o saudoso cantar de um galo à distância; porque em S. Paulo não há somente 'grilos', mas há galos também. E a tais horas, ou a tais desoras, chovia em S. Paulo esta manhã: como cioso defensor de minha integridade... olorante, arranquei da roupa e, 'cantando, ao luar tranqüilo', como lá diz o poeta, se a lua não estivesse recolhida (talvez em conferências prefeiturais sobre um novo projeto), tomei um ótimo, um esplêndido banho de chuveiro em plena praça da Sé!

---

36. Juó Bananére, criação e pseudônimo do jornalista Alexandre Ribeiro Marcondes Machado (1892-1933), criador do dialeto ítalo-paulista em que escrevia o *Diário do Abaix'o Piques* e toda a sua produção literária.

Onde, pois, em que parte não podem os Moisés tomar banho por falta d'água, se a nossa natureza é boa e dadivosa?

Com os agradecimentos mais sinceros, cumprimenta-o o leitor F. Trancoso Filho."

É verdade. Qualquer Moisés, salvo o Dall'Acqua, bem podia fazer isso.

URBANO

Silêncio

Quarta-feira, 30 de novembro de 1927

A Câmara Municipal está tratando de abolir os barulhos harmoniosos da cidade: os alto-falantes e as vitrolas.

Contra essa desumana arbitrariedade protestam, naturalmente, os negociantes desses ruidosos artigos e os homens de sensibilidade musical, que andam soltos por aí. Aqueles, na defesa de seus legítimos interesses comerciais; estes, em nome do "fogo sagrado" que lhes inflama a almazinha melodiosa. Aqueles, expressamente, por abaixo-assinados, mensagens, etc.; estes, tacitamente, em silêncio.

Acho estes, os temperamentos harmônicos, extremamente simpáticos. Grito com eles, em coro, ópera-liricamente: "Não pode!" Gosto daqueles móveis melódicos e daquelas cornetas altíssonas. Fazem bem aos nervos. A gente anda, pelo centro, com os ouvidos cheios de algarismos, de cotações da bolsa de café, de câmbio, de duplicatas, de concordatas, de "cantatas", de negociatas e outras cousas chatas. De repente, passa pela porta aberta de uma dessas lojas sonoras e recebe em cheio, em plena trompa de Eustáquio, uma lufada sinfônica, repousante de sonho: "Rio Rita", "Pato", "Rose-Mary", "Sonsa", "Baby's Face", etc. É um refresco, um bombom *qu'on suce avec l'oreille*...[37] E a gente pára um pouco nesse halo de encantado devaneio, nesse nimbo embalador de música, até que a altíssima farda azul-marinho venha grasnar aquele horroroso "Faz favorrr, senhorrr!", que vem fazer a gente circular, que vem repor a gente na odiosa, geométrica, invariável realidade do Triângulo – isto é, da vida.

Paciência! A Câmara Municipal não quer saber de barulhos. Não quer saber de cousas que possam perturbar o seu sono beatífico...

Silêncio!

URBANO

Precaução

Quinta-feira, 1º de dezembro de 1927

1ª Coluna:
O que concorreu para agravar singularmente o caso, foi a circunstância, inteiramente fortuita, de não passar por uma das Estações de Bombeiros o bonde

---

37. Definição de rima: "*Ce bijou d'un sou qu'on suce avec l'oreille*" (Essa jóia barata que se saboreia pelo ouvido).

em que se desenrolou a dolorosa cena. Por maior sangue frio e maior tino comercial que um jornalista possua, é impossível manter a necessária calma e a necessária diplomacia diante de incidentes como este, que diariamente se repetem pelas ruas da cidade. Eu não quero, de maneira alguma, que, ao relatar o incidente, se duvide da minha imparcialidade como jornalista, nem se pense que pretendo fazer aqui uma inábil contra-reclame de certo produto farmacêutico que ainda não anunciou neste jornal. Nada disso. Ao fazer a narrativa que se segue, o meu único intuito é informar convenientemente ao público sobre os detalhes dessa pavorosa catástrofe.

Eram onze horas e 45 minutos da manhã, precisamente. (Tomei nota desta hora, porque sou, por índole, bastante metódico e supersticioso.) O bonde descia a rua Vergueiro. Vinha cheio de gente sensata, insuspeita: gente operosa que se dirigia aos seus afazeres no centro. Reinava a maior serenidade e bom humor, e a mais franca cordialidade, em todos os ânimos, porque todos os passageiros já tinham almoçado e não havia mulheres no veículo. No primeiro banco, viajando de costas, vinha um ancião respeitável, portador de uma grande e elegante barba. Apesar de haver mais oito barbas no bonde, aquela era a principal. Era em estilo assírio: e eu sempre preferi este estilo de barba ao corriqueiro estilo bíblico. Era bela, frondosa, esmeradamente tratada e atraía, naturalmente, olhares cúpidos. Eu era dos que não lhe podiam resistir à estranha fascinação. Não pude conter um grito espontâneo, que veio do fundo da minha alma:

– Que beleza! Parece artificial!

Um sujeito mal encarado, que vinha à minha direita, apesar de compartilhar também do meu entusiasmo, não compreendeu, entretanto, a delicadeza dos meus sentimentos. Piscou-me um olho que refletia todos os baixos instintos da sua natureza, e segredou-me ao ouvido:

– Aposto cem mil-réis como aquilo é postiço!

Repeli, com energia, a maldosa insinuação, e continuei fiel ao meu culto.

Nas proximidades do Largo da Pólvora foi que se acendeu o estopim. Esse estopim era um charuto. O senhor da bela barba colocou, jeitosamente, um charuto na boca e riscou um fósforo. Todos os olhares convergiam para aquele gesto edificante. Mas infelizmente as cousas não correram bem, como ele esperava. Ao atear fogo ao charuto, um vento maligno desviou a chama e deu-se a explosão. Uma enorme labareda vermelha formou-se em torno da fisionomia serena do ancião. A cena foi rápida demais para que alguém pudesse tomar qualquer providência. Paralisados pelo terror, nenhum dos circunstantes tentou socorrer a vítima. Apenas algumas pessoas, de bons sentimentos e educação, limitaram-se a fazer um gesto de labaredas com a mão, e a imitar, em voz alta, o ruído de uma sarça ardente:

– Hôôô!

A barba, cuidadosamente tratada a "Petrolina", desaparecera como que por encanto. Em compensação, apareceu uma grande cara vermelha e sorridente – a cara do bom ancião –, um tanto envergonhada, como que a pedir desculpas aos circunstantes pelo incômodo que lhes poderia ter causado. O bonde continuou feliz, normal e silencioso. A única anomalia que notei, ao olhar para trás, foi isto: – os outros oito barbados, que seguiam no veículo, tinham tirado do seu bolso uma pequena bacia e já haviam posto, ali mesmo, as suas barbas de molho.

Urbano

Ato de contrição

Sexta-feira, 2 de dezembro de 1927

Eu preciso penitenciar-me devidamente de uma injustiça clamorosa que há dias pratiquei aqui, nesta humilde coluna. Com certeza eu estava possuído do demônio da maledicência: sem querer, sem motivo algum justificável, caluniei, ataquei, procurei arrasar, aniquilar, pulverizar aqueles automóveis brancos, para casamentos, que existem no Brás. Eles não me haviam feito mal algum: pelo contrário, tinham-me até sugerido assunto para uma crônica. Mas – que querem? – quando a gente tem certo demônio no corpo...

Coitados! *"Nesssun maggior dolor...,* etc." Numa vida anterior, aqueles coches foram *limousines* de famílias distintas. Substituídas, nas garagens de Higienópolis, por torpedos americanos, empalideceram de vergonha e de ódio, isto é, pintaram-se de branco, e desceram ao Brás, visivelmente mal-intencionados. Aí, começaram, inconscientemente, a praticar desatinos: casamentos. Então, tornaram-se úteis. Hoje, são excelentes instrumentos, perfeitamente imaculados. Têm prestado ótimos serviços à população da capital. Até mesmo à população flutuante. Flutuante, sim. Eis aqui a história de dois *touristes*, estreitamente ligada a um desses cerimoniosos veículos.

O rápido da Central fundeou na Estação do Norte, cheio de pó, de gente e de atraso. De dentro dele saiu, entre outras cousas, um par de romeiros, vindos da Aparecida. Homem e mulher. A roupa do homem era negra como a asa da graúna; e na mão da mulher estava atarrachada uma cestinha de jabuticabas. Os dois piedosos exemplares da raça humana traziam uns dinheiros gordos, e vinham resolvidos a liquidar essa questão aqui na capital. Quando a gente tem uma dessas perversas deliberações encasquetadas no cérebro, o primeiro cuidado é tomar um automóvel. Estes romeiros não desmentiram a regra. Atravessaram o largo e correram seus olhos pela fila de autos de aluguel, que brilhava ali.

Naturalmente, seus olhos sabidos foram pousar com carinho num dos tais coches nupciais.

Era o mais bonito de todos: sobre o esmalte branco-marfim da portinhola, havia, artisticamente pintado, um parzinho de pombos beijando-se e levando no bico uma carta de amor. E os romeiros instalaram-se, com convicção, entre os estofos cor de pérola.

O engenho estremeceu, tomou coragem e partiu. Os romeiros não se sentem autorizados a explicar com precisão como e por que o carro parou e eles desembarcaram à porta de uma igreja. O fato é que alguém os recebeu, perguntando-lhes se todos os papéis estavam em ordem.

Não lhes foi possível redigir convenientemente uma resposta à misteriosa pergunta. Por isso, interveio o *chauffeur* e deu a entender aos seus fregueses que se tratava de um equívoco, pois deveriam, previamente, ter passado por outro lugar. Os romeiros sujeitaram-se mansamente. Esse outro lugar era a casa do juiz de paz. Pela segunda vez, em quinze minutos, os romeiros ouviram falar em papéis e começaram a sentir-se mal. Refugiaram-se no seu automóvel e foram colocados, de novo, à porta da mesma igreja. Entraram sem opor a mínima resistência. Mas foram, outra vez, expelidos dali, por falta de papéis. Quando saíram, já havia uma multidão respeitosa em torno da carruagem pálida. Foram lançadas flores e chacotas sobre os romeiros e a máquina levantou ferros e zarpou numa direção ignorada. Quando parou, os dois fregueses notaram que estavam sob uma tabuleta com estes dizeres: "Recreio Familiar Sant'Ana" e sob um poético caramanchel florido... Bela vivenda! Foram introduzidos numa pequena sala de jantar. Ao centro da mesa, de dois talheres, havia um grande bolo de noiva: um mausoléu de mármore branco, com um casal de bonecos em cima. O coche, fiel cumpridor de seus deveres, esperava sempre, à porta. Quando iam os *touristes* começar a atacar alguma comida, entraram dois sujeitos de bengala, capa de borracha e chapéu desabado e lhes deram voz de prisão. Foram à Polícia, dentro do carro serviçal. Aí, como declarassem que já eram casados há nove anos, foi instaurado inquérito e iniciado contra eles o processo por crime de bigamia dupla.

URBANO

A Semana dos Insetos

Sábado, 3 de dezembro de 1927

(Não usarei de reticências, uma única vez, nesta crônica. Vou tratar de moscas. E, quando se escreve sobre moscas, a decência, a higiene e a boa educação mandam que não se empreguem pontos de reticência).

Começou a "Semana dos Insetos". Era uma necessidade. Eles também são gente. Depois da Semana do Dentista, do *Chauffeur*, do Carniceiro, etc., era natural que essa numerosa colônia tivesse também os seus sete dias de júbilo. Compreendeu-se isso – e começou a patuscada. Andam assanhadíssimos, por aí, os insetos. Seria longo e desinteressante enumerar aqui, neste insignificante pedacinho de jornal, todas as inúmeras famílias que agora estão em festa. Por exemplo: a família dos "grilos", que são hoje os únicos seres que têm o direito de estacionar e fazer o *footing* livremente pelo Triângulo; a das baratas, que já invadiu todas as casas comerciais, promovendo liquidações de fim de ano, com escandalosas tabuletas ("A mais barateira!", etc.); as famílias daninhas, vulgarmente conhecidas pela alcunha infamante de "pragas", que estragam o café, o algodão, as pernas dos freqüentadores de cinema e os colchões dos hotéis; etc., etc.

Vou limitar-me exclusivamente à família das moscas. Ela bem o merece: é a mais numerosa, doméstica e simpática. Não é como a antipática "lagarta rosada", que nunca nos deu a confiança de uma visitazinha aos nossos lares. As moscas estão numa alegria, num alvoroço, que realmente nos comovem. E, no seu alvoroço, na sua alegria, são de uma dedicação a toda prova. Sacrificam-se por nós com um estoicismo sublime: suicidam-se, teatralmente belas, afogando-se nas nossas xícaras de leite, de chá, de café; naufragando na água do nosso banho e do nosso pote; soterrando-se nos nossos açucareiros, etc. Para a gente malvada, que usa "Flit", ter uma idéia aproximada dessa sublime abnegação, basta examinar, por um momento, uma confeitaria, um café ou um *restaurant* da cidade.

No entanto, ninguém reconhece, ninguém trata de recompensar devidamente tão nobre sacrifício, tão heróica dedicação. Apenas um "frege-mosca" desta capital tentou erigir um monumento às moscas. Na parede principal da sala de refeição, o proprietário inaugurou uma interessante tapeçaria, que – de parte o intuito comercial de despertar o apetite nos seus fregueses – é uma significativa homenagem às boas moscas. O *gobelin* representa: "Os Três Mosqueteiros bebendo Vinho Moscato num Frege-Mosca da Idade Média."

URBANO

O verdadeiro herói

Domingo, 4 de dezembro de 1927

Está-se cogitando de erigir, em praça pública, nesta cidade, um monumento aos heróis da legalidade, que, no saudoso movimento de 1924, verteram o sangue do próximo no sacrossanto altar da Pátria.

A Glória – aspiração suprema dos Santos, dos Artistas e dos Bravos –, sempre tão tardia, desta vez, pode-se dizer, madrugou. Quantos heróicos coitados não têm esperado, por séculos e séculos, no saguão de um museu, para que se enterre decentemente, numa vitrine, o seu gênio!

Felizes, os valentes batalhadores de 1924! Só esperaram três ou quatro anos – quase nada... Daqui a pouco, estarão aí, talhados na pedra ilustre ou no "*aere perennius*"[38], ao lado dos seus formosos irmãos de glória: o monumento a Bilac, a Fonte da avenida S. João, os Bebedouros para animais, a Estação do Norte, etc.

Não me preocupa absolutamente a feição estética que terá o futuro monumento: confio, com segurança, no gosto artístico da nossa gente. Nessa nobre e louvável iniciativa, um único ponto consegue perturbar-me seriamente: – Quais serão os heróis?

Uma vez orçado e encomendado o monumento, o escultor – imagino – vai se ver em sérias dificuldades.

Não será propriamente uma *difficulté du choix*; mas exatamente o contrário: grande escassez de heróis. Que fazer? Figurar, por acaso, seres humanos fictícios, que nunca existiram? – Não é uma solução: porque podem ficar mesmo parecidos com criaturas indesejáveis e comprometedoras, o que estragaria a dignidade do monumento.

Pôr este anúncio, por exemplo, nos jornais: "Precisam-se de heróis"? Também não me parece eficaz nem mesmo decente: podem aparecer figurões de

---

38. "Mais durável que o bronze": expressão tirada de Horácio.

cara amarrada, com dragonas, alamares e arrastando durindanas imensas (aparições apavorantes que forçariam, pelo terror, o artista a decidir por elas, completamente contra a sua honradez e a sua consciência).

Não vejo "saída" para este caso. O problema é embaraçante, deveras. Pobre escultor! Que tremenda luta não vai ser a sua!

... Ora, pensando bem, refletindo com calma e sem *parti pris*, chego a uma conclusão, que me parece a única aceitável: – fazer o artista, nesse monumento, o seu autobusto, a sua auto-estátua (que, apesar de ser "auto", nada impede que seja eqüestre). Porque, na verdade, o único, verdadeiro herói desse monumento, só pode ser, na minha opinião, o escultor.

URBANO

Hermenêutica

Terça-feira, 6 de dezembro de 1927

Sempre me pareceu – e a experiência e a observação quotidianas me vêm comprovando – que um bonde é um "Manual de Bom-tom" ambulante, um "*Don't*" em edição popular, um Código de Etiqueta ao alcance de todas as bolsas. Aqueles "avisos", com que a Light enfeitou interiormente o seu ótimo material rodante, não são, como podem parecer à primeira vista, simples recomendações com o intuito único de manter a ordem e o bom funcionamento dos seus veículos. São como os Versos Áureos de Pitágoras: máximas profundas de sã sabedoria, porém hermenêuticas, a exigir uma inteligente e sensata interpretação. São conselhos inestimáveis, normas de boa conduta, preceitos da difícil arte de bem viver. Uma análise um tanto acurada de qualquer daquelas sentenças revelará logo o seu sentido esotérico.

Não custa nada exemplificar

I) "Espere até o carro parar." Este preceito aplica-se estritamente às pessoas que estão dentro do bonde; porque as que estão na rua não o podem ler. Quer dizer que, para descer do carro, é prudente esperar que ele esteja parado; ao passo que, para tomar um bonde, já não há necessidade disso. Por mais reumático, velho, obeso ou paralítico que seja o candidato a um bonde, terá que agarrá-lo em movimento. A ginástica é sempre recomendável. O pedestrianismo não basta. *"Mens sana in corpore sano."*

II) "É proibido fumar nos três primeiros bancos." Resultado de um sutil estudo de psicologia feminina. Este preceito quer dizer que, para a delicada sensibilidade das senhoras, o contato com um jacá de frangos, um cesto de repolhos ou um carniceiro ensangüentado é sempre preferível à insuportável atmosfera de um Havana ou de um Abdula ponta de rosa.

III) "Não se deve descer pelo lado da entrevia." Fórmula consoladora. Facho de esperança. Há nisso uma promessa tácita da Light: duplicar brevemente todas as suas linhas. (Esta hermenêutica reclama cuidadoso estudo.)

IV) "O condutor tem passes à venda." O fim desta afirmação categórica é promover na alma e nos nervos dos senhores passageiros um saudável exercício. Ginástica da vontade. Belíssima e proveitosíssima lição de *self-control*. Porque é sabido que o condutor nunca tem essa mercadoria à venda; e, cada vez que, obedecendo ao dístico, pedirmos ao funcionário da Light um livro de passes, devemos saber conter o ódio que, diante da surpreendente recusa, nos há de aflorar aos lábios ou às mãos.

V) "É proibido cuspir em qualquer lugar do bonde." Louvabilíssima a intenção desta regra. Supõe-se que os passageiros de um bonde são pessoas bem educadas e, para prová-lo, é preciso estabelecer um termo de comparação. Para se diferenciarem dos motorneiros e condutores (gente vulgar que tem o direito de cuspir onde, quando e como entender), os senhores passageiros, gente fina, devem se privar desse perigoso esporte.

Basta de exemplos.

URBANO

Filar

Quarta-feira, 7 de dezembro de 1927

Este bonito verbo tem uma porção de acepções: pedir cigarros ou fósforos a alguém; enganar-se de chapéu, ao sair do barbeiro, levando para casa em vez de uma palheta humilhante, uma cartola luzidia; ler, num bonde, o mesmo jornal que um passageiro está lendo no banco da frente, etc. Na gíria dos jogadores, "filar" quer dizer espreitar com vagar, pouco a pouco, o número da carta que saiu, para que a emoção seja mais forte e o coração rebente de uma vez, de alegria ou de desespero.

Há jogadores mais ousados que começam agora a aplicar ao popular e inofensivo jogo do bicho essa perigosa prática, privilégio, até hoje, do *pocker*, do *coon-can*, etc. Certifiquei-me disso há três ou quatro dias. Foi ali, na praça Antônio Prado, às quinze horas mais ou menos, em frente de um *chalet* de loterias. Um homem conveniente, como qualquer homem da espécie vulgar, desembocou na praça, vindo da ladeira, vulgo avenida São João. Vinha resfolegante e apitando como uma locomotiva. Parou à porta da *Brasserie* e, tirando do bolso um vidro, ingeriu um gole forte de água de Melissa. Depois, tapando os ouvidos com buchas de algodão em rama, e obstruindo o olho esquerdo com um dedo, foi se aproximando, cautelosamente, rente da parede, da porta do *chalet*. Uma vez entrincheirado aí, começou a manobrar, com um ar suspeito de bandido ou de espião. Com o olho direito colado ao batente da porta, espiou a tabuleta negra, onde os números fatais acabavam de ser escritos a giz. Depois, foi avançando, pouco a pouco, a cabeça até ver uma perninha só do último algarismo. Avançou mais: viu este algarismo todo; mais: viu a dezena; mais um pouquinho: viu a centena; ainda um pouco mais: viu, afinal, o milhar. Este processo durou, ao todo, 27 minutos. Teve, como os eclipses do sol ou da lua, as suas fases distintas, e atraiu muita gente. "Filado" o último algarismo, o jogador, incontinenti, desobstruiu o olho esquerdo, arrancou das trompas de Eustáquio os tampões de algodão – e, com um gesto violento, meteu a mão no bolso traseiro da calça. Alguns espectadores intervieram, com o louvável intuito de admirar melhor o suicídio. Mas, em vez de revólver, o homem havia sacado da algibeira um papelzinho com hieróglifos rabiscados a lápis. Enrolou-o

entre o polegar e o índex, fez uma bolinha e deglutiu-o, com outro gole de água de Melissa. A assistência, que esperava um interessante ato de desespero, debandou desapontada, cabisbaixa, murmurando:
— Ora, pílulas!

Urbano

Os vencimentos dos funcionários

Sexta-feira, 9 de dezembro de 1927

"Os funcionários públicos não terão aumento nos seus vencimentos!"

Parece absurdo tratar-se deste momentoso assunto nesta coluna votada exclusivamente às cousas da cidade. Mas é que eu penso que um funcionário público é um cidadão, uma laboriosa abelha nesta imensa colmeia; e, além disso, um excelente elemento de estética urbana.

Não se compreende uma boa cidade sem fraques, pastas, guarda-chuvas, *pince-nez*, neurastenia, protestos e discussões no meio da rua.

Um dos nossos funcionários públicos – homem inteligente e (cousa rara!) bem-humorado – já escreveu, a respeito, no *Diário Nacional* de anteontem.

Argumentou – em defesa do aumento de ordenados – com a "realidade dos números". Isto é: juntou uma tabela pela qual se verifica que, em 10 anos, a vida encareceu de 300% em média; ao passo que os vencimentos dos bons servidores da pátria foram acrescidos apenas de 75%. Concordo plenamente com todas as idéias e todos os dados expendidos pelo distinto serventuário. E o meu intuito, explorando aqui o mesmo assunto, é apenas demonstrar, pela eloqüência numérica, a dificuldade em que se acham os funcionários de prover mensalmente à sua subsistência. Vou também organizar uma tabela. Prescindirei, porém, dos chapéus Borsalino e dos calçados Bostock – superfluidades inúteis – cingindo-me somente ao essencial, ao indispensável.

Eis aqui a minha tabela das despesas mensais:

Aluguel de uma boa vivenda na avenida Paulista	2:500$
Trato e alimentação de uma "Lincoln"	1:200$
Um *chauffeur*	500$
Um *valet-de-pied*	350$
Oito lacaios (Luís XV), a 250$	2:000$
Cozinheiro chinês legítimo	1:400$
Dois *marmitons* a 80$	160$
Outros criados	2:400$
Manicura (para toda a família), a 45$ por dia	1:350$
Barbeiro e massagista, professor de ginástica, de esgrima e de dança, a 800$ cada um	3:200$
Alfaiates, modistas, floristas, bebidas, recepções, viagens de recreio (no continente), pó-de-arroz, etc. (cálculo aproximado)	19:000$
Uma viagem anual à Europa, para toda a família, criadagem, cavalos de corrida, máquinas de escrever, etc.	155:000$
Comidas, gás, luz, telefone, armazém, lavanderia e outras ninharias	100$
Total	189:160$

Assim, um simples terceiro escriturário, que vence mensalmente a ridicularia de 525$, tem que despender, quer queira, quer não, todos os meses, a importante soma de 189:160$000!

Isto não pode continuar assim!

URBANO

Crianças

Sábado, 10 de dezembro de 1927

Mais uma vez, daqui a 15 dias, para toda a humanidade, Jesus vai nascer. E, porque isso vai acontecer, a cidade toma, desde já, como todos os anos, aquele aspecto baralhado e alegre de bazar, cheia, como está, de ingenuidades coloridas e gostosas – brinquedos e gulodices – e repleta de gente variegada – criancinhas, moços e velhos.

Cada *magazin*, cada loja de brinquedos é um sonho, é uma página humorística de Swift, ou um conto científico de Wells, ou uma história absurda e encantadora de Perrault, de Andersen ou de Grimm... Mas tudo animado, tudo tangível, tudo "realizado", perfeitamente ao alcance de todos os olhos, mas... de poucas bolsas.

Cousas interessantes da caprichosa humanidade! Em qualquer dessas casas de brinquedos ou de bombons, é muito mais numerosa a concorrência de gente grande do que de gente miúda...

Isto nada teria de extraordinário, se essa gente grande fosse aí para comprar – como bons papás, boas mamãs, bons titios, bons vovozinhos – calungas ou guloseimas para os seus filhotes, seus sobrinhos, seus netinhos. Mas, o que é interessante, surpreendente, incrível, é que essa parcela graúda da humanidade vai ali para brincar! Senhoras volumosas de grandes bolsas de couro negro; matronas magras de óculos de tartaruga; velhotes pimpões, de colete de fustão branco; cavalheiros *maçons*, de *pince-nez* e caneta-tinteiro... – toda essa multidão, calçuda e grisalha, perde completamente a compostura logo que se vê nessas imensas *nurserys*, entre bichos peludos de astracã, Arcas-de-Noé, polichinelos, bolos de mel, *pralines*... Transformam-se, essas pessoas maduras, em criancinhas. Começam a cometer loucuras, a praticar inconveniências, a fazer barulho, a "reinar", a inventar travessuras horrorosas. Dão tapas fortes nas barrigas dos ursos molengos de pelúcia; fazem descarrilhar com estrondo minúsculos trens-de-ferro; penduram-se imprudentemente nos galhos das árvores-de-Natal; engolem balas enormes; engasgam-se com amêndoas e envenenam-se com *marzzipan*; enfiam dedos curiosos nos *panettoni* de Milão; pulam nas cordas; jogam o arco pelas calçadas do Triângulo; montam em cavalinhos de pau; apostam corridas em velocípedes e *patinettes*... – e, em alguns casos, chegam até a fazer manha e outras cousas piores...

Mas o que é ainda mais extraordinário, mais inverossímil, mais incrível, é que toda aquela gente grande, toda aquela alegre e rejuvenescida multidão é constituída quase que exclusivamente de solteirões ou pessoas estéreis... Enfim, todos perfeitamente maltusianos!

URBANO

A bicharia

Terça-feira, 13 de dezembro de 1927

O Brasil vem sendo condecorado, involuntariamente, com pomposos títulos, crachás vistosos, que muito nos dignificam. Foi um sábio alemão que nos agraciou com a primeira comenda: a Grã-Cruz do Paraíso Terrestre. Esse homem inocente, olhando, um dia, de bordo de um navio, a situação pitoresca de Florianópolis (então Desterro), exclamou:

– Foi aqui, sem dúvida, que existiu o Éden!

Nesse tempo e nesse lugar não havia índios nus nem cobras tentadoras que lhe pudessem insinuar essa idéia sublime. Foi um grito d'alma, sincero e espontâneo, ante a majestade da nossa natureza.

Depois do teutão, veio um grande sábio inglês, o sr. Darwin, entregar-nos a estrela e o condão da Árvore Genealógica da Humanidade. O fino humorista, depois de nos examinar de perto, declarou, na sua terra, que "só agora, terminada a sua excursão por estes Brasis, estava mesmo convencido de que o homem descende do macaco".

Depois... Sei lá!

Agora, parece que, graças à iniciativa particular, estamos usurpando aos velhos persas um dos seus mais sagrados padrões de glória. A antiga Irã gabava-se de possuir, no seu território, um monte famoso, o Ararat, em cujo cume atracou, há milhares de anos, a Arca de Noé. Pura ilusão! A experiência quotidiana vem nos provar, agora, que o navio zoológico do velho almirante fundeou aqui, nesta nossa grande pátria. Porque o Brasil é o único país do mundo onde ainda se conserva a velhíssima tradição, herdada a Noé, de "matar o bicho"; e, principalmente, porque é o único lugar do planeta em que há jogo do bicho.

Não quero ocupar-me, por enquanto, daquele primeiro privilégio. Limitar-me-ei, hoje, à segunda valiosíssima patente.

O jogo do bicho é, aqui, uma verdadeira religião. Há crentes, fanáticos, apóstolos, mártires, até apóstatas. Dos praticantes pouco adianta falar: são sobejamente conhecidos os seus usos e costumes. O apóstata do "Bicho" é mais raro e, pois, mais interessante. Conheço um único exemplar. Chama-se Melquisedeque, veste-se de *marron* e mora na rua da Boa Morte. Tinha umas rendas agradáveis, quando se iniciou no estranho rito. Recebeu o batismo do fogo com um mil-réis num milhar do peru. Sentiu-se dono de todo o Potosí e começou a lutar como um bravo. Mas, nem sempre a vitória sorri aos heróis. Começou a perder, a perder, a perder. Perdia todos os dias, infalivelmente, matematicamente, indubitavelmente, iniludivelmente, pela certa, sem dúvida nenhuma. Tomou-se de desespero. Ia descer, ia "arrepiar carreira", quando resolveu tentar um último golpe: não jogar um dia. Não jogou. Era uma sexta-feira, 13. Deram todos os bichos, juntos, nessa tarde. Melquisedeque quase morreu. Mas era forte. Reagiu. Reuniu os restos da sua força e da sua fortuna e, no dia seguinte, jogou, descarregou tudo, em todos os bichos!

Deu um bicho que não existe (o dinossauro). Um logaritmo complicado.

URBANO

Analogias

Quarta-feira, 14 de dezembro de 1927

Conheci, há muitos séculos, um homem com quem fui obrigado a cortar relações. Era distraído demais. E uma pessoa que possui um relógio de ouro com corrente, um chapéu Borsalino, um automóvel, uma mulher e uma máquina de escrever, deve evitar as pessoas distraídas, para as quais todos os equívocos são possíveis e – o que é pior – desculpáveis.

Uma vez, esse meu ex-amigo encontrou, na rua, uma das suas vítimas, digo, um dos seus amigos prediletos. Não se viam havia 4 meses. A vítima estava de luto fechado, com laçarotes de crepe no chapéu, nas mangas, nos sapatos, nos bigodes e com um véu de viúva despencando pelas costas. Uma visão cruel, um aspecto doloroso da humanidade.

Tinha perdido a mãe e, logo uma semana depois, a esposa. O homem distraído sentiu que era preciso abraçá-lo e dar pêsames. Tomou um ar respeitoso de circunstância (pôs na alma um fraque, umas polainas), e aproximou-se, de braços abertos, da pobre criatura enlutada.

Sussurrou aquelas banalidades de costume. Houve um silêncio incomodativo e o viúvo-órfão explicou melhor, como que a exigir mais condolências:

– Foi um horror... Imagine: minha mãe e logo depois minha mulher... Dois rudes golpes!

O fugidio pensamento do homem distraído escorregou, deslizou, azulou para longe, para outros planetas perdidos no éter insondável... E, imperdoavelmente, consolou:

– É, sim... Mas... por um lado foi bom... Você já estava mesmo de luto!

. . . .

A lei do século – este século utilitarista – é o aproveitamento. É preciso aproveitar tudo: roupas velhas, bagaços de laranjas, viúvas desamparadas, náufragos do "Mafalda"[39], estampilhas inutilizadas, dentes usados, etc.

O nosso governo, a nossa municipalidade compreendem superiormente esta necessidade. Têm espírito prático.

Por exemplo: se um grande homem morrer na quarta-feira de cinzas, o governo, fazendo à sua custa os funerais, com certeza aproveitará os carros alegóricos dos préstitos.

. . . .

Ontem eu passei, por acaso, em frente do Palácio das Indústrias. (Todo o mundo que passa por ali, passa sempre "por acaso", porque ninguém tem coragem de confessar que mora no além-Tamanduateí.) Aí *ubi fuit* a Exposição do Café, existe uma porta monumental, um arco de triunfo que serviu para receber os heróis visitantes daquele curioso certame.

Agora, anuncia-se para muito breve, no mesmo local, uma Exposição Automobilística. E aquela mesma porta monumental, aquele mesmo arco de triunfo será aproveitado para um novo, dignificante fim. Apenas, alguém resolveu que, em vez daquelas cores primitivas, "fingimento-reboque", o arco devia ser

---

39. A notícia recente do naufrágio do transatlântico italiano "Principessa Mafalda" ocupou a primeira página dos jornais durante vários dias.

todo caiado de branco. É a cor da pureza e a da inocência. É também a cor da velhice, das cãs, das neves, do inverno da existência, dos mármores tumulares, dos *cavaignacs* presidenciais, do açúcar, do leite, dos lírios, da lua, das mortalhas, dos bilhetes de loteria... Tudo branco. É a cor que melhor se coaduna com o espírito dos automóveis, que têm carta branca para fazer o que entendem...

Urbano

Uma interessante postura

Quinta-feira, 15 de dezembro de 1927

Isto foi há muitos anos. Mas eu ainda me lembro muito bem. Porque é sempre verdade que "aquele, a quem se faz um favor, escreve o seu agradecimento sobre a areia; e aquele a quem se faz uma ofensa grava o seu ressentimento sobre o bronze".

Está pregado na minha memória, numa placa comemorativa de bronze (bronze de 18 quilates), o fato que quero recordar aqui. Refiro-me a um argentino (o seu nome não está na placa) que, depois de demorada e gostosa permanência entre nós, voltou à sua linda terra e aí, entrevistado por um grande jornal, disse de nós, paulistas, cobras e lagartos. (Não me consta, entretanto, que o distinto *touriste* tenha visitado o Butantã.) Mas, no meio dessas calúnias todas, havia – graças a Deus – uma nota humorística que salvava a situação. Afirmou o ilustre visitante que havia em S. Paulo uma postura municipal que "proibia às mulheres de sair à rua, exceto aos sábados". Nisso – parece-me – acertou o interessante "otário". Essa lei existe, se não expressa, pelo menos tácita. As paulistanas só "fazem o Triângulo" aos sábados, e isso mesmo se estiver fazendo calor. Então, é o *sabbat*. A rua Direita, principalmente, é a nossa hebdomadária *peacock alley*.

Mas a nossa razão não pode aceitar essa cousas sem uma explicação cabal, uma exposição de motivos. Por que será que as paulistanas são tão inimigas da rua e tão amigas do calor? Tenho proposto a mim mesmo, torturantemente, anos a fio, a terrível interrogação. Questão insolúvel. Já pensei em atribuir isso ao medo: receio de atropelos por automóveis, bondes, carroças, "aranhas", carrinhos-de-mão, etc., no meio da rua. Lembrei-me também dos "moços bonitos": será que as nossas lindas patrícias, bem pouco vaidosas, não gostam de galanteios nas esquinas, com a palheta de lado e os olhos derrubados languidamente sobre os *its* femininos? Uma vez, cheguei ao exagero de pôr a culpa – como um enorme cataplasma – nas costas da Prefeitura: as meninas de S. Paulo acham péssimo o policiamento das nossas ruas, o nosso calçamento, a nossa arborização, a regularização do nosso trânsito, etc. Senti que, com tais soluções, eu estava caluniando infamemente a nossa gente e as nossas cousas.

Não; positivamente, essas hipóteses são inaceitáveis, essas explicações não satisfazem.

A minha tendência atual é acreditar na existência daquela postura municipal citada pelo erudito argentino. Devemos afirmar que esse dispositivo de lei existe mesmo. Será a maneira mais decente, o meio mais jeitoso de desculpar convenientemente a misantropia das paulistanas, ou certas culpas involuntárias da Municipalidade.

URBANO

Hidrofobia

Sexta-feira, 16 de dezembro de 1927

Depois da "Semana dos Insetos" veio, como conseqüência natural, a Semana do Calor. Os insetos são sempre profetas: adivinharam que ia fazer um calor horroroso e passaram uma semana num alegre alvoroço.

S. Paulo suou sete dias e sete noites, ininterruptamente. Nas calçadas, nas lojas, nos escritórios, nos bondes, nos elevadores, nos lares, nas *Frigidaires*, nos balões do Gasômetro, só se ouvia isto:

– Que horror, hein! Nunca se viu em S. Paulo um calor assim!

E eram chapéus arrancados da cabeça; lenços passados nas testas; jornais dobrados em leques improvisados, abanando; sorvetes engolidos de um golpe só; assaltos, em plena via pública, ao carro branco da Antarctica; excursões aos frigoríficos da Armour, etc. Os cérebros derretiam-se, as inteligências dissolviam-se, o bom senso fundia-se como manteiga. Um senador perdeu completamente a compostura: vestiu um *cavour* preto, de *pélerine*, e ficou encarapitado no telhado de sua casa, fingindo de urubu, com as asas abertas, pedindo chuva...

Um velho professor (com mais de 40 anos de magistério ininterrupto sem licenças), que ia num bonde da Mooca, foi acometido subitamente de um esquisito delírio: – Sentado no primeiro banco, com o chapéu de feltro na mão, coçava a cabeça, queimava as pestanas com fósforos acesos, perguntando: "A gente enfia o chapéu na cabeça, ou enfia a cabeça no chapéu?" Problema horrível, ao qual não podia dar solução. No interior do Estado, houve um terremoto motivado pela excessiva elevação da temperatura.

Uma grande, niquelada e complicadíssima máquina de "café-expresso" explodiu, em pleno coração da cidade, provocando queimaduras e alarido e expondo o pequeno estabelecimento à pilhagem, ao saque sistemático dos populares. Um termômetro estourou numa prateleira, ferindo gravemente um farmacêutico e ministrando uma injeção de mercúrio num pastor protestante que passava...

E, no meio de todos esses flagelos do calor, indiferentes à desgraça dos cidadãos; enquanto as ruas da cidade se confundiam numa nuvem quente de poeira vermelha, abafante; enquanto todas essas desgraças desencadeavam sobre a população esbaforida, os grandes Saures, os irrigadores da Prefeitura dormiam, inúteis, não se sabe onde, o seu sono pesado e gordo de hidrópicos...

URBANO

Cócegas

Sábado, 17 de dezembro de 1927

Ontem cedo, ao ler os jornais, eu tive um dos maiores sentimentos, uma das mais sinceras tristezas de toda a minha vida: não morar no Rio e não ser um cronista urbano carioca, para poder aproveitar, na minha seção, um doloroso acidente que se passou no Senado. É uma cousa da cidade, como outra qualquer. Enche suficientemente uma crônica e as medidas do leitor.

Estou sentindo cócegas na ponta da minha caneta paulista. Não resisto. Faz de conta que o fato se passou no nosso Senado, ali, na praça João Mendes.

Não sei por quê, quando digo ou ouço dizer "um senador", lembro-me logo de Roma: togas austeras, gestos de ópera, S. P. Q. R., "*Tu quoque, Brutus*", e outras cousas decorativas e sérias.

É isso, mais ou menos, o que a gente imagina seja um senador. Mas quando eu digo, ou ouço dizer: "Dois senadores engalfinharam-se", eu não faço absolutamente idéia de nada.

No entanto, os nossos senadores são bem parecidos com os romanos: usam uma espécie de toga, chamada vulgarmente rabona; têm gestos teatrais de opereta; defendem os interesses da S. P. R. (S. Paulo Railway), a que falta apenas um certo "quê", e cometem "brutalidades". Mas a gente compreende que dois ou mais senadores romanos se atraquem em pugilato; e não admite que dois senadores modernos joguem capoeira. É esquisito.

Os jornais, sempre muito discretos e imparciais, limitam-se a narrar, sem minudências, a briga... Mas um meu amigo, testemunha visual, auricular, tátil, olfativa e gustativa do espetáculo, escreveu-me uma longa "expressa", dando-me interessantes detalhes da luta. O diálogo, principalmente, cuidadosamente taquigrafado, é uma maravilha.

– Vá saindo!
– Olhe que eu te espicho!
– Dou-te um peteleco na pestana!
– Dou-te um beliscão no rim!
– Dou-te um soco no dedo!
– Dou-te um pontapé no cabelo!
– Jbzwyaflhgbcmk!
– Isto é comigo?
– É.
– É sério?
– É.
– Ah! Então está bem, porque eu não admito brincadeiras!

Quando os populares intervieram, os dois contendores já estavam longe, fugindo um do outro. Foi inútil qualquer tentativa, por parte da assistência, para aproximá-los, de novo, e continuar a luta.

Isto é que deu a única nota dissonante no harmonioso espetáculo.

Foi por causa desses espetáculos amenos e divertidos que se acabaram, em Roma, os gladiadores; e é por esse mesmo motivo que o box e a luta-romana desaparecerão, um dia, dos nossos *rings*.

URBANO

Domingo

Domingo, 18 de dezembro de 1927

"... E, no sétimo dia, descansou...

Então, a invejosa e invariável humanidade, que já uma vez engolira uma maçã proibida, porque queria ser *sicut Deus*, e outra vez tentara edificar uma torre altíssima, para tomar de assalto o céu e usurpar o trono do Senhor; essa constante humanidade, sempre lógica e coerente consigo mesma, entendeu de descansar também, de sete em sete dias, para ficar ainda mais parecida com Deus...

Domingo paulista... O jornal de muitas páginas, lido na cama, com o despertador travado... A missa preguiçosa do meio-dia, em S. Bento, com mulheres sintéticas (fusões de Eva, macieira, serpente e tudo), "fazendo silhueta" na calçada atravancada de Belos Brummels morenos cheios de sonetos inéditos e intenções inconfessáveis... A lentidão doméstica do almoço – ajantarado, com uma sobremesa de rádio ou de discussões esportivas ou cinematográficas... O "corso" na Avenida Paulista, com olhares de desdém para os automóveis de aluguel e "poses" de flor-de-estufa atrás dos cristais límpidos das *limousines* importantes... Depois, a noite: a decantada imagem do colar elétrico de globos brancos enfiados na perspectiva reta das ruas... E nada mais. Ou pouca cousa: cinema, *diner-dansant* no Automóvel Clube ou, às vezes, bocejos coreográficos no *grill-room* do Esplanada...

Mas isto só para a gente mais ou menos feliz dos bairros *chics*. Para os pobres peões... o quê? Uma sessão de alto-falante ou de "diário luminoso", na Praça do Patriarca; uma passeata macambúzia com a família, pela Avenida Rangel Pestana; uma perigosa excursão de bonde enfeitado de "pingentes"; uma...

Antigamente... quando a cidade "era risonha e franca", ainda havia, para a boa gente das ruas, a banda da Força Pública, enchendo de ecos o vale silencioso do Anhangabaú.

Mas... é que o Domingo não existe apenas para o Senhor: é o dia do descanso, para toda a humanidade. E absolutamente não me consta que uma banda de música, por mais assassina que seja, não faça também parte da humanidade...

URBANO

Uma idéia

Quinta-feira, 22 de dezembro de 1927

A Estrada de Ferro Central do Brasil – uma das mais interessantes instituições nacionais – resolveu, num momento de grande e sublime inspiração, não dar mais déficits anuais. E, para atingir esse seu elevadíssimo ideal, lançou mão do mais nobre e louvável de todos os meios: aumentar de uma terça parte o preço das passagens e a tarifa das bagagens. Cousas perfeitamente dignas e constitucionais. São como todas as tabelas do mundo: cheias de colunas, de palavras, de algarismos e de cifrões.

Apenas o que é um tanto extraordinário é a maneira de aplicar, de pôr em prática essas tabelas.

Principalmente a que diz respeito à bagagem dos srs. viajantes. Cada passageiro, que pagou uma fortuna por um bilhete, "grande velocidade", do noturno de luxo, e por um leito oscilante – que nos faz recordar com ternura da nossa primeira infância, vivida num berço suavemente embalado –, só tem direito a levar, na sua cabine, uma pequena *valise* com o essencial para a travessia: camisolão noturno, chinelos, escova-de-dentes, pente, um vidro de água de flor de laranjeira, outro de arnica, etc. As outras cousas indispensáveis para uma dessas arriscadas aventuras – como, por exemplo, um salva-vidas, um canhão, um aparelho "Pluvius" (extintor de incêndios), uma lata de "Flit" e respectivo vaporizador, um escafandro, etc. – esses outros utilíssimos objetos de pronto-socorro têm que ir, naturalmente, graças ao seu grande volume, em malas à parte, despachados à vista da passagem e pagando um despropósito pelo frete e pelo seguro!

O viajante é colocado num doloroso dilema: tendo que avaliar, no ato do despacho, a sua bagagem, ou ele lhe dá um justo valor, ou a estima por qualquer meia-pacata. Naquele caso, terá que pagar contos de réis pelos seus trastes; neste, verá as suas ricas canastras extraviadas e só receberá da Companhia o valor declarado (meia-pacata), depois de um processo administrativo que dura sempre, pelo menos, nove meses!

Para combater semelhante abuso e também para ganhar dinheiro, tive a idéia de fundar aqui uma Empresa de Bagagens pela E. F. C. do Brasil. A empresa disporia de uns 200 viajantes diários, que se encarregariam de levar, em suas "cabines", em pequenos embrulhos permitidos, todos os bens móveis dos srs. passageiros. Um levaria um embrulhinho só de colarinhos; outro, de ceroulas; outro, de punhos postiços; outro, de navalhas; outro, de charutos; etc. etc. Ao chegar à Estação Pedro II, os pequenos volumes seriam entregues aos seus legítimos possuidores. Isto seria mais seguro e, principalmente, sairia, sem dúvida alguma, mais barato...

URBANO

Remorso

Sábado, 24 de dezembro de 1927

Nesta época de "festas" de fim de ano, é muito comum a gente encontrar, pela cidade, criaturas muito bem enfeitadas, excelentemente vestidas, embandeiradas em arco, iluminadas *a giorno*, feericamente ornamentadas. São elegâncias anuais.

Resultados do fogo: das grandes liquidações, das formidáveis "queimas" a que se entregam ultimamente as casas comerciais, e dos incêndios que vêm lavrando devoradoramente por toda a cidade, destruindo serrarias, salões de barbeiros, *garages*, fábricas de asbestos incombustíveis, de águas minerais naturais, de aparelhos extintores de incêndios, etc.

Uma conseqüência estética e econômica desses fogos de artifício, um repositório de salvados era o indivíduo vistoso que, ontem à tarde, saiu de casa, com a intenção louvável de dar um giro pelo Triângulo. O belo Petrônio tinha recebido, à saída do Banco onde trabalha, um envelope acariciante, contendo a gratificação de Natal (um ordenado inteiro); dirigira-se a um *chalet* de loteria, fizera uma enorme "fezinha" numa centena e, às 4 horas, fora receber os oitocentos e tantos mil-réis que um animal amável lhe fornecera. De posse da pequena, fácil, escorregadia fortuna, dirigira-se a uma casa de "artigos para homens" da rua General Carneiro e comprara, aí, uma encadernação completa: do chapéu aos sapatos. Vou tentar descrever, por ordem ascendente, vertical, o belo monumento. Os sapatos eram um forte alicerce feito de anca de cavalo perfurada, *marron*, combinada com couro de jacaré, de cobra e de ornitorrinco, e com quatro travessas suaves e macias de camurça azul clara. As meias eram perfeitamente arlequinais: losangos amarelos, azuis, brancos e vermelhos, rigorosamente ao gosto da comédia italiana do Renascimento. O terno era um grosso xadrez branco e preto medindo, cada retângulo, quatro centímetros por quatro (16 centímetros quadrados, de superfície), talhado em jaquetão, para ser mais volumoso, e obedecendo cegamente a todas as linhas da ampla elegância masculina destes dias. O colete era uma pequena fantasia discreta que um homem de gosto e de raça pode muito bem se permitir: feito de pele de onça do Paraná, admiravelmente, caprichosamente rajada. A gravata, bastante ousada: *plastron* negro, salpicado de pequenos jacarés verdes. A camisa, patriótica: amarela, listada de verde, com um "Ordem e Progresso" estampado minusculamente entre as listas. O chapéu era de palha, distinto, com uma fita *assortie* à gravata e à camisa.

O belo figurino fez a sua entrada, na rua Direita, às 5 horas, pontualmente. Modesto, não exigiu toques de clarim. Foi andando, perfeitamente confundido com a multidão anônima. Ninguém percebia a presença da sua requintada elegância. Ninguém dava por essa presença. De tal maneira que o homem (isto é da psicologia dos homens que estréiam uma roupa nova) se esqueceu de que estava metido em panos novos. Esqueceu-se e foi por ali, fumando, assobiando, despreocupado. De repente (oh! as traições do Acaso!), passando em frente de uma vitrina de chapelaria, completamente forrada de espelhos, olhou-se, mirou nesses cristais fiéis a sua estampa esquecida. Então, só então, percebeu, lembrou-se da sua metamorfose. Começou a sentir-se mal e a se julgar alvo de todos os olhares. Foi-se arrependendo, arrependendo daquela elegância desperdiçada e incompreendida, e entrou numa casa qualquer. Comprou uma capa de borracha, escondeu-se nela, e voltou ao lar.

Aí, com a família e os amigos reunidos, o *paletot* novo estendido sobre a mesinha da sala de visitas, entregou-se, de corpo e alma, a um jogo silencioso e complicado de xadrez.

URBANO

Uma novidade

Quarta-feira, 28 de dezembro de 1927

Em nome da economia política e da confraternização humana, acaba de ser inaugurada e usada, na Capital Federal, uma nova espécie de veículos: o "auto-lotação". No aspecto, na aparência material, este veículo dificilmente se distinguiria do táxi vulgar, se não fosse uma bandeirola, uma flâmula vermelha desfraldada junto ao *pare-brise*. No seu emprego, na sua organização íntima, no seu uso é que está a grande novidade. Estes carros ficam parados no seu ponto, esperando fregueses (este plural é importante). Cada ser humano que tomar assento naqueles estofos democráticos, entrega ao *chauffeur* três cousas: a importância de 1$500, o seu endereço e a sua vida. Uma vez completada a lotação – 4 pessoas – o auto parte, convicto, para o cumprimento do seu dever. E vai, por exemplo, da praça Mauá ao Leblon, semeando os fregueses pelo seu itinerário. Resultados práticos desse assombroso invento: – os percursos são feitos com maior rapidez, as bolsas particulares sofrem pouco e – isto é o principal – as relações entre os homens, acondicionados no pequeno veículo, estreitam-se mais.

Fazem-se ali amizades duradouras, exercitam-se as capacidades na difícilima arte de conversação, e, de vez em quando, também se arranja uma aventurazinha de amor perfeitamente capaz de destruir lares, fortunas, vidas, etc.

Entretanto, a estas inúmeras, indiscutíveis vantagens, se opõem alguns raros, pequenos inconvenientes. E o principal destes é a probabilidade de se encontrarem, corpo a corpo, dentro de um mesmo "auto-lotação", dois ou mais inimigos figadais. A ocasião é propícia para se desabafarem velhos ódios, para se exercerem vinganças antigas, maduramente premeditadas. Os inimigos começam por disputar a direita – o lugar de honra – no carro. Depois, indicam ao *chauffeur* destinos absolutamente opostos pelo vértice. Então, aplicando-se ao caso a lei de mecânica, segundo a qual "duas forças contrárias, iguais, se destroem", obtém-se facilmente este resultado: o veículo pára, como o burro de Buridan, e acaba destruído pelos dois combatentes.

Suponho que este sistema de transporte dará, em S. Paulo, onde a população é mais calma, menos esquentada, os melhores resultados. Principalmente se for usado em certas ocasiões e em determinados lugares.

Por exemplo: à saída de qualquer jogo de *football* em qualquer dos nossos campos...

URBANO

A pressa salvadora

Sexta-feira, 30 de dezembro de 1927

"White House"... "Casa Rosada"... "Casa de Tiradentes"... E, agora, já se anuncia, talvez para bem breve, a "Casa de Anchieta". O novo Palácio do Governo. A concorrência para apresentação dos projetos, em todos os seus mais mínimos detalhes, está aberta. Dentro de trinta dias – trinta velocíssimos dias – os concorrentes têm que satisfazer dificílimos requisitos. Têm um só mês para queimar todas as suas pestanas. É pouco – dizem. Mas eu penso que em trinta dias um homem inteligente pode muito bem perpetrar uma perfeita montruosidade. Os confeiteiros, que constroem aqueles alvos e monumentais bolos-de-noiva, sem os quais um casamento nunca será uma obra de arte, não dispõem – coitados! – desse amplo lapso de tempo.

O espírito moderno é de síntese, de rapidez, de vertigem. "A pressa é inimiga da perfeição" – é um desses absurdos clássicos que os tempos atuais não podem mais aceitar. Tudo, hoje, se faz a vapor, a eletricidade, a gasolina, a rádio – e nem por isso a obra humana do século XX é menos perfeita que a dos lentos séculos passados. Muito pelo contrário: uma cadeira-elétrica, um automóvel em disparada ou uma radiola, por exemplo, produzem mortes muito mais perfeitas do que as que produziam, antigamente, um cutelo, uma forca ou uma guilhotina.

É, pois, perfeitamente louvável, está perfeitamente de acordo com o espírito moderno essa pressa governamental. Os nossos arquitetos são homens atuais, homens do seu século, e saberão, em 30 dias, engendrar um perfeito Palácio.

Está, talvez, justamente nisso, nessa angustura de tempo, a salvação da futura Casa de Anchieta. Apertados, presos dentro desse prazo brevíssimo, os concorrentes serão obrigados a desenhar cousas modernas, simples, nítidas, úteis. Terão que se limitar às linhas claras, mecânicas, breves de Le Corbusier, ou ao "paredão de Munique", de repousante, tranqüila serenidade. Graças a Deus, não é possível, em um mês, criar complicaçõezinhas arquitetônicas de luxo. Portais mouriscos, pilones egípcios, *loggias* florentinas, frisos gregos, arcos romanos, rocalhas barrocas, ogivas góticas, troféus Luís XV, ovais Luís XVI, alucinações *art-nouveau* e outras preciosidades lamentáveis, não são cousas que se possam inventar em trinta dias. São horrores que exigem anos dolorosos de gestação.

Deus permita que o projeto premiado seja o de um engenheiro, meu amigo, que está deixando para a véspera do encerramento do prazo a execução dos seus desenhos, e que prometeu "rachar" comigo o resultado da sua aventura, seja ele qual for.

URBANO

Fenômenos

Sábado, 21 de janeiro de 1928

O níquel é um dos metais mais extraordinários que existem. Além da prata, do ouro e do papel-moeda, creio que é o único metal que se evapora ao ar livre. Se v. s., meu saudoso leitor, quiser fazer a experiência, garanto que se convencerá desta verdade química. Arranje alguns níqueis, de 200, 400 ou mesmo de 100 réis, coloque-os bem à vista, bem expostos ao ar, na calçada de sua casa; recolha-se ao lar; fique aí, fechado, uns 30 minutos e volte depois à rua. Afirmo que, dos seus níqueis, v. s. não encontrará mais traço algum, nem mesmo um insignificante depósito, onde quer que seja.

(E dizer-se que ainda há sábios profundos que acreditam que "nada se cria e nada se perde na natureza!")

Ora, até aqui morreu Neves: evaporou-se, perdeu-se na natureza. Agora é que eu vou revelar uma grande, nova descoberta: a eletricidade tem o estranho poder de destruir também, de reduzir a nada os níqueis. Não quero me referir às contas da Light, que consomem mensalmente toneladas do sutil, desgraçado metal. Não. Refiro-me a uma curiosíssima virtude que possuem os bondes elétricos de dar sumiço a qualquer parcela de níquel que lhes venha a cair no bojo. A cousa pode ser observada diariamente. Se um passageiro, ao pagar a sua passagem, deixa cair no soalho do bonde um níquel, nunca mais há de encontrá-lo. Evapora-se, dilui-se, imediatamente, em nada. O freguês da Light, que, trêmulo de emoção, ao estender ao condutor ou receber deste alguma rodela desse metal, deixar que ela escape da sua mão comovida; por mais rápida que se efetue a procura, por mais penetrantes ou armados de lentes que sejam os seus olhos, nunca, nunca mais achará ali, naquele soalho eletrizado, o seu pequeno, valioso objeto. Tenho assistido a pesquisas minuciosíssimas; tenho visto toda uma lotação de bonde – 45 passageiros sentados e 87 pingentes – atirar-se, arguta e voraz, sobre um níquel que tomba, como galgos sobre uma lebre: inútil! Nem traço, sequer, do infeliz, perseguido metal!

É um fenômeno que merece acurado estudo por uma comissão de sábios. "A eletricidade destrói o níquel" – eis uma tese interessantíssima para um estudante.

Houve um tempo (eu morava, então, no interior e era um bom homem que não entendia de químicas) em que, ao ver, pela primeira vez, um bonde elétrico, julguei que havia homens escondidos, agachados, debaixo dele, para fazê-lo andar. Nesse tempo, se eu tivesse observado o fenômeno, ser-me-ia fácil encontrar uma explicação: aqueles homens também têm bolsos... Imaginaria que, ao cair um níquel, imediatamente surgiriam, de todos os pontos do soalho, mãozinhas espertas que escamoteariam incontinenti a moeda volátil. Hoje essa hipótese é perfeitamente absurda. A eletricidade é uma força honesta e absolutamente acima de qualquer suspeita.

URBANO

Vaidades

Terça-feira, 24 de janeiro de 1928

O paulistano tem uma porção de vaidades ingênuas. A expressão "o melhor do mundo" parece que foi inventada para adjetivar gentes e cousas de S. Paulo... Ora, dentre todas essas nossas inocentes vaidades, a mais esquisita é a vaidade da temperatura. S. Paulo é muito frio... "Europeu pra burro!" – exclama o homem de julho, que não tem fogo no seu *living-room* e anda pela rua, afogado em *cache-cols*, soltando fumaçazinhas pela boca. E, para explicar a excelência civilizada do nosso clima, declaramos, muito convictamente, que S. Paulo está abaixo da linha do trópico, porque este malfadado paralelo passa ali, pelo observatório da Ponte Grande, que fica ao norte da cidade.

No entanto, não há boa vontade nem bairrismo capazes de sentir frio europeu nestes últimos dias. A cousa está simplesmente africana: 32, 34, 36, 38 graus... à sombra dos plátanos e dos arranha-céus

Luís XVI! Mas o paulista, o velho e teimoso paulista, emperra como uma garrucha enferrujada. Não quer dar o braço a torcer. Não sente – finge não sentir – este hálito de forno: e continua suando nas suas *limousines* calafetadas; tomando cafezinhos escaldantes nas suas casas nórdicas de telhados oblíquos e janelas estreitas; gemendo, nas suas cheviotes e nas suas *fourrures* abrasadoras... – E o que é mais engraçado – achando "cafajeste" o aventureiro gordo, transpirado e ousado que saiu pela avenida num automóvel aberto, de esporte; que chupou uma limonada e desabotoou a camisa diante de um ventilador elétrico, na varanda de jasmins da sua casa inconfessável; que cobriu de linhos brancos e *mousselines* ligeiras a sua torturada nudez... Vaidades!

URBANO

S. Paulo

Quarta-feira, 25 de janeiro de 1928

"Esta cidade completa hoje 374 anos" – Isto diz o homem insignificante, que tudo julga numericamente, que sabe aritmética, que subtrai 1554 de 1928, obtém aquele resultado e fica absolutamente convicto de que esta cidade de S. Paulo tem, de fato, 374 anos.

No entanto, é bem verdade que os homens têm a idade do seu espírito. As cidades, idem. Conheço rapazinhos míopes de buço triste que têm almas de 98 anos: decoram dicionários, vestem sobrecasaca e bebem capilé. Conheço senadores decrépitos que têm almas de 14 anos: gostam de *fruits verts*, fazem coleção de marcas de caixas de fósforos e lêem as aventuras de Nick Carter[40]...

Ora, S. Paulo, com seus quase quatro séculos de existência, tem, no entanto, pouco mais de vinte anos. Porque o seu espírito é novo, atual, lúcido, vivo, rápido, como têm que ser todas as cousas úteis deste século radioelétrico. S. Paulo nasceu, principiou a existir... Aqui, as opiniões divergem. Há quem acredite que a fundação de S. Paulo se deu no dia da inauguração do Teatro Municipal. Outros datam-na da demolição e alargamento da rua Líbero Badaró... Outros, da construção do Palacete Martinico, à praça Antônio Prado... Outros, do incêndio do Politeama... Outros, da Semana de Arte Moderna, em 1922... Outros, até, da prisão de Meneghetti[41]!

Não importa. Não é possível determinar-se o momento exato em que começa uma era nova. O que é fato, o que não se pode negar é que, ainda nos primeiros anos deste século XX, S. Paulo era, talvez, a capital mais feia do Brasil. Mais feia e mais pobre, no seu aspecto urbano. Onde aquela situação invejável e aqueles restos de abastança do Recife de Maurício de Nassau? Onde aquela opulência colonial – pratas do Porto, colchas de damasco e louças de Macau – dessa Bahia morena, suada, gorda, impor-

---

40. Nick Carter, criação do autor de contos policiais John R. Coryell (1848-1924).
41. Uma das várias prisões do bandido italiano Gino Amleto Meneghetti, conhecido como "o homem gato", deu-se em 1926.

tante? E as igrejas riquíssimas de Ouro Preto? E o pitoresco gaúcho, característico, espanholado, de Porto Alegre?... Nada disso! Casas térreas, esmolambadas, pintadas a óleo; um Mercadinho de zinco embaixo de uma ladeira estreitíssima, cheia de engraxates bigodudos sob guarda-sóis de lona; bondes de burro e tílburis magros fingindo velocidades sobre um viaduto frágil que se eterniza; coronéis de guarda-pó e baú, picando fumo à porta de um Grande Hotel... Nada mais. De repente, veio o ímpeto "voronófico", ascensional: torres, chaminés, arranha-céus. S. Paulo ergueu os braços como o boleeiro da diligência ou o capataz dos filmes *Far-West*, ante a pistola engatilhada da Civilização vestida de Tom Mix. *Hands up!*

E, acompanhando o gesto dos seus braços, há de se levantar também, muito breve, a sua inteligência. "*Nihil in intellectu quod non prius in sensu.*"[42] Porque... Porque infelizmente ainda há, em S. Paulo, índios disfarçados que furam, a tacape, os olhos de um auto-retrato, na exposição do grande pintor Lasar Segall...

URBANO

Ford

Quinta-feira, 26 de janeiro de 1928

Leio, na mensagem do Sr. Henry Ford aos automobilistas do Brasil, o seguinte período:

---

42. "Nada que antes não tenha passado pelos sentidos pode ser compreendido."

"O carro Ford, modelo 'T', foi um pioneiro... Abriu o caminho para a indústria de automóveis e iniciou o movimento em prol das boas estradas. Derrubou as barreiras do tempo e da distância, pondo a civilização ao alcance de todos. Deu mais descanso ao povo. Permitiu a todos trabalhar mais e melhor, em menor tempo e com maior satisfação. Tenho certeza de que ele contribuiu poderosamente para o progresso deste país."

Leio – e concordo. Nem posso deixar de ler, porque foi publicada ontem a mensagem na primeira página dos principais jornais desta capital. Nem posso deixar de concordar, porque conheci o interior do Estado antes e depois do Ford.

Este pequeno veículo preto civilizou o que havia de civilizável no país. Levou às nossas terras e às nossas gentes o progresso material e também moral. Também moral? Sim. O Ford ensinou ao caipira que não existem mais lobisomens, bois-tatás, mulas-sem-cabeça, sacis-pererês, etc. Porque, miraculosamente, apareceu, em plena luz do dia, aos nossos homens rudes, ao contrário de todos os abantesmas que só se mostram de noite. É tangível, palpável, real. "Um *troly* que anda sozinho!" O matuto viu o bicho, tocou, provou e sossegou. Não aperrou mais a garrucha, nem perguntou se "mordia ou dava tiro".

Assim, por isto, e por aquilo, e por tudo, o velho Ford entrou e ficou na História do Brasil. Agora, porém, vai ser substituído por uma cousa mais perfeita, mais atual, mais eficiente.

Muito bem! Mas... a gente já começa a sentir saudades daquele carrinho preto, inocente, que nunca fez mal a ninguém; que só fez bem... até nos atropelados, porque um Ford nunca matou uma criatura humana. Ora, se, há dias, foram remetidos ao Museu Nacional dois espécimes de carros-de-bois – raça extinta – para ali figurarem marcando o término do ciclo da sua utilidade; com a mesma, se não maior razão de ser, acho que um exemplar do velho Ford pernilongo e negro também mereceria figurar agora naquele palácio da Quinta da Boa Vista. É tão significativo (eu queria escrever "mais", em vez de "tão": mas tenho medo), quanto o pesado e decrépito carro-de-boi. E o que é muito importante – ocupa maior lugar na nossa história e menor lugar no espaço.

Urbano

Denúncia

Sexta-feira, 27 de janeiro de 1928

A Prefeitura – sempre amiga do silêncio, da paz e da tranqüilidade urbana – proibiu, há pouco tempo, os alto-falantes e as vitrolas no centro da cidade. Mas não proibiu, em nome daquele mesmo silêncio, daquela mesma paz, daquela mesma tranqüilidade, os *klaxons*, as buzinas, as sereias, os apitos, as trompas, os sinos, os canhões e outros engenhos de tortura de que se servem os nossos veículos para abrir caminho na multidão.

S. Paulo está cheio desses barulhos incomodativos. Vou aqui denunciar alguns deles aos poderes competentes.

Conheço bondes que passam alta madrugada, por bairros adormecidos, com uma campainha fortíssima tocando o "Zé Pereira". Os habitantes desse bairro já sabem, já se habituaram: às cinco horas da madrugada acordam todos, lépidos, e entram no chuveiro frio, como cometas que vão tomar o primeiro trem para o interior. Todos os relojoeiros de S. Paulo já protestaram contra isso: estão tendo prejuízo sério, com um grande estoque de despertadores empatado.

Há um automóvel antigo, cuja corneta ainda toca o "Vem cá Mulata". Nos enterros, a presença desse automóvel é simplesmente odiosa.

Sei, em compensação, de outro auto que, atacado da mania da contradição, vive executando por aí o "Réquiem" de Mozart. Esta sinfonia não pode ser, de maneira alguma, tranqüilizadora para os pedestres. É uma provocação gratuita, uma ameaça cínica.

Ontem, andei num dos ônibus da Mooca, que cacarejava como uma galinha, chocando níqueis e desastres. Todos os passageiros, sem exceção, que viajavam dentro daquilo, sentiam-se mal e humilhados.

Não há quem não conheça, pelo menos de vista ou de ouvido, um táxi verde que faz ponto na Estação da Luz. Parece um jacaré. Traz, no bojo, um gramofone que toca modinhas. Quando esse veículo, transportando um viajante humilde e inexperiente, tenta galgar uma ladeira, entoa, naturalmente, o "Yayá me deixa subir esta ladeira". Um dia, foi de encontro a um poste da Light – e imediatamente começou a cantar o "Tatu subiu no pau".

Porém, mais odioso que tudo isso é um carrinho de bebê que passa, todas as manhãs, pela avenida Paulista, despertando todo o mundo. O seu *klaxon* é a própria criança. O ruído é ensurdecedor. Para fazer funcionar essa buzina, a ama – uma criatura de baixos instintos – espeta alfinetes ou dá beliscões na barriga da criancinha.

Seja como for, é preciso pôr cobro a estes abusos.

URBANO

Dinheiro

Sábado, 28 de janeiro de 1928

O dinheiro-papel, que circula em S. Paulo, é talvez o mais miserável do mundo. São notas rotas, esmolambadas, remendadas: dinheiro de mendigo. E, o que ainda é pior, muitas vezes, infamadas, ultrajadas por escritos repugnantes, versinhos imundos, caricaturas repelentes. Parecem muros de cal de um bairro pobre. Tenho a impressão de que todos os paulistas usam caneta-tinteiro no bolso, mas nenhum usa carteira.

Não sei a que atribuir esse descaso pelo papel-moeda. Já tenho cismado longamente, estudado pacientemente este assunto, levantado as mais plausíveis ou as mais absurdas hipóteses: – ainda não cheguei a uma conclusão satisfatória. Num certo período otimista da minha vida, eu via nisso um superior desprezo pelo "vil papel", um divino sintoma de desprendimento dos bens terrenos. Breve, porém, tive que mudar de opinião: os dizeres a tinta ou lápis-copiativo que eu lia nas cédulas, e o meticuloso cuidado com que eram carinhosamente remendadas as notas, convenceram-me de que aquela elevada, edificante, sobre-humana abnegação era um mito.

Inclinei-me, então, a ver nisso exatamente o contrário: uma avareza sórdida, um amor tresloucado, uma paixão irrefletida pelos dinheiros. O possuidor de uma nota autografava-a, marcava-a com o seu ferrete, o seu brasão, o seu *poinçon*, a sua rubrica, para que ninguém mais, na terra, pudesse apoderar-se daquela cousa sua, só sua, unicamente sua; depois, socava-a, a vareta, bem no fundo da sua algibeira, como se soca a bucha numa espingarda pica-pau, para que dali só pudesse sair o tiro! Mais uma vez, porém, tive que mudar de opinião: se assim fosse, não haveria mais dinheiro em circulação, nem gente viva.

Assim, examinadas a fundo e adotadas momentaneamente estas e outras hipóteses, acabei por deixá-las todas de lado, para enveredar resolutamente pela conjetura restante: a única que poderia levar-me à verdade. Eis o meu atual modo de pensar sobre o caso: o mau estado das notas em S. Paulo é exclusivamente devido ao ódio. O paulista gasta com ódio o seu dinheiro. Faz desfeitas ao credor. É incapaz de estender com generosidade, com calma, com magnanimidade uma cédula a um verdureiro, a uma parteira ou a um coveiro: amarfanha-a com ira, faz uma bola e lança-a, indignado, na cara do cobrador humilde. Ou então, escreve na cédula nomes feios para que o homem que receber seu dinheiro se sinta bem ofendido; ou enche as margens do rico papel de desenhos e algarismos perversos, insinuando "palpites", para que o seu novo dono perca no bicho, pela certa. Tudo, efeitos do ódio.

Esta é, no momento, a minha convicção. Isto não quer, entretanto, dizer que eu não venha a mudar, um dia, mais uma vez, de opinião. Se alguém fizer questão disso, passe-me, escondido, algumas notas, mesmo com inconveniências escritas à margem, ou amassadas numa bola para me serem arrojadas ao rosto. Eu faço coleção de autógrafos, e não há ninguém no mundo, que não goste, de vez em quando, de "comer bola"!

Urbano

Dinheiro

(*continuação*)

Terça-feira, 31 de janeiro de 1928

Senti-me, há dias, fortemente estimulado na minha vaidade e na minha carreira jornalística: convenci-me de que eu não escrevia em vão, de que eu já tinha pelo menos um leitor.

De fato, mal aparecera, sábado último, pela manhã, neste lugar, o meu interessante artigo sobre o papel-moeda – artigo que não podia deixar de me colocar ao lado dos maiores financistas e economistas pátrios – já à noite, na redação desta folha, eu adquiria a certeza iniludível da minha capacidade nessa matéria. A prova cabal, tangível, insofismável, estava ali, a meu lado, apoiada sobre a minha mesa: um leitor. E um leitor que vinha à minha procura!

Oh! um leitor! Foi sempre essa a maior, a única aspiração da minha vida. Até então, eu não fazia uma idéia exata do que fosse um leitor. Imaginava uma espécie de semideus, um ser superior, uma *avis-rara*, um animal precioso, de raça quase extinta, como o ornitorrinco, por exemplo. Era o meu sonho, o meu ideal, a minha doença. Se eu fosse Deus, a primeira cousa que eu criaria, antes mesmo da luz e da terra, seria um leitor. Ah! um leitor pairando no vácuo, oscilando nos caos! Quando haveria eu de pensar que essa felicidade inaudita me estava reservada para aquela gloriosa noite?! Salve 28 de janeiro de 1928.

Antes de mais nada, devo confessar que o aspecto material do meu leitor foi, para mim, no princípio, uma decepção. Era um homem como muitos homens. Parecia um "secreta" da polícia: usava capa de borracha, corrente de relógio (de prata) com dois berloques (uma moeda portuguesa e um retrato de família), tinha a barba por fazer (barba de três dias, mais ou menos) e mamava um charuto comum ("Comercial"). Mas, felizmente, essas primeiras impressões são sempre falsas. As aparências enganam. Como sói acontecer, só com o tempo, lentamente, comecei a descobrir naquele homem modesto as qualidades e as virtudes do semideus e do ornitorrinco.

O meu leitor principiou por me felicitar. Depois, declarou-me que estava de pleno acordo com as minhas idéias, aqui expendidas, sobre o péssimo estado do papel-moeda que circula em S. Paulo. Em seguida, falou-me de "deflação", de moeda fiduciária, de fornos-crematórios. (As suas palavras eram inflamadas, e as suas idéias francamente incendiárias.) Afinal, concluiu declarando-me haver descoberto um meio seguro e eficaz para alterar e corrigir o mau aspecto do dinheiro-papel em S. Paulo. E pediu-me licença para uma demonstração.

O interessante inventor que, excessivamente modesto, faz questão de conservar incógnito o seu nome, exibiu-me vários documentos. Eram cédulas de 1, 2, 5, 10, 20, 50, 100, 200, 500 mil-réis, de estampas diferentes e reduzidas a diferentes estados. Nalgumas, havia *cavaignacs*, monóculos e cachimbos perversamente aplicados, a tinta, nas serenas efígies dos grandes estadistas que ilustram comumente os nossos dinheiros. Outras eram feitas de inúmeras, pequeníssimas partes, ligadas pacientemente, como um *puzzle*, para formar um todo mais ou menos aceitável. Uma delas, partida em três fatias iguais, estava cosida à linha, como uma calça.

– Máquina de costura Singer, tipo vulgar! – observou, visivelmente entusiasmado, o meu leitor.

Havia três ou quatro emendadas a bolinhas de sabão. Uma, de 500 mil-réis, trazia um bonito soneto, endecassílabo, injuriando o Tesouro. Etc., etc.

Uma vez dispostos todos esses valiosos documentos, em leque, sobre a minha mesa, houve um silêncio inquietante. O leitor aproveitou a ocasião para beber uma garrafa de Água Tônica que trazia no bolso, e, de repente, arregalando muito os olhos, perguntou-me à queima-roupa, engatilhado como um revólver:

– Que tal?

– Muito *chic*...

– Hein?!

Caí em mim, ao invés de cair no chão, e pedi desculpas: eu estava um pouco distraído. Então, o homem sacou, de uma das algibeiras secretas das suas vestes, um maço de notas novas em folha, espalhou-as também sobre a mesa, e indagou com energia:

– Quais as que o senhor prefere?

Não hesitei um segundo:

– Estas, naturalmente!

E empalmei logo as cédulas novas.

– Pois fique com elas. São falsas. Fabricação minha. O senhor é inteligente. Todo mundo prefere, como o senhor, as minhas bonitas notas. O senhor acaba de abrir-me o caminho da fortuna, com a sua preferência. Eu precisava mesmo de uma opinião abalizada para prosseguir no desenvolvimento da minha pequena indústria. Muito obrigado!

URBANO

O futuro palácio

I – Oportunidade

Quarta-feira, 1º de fevereiro de 1928

Vai ter ingresso, hoje, nesta seção, e aqui permanecerá por alguns dias, um novo colaborador: o Sr. Bom Senso. Esse homem, apesar de insistentemente solicitado por todo o mundo, menos por mim, tem-se mostrado sempre inexplicavelmente esquivo. Agora, afinal, reconhecendo a indiscutível importância do assunto e a sua indispensável intromissão nele, resolveu atender ao apelo geral. Ele vai, pois, falar sobre os anteprojetos para o futuro Palácio do Governo, ora expostos no *hall* do Teatro Municipal.

Consinto na sua permanência aqui, por algum tempo, porque, sinceramente, reconheço que só mesmo apoiado na sua autoridade é que eu poderia levar a cabo uma apreciação mais ou menos conveniente do importante certame. Pois apesar de edificar, diariamente, neste jornal, um tronco de coluna, eu não entendo absolutamente nada de arquitetura. E apesar de cultivar, freqüentemente, aqui, o absurdo, eu também sei fazer-me, quando não há mais remédio, amigo do Bom Senso. Amigo-urso, mas, em todo caso, amigo...

Considero um terrível problema o futuro Palácio. Problema a ser resolvido, não só pelo critério estético e econômico, como, antes de tudo e principalmente, pelo do bom senso. Assim, levanta-se logo uma preliminar. Tudo o que é tem sua razão de ser. Um Palácio também. Ora, a única razão de ser de um edifício desses é ter, efetivamente, uma utilidade. Existe essa utilidade? – Sim. O atual Palácio não é palácio, nem palacete, nem *villino*, nem mesmo *bungalow*: é uma cousa horrorosa que se chama repartição pública. Mas é preciso que o seu futuro substituto corresponda eficientemente a todas as necessidades. Necessidade material (conforto e higiene) e necessidade artística. Numa palavra: OPORTUNIDADE. Mas, entenda-se essa palavra – oportunidade – no seu mais amplo, superior sentido. Ora, só pode ser oportuna, para nós, uma obra desse gênero, desde que traduza, com propriedade, o que é nosso, e, com propriedade, se destine ao que é nosso. Isto é: o futuro Palácio, ou será um monumento à nossa raça, ou um monumento à nossa atualidade. Ou um edifício que, com elementos tradicionais devidamente adaptados à vida moderna, seja capaz de exprimir, no momento atual, a nossa história, as nossas tradições; ou um edifício que determine com exatidão, como um marco inicial, o nosso estado de civilização. Ou uma comemoração útil do passado; ou um atestado prático do presente. Cousa brasileira, ou cousa moderna. Isto é essencial. Isto é tudo.

Estamos, como se vê, em face de um dilema. É preciso optar e enveredar por uma dessas duas únicas soluções, quando não seja possível – e este seria o ideal – fundi-las numa só, numa mesma. Não há por onde fugir.

URBANO

O futuro palácio

II – Classificação

Quinta-feira, 2 de fevereiro de 1928

Muito bem. São estas, pois, para mim, as duas únicas soluções ao problema do futuro Palácio do Governo: ou obra brasileira, ou obra moderna. Agora, pergunto: terão os autores dos anteprojetos, expostos no Municipal, seguido qualquer dessas duas orientações, únicas plausíveis?

São onze os planos apresentados. Um humorista, logo à primeira olhadela, classificá-los-ia em dois grupos: os "anteprojetos" e os "antiprojetos"... Aqueles, discutíveis e mais ou menos aceitáveis. Estes, desenhos meticulosos, bonitinhos, de pessoas que gostam de pôr os pingos nos ii (pessoas que gostam tanto desse esporte, que, ao escreverem "ante", pingaram o "e": e ficou "anti"...). Mas eu não acho possível esse gênero literário – humorismo – neste Brasil macambúzio e, muito menos, neste assunto sério demais. Prefiro uma classificação por estilos, dispostos em ordem cronológica. Assim:

RENASCIMENTO ITALIANO..........	1 (assinado "Jaú")
LUÍS XIV.......................................	1 (assinado "1889")
BARROCO COLONIAL................	3 (assinados "Anchieta", "Bandeirante" e "*Non nova, sed nove*")
LUÍS XVI.......................................	5 (assinados "Ars Una", "Jeanne D'Arc", "Arkaos", "Calígula" e "*Aequo Animo*")
MODERNISTA..............................	1 (assinado "Eficácia")
Total...	11

Como se vê por aí, os eternos Luíses dominam, *par la force du nombre*. São monarcas impenitentes: ainda não reconheceram a independência do Brasil, proclamada em 1822... Não faz mal.

Aplicado a esse quadro o critério aqui preliminarmente estabelecido, concluir-se-ia que apenas quatro desses projetos poderiam ser tomados em consideração, nesta coluna: "Anchieta", "Bandeirante", "*Non nova, sed nove*" (coloniais) e "Eficácia" (modernista). Mas quem poderá garantir que este será também o critério adotado pela comissão julgadora do importante certame? E quem poderá negar o seu valor de anteprojeto aos sete outros planos (os Luíses e o Renascimento)? Por isto e por aquilo, todos merecerão um comentário aqui. Amanhã iniciarei a minha tentativa de análise.

URBANO

O futuro palácio

III – Os inoportunos

Sexta-feira, 3 de fevereiro de 1928

Uma análise sintética. Nem podia ser de outra maneira. Apenas indicação do traço principal – bom ou mau – de cada um. Apenas um adjetivo para cada um.

Em primeiro lugar, aqueles que, a meu ver, embora bem-feitos alguns, não têm, pelo seu estilo, razão de ser: não são OPORTUNOS.

Começo pelo Renascimento Italiano. Estilo impróprio e empolado, e que se presta, facilmente, a toda espécie de mistificação. Há um só projeto dessa inspiração: o assinado "Jaú". É o mais feio de todos. Este adjetivo banal é o único, entretanto, que ocorre, naturalmente, sem "pose", ao primeiro golpe de vista sobre estes desenhos. "Jaú" é um projeto essencialmente "feio". Poderia, por exemplo, dizer dele, e provar, que é pesado, desgracioso, um tanto desvirtuado, etc. Mas não vale a pena. É feio. Nada mais.

No estilo Luís XIV há um único projeto. Traz a assinatura "1889". Não é mau. Seria até bom, v. g. para um Liceu em Paris... Mas é tão frio no seu classicismo! Tão frio! Uma "Frigidaire" do "Grand Siècle". E essa frieza – que absolutamente não se deve confundir com "distinção – chocaria rudemente com a nossa paisagem, entre a nossa gente. É cerimonioso e oficial como uma sobrecasaca...

Agora, vem toda uma geração de Luís XVI. Filhos de toda espécie: legítimos e... de outra categoria. O mais bem nascido deles é "Ars Una". Vê-se que é desenho de mestre. Como Luís XVI moderno – aquela leveza elegante e simples que enche o Boulevard Raspaille – está justo, exato, certo. Mas... para que aquelas duas bolas enormes, pesadíssimas, lá em cima, junto à mansarda? São duas esferas estreladas que parecem postas ali para darem um pouquinho de Brasil ao francesíssimo conjunto. Muito bem. Para um grande hotel, um grande clube, um grande *magazin*, enfim, para qualquer construção livre, de caráter internacional, estaria ótimo. Mas, francamente, para um Palácio de Governo! E no Brasil! Outro defeito, além de tais bolas: a grande pobreza das portas e janelas e o arzinho quase mesquinho da entrada.

Mais um Luís XVI: o projeto "Jeanne d'Arc". Muito vistoso. Apoteótico. Espanta a todos e agrada a muitos. Preocupação de efeito. Principal erro: excessiva altura. Para um edifício de 70 metros de frente, a altura de 50 metros é exagerada. Resultado: tornando-se impossível "encher", com três andares só, essa desmesurada altura, o autor do projeto não teve outro recurso senão o de deixar um vazio, um vácuo, um espaço inútil entre o teto do último andar e o telhado ou o terraço superior. Numa época prática, utilitária, de aproveitamento de tempo e espaço, isto não parece bem. E não se diga que, mesmo como Luís XVI moderno, não tenha defeitos. Tem. O principal deles está no abuso de paredes nuas, que esfriam o conjunto. Vejo, nesse projeto, uma Escola de Belas Artes, por exemplo; nunca um Palácio.

Estes são os dois melhores Luíses. Amanhã, os outros quatro.

URBANO

O futuro palácio

IV – Outros Luíses

Sábado, 4 de fevereiro de 1928

Há mais três Luíses XVI na exposição do *hall* do Municipal. Um deles traz, academicamente, a assinatura "Arkaos". Não serve. Seria de efeito como *casino*, com decotes, peitilhos e roletas, funcionando lá dentro; ou então com um luminoso e colorido *chateau d'eau* em frente, nalguma "Exposição Universal", como pavilhão de qualquer nação européia. O estilo Luís XVI tem dessas cousas: passa subitamente da alta distinção aristocrática para a galantaria barata (que não é absolutamente distinta: isto é da seriedade grega do Petit Trianon à leviandade provisória de qualquer pavilhão de exposição). É perigoso. "Arkaos" caiu neste extremo leviano. Eu penso que um governo, metido dentro de um desses *casinos*, não se sentiria, de maneira alguma, seguro... Essa volubilidade ruinosa de Luís XVI ditou aos arquitetos parisienses – Bouvard[43] à frente – a necessidade de um meio-termo eclético, de uma bissetriz

---

43. Joseph Antoine Bouvard (1840-1920), arquiteto responsável pelas obras públicas da cidade de Paris a partir de 1879.

salvadora, que é esse Luís XVI moderno, em que o autor do anteprojeto "Ars Una" parece mestre.

Outro galicismo imperdoável é a fachada de "Calígula". Tem muito dos defeitos e talvez nenhuma das virtudes do estilo *boulevardier*. Isto a gente nota, sem olhar para cima. Mas quando a gente enxerga aquela cúpula... Quando a gente vê a desproporção esmagadora daquela abóbada de ardósia, semeada a torto e direito, de incontáveis *yeux-de-boeuf*, fica tranqüila; sente bem que, construído aquele palácio, imediatamente ele se reduziria a pó sob o peso do tal zimbório. E seria a salvação.

O anteprojeto *"Aequo Animo"*, também Luís XVI, machuca bastante os olhos da gente. O autor, querendo fazer cousa monumental – é visível – sacrificou a altura pela extensão. O palácio parece um comboio... em vias de descarrilar.

* * *

Está esgotada a série destes Luíses. Se esta exposição se realizasse, por exemplo, no grão-ducado do Luxemburgo, para um *hôtel-de-ville* local, eu daria o primeiro prêmio ao projeto "Ars Una"; o segundo ao "Jeanne D'Arc" e nenhuma mensão honrosa a nenhum dos outros três.

Agora, aos coloniais! Mas... Hoje, não.

URBANO

O futuro palácio

V – Os coloniais

Terça-feira, 7 de fevereiro de 1928

Não preciso e nem saberia produzir aqui a celeuma que, há muitos anos já, se vem levantando sobre o chamado "estilo colonial", e a desordem de idéias que reina em torno dessa teoria arquitetônica. Digo "teoria" – *et pour cause*.

A eletricidade é uma força indefinível, de que a gente vem usando e abusando todos os dias à vontade, sem medo e sem saber o que pode vir a acontecer. Tenho a impressão de que o "colonial" é mais ou menos como a eletricidade... Com uma diferença: não se tem sabido usá-lo bem. Uma prova disso está ali, no Municipal, nos três anteprojetos coloniais para o futuro Palácio do Governo: "Bandeirante", "Anchieta" e *"Non nova, sed nove"*. A gente coloca-os juntos, ao lado uns dos outros, examina-os e fica sem saber dizer se são de um mesmo estilo, ou de três ordens arquitetônicas diferentes. Entretanto, existe também uma lógica para essa arquitetura: a lógica da beleza. Desses três coloniais, apenas um possui, para mim, essa lógica: o assinado *"Non nova, sed nove"*. Os dois outros, destituídos de beleza, destroem-se por si mesmos.

"Bandeirante" é um sofisma. É um sofisma mal construído. Com suas colunas de torçal nas janelas – uma evocação errada e inoportuna das cordas manuelinhas – suas paredes ásperas, seus arcos, seus escudetes, sua pretensão espanhola, tem alguma cousa de *Spanish mission* e nada de nosso. Vejo, com boa vontade, aquele edifício entre cactos, num areal do

México, por exemplo. E – o que é pior – com uma locomotiva apitando dentro e uma porção de chapelões de couro entrando e saindo, carregando malas: uma estação de estrada de ferro no México! Aquela torre...

"Anchieta" apresenta apenas uma intenção colonial. Mas é inteiramente destituído de interesse. É fraco. É triste: infinitamente triste. Tudo o que ele pediu ao barroco – colonial ou jesuítico – parece que morre asfixiado naquela tristeza lambida. E essa tristeza vem – é claro – da sua pobreza, da sua avareza arquitetônica.

Já não tem nenhum desses defeitos o anteprojeto *"Non nova, sed nove"*. É sincero e rico. Muito boa orientação. Detalhes barrocos reduzidos ao essencial, nas janelas e nas coroações das colunas. Uma cúpula de azulejos que apresenta muita novidade. Há calor e vida no seu conjunto. Fugiu, com habilidade, desse empetecado litúrgico que se vem pedindo emprestado às igrejas jesuíticas; evitou, com prudência, o gelado morto dos casarões fazendeiros. Estabeleceu um meio-termo justo. Está certo. Tem equilíbrio e dignidade. É um Palácio. Defeitos? – Qual o projeto que, elaborado não apresenta defeitos? O principal deles: – a escadaria, alta demais, quebrando a harmonia, pondo um peso excessivo no eixo da fachada. Outro: o ático alto demais em relação à colunata... etc. Estes, porém, como os seus outros senões, são facilmente remediáveis. Não há ali erros orgânicos, viscerais, incuráveis. Tem salvação. Dos 10 trabalhos que até agora analisei, este é o único aceitável. Tem espírito tradicional e tem também atualidade. Veste o seu lema com a justeza de uma luva:

"Non nova, sed nove."

Urbano

O futuro palácio

VI – Modernismo

Quarta-feira, 8 de fevereiro de 1928

Noto, sem surpresa, que no anteprojeto assinado "Eficácia" – único concorrente modernista ao interessante certamente – o que assusta a ingênua observação crioula não é a intenção, a idéia central e a plástica dos desenhos: são apenas os dizeres, o breve memorial explicativo e justificativo que o autor achou de bom aviso acrescentar à margem. Fala-se aí em canhões, catapulta, aeroplanos, holofotes, soldados... etc. – cousas perigosas que não podem mesmo deixar de assustar um povo-menino como é o nosso. O Brasil ainda está naquela idade em que só se fica "bonzinho" ante estas suaves palavras paternas:
– O soldado vem! O soldado pega! O soldado prende!
Ou então:
– Não brinque com isso, que dá tiro!
Isto sente o tímido profano. Os outros – os mais sabidos – vêem inútil exagero nessa preocupação bélica. Eu não sinto aquilo, nem vejo isto. Eu interpreto assim a intenção de "Eficácia": – A estética moderna inspira-se necessariamente, para ser útil e sincera, no que é de sua época: na máquina, na indústria. E chega, logicamente, a esta definição:
Belo igual Força.
Ora, não teria pretendido o autor, planeando aquela "FORTALEZA", aproveitar e exprimir essa moderna beleza?

Interpreto assim: – por isso gabo o lindo atrevimento do autor e aplaudo o seu projeto. Mas aplaudo, bem entendido, nas suas linhas gerais, na sua massa, no seu volume. E isto é o principal. Não olho para os detalhes, para a decoração que – dizem-me – são errados, falsos e de mau gosto. Isto tudo é secundário, isto tudo é supérfluo, isto tudo é "luxo", num projeto que se resume neste índice:
– Higiene –
– Conforto –
– Eficácia –
Uma observação ainda. Vejo que as "florestas suspensas" do anteprojeto são, sob o ponto de vista decorativo, uma *trouvaille* rara. Não precisaria esse palácio de outro enfeite. Enfeite só? Não. Têm a sua utilidade, a sua "eficácia" essas florestas: compostas de árvores essencialmente nacionais, dariam ao edifício um *cachet* brasileiro indiscutível.
Amanhã, a conclusão.

Urbano

O futuro palácio

VII – Conclusão

Quinta-feira, 9 de fevereiro de 1928

Será preciso? – Vou fingir que sim.
Passei voando, numa louca "chispada", pelos onze anteprojetos apresentados à concorrência para o futuro Palácio do Governo. Não me detive em nenhum deles. Por isso, guardei de cada um a impres-

são essencial. Quando a gente passa por aí, de automóvel, numa disparada, vai retendo, do que vai vendo – a rua vermelha de uma cidadezinha inocente, ou o pitoresco de uma paisagem verde – impressões mais sinceras, mais duradouras e mais completas: são impressões de conjunto. Ao passo que o homem que mora naquela cidadezinha, ou trabalha naquela paisagem, já não lhes reconhece a verdadeira beleza ou os verdadeiros horrores: porque sabe os detalhes.

Agora, aplicando às minhas impressões apressadas o critério que adotei na primeira destas notas frouxas, só posso, logicamente, concluir o seguinte: – O futuro edifício, para ser oportuno, terá, ou um caráter nacional, ou um caráter atual. Ora, caráter nacional aceitável, só um deles apresenta: o projeto assinado *"Non nova, sed nove"*. Caráter moderno, só um também o possui: o assinado "Eficácia". Assim, a ser resolvida a questão desta primeira concorrência, penso que a comissão julgadora terá que escolher qualquer destes dois. Nada mais. Evidentemente, são anteprojetos: sujeitos, pois, a emendas, a transformações, a aperfeiçoamentos. E, dentre os onze apresentados, só estes, sem erro visceral, são susceptíveis de ser aproveitados. Só eles têm defeitos remediáveis, doenças curáveis. Os outros... "Pau que nasce torto"...

É possível que se venha a anular esta concorrência. Mas não se poderá nunca dizer que ela foi inútil. Ela teve o valor da experiência. Ela ensinou uma porção de cousas. Ensinou, por exemplo, que, para obra desta significação, os futuros editais devem determinar, com exatidão, o estilo aceitável, de rigor. Nunca será tolher a liberdade de alguém oferecer-lhe uma tese para uma divagação, um mote para uma glosa... Ensinou também – outro exemplo – que trinta dias não bastam para se engendrar convenientemente, em papel e aquarela, um palácio que terá que durar trinta séculos... *per omnia saecula saeculorum... Amen!*

URBANO

Desafio

Sexta-feira, 10 de fevereiro de 1928

Uff! Afinal retirou-se desta coluna o detestável Sr. Bom Senso. Até nunca, meu antipático inimigo!

* * *

Sofri muito durante essa semana em que tive o desprazer de hospedar aqui aquela rabona e aquele guarda-chuva. Sofri, porque perdi ocasiões ótimas de gozar esta minha surpreendente e sugestiva cidade. Durante a odiosa permanência daquele indivíduo nos meus domínios, tive que simular atitudes dignas, absolutamente contrárias à minha índole. Nunca pude almoçar em pijama e jantar no clube: era só fraque e cafezinho no terraço.

Agora, sinto-me *dépaysé* na minha cidade. Tenho a impressão de que todos estes objetos familiares, que me eram tão caros – os bondes, os ônibus da Mooca, os buracos das ruas, os lampiões de gás, os senadores de *cavour*... distanciaram-se de mim, tornaram-se estranhos, não me reconhecem mais. E repelem-me, e odeiam-me como se odeia a um ingrato. Vou tomar um bonde, faço o sinal num poste cintado de branco: e o motorneiro, ao contrário do que costumava fazer, pára incontinenti o seu veículo. Sento-me num ônibus, faminto de desastres e de multas: mas o desgraçado cumpre com estupidez, rigorosamente, irrepreensivelmente, o seu dever. Acompanho, na rua, com uma atenção ávida, um comendador, esperando vê-lo tropeçar e cair dentro de uma sepultura aberta entre paralelepípedos: e os buracos evitam, de propósito, os belos pés do homem dos "botins de polimento". Peço a um lampião de gás que me ilumine a inteligência e a vida: e o infame nega-me luz, sorrindo, feliz... feliz sem "camiseta", como aquele pastor que era feliz e também não tinha camisa. Suplico, rogo a um senador que continue dentro de seu *cavour*: e o homem parte para o interior, em propaganda eleitoral, dentro de um guarda-pó!

Isto não pode continuar assim. Estou desesperado! De duas uma: – ou S. Paulo volta a ser, para comigo, como era dantes, ou eu começo, de novo, a fazer crítica de arte!

URBANO

Conselho para dias de chuva

Sábado, 11 de fevereiro de 1928

Numa grande cidade – uma cidade como S. Paulo, por exemplo –, provida naturalmente de todos os recursos, várias são as maneiras de se esquivar à chuva.

Algumas pessoas adotam este sistema: ficar em casa. São criaturas sem imaginação e com acentuadas tendências para o martírio. Não se preocupam. Outras preferem o regime do guarda-chuva. São simpáticas, dóceis, mas um tanto egoístas. Um guarda-chuva cobre e preserva, quando muito, uma cabeça. E tem oito varetas destinadas especialmente a vazar os olhos dos transeuntes ou a despejar, com perícia, um fio d'água entre o colarinho e o pescoço do seu dono. (Esta pequena ducha fria, prescrita pelo sistema Kneipp[44], tem por fim acalmar os nervos do enfermo.) Há também indivíduos que adotam a capa de borracha e as galochas. Não considero práticos esses objetos. Afrontando, como afrontam, livremente, as intempéries, despertam nos espectadores invejas indomáveis, encorajando abusos. Muita gente também se serve de um processo original: toma um bonde ou um ônibus e começa a dar voltas e mais voltas, o dia todo. É dispendioso e consome muito tempo. É a negação absoluta do *"Time is money"* britânico. Um dos recursos mais comumente adotados hoje em dia é o de se caminhar pelas calçadas, rente das paredes, para se aproveitar dos benefícios dos toldos de lona e dos beirais dos edifícios. Freqüentemente, porém, este expediente deixa de produzir os seus suspirados efeitos: há toldos hidrópicos, que se encolhem sorrateiramente, e, à passagem de um coitado, despejam sobre ele a sua barriga d'água; e

---

44. Sebastien Kneipp (1821-1897), sacerdote alemão, grande propagandista da hidroterapia. Publicou várias obras sobre o método terapêutico baseado em práticas naturalistas que recebeu o seu nome.

há também beirais estilizados, que têm gárgulas góticas cujo piedoso mister consiste em "dar de beber a quem tem sede".

Concluo: – A única atitude digna, a se manter na rua, em dias de chuva, é deixar-se molhar completamente, sistematicamente. Um homem bem "ensopado" impõe-se sempre a uma multidão civilizada. Digo civilizada, porque esse ensopado correria sério risco numa tribo de antropófagos.

URBANO

Uma solução

Quarta-feira, 15 de fevereiro de 1928

Multiplicam-se, dia a dia, com mais eficácia e violência, os desastres de automóveis pelas ruas da cidade. O automóvel, classificado ao lado da estricnina e do gramofone, como um dos maiores inimigos da humanidade, vem, assim, parece, justificando a sua triste fama. Antigamente, as pessoas nervosas ou decrépitas tinham medo só de três cousas: correntes de ar, mascarados e foguetes. (Algumas tinham também medo de cair da cama; mas eram casos isolados e sem grande interesse.) Hoje, acrescentaram àquele infame rol o automóvel. E – o que é estranho – cresce assustadoramente o número de pessoas nervosas, depois que esse veículo começou a ter aceitação. Não conheço mãe que não recomende ao filho, esposa que não aconselhe ao marido, neto que não advirta ao avô e até mesmo sogra que não receite ao genro:

— Cuidado com os automóveis!

Não há também homem apressado que, ao tomar um táxi, não peça, tímido, ao *chauffeur*:

— Vamos devagar...

E nem têm conta as pessoas que, pouco instruídas em mecânica — por exemplo, uma parteira ou um irmão do Santíssimo — costumam atribuir ao carro-que-anda-sem-cavalos relações com o demônio.

No entanto, todas essas acusações, essas idiossincrasias, esses receios são exagerados ou injustos. Um automóvel é uma cousa perfeitamente inofensiva, e, apesar do seu nome, inteiramente incapaz de se mover por si mesmo. O seu único defeito é ser dócil. Ficaria qualquer auto de boa vontade, no fundo de uma *garage*, dormindo como a Bela Adormecida, o seu sono de cem anos, se não viessem, de vez em quando, príncipes desencantadores despertá-lo daquela inocente inatividade. Estes, os *chauffeurs*, é que são os únicos culpados dos descalabros que as pobres máquinas cometem por aí. São os verdadeiros inimigos, não só da humanidade, como dos próprios automóveis. Ainda não se verificou, na história do mundo, o caso de um auto sair sozinho de casa para praticar inconveniências e atrocidades pelas ruas.

Torna-se translúcida, meridianamente clara, depois destas considerações, a conclusão a que almejo chegar: — Gosto muito de automóveis. Acho mesmo que toda pessoa de bom gosto deve comprar pelo menos um. Mas, nada de ter ou de ser *chauffeur*. O carro ficaria imóvel, guardado numa *garage* bonita e o seu dono mostrá-lo-ia às visitas, com orgulho. Todos tomariam assento dentro dele e comentariam a perfeita conservação, durabilidade e economia do veículo:

– Belo maquinário! Potente e estrepitoso!

E aí, no fundo desses estofos macios, a gente fumaria, jogaria o *coon-can*, discutiria política, corridas de automóveis, etc. Depois, quando já passasse de duas horas da madrugada, e, portanto, já não houvesse mais bondes, as visitas, que vieram do outro extremo da cidade, voltariam a pé para casa, muito satisfeitas.

Urbano

Perseguição

Quinta-feira, 16 de fevereiro de 1928

Ainda anteontem eu fabricava para este retalho de coluna um comentariozinho sobre o pseudoperigo dos automóveis; e já anteontem mesmo, passando pela avenida Brigadeiro Luís Antônio, deparo com uma cena dolorosa que me encheu de consternação. No trecho daquela via pública, que faz face à rua Santo Amaro, sobre o passeio agonizava uma bomba de gasolina, horrivelmente mutilada. Ao lado da vítima, um grande caminhão-automóvel resfolegava, fumegante, como um assassino, escarrapachado no macio gramado do jardim de uma residência particular. Ele tinha trucidado a pobre bomba indefesa e arrombado, na sua fuga precipitada e covarde, o portão de ferro de uma casa, caindo, depois, sem sentidos, roído de remorsos, no pequeno jardim. Uma multidão silenciosa apreciava, cheia de respeito, o quadro horrível da tenebrosa tragédia. Confundi-me também com a turba e fiquei olhando e sacudindo a cabeça. Súbito, um homem de origem estrangeira aproximou-se de mim, farejando auditório, e começou:

— Horrível, hein?!
— Monstruoso! Um caminhão violando um lar!
— Mas isso não é nada. Com minha sogra deu-se cousa muito pior. Todos os jornais narraram o fato, na época. Foi em 1908...

Nesse tempo eu ainda não lia jornais. Por isso, pedi-lhe que me relatasse o caso. Ele satisfez o meu apetite bestial. E eu vou contar aqui a tal história aos leitores que, há vinte anos, também não liam jornais.

Nesse tempo, a sogra daquele homem era uma boa velhinha que tinha uma chácara em Vila Mariana, onde morava. Era feliz. Não costumava cair da cama. Uma noite, porém, cessou aquela felicidade. A pobre senhora acordou assustada, ouvindo urros e roncos misteriosos na sua horta. Levantou-se, acendeu uma vela e, pé ante pé, saiu a ver o que se passava. Deu um grito de terror: havia um elefante, um grande elefante comendo as suas ervas! Ao brado lancinante acorreram os vizinhos, que expulsaram dali o paquiderme e fizeram a velha recobrar os sentidos. Depois, explicaram-lhe o fato: o elefante fugira de um circo-de-cavalinhos que funcionava naquelas redondezas, e viera parar ali, atraído pelo cheiro convidativo das hortaliças. Um caso simples, posto que raro. Mas a velhinha não quis saber de história. Convenceu-se, inabalavelmente, de que "estava dando elefante" na sua horta, como se fosse formiga, lagarta-rosada, traça, etc. E vendeu a chácara, incontinenti. Comprou então uma pequena casa no Baixo Piques – por ser lugar mais habitado e menos exposto às intempéries – e mudou-se para ali. Mas... a coitada estava mesmo sendo vítima de uma perseguição nefanda. Logo na primeira noite que dormiu na sua nova residência, foi despertada por um estrondo ainda pior que os mugidos do elefante. Acordou, acendeu a vela e viu um bonde elétrico no seu quarto de dormir, tocando a campainha, todo iluminado. O veículo tinha-se precipitado pela ladeira e, saltando dos trilhos numa curva, invadira a casa da infeliz senhora.

– E que é feito da sra. sua sogra?

– Está num hospital, tomando choques elétricos contra *elephantiasis*...

URBANO

Fenômenos

Sexta-feira, 17 de fevereiro de 1928

Continua, em S. Paulo, a exploração dos fenômenos. Depois de um célebre porco misto, contra o qual, há meses, já protestei do alto desta coluna; exibe-se agora, em lugar central, sem o mínimo escrúpulo, um "Homem-Boi", muito duvidoso.

Ainda não visitei este monstro e tenho confiança bastante em mim para supor que nunca o visitarei. Não suporto essas torpezas. Tenho horror a fenômenos falsificados. Considero o enxerto animal uma atrocidade e um artifício que um homem de bons sentimentos e de bom gosto não pode apreciar sem uma grande repugnância. No tempo em que tais misturas eram naturais, espontâneas, brotando da terra como flores, imagino que deveriam ser toleráveis e até mesmo interessantes. Refiro-me às eras mitológicas, ao bom tempo das sereias, dos faunos, dos centauros, etc. Eram seres úteis, em todos os sentidos. Uma sereia, por exemplo, além de divertir, de alegrar um pouco, com seus cantos, a dura vida dos marujos, era sempre um peixão que, em caso de necessidade, poderia ser comido sem causar náuseas.

Admito também essas combinações extravagantes no período paleontológico. Os ictiosáurios, por exemplo, mistura de peixe com morcego, reproduziam-se com naturalidade, independentemente de quaisquer intervenções cirúrgicas.

Mas, essas épocas, infelizmente, já passaram. Hoje, só se toleram, como misturas, um *cocktail*, um cavalo-vapor, ou, quando muito, um trem misto da Central. Por quê? Porque têm a sua utilidade.

Estou absolutamente convencido de que o atual "Homem-Boi" é falso. E ninguém conseguirá me persuadir do contrário. Dou, porém, de barato, para argumentar, que esse fenômeno seja autêntico. Que resultado prático pode dele tirar a humanidade? Como homem, isto é, metido dentro de uma casaca, fumando um charuto ou acompanhando um enterro, o "Homem-Boi" há de, por força, sentir-se mal e até mesmo ridículo. Como boi, quer dizer, puxando um arado, enfrentando um toureiro temível ou marchando para o matadouro, nunca o "Homem-Boi" faria uma figura decente.

Qual, portanto, a sua utilidade no seio da sociedade? Apenas a de provocar comentários maliciosos, "piadas" de mau gosto, e a de me haver fornecido assunto para esta crônica.

Urbano

Expectativas

Sábado, 18 de fevereiro de 1928

– Choverá? Não choverá? Eis a questão...
Todos os Hamlets de S. Paulo estão resmungando isto, com um barômetro na mão, e a perspectiva de uma grande patuscada na cabeça. Porque carnaval, em S. Paulo, é sinônimo de chuva. E mascarado é sinônimo de capa de borracha, galochas, guarda-chuva, escafandro, etc.
– Choverá? Não choverá?
Os mais arrojados, os profetas, dividem-se em dois grupos: – o grupo "choverá", constituído de velhos reumáticos e invejosos, indivíduos que dirigiram mal as suas finanças e estão sem reserva alguma para os folguedos de Momo; carolas despeitados; funcionários do Observatório da Avenida, que se incomodam muito com o "corso"; famílias em luto recente; criancinhas de peito... enfim, toda essa gente absolutamente impossibilitada de cometer asneiras; – e o grupo "não choverá", do qual fazem parte velhotes maganões e otimistas, pessoas que têm automóveis e fábrica de serpentinas, comerciantes de certos artigos, *chauffeurs*, rapaziada alegre e sadia de ambos os sexos..., etc.

A "torcida" é forte e continua. Os ânimos vão-se exaltando. Esgotam-se todos os *stocks* de barômetros de todas as casas dessa especialidade. E começam, os apaixonados, a viciar os bons aparelhos. Depois, vêm as apostas: – contos de réis despejados sobre um palpite, desbragadamente. Nas esquinas, nos bondes, nos cafés, o assunto é sempre o mesmo:

– Então, que acha? Choverá ou não choverá?

A pessoa inquirida deve, prudentemente, responder por uma evasiva, por um circunlóquio, por um sofisma. Ou então, observar bem o seu interlocutor. Se ele tiver uma aliança no dedo e uma moeda de prata na corrente do relógio, deve responder com convicção:

– Choverá!

Se, ao contrário, ele não tiver nenhuma aliança (ou tiver duas, o que vem a dar na mesma) e uma medalha com um retrato suspeito na corrente do relógio, deve, sem hesitação, responder com firmeza:

– Não choverá!

É preciso muita cautela. Porque os ânimos estão naturalmente esquentados e a atmosfera carregada. Se o inquirido, por uma negligência ou imperícia, der uma resposta contrária aos intuitos e às convicções do perguntador, pode ser que aconteçam cousas bem desagradáveis... Pode até chover pancadaria, antes do tempo.

URBANO

Carnaval

Domingo, 19 de fevereiro de 1928

Estes três dias de alegria me fazem triste. Fazem lembrar o colégio. O colégio interno.

Nos colégios internos há sempre uma campainha onipotente e eterna, que, como Deus, cria e dirige a vida. A campainha toca pela manhã: é hora da gente não ter mais sono. Toca para a oração: é hora da gente ter fé. Toca para o estudo: é hora da gente ficar inteligente. Toca para o almoço: é hora da gente ter fome... E assim por diante. E a gente, quer queira quer não, vai na onda: deixa de ter sono, fica piedoso, inteligente, faminto...

O Carnaval é assim. Tocou a campainha do recreio: é hora da gente ficar alegre e brincar. É do regulamento. É preciso. São ordens. Senão... Senão, vai de castigo!

. . . .

Mas... que nuvem escura é esta?

Que negro urubu "jururu" é este, que veio pousar no topo desta coluna frívola, e começou a bater asas de agouro, asas pretas como as abas do fraque de enterro do meu amigo Fagundes, o filólogo da rua Tabatingüera.

Enxota o corvo, Polichinelo! Atira-lhe uma serpentina assanhada, bem vermelha, no alto da sinagoga! Cega-o com um jato de éter, violentamente perfumado, ou lança-lhe ao bico um punhado de *confetti* verde, ou amarra-lhe à cauda uma penca de guizos doirados. Ele há de fugir. Se resistir, mata-o! Mata-o a garrafadas! Duas ou três garrafas de *champagne* bastam para liquidar um corvo, por mais preto que seja. Depois, Polichinelo, arranca-lhe as penas todas, uma por uma; faze, com elas, um cocar selvagem: a tua cabeça está branca e precisa ficar preta. Ou então... Ou então, Polichinelo, faze com essas penas um leque, um leque para essa mulher que está pendurada, como uma fruta madura, ao teu braço – Climene, Madelona, Bobéche, Mimi ou Colombina... Faze-lhe um leque, para que ela, por trás dele, possa sorrir à vontade, sem que te apercebas de nada, a todos os Pierrots, todos os Arlequins, todos os Sganarellos, todos os Cassandras que passam...

A felicidade é assim: precisa de penas para poder sorrir... escondida.

URBANO

O homem misterioso

Terça-feira, 21 de fevereiro de 1928

Muito contra a vontade de várias inúmeras pessoas de outros países e de outros Estados, sou obrigado a me convencer de que S. Paulo é uma grande cidade. S. Paulo já possui uma cousa que só as importantes capitais têm o direito de possuir: um homem misterioso. Essa preciosidade, esse índice das velhas e altas civilizações existe mesmo, anda por aí, toma os nossos bondes e os nossos cafés, lê os nossos jornais, respira o nosso ar, pisa nos nossos calos... – enfim, pratica todos os atos característicos de um ser plausível, real, palpável. Não sei como se chama. Imagino, entretanto, que, como todos os grandes homens, deve ter um nome simples e despretensioso: Adão, Alexandre, Harum-Al-Rachid, Napoleão, etc. Seja como for, é um homem, alto, magro, barbeado e de cabelos brancos. Mas não é no seu nome, nem na sua altura, nem na sua magreza, nem na sua barba, nem nos seus cabelos, que reside o mistério do homem misterioso. Esse mistério reside no efeito das suas vestes em geral e dos pequenos detalhes (que os elegantes de Burlington chamam de *impedimenta*), em particular. Mas não se pense que essas vestes e esses detalhes sejam cousas muito impressionantes, de "dar na vista". Pelo contrário: são cousas simples, quase apagadas. Houve um tempo em que eu me iludia a respeito dos homens misteriosos. Sofri muitas decepções. Lembro-me de ter visto, uma vez, na sala de espera de um cinema, um exemplar, que me pareceu perfeito, de homem misterioso. No entanto, era um *homo sapiens* perfeitamente vulgar. Eu ainda não tinha experiência e prática bastante: por isso imaginei que houvesse mistério no banalíssimo colete desse homem (um colete talhado a largas tesouradas numa pele de tigre, com botões de coral, seis algibeiras e uma corrente de relógio, de prata, grossa como um grilhão da Idade Média). Foi uma desilusão.

Agora, já não há perigo: não me engano mais. O homem misterioso que descobri é mesmo misterioso. É correto e direito como um pastor protestante. Usa um terno de elasticotina negra debruada a cadarço de seda. A gola do casaco é de veludo preto e a fita do chapéu de palha (muito larga, ocupando toda a altura da copa) é também de veludo preto, para combinar. Usa um gravatão de fustão branco, de duas voltas, como em 1830 (tipo "equitação), picado de uma grossa bola de coral. Anda só de bonde. Senta-se só no primeiro banco, corajosamente, de frente para todo o mundo. Nunca cruzou as pernas. Nunca teve um fiapo, um grão de poeira, um fio de cabelo nos seus panos negros. É irrepreensível e meticuloso. O único senão que notei, uma vez, nesse modelo de homem, foi um lenço de seda metido num dos punhos engomados.

Como se vê, até aqui, nada há de misterioso nesse indivíduo. É um homem normal que passa perfeitamente despercebido em qualquer multidão. Pois é justamente nisto que consiste o seu grande, insondável mistério: – passa tão despercebido, que nem mesmo o condutor dá pela sua presença no bonde. Esse senhor nunca pagou a sua passagem...

URBANO

Perigo!

Domingo, 26 de fevereiro de 1928

Um caricaturista americano publicou, há pouco tempo, num grande *magazine*, uma sua idéia do Céu, do Paraíso, do Éden dos Jornalistas. A figura representava uma grande e complicada cidade, onde tudo era desastre, crime, calamidade, infâmia. Havia, por exemplo, logo no primeiro plano, um homem assassinando uma porção de homens; mais adiante, uma mulher suicidando-se do 20º. andar de um arranha-céu; além, vários ladrões, com guindastes e locomotivas, carregando burras de aço; depois, choques de automóveis; ônibus e trens despencando de viadutos; raios partindo casas e criancinhas; incêndio devorando quarteirões; inundações, desmoronamentos, naufrágios, epidemias... Tudo!

Tudo? – Não. Faltava uma cousa, um perigo indispensável, a essa Cidade Ideal, que todo jornalista, ávido de assuntos, sonha na sua cadeira rotativa, diante das tiras em branco e da pena enxuta. Faltava o motorneiro.

O motorneiro é um dos maiores e mais sugestivos flagelos da humanidade. É um homem corpulento e vermelho, cheio de bigodes e de más intenções, que se coloca, como um deus, à frente dos destinos de um bonde elétrico, para afligir, perseguir, provocar e desgraçar a humanidade. E tanto a humanidade que vai dentro do veículo como a humanidade que espera o veículo, ou a outra humanidade inteiramente alheia ao veículo. Todas têm que sofrer, caladas, a injúria daquele deus bárbaro. Os que estão dentro do bonde, sofrem o desprezo ao sinal de parada, nos postes marcados, desprezo esse seguido de uma gargalhada satânica, ou de um gesto inconveniente da péssima divindade. Os que não estão no bonde, nem almejam essa felicidade, sofrem, muitas vezes, os atropelos, as campainhadas ensurdecedoras, ou as descomposturas do poderoso flagelo.

E – o que é pior –, se esse deus se encoleriza, não há força ou humildade, súplicas ou maldições, óbulos ou tiros de revólver, que possam com ele. O motorneiro é o homem mais forte da cidade. Dispõe, para enfrentar inimigos, das mais poderosas armas que se possam imaginar. Dispõe do próprio bonde, que, lançado a toda velocidade, pode, melhor que um *tank*, esmagar uma casa e uma geração toda; dispõe de choques elétricos; dispõe de uma alavanca de ferro (aquela que serve para abrir as "chaves" dos desvios), grande, pontuda e rija como uma lança; dispõe da "entrevia", que, solta do alto dos balaústres, pode, como uma guilhotina, decepar lotações inteiras; etc.

Mas o pior instrumento de suplício, a mais terrível arma de ataque de que dispõe um motorneiro é aquela manivela esquisita, que ele tira sempre do lugar, cada vez que abandona, por um instante que seja, o seu carro. Reparem como o motorneiro nunca se separa desse ferro misterioso. Ele tem suas razões. Eu vi, uma vez, um motorneiro avançar para um pedestre, na calçada, girando aquela manivela na mão... Parecia o Deus do Extermínio. A vítima, diante do tal aparelho, cujo alcance não podia compreender, abaixou-se e entregou-se passivamente. O motorneiro "manivelou-a" na cabeça, e a vítima foi acometida de loucura súbita.

Cuidado, muito cuidado com a manivela dos motorneiros!

URBANO

Um grande invento

Terça-feira, 28 de fevereiro de 1928

"Todos gostam, afinal,
De ter aves no quintal...

....
Aqui está a Viúva Chaves,
Que também gostava de aves.
Galinhas tinha ela três
E um belo galo francês...", etc.

É assim que começa a Primeira Travessura de "Juca e Chico", poema didático alemão, traduzido por Bilac, e que vem, há muitos anos, prestando à nossa infância e, portanto, às nossas mães e aos nossos vizinhos, insofismáveis benefícios.

O único mal que essa obra infantil, aliás involuntariamente, tem produzido é a de ser lida, decorada e posta em prática por adultos também.

S. Paulo, por exemplo; está infestado de ladrões de galinha, reles imitadores dos dois endemoninhados Juca e Chico. Na Aclimação, na Lapa, no Bexiga, nas Perdizes, etc., os galinheiros vêm sofrendo, ultimamente, terríveis e irremediáveis devastações.

Uma senhora, moradora na Saracura Grande, escreve-nos longa carta, queixando-se da falta de policiamento naquela zona e narrando-me o arrombamento do seu galinheiro, na noite de anteontem, e, conseqüentemente, o desaparecimento de um frango e três frangas que ali pasciam, descuidosos e felizes. Não eram frangos – diz ela – : eram futuros perus. Por isso, o seu prejuízo foi considerável: um peru custando, no mínimo, 20$000, sobe a 100$000 o valor dos objetos roubados.

Essa história de "futuros perus" pode parecer a alguém um tanto extravagante. Mas a carta, que tenho aqui, elucida-a suficientemente e dissipa quaisquer dúvidas sobre a propriedade dessa expressão.

A senhora queixosa tem um grande poder inventivo. Descobriu, entre outras cousas, um meio prático, econômico, rápido e eficaz de se produzirem perus à vontade. É assim: – Compra-se um frango qualquer e uma lata de "Fermento Inglês". Antes de degolar a ave, ministra-se-lhe três colheres das de chá de pó britânico. O frango sente-se bem e não se altera absolutamente. Meia hora depois é sacrificado. Então, leva-se o animal ao forno, como se fosse um frango assado comum. Deixa-se cozer durante quatro horas. Ao abrir-se o forno é que se vê operado o milagre. Por obra e graça do maravilhoso "Fermento Inglês", a ave transforma-se em peru!

A excelente *cordon bleu* recomenda, entretanto, muita parcimônia e seriedade na dosagem do pó. É perigoso exagerar a dose. Pois não é de bom-tom e não se usa mesmo comer avestruz.

Urbano

Ao serpentário[45]

Sábado, 1º de março de 1928

Levaram, há dias, o ex-czar da Bulgária a visitar as cobras do Butantã. E agora, lá no Rio, entre os *stucs-peints* repousantes do Hotel Glória, o ex-monarca, recordando o que aqui vira, sentenciou, semicerrando as pálpebras:

---

45. Visita São Paulo o ex-czar da Bulgária, Fernando I de Saxe-Coburgo-Gotha.

– S. Paulo... Aquilo não é um Estado: é um país!

Muito bem. Curvo-me ao poderoso *ukase*. Estamos no país das cobras.

Não têm faltado pessoas que habitualmente se levantam contra o costume de se conduzirem todos os nossos visitantes ilustres ao Butantã.

– Que diabo! dizem eles. Parece que nós não temos nada mais a mostrar aos estrangeiros! É sempre Butantã! Ainda Butantã! Só Butantã! Arre! Isto já é demais!...

Não concordo com esta gente desavisada. Mesmo pondo de lado o indiscutível valor científico do célebre Instituto – já merecidamente célebre em todo o mundo –, o pitoresco bairro das cobras tem prestado, sob outros pontos de vista, grandes serviços aos *touristes* que nos visitam. Ele serve de aviso prudente e lição ótima. Antes de penetrar o estrangeiro ilustre no nosso Interior, vai ali, fica sabendo discriminar todas as infinitas espécies de serpentes brasileiras, conhecendo os seus hábitos, as suas preferências, etc., e acha-se, com isso, habilitado a enfrentar, sem receio e sem se sentir *dépaysé*, o sertão bravio. Além disso, colocando-se mentalmente no lugar do coelho inofensivo das experiências, aprende a ser mordido e a curar-se das mordeduras. Depois, pode viajar tranqüilo.

Estes benefícios são indiscutíveis.

O único inconveniente que a tais visitas – e não ao Instituto – se poderia imputar, é o de sugerirem ao forasteiro certo palpite ruinoso: obrigá-lo a jogar na cobra. Ora, esse bicho não pode dar todos os dias; por isso, tem comido muito dinheiro a estrangeiros incautos. Conheço um bicheiro que se estabeleceu nas proximidades do Instituto de Butantã: O seu *chalet* chama-se "Ao Serpentário". Nunca, até hoje, em quatro anos de ofício, pagou um único tostão. Ganha sempre. Não que tenham passado quatro anos sem dar a cobra. Não é isso. O espertalhão aproveita-se da ignorância dos *touristes*, do pouco conhecimento que estas pessoas costumam ter do nosso idioma e dos nossos hábitos, e força-os a jogar sempre, não na cobra, mas na serpente...

URBANO

A propósito de peixes

Sábado, 3 de março de 1928

Iniciou-se, há poucos dias, a demolição do velho Mercado de Peixe. Esse tugúrio constituía, com o largo do Ouvidor, certos ônibus, o Bexiga, o calçamento, a água, etc., uma das mais célebres vergonhas de S. Paulo. Das suas ruínas amaldiçoadas vai surgir um esplêndido frigorífico com capacidade para não sei quantas toneladas de peixe.

Imagino que desse grande melhoramento há de, forçosamente, advir pelo menos este benefício à população: bom peixe a preços módicos. E que inapreciável benefício! O que em S. Paulo, até hoje, se costuma pagar por esse gênero de alimento é um despropósito. Qualquer peixe é péssimo e vale ouro nesta Capital. Gastam-se fortunas com uma sardinha, um bagre, um lambari, uma ostra. Isto, sem falar nos peixes de qualidade, nas espécies mais dignas – robalos, lagostas, tubarões, estrelas-do-mar, sereias, submarinos, etc. – que absolutamente não aparecem pelas nossas ruas. E quase todos os pobres vertebrados aquáticos já nos chegam em péssimo estado de saúde. Parece que eles não se dão bem com a subida da Serra do Mar. Nostalgias inevitáveis.

O paulista, entretanto, adora peixes. Em tudo e por tudo se manifesta o nosso desejo, a nossa gula por essa espécie de comida: desejo e gula insatisfeitos sempre. Chegamos a inventar, para iludir os nossos sentidos ávidos, uma espécie de crustáceo elétrico, que, no entanto, na melhor das hipóteses, só consegue perturbar seriamente a nossa digestão: os "camarões" da Light. Geralmente, esse bicho rubro, em vez de ser comido, costuma comer gente, como a baleia de Jonas.

É sabido que o peixe, graças à grande quantidade de fósforo que contém, se recomenda muito aos que trabalham intelectualmente. E como há poucos peixes e muitos intelectuais em S. Paulo, é fácil imaginar-se os apuros em que andam os nossos homens de letras, os nossos sábios, os nossos políticos, os nossos bicheiros, etc. Conheço um jornalista que, na falta de bons assuntos e boas tainhas, costuma comer mais de duas caixas de fósforos por dia.

Deus permita que o novo Mercado de Peixe, satisfazendo plenamente as ganas da nossa população, consiga pôr um termo a tais abusos.

URBANO

Um aspecto da *urbs*

Terça-feira, 6 de março de 1928

Quem quiser apreciar um dos mais curiosos aspectos da S. Paulo moderna, não deve deixar de descer a antiga ladeira, hoje avenida S. João, aí pelas 4 ou 5 horas da tarde. Pela calçada do lado direito de quem desce, uma multidão esquisita escorrega lentamente, preguiçosamente, pelo ríspido declive. A primeira impressão que se tem daqueles homens, mulheres, crianças e outros seres, é de que todos, com dor de garganta, estão fazendo algum gargarejo. Mas essa impressão se desfaz logo, ao notar-se a ausência de qualquer ruído gutural. Então, o observador fica mais propenso a crer nalguma loucura astronômica coletiva: todos são astrólogos e estão consultando os mistérios celestiais. Esta suposição também não perdura: não há telescópios por ali. Depois, a gente chega a pensar em algum aeroplano cabriolando pelo céu. É também esta uma hipótese passageira: não é possível que todos os dias haja um avião evoluindo sempre naquele mesmo lugar...

Mas, se o espectador quiser se dar o incômodo de um pequeno esforço, terá facilmente deslindado o estranho mistério. É bastante olhar à sua esquerda. Ali, sobre aquelas calçadas, onde assentava o seu barracão *marron* o velho Café Brandão, erguem-se agora os 24 andares do prédio Martinelli. Todo o mundo se interessa pela altíssima construção.

Aquilo é uma fascinação. Todos lhe acompanham, ponto por ponto, o vertiginoso crescimento; todos contam, pelas saliências do tapume, o número de andares; todos calculam, pela altura da torre de distribuição do concreto, o ponto a que atingirá o edifício... E, assim fazendo, todos têm a cabeça erguida, numa forte flexão, como quem faz gargarejo, estuda um astro ou segue um aeroplano; e vão descendo, numa superior, completa abstração.

É uma atitude nobre, edificante, sublime. É um gesto estóico de desprendimento dos bens terrenos. Porque há uma certa classe de indivíduos que, sem compreender a elevação daquela atitude, se aproveitam da oportunidade para "baterem", sem ser vistos, carteiras, correntes de relógio, revólveres, lenços, canetas-tinteiros, etc.

A polícia é inútil, ineficaz nesse caso. Sem resistir, como os outros, à fascinação da girafa, os bons soldados marcham também, de cabeça erguida, para o sacrifício...

Só vejo uma medida para evitar o mal: abrirem-se, no passeio esquerdo da avenida S. João, vários buracos, que obriguem os transeuntes a olhar onde estão pisando.

URBANO

Gigantismo

Quarta-feira, 7 de março de 1928

...E a cidade cresce (uma casa de duas em duas horas); e a população aumenta (930 mil habitantes); e os arranha-céus sobem (13 andares, 16 andares, 24 andares); e os automóveis proliferam (14 mil, 15 mil, 16 mil)...

E, enquanto todas estas cousas sucedem, enquanto tudo se coloca na lamínula de um microscópio, enquanto estufa a bexiga elástica da nossa vida urbana –, o nosso conforto, que deveria acompanhar também aquele veloz desenvolvimento, faz um progresso de rabo de cavalo: cresce para baixo. S. Paulo parece aquele meninão de colégio, que, atacado subitamente de gigantismo, cresceu demais dentro da sua acanhada farda escolar. Tudo começou a sair muito para fora: a cabeçorra oca, para fora do *bonnet*; o pescoço tourino, para fora da gola; as mãos elefânticas, para fora das mangas; os pernões e as patas para fora das calças; e a megalomania, para fora da inteligência microcéfala... E veio o perigo do estouro: a um simples espirro, ou a um movimento brusco qualquer, a farda rebentaria, por certo, em todas as suas costuras. O meninão começou, então, a andar devagarinho, agir devagarinho, comer devagarinho, pensar devagarinho, viver devagarinho...

S. Paulo está assim mesmo. Vejam só a rua Direita, por exemplo, às 5 horas da tarde: uma salsicha prestes a rebentar. Se o nosso verão fosse um pouquinho mais forte, se desenvolvesse mais algumas calorias capazes de fritar a lingüiça, eu acho que S. Paulo explodiria.

Tirem pelo menos aqueles bondes do Triângulo, srs. Donos da Cidade! E enquanto é tempo. Pensem que o Inverno vem aí, com seus defluxos inevitáveis, e que um simples espirro do menino calçudo será um desastre para toda a família...

URBANO

Nossa língua

Quinta-feira, 8 de março de 1928

O filólogo Fagundes – aquele da rua Tabatingüera –, leitor assíduo desta seção e meu particular amigo, escreve-me uma longa e substanciosa epístola, em que proficientemente analisa e acerbamente censura os "aleives que ao pulcro idioma de Camões soem assacar néscios gatafunhadores de tabuletas, avisos, letreiros e quejandas inscrições, que algures mui freqüentemente se lêem". E o conspícuo beletrista exemplifica: "Daçe tera" (por "Dá-se terra"); "Se pede não falarem com o motorista" (por "Pede-se não falar ao cinesíforo"); "Pasce devagarigno!" (por "Passe devagar!"); "A fama desta casa não anda boa" (por "A fama desta casa não anda: voa" – lamentável equívoco de um ruinoso pintor português), etc.

Eu sempre fui admirador sincero e incondicional do grande gramático Fagundes: sempre aplaudi as suas dissertações eruditas, as suas indignações vernáculas, a sua tradução de "Trianon" ("Três Anões"), o seu terno *marron* e a rua Tabatingüera. Mas, desta vez, sou forçado a não concordar com as conclusões da sua puríssima missiva. Penso que esses cochilos lingüísticos, que o epistológrafo menciona e recrimina, emprestam um delicioso pitoresco, temperam de um agradável picante a pesada e rígida severidade do nosso idioma. Dão caráter ao ambiente e ao povo e, assim, colaboram na completa emancipação da colônia. "Independência ou Morte!" – é o meu lema. Reflita o amigo Fagundes na sensaboria que teriam as nossas ruas, os nossos bondes, os nossos salões de engraxate, os nossos ônibus da Mooca, sem aqueles encantadores descuidos. Querer gramaticalizar, tornar escorreitos e castiços tais letreiros, seria o mesmo que tentar corrigir as interessantes modinhas e maxixes populares, tão nossos, tão espontaneamente nossos, tão *poésie pure*... Imagine o amigo Fagundes, por exemplo, a vernaculização da conhecida canção de "Lili"[46]:

"Eu vi, eu vi...", etc.

Ficaria assim:

"Eu vi, eu vi
Vossa senhoria faltar com o devido respeito a Lili!"

URBANO

A arte de andar de bonde

Sexta-feira, 9 de março de 1928

Andar de bonde não é, como pode parecer à primeira vista, uma operação simples. Nada disso. É uma arte complexa e sutil, que exige pertinaz estudo, longa experiência e meticulosa observação. Suponho que, pelo menos, dois terços da população de S. Paulo anda de bonde; por isso não acho ino-

---

46. Lili é personagem da marchinha "Eu vi", do compositor José Francisco de Freitas, autor de sucessos até hoje lembrados. Sucesso do carnaval carioca de 1926 na voz de Pedro Celestino, os versos do estribilho cujos termos o filólogo Fagundes modificaria são os seguintes: "Eu vi, / eu vi / Você bolinar Lili..."

portuno revelar aqui algumas noções rudimentares dessa arte, algumas fórmulas básicas, que, auxiliadas por uma prática constante e inteligente, certamente produzirão os melhores resultados.

1. – Antes de saíres de casa, com o firme e louvável propósito de tomar um bonde, examina bem as tuas algibeiras, fecha-as a chave, se possível, conservando em tua mão apenas um níquel de 200 réis. Isto, porque a eletricidade tem o mau hábito de fundir o ouro, a prata, o níquel, o papel moeda, etc.; e também porque um condutor é um ser que nunca tem troco ou dele costuma esquecer-se.

2. – Espera, com paciência e resignação, junto ao poste marcado com uma cinta branca, o teu bonde. Convém levares sempre contigo uma lata de esmalte branco e um pincel, para, em caso de necessidade, suprimires a falta daquela cinta no poste fronteiro à tua casa.

3. – Quando lobrigares no horizonte longínquo o suspirado veículo, aproxima-te dos trilhos, erguendo em tua mão, em atitude francamente agressiva, um guarda-chuva, uma bengala ou mesmo um revólver. É a única maneira de te fazeres obedecer pelos motorneiros: pessoas fortes, sangüíneas e destemidas, que absolutamente não receiam punhos cerrados, por mais hercúleos que estes sejam.

4. – Toma sempre assento do lado da entrevia. É o processo mais garantido de incomodares, tanto à entrada quanto à saída, todo o mundo, sem seres incomodado por ninguém. É também o lugar mais seguro de um bonde, pois dificilmente poderá passar pelo espírito de uma entrevia já descida a criminosa idéia de subir de novo para guilhotinar-te.

5. – Nunca olhes para os bancos atrás do teu: costuma haver sempre, espalhados por aí, amigos risonhos que ainda não pagaram a passagem.

6. – Não acredites em certos avisos afixados no interior dos *tramways*: "Espere até o carro parar"; "É proibido fumar nos três primeiros bancos, bem como cuspir em qualquer lugar do bonde"; "O condutor tem passes à venda"; "É de cinco pessoas a lotação de cada banco", etc. São frases ocas, fantasias inocentes, cujo único intuito é o de distrair os senhores passageiros que não usam livros nem jornais.

7. – Nunca é aconselhável ceder o lugar a uma senhora que entra. As mulheres são maliciosas, sempre propensas a pensar mal das nossas intenções; e os maridos são ainda piores e estão em toda parte, invisíveis.

8. – Se o bonde que aparecer à tua esquina for um "camarão", dá-lhe uma boa lição, tomando um táxi, altaneiro, ou recolhe-te à tua insignificância, indo a pé.

URBANO

Explicação necessária

Sábado, 10 de março de 1928

Dois ou três amigos íntimos, que talvez tenham lido o que aqui escrevi ontem sobre a difícil "Arte de andar de bonde", poderão, com certeza, estranhar o meu último período, que aconselhava o público a não tomar "camarões". E, como bons amigos, conseguirão maliciar aquela norma, interpretar mal o meu pensamento, considerar aquele conselho como uma atitude despeitada, uma antipatia injustificável, etc. Eu preciso explicar convenientemente aquelas minhas palavras e esclarecer a minha intenção.

É por uma simples questão estética – uma questão de colorido e de pigmento – que não aconselho os "camarões" aos meus concidadãos. Esses veículos são, como se poderá concluir ao primeiro golpe de vista, rubros, apopléticos, congestionados, incandescentes quase (daí o seu apelido). Ora, a nossa raça é liricamente pálida, raquítica, linfática, anêmica, clorótica. Colocada a nossa gente dentro de um veículo assim, rubro, sangüíneo, pletórico, fatalmente, pela força do contraste, ela há de parecer ainda mais desbotada, mais morena do que o é na realidade. Por mais roxo que seja um motorneiro de "camarão", ele sempre há de parecer, no seu posto, um simples opilado. É preciso evitar, a bem da nossa reputação, esse mau efeito. Devemos parecer sadios e rosados, aos olhos dos estrangeiros, já prevenidos e desconfiados, que nos visitam. Por isso, somente por isso, não aconselho aos meus patrícios os "camarões" da Light. Recomendo-lhes, sim, e entusiasticamente, os bondes de Santo Amaro. São amarelos – cor favorável à nossa palidez. E apitam para chamar a atenção dos transeuntes. Reparem um pouco: qualquer mulato, num bonde de Santo Amaro, parece um inglês; ao passo que, qualquer inglês, num "camarão", parece um japonês.

Alguém poderia me replicar, objetando que, pelo contrário, sob a ação direta da cor encarnada, as pessoas pálidas ficarão coradas. E poderia invocar exemplos: aquelas melancias abertas sob o toldo de ganga vermelha das carrocinhas dos fruteiros; ou então as célebres "Pílulas Rosadas":

> *"Pink*
> *Pills for*
> *Pale*
> *People."*

Não procede, porém, o argumento, nem se aplicam ao caso os exemplos. Uma melancia não é absolutamente um camaleão. E uma pílula é uma cousa que a gente engole; ao passo que um bonde é uma cousa que engole a gente.

URBANO

Capítulo tenebroso

Terça-feira, 13 de março de 1928

Uma das cousas mais insuportáveis que há no mundo é a aparição de um fantasma. Mesmo que esse fantasma seja o do Sr. Neves: o homem que mais tem morrido nesta vida. E quando a aparição se dá à meia-noite, numa sala de redação – à hora ingrata em que até a pena treme de medo sobre o papel branco, frio e inexpressivo como um túmulo – ... mau, mau...

O fantasma que, nos primeiros segundos do domingo último, me apareceu, era um queixoso. Ao primeiro golpe de vista, deu-me a impressão exata de uma coruja. Não era transparente. Era um homem muito alto, vesgo, com uns enormes óculos de aros redondos de tartaruga, e metido numa imensa capa de borracha, que vinha do queixo até o dedo grande dos pés. Sua voz era cavernosa e retumbava com um som cavo de terra caindo no fundo de uma fossa. Pode-se muito bem imaginar o que eu fiz: acendi imediatamente todas as luzes da sala, chamei todos os empregados da redação e pedi-lhes que ficassem ali, comigo, a meu lado, enquanto o espectro gemia. A união faz a força. E foi assim que ouvi o vulto sinistro expor a sua sinistra história.

– Eu sou o último remanescente – começou o queixoso – de uma velha família de fabricantes de caixões. Tenho toda a minha árvore genealógica enterrada num jazigo da família, no cemitério do Araçá. Uma vez por semana, todas as sextas-feiras, vou ali, religiosamente, levar flores, velas, qualquer cousa para os meus inesquecíveis antepassados. Conheço-os intimamente, desde que nasci, e considero-os incapazes de cometer qualquer ação indigna de um defunto que se preza.

– Tem certeza disso?
– Absoluta!
– O jazigo é bem fechado? Oferece segurança?
– Como uma jaula: grade de ferro e fechadura "Yale". Pois assim mesmo há malfeitores, seres ignóbeis, que furtam as velas, as flores, os vasos, os castiçais, dos meus mortos queridos. Como praticam o crime, não saberei dizer.

– Uma chave falsa, por exemplo...
– Ou um subterrâneo oculto: são as únicas explicações plausíveis.
– Desconfia de alguém?

– Não...

Mas a fisionomia do meu interlocutor tornou-se ainda mais pálida, mais vesga; e eu pretendi lobrigar uma certa dúvida num esboço amarelo de sorriso irônico que brincou no canto dos seus lábios.

– Isto é... Mas, por que me pergunta?

– À toa... Afinal, em que lhe posso ser útil?

– Escrevendo qualquer cousa, a respeito, na sua seção. Peça, por favor, providências à polícia ou a quem de direito, no sentido de ser feita uma vigilância mais severa naquela necrópole. Rouba-se tudo, ali. É um crime e um sacrilégio...

Despediu-se e retirou-se. Corri à janela de minha sala. Ainda vi o fantasma dissolver-se nas trevas do Largo São Francisco, onde a sobrecasaca de bronze de José Bonifácio gesticulava um pouco...

Quando voltei a mim, estava em minha casa, de cama, cercado de amigos e pessoas da família. Contaram-me que, durante todo o delírio de minha febre alta, eu falava insistentemente em "coveiro", "zelador", "jardineiro", etc.

URBANO

A propósito de crianças

Quarta-feira, 14 de março de 1928

Quando você, meu amigo leitor, tomar lugar num bonde, num teatro, num vagão, enfim, em qualquer lugar público, faça bem atenção para que não haja a seu lado, nem à sua frente, nem atrás de você, uma criancinha de colo. São pequenas pessoas traiçoeiras e malfazejas, que já têm estragado as roupas e a reputação de muitos homens de bem.

Vamos tomar, como campo de observação, o bonde, que é onde se nota mais freqüentemente a presença dessas criaturas. Se a criança estiver a seu lado, embora no colo da mamãe ou da ama, pode ter certeza, meu amigo, de que ela começará logo implicando com as cousas mais inocentes que você terá no seu corpo: a gravata ou a corrente do relógio. E você não imagina a força hercúlea de que dispõem esses pequenos seres para rebentar qualquer grilhão, esfacelar qualquer pêndulo e estraçalhar qualquer pedaço de lona que as suas mãozinhas possam alcançar. Os óculos também, notadamente os de aros de ouro, exercem sobre os bebês uma extraordinária fascinação. Tome cuidado.

Se a criança estiver no banco da frente, creia que ela há de sempre voltar-se para trás. Evite os seus olhos inquietantes. Do contrário, você será um caso perdido. Ela fixará longamente, como um telescópio, a sua fisionomia; e, em seguida, os detalhes da sua *toilette*. Depois, começará a atirar as mãozinhas e a balbuciar cousas muito interessantes, que só as mamãs, os papás e as amas entendem:

– Braglo giú buxoxo gluglu boxoxo...

É o aviso. Se você achar aquilo engraçadinho e cair na asneira de estender para o inocente o seu dedo ou o castão de marfim da sua bengala, pode se considerar o homem mais infeliz do bonde. A criança simpatizará com você; e a simpatia de um desses anjinhos produz, quase sempre, uma odiosa antipatia da parte dos seus pais ou responsáveis. Haverá, então, do banco da frente, um fuzilar de olhos raivosos sobre você, seguido geralmente desta frase:

– Deixe, Nenenzinho! É cuca! É o bicho-papão!

Você, então, se sentirá deveras humilhado.

Se a criança estiver atrás de você, tenha a certeza absoluta de que o primeiro ponto da sua pessoa a ser atingido pelas mãozinhas úmidas e gordas será o seu colarinho. Você experimentará uma sensação insuportável de arrepio, pela espinha dorsal, e terá que mergulhar profundamente no seu jornal ou descer do bonde, para não ser malcriado.

Sobretudo, meu amigo – isto é de grande importância – é preciso não zangar-se, não protestar, nem sequer se mostrar levemente aborrecido. Pelo contrário: você deverá sorrir, amavelmente, e entregar-se de corpo e alma às depredações do inocente. Porque, se você denotar a mais imperceptível sombra de contrariedade, pode estar certo de que fará 45 inimigos, pelo menos, que a tanto monta a lotação comum de um bonde. Você será sempre, nesse caso, o único ser que não achará aquela criancinha um amorzinho, uma gracinha.

Há um caso – aliás freqüente – em que eu aconselharia você a saltar do bonde imediatamente. É quando a criança de colo, escolhendo você entre toda a tripulação do veículo, agarrar com as duas mãos num dos seus dedos e começar a balbuciar:

– Papai! Papai!

Já assisti a uma cena destas que degenerou em tragédia. O verdadeiro pai estava ao lado e, desconfiado e ciumento como quase todo marido, rebentou, ali mesmo, a tiros, a cabeça do desgraçado que viajava ao lado de seu filhinho.

Siga os meus conselhos, leitor meu amigo. Eu tenho grande experiência e prática de crianças de colo. Sou uma autoridade na matéria. Porque eu também já fui, há muitos anos, uma cousa dessas.

URBANO

Obra patriótica

Quinta-feira, 15 de março de 1928

Um inglês resumiu um dia, num célebre tríptico, a síntese fleugmática da perfeição humana: plantar uma árvore, gerar um filho, escrever um livro. Disto se convenceram os homens incontinênti, e começaram a aparecer, no mundo, hortos florestais, famílias numerosíssimas e bibliografias infindáveis. Mas o homem, que traz em si o germe inquieto e descontente do dinamismo primitivo, e, na sua memória, o mau conselho da serpe, não pôde parar nisto. Precisou adiantar-se, tornar-se cada vez mais *"sicut Deus"*. Ora, Deus tem duas funções especialíssimas: criar e destruir. Assim, o homem, que já criava pomares, descendentes e *in folios*, começou a destruir, para mais se divinizar. E começou de trás para diante: queimar livros, exterminar povos, derrubar florestas. Uns seres divinos pegaram fogo na Biblioteca de Alexandria e consumiram com os arquivos de Louvain. Outros semideuses promoveram guerras patricidas e desastres de automóveis. E, agora, umas estranhas divindades estão arrancando as boas e inofensivas árvores que faziam o possível para enfeitar um pouco a Avenida Paulista.

– São ordens! explicam os submissos deuses.

Mas os cidadãos de S. Paulo não se conformavam apenas com essa explicação. Todos – a imprensa à vanguarda – lamentaram e se revoltaram contra o vandalismo. Diante de tal fúria destruidora, já um vespertino imaginou, com excelente bom humor, que "a Prefeitura vai explorar, muito em breve, uma empresa de lenha"...

Ontem, afinal, veio do alto a explicação oficial:

"A Prefeitura, em uma de suas administrações anteriores, resolveu fazer o plantio de ipês, nos intervalos da arborização existente, na Avenida Paulista, para substituí-la quando estiverem desenvolvidos.

Existindo atualmente vários ipês francamente desenvolvidos, as árvores vizinhas começaram a ser removidas, pois sempre foi intuito [da Prefeitura] manter na avenida uma arborização uniforme e caracteristicamente brasileira."

Bravos! Realmente isto é patriótico, bonito e louvável.

Mas eu não conheço bem o ipê, apesar de saber de cor um romance intitulado *O Tronco do Ipê*. O livro em questão não determinou precisamente que proporções essa árvore costuma atingir. Por isso, só aplaudirei a patriótica iniciativa prefeitural, se me provarem que essa árvore, como o jequitibá, será capaz de ocultar completamente certas faltas de patriotismo que há na Avenida: *manoirs* Luís XVI, palácios florentinos, *villinos* Renascença, mesquitas muçulmanas, *chalets* suíços e normandos, pagodes chineses e outras pândegas estrangeiras.

URBANO

Precaução

Sexta-feira, 16 de março de 1928

Instantâneo de rua.

Anteontem, às 17 horas e 30 minutos, no largo de São Francisco, ponto dos "camarões". Chuvarada barulhenta e indiferente sobre multidões resignadas. Os proprietários das casas comerciais malvadamente mandam erguer todos os toldos e afixar, nas portas, esta tabuleta: "É proibido estacionar aqui". Todo o mundo encosta-se às paredes, pensativo, murcho, pingando água e paciência por todos os poros. Os olhos estão na esquina, à esquerda, de onde deve surgir o "camarão" salvador. Há 25 minutos que não vem nenhum. A multidão e a chuva engrossam. O tempo e os táxis irônicos passam espirrando água. Paciência, paciência e mais paciência. Um homem de roupa nova, que estava evitando, com prodígios de acrobacia, malabarismo e ginástica, os fios de água das goteiras, já se entregou completamente: está agora sem chapéu, oferecendo a fronte altiva e o peito valente às cordas de água. Uma campainha soa lá longe. O "camarão" coloriu, subitamente, de vermelho, a esquina cinzenta de chuva e tédio. Todos vêm para junto dos trilhos, ali, onde a portinhola acolhedora e suspirada costuma abrir-se. O monstro rubro chega e pára. Apinha-se gente, como poeira, em frente da portinhola ainda fechada. O motorneiro atarracado e antipático mete a cabeça para fora de uma janelinha da frente e faz sinal de quem vai falar. Todos se sentem pendurados dos seus lábios peludos.

– Vai para o Araçá! Exclama.

Abre-se a portinhola. Os infelizes, inquietos, intimidados, entreolham-se. Compreendem o símbolo, a metáfora: "Vai para o Araçá: vai a caminho da morte"... Ninguém entra no bonde. Todo o mundo prefere ficar tomando mais chuva, na calçada. Apenas, da Casa Rodovalho, ali ao lado, sai correndo um homem pálido, de sobrecasaca preta esverdeada, e entra no "camarão". Há um silêncio triste debaixo da chuva barulhenta. O veículo, com aquele homem sozinho e com o cheiro de flores, cera e terra que está em redor, parece uma câmara-ardente. Parte. Desaparece na esquina pérfida. Alguém soluça:

– Coitado!

URBANO

O grande perigo

Domingo, 18 de março de 1928

"Depois de prestar declarações, o motorista foi posto em liberdade."

É essa a invariável chave-de-ouro de todas as notícias de acidentes automobilísticos, fatais ou não.

E, por isso mesmo, e porque tudo se facilita e nada se recusa à felicíssima classe dos *chauffeurs*, S. Paulo vai batendo o recorde mundial em desastres de automóveis. Isto é assim. Está assentado. Está escrito. Não tem remédio.

"Onde está o homem está o perigo" – assim era antigamente. Hoje é assim: "Onde não está o perigo está o homem... mas o perigo vem." De fato, nada menos perigoso, aparentemente, para a vida de um bípede sem penas (entendo por "bípede sem penas" o pedestre, porque os *chauffeurs*, apesar de também não terem "pena", não são bípedes) do que o seu próprio domicílio. Pois é justamente aí que os automóveis, hoje em dia, vêm pescar vítimas. Ninguém imagina que, ao entrar no banheiro para tomar um semicúpio, ou ao sentar-se à mesa para papar um quibebe, ou ao deitar-se na cama para ouvir rádio e pernilongos, há sempre um automóvel pendurado por um fio, como a espada de Dâmocles, sobre a sua cabeça descuidada e inocente, e pronto a destruir aquela vidinha gostosa. Por isso mesmo, todo o mundo continua a tomar semicúpios, papar quibebes e ouvir rádio e pernilongos. É um grave erro. É um grande mal. Aconselho esses imprudentes a abandonar incontinênti os seus perigosíssimos lares e virem postar-se no meio da rua, onde os vinte e um mil automóveis de S. Paulo nunca fizeram mal a ninguém...

URBANO

Martírio

Terça-feira, 20 de março de 1928

Outro dia, na praça do Patriarca, eu pensei longamente num dos mais terríveis "Contos Cruéis" de Villiers de L'Isle-Adam[47]: "A tortura pela Esperança".

---

47. Auguste Villiers de L'Isle-Adam (1838-1889), escritor francês, autor de obras impregnadas de um profundo simbolismo.

Eram seis horas da tarde. Eu estava, na companhia de umas trinta ou quarenta pessoas, esperando ali um dos grandes ônibus de luxo que fazem o itinerário Praça do Patriarca–Avenida–Largo da Sé. Chegavam e partiam, de minuto em minuto, ônibus "Lapa", "Perdizes", "Conselheiro Brotero"... Uns ótimos, outros péssimos – mas, em todo caso, chegavam e partiam. Só o "Avenida" não vinha.

Dez minutos... Meia hora...

Já o jornal-luminoso começava a anunciar desastres, bebidas e cigarros, na noite inicial.

Três quartos de hora... Nada!

No entanto, aqueles carros existem. Tenho certeza de que existem. Já andei neles, algumas vezes, por acaso. Lembro-me bem: eram muito bonitos e muito caros.

Uma hora... Uma hora e meia...

Noite fechada. O jantar já estava esfriando na cozinha, entre criadas impacientes, quebrando pratos, com ódio...

Desisti. Desistimos: eu e os trinta ou quarenta pretendentes ao belo veículo.

E todos os táxis, aqueles que estacionam na aléia inclinada do Anhangabaú, ao lado do Automóvel Clube, foram chamados, ocupados, e partiram, em fila, com gente triste dentro, como se acompanhassem um enterro: o enterro de uma esperança morta...

Mas, assim que o último da fila enveredou pelo Viaduto do Chá, na outra extremidade da ponte trêmula surgiu, irritante, malvado, zombeteiro, o grande e luxuoso ônibus.

Era mais ou menos assim, no conto de Villiers de L'Isle-Adam: alimentava-se a esperança do prisioneiro, para torturá-lo com a decepção.

Esses carros aparecem, de vez em quando, para nos convencer de que de fato existem. Animados com essa perspectiva, gastamos tempo, paciência e bom humor à espera deles. E só depois, no momento do desespero, quando a bandeirinha fatal do taxímetro já baixou como a lâmina de uma guilhotina, é que se ouve, no horizonte citadino, o riso mecânico, explosivo, irônico e inquisitorial, do carrasco.

Por que essa tortura?

Siga comigo, leitor, a associação de idéias que, durante o trajeto em táxi, foi se desenrolando no meu cérebro:

– Esperança – Raio de esperança – Raio – Luz – Ônibus ingleses – Luz em inglês – Light... LIGHT!

"*Fiat Lux*"! Aqueles ônibus pertencem à Light! São, pois, máquinas de suplício. A Light: eis aí o inquisitor-mor, o verdugo, o farricoco do novo conto de Villiers de L'Isle-Adam!

URBANO

Legítima defesa

Quarta-feira, 21 de março de 1928

Numa de minhas últimas crônicas, recomendei aos meus leitores o prudente alvitre de se colocarem no meio da rua para evitar desastres de automóveis, por ser esse o único lugar em que aqueles veículos – que agora costumam invadir lares, jardins, igrejas, etc. – não cometem crimes.

Como se vê, o meu argumento era considerável, e o meu conselho, sincero, justo e bem intencionado.

Mas um de meus leitores – o sr. Josué Rocha – sublevou-se contra essa minha naturalíssima idéia, contra essa minha sábia recomendação – e escreveu-me uma imensa carta que é uma verdadeira explosão. Sou bom grafólogo: acompanhei, pela sua letra, todo o gráfico, toda a curva de desenvolvimento do ódio na sua alma, como um astrônomo segue, no cilindro reticulado de um cismógrafo, o desenvolver de um terremoto. A letra começava deitada, fininha e melíflua; depois, levantava-se um pouco, dolorida, trôpega como um doente impertinente que se ergue da cama; em seguida, ficava toda de pé, arrepiada, áspera, dura e ameaçadora como um cano de revólver; e, afinal, de repente, estourava em borrões horrendos, em que a pena Mallat visivelmente se estraçalhou sobre o papel. Havia até, perto da assinatura, vestígios sangüíneos.

O sr. Rocha arranjou todo esse ódio epistolar, só para me dizer que seguiu, num momento de loucura – o pior momento de sua vida –, o meu ignóbil conselho. Colocou-se, de tarde, no cruzamento da avenida Paulista com a rua Augusta, muito calmo, muito confiante nas minhas palavras, e começou a ler um jornal enorme. Duas horas depois, sentiu-se inexplicavelmente arremessado de encontro a um poste e, gravemente contundido na cabeça e na alma, foi medicado na Polícia Central. Culpa-me o sr. Rocha desse desastre e promete, logo que se sinta com coragem e decente aparência física, propor contra mim uma ação de indenização.

Desde já declaro ao sr. Rocha que não pagarei um só vintém pelo que quer que tenha despendido com as suas macacoas. Eu me referia a automóveis:

e o sr. foi visivelmente colhido por um "camarão". Portanto, não tenho nada com o peixe.

URBANO

Para os estudantes

Sexta-feira, 23 de março de 1928

De há alguns dias para cá, a cidade cinzenta de *spleen* – cujas únicas notas coloridas eram o vermelho dos "camarões" e de certos rostos briosos que coravam de vergonha diante de certas cousas – aparece salpicada de cores pequenas e múltiplas, como as boninas matutinas que, para rimar, enfeitavam as campinas nas poesias cretinas do século passado.

Mas, felizmente, não são boninas. São cabecinhas moças e tontas que passam, sob uma exígua lã vermelha, azul, verde, roxa, amarela, *marron*... São as "boinas bascas", que escorregaram dos desfiladeiros frios dos Pirineus e vieram para aqui, viver no escaldado entusiasmo dos estudantes de S. Paulo.

Gosto desse distintivo novo. É mesmo novo: tem mocidade e tem alegria. E gosto, principalmente, porque não é oficial. Não é obrigatório. É livre. É facultativo. É à vontade do freguês.

Que horror, as cousas oficiais! Uma cousa deixa de ser bonita e mesmo de significar alguma cousa, no dia em que se oficializa. Um cravo, por exemplo, fica feio, inodoro e murcho na lapela de um senador. Um fraque, que podia ser elegante e útil, hoje é uma cousa preta, odiosa, desprezível. Serve só para cerimônias; não serve mais, absolutamente, para um *flirt*, por exemplo... O "Tenho a honra de levar ao conhecimento de V. Exa.", o "Saúde e fraternidade", etc., não significam mais cousa alguma. São palavras oficiais. Um hino patriótico, que devia ser alegre e entusiástico, cantado num dia de solenidade cívica, torna-se uma cousa inexpressiva e triste. O retrato a óleo, de um homem ilustre, é uma obra de arte enquanto não foi inaugurado oficialmente na sala de uma secretaria de Estado...

Que horror as cousas oficiais!

URBANO

O mistério da Várzea

Sábado, 24 de março de 1928

Ali, na Várzea do Carmo, em frente ao Palácio das Indústrias – naqueles poético jardim de S. Paulo, que os balões do Gasômetro, quais lírios cândidos, perfumam – está há tempos concentrada, num só ponto, a atenção de milhares de cidadãos. Estetas, jogadores profissionais, apostadores, *book-makers*, curiosos têm os olhos pregados numa armação de madeira coberta de pano branco esticado, velando um pedestal importante de granito róseo. É uma *boite à surprise*. Evidentemente, sabe-se que vai sair dali um monumento, ou, pelo menos, uma estátua. Mas, que espécie de monumento ou estátua? E de que qualidade e quantidade? Mistério.

Há, a propósito, palpites, apostas, discussões, profecias, polêmicas, e até mesmo brigas. Eu, de minha parte, confesso que estou desconcertado. Não posso fazer a mínima idéia do que se está preparando ali. Tenho observado, naquele lugar, certas cousas que só servem para me desorientar e inquietar. Enormes caixões de madeira chegam ali quase que diariamente: são abertos, tiram-se-lhes de dentro grandes peças de bronze que imediatamente são guindadas para trás do velário intrigante. Pelas partes desconexas que até agora, a muito custo, consegui lobrigar, sou incapaz de imaginar o todo. Não sou Cuvier[48] que, da simples impressão de uma unha deixada numa lousa paleontológica, deduzia e reconstituía o bicharoco inteiro. Também não sei jogar *puzzle*: não tenho paciência para, juntando pedacinhos arbitrários de um desenho recortado, reconstruir a estampa completa. E duvido mesmo que haja quem, com os poucos dados que possuo a respeito desse mistério da Várzea ("O Mistério da Várzea" – que lindo título para um romance policial!), possa fazer uma pálida idéia da obra que vai sair dali. Não vejo, entre eles, relação alguma. A primeira peça que me caiu sob os olhos foi a estátua de uma Vestal clássica. Tempos depois, vi carregarem lá para cima uma roda dentada. Depois, um Rei Assírio, muito digno e muito barbudo. Depois, um índio nacional. E, afinal, ontem, um grande bode de bronze.

Estou ficando com medo.

URBANO

---

48. Georges Cuvier, zoólogo e paleontologista francês (1769-1832), criador da anatomia comparada e da paleontologia. O mistério a que o cronista se refere será desvendado na crônica de 4 de maio: *Monumentos*.

"Tourismo"

Domingo, 25 de março de 1928

Encontrei ontem, numa destas ruas, um homem inesquecível, que conheci, há uns oito anos, no sertão do Piauí. Disse "inesquecível", porque este bom amigo acabava de tirar quinhentos contos na Loteria de Santa Catarina. Mas isto não tem importância, nem para mim, nem para ele. Só interessa ao leitor.

O ricaço pagou-me um cafezinho "expresso" (200 réis) e contou-me que estava em S. Paulo há duas horas apenas, tendo já despendido, para conhecer a cidade toda, uma importância igual àquela: 200 réis! Estranhei, a princípio, aquela afirmação; depois fiquei com ódio e, afinal, exigi uma explicação decente:

– S. Paulo é uma grande cidade! O senhor não poderia ter visto tudo em duas horas, gastando apenas 200 réis! Isso, se não é mentira, é desaforo!

O homem sacou do bolso traseiro um isqueiro que me assustou: esfregou, um contra o outro, os dois paralelepípedos fogosos; acendeu o seu goiano de palha; coçou a cabeça empoada (estilo século XVIII), etc. Enfim, explicou o mistério.

O que ele afirmara no começo não era mentira nem desaforo: era só verdade. Ele estava andando a pé pelas proximidades da Mooca, quando viu um bonde. Chamava-se "Tamandaré". Simpatizou com o nome e com o número – 41, que era a dezena final do seu bilhete premiado. Tomou-o, sem discutir o preço. Andou uma hora, por aí. Passou por pontes e túneis, becos e avenidas, jardins e abismos. Viu tudo. Viu S. Paulo inteirinho, sem sair desse bonde. Quando percebeu que estava, de novo, no ponto de partida, desceu e veio a pé até o centro, para pagar-me um cafezinho.

Despedi-me do homem e refleti muito tempo sobre o bonde "Tamandaré". Realmente, um bonde útil. Ótimo para *touristes*. E foi o homem do Piauí quem descobriu essa preciosidade. É pena serem tão raros...

"Manda buscar outro,
Meu bem!
Lá no Piauí..."

Outro bonde ou outro boi. É a mesma cousa. Tudo questão de "tourismo".

URBANO

Um bom alvitre

"To be or not to be..."
(SHAKESPEARE)

Terça-feira, 27 de março de 1928

– Cairá ou não cairá?
– O Monte Serrat?
– Não: o Viaduto do Chá[49].
– "*Chi lo sá*"?

A minha opinião é que cairá. Sou otimista. E jornalista também.

---

49. O antigo Viaduto do Chá, idealizado pelo litógrafo e publicista francês Jules Martin, foi inaugurado em 1892. O novo Viaduto, obra do engenheiro Prestes Maia, foi inaugurado em 1936.

Como otimista, espero que a velha ponte tenha o bom senso de desmoronar já, enquanto é tempo, enquanto a população e o tráfego são apenas de 930.000 habitantes, 21.000 automóveis, algumas bicicletas, poucos ônibus e raríssimos bondes. Mais tarde, daqui a alguns anos, creio que será pior: haverá mais mortes e maiores prejuízos.

Como jornalista, conto certo com essa hecatombe para poder encher várias colunas de jornal, durante semanas e semanas, e ganhar um pouco de dinheiro com isso.

"Nunca deixes para amanhã o que podes fazer hoje" – foi sempre o meu lema e o meu conselho. E muita gente tem-se dado bem com essa prática. Um conhecido meu, por exemplo, consultou-me, em fevereiro do ano passado. Ele fazia anos a 2 de novembro e esperava ganhar nesse dia – antiga promessa do seu sogro – um saca-rolhas moderno, elétrico, muito aperfeiçoado, e que se tornava absolutamente indispensável na sua vida. Mas esse aparelho era, naquele momento, inadiável, era urgentíssimo. Aconselhei-o a fazer anos em fevereiro mesmo. Ele assim o fez – e ganhou o saca-rolhas. E fez muito bem, porque nos últimos dias de outubro faleceu repentinamente.

Mas o Viaduto parece que não quer seguir esse bom conselho. Ele pensa assim: "Nunca deixes para amanhã o que podes fazer depois de amanhã". É a desculpa dos indolentes, dos fracos, dos incapazes e dos pândegos. A célebre ponte está brincando conosco, está zombando de nós. Quando um homem prudente passando por ela resmunga: "Vai cair!"; ela responde: "Nem tudo que balança cai!" Ao contrário, quando um indivíduo ousado e confiante murmura, ao passar por ali: "Não há perigo!"; ela retruca, em surdina: *"Eppur si muove!"*[50] É uma perversidade, uma brincadeira de mau gosto. Ameaça sempre – e nada de tombar! E, com essa condenável atitude, o Viaduto leva o desespero, o desânimo ao amargurado coração dos suicidas, que acabam recuando, desistindo, renunciando dolorosamente aos seus intuitos.

Sou de parecer que, para pôr cobro a esse estado insuportável de dúvida, para evitar inúteis despesas com custosíssimas vistorias, deve-se experimentar assim a grande ponte: – Convocam-se todos os bondes, "camarões", caminhões, irrigadores, coches fúnebres, carros-de-bombeiros e de bois, tratores, cilindros, locomóveis e outros veículos pesados, para uma reunião em cima da ponte, em dia e hora previamente determinados. Se cair, caiu. Se não cair, não caiu. Só assim poderemos, seja qual for o resultado, ficar tranqüilos, livres daquelas dúvidas ou daquela ponte.

URBANO

Não

Quarta-feira, 28 de março de 1928

Sobre esta pequena e agradável palavra – "não" – o padre Vieira escreveu cousas tremendas. Entretanto, no tempo desse sacerdote ainda não havia ônibus.

---

50. "Não obstante, ela se move!": palavras atribuídas a Galileu ao ser condenado pela Inquisição por defender o sistema heliocêntrico de Copérnico.

Sempre ignorei a etimologia de "ônibus". Ontem fui à rua Tamandaré e consultei o filólogo Fagundes. Ele explicou-me que "ônibus" vem do latim [*omnibus*] e quer dizer "para todos". Estranhei, por vários motivos, essa explicação. Em primeiro lugar, porque nem todo o mundo dispõe de 1$ ou de $400 para entrar num desses coches da Light ou da Mooca. Em segundo lugar, porque nunca soube que a revista *Para Todos*, do Rio, onde os ônibus abundam, houvesse intentado qualquer ação de marca de fábrica contra esses veículos. Em terceiro lugar...

Mas este terceiro lugar é o mais importante. É ele que vai elucidar aquela história que escrevi lá em cima, sobre o padre Antônio Vieira. Em terceiro lugar, porque nem todo o mundo, mesmo dispondo de dinheiro, pode, quando o deseja, andar de "ônibus". As mais das vezes, o homem apressado e "taxífobo", que espera uma daquelas máquinas, com o coração aos pulos, ao vê-la aproximar-se e ao dar o sinal de parar, recebe do *chauffeur* um "não" mímico, assassino, aniquilador, pulverizador. E desenrolam-se dois espetáculos diferentes e simultâneos: – uma tragédia na esquina, e uma comédia dentro do "ônibus". Personagens da tragédia: o homem ou a família que esperava o veículo. Ódios pavorosos; guarda-chuvas brandidos como floretes; punhos fechados ameaçando socos; pragas medonhas empestando o ambiente; vontade de matar comprometendo purezas de almas... Personagens da comédia: o *chauffeur* e o condutor, que, depois do gesto "não", dão risadinhas zombeteiras e ridicularizam os trágicos da esquina. Todo o "ônibus" goza e estoura de rir.

Eu estou pensando no que haveria de dizer sobre o "não" um padre Vieira destes dias.

URBANO

Noturno paulista

Quinta-feira, 29 de março de 1928

Depois do jantar.
O centro luminoso de "Chevrolet", "Formicida Júpiter", "Salitre do Chile", "O bom Oldsmobile", *bars*, cafés e cinemas atrai as digestões burguesas. Na praça do Patriarca há homens tristes, de mãos nos bolsos da calça, ouvindo rádio e lendo os telegramas e anúncios do jornal-luminoso. Os bondes chegam e partem vazios da solidão provisória e inacabada do largo da Sé. Alguns automóveis despejam elegâncias dentro do Cine São Bento. Lá, na *rive gauche* do Anhangabaú, além-viaduto, o Sant'Ana e o República chamam fanáticos e namorados.

Onze horas da noite. Os cinemas esvaziam. Os pneumáticos silenciosos dos "P" escorregam para a Higienópolis de janelas fechadas. Entram pares e ímpares nas casas de chá da rua Barão de Itapetininga. As latas de cravos colorem inutilmente as calçadas sozinhas do teatro Municipal. Carlos Gomes compõe um noturno de bronze. Alguns poetas da cidade olham com lentidão para os tapumes altos de um arranha-céu nascituro e nefelibata – e ficam sonhando com Chicagos possíveis.

Meia-noite. Apagam-se os *bars*. Apagam-se os cafés. Apagam-se os cartazes elétricos. Ninguém. Ninguém mais na perspectiva das ruas que ficam mais estreitas e mais tortas sob a noite imóvel. Ninguém? Não. Ainda há um rapaz da imprensa que ousa passar depressa, assobiando ou pisando forte: fazendo barulho, para não ficar com medo. E ainda há nas esquinas um fantasma branco vendendo às estrelas salsichas e outras *delikatessen*...

Duas horas. Chocalhou e sumiu o último "Recolhe". Como um desespero, o olho amarelo dos postes de sinal. Nada mais.

Noturno paulista...

Noturno da cidade que não existe de noite...

URBANO

Pena de morte

Sexta-feira, 30 de março de 1928

Eu nunca fui partidário da pena de morte. E nunca o serei, nem que me matem. Acho que a morte é um bem e que não se pode razoavelmente premiar o mal com o bem.

Mas esta é uma opinião mais ou menos isolada, que os homens – exceção feita dos carrascos, dos proprietários de empresas funerárias, dos coveiros e do signatário desta crônica – não compreendem ou não aceitam. Não compreendem ou não aceitam principalmente aquela minha primeira premissa: a morte é um bem. E é por isso mesmo, por causa dessa incompreensão ou dessa recusa, que a pena de morte tem produzido resultados satisfatórios nos países que a adotam. Os homens, em geral, vêem na morte o castigo maior, o mal máximo. Um alfange, um pelotão de fuziladores, uma forca, uma guilhotina, uma cadeira elétrica, um médico, etc. são cousas apavorantes que a humanidade teme, respeita e procura evitar. O nosso instinto de conservação é cego. É capaz de tudo. Foi ele que inventou, por exemplo, um instrumento degradante, destinado a evitar a morte dos defluxos, resfriados ou submersão: o guarda-chuva. O guarda-chuva é a manifestação mais grosseira do instinto de conservação.

....

Percebo que estive divagando. E – o que é pior – sem espírito e inutilmente.

Quando eu alisei, sobre a minha mesa de trabalho, as tiras de papel em que lancei, sem querer, essas considerações; quando eu mergulhei 29 vezes a pena paralítica no tinteiro avaro; quando eu fumei, insensivelmente, oito cigarros, atirando os olhos para cima, como se atira um laço, para agarrar um pensamento esquivo e um assunto arisco; quando, meia hora depois, consegui escrever no topo da primeira tira este título: "A Vingança dos Atropelados"; enfim, quando me dispus a rabiscar esta crônica, a minha intenção era comentar os recentes assassinatos de *chauffeurs*, na capital e no interior, e a conseqüente diminuição dos desastres de automóveis que se vinham repetindo com tão assustadora freqüência...

Agora, porém, já qualquer insistência sobre esse assunto me repugnaria, por desnecessária.

URBANO

Progresso?

Sábado, 31 de março de 1928

Dizem que "de hora em hora Deus melhora". Pode ser que isso seja verdade. Eu é que ainda não tive, nem em mim mesmo, nem nas pessoas e cousas que me cercam, a mínima prova da veracidade daquela máxima popular. Pelo contrário. A obra do tempo me parece sempre maligna. Sinuoso, lento, velhaco, o tempo piora sempre tudo: a calva de um ancião, como o toldo de um automóvel.

Eu ia fazendo estas considerações vadias, dentro de um táxi, há uns três ou quatro dias, sob uma das primeiras chuvas frias com que o céu costuma batizar, todos os anos, o áspero outono paulista. Lembrei-me maquinalmente (quando a gente anda numa dessas máquinas, tudo o que faz ou pensa é fatalmente maquinal) do passado. Um passado que ainda está perto. Aquele passado, aquele tempo em que os táxis de S. Paulo eram fechados. Os *landaulets* Berliet e Moto-Bloc. Eram carros lógicos, coerentes, adaptados ao nosso clima inquieto e variável como as mulheres do "*Rigoletto*". Táxis fechados... E "saíam" com 2$000. Discretos e baratos. Que é feito deles?

Um homem normal, equilibrado só toma táxi pela razões seguintes: – ou porque está com pressa, ou porque está chovendo, ou porque está "de aventura". Os *landaulets* satisfaziam perfeitamente a todas essas necessidades: – eram tão rápidos quanto os humildes Fords e Chevrolets destes dias; perfeitamente impermeáveis à chuva e até mesmo refratários à umidade, como os fósforos marca "Olho"; e absolutamente propícios a uma escapada amorosa, a um *"départ pour Cythère"*[51], furtando aos olhos curiosos dos indesejáveis as pequeninas felicidades ambulantes.

Pensem um pouco no que acontece a um homem destes dias, que por qualquer daqueles três motivos, toma um táxi. A tal pressa, eterna inimiga da perfeição, é quase sempre interrompida por um "grilo" implicante, uma porteira intrometida, ou um atropelado atrapalhante. A chuva e o frio entram livremente e livremente açoitam a alminha encolhida que vai ali dentro. O *chauffeur*, quase sempre comunista, em comunhão e contato direto com o freguês, torna-se um *voyeur* importuno, quando não exige, sob pena de escândalo público, uma gorjeta milionária ou um *ménage à trois*...

Enumerei apenas três motivos por que um cidadão entra num táxi. Saltei o quarto, o mais importante: – para acompanhar enterros. Para este efeito, então, os táxis fechados eram incomparavelmente superiores aos atuais. Ocultando suficientemente o passageiro, facilitava-lhe a fuga, no meio do caminho, sem ser visto, antes de chegar ao cemitério.

Digam-me, por favor, se, em matéria de táxis, é ou não verdade que "de hora em hora Deus melhora"? Mas que não me venha responder à pergunta qualquer *chauffeur* de praça. São suspeitos. Para eles sei eu muito bem que quanto mais horas passarem, tanto melhor...

URBANO

---

51. Ou *embarquement pour Cythère*, do pintor e gravador francês Antoine Watteau (1684-1721). Citera, ilha grega consagrada a Vênus, tornou-se, na linguagem poética, a pátria alegórica do Amor.

1º de abril

Domingo, 1º de abril de 1928

Hoje é o dia consagrado à mais divina de todas as criações humanas: a mentira. Irmã gêmea da verdade, ela é a Gatinha Borralheira que fica em casa, sonhando com príncipes impossíveis e fadas irreais; enquanto a outra vai ao baile no palácio: vai dançar com Platão e com todos os matemáticos da terra. Cinderela é bonita; a irmã é feia. Mas há, neste mundo, duas espécies de homens: homens de bom gosto e homens de mau gosto. É o que explica ainda a existência da verdade.

Todo o mundo, em S. Paulo, vai produzir, hoje, uma mentira. É este, aliás, o único dia do ano em que se permite essa liberdade. Os telefones vão tocar, de minuto em minuto, anunciando assassínios à Polícia Central ou dando alarme de incêndio no Corpo de Bombeiros. Os "grilos" vão apitar, por brincadeira, para automóveis inocentes; e pesadas multas vão ser impostas, por troça, contra motoristas impolutos. As casas comerciais vão marcar preços ínfimos nas mercadorias expostas, para atrair o freguês distraído e "pregar-lhe uma boa" no ato do pagamento. Um bonde, pelo menos, aparecerá, no Triângulo, com o letreiro "Higienópolis", mas, ao chegar, apinhado, ao largo de S. Bento, tomará, a toda velocidade, rumo da "Casa Verde". Uma quadrilha de ladrões vai penetrar, à noite, na casa-forte de um banco, só para provocar, no guarda noturno, um susto, a dinamite. Um grande enterro há de subir a rua da Consolação, com um homem vivo no esquife, o qual, no momento da inumação, saltará para fora, dando gargalhadas dos seus amigos tristes e enlutados. O Observatório Astronômico afixará um boletim cujas previsões, contra a expectativa geral, darão certo. A Câmara Municipal, apesar de ser domingo, se reunirá e vários projetos urgentes serão discutidos e resolvidos diversos problemas vitais para a nossa população. E o sr. Urbano, redator desta seção, publicará uma crônica em que dirá muitas cousas sérias e verdadeiras.

URBANO

Palpites

Terça-feira, 3 de abril de 1928

Apareceu, há dias, na praça Antônio Prado, à tarde, o primeiro automóvel-frigorífico, para a distribuição de peixe à cidade. Ajuntou gente. "Ajuntar gente" é uma cousa terrível e importante. A maior parte dos homens não tem medo de inimigos, nem de ladrões, nem de síncopes, nem de atropelos no meio da rua. Todas essas cousas podem aparecer ou acontecer à vontade: não fazem mal. O que faz mal, o que é horroroso, o que é preciso evitar é "ajuntar gente". Ah! os comentários ou a explicação às massas! E é esse um mal quase sempre inevitável. Porque as multidões dividem-se em dois grupos: as vítimas e os basbaques.

Ora, o novo carro frigorífico não pôde evitar um ajuntamento. Parou, ou, antes, "fundeou" junto à "Ilha dos Prontos", e, incontinenti, foi cercado por uma multidão surpresa, falante e gesticulante. Pessoas ocupadíssimas, com grande sacrifício e sublime estoicismo, deixaram os seus afazeres para virem ali comentar.

O carro era branco, hermeticamente fechado e tinha lá em cima, recortado em folha de Flandres, um enorme peixe colorido, novo, bonito, fresco, apetitoso (era sexta-feira, e da Quaresma). Como se tratava de peixe, aproximei-me também para pescar opiniões. E fiquei fortemente intrigado com o que ouvi. Ao invés de perguntarem, como seria natural, "o que será?", os comentadores, intérpretes e exegetas entreolharam-se inquietos e interrogavam:

– Qual será?

Esquisito! Procurei aprofundar aquele mistério. E pouco a pouco foi-se-me iluminando a compreensão. Uma frase, sobretudo, lançou o primeiro raiozinho de luz no meu espírito. Um homem gordo, de cartolinha, sussurrou ao ouvido de um magro, de colarinho listado verticalmente:

– Tubarão não há. Lambari, tampouco... Se ao menos houvesse, na lista, um martim-pescador...

Ao que o magro retrucou:

– É preciso refletir e deduzir. Por exemplo: – Frigorífico... gelo... Pólo Norte... Urso branco... Urso! Ou então: Peixe... água... água-doce... rio... jacaré!

– É isso mesmo! Eureka!

E, a este brado, todos os circunstantes, instantaneamente, como que num pânico irresistível, entram num *chalet* de loterias e "carregaram" no urso e no jacaré.

URBANO

Comidas

Quinta-feira, 5 de abril de 1928

Às vezes, eu adoto a prática virtuosa do bom Santo Onofre. Este humilde servo do Senhor retirou-se à Tebaida, para fazer penitência. Viveu, peludo e seminu, no fundo de uma caverna. E aí o demônio da gula vinha tentá-lo. Apresentava-lhe pratos cheirosos e fumegantes, e baldes de prata cheios de vinho, com blocos de gelo flutuando... De vez em quando, Santo Onofre fraqueava um pouco, oscilava e caía em tentação. Estendia às guloseimas os braços magríssimos, mas imediatamente sentia queimaduras horríveis e um cheiro infernal de enxofre. Percebia, então, que tinha pecado e – zás – desancava-se a golpes de azorrague, dando uivos no fundo da furna.

Ora, eu também, quando peco por gula, costumo penitenciar-me. Mas não a golpes de açoite. Sou mais severo e mais moderno que o angélico anacoreta. Quero dizer que quando sinto ganas gastronômicas, vou a um restaurante. Com isso, entretanto, não pretendo insinuar que as comidas das nossas casas de pasto sejam inferiores, menos provocantes que as suculências da Tebaida. Não é isso. É que os outros anacoretas que me cercam tiram-me por completo, com o menor e mais simples gesto, o maior e mais complicado apetite que eu possa ter. E nisto consiste o meu castigo: ir a um restaurante, expor-me voluntariamente às provocações da *bonne chère* e, depois, não comer absolutamente nada.

Geralmente, em S. Paulo, come-se muito mal, em público. O *gourmet* de restaurante, como todo verdadeiro artista, mergulha de tal maneira na sua arte, que chega a abstrair-se totalmente do mundo exterior, agindo como se estivesse sozinho, entre quatro paredes. Conheço um velho imensamente barbudo, que, cada vez que sai de uma casa de pasto, leva para a sua casa, ao invés de barba, uma árvore de Natal.

Mas não preciso insistir em detalhes. Ninguém ignora as cousas de que é capaz um homem que se sente só, entre quatro paredes. Para evitar esses espetáculos repugnantes e prejudiciais ao apetite das pessoas bem intencionadas, eu imaginei uns pequenos biombos, que, colocados sobre a mesa, em frente dos fregueses desatentos, furtá-los-iam à indiscreta observação dos atentos. Excelente medida conciliatória para todos. Expus a minha idéia ao proprietário de um restaurante que costumo freqüentar; mas este senhor repeliu com energia os meus biombinhos, sob o falso pretexto de que, além de dispendiosos e de facilitarem a fuga de fregueses pouco escrupulosos, seriam vexatórios.

Urbano

Do passado

Sexta-feira, 6 de abril de 1928

Semana Santa...

O que me lembra este perfume antigo de incenso e de cera... Tanta cousa!

Ali, na rua Direita, onde estão aqueles quatro andares de cimento, cheios de vitrinas, de vaidades, de pressas, de lutas, de bacharéis; ali mesmo havia, ainda há pouco tempo, uma velha casa rasteira, quadrada, simétrica, incoerente naquele lugar moderno, como uma Nossa Senhora na parede de um *tea-room*. Beirais largos, paredes cor de pinhão pintadas a óleo, uma erva brava nas goteiras de zinco aparentes... O bom, o legítimo colonial, grande demais para a imaginação exígua dos arquitetos colonialistas de hoje.

Nessa casa moravam umas velhinhas parecidas com ela. Gorgorão de seda, toucados pretos de lantejoulas, *fichu*... E um perfume, um bom perfume de alfazema e vetiver...

Os homens de dinheiro, coçando esperanças nos bolsos gordos, olhavam com gula para a casa acaçapada, inexplicável e impossível entre prédios altos. E vieram propostas ladinas, ofertas manhosas. As velhinhas ouviram até falar numa cifra de sonho: mil contos... Mais: dois mil. E mais, e mais... Não quiseram. Não valia a pena. Para quê? Estavam tão velhinhas já! E não podiam mesmo fazer negócio. Aquela casa, naquele ponto, tinha para elas um único fim e um único valor: servia só para verem, dali, a Semana Santa. Que bonito! Colchas de damasco nas janelas baixas... Folhas de canela nas calçadas... A procissão: anjos, virgens, opas, luzes, matracas, o pálio oscilante... E, atrás, a multidão convencida escorrendo, apertada, lenta, grossa, oleosa como um rio de azeite...

Passou.

Passou de uma vez. Não houve mais procissões pela rua Direita. Por isso, a casa perdeu o valor.

Os homens de negócios diziam que valia agora quatro mil contos! Histórias! Não valia mais nada.

E as velhinhas venderam-na por qualquer cousa.

E nunca mais apareceram, na rua Direita, aqueles vestidos pretos, piedosos, pesados, da nobreza farfalhante...

URBANO

Um homem como muitos

Domingo, 8 de abril de 1928

– Como eu ia dizendo...
Ouvi esta frase anteontem à noite, na porta da igreja da Boa Morte. A pessoa que a pronunciou estava reatando uma conversa que tivera comigo exatamente há um ano, um ano eclesiástico: foi na Sexta-feira Santa de 1927.

Há, em S. Paulo, como em toda grande cidade, pessoas que só aparecem em certas ocasiões. Geralmente, uma vez por ano. Aquela é uma das tais. É um homem altíssimo (creio que se chama sr. Alvim), de sobrecasaca preta, barba da mesma cor e um chapéu misto na cabeça. Entendo por chapéu misto um resultado híbrido do cruzamento da cartola com o chapéu-coco: uma cousa alta, fosca, cilíndrica, porém arredondada nos bordos superiores. É suave: não tem arestas nem brilhos fortes. Esse senhor só aparece uma vez por ano: pela Semana Santa. É muito meu amigo. Mas, apesar da intimidade anual que existe entre nós, eu absolutamente nunca saberia nem poderia dizer em que é que ele se ocupa ou onde passa os restantes 358 dias do ano. Um mistério. Já consultei, a respeito, alguns livros sábios; e houve um tempo em que tive propensões a crer que se tratava de um caso típico de licantropia: aquele homem costumava virar lobisomem e, sob este aspecto selvagem, passava despercebido no meio da multidão. Tive, porém, de abandonar essa hipótese, por dois motivos ponderosos: em primeiro lugar, porque um homem tão religioso como esse não poderia ser um mísero joguete nas mãos do demônio; e em segundo lugar, porque um lobo é um animal mais ou menos raro nestas terras e não conseguiria, de maneira alguma, andar livremente por aí sem ninguém dar por ele, e nem sequer ser pegado por um homem de negócios para ser exposto aos ingênuos no Jardim da Aclimação.

Estou seriamente preocupado com o caso. Hoje, devo encontrá-lo pela última vez, este ano. Estou disposto a perguntar-lhe tudo, a abrir-lhe o meu coração e a minha curiosidade. Mas receio muito que ele, iniciada a explicação, tenha que interrompê-la por um motivo qualquer e só em 1929 me aborde de novo, à porta da igreja da Boa Morte, para sussurrar-me:

– Como eu ia dizendo...

URBANO

Outono

Terça-feira, 10 de abril de 1928

Há uns quinze dias, as folhinhas anunciaram, como todo ano, a entrada do outono. E, sugestão ou hipersensibilidade, ilusão ou realidade, a gente de S. Paulo começou logo a sentir os primeiros estremecimentos indecisos, os primeiros calafrios úmidos. Conseqüências desse *prémier frisson*: as vidraças começam a descer, e as contas de gás e luz começam a subir.

E, o que é ainda mais extraordinário, as mulheres começam a se preocupar muito com zoologia. Entre si – num chá, em casa, numa missa, na rua – só falam de coelhos, raposas, martas, zibelinas, búfalos, ursos brancos, bisões... A cabeça de cada mulher, um tanto diferente da cabeça de cada bicheiro, toma o aspecto de uma sala de museu zoológico onde figurassem todos os animais cabeludos que existem, exceto o belo animal doméstico vulgarmente conhecido pelo nome de marido. Este, então, não se conforma. Na sua inocência e no seu egoísmo paradisíaco, o homem só compreende que, em matéria de História Natural, uma mulher, quando não se interesse por ele mesmo, deverá entender apenas de galinhas, perus, leitões, bois, vitelas ou outros bichos mais úteis e menos intragáveis que uma raposa prateada, por exemplo. Daí, as freqüentes desarmonias nos lares. As mulheres insistem em querer uma zibelina; e os maridos teimam em dar dinheiro somente para frangos. Resultado: começam as donas-de-casa a economizar com aqueles bichos que odeiam, ajuntando dinheiro para comprar o animal felpudo dos seus sonhos. E todas as criaturas do lar – criadas, bebês, gatos, cachorros, maridos, etc. – têm que se submeter a um duro regime quase que exclusivamente vegetariano. Passados dois meses, quando todas as pessoas da família já estão suficientemente magras, e já oito ou nove empregados foram despedidos em estado de extrema debilidade, um belo dia, lá pelo fim do outono de púrpura e névoa, dá entrada no lar abalado pelo infortúnio um novo hóspede, desconhecido e hostil. À sua chegada, espalha-se logo pela casa toda um cheiro ativo de naftalina: perfume odioso que tem a econômica virtude de fazer desaparecer por completo o resto de apetite que ainda possa haver em alguns estômagos caseiros. E, de dentro de uma enorme caixa de papelão, surge, entre laçarotes de fita e papéis de seda, um bicho medonho, de uma antipatia irresistível. O cachorrinho põe-se a latir desesperadamente; o gato arrepia-se todo, fica muito alto e esconde-se sob o móvel mais baixo que encontra; as criancinhas, aos gritos de "Papão! Cuca!", penduram-se no pescoço da ama, com uma taquicardia quase explosiva; a mulher torna-se uma mãe quase desnaturada, abandonando os filhos e colocando, com uma carícia, em roda do seu pescoço de cisne, o animal revoltante... E o marido, o esfolado de que a mulher arrancou aquela pele, o pobre marido procura geralmente uma destas três cousas: a porta da rua, um revólver ou um médico. Mas, acaba conformando-se. E, alguns meses depois, quando vê o tal bicho transformado numa almofada, numa *descente-de-lit* ou mesmo num bom ensopado com batatas, sorri humoristicamente, superiormente vingado, e sai para a rua, torcendo o bigode e a bengala, e recitando:

"Era no outono quando a imagem tua..."

URBANO

300 réis

Quarta-feira, 11 de abril de 1928

A Light está querendo aumentar o preço das passagens de bonde. Tudo encareceu vertiginosamente, eletricamente, de 100% nestes últimos dez anos. Tudo, menos o bom bonde. Ora, isto não parece justo – diz a formidável empresa. A lei é igual para todos... Etc.

E rompe a campanha. De um lado, os respeitáveis acionistas da grande companhia, lançando a candidatura dos "trezentão"; de outro lado, o povinho, fazendo a propaganda dos "duzentão". Ora, no meu papel de jornalista independente, não posso tomar nenhum dos dois partidos. Também não posso abraçar o expediente comodista, isto é, ser eclético, tirar uma bissetriz, uma média, *"contenter tout le monde"*. Sou amigo das contas redondas. Sou um homem às direitas: detesto quebrados. Fixar as passagens de bonde em 250 réis é cousa que me repugna.

Por tudo isso, fui consultar e entrevistar sobre o caso uma grande autoridade na matéria: o eminente dr. Pedroso (cunhado do filósofo Fagundes, da rua Tabatingüera) e meu querido amigo e mestre. Expus-lhe pormenorizadamente o assunto. Ele ficou, durante umas três horas, num estado de profunda concentração, de catalepsia, de sono magnético. Chegou até a roncar na sua cadeira de balanço. De repente, deu um pulo, como quem acorda de um pesadelo, e gritou: "Eureka"! Eu também dei outro pulo. Nós dois pulamos. "Eureka"? Pensei, a princípio, naqueles dois líquidos misteriosos e miraculosos que servem para apagar erros gravíssimos e que têm sido a salvação de inocentes guarda-livros distraídos. Mas não era a isso que o dr. Pedroso se referia. Não. Era à sua solução felicíssima do caso.

Em resumo, eis como o sábio encara e resolve a questão:

– Penso que a Light tem e não tem razão. Tem razão, porque, como estão, as cousas não podem mesmo ficar. Tudo marcha, neste mundo! Tudo evolui. Tudo deve tender a aumentar, num meio civilizado. Não tem razão: em primeiro lugar, porque, no momento, o suspirado aumento, golpe inábil de finanças, poderia acarretar, para ela, sérios prejuízos: os seus passageiros, só de ódio ou por acidente, começariam a comprar automóveis caríssimos e ela se veria na humilhante contingência de ter que anunciar por aí, com imensos e dispendiosos cartazes, a sua mercadoria: "Tomem os nossos bondes! São os melhores que há no mercado", etc. Em segundo lugar, porque não há homem algum que tenha 300 réis no bolso. A gente tem 200 ou 400 réis. Não existem níqueis de 300 réis. E os de 100 réis, para fazer troco, são raríssimos. Concluo. De duas uma:

– Na impossibilidade de continuarem as cousas como estão, ou o governo terá que mandar cunhar moedas especiais de 300 réis, ou a Light deverá aumentar as passagens para 400 réis (o que me parece mais provável).

URBANO

O mimoso arranha-céu

Quinta-feira, 12 de abril de 1928

Um conselho prudente: – As pessoas que sofrem de coração ou as criaturas muito impressionáveis não devem se aproximar e olhar para o grande edifício Martinelli.

Estou adivinhando o gesto de uma porção de homens sensatos, ao lerem isto: eles dão um suspiro de alívio, aproximam mais dos seus olhos este jornal e estalam a língua, resmungando sorridentes:

– Arre! Até que afinal este senhor Urbano escreve uma cousa criteriosa! Tomou juízo o homem! Eu também nunca passei por ali. É perigoso. Pode desabar. Eu ainda não caí de um 23º andar; mas é bem possível que um 23º andar possa cair sobre mim. O subsolo de S. Paulo é frágil, impregnado de lençóis de água, e não pode suportar aquilo... Bom, útil conselho, o do senhor Urbano!

Entretanto, o sr. Urbano sente muito, mas não é propriamente a isso que ele queria se referir. Nem tudo, para ele, é Monte Serrat[52]. Para mim, o verdadeiro perigo que apresenta aos cardíacos e nevropatas o arranha-céu Martinelli é apenas uma questão de cor, e está ali, naquela esquina da rua Líbero Badaró, à altura do 7º ou 8º andar.

Eu me explico. Enquanto os altos e opacos tapumes ocultavam a promissora construção, todo o mundo olhava, cheio de ilusões e de ânsias, para aquela

---

52. Referência aos recentes desmoronamentos ocorridos nas encostas do Monte Serrat, em Santos.

boite à surprises, esperando com o coração aos pulos a maravilha que iria sair daquela montanha fabulosa... Agora, acaba de aparecer [um] camundongo, isto é, um pedacinho da tal maravilha: – O arranha-céu catita está pintado de cor-de-rosa, com persianas verde-periquito! Compreende-se, pois, facilmente, que as pessoas que sofrem do coração ou que são muito impressionáveis, possam vir a falecer ao ter essa dolorosa decepção.

Que cousa tão esquisita e tão surpreendente que é um arranha-céu cor-de-rosa, pintado a pó-de-arroz! Faz pensar, por exemplo, num submarino arranjado "fingimento-gôndola"; ou então numa locomotiva estilizada, com decorações Luís XV, XVI, XVII, XVIII, XIX, XX, conduzida por lacaios de calção e peruca empoada, com lanternas verde-jade acesas e um *brule-parfum* queimando carvões de Bichara dentro da chaminé *bleu Roy*...

Bonitinho!

Urbano

Novidade

Sexta-feira, 13 de abril de 1928

Na rua Benjamin Constant desmoronou ontem uma das últimas casas velhinhas do centro da cidade.

A Companhia Telefônica abrira, na calçada, uma funda valeta. E parece que estas obras, abalando os carcomidos alicerces da antiga construção, foram a causa, involuntária porém direta, do desabamento.

Eu sei que há uma porção de poetas modernistas que enxergaram logo no fato um símbolo, uma imagem sugestiva. E, antes que eles venham dizer por aí que o passadismo se esboroou à passagem ciclópica do modernismo vitorioso; antes que da sua caneta-tinteiro ou da sua Remington surja um poema perfeitamente intragável; eu, que não sou poeta nem modernista (graças a Deus!), vou, ladinamente, estragar, com esta crônica, todas as belezas de que aqueles bons vates estão se sentindo capazes.

Não há símbolo nenhum no desmoronamento de ontem. Aquilo foi apenas a amostra de um novo processo de desapropriação por utilidade pública. A velha casinha de taipa pintada a óleo estava estorvando as obras de alargamento da rua Benjamin Constant. Com certeza o proprietário não queria chegar a um acordo com a Prefeitura. Esta encarregou a Telefônica do trabalhinho e – pronto! Como se vê, sistema ultramoderno, rápido e eficaz.

Quando o sr., meu querido leitor, perceber que alguém está abrindo valetas no passeio da sua residência, corra depressa à Prefeitura, venda-lhe por qualquer cousa o imóvel. Porque, do contrário, já se sabe: é Monte Serrat pela certa!

Nessa matéria de desapropriações, a nossa Prefeitura tem uma divisa, um sábio aviso que previne antes de remediar. Esse seu lema será, muito em breve, posto em uso. Aparecerá em pequenas tabuletas vermelhas com grandes letras amarelas, penduradas nas portas dos prédios condenados. E será com receio que o proprietário lerá:

"Um dia a casa cai!"

URBANO

O feitiço contra o feiticeiro

Sábado, 14 de abril de 1928

A cidade anda infestada de "vigaristas". Todos os dias, os jornais noticiam novas proezas de homens sabidos contra homens inocentes. Novas? – Não. O nosso "fulastra" é pouco inventivo. Raramente sai dos já desmoralizados *trucs* da "guitarra", do "toco-mocho", do "grilo", do maço de notas na Estação da Luz etc. No entanto, o campo é vasto e oferece larga margem para fantasias e inovações.

Há poucos dias, descobri, num filme cinematográfico, uma idéia que me pareceu original e que me apresso em revelar aqui aos interessados. Tratava-se de um espertalhão, cuja especialidade consistia em vender a incautos os monumentos públicos de Nova York. Negociava-os com forasteiros riquíssimos do Kansas ou do Kentucky, passava as escrituras necessárias, perfeitamente legalizadas, e acabava docilmente trazendo ao chefe da quadrilha os cheques recebidos. Há, nesse filme, um momento em que o *gentleman* em questão deposita sobre a mesa do seu mandante dois grandes cheques, dá um estalido com a língua, esfrega as mãos num gozo íntimo, e anuncia com ênfase:

– Acabo de vender a Estátua da Liberdade e a Ponte do Brooklyn!

Ao sair do cinema, imaginei logo que era meu dever de cronista urbano comunicar depressa aos nossos "punguistas" a novidade, para que se servissem dela imediatamente.

E foi assim, e foi por isso, que comecei a escrever esta crônica.

Mas, chegado ao ponto em que estou, faço uma reflexão íntima que muito me atrapalha. Não será perigoso, para um larápio paulista, pôr em prática, nesta cidade, aquele ótimo expediente? Pensando bem, concluo que sim. Há um verdadeiro perigo nesse negócio, realizado aqui. Mas esse perigo não é, como muitos poderiam imaginar, a Polícia. Não há polícia que possa com certos homens inteligentes. O perigo, o verdadeiro e sério perigo está em poder sair roubado o ladrão. Pois, não se sentiria prejudicado aquele que vendesse, pelo que quer que fosse, certos preciosos e "impagáveis" monumentos que possuímos, como, por exemplo, a estátua de Bilac, o Viaduto do Chá, a Estação do Norte, ou aquela fonte de mármore da avenida São João?

URBANO

Ainda os 300 réis

Quarta-feira, 18 de abril de 1928

Comentei aqui, há poucos dias, o muito provável próximo futuro aumento no preço das passagens de bondes em S. Paulo. E, ontem, com grande atraso do Correio, recebi, datada de 11 do corrente, uma carta... feminina!

Parece incrível! Parece incrível que o Correio, habitualmente tão pontual, se atrase tanto assim; e que o sr. Urbano, habitualmente tão obscuro, receba uma carta de mulher!

Uma carta de mulher só poderia produzir em mim o efeito que produziu esta: deixar-me assanhado.

Sou um homem muito sensato; por isso, adoro, respeito e admiro as mulheres. Acho que elas têm muito mais juízo, muito mais critério, muito mais imaginação que os homens. A prova é que foram elas que inventaram o casamento, os mantos de *vison* de 45 contos de réis, os bebês, a galinha-de-molho-pardo, a viuvez e outras cousinhas adoráveis e simpáticas, que são o encanto, o consolo, a felicidade, a verdadeira razão de ser dos homens nesta vida. Por todas estas razões, deixo hoje de parte vários assuntos importantíssimos, de palpitante atualidade, para responder à carta que dona M... V... (sou forçado a ocultar, por enquanto, o nome da minha preciosa e única leitora e epistológrafa) teve a gentil idéia de me dirigir.

Dona M... V..., bem pesadas as cousas, não discorda propriamente de mim; discorda, sim, do jurisconsulto e eminente financista dr. Pedroso, único responsável pelas idéias e comentários aqui emitidos na crônica intitulada "300 réis". Pensa a minha inteligente missivista que "a Light não seria justa para com a população aumentando as passagens para 300 ou 400 réis". E, adiante: "O que a Light deveria fazer era fiscalizar rigorosamente os seus empregados e os seus fregueses, que absolutamente não correspondem à confiança que neles deposita a bondosa Companhia" ("Bondosa", aqui, é "bondosa" mesmo; não é, como poderia parecer à primeira vista, um derivado de "bonde"). Observa dona M... V... que a maior parte dos condutores de bondes não tem paciência nem memória suficientes para marcar todas as passagens recebidas; e também que grande parte dos passageiros é constituída de poetas, filósofos, astrônomos, surdos-mudos, cegos de nascença, enfim, de homens superiores, naturalmente abstratos, distraídos, que freqüentemente se esquecem de pagar os 200 réis devidos pela sua locomoção, ou que não podem descer a semelhantes mesquinharias. A Light que exerça rigorosa vigilância sobre empregados e fregueses, e verá que, sem ser preciso aumentar o preço das passagens, terá os seus cofres mais bem providos! – conclui dona M... V...

Ora, eu não gosto de discutir com senhoras; não gosto, principalmente, de discordar delas. Questão de prudência e instinto de conservação. Tenho muita confiança e muito medo de vassouras, vitríolo ou agulhas de *crochet*. Por isso, acho que dona M... V... deve ter razão. Acho mesmo genial a sua idéia. Refletindo bem sobre a solução por ela aventada, chego à conclusão de que a minha missivista visa apenas o bem público. É sutil, habilidosamente urdido o seu plano de defesa da nossa população. Eis como interpretei e compreendi o alvitre de dona M... V... – A Light já tem fiscais; são, porém, empregados que, para não darem prejuízo à Companhia, precisam ser fiscalizados por novos funcionários; e, pelo mesmo motivo, estes por outros, e estes outros por mais outros, e estes ainda por outros, etc. Mas, entenda-se, isto numa progressão crescente; quer dizer: para vigiar cada um dos primeiros fiscais serão precisos dois novos; para cada um destes, outros dois; para cada um destes, mais dois outros... e assim por diante, até que, um dia, todos os habitantes de S. Paulo sejam transformados em fiscais da Light. Ora, como esta categoria de funcionários tem passagem grátis nos carros, segue-se que toda a população paulistana andaria de bonde sem pagar nem um vintém! E, por cima, ainda ganharia pelo seu serviço de fiscalização.

Como se vê, apesar de diabólico, maquiavélico, trata-se de um plano magistral, admiravelmente bem organizado, com todos os característicos da ladina perspicácia e inteligência feminina. Aplaudo-o com frenesi.

URBANO

Manifesto ao proprietário do maior arranha-céu de S. Paulo

Sexta-feira, 20 de abril de 1928

Em nome do bom gosto, do bom senso mesmo, e mesmo da decência, várias pessoas me escrevem pedindo-me que proteste, aqui, contra a pintura, que continua rosa ou *fraise écrasé*, do grande arranha-céu Martinelli. Este edifício – dizem aquelas pessoas – era um de nossos orgulhos e a nossa esperança. Orgulhamo-nos de possuir, dentro em breve, o mais elevado *skyscraper* do mundo, fora dos Estados Unidos; e esperávamos vê-lo simples, moderno, natural, com a sua cor de cimento, sem disfarces, sem máscaras, sem fingimentos, expondo a todos a sua beleza inata e intrínseca, de que absolutamente não se poderia envergonhar. Entretanto, à proporção que os tapumes se vão despregando, as paredes vão surgindo, pintadas a *rouge* e pó-de-arroz, como uma criancinha que já precisasse esconder qualquer cousa.

Ora, não se compreende um *maquillage* num recém-nascido. Não é lógico. Não é útil. Não é bonito. Não é moral.

Isso é o que gritam todos os procuradores, advogados do bom gosto, do bom senso, da decência. Eu, porém, não tenho procuração alguma, de quem quer que seja. Por isso, sou insuspeito. Examino o caso, reflito, e chego à conclusão de que deve haver um forte motivo, uma razão de ordem superior para essa coloração aparentemente esdrúxula. E penso que descobri o tal motivo, a tal razão. Parece tratar-se de uma homenagem à colônia italiana, a cujo esforço deve S. Paulo grande parte de seu progresso material. O sr. Martinelli, não podendo fazer decorar a vermelho, branco e verde – cores do pavilhão italiano – o seu imenso prédio, por serem cores fortes, violentas, heráldicas demais, resolveu estilizá-las, modernizá-las, desbotando-as ou escurecendo-as um bocado. Assim é que o branco se conservou branco mesmo nos caixilhos das janelas; o verde escureceu-se um pouco nas venezianas; e o vermelho degenerou-se em cor-de-rosa, em *bois-de-rose*, nas paredes.

Deve ser isso mesmo. É uma idéia delicada. E acho, até, que ficam muito bem, em qualquer pessoa, esses sentimentos patrióticos. Eu, por exemplo, pretendo sair à rua, no próximo dia 15 de Novembro, metido num terno verde vivo, com uma camisa amarela e uma gravata azul estrelada de prata, gritando ao povo: "Ordem e Progresso!" E tenho certeza de que nenhum bom patriota ou nenhum psiquiatra me dará voz de prisão.

URBANO

Ainda o arranha-céu cor-de-rosa

Sábado, 21 de abril de 1928

Mera coincidência (o que é muito provável) ou efeito de minhas últimas considerações e reclamações nesta coluna (o que a modéstia não me permite supor), o fato é que, desde anteontem, já um gênio bom começou a substituir o insuportável cor-de-rosa e o incomodativo verde-periquito, que fantasiavam carnavalescamente o edifício Martinelli, por um *marron* neutro de sorvete de chocolate. Ainda bem! Dizem que *marron* não presta, não traz sorte, produz desgraça, etc. Não acredito. Acho até o *marron* uma cor apetitosa: gosto muito de cacau, de cabeças de fósforos, de mulatas e dos ternos do Fagundes da rua Tabatingüera. E, agora, por isso mesmo, começo a gostar também do palacete Martinelli.

"*Meglio tardi che mai!*" Não se poderia mesmo compreender que continuasse verde e vermelho aquele colosso. Se a Sociedade Anônima Martinelli fosse também agente do Lloyd Sabaudo, ainda teriam alguma justificativa aquelas cores. Sim, porque o edifício, então, ficaria sendo uma espécie de homenagem ou de *réclame* das três maiores unidades da importante companhia de navegação. E nem seria necessária uma sutilíssima hermenêutica para a interpretação do símbolo. É bem simples. As assustadoras proporções do casarão lembrariam logo o "Conte Grande", recentemente lançado e que já fez a carreira Gênova–Nova York; e as duas tão discutidas cores celebrariam condignamente o "Conte Rosso" e o "Conte Verde". (Só mesmo um daltônico, que confunde o verde com o vermelho, deixaria de perceber o símbolo.) E o emblema seria ainda mais completo, se o edifício terminasse por uma cúpula, em forma de coroa de conde: então, aquilo seria um verdadeiro brasão falante.

Mas, felizmente, o Lloyd Sabaudo nada tem que ver com o caso.

URBANO

Assim também, não!

Terça-feira, 24 de abril de 1928

O calçamento de S. Paulo é uma indiscutível necessidade. Só têm o direito de não reconhecer esta necessidade os britadores de pedra, os especialistas em calçamentos de ruas, os sapateiros e os vendedores de pneumáticos para automóveis (porque se toda a cidade fosse excelentemente calçada, esses bons homens morreriam de fome, roendo côdeas nas sarjetas impecáveis).

Ora, não me consta que algum dos habitantes da alameda Jaú, por exemplo, exerça qualquer daqueles ofícios. Por isso, sempre pensei que aquela gente devia ter ficado radiante de alegria quando, há um mês mais ou menos, viu caminhões descarregarem ali pedra britada, areia, paralelepípedos e operários. E, de fato, ficou mesmo radiante. Mas, a alegria, como a boa vida, mora em pratos rasos. Assim é que aquela pequenina felicidade transformou-se, logo depois de iniciados os suspirados trabalhos de calçamento, num inferno doloroso para os míseros habitantes daquela zona. E começaram a aparecer nos jardins, nos terraços, nas janelas dos *bungalows* catitas do bairro nascente, homens idosos, senhoras, senhoritas, crianças, criados, cachorros, etc., de ouvidos tapados por buchas de algodão, e olhar triste de quem está acostumado a ver almas do outro mundo.

Tenho um amigo, que mora por ali. Fui visitá-lo. Ele também estava de tampão nas orelhas. Perguntei-lhe 14 vezes o que significava aquilo. Na 14ª vez ele parece que conseguiu ouvir a minha pergunta e limitou-se a responder-me:

– Venha por aqui!

Acompanhei-o ao jardim. Saímos até a calçada. Então, ele apontou para qualquer cousa, no meio da rua, explicando, com lágrimas na voz:

– Eis aí o nosso algoz! A causa da nossa coletiva desdita!

Olhei. Vi uma grande cousa indefinível, coberta por uma lona suja. Aproximei-me do monstro, levantei o pano e espiei. Era um locomóvel-cilindro. Espécie de locomotiva habitualmente descarrilada, com chaminé, sino, apito, "cartolinha" e tudo. Tinha também um imenso volante de toneladas de aço e, à frente, um rolo gigantesco de ferro. Esta máquina – explicou-me o surdo – trabalha no assentamento da base de macadame. Mas trabalha sem calma e sem educação alguma: fazendo barulho, como um peixeiro do mercado. Apita estrondosamente de minuto a minuto. São apitos perfurantes, que ensurdecem os habitantes da rua. E – o que é pior – apitos inúteis. Que uma locomotiva ou um bonde de Sto. Amaro apitem para que os bois ou os bêbedos saiam da linha, compreende-se. Mas aquilo... Quem é que ousa transitar por uma rua em obras? Quem, no mundo, poderia correr o risco de ser atropelado por um lento cilindro daqueles?

– Não há calçamento algum, de espécie alguma – rematou o meu amigo – que valha a destruição de uma trompa de Eustáquio!

URBANO

Uma armadilha

Quarta-feira, 25 de abril de 1928

Houve um tempo em que eu, como muita gente boa, atribuía a artes cabalísticas, a pactos com o demônio, a eletricidade. Um acumulador, uma lâmpada Edson, uma bobina de Rumkorff... eram cousas que me faziam recuar, persignar-me e negar o Credo. Um dia, porém, senti, pela primeira vez, a carícia da eletricidade: uma eletricidade meiga, besuntada de "Crême Pompeian". Foi isso durante uma massagem, na cadeira de um barbeiro. Familiarizei-me depressa com ela. Achei-a carinhosa, maternal mesmo: e adotei-a. Comprei uma máquina esquisita que me dava cafunés melhor do que uma mucama do Norte. E eu me entregava a ela, de corpo e alma, como uma graúna. Comprei outras cousas também. Comecei a comprar tudo quanto era elétrico: ventiladores, ferros de engomar e de frisar bigodes, aquecedores, fogareiros, etc. Cheguei até a querer comprar um bonde.

E assim, eletricamente, vivi vários anos de minha vida.

Um dia, li num jornal que, nos Estados Unidos, iam eletrocutar um homem. Comecei a ficar inquieto. Depois, soube que uma criancinha fora fulminada por uma faísca elétrica, e outra apanhada por um bonde; e, mais tarde, contaram-me que um operário acabava de morrer carbonizado por um fio descoberto, de alta tensão. Fui, uma vez, a um dentista, e ele aplicou-me a broca elétrica num dente.

Compreende-se facilmente, depois destas ocorrências todas, que era fatal o meu regresso ao terror primitivo. Entretanto, relutei; resisti, heroicamente. Até que ontem, afinal, não houve remédio: comecei, de novo, a odiar, temer e amaldiçoar a eletricidade. E o motivo dessa minha apostasia está ainda ali, no largo do S. Francisco, e há outros, por toda a cidade, pendurada a um poste da Light. É um caixão de madeira, bem grande, pintado de verde escuro e colocado exatamente sobre a calçada e à altura da cabeça de um homem meão. Dizem que aquilo é um cofre onde a Light guarda os níqueis que o bom povinho pinga nos bolsos dos seus condutores. Não é cofre. Aquilo é uma armadilha pérfida, destinada a promover cabeçadas, fazendo com que o freguês perca os sentidos e, nesse estado, entre num bonde, pague a passagem com uma nota qualquer e não exija troco!

URBANO

"*Porta Inferi*"

Quinta-feira, 26 de abril de 1928

Ontem, eu me referi, aqui, a umas certas caixas inexplicáveis e traiçoeiras, que a Light traz penduradas em certos postes, por vários pontos da cidade. E a elas atribuí o meu atual horror por tudo quanto é eletricidade.

Hoje, porém, refletindo melhor e mais calmamente, percebo que não foram só aqueles caixões que desmancharam em mim a admiração pelas cousas elétricas. Não. Há também "*algunas cositas más*". Há, principalmente, além daquilo, das contas mensais de luz, dos "camarões" e dos "pingentes", uma cousa terrível e misteriosa.

Essa cousa existe, por aí, pelo Triângulo, em plena calçada. Consiste numa espécie de alçapão, um buraco tapado por uma prancha de aço, que, de vez em quando, se abre, não se sabe para que fim. De dentro da cova insondável (ali, no largo do Tesouro, há uma que funciona freqüentemente) sai, num vento abafado e morno, um cheiro nauseabundo de barata. Disseram-me que esse perfume é o de um corpo gasoso, chamado "ozona", que faz muito bem às pessoas fracas de peito. Não acredito. Não acredito, nem que me matem, nem que me fulminem, nem que me dêem um choque elétrico. Para mim, aquele buraco é a porta do inferno: a "*porta Inferi*" em que Dante leu o seu "*lasciate*"..., e diante da qual eu murmuro, religiosamente, o meu cauteloso "*Libera nos*"... Aquele cheiro, aquele tal "ozona", é um bafejo que vem das caldeiras de Pedro Botelho: enxofre legítimo e bodum. Ou então... ou então, para os céticos, aquilo só pode ser a entrada de um subterrâneo clandestino, que a Light mantém, sabe Deus para que fins inconfessáveis!

Leitor amigo, procura evitar, com prudência, aqueles alçapões. Principalmente antes ou depois do almoço ou do jantar. Porque, francamente, aquele cheiro de barata não se parece nada com o amargo delicioso de um *cocktail* ou de qualquer tônico digestivo.

Uma vez, contra um desses cafundós eu já tentei usar o "Pó Azul"[53]. Não adiantou nada.

URBANO

Sabedoria

Sexta-feira, 27 de abril de 1928

Li, há tempos, numa revista de pedagogia, um caso curioso de reflexão infantil. O mestre-escola de uma pequena cidade provinciana, de França, recebeu, em seu estabelecimento de ensino, a visita de um fiscal da Instrução Pública. Num impulso de bem humana e até louvável vaidade, quis o velho professor que o avisado vigilante do governo levasse a melhor e mais inesquecível impressão do adiantamento de seus pequenos discípulos. Resolveu, para tanto, submeter, de improviso, os meninos a uma prova insofismável. Foi ao quadro-negro e escreveu, a giz, esta sentença: – "Não brinqueis com o fogo: lembrai-vos dos incêndios!" E deu aos alunos 40 minutos

---

53. Na época, o mata-baratas mais conhecido no mercado.

para produzirem uma frase análoga, isto é, que contivesse um bom conselho, demonstrando, ao mesmo tempo, o inconveniente que haveria na inobservância desse conselho. Em resumo: um aviso e uma ameaça. Passados os 40 minutos, durante os quais os pequenos queimaram inutilmente as suas últimas pestanas, o mestre-escola pediu-lhes que lessem, diante do respeitável representante da República, a sua produção. Silêncio. Imobilidade. Nenhum deles tinha conseguido arrancar do bestunto uma única palavra. Um rubor já subia às faces do pedagogo, quando, pequenina tábua de salvação, minúsculo *"deus ex machina"*, o menor de todos aqueles *potaches* levantou, lá no fundo da sala, o dedinho sabido. O professor suspirou, aliviado. E, no silêncio inquieto e tímido da classe, sob o severo olhar do fiscal, o pequeno leu este delicioso poema de ironia: – "Não cuspais no chão: lembrai-vos das inundações!"

Esta criança gaulesa produzira, ali, a mais necessária de todas as advertências: uma verdadeira obra-prima que devia ser gravada no bronze perene – *aere perennius* – multiplicada por um milhão, e colocada em todas as repartições públicas, todos os cafés, todos os bondes, todas as ruas de S. Paulo.

URBANO

O preço do pudor

Sábado, 28 de abril de 1928

É com grande satisfação que recebo e registro aqui a queixa de uma *jeune-fille* contra um condutor da Light.

A minha pequena queixosa que me perdoe esta sinceridade!

Disse, maquinal e egoisticamente, "satisfação", porque um jornalista em crise de assunto é mais ou menos como o proprietário de uma empresa funerária: regozija-se com a desgraça alheia.

Aquela mocinha, por certo, não tem a pretensão de ser a primeira nem a última vítima das exageradas atenções de um condutor de bonde. O seu caso passou-se ontem, por volta do meio-dia. Ela tomara um dos "camarões" que fazem a carreira largo da Sé–Mooca. Ia atrasada. E, para facilitar e apressar a descida no ponto de seu destino, passou, logo ao entrar, pelo papa-níqueis, pingou aí a sua passagem, e tomou assento, naturalmente, de frente para o recebedor. Mal o fizera, porém, este funcionário, que se julga, como Balzac, possuidor de *"l'oeil du maître"*, torceu um bigode aventureiro e começou a fingir entender muito de modas: saias curtas, meias *beige*, ligas, etc. E começou a estudar o figurino eventual e infeliz que lhe caiu no papo, isto é, sob os olhos faunescos. Excedeu-se mesmo nesse estudo: tentou analisar a fundo, descer a detalhes pequeninos, a minúcias mínimas. Estava mesmo resolvido a esgotar a matéria. E, com isso, é fácil imaginar-se, atraiu a atenção de muitos outros estetas, seres maliciosos e maldosos, do seu sexo, que estavam por ali. Todos os olhares se concentraram num só ponto. Pareciam, aqueles discípulos do bom mestre, apaixonados paisagistas. Evidentemente, ao sentir-se assim devassada, num justo e louvável movimento de pudor, a minha pequena reclamante identificou-se logo com o "camarão"; isto é, enrubesceu. E, retirando-se, indignada, do foco telescópico, foi para o centro do carro. O condutor sentiu-se fundamente melindrado no seu amor-próprio e no seu brio profissional, e jurou e prometeu vingar-se. Seria terrível! "Ela" havia de pagar! E bem caro!

A mocinha pagou mesmo. Foi assim: – Quando o bonde parou ao seu sinal, o Cérbero recusou-se terminantemente a abrir-lhe a porta automática, sem o "Sésamo" de uma nova passagem!

Para aquele homem, vale apenas 400 réis a vergonha alheia.

Há, a respeito, outro comentariozinho que está fazendo cócegas no bico da minha caneta-tinteiro. Mas, infelizmente, acabou-se a tinta desta insaciável "Parker".

URBANO

O primeiro espirro

Domingo, 29 de abril de 1928

Vi e ouvi ontem, na rua Direita, um homem espirrar. E deduzi: acabou-se o verão.

Graças a Deus! S. Paulo, que sempre se gabou de ser "europeu pra burro", já estava perdendo a linha: estava ficando parecido com uma sorveteria dos trópicos, com *garçons* de branco, ventiladores zumbindo, gorduras suando, ventarolas abanando e canudos vorazes chupando leite de coco gelado...

Há mais de um mês, o velho Calendário anunciava a entrada do outono. Nada, porém, nenhuma prova exibia para convencer a gente da realidade desse fenômeno. Ora, muito maior autoridade do que uma simples folhinha ou do que um titubeante boletim meteorológico, tem o simples espirro de um homem afogado em *cache-nez*, sobretudos e aspirinas.

O primeiro espirro da estação... Bendito espirro aquele! Bendito e contagioso! Dele emanou logo uma ondazinha de frio, fina e intrometida, que veio pôr um arrepio ligeiro na pele dos paulistas e adiantar os ponteiros dos medidores de gás e luz elétrica. Ele foi como um *mot d'ordre*: uma espécie de "Acelerado, marcha!", perfeitamente marcial e imperativo, a que toda a cidade disciplinada, maquinalmente, automaticamente obedeceu. E começou uma espécie de carrossel nervoso: – Todos os pedestres esfregaram as mãos e estugaram o passo. Já não há discussões políticas ou financeiras nas calçadas, com gestos promissores de brigas excitantes e "grilos" atrapalhados, intervindo, prudentemente... Já não há "almofadismos" derretidos, pendurando-se ou escorrendo das portas da Casa Lebre ou do Bar Viaduto, com piadas engraçadas e vadias atiradas às saias curtíssimas e às *mousselines* transparentíssimas das raras mulherinhas que "triangulam"... Já não há o passo lento e bambo do urubu malandro, pelos passeios estreitos, nem as *pannes* admirativas, exageradamente demoradas, ante o cristal pérfido das vitrinas... Não. Agora, é o corrupio, é a Ciranda-Cirandinha:

> "...Vamos todos cirandar:
> Uma volta, meia volta,
> Volta e meia vamos dar!"

URBANO

"Recolhe"

Quarta-feira, 2 de maio de 1928

Meu querido leitor,

A noite passada, não sei por quê, sonhei contigo. Sonhei que eras exatamente o que és: um homem como todos os homens (bom animalzinho, manso e humilde de coração: terno cinzento, gravata bem escolhida e sublimes pensamentos aprisionados dentro de um simples chapéu de palha). Foi assim mesmo que tu me apareceste em sonho.

Era meia-noite. Vinhas de um cinema. Teu coração ainda tremia, como o filme, pela pequena "estrela" de pijama e cabelos de boneca japonesa, que tinha dado uma porção de beijos naquele rapaz do *base-ball*, um pouco parecido contigo... E assim, nesse trepidante estado nacional de lirismo, paraste, na praça do Patriarca, à porta da igreja de Santo Antônio (o doce patrono dos namorados), e aí esperaste o teu bonde. Quarenta minutos, de pé, esperaste aquela ruidosa felicidade elétrica que devia levar-te à paz do *sweet home*. Quarenta minutos! Nem sequer passavam por ali saias curtas e joelhos de seda para consolo dos teus olhos e dos teus sonhos. Nada! A única beleza em que os teus olhos e os teus sonhos podiam se encarapitar, naquele lugar, àquela hora, era a coluna rostral (que palavra tão esquisita!) da praça, com suas lâmpadas e seus brasões profanados por besouros e mariposas.

Passou o doloroso tempo: porque não havia remédio, porque o destino do tempo é passar. E, afinal, veio do Viaduto, silencioso e lento, o veículo das tuas aspirações: "Higienópolis". Camarão. O monstro escancarou-se, obediente, a teus pés. Cavalgaste-o. Ele devorou a rua Direita, comeu a rua 15 de Novembro e foi fazer a digestão disso no largo de S. Bento. Ias só e triste, no ventre do animal.

Aí, no largo deserto, esteve o camarão parado uns 8 ou 10 minutos. Surgiu do nada, como um duende, como um lobisomem, um fiscal. Aproximou-se. Trocou algumas palavras sagradas e esotéricas com o motorneiro. Ambos percorreram o carro com olhos indecisos e examinaram-te lentamente com desconfiança, como se examina uma lançadeira de máquina de costura "Singer" na vitrina de um perfumista. Resmungaram cousas. O lobisomem afastou-se. O motorneiro bateu a porta automática, virou uma manivela que estava sobre a sua cabeça, voltou-se para o teu lado, como um sacerdote que vai proferir o "*Ite missa est*", e, *invece*, proferiu isto:

– Este carro recolhe na alameda Glete!

Houve prantos e ranger de dentes no inferno de tua alma, meu querido leitor. E este protesto escapou de teus lábios infelizes:

– Mas estava escrito "Higienópolis!"

– Recolhe! Vamos, desça!

O motorneiro estava roxo e tinha uma alavanca de ferro ao alcance da mão. Tu compreendeste bem isso. Eu também te compreendi bem, quando vieste a esta redação, minutos depois, contar-me a tua desgraça.

URBANO

O Largo da Sé

Quinta-feira, 3 de maio de 1928

Um dos mais extraordinários e surpreendentes aspectos de S. Paulo é o Largo da Sé. À exceção do belo edifício em que funciona mecanicamente, com a regularidade e precisão matemática de um perfeito aparelho digestivo, o apetitoso "Restaurante Adamastor" – tudo, ali, é novo, novíssimo.

Esta palpitante atualidade, entretanto, não consegue desfazer a convicção em que estou, em que todo o mundo está, de que aquele logradouro público é mesmo um logro: é a novidade mais hedionda que S. Paulo possui por enquanto. É pior, muito pior do que o Bexiga e, até mesmo, do que a fonte monumental da avenida São João.

Até agora a Prefeitura não resolveu – parece-me – o que vai fazer naquele largo. Jardins? Tabuleiros de mosaico? Estação de bondes? Feira livre? Campo de aviação? Circo de cavalinhos? Coreto para concertos pela Banda da Força Pública nos domingos e feriados nacionais? Barraquinhas para tômbolas e quermesses de benefício, em dias de festa religiosa? Depósito de lixo?...

Provisoriamente, aquilo é uma espécie de rinha de briga de galos: ponto de estacionamento de automóveis e de espera de bondes e ônibus, a gente que ali se reúne – *chauffeurs*, motorneiros, condutores e passageiros – são, geralmente, as pessoas mais briguentas que há no mundo. Vale a pena ir-se acalmar os nervos aí, lá pelas cinco ou seis horas da tarde. Aprende-se tudo – todos os esportes, todas as ginásticas – nessa escola pública ao ar livre: *box*, capoeiragem, esgrima, luta romana, tauromaquia, etc.

E, além disso, tal como está presentemente, sem ser calçado, sem ser asfaltado, sem ser pedregulhado, sem ser "macadamizado", o Largo da Sé é apenas uma fábrica de poeira, nos dias lindos, e de lama, nos dias de chuva.

Não sei por que o povinho teve a má idéia de dar de presente, à cidade, esse enorme trambolho. Ele é como certos atrapalhantes e inoportunos presentes de casamento aos quais os recém-casados nunca sabem que destino dar: um despertador, por exemplo...

URBANO

Monumentos

Sexta-feira, 4 de maio de 1928

S. Paulo conta, desde ontem, com mais um monumento no seu catálogo artístico: – o que a inteligente e trabalhadora colônia síria, aqui domiciliada, acaba de oferecer à cidade.

Está ali, no parque D. Pedro II, em frente do Palácio das Indústrias[54]. É bom. É feliz na sua concepção e agradável no seu aspecto geral. Figurará nos nossos próximos cartões-postais ou num nosso futu-

---

54. No dia 3 de maio de 1928, foi solenemente inaugurado, no Parque D. Pedro, na frente do Palácio das Indústrias, o monumento com o qual a colônia sírio-libanesa de São Paulo homenageia a cidade. É obra do escultor italiano Ettore Ximenes, o mesmo do monumento do Ipiranga.

ro Baedecker, com muito maior razão e muito mais justiça do que aquele célebre monumento a Bilac, ou aquela celebérrima fonte da avenida São João.

Depois da passagem do primeiro centenário da nossa emancipação política, há já seis anos, S. Paulo ganhou uma porção de presentes. Alguns bons, dignos, apresentáveis, que a gente põe logo na sala de visitas ou no *living-room*; outros, envergonhantes, difamatórios, comprometedores, que a gente coloca na dispensa, entre réstias de cebola e latas de feijão, na impossibilidade de "passar adiante", de oferecer a um inimigo figadal, no dia do seu aniversário. No nosso salão estão: o monumento do Ipiranga, o de Carlos Gomes, este da colônia síria, o Índio Pescador, "Eu sou Ubirajara", a "Eva" de Brecheret... No nosso quarto de despejos estão: a Coluna da Fundação da Cidade, o Bilac, o Feijó, o Bonifácio, o Verdi, o Garibaldi do Jardim da Luz, a tal Fonte Monumental da avenida São João... e outros *bibelots*, outras pastelarias, outros bolos de noiva, outras abóboras em que andam tropeçando, por aí, o nosso bom gosto e a nossa dignidade.

O "muito obrigado" que nós temos que dar aos sírios de S. Paulo é bem sincero e justo.

URBANO

Pingentes

Sábado, 5 de maio de 1928

O "pingente" – triste penduricalho dos bondes da Light – é, sem dúvida, o mais heróico habitante da cidade. É aquele homem apressado, que, já tendo consumido, na espera do bonde, 10 ou 15 dos preciosos 60 minutos que o seu emprego lhe concede para matar a fome, ao aproximar-se o suspirado e raro veículo, só encontra, nele, um palmo de estribo para firmar os pés, e um palmo de balaústre para atarrachar as mãos.

E assim, pendurado como uma uva madura naquele cacho elétrico, o bom "pingente" arrisca a vidinha a cada passo: ao dobrar o bonde uma esquina, ao enfrentar um poste de ferro, ao roçar por um auto estacionado, ao pagar o seu níquel à Light, ao dar entrada ou saída a outros passageiros... O seu sangue-frio, a sua coragem, o seu heroísmo, a sua paciência, a sua resignação são virtudes excepcionais postas à prova a todo momento.

O "pingente" é um acrobata desinteressado. Não é como os seus imitadores dos circos de cavalinhos, que andam no arame, na bola ou na ponta do bambu, mas com os olhos fixos no dinheirinho e nas palmas da assistência. Não. O "pingente", em vez de receber, dá. Dá 200 réis ao condutor, dá assunto aos jornalistas e dá vítimas ao necrotério.

Todos os males urbanos o perseguem. Num caso de desastre, de encontro de bondes, por exemplo, ele é o primeiro a ser cuspido do carro, como um bagaço inútil.

Num caso de brigas entre carroceiros e motorneiros, ele é quem recebe as chicotadas daquele, as "alavancadas" deste e os nomes feios, os palavrões de ambos. Num caso de chuva ou de raios inesperados, ele é o primeiro a ser molhado ou fulminado, coberto de todas as maldições do céu e da terra. Num caso de escapamento da "entrevia", a sua cabeça será sempre a primeira a ser guilhotinada. Num caso de tombo e esborrachamento de um passageiro que desce do carro em movimento, é sobre ele, ainda, que todos os olhares acusadores e desconfiados se fixam, pois o supõem capaz de rasteiras e brincadeiras de mau gosto. Num caso de desrespeito a uma saia curta ou a umas pernas de seda que estão na extremidade do banco, é ele ainda o alvo inocente de todas as responsabilidades, de todas as malícias, de todas as bofetadas...

Todos o acusam. Todos o atacam. Todos são contra ele. Todos estão sempre dispostos a linchá-lo por dá cá esta palha.

Todos? Não. Nem todos. Só uma pessoa, uma importantíssima pessoa jurídica, é por ele, defende-o, toma incondicionalmente, sempre, o seu partido: a Light. Sim, a Light que não dispensa o magro e dolorido níquel do pobre "pingente".

URBANO

Sorte grande

Terça-feira, 8 de maio de 1928

Na minha opinião, uma das situações mais difíceis que existem nesta vida é a de um homem que compra um bilhete de loteria. Este homem, pensando na felicidade, arrisca-se a transformar-se no ser mais infeliz que o sol cobre.

Evidentemente, o que leva uma pessoa a comprar um bilhete de loteria é a esperança. Ora, toda esperança, já de si, é uma tortura disfarçada. Esperar uma mulher, um filho, um despacho em repartição pública, um aumento de ordenado, um bonde, etc. são suplícios simples. Esperar uma fortuna é um suplício complexo. Porque, com a fortuna, costumam surgir uma porção de cousas inesperadas e indesejáveis: – credores amáveis e esquecidos, que ressuscitam, como fantasmas, com continhas e recibos nas mãos honradas; amigos em aperturas, que vêm oferecer aperitivos e fazer confidências completas; parentes longínquos e necessitados que aparecem com desejos veementes de estreitar um pouco os velhos laços de parentesco... Cousas péssimas.

A única alegria que nos pode trazer um bilhete de loteria é a chamada decepção final. É "sair branco". O branco é, realmente, a cor da paz. Um bilhete branco traz-nos paz e, portanto, felicidade. Com esta solução dissolvem-se todos os pesadelos, todos os maus espectros que a grande sorte evoca e exuma. Os credores amáveis voltam às teias de aranha de Oblivion, rasgando petições iniciais e com um delicioso desânimo no fundo da alma. Os amigos em aperturas readquirem o apetite, já não precisam de aperitivos, afogam na garganta a confidência terrível, e continuam, como antes, a nos cumprimentar, na rua, apenas com sobrancelhas condescendentes, com dedinhos borboleteantes, ou com um "ilustre!" ou um "sim, senhor!" desdenhoso... Os parentes longínquos e necessitados renegam a toda consangüinidade ou afinidade, e põem-se a suspirar pelo outono, para que possam tombar, como folhas secas, dos incômodos galhos da nossa árvore genealógica. Cousas ótimas.

* * *

Eu fazia estas reflexões ontem à tarde à mesa de um café. Acabava de me libertar de uma terrível tentação. Essa tentação tomara a forma de um vendedor de bilhetes de loteria, que me perseguira, por todo o Triângulo, durante quarenta minutos consecutivos, e só desistira de suas condenáveis intenções diante de uma média com pão quente, manteiga e faca, que eu fui obrigado a oferecer-lhe, para não ter a desgraça de tirar a sorte grande.

Urbano

A saudade dos tílburis

Quarta-feira, 9 de maio de 1928

O último boêmio tinha o copo seco e os olhos úmidos. Falava na última mesa, diante do último chope, ao último som do tango, no último bar aberto àquela hora. Falava? Não: carpia, lamentava, chorava.
– Veja você! Tudo mudou. A gente e as cousas. Lembra-se do "Progredior"? Boa orquestra, bons *garçons*, boa freqüência, bons líquidos. Hoje... Hoje é isto que se vê: um pianista triste, negro de alma como o seu piano... Uns *garçons* que não fiam, que não fazem companhia, que não gostam de ouvir confidências, que nem ajudam a gente a ir para casa... Uns "caras" desconhecidos, até suspeitos: parece que a gente está na polícia, cercado de secretas... Bebidas falsificadas, "Made in Brás", e por um preço absolutamente inimigo...

O pessimismo bonacheirão do último boêmio fazia *pendant* com a garrafinha de "Angostura" na prateleira, atrás do balcão. Dois *garçons*, já de sobretudo e *cache-nez*, equilibravam sobre as mesas sujas as cadeiras austríacas amarelas, como saltimbancos acrobatas.

– Isso é o sinal. Isso quer dizer: "Dêem o fora!" Agora, meu amigo, é o segundo ato da "Boêmia": a volta ao lar... Você vai ver...

Estávamos na rua. Ninguém. Numa esquina, apenas quatro *chauffeurs* discutindo. Chegamo-nos. Eles correram, cada um para o seu veículo, esperando a vítima. Li as chapas: "A", isto é, aluguel com taxímetro. Tomamos o primeiro, o menos antipático de todos. Demos o endereço, rematando:

– Por táxi!

O *chauffeur* desceu do carro, abriu a portinhola e pronunciou claramente isto:

– Não posso. É por hora ou por corrida. Desçam!

E, logo a seguir, deu um assovio entendido. Compreendi: era um aviso aos outros. A classe dos *chauffeurs* é a mais unida de S. Paulo. Esse assovio de "apache" quer dizer que, para nós, não haveria mais taxímetros por toda esta cidade.

A resignação é a virtude essencial do homem dos grandes centros civilizados. Fomos "por hora".

Ao apear, à sua porta, o último boêmio falou-me:

– É por isso que eu sou passadista. É por isso que tenho saudade dos tílburis. E é por isso também que, muitas vezes, tenho chamado a Assistência para me conduzir ao lar: é ainda a condução mais barata e mais rápida que nos resta...

URBANO

Uma saudade

Sexta-feira, 11 de maio de 1928

Ontem, eu tive uma espécie muito moderna de saudade.

É deliciosa, mas não é o "pungir" de nenhum "espinho" de maneira alguma "acerbo". É assim como uma vontade de rir de alguma gracinha que acabou, que não existe mais.

Foi ali, naquela conjunção basbaque da rua Direita com a rua Quinze. Havia uma multidão pedestre, pensativa, de mãos nas costas, olhando uma cousa. Havia também automóveis parados, com carinhas aristocráticas dentro, procurando também olhar aquela cousa. E havia também um enorme bonde estacionado, com um motorneiro, um condutor, dois fiscais, oito praticantes e quarenta passageiros, tentando olhar também para aquela mesma cousa.

Um homem na multidão é sempre uma molécula maquinal. Deixei-me possuir pela curiosidade ambiente e fui, como um autômato, olhar também a tal cousa. Destruí definitivamente cinco ou seis calos, promovi, com muita habilidade, dez ou doze protestos veementes e vi. Vi a cousa.

A cousa era um *camelot*, um homem-reclame: um costume de grosso xadrez branco-preto, uma cartola, muito polvilho e carmim barato na cara murcha. *Clown* inglês de *music-hall*.

Inglês?

Estava triste e mudo. Saíra à rua para fazer *réclame* de um perigo qualquer – e começou a sentir-se muito mal com o seu indiscutível grande sucesso pessoal. Uma espécie de arrependimento tardio e inútil. Juro que aquele homem seria a última criatura deste mundo capaz de comprar e usar a droga que estava anunciando e odiando.

Afastei-me, coberto de impropérios e cheio daquela esquisita saudade de que falei acima.

Há tanto tempo não aparece, pelas ruas de S. Paulo, um daqueles interessantes homens-*sandwich*, apertado, como uma fatia de presunto, entre dois *placards*; ou um daqueles engraçados gigantes de perna de pau e cabeça grande; ou um daqueles impagáveis *dandys* de costeletas, casaca e chapéu alto, sob o pleno sol destes trópicos!...

Com certeza, esta noite, eu irei ao Circo Alcebíades, ver o Piolim. Minha saudade, meu fígado e meu baço reclamam isso.

URBANO

"Fingimento"

Sábado, 12 de maio de 1928

Conhecem esta palavra tremenda? Qualquer dicionário perfeitamente escolar define-a assim: "Fingimento – s.m., ato de fingir; disfarce; ficção; impostura."

Está certo. Mas, em arquitetura paulistana, "fingimento" é um termo técnico, especial, e tem um sentido muito mais complexo e amedrontador. Nesta acepção, deve-se pronunciar "findgimento". É uma imitação mais ou menos habilidosa, para efeito *soi disant* estético, e com intuitos visivelmente econômicos, de bronze, granito, madeiras de lei, tijolos, telhas, ou outros quaisquer materiais de construção bons e caros.

Esse "fingimento" é um dos característicos mais notáveis da atual arquitetura de S. Paulo. Encontram-se exemplos sublimes por aí, em qualquer parte, a cada passo. E, de duas uma: ou a gente tem que admirar sinceramente a maravilha de paciência e semelhança; ou tem que virar anarquista, ir para casa fabricar explosivos e sair para a rua com intuitos destruidores, disfarçado sob enormes barbas postiças de algodão-pólvora...

S. Paulo está cheio de "fingimentos". Faz-se, por exemplo, uma coluna florentina de tijolos humildes, revestem-se estes tijolos de argamassa, pinta-se de vermelho, lustrosamente, a óleo, esta argamassa, e diz-se, com uma serena convicção, que aquilo é "fingimento granito róseo polido". Ou – o que é mais engraçado – constrói-se um arranha-céu de cimento armado, completam-se as paredes de tijolos legítimos, cobrem-se estes tijolos de reboco, pintam-se sobre este revestimento tijolos imaginários, muito inferiores aos autênticos que estão lá dentro, e diz-se, angelicamente, que isso é "fingimento tijolinho prensado"! Ou – o que será ainda mais surpreendente – qualquer dia a Light mandará plantar por aí uns postes de ouro maciço, pintados a piche, e declarará a todos os basbaques e ladrões do mundo que aquilo é "fingimento ferro fundido"!

A vertigem do "fingimento" domina de uma maneira espantosa a maioria dos nossos construtores. Sei de um arquiteto que engendrou, para um bom, crédulo e metódico homem, um muito recomendável Luís XVI; levantou no fundo do quintal uma garage de verdade e, dentro desta garage, construiu um lindo automóvel – "Isotta-Fraschini" – de cimento, pintado a "Duco". E, sorridente, explicou: "Fiz um fingimento automóvel, para não sobrecarregar o orçamento!" E, muito brevemente, saberei, talvez, de outro que, por um preço exorbitante, se limitará a levantar, no terreno do seu freguês, um enorme espelho de cristal *bisauté*, colocado de maneira a refletir integralmente o palacete fronteiro; receberá os cobres e entregará a obra ao cliente, justificando-se assim: *"Ecco!* Um belíssimo fingimento *bungalow*!"

URBANO

Um anúncio

Quarta-feira, 16 de maio de 1928

Tudo, neste mundo, a *réclame* comercial tem atrevidamente explorado. Até mesmo as cousas mais sérias – terremotos, divórcios, baleias, comendadores... – têm-se prestado, à força ou inconscientemente, para anunciar alguma cousa. Conta-se, por exemplo, que em Nova York já se promoveu um incêndio tremendo, que devorou gulosamente quarteirões inteiros, só para se demonstrar a perfeita segurança de certos cofres-fortes, a eficácia de certa marca de fósforos e a excelência do motor de um auto-ambulância para transporte de cadáveres. Sei também de um peludo presidente de república sul-americana, cuja efígie já serviu para anunciar um preparado contra a calvície precoce; e também de um bom rei europeu que tinha um aleijão insignificante e teve que figurar num cartaz, anunciando a grande potência de um alto explosivo...

Aqui, em S. Paulo mesmo, já se tem experimentado certas ousadias nesse sentido. A incansável e desrespeitosa propaganda mercantil começou, cerca de um mês, a explorar uma cousa até agora geralmente respeitada: os maus instintos da população. Trata-se de uma nova *réclame*, finamente psicológica, que se serve de certa fraqueza que caracteriza bem a nossa gente. Observando, em quase toda a população de S. Paulo, um *penchant* inconfessável para o mal, uma forte dose de irreprimível curiosidade e malícia, que se manifesta pela mórbida mania de ler e gozar todas as feiíssimas cousas que os moleques costumam escrever pelos muros, um reclamista sutil resolveu lançar mão desse pecado para vulgarizar um novo produto farmacêutico. Assim é que quem tiver olhos poderá ler por aí, por toda a cidade, em todos os tapumes dos prédios em construção, exatamente à pequena altura a que pode chegar a mão de um garoto, e rabiscadas a piche, desajeitadamente, estas palavras, mais ou menos: "TEM CASPA? USE TAL DROGA!".

Os resultados, vê-se logo, são excelentes. A fascinação daquelas garatujas, promissoras de cousas cabeludas, é irresistível. Não há um só transeunte que deixe de ler ou querer ler aquilo. Quando um bonde, por exemplo, pára ao lado de uma dessas inscrições provocantes, é que se pode observar bem a eficácia do anúncio. Senhoras maldosas fingem miopias cômodas e, entre o *fichu* e o livro de orações, espicham um olho embusteiro para as letras sedutoras. Rapazes perversos certificam-se, primeiro, com olhadelas canalhas se há inocências de saia perto deles – e, então, matam acintosamente a sua fomezinha de pornografia. Mocinhas vergonhosas viram depressa a cara para o outro lado e pedem, depois, às amiguinhas mais atiradas que lhes contem o que era que estava escrito ali. Homens vesgos ou de óculos pretos – portanto desassombrados, pois nunca se sabe bem para onde está olhando um homem vesgo ou de óculos pretos – afrontam, sem cerimônia alguma, o letreiro suspeito. Velhinhos assanhados, sedentos de bandalheira, antegozando, com estalinhos de língua, o prazer perverso que os espera, espiam por cima do jornal estratégico. Estrangeiros de barbas misteriosas param em frente das nigromancias e folheiam depressa pequenos dicionários de algibeira...

Afinal, todas essas ânsias redundam numa dolorosa decepção, porque na *réclame* não há uma única cousa feia, não há nada, por mais leve que seja, que possa satisfazer aquela gula de imoralidades. E a exclamação que escapa, invariavelmente, de todos os lábios desiludidos é esta:

Que vontade de ser analfabeto!

URBANO

"*Sub tegmine...*"[55]

Quinta-feira, 17 de maio de 1928

Gênios invisíveis e maus – provavelmente espíritos herbívoros ou vegetarianos – andaram cometendo, não se sabe como nem quando, sérias depredações na avenida Brigadeiro Luís Antônio. Amanheceram mortas, inutilizadas, esquartejadas, por terra, as poéticas magnólias que perfumavam de romance o trecho daquela via pública, entre as ruas Asdrúbal Nascimento e Santo Amaro.

Não há ser humano que não admire e deseje uma árvore. Os bons e eternos namorados precisam sempre de uma árvore para gravar, no seu tronco, corações entrelaçados, ou para atrás dele disfarçar os seus vultos desejados, ou para colher nos seus galhos alguma maçã esquisita... Os sutis e delicados ladrões necessitam sempre de uma árvore para entre as suas folhagens esconder, aos indiscretos e maus olhares dos curiosos, o seu corpo maleável e esperto... Os homens práticos, de instintos industriais, vivem sonhando com árvores e ajuntando dinheiro para montar serrarias... Os interessantes bêbedos também não dispensam, em certas ocasiões, uma boa árvore, para, agarrados a ela, terem a suave ilusão de que vão indo para casa, de bonde, como "pingentes"... etc. (Coloco dentro deste "etc." outra espécie de pessoas perfeitamente condenadas pela moral e pela higiene pública.)

---

55. "*Sub tegmine fagi*": "À sombra de uma faia". A expressão aparece em dois versos de Virgílio: nas *Bucólicas* (Ecl. I) e nas *Geórgicas* (Lib. IV).

As únicas criaturas humanas que não reconhecem o inestimável valor de uma árvore são, para mim, esses vândalos que andaram arrancando as inofensivas magnólias da Brigadeiro. Quem são eles? Não são namorados; não são ladrões; não são industriais; não são bêbedos; não são "etc." Isto é: não são seres normais, úteis, indispensáveis a uma cidade civilizada. Devem ser perseguidos pela polícia ou, na falta desta, pelo clamor público.

Eu sei que nós estamos no outono; que o outono é a doentia estação do cair das folhas... Que andem lobisomens, duendes, gnomos por aí, arrancando as folhas das árvores, é natural, é admissível, é até necessário. Mas, arrancar tudo, isso também é demais!

URBANO

Carga

Sexta-feira, 18 de maio de 1928

Um "camarão" é, para mim, uma espécie de Musa inspiradora e sugestiva, salva-vidas da minha estéril imaginação, e que prontamente me fornece, nos casos sérios de apuros e dificuldades, o pequeno assunto com que eu consigo irritar suficientemente algumas pessoas, e acender cóleras infernais na alma desesperada dos meus muito problemáticos leitores.

Por isso, sempre que posso, prefiro o "camarão" a qualquer outro veículo. Ontem, por exemplo, mais uma vez demonstrei essa minha carinhosa preferência: tomei um "camarão". Eu estava sob os plátanos quase despidos de Higienópolis. A musa vermelha veio e raptou-me, correndo para o Triângulo. Dentro do meu bom veículo iam umas vinte pessoas muito distintas e significativas. Ia um padre, perfeitamente moral e insuspeito, lendo um livro; um senador característico, muito digno, devorando a *Vie Parisienne* e *A Maçã*; dois professores públicos, com cara de protesto, discutindo, em voz estridente, de aula, reformas de ensino e "questiúnculas vernáculas"; um industrial importante, com os bolsos cheios de parafusos, tocos de charutos toscanos, lâmpadas de Bünsen[56], fitas-metros e ouro em pó; uma senhora respeitável, com uma capa negra e um chapéu de vidrilhos, examinando com uma atenção antipática os olhos do padre e quatro joelhos de seda que estavam à sua frente; duas lindas futilidades de *jersey*, donas daqueles quatro joelhos, dos olhos comovidos e do coração afogueado de todos os passageiros; um soldado garboso, com uma coroa de conde na alma, e falando alemão com um lírio de saias, cheio de sardas; dois jornalistas; um amigo meu, que gosta de arrancar todos os botões do meu *paletot* quando conversa comigo, e esta pobre, pobre vítima do tal jornalista... Havia também um motorneiro, um condutor e várias outras pessoas, cuja condição social, coberta por forte, opaca e impenetrável camada de poeira e caspa, tornava-se absolutamente indefinível.

Muito bem. Ao chegar o importante "camarão" à praça do Patriarca, encontrou, à sua frente, três ou qua-

---

56. Robert Wilhem Bünsen (1811-1899). Entre os focos de calor utilizados correntemente nos laboratórios de Física e de Química, conta-se o *bico de Bunsen*, alimentado com gás de iluminação, com acetileno ou com gasolina.

tro outros bondes mansos, parados, despejando gente. Por isso, o "camarão" teve que lançar ferros ali à esquina da rua Líbero Badaró, no princípio do trêmulo Viaduto. Houve inquietações e rebuliços. Todos os passageiros, como coristas bem ensaiadas, ergueram-se e vieram apinhar-se junto ao papa-níqueis da saída, ávidos por pisar em terra firme. Mas a portinhola automática não se abria. Esperaram, cada vez mais impacientes. Campainhadas protestavam; apitos de "grilos" estridulavam; *klaxons* guturais regougavam. De repente, na rua, do meio da multidão, sobressaiu um homem importante. Era gordo, grande e escarlate. Tinha sobre a sua promissora pessoa todas as insígnias de "fiscal da Light". Examinou, com olhares rápidos e decididos, a situação. Depois, aproximou-se do condutor do meu bom "camarão" e, num brado forte de ópera, ordenou:

– Abra a descarga!

A portinhola abriu-se. Nós todos – gente qualificada e distinta – percebemos, então, que éramos uma simples carga: nada mais. E precipitamo-nos para o chão humilde, muito ofendidos e muito tristes.

URBANO

Hipóteses

Sábado, 19 de maio de 1928

Que cousa medonha que aconteceu!

Um poético e interessante grupo de índios Aimorés e Guaranis, que há três dias chegou a S. Paulo, para conhecer de perto a civilização, desapareceu súbita e inexplicavelmente.

Um grande sábio afirmou, um dia, que "nada se cria, nada se perde na natureza"; no entanto, alguns desses simples seres humanos, injustamente alcunhados de selvagens, acabam de demonstrar experimentalmente a falsidade absoluta da pseudo grande descoberta científica! Esses índios perderam-se na natureza: acabaram, sumiram, desapareceram, diluíram-se no nada, como um perfume volátil que se evapora. Dir-se-ia que, sobre eles, a civilização estendeu um lenço mágico e os escamoteou, como um prestidigitador escamoteia um lampião ou um coelho.

A curiosidade pública está alarmada. Que terá acontecido com os inocentes antropófagos? E levantam-se as mais diversas hipóteses, expõem-se as mais complicadas teorias. Tenho ouvido várias pessoas entendidas na matéria, profundas autoridades, especialistas de nomeada, com grande prática em aparecimentos e desaparecimentos de índios. E, como de costume, a opinião desses sábios não é unânime. Uns atribuem o fenômeno ao temor da civilização e aconselham a polícia a dar uma batida no Jardim da Luz, no Parque Antártica, no Parque Paulista, ou no matagal de certas ruas calçadas que há aí pela cidade. Outros são de parecer que deve haver malvados exploradores envolvidos no caso; e reclamam da polícia uma séria pesquisa em todos os circos de cavalinhos de S. Paulo e também no Museu do Ipiranga. Alguns estetas de muito má língua querem crer que foi aquela maldita fonte da avenida S. João que, ofendendo os sentimentos artísticos dos índios, apavorou-os e fê-los bater em retirada. Há quem adote a teoria da coletiva alucinação histérica da multidão, comparando a suposta aparição desses índios ao da santa de Guarulhos[57]. E não faltam materialistas que tentem explicar a estranha evaporação pelo terror étnico de ser comido. "Quem mal usa mal cuida" – dizem. E explicam: esses pobres antropófagos, ao passar à noite por uma esquina onde um homem louro, metido num camisolão branco, vendia *delikatessen* (sabidamente fabricadas com carne tenra de recém-nascidos), sentiram logo, instintivamente, o cheiro característico da carne humana, benzeram-se e azularam, antes que fosse tarde.

Esta é também a minha opinião. E eu não seria justo para com a humanidade nem para comigo mesmo, se não recomendasse com insistência à polícia uma rigorosa busca, uma investigação meticulosa em todos os matadouros, frigoríficos, açougues, fábricas de conserva e restaurantes de S. Paulo.

URBANO

Ridículo

Domingo, 20 de maio de 1928

Ele ia no bonde, encolhido no primeiro banco: aquele banco dos cinco réis, onde todas as atenções se fixam, maliciosas ou compadecidas.

---

57. O *Diário Nacional* de 15 de maio reserva a primeira página para "A aparição misteriosa de Guarulhos", invenção de um menino de 14 anos, Armando Soares, que depois, no Abrigo de Menores da capital, confessou que tudo não passara de uma brincadeira.

Era ontem. Era sábado. E estes sábados paulistas são tão bonitos, são tão cheios de flores de seda e de lã, que as calçadas da rua Direita parecem canteiros de setembro, e os homens passam despercebidos, como vaquinhas-de-deus, como besourinhos-verdes, perdidos na grama rasa...

No entanto, aquele homem prendeu a minha atenção. O bonde estava parado atrás de uma longa fila enguiçada de outros bondes, bem em frente da Casa Alemã. E eu esqueci de olhar para as grandes vitrinas cheias de *sweaters* flexíveis, que esperavam olhares e desejos, e para a larga porta, ainda mais vitrina que as vitrinas, cheias de figurinos vivos, lindos, que esperavam Marmons, Packards, Rolls-Royces e maridos...

Não olhei para nenhuma dessas seduções de *jersey* perfumadas por Chanel. Não vi os altivos desenhos de Benito na capa desse *Vogue*. Não. Olhei só para o homem triste, que ia encolhido no primeiro banco. Ele me dava uma pequena saudade e um pequeno assunto. Eu senti que era meu dever ser grato a esse homem providencial.

A saudade, o assunto que ele me dava era um gorro vermelho, uma boina basca, igual a todos aqueles gorros, todas aquelas boinas que, há dois meses – nem tanto! – marcaram os estudantes da cidade, pontilhando de uma alegria colorida as incolores ruas do Triângulo.

É verdade... Por que será que os rapazes estudiosos (estudiosos?) de S. Paulo deixaram de usar, abandonaram tão depressa aquele bonito e efêmero distintivo que viveu, no princípio deste outono decadente...

> "...*ce que vivent les roses:*
> *L'espace d'un matin...?*"⁵⁸

Realmente: na cabeça alegre e leviana da mocidade encantadora das nossas escolas, aquelas boinas eram como rosas. Mas, agora, na cabeça grossa, graúda e bruta daquele homem maduro, que nunca foi estudante em toda a sua vida, aquela boina não parecia uma rosa: parecia uma tampa de queijo do Reino...

* * *

Dizem que uma coroa na cabeça de um príncipe faz a majestade, e na cabeça de um vilão faz o ridículo. Está certo.

URBANO

Fausto

Terça-feira, 22 de maio de 1928

O táxi, que me levava à formosa Estação do Norte, despencou da colina central e barafustou, como um meteoro de lata e gasolina, pela avenida Rangel Pestana. O olho arguto do *chauffeur* argentino viu, de longe, o embaraço: as porteiras da Inglesa⁵⁹ iam

---

58. Versos da ode de François de Malherbe (1555-1628) a Dipérieur, lamentando a morte prematura de sua filha: "Rosa, ela viveu o que vivem as rosas – o espaço de uma manhã."
59. "As porteiras do Brás": ver nota 8.

ser fechadas. Murmurou um *"time is money"* incompreensível – e "pisou" o carro, à toda, para ver se ainda conseguia transpor a linha, antes que a barreira odiosa cortasse, como uma faca amolada, o trânsito suado como um "pão nosso de cada dia". (Ofereço, de graça, aos poetas modernos de S. Paulo, estas duas admiráveis imagens.) Mas o esforço foi inútil: a Chevrolet deu com o nariz do radiador na porta. Estavam já quase fazendo ângulo reto com o alinhamento da avenida as quatro asas sinistras das agourentas porteiras. Alguns rapazes ágeis e desembaraçados ainda puderam transpor, a custo de espertezas e acrobacias, os trilhos britânicos.

Foi então que começou o espetáculo. Um velhinho bem velhinho, apressado e imprudente como todos os velhinhos, quis, numa última reação vital, readquirir a longínqua juventude. E, imitando os ousados rapazes, tentou atravessar também o leito da estrada. Foi infeliz. Foi infeliz como todos os velhinhos. Venceu, com relativa facilidade, o primeiro obstáculo. Mas, quando foi tentar vencer o segundo, era tarde: já com um frio silêncio de morte, as duas folhas do lado de lá se tinham fechado, fleumáticas, indiferentes, irremediáveis. O velhinho mudou de idéia e voltou atrás: mas também já encontrou, fechada como um túmulo, a primeira porta. Sentiu-se, então, desamparado e só, preso ao leito da agonia, isto é, ao leito da estrada. Perdeu tudo. Primeiro, perdeu a calma; depois, a esperança; e, afinal, outros objetos, que, na sua atrapalhação, começaram a escapar dos seus bolsos insondáveis: uma caixa de fósforos, dois tostões, um enorme canivete, quatro abridores de cerveja, um parafuso e três cabos de guarda-chuva. Todo o mundo ria daquela cena. Eu, no meu táxi; o "grilo" escultural e sereno no seu pedestal; dois empregados da estrada, na cabina, em mangas de camisa; mais de duzentos passageiros pendurados nos dez ou doze bondes parados... – todos nós, como espectadores de circo, ríamos do pobre *tony* que esperava a morte. Um penacho de fumaça: surgiu a locomotiva, no horizonte de aço. Então, o velhinho, arrependido como o Doutor Fausto, de ter querido ser moço outra vez, galgou, como um gorila, as barras da porteira e assim externou à multidão o seu profundo arrependimento, recitando o seu ato de contrição:

– *"Io sono vecchio!"*

URBANO

Nacionalismo!

Quarta-feira, 23 de maio de 1928

Fala-se muito em nacionalismo. Resolve-se ser brasileiro. Cada peito que passa na rua é "varonil", para rimar com "Brasil". Há auriverdes pendões desfraldados no topo de todos os crânios que suam nas repartições públicas. Todos os eleitores têm vontade de ter Cruzeiro do Sul de brilhantes na corrente do relógio. Há até mancebos de tenra idade que deixam crescer *cavaignacs*, para se darem uns ares presidenciais... Quer-se abrasileirar tudo: usos, costumes e língua. Dança-se só maxixe e cantam-se só lundus, modinhas ou trovas caipiras nos teatros e nos salões. Batizam-se criancinhas com os nomes de Iraci, Jurema, Araci, Iracema, América do Sul, Brasil, Paulista de Pindamonhangaba... Comem-se cuscuzes, vatapás, pipocas, carne humana... Joga-se capoeira, em vez de *foot-ball*. Traduzem-se em vernáculo as tabuletas das casas comerciais ("*Au Bon Diable*" por "Ao Bom Diabo") e as antífonas das ladainhas religiosas ("*Virgo praedicanda*" por "Viva o pé de cana") etc., etc.

No entanto, todo esse exasperado patriotismo, todo esse louvabilíssimo espírito nacional, encolhem-se, medrosos, aniquilados, reduzidos a zero, diante... diante de uma simples bananeira! Não conhecem a história da bananeira de Higienópolis? Eu vou contá-la em duas palavras.

Era uma vez um senhor de bom gosto e bem-intencionado, que construiu, no bairro mais aristocrático da cidade, uma linda casa brasileira. Ela soava bem, cercada de todos os galicismos estilo Luís XVI, que por ali proliferam em liberdade. Ora, para dar uma nota ainda mais nacional ao quadro, o seu proprietário plantou, no jardim, uma formosa bananeira. Foi quanto bastou para que todo o mundo, todos os patriotas de S. Paulo, pessoalmente, pelo telefone, por carta, por telegrama ou radiograma, indagassem, assustados, "o que significava aquilo" e protestassem veementemente contra aquele atentado à estética urbana. Houve mesmo especialistas nacionais, botânicos de nomeada, que aconselharam o bom brasileiro a substituir a sua vulgaríssima "musa paradisíaca" por uma tamareira do Saara, uma *edelweiss* dos Alpes ou um *dendrobium thyrsiflorum* de Lineu!

É incrível, essa falta de patriotismo. Só mesmo dizendo-se como São Tomé, inventor da dúvida e das bananas do mesmo nome: "Ver para crer!"

URBANO

Uma nova lei

Quinta-feira, 24 de maio de 1928

Quem tem o suave costume de andar de bonde deve conhecer bem a terrível "lei dos semelhantes": – o semelhante atrai o semelhante. O semelhante é como o abismo: *abyssus, abyssum invocat...*

Lei fatal. Lei invariável. Se um bonde vai vazio, ou quase vazio, apenas com uma cozinheira preta, cheia de cestas, no quarto banco, todas as cozinheiras pretas, cheias de cestas, que, pelo caminho, tomarem esse bonde, fatalmente, invariavelmente, escolherão lugar naquele mesmo quarto banco. Se um bonde vai quase cheio, e com um homem trescalante e inquieto, cheio de gestos, de blasfêmias e de charutos toscanos, no último banco, todos os outros homens trescalantes e inquietos, cheios de gestos, de blasfêmias e de charutos toscanos, que surgirem no caminho, fatalmente, invariavelmente irão para aquele último banco.

Isto é natural. Isto é lógico. É uma aplicação inconsciente e coletiva do lema belga: "A união faz a força." Uma cozinheira preta ou um homem trescalante sentem-se muito mais encorajados, muito mais à vontade, muito mais seguros, ao lado de seus semelhantes, e com muito maiores probabilidades de vitória, no caso de uma conflagração qualquer em que, porventura, se virem envolvidos durante o trajeto.

Expondo aqui esta lei, revelando aqui esta verdade, presto aos meus inúmeros leitores um inestimável serviço. Eles, de hoje em diante, ficarão prevenidos. Ao tomar um bonde, estudarão, primeiro, com calma e prudência, a situação geral, para se garantirem um posto seguro, a salvo de quaisquer aflições. Por exemplo: se o meu leitor for um bonito rapaz muito suscetível aos encantos femininos, tenho certeza de que nunca tomará lugar num banco onde uma mocinha esbofeteou um atrevido qualquer; porque já sabe que todas as mocinhas, que se sentarem naquele banco, terão propensão para esbofetear homens. Se for um hábil *pick-pocket*, afamado batedor de carteira, tenho certeza de que viajará no estribo, como "pingente", pois todos os homens que se sentassem a seu lado, num bonde, seriam também batedores de carteira, e o meu leitor correria o risco de sair completamente roubado.

URBANO

Velhice

Domingo, 27 de maio de 1928

Dizem que já estamos quase no inverno. Não acredito. Onde está a garoa de S. Paulo? Onde está aquele nosso gasoso orgulho londrino, que, antigamente, desde os primeiros arrepios de outono, já espiritualizava a cidade, esbatendo os contornos duros das cousas recortadas na luz, e canonizando, com uma auréola de santidade, os lampiões de gás, acesos na perspectiva noturna das ruas?...

A garoa está desaparecendo. E, com ela, a pequenina fama de cidade "européia pra burro", que nós, entre *plaids* e luvas, ostentávamos aos olhos crédulos dos brasileiros morenos e esquentados de outros pontos mais tropicais do país.

As pessoas de idade e as pessoas doentias – que vivem de escalda-pés, *grogs*, aspirinas, camisas-de-meia e espirros – bendizem o desaparecimento da garoa assassina. Conheci velhos trêmulos, que tinham o costume de pronunciar, cada vez que a primeira garoa esfumava o *sky-line* da cidade, esta frase anual e invariável:

– Em S. Paulo não se respira ar: respira-se água!

Os ouvintes baixavam a cabeça humilde e concordante, e murmuravam com medo:

– É mesmo. É um horror!

Os velhos trêmulos sentiam-se, então, mais encorajados, assoavam forte, com estrondo, como um advogado que exibe uma prova esmagadora, e entregavam-se abertamente ao vício da fumegação. Debruçados sobre a panela com água, eucalipto e mentol, que fervia num fogareiro de álcool, intoxicavam-se de vapores quentes.

A garoa está desaparecendo. E, com ela, os velhos trêmulos, friorentos e fumegadores, que costumavam pronunciar, anualmente, esta frase invariável:

– Em S. Paulo não se respira ar: respira-se água!

Os tempos mudam. Os velhos também. Os velhos do tempo da garoa tinham horror à água: eram hidrófobos. Os de hoje – porque a garoa desapareceu –, incontentáveis sempre, têm horror ao ar. Ainda ontem, numa repartição pública estadual, vi um destes velhos abrir a torneira da pia para matar a sede. De dentro do cano, em vez de água, saiu, num assovio, um jato de ar. O velho impertinente pronunciou isto:

– Em S. Paulo não se bebe água: bebe-se ar!

E entregou-se ao vício do Guaraná.

Urbano

Trânsito

Terça-feira, 29 de maio de 1928

Quem não esteve, sábado à tarde, no Triângulo? Quem não passou, pelo menos, pela rua Direita? – Só quem não tem o que ver nem o que ser visto: isto é, pessoas cegas e pessoas invisíveis.

Quer dizer que todo o S. Paulo andou, sábado, pelo centro. Andou? – Não: atropelou-se, acotovelou-se, empurrou-se. Por quê? Deficiência de policiamento? Insuficiência das ruas, estreitas demais? Superabundância de veículos? Pode ser. Mas, para mim, a principal causa das dificuldades de trânsito nas ruas centrais da cidade é a desobediência dos próprios senhores pedestres.

Houve um tempo em que a polícia andou fixando, por aí, tabuletas práticas, úteis, com estes dizeres: "Conserve a sua direita!" A população de S. Paulo não se submeteu a tal disciplina, a que docilmente se sujeitam todos os transeuntes de todas as grandes cidades do mundo. Não quis, ou não soube. Eu não acho a minha gente capaz de "não querer" alguma cousa. O paulista é pacato e dócil: até agora, só fez uma revolução. Sou mais inclinado a crer que nós, paulistas, não soubemos "conservar a nossa direita". Realmente, é uma cousa que atrapalha sempre a gente, saber dizer qual das mãos é a direita, qual a esquerda. A maioria das criaturas que conheço, quando tem que estender a alguém ou a alguma cousa uma determinada mão – a uma quiromante, a um inimigo, ou a um garfo – hesita, vacila e experimenta, fazendo estalar os dedos, assim como quem ameaça pancadaria: os da mão direita estalam sempre; os da esquerda não estalam nunca. Ora, eu suponho, com toda a razão, que, diante daquelas sábias tabuletas, a nossa população, indecisa, teve acanhamento de parar no meio da rua e praticar a tal operação. Teve acanhamento e teve receio: pois, esse gesto, que é, para nós, um gesto maternal ameaçador, poderia provocar pessoas geniosas e dar causa, com isso, a sérias desavenças.

Foi por isso que o paulista deixou de obedecer à prudente tabuleta. E é por isso que as ruas de S. Paulo são o que são: um constante jogo de empurra-empurra, uma espécie de amplo gabinete de pedicuro, onde se extraem todos os calos possíveis e imagináveis.

Só conheço, em S. Paulo, um homem que teima, invariavelmente, em "conservar a sua direita". Ele anda, pelas ruas, reto, direito, metido numa capa de borracha ampla e longa como uma veste talar. Vai como uma bala, altivo e inflexível. Não olha para ninguém; não vê obstáculos. Todos o respeitam e o acompanham com olhares de admiração. É o tipo do perfeito cidadão, exemplo modelo do homem das grandes capitais. É completamente canhoto.

URBANO

A propósito de plátanos

Sexta-feira, 1º de junho de 1928

Afinal, elas resolveram cair. Antes tarde que nunca!

E ali estão elas, as primeiras folhas mortas dos plátanos, pondo tapetes de ferrugem sobre os gramados suaves da praça da República.

Outono... Agora, sim, a gente pode acreditar nele. Ele existe mesmo, independentemente das hábeis tesouras da Prefeitura, que costumam fabricar anualmente a nossa arrepiada *demi-saison*.

O meu amável leitor teve, até aqui, uma sensação de alívio. E suspirou:

– Arre! Que este homem parece que vai escrever hoje alguma cousa séria ou, pelo menos, poética!

Engana-se o meu amável leitor: este homem não gosta de escrever sobre as tais cousas comumente conhecidas por sérias ou poéticas. Este homem prefere certas pequenas cousas desprezíveis, muito pouco sérias e ainda menos poéticas. Por exemplo: as folhas secas da praça da República.

Aqueles plátanos foram sempre o meu calendário, o meu almanaque, o meu boletim astronômico. Por eles eu sabia quando devia mandar cortar um terno de Palm-Beach ou talhar um capote de astracã; quando devia calçar um par de luvas ou colocar na cabeça um chapéu de palha; quando devia engolir um sorvete ou bebericar um *grog*... De há uns três anos, porém, a esta data, esses meus bons aparelhos astronômicos começaram a funcionar mal. Deixaram de amarelecer em abril e de despir-se em maio. Atrasaram-se de dois ou três meses. Algumas vezes, deixaram até de registrar as estações! E, com eles, eu e a minha vida, tudo se atrasou ou deixou de funcionar bem. Até o vencimento das minhas cambiais e das minhas duplicatas deixou de se efetuar no dia marcado. Ora, um negociante não pode compreender nem suportar um plátano: daí, os grandes dissabores por que tivemos que passar, eu e os meus credores.

Agora já não acredito mais nos plátanos da praça da República. Estão viciados. Andam seguindo o mau exemplo dos relógios do largo da Sé, do largo de S. Bento, da frente do Teatro Municipal, etc.: desagradáveis objetos que já me fizeram perder muitos trens, muitos amigos, muitas entrevistas misteriosas e muita paciência.

Urbano

Os anjos-maus

Sábado, 2 de junho de 1928

O sr. Alcides Nogueira escreveu-me uma carta que encerra uma justa reclamação. Transcrevo-a abaixo, não na íntegra, pois o meu amável missivista excedeu-se um pouco na nota humorística e nas gentilezas à minha modesta pessoa. Assim, cortados esses excessos e feitas emendas indispensáveis, fica a epístola do sr. Alcides reduzida ao seguinte:

"Exmo. sr. Urbano – Moro na avenida Exterior, em frente ao pulcro Parque D. Pedro II. Todas as tardes, quando a juriti aflita desprende o seu mavioso canto e os cisnes esvoaçam airosamente sugando o doce mel das boninas, eu e minha mana deixamo-nos vagar molemente pelas suaves penumbras desse logradouro público, desfrutando os mimosos panoramas e os gentis brincos da Natureza. Em dado momento, porém, os nossos corpos registram certo cansaço e reclamam repouso. Então, com a maior e mais louvável simplicidade, eu e a mana escolhemos um dos bancos ali existentes, sentamo-nos sobre o dito e ficamos extáticos, entregues à suave contemplação dos fenômenos meteorológicos. Eis senão quando, surge dos vergéis floridos o guarda do Parque e, ao avistar-nos ali, sem compreender a sublime poesia que nos vai n'alma, intima-nos a caminhar, caminhar sempre, como Judeus Errantes! Senão – diz ele – 'que dêem o fora!' Evidentemente, este homem mau é muito malicioso. E, além de malicioso, bastante irrefletido: ele ainda não pensou na utilidade daqueles bancos. É preciso acabar com isso. É preciso arrebentar, escangalhar alguma cousa: aqueles bancos ou aquele guarda."

É assim mesmo, amigo Alcides! Um guarda nunca compreende certas delicadezas de sentimento, certos estados de alma. São todos descendentes, em linha reta e sempre varonil, daquele Anjo, que expulsou, com uma espada de fogo, Adão e Eva do Paraíso. Não respeitam ninguém: nem irmãos, nem namorados, nem artistas. Desde que haja calças e saias misturadas, já se sabe: é pecado, pela certa! Conheço um poeta, que foi, um dia, invocar as Musas, no Parque Paulista, ao pôr-do-sol. Invocou. A Musa chegou de táxi e veio sentar-se ao lado do poeta. Deu-lhe logo uma porção de rimas: para "beijo", para "abraço", para "flama", etc. De repente, apareceu um homem de espingarda e expulsou o poeta e a Musa. Nesse dia, o Brasil perdeu um dos mais perfeitos sonetos da sua literatura!

URBANO

Ordem e Progresso

Terça-feira, 5 de junho de 1928

Escreve-nos o sr. F. R. N.:
"Há tempos – com grande mágoa para as boas criaturas que não têm automóvel particular e não gostam de bondes – foi aumentada de dois para três mil-réis a partida, a 'bandeirada' dos táxis. Isto é uma cousa muito natural. Estamos na terra do Progresso, onde tudo tende a crescer, a aumentar, a subir: os impostos, o arranha-céu Martinelli, etc. Por isso, que os bons cinesíforos ganhem mais dez tostões para levar um homem, depressa, ao hospício, matando quatro ou cinco pelo caminho, não é lá muito para se estranhar.

O que é para se estranhar é a coincidência feliz para os *chauffeurs* – de ter sobrevindo esse aumento à alteração na ordem do trânsito de veículos pela cidade. *'Il y a un dieu pour les... chauffeurs...'* Assim, com o aumento da tabela, veio também o aumento das distâncias. Agora, uma excelente e bem-intencionada criatura, que toma, por exemplo, um táxi na praça da República, para ir beber um chá na 'Selecta' ou na 'Vienense', à rua Barão de Itapetininga, em vez de pagar só os 3$000 do primeiro quilômetro (e 3$000 pagam muito bem o *chic* de se chegar fonfonando a uma casa de chá), terá que pagar 3$400. Porque o táxi, partindo da praça da República, em frente à rua Barão de Itapetininga, terá que fazer a volta toda pela dita praça, para só depois ganhar a dita rua.

Regularizar o trânsito de veículos também era uma medida necessária, de ordem. Mas o que se torna insuportável é essa união, essa fusão das duas medidas: Ordem e Progresso, ao mesmo tempo, simultaneamente. Ordem, no movimento dos automóveis e Progresso no preço dos mesmos.

Detesto aplicação de lemas ou divisas à vida prática. Essas inscrições ficam muito bem numa bandeira nacional; mas ficam muito mal na bandeirinha de um taxímetro."

Está conforme o original.

URBANO

Terremoto

Quarta-feira, 6 de junho de 1928

Praça Antônio Prado, às 4 horas da tarde. "Antônio Prado?" Não: praça de guerra. Grandes soldados loiros – duques, marqueses, condes, barões assinalados – fazem sinais, afastando o povo. Caminhões cinzentos, como carretas de canhões, roncam e disparam. Trepidações de metralhadoras. Umas máquinas esquisitíssimas, parecidas com boticões infernais nas mãos de dentistas sorridentes, extraem paralelepípedos, sem dor. Há faíscas elétricas, azuladas, no chão. Tudo treme, ao ruído trepidante. O arranhacéu Martinelli tem maus desejos... Nos escritórios da Light, nas redações dos jornais, em todas as salas e todas as lojas das redondezas, onde há pessoas que trabalham, reina o terror. Barulho, barulho e barulho. As farmácias enriquecem vertiginosamente, vendendo a 20$000 cada pacote de algodão. Os surdos de nascença curam-se por milagre: suas trompas de Eustáquio começam a funcionar melhor do que um saxofone de *jazz*.

Aparece, de repente, uma italiana gorda e trôpega, assustada e cacarejante como um frango. Ela tenta atravessar a praça. Olha para o chão revolto, estalado em todos os pontos. Recua atônita, horripilada.

Um desses homens serviçais – próprios para dizer as horas a todo o mundo, a indicar ruas a pessoas perdidas, a defender senhoras ultrajadas e a ajudar criancinhas a subir no bonde – procura acalmar e auxiliar a aflita dama. – Mas, qual! Ela recusa-se terminantemente a passar por ali. Foge, espavorida, acompanhada de algumas criaturas curiosas. Encolhe-se a uma porta da rua S. Bento. Benze-se dezessete vezes, diz vários nomes de santos e santas e garante, jura, aposta que aquilo é um terremoto! O homem serviçal oferece-lhe Água de Melissa e explica que aquilo são os primeiros trabalhos para a nova pavimentação do centro urbano. A mulher não aceita, de maneira alguma, a explicação. Aquilo é terremoto. Conta, então, com uma vaidade muito justificável, que ela tem muita prática de terremotos: na sua terra era assim mesmo que começava!

URBANO

Sinfonia *marron*

Sexta-feira, 8 de junho de 1928

Quando um temporal desaba sobre uma grande cidade, os jornais, no dia seguinte, aparecem cheios de detalhadas notícias sobre o providencial acontecimento. Não faz ainda uma semana, verificava-se isso em S. Paulo: – um tufão à noite, e novidades fresquinhas, de manhã cedo. Todos os nossos jornais narraram pormenorizadamente as lamentáveis conseqüências do nosso último flagelozinho: – bueiros que rebentaram; tabuletas de casas comerciais que se evaporaram; automóveis que se viram subitamente desarvorados, como navios em alto-mar; fios da Light que se partiram, ameaçando fabricar Saccos e Vanzettis[60]; o fraque de um funcionário público, que voou, como um morcego, em praça pública, abandonando o corpo indignado e vociferante... etc., etc.

Reconheço gostosamente a gravidade destes desastres; mas tenho sérias razões para afirmar que foi omitida, nos noticiários, a mais importante conseqüên-

---

60. Sacco e Vanzetti: ver nota 29.

cia do último vendaval paulistano. Triste conseqüência, que se prolonga ainda até hoje. Essa conseqüência está ali, no ar e no chão da avenida Brigadeiro Luís Antônio, por exemplo. E consiste na grande e volátil camada de terra que o vento e a chuva trouxeram, em forma de lodo, para aquela via pública, e que até agora dormita, em forma de poeira, sobre os seus provisórios paralelepípedos. Dorme um sono inquieto, de pesadelos, despertada, a todo momento, pela passagem ruidosa e veloz dos cardumes de "camarões", dos autos, das carroças, das grandes botinas 46 dos srs. pedestres, e de outros veículos. A suave e perfumada brisa que estes semoventes produzem, ao passar, acorda, assusta e revoluciona a pobre poeira que dormita. E uma nuvem parda envolve o ambiente e cega todo o mundo, principalmente os empregados da Limpeza Pública.

* * *

Quem me denunciou este fato foi um bom homem, que acabava de ficar, num mesmo dia, órfão de pai e mãe, e viúvo desamparado. Esta dolorosa criatura, respeitadora dos preconceitos sociais, teve que envergar um luto triplo, na proporção da sua tripla dor. Apareceu-me de sobrecasaca preta, muito longa e fechada, com *plastron* e *camicia nera*[61], unhas idem, cartola negríssima e fosca, enrolada num longo véu de crepe que esvoaçava, airoso, aos zéfiros e favônios vespertinos...

A negra visão dos meus trinta anos contou-me, cavernosamente, que, ao passar por aquela avenida,

---

61. A "camisa negra" era um dos distintivos dos fascistas militantes.

ontem de manhã, notou que várias pessoas de suas relações – parentes, sobretudo – deixaram de cumprimentá-lo, aparentemente, sem motivo justificável. Ao chegar à sua casa, porém, e ao mirar-se no espelho de seu guarda-casacas, a negra visão descobriu o motivo daquela injúria, daquele vexame: – seu austero luto estava transformado numa desrespeitosa sinfonia em *marron*. Coberto de poeira *marron*, da ponta da cartola à ponta dos borzeguins de verniz, o seu luto desaparecera por completo. Ora, isto é uma afronta à sua dignidade, à sua dor, e à memória dos seus queridos defuntos.

Ele tem toda a razão. Mas... *"memento, homo, quia pulvis es et in pulverem reverteris!"*[62]

URBANO

História de bonde

Terça-feira, 12 de junho de 1928

O bonde "Vila Clementino", ex-"Matadouro", apesar da infeliz e imprópria mudança do nome, continua a ser, para mim, um dos maiores perigos de S. Paulo. Perigo em todos os sentidos: não só por ter mais rodas esmagadoras do que os outros (pois traz quase sempre dois carros rebocados, num total de 12 rodas mais ou menos), e por conduzir pessoas sanguinolentas, que estão acostumadas a cortar carne, assim como quem corta notícias nas redações dos jornais; como também, e principalmente, por estar, fre-

---

62. "lembra-te, homem, que és pó e em pó tornarás!"

qüentes vezes, sob a imediata e exclusiva jurisdição de um condutor argentário e pouco escrupuloso.

Este zeloso funcionário da Light é um pequeno homem atarracado, peludo e visivelmente de maus bofes. Verdadeiro papa-níqueis, não se satisfaz com cousa alguma. Não há moeda de 100, 200 ou 400 réis que lhe baste. Cobra, invariavelmente, de um mesmo passageiro, pelo menos duas vezes a sua passagem. Adivinham-se facilmente as lamentáveis conseqüências dessa sua níquel-*sacra fames*: – discussões violentas com passageiros, paradas prolongadas para liquidação de contas, bofetões, golpes de alavanca...

Quando acontece entrar nesse bonde um homem distraído, então é que a cousa se torna irritante, insuportável mesmo. Fui testemunha, há dias, de um caso destes. A vítima, um conhecido meu, ia dois bancos à minha frente. É um bom senhor, honesto, fumante inveterado, fogueteiro e de óculos pretos. O seu único defeito – não como pirotécnico, mas como passageiro do bonde "47" – é ser excessivamente distraído. O bom senhor entregou ao condutor o seu relógio de prata, em vez de uma moeda de prata. O condutor deu-lhe este troco: mil e oitocentos réis em níqueis de 200. O fogueteiro colocou a pequena fortuna no bolso do seu colete incombustível, de amianto, e não percebeu nada. Dois minutos mais tarde, o condutor, triunfante, seguro, pela experiência, do êxito garantido do que estava fazendo, aproximou-se da sua vítima, fez barulho com níqueis no bolso, bateu no banco com as falanges e – lá se foram outros 200 réis. Um quarteirão adiante, mesmo joguinho – e lá se foram mais 200 réis... Assim foi indo. Quando o fogueteiro chegou ao ponto do seu destino, tinha já consumido 9 níqueis de 200 réis e mais um relógio de prata.

Eu ia atrás, assistindo, sem intervir, àquele doloroso espetáculo. Sensações como esta são tão raras, que não tive coragem de interrompê-la. Confesso que tive escrúpulo e mesmo certo receio: o meu pirotécnico é tão distraído, que seria capaz de me tomar por outro condutor e querer entregar-me logo uma carteira de traques ou, então, outro relógio.

URBANO

Inocência

Quarta-feira, 13 de junho de 1928

Outro dia – dia de Corpus Christi – houve procissão, na cidade.

No Brasil, quem diz procissão, diz festa: ruas cheias, vestidos novos, alegria. E assim foi, outro dia, em S. Paulo. O Triângulo encheu-se. E, no meio da gente que enchia o Triângulo, havia centenas de pessoas longínquas, que só aparecem no centro da cidade nas grandes ocasiões. E, entre estas pessoas longínquas, muitas havia que nunca, nunca tinham visto a famosa colina central. Criaturas singelas, morando em bairros afastadíssimos, em subúrbios muito distanciados, onde não chega a fuligem das chaminés do Brás nem a sombra calma e tranqüilizadora do Edifício Martinelli.

Uma destas felizes criaturas era uma velhinha vagarosa e assustadiça, que esbarrou comigo, às 4 horas da tarde, na praça Antônio Prado. Ela levava, por um braço, uma virgem de véu de filó branco, e por outro, um anjo de asas de papel de seda e diadema de lata. Deu-me a calma impressão da felicidade possível. Diante dela, eu rasguei, antes de ser conferido, um bilhete de loteria que acabava de entrar, como um sonho dourado, no bolso do meu colete. Que vontade de ser assim! De acreditar em virgens e em anjos, e de gostar de procissões, e de morar em algum lugar onde não há empregados da Light entregando contas, nem inimigos comerciais escrevendo cartas no princípio do mês, nem amigos dando notícias do dirigível "Itália", pelo telefone!

Fui acompanhando, sem querer, como quem acompanha um ideal, a boa velhinha, pela calçada. Na praça Antônio Prado, ela quis atravessar a rua. Era difícil. Com a renovação do calçamento havia abismos insondáveis abertos a nossos pés. Dei-lhe o braço, auxiliei-a. Foi longo e complicado. Afinal conseguimos chegar à esquina da rua Quinze. Então, a velhinha agradeceu-me:

– Obrigada, moço! Eu não sabia que isto aqui era assim... que tinha tanto buraco, como lá onde eu moro... É igualzinho! Não faz diferença nenhuma! Deus te ajude, moço!

Ela pensava que era sempre assim! Que S. Paulo estava sempre mudando o calçamento... Ela não sabia que, antes, era pior...

URBANO

O prazer de viajar

Sábado, 16 de junho de 1928

Aquele pardieiro fatal, que fica quase encostado às sugestivas porteiras do Brás, e que se chama Estação do Norte, é uma das máquinas de sugar dinheiro mais complicadas e mais aperfeiçoadas que há no mundo. A boa criatura, que lhe cai no papo, fica, de um momento para outro, como que por encanto, reduzida a um simples zero seguido de um ponto de exclamação.

As cousas, ali, passam-se mais ou menos da seguinte maneira: – O viajante compra, com três dias de antecedência, por um preço proibitivo, um pedacinho de papelão que lhe garante um lugar entre os inúmeros insetos que viajam e comem de graça nos noturnos da Central. De posse de tal passagem, o cidadão itinerante passa três dias deliciosos, na melhor de todas as sensações que a vida nos oferece: esperar pela festa. Chega o dia e chega a hora. O táxi desconjuntado do bom viajante pára à porta do pardieiro e despeja, nos braços peludos de dois carregadores malencarados, uma pequena *valise* de mão, uma regular canastra de couro, dois jornais da noite e um tubo de comprimidos hipnóticos de Bromural. Os dois carregadores (são sempre precisos, para cada mala, pelo menos dois desses hércules) cobram do freguês, no mínimo, 5$000, cada um, pelo servicinho limpo que consiste em despachar a bagagem e colocar o tubo de Bromural e os jornais da noite sobre a poltrona ou sobre o leito do carro. Esta questão de bagagem é que é o "prato de sustância" da história. A grande companhia decidiu que nenhum volume poderá seguir no carro, com o seu dono. Isto é: que cada qual deve ter já, no seu corpo, sob o seu terno ou seu guarda-pó, um pijama ou um camisolão e, nos bolsos da ceroula, um pente, uma escova de roupa, outra de dentes, uma bisnaga de pasta dentifrícia, uma calçadeira, um par de chinelos, um revólver ou um pacote de bolinhas de naftalina, para matar animais, etc. Cada viajante é obrigado a despachar toda a sua bagagem (inclusive cachorrinhos ou bebês). E isto, por um preço exorbitante. Um pobre baú, por mais bem pintado que seja, com as mais lindas flores possíveis, nunca pagará menos de 40$000. E com uma agravante, ainda: – o proprietário declarará o valor do conteúdo; se der um valor justo, pagará um despropósito; se der um valor baixo, a Estrada não se responsabiliza, não garante a chegada dos volumes, intactos, ao Rio!

Resultado de tudo isto: o custeio de uma viagem ao Rio terá que obedecer à tabela abaixo:

Passagem	99$800
Táxi	15$000
Carregadores em S. Paulo	10$000
Idem, no Rio	10$000
Despacho de uma canastra e uma *valise*	70$000
Café ou chocolate a bordo	12$000
Gorjeta ao guarda do carro	10$000
Táxi no Rio	10$000
Total	236$800

Quer dizer que, com ida e volta (nos noturnos de luxo, não há bilhetes, com desconto, de ida e volta), a cousa sai aí por uns 473$600, salvo erro ou omissão.

A excelente pessoa, que me fez estas revelações, vai todos os meses ao Rio, esperar a chegada de um padrinho político que vem da Europa; é 2º. escriturário numa das Secretarias de Estado e vence, mensalmente, o ordenado de... 300$000 redondos!

URBANO

O enfermo

Quarta-feira, 20 de junho de 1928

O Viaduto do Chá está passando muito mal. Enquanto os médicos da Prefeitura, com verdadeira dedicação, auscultam-no, tomam-lhe o pulso, mandam fazer análises minuciosas de todas as suas secreções – todos os futuros suicidas de S. Paulo, como uma família unida, ficam tristes e apreensivos.

O boletim médico oficial ainda não foi afixado. Não se conhece ainda nenhum diagnóstico, nenhum prognóstico. Os sintomas eram alarmantes: tremores ininterruptos, fraqueza nas pernas, calos, etc. O povo espera. E, esperando, comenta e discute hipóteses. Um cardíaco, que ousou passar por ali, a pé, comendo "*digitalis*", achou que aquilo é cousa do coração. Um velhinho trêmulo, espiando o Viaduto do último andar da torre Sampaio Moreira, declara, convicto, que, na sua opinião, o Viaduto está caducando, está macróbio, com um pé na cova. De uma pequena mesa do Bar Capitólio, um perfeito bêbado afirma, com um murro na mesa, que esse mal não pode ser outra cousa senão um característico *delirium tremens*...

Seja o que for, seja como for, o que é fora de dúvida é que o Viaduto está passando muito mal. E, o que é muito triste, é ver a angústia pintada no rosto pálido de todos os futuros suicidas de S. Paulo. Eles estão silenciosos, refletindo. Que fazer? O Viaduto de Santa Ifigênia não presta, não é eficaz: cercado, como está sendo, por todos os lados, de construções altas, não oferece uma base firme e funda, capaz de esborrachar decentemente um crânio tresloucado. Um revólver é cousa caríssima; e drogas mortíferas as farmácias recusam-se a vender (a "creolina" deixa de produzir efeitos).

Desesperam-se os desesperados. E, no meio do seu desespero, apenas um lampejo fraco de esperança salvadora brilha em suas almas, como um fósforo riscado ao meio-dia: o Viaduto da Boa Vista. Mas... quando virá ele? Talvez, somente no dia em que amanhecer, morto, estendido sobre o vale do Anhangabaú, a velha ponte do chá e dos suicídios. "Rei morto, rei posto."

URBANO

Vingança

Sábado, 23 de junho de 1928

Se eu fosse Deus – o único Ser que cria e destrói –, eu começaria criando a morte, para, imediatamente, destruir a vida de certo freguês dos ônibus da Light.

Quem teve a paciência de ler esta frase, ficou logo absolutamente convencido de que o homem em questão é, sem dúvida, um meu inimigo pessoal, ou, pelo menos, um meu credor. Mas não é: esse freguês não tem a glória de ser inimigo e, muito menos, credor de quem quer que seja. É um homem que anda de ônibus – nada mais.

Nada mais?

Agora é que o meu leitor vai ter a explicação cabal da minha volúpia aniquiladora contra o tal sujeito. Conheço-o apenas de vista. Ele resume-se todo nisto: – uma pasta de advogado debaixo de uma cartolinha, gesticulando na esquina. Sussurra-se por aí, com respeito, nas redações dos jornais, que ele "é um talento de escol", que é "um esperançoso jovem, de brilhante futuro na carreira jurídica"... Eu acredito, como se acredita, por exemplo, na fama de um armazém de secos e molhados, que é o mais barateiro do bairro. Outro dia, o talento de escol, a sua pasta e a sua caspa tomaram um ônibus da Light na praça do Patriarca. Tive a suprema desventura de ficar num banco imediatamente atrás do seu. Não que eu tivesse medo de algum perigoso contágio do seu talento, da sua pasta ou da sua caspa. É que o novel jurisconsulto ia dar, de graça, aos meus olhos e aos meus ouvidos, um dos espetáculos mais desgostantes (pior que aquela exposição de bonecos da rua 15) de que um bacharel é capaz: – falar alto. Com uma intimidade importuna, que nada justificava, começou por me tratar de "ilustre". Depois, veio o esperado "Sim, senhor!" Depois...

Depois, eu comecei a sentir uma necessidade urgente de pedir à Light e a outras empresas que ponham, depressa, nos seus bondes ou nos seus ônibus um "É proibido falar alto para atrair atenções".

Depois, ruminei calmamente, premeditadamente, friamente, contra aquele Código de cartolinha, talento, pasta e caspa, a minha vingança: – esta crônica!

URBANO

São João

Domingo, 24 de junho de 1928

Eu possuí, há muitos anos, uma tia. As tias, geralmente, têm medo de correntes de ar, ou de gafanhotos, ou de mascarados. Esta minha tia, particularmente, tinha medo de fogos. Daí, o seu nome: Dona Antipirina.

O ano, para Tia Antipirina, dividia-se em dois períodos: – o período da calma, da paz, da felicidade, que começava a primeiro de julho e estendia-se até 12 de junho (véspera de Santo Antônio) do ano seguinte; e o período da inquietude, do terror, do infortúnio, que compreendia apenas os restantes 18 dias do ano. Assim, durante aquele primeiro período, Tia Antipirina ia à missa, bordava, falava mal dos tempos de hoje, comia, tomava semicúpios, dormia e acordava, todas as manhãs, como todo o mundo. Durante este segundo período, Tia Antipirina deixava, praticamente, de existir: vagueava, sonâmbula como um fantasma, pelos corredores da casa, metida num enorme camisolão branco, com um vidro de Água de Melissa na mão esquerda (que é o lado do coração) e um rosário na outra. Não ia à missa, não bordava, não falava mal dos tempos de hoje, não comia, não tomava semicúpios, não dormia e, portanto, não podia acordar, todas as manhãs, como todo o mundo. Não. A sua vida era um medo longo e ininterrupto: medo de balões, de busca-pés, de bombas, de foguetes, de pistolões, de rodinhas, de bichas, até mesmo de estrelinhas chinesas! De tudo que tivesse pólvora e pudesse pegar fogo.

Os meus leitores já deduziram e compreenderam claramente – e eu não preciso explicar – que essa minha tia amou um bombeiro e morreu queimada. Morreu abraçada a um aparelho "Pluvius", extintor de incêndios, numa noite de São João, ao ver um sobrinho teimoso (não era eu), de três anos de idade, acender sobre um pires, na mesa, uma "Cobrinha de Faraó", silenciosa e interminável.

E se hoje, 13º aniversário do seu falecimento, eu evoco a figura doce e timorata da boa Tia Antipirina, é porque sinto que ela morreu cedo demais. Se tivesse sabido se conter, naquela malfadada noite em que viu a "Cobrinha de Faraó", no pires, certamente poderia, hoje em dia, viver com calma, paz e felicidade. Porque a velha mania dos fogos está em plena decadência, por aqui. São João está desaparecendo... São João passa insensivelmente... São João...

> "...São João está dormindo,
> Não acorda, não!
> É de cravo, é de rosa,
> De manjericão!"

URBANO

O homem-esperança

Sexta-feira, 29 de junho de 1928

Tenho a honra de apresentar, hoje, aos pacientes degustadores das minhas crônicas, um dos tipos mais curiosos e mais sugestivos das nossas ruas.

Trata-se de um raro ser que, por não estar ainda convenientemente classificado no museu da humanidade, não tem nome de espécie ou família. É um homem como todos os homens, na aparência: cobre-se com os mesmos panos com que nós todos nos cobrimos, tampa-se com o mesmo Ramenzoni com que nós todos nos tampamos, bebe o mesmo cafezinho quente e forte que nós todos bebemos..., etc. As únicas cousas que ele pratica diversamente do resto da espécie humana são estas: o ato de alimentar-se e a maneira com que se comporta dentro de um "camarão". Este gênero de homem alimenta-se só de esperanças e ocupa, geralmente, dois lugares no grande bonde rubro.

Vou demonstrar, para ser mais claro, com um exemplar que pesquei, dias atrás, no largo S. Francisco. Ele entrou no "camarão" – eram 6 horas da tarde – com um sobretudo grosso no corpo e um vespertino na mão. Tomou assento num dos bancos de dois lugares, mas não ficou nem do lado da janelinha, nem do lado da passagem: ficou exatamente no centro do banco. Eu ia atrás dele e olhei, com olhos de Raio X, para a sua cabeça. Vi o que dentro desta bola havia: uma esperança. Esse homem esperava que a seu lado viesse sentar-se uma senhora ou senhorita. E esta esperança era o seu alimento, a sua própria vida, a razão de ser da sua existência. Por isso mesmo, sentou-se no meio do banco e começou a negar colocação a tudo quanto era homem que lha solicitasse. Negou assento a uma capa-de-borracha, a um *cavour* parlamentar, a um *pullover* esportivo... Não queria saber de calças: só queria saias, muitas saias, apenas saias, sempre saias! Chegou a cometer despropósitos: fingir que estava lendo o jornal, ou que estava examinando uma fachada de edifício, ou que estava acertando o relógio, ou que estava apanhando qualquer cousa que caiu no chão – só para negar colocação a pessoas do seu sexo. Apenas uma saia surgia no horizonte do bonde, logo o homenzinho encolhia-se todo para o lado da janela e o coração dava pulos dentro do seu sobretudo grosso. E assim foi, o homem, comendo esperanças, até o fim da linha...

Ora, como a esperança é um mal contagioso, epidêmico, mesmo, eu também, atrás do enfermo, comecei a palpitar de esperança. Esperei e desejei ardentemente que qualquer saia viesse acomodar-se a seu lado. Qualquer, contanto que fosse saia: – a de uma italiana da feira, o saiote de um *highlander*, a batina de um sacerdote ou mesmo a ampla saia de sua exma. esposa...

URBANO

Barulhos

Domingo, 1º de julho de 1928

"Senhor Urbano:
Há muitas pessoas que ainda não estão educadas para viver numa grande cidade. Não possuem,

nitidamente, a noção da comodidade alheia. Por isso, não respeitam nem a vista, nem o ouvido, nem o tato, nem o olfato do próximo. Não há ninguém que não tenha tido experiência de um desses exemplares admiráveis, que empurram, estabanadamente, os transeuntes pacíficos, nas calçadas; que cospem minuciosamente em todos os lugares; que se vestem como bárbaros; que gritam estranhamente ou que fazem funcionar esquisitos aparelhos mortificadores da membrana do tímpano... Etc., etc., etc.

Uma pessoa, por exemplo, possuidora de um automóvel, acredita que, só depois de ter abusado do *klaxon* e de uma válvula maldita chamada escapamento, cumpriu os deveres primários do bom automobilista. Os outros – os deveres superiores: atropelar, ferir e matar – ficam reservados para os domingos, feriados e outros dias de cerimônia, quando não são praticados em conjunto, nos dias comuns, com os deveres primários.

Não vale a pena pedir à Prefeitura e à Polícia providências para proteger a tranqüilidade do bom cidadão, único ser digno de viver numa grande cidade. A Prefeitura não se incomoda com questiúnculas e nugas referentes ao bem-estar do transeunte; e a Polícia só gosta de exibir grilos bem fardados e prender desprezíveis ladrões de galinha.

Não confio, sr. Urbano, na ação de uma e de outra dessas entidades respeitáveis, porque são elas, muitas vezes, que acoroçoam os distúrbios de rua e criam um ambiente de sobressalto para a população ordeira. O exemplo do que se passa no Carnaval é muito sugestivo a esse respeito. O carnaval já está longe, não há dúvida, mas ele ainda serve, sr. Urbano, para comprovar o que venho dizendo. Durante o último tríduo carnavalesco, a cidade inteira parecia uma fortaleza bombardeando um exército imaginário. Os automóveis explodiam de segundo em segundo, estremecendo os ares. Nem na avenida Paulista, perto de hospitais, os rumores bombásticos cessaram. E a Polícia de mãos dadas com a Prefeitura consentiu nessa enormidade. Duas entidades surdas, evidentemente. Agora, durante as festas de Santo Antônio, S. João e S. Pedro, a mesma cousa calamitosa aconteceu. Bichas, bombinhas, bombas, rojões, morteiros... um inferno! Eu compreendo os fogos, sr. redator, mas sem o veneno, isto é, expurgado de rumores inúteis. Veja como é inocente e inofensiva uma estrelinha!

Eu leio no *Times*, sr. Urbano, a notícia de que, em Melbourne (Austrália), se realizou o *annual meeting* da '*Noise Abatement League*' (Liga de Combate ao Barulho), a fim de discutir estes interessantes tópicos: motocicletas sem os 'silenciosos'; trompas, cornetas e assovios; sereias; apitos de locomotiva; relógios de cidade; campainhas de bonde; rangidos de vagões; cachorros, aves e pianistas; leiteiros de madrugada; máquinas de escrever e telefones; e outros barulhos específicos da atmosfera australiana. Quando teremos nós uma liga semelhante?

Aguardo o seu pronunciamento sobre o conteúdo desta despretensiosa carta e queira desculpar o seu atormentado leitor e também cronista deste jornal. – C."

Publique-se.

URBANO

Impressão pessoal

Terça-feira, 3 de julho de 1928

Um dos meus mais antigos e melhores amigos é um homem excelente e extraordinário: excelente, porque é meu amigo; e extraordinário, porque é uma criatura inquieta que tem a esquisita mania de chegar e sair. É a criatura mais inquieta que conheço. É a própria inquietude em pessoa. Tem horror a ficar: só pode viver chegando e saindo.

A sua casa – compreende-se bem – é um inferno. De dez em dez minutos a campainha toca: é "seu" doutor que está chegando. "Seu" doutor chega, entra, põe o chapéu no cabide, o beijo na testa da esposa e o cigarro no canto da boca – e começa a andar, de lá para cá, bufando, por um corredor especial, de cá para lá, como um pêndulo. Assim que o cigarro chega ao fim, mete, de novo, o chapéu na cabeça e sai, depressa, pela porta do fundo. Dá uma volta afobada, pelo quarteirão, andando depressinha – e entra, novamente, em casa... E assim por diante, até que, desancado do cansaço, entra na cama, e sai, pelo mundo fora, em sonho...

Às vezes, mesmo depois do mês dos fogos – tenho a impressão de que a alma desse meu mais antigo e melhor amigo é um busca-pé aceso.

Como bem se pode imaginar, esse homem vive viajando. E viaja de trem, porque o automóvel não dá bastante a sensação desejada da partida e da chegada, com lenços abanando na plataforma e braços nacionais cheios de palmadinhas pelos ombros. Quer dizer que, em S. Paulo, a maior parte da vida deste homem passa-se nas estações do Norte, da Luz e da Sorocabana. E os seus melhores amigos (sem contar comigo) são os carregadores e os *chauffeurs*.

Ora, um dos maiores desejos da minha vida é conseguir pegar de jeito este meu camarada, mesmo que seja numa sala-de-espera, ou num hospital, para fazer-lhe uma perguntazinha... Eu queria, eu desejava ardentemente, sofregamente, que ele me confiasse as suas impressões pessoais sobre S. Paulo. Devem ser interessantes... As estações e seus empregados são uma espécie de carta-de-apresentação, de credencial que as cidades apresentam aos seus hóspedes. E as nossas estações, a gente das nossas estações... Não quero me referir à Estação da Luz, que já não é estação: é cartão-postal; nem à Sorocabana, que é apenas um eterno andaime. Não. Eu quero referir-me à Estação do Norte, à sua fachada maravilhosa, pintada a óleo azulado; às suas bilheterias confortáveis, numerosíssimas, diante das quais um público perfeitamente educado "faz cordão" em ordem, como soldados; às suas amplas plataformas, onde, em dias de chuva, não cai uma gota d'água; aos seus carregadores amáveis e barateiros; ao preço tão módico das suas passagens e dos seus fretes; aos táxis bonitos e novinhos que, diante dela, abrem os braços desinteressados a todos os viajantes.

Eu hei de pegar esse meu amigo, num momento em que esteja de mau humor, com reumatismos ferozes, suficientemente impossibilitado de andar, assaz entrevado, para realizar uma entrevista com ele, e publicá-la aqui, todinha, um belo dia...

URBANO

Do silêncio

Quarta-feira, 4 de julho de 1928

Meu atormentado leitor C.

Com a atenção que você me merece, li e publiquei a sua interessante epístola sobre os barulhos da cidade; e com a sinceridade que me é peculiar, tenho hoje o pesar de dizer-lhe que não acho razoáveis algumas das suas idéias.

Em primeiro lugar: – Já terá você refletido sobre a grande incoerência que há no bojo de uma Liga de Combate ao Barulho? Qualquer das assembléias gerais, das reuniões, dos *annual meetings* de uma corporação dessas correria, sem dúvida, como todos os ajuntamentos, em meio dos maiores barulhos: das mais acaloradas discussões, dos mais eloqüentes discursos, em que, certamente, os argumentos mais convincentes não passariam de estrondosos bofetões, berros, murros na mesa, toques de tímpanos, tiros de revólver, explosões de dinamite...

O silêncio, amigo C., tem, como tudo neste mundo, os seus inconvenientes. Você seria capaz de dormir calmamente num cemitério, por exemplo? Demais, que é o silêncio? Não será ele uma forma especial do barulho? Já Rudyard Kipling, no seu Segundo Livro da Jungle, pág. 242, observa isto: – *"The air was full of all the night noises, that, taken together make one big silence..."*[63] Coincide com esta fina observação a intuitiva observação do indígena brasileiro, que

---

63. "O ar estava cheio de todos os ruídos da noite, que, juntos, criavam um grande silêncio".

deu ao silêncio das selvas – cheio de pios e chios –
o onomatopaico nome de "quiriri".

A propósito, quero contar-lhe o caso de um parente meu, que, habitando, por muitos anos, perto da estação do Pari, que é onde residem todos os barulhos do mundo – caminhões pesados pererecando sobre paralelepípedos tortos, chicotadas, brados de carroceiros, apitos de locomotivas, bondes tocando sinos... –, teve, inopinadamente, que transferir sua residência para um sítio ermo, silencioso, agreste, deserto: o alto da Lapa. Não agüentou um mês. Há três dias, encontrei-o na praça Antônio Prado, auscultando as máquinas ruidosíssimas que fabricam a pavimentação. Brincava, nos seus lábios, o sorriso feliz de quem está tirando o ventre da miséria. Abracei-o, comovido. Indaguei da sua vida. Respondeu-me:

– Um inferno! Mudo-me de lá! Vendo a casa por qualquer cousa! Troco-a por qualquer bugiganga: um pistão de varas ou um reco-reco... Não posso mais! Há um mês que não descanso! Não consigo dormir com aquele silêncio!

Outro caso, querido C.: – Foi no Rio de Janeiro, na praia de Botafogo. Existe ali um casarão esquisito, onde vivem aninhados, como mafagafos[64], uns transformadores da Light. Você sabe o que isso é: um zunzum contínuo, ininterrupto, eterno. Quando a gente passa por um ninho desses, parece que tem a cabeça transformada numa imensa casa de marimbondos. Pois todos os habitantes daquele quarteirão acostumaram-se de tal maneira àquela perene cantiga de ninar, que pareciam criancinhas dorminhocas

---

64. Antro de malandros. No jornal está "magafagafas".

e felizes. Um dia, por um motivo qualquer – desarranjo nas máquinas, interrupção de corrente... – cessou, subitamente, o barulho. Um dia, dois dias, três dias sem aquela embaladora *berceuse*, sem aquela maternal cantilena! Começaram as insônias. E vieram então os protestos por telefone a princípio, depois por cartas anônimas, por *meetings*, e, afinal, pela imprensa... Resultado: a Light teve que destacar para ali uma turma de empregados, que se revezavam de 12 em 12 horas, e cujo único ofício consistia em ficar ali zumbindo, como se fossem transformadores, fazendo assim, como besouros: zum-zum-zum-zum... Só desta maneira se conseguiu restabelecer a paz naquela zona atormentada.

Gosto do barulho, meu caro C. Se eu não tivesse o pequeno defeito físico que tenho – ser completamente surdo de nascença –, com certeza eu havia de morar ao lado de uma pedreira, e teria em minha casa, funcionando dia e noite, uma fanfarra da Força Pública.

URBANO

Puberdade[65]

Quinta-feira, 5 de julho de 1928

Faz hoje quatro anos que a cidade de S. Paulo, habitualmente tão santinha, tão bem comportada, resolveu "pôr as manguinhas de fora". S. Paulo apare-

---

65. Referência à Revolução de 5 de julho de 1924 em São Paulo, chefiada pelo general reformado Isidoro Dias Lopes. Outra crônica – "O verdadeiro herói", de 4 de dezembro de 1927 – tem como tema a mesma Revolução.

ceu outro, naquela madrugada parda de há quatro anos. Seus aspectos, sua vida, seus hábitos, seu espírito modificaram-se radicalmente, da noite para o dia, sob uma influência estranha e súbita...

1924... S. Paulo lembrava, então, a figura desajeitada, desconfiada e malvista do filho-família, espinhento e sonso, que se meteu na troça, pela primeira vez. O bom sarambé pulou do colo das titias para o colo de uma aventura de *manton de Manilla*, brincos enormes, *accroche-coeurs* furiosos, olhos rasgados a bistre e navalha na meia... A sua fisionomia doce, de anjinho de procissão, adquiriu, repentinamente, uma expressão demoníaca. O seu buço adolescente e familiar transformou-se, subitamente, nuns bigodes assanhados e agressivos de Mefistófeles. As titias, então, benziam-se, espavoridas, pelos cantos e fugiam, em camisolão branco, pelos corredores... Depois, queimavam palmas bentas e fungavam, entre si, que o labrego "estava com o diabo no corpo"...

Não estava, não. Aquilo era apenas uma tentativa de emancipação, um prelúdio de maioridade. O bom sarambé deixava somente de ser o fingido "santinho do pau oco", para começar a ser um homem às direitas, suficientemente patusco, com fraques, champanhadas, pares de bichas, *abat-jours* vermelhos e tudo!

Oh! a primeira farra!

A de S. Paulo foi uma farra de estrondo. Depois... Depois veio a cinzenta ressaca com o literário gosto de cabo de guarda-chuva, o britânico Sal-de-Frutas e a medicinal Cafiaspirina brigando na boca amarga... Longa ressaca de quatro anos! Interminável ressaca que ainda perdura, com grande escândalo das titias que não querem chamar o médico da família, nem pôr em uso a terapêutica caseira, com medo de que o rapaz volte a si, prontinho para outra!

URBANO

"Aguismo"

Sexta-feira, 6 de julho de 1928

A cidade, ontem, andou alvoroçada: uma atmosfera de expectativa ansiosa envolvia-a toda.

"Já terão chegado os aviadores italianos?"[66] – era a pergunta que se pendurava de todos os beiços, por toda parte, que penetrava em todos os ouvidos sob todas as formas, que tilintava no telefone de todas as redações, a todo momento...

De repente – 16 horas e 40 minutos precisamente – ouviu-se, sobre a praça Antônio Prado, um trepidante zumbir, aquele característico *bourdonnement* de motor de avião. Todo mundo sabia, muito bem, que os audazes aviadores não viriam a S. Paulo, que o vôo era direto, Roma-Rio. Mas, apesar de bem saber isso, assim mesmo todos, instintivamente, maquinalmente, ao ouvir a alta trepidação, olharam para cima e pensaram no "Savoia 64". E tinham razão: exatamente, no mesmo instante em que o aeroplano desconhecido manobrava assim sobre o "Triân-

---

66. Na tarde do dia 5 de julho de 1928, os aviadores Arturo Ferrarin e Carlo Del Prete desceram numa praia perto de Natal, batendo o recorde de duração e distância num vôo sem escalas de Roma ao Brasil.

gulo", ouviu-se um silvo longo de sereia, seguido de tiros, estampidos, gritos e correria, da massa popular pela ladeira São João abaixo. Um homem gordo, em mangas de camisa, saiu correndo de dentro da "Brasserie Paulista" acabou de engolir o camarão recheado já suficientemente mastigado, agarrou-me pelo braço e, num irreprimível ímpeto de entusiasmo latino, apontou, com um gesto de ópera, para o céu, e bradou-me a queima-roupa:

– *"Eccolo qui!"*

Foi só então que percebi, compreendi e aplaudi a mancha sutil, a fina esperteza daquele aviador temporão, que fazia evoluções sobre o Martinelli. O seu plano – aéreo ou não – dera o melhor resultado possível: todo o mundo percebeu nitidamente que o sagaz voador estava, com grande habilidade, "bancando o Ferrarin"!

URBANO

Protesto

Sábado, 7 de julho de 1928

Há em S. Paulo uma lei muito sábia, que proíbe aos transeuntes carregar grandes embrulhos pelas calçadas. Um armário, um elefante, um caixão de defunto, um peru, etc. são fardos grandes demais para poderem passar numa calçada sem causar danos ao resto da humanidade pedestre. Isto é lógico, isto é justo. Não se discute.

Muito mais perigoso, porém, que qualquer daqueles trambolhos, é um simples jornal. Um jornal, lido por um transeunte que passa pela rua, oferece aos outros sério perigo. Absorvido, como vai o "atento leitor", nos fatos e comentários que a imprensa quotidianamente registra; com o grande papel aberto à sua frente para que ele nada possa ver nem ninguém possa vê-lo; egoísta, não querendo ser incomodado ou interrompido por quem quer que seja – esse "atento leitor" é uma ameaça ambulante, uma fábrica de desastres, um abismo semovente que bem precisa ser vigiado ou retirado do trânsito pela polícia.

Ao fazer estas considerações, estou revendo ainda aquele homem pequeno e magro, de sobretudo *marron* e óculos imensos de aro de tartaruga, que eu encontrei, por acaso, um dia destes, no largo São Bento, e que, maquinalmente, inconscientemente, comecei a seguir pelas ruas centrais, para ver o que ia acontecer. Ele comprara um enorme jornal do Rio; abrira-o, de par em par, como se abre uma janela sobre uma paisagem agradável; mergulhara profundamente os óculos e a alma no papel impresso – e, a passos lentos de sonâmbulo, começou pela rua Boa Vista acima. Fui seguindo-o, como se fora a sua própria sombra. E fui assistindo, então, a toda a sua terrível "via Crucis". A primeira vítima do leitor foi um poste da Light, que sofreu contusões e escoriações ligeiras. Depois, foi um tabuleiro para vendas de jornais e revistas, que desmoronou entre blasfêmias. Seguiu-se o desabamento sistemático e total de uma senhora gorda e cheia de embrulhos. Logo após, veio o esfacelamento do grande cristal de uma vitrina, e, afinal, um abalroamento entre o "leitor atento" e um "camarão", na rua Líbero Badaró. Aqui, o trânsito todo interrompeu-se e houve mesmo ameaças de linchamento.

O curioso nisso tudo – clamorosa injustiça do destino! – foi isto: – o pequeno homem e o seu jornal nada sofreram durante essa corrida de obstáculos, nada notaram de anormal na vida da cidade estragada por eles. Nada. Passavam através de tudo e de todos, incólumes e indiferentes como uma faca através de um requeijão.

E é contra esta injustiça que eu venho, humildemente embora, protestar com todas as veras de minh'alma!

Urbano

Comodismo

Domingo, 8 de julho de 1928

São raras e pequenas as compensações que têm os que labutam na ingrata arena do jornalismo. Raras e pequenas, mas, em todo caso, existem e aparecem de vez em quando.

Eu, por exemplo, tive, anteontem, uma dessas consoladoras e balsâmicas compensações. Comentando o aspecto particular que apresentou a cidade, ao saber a grata notícia da chegada dos bravos "azes" italianos a Natal[67], rabisquei qualquer cousa sobre a sugestiva epígrafe de "Aguismo". Contra a minha vontade, embora, aconteceu que todo o mundo que leu isso interpretou mal o meu pensamento e, atribuindo-me intenções que eu absolutamente não tive, jogou no bicho: carregou na águia. Resultado:

---

67. Ver nota 66.

deu a águia e os jogadores fizeram-me, por telefone e por cartas, uma significativa manifestação de apreço, que muito me sensibilizou, cognominando-me, todos, "O príncipe do palpite".

Foi esta a primeira, suave compensação que tive na minha carreira jornalística.

Entretanto, como não há felicidade completa neste mundo, tive, nesse mesmo dia, um grave dissabor: recebi um abaixo-assinado de quase todos os bicheiros de S. Paulo, excomungando-me, amaldiçoando-me, ameaçando-me de agressões brutais.

Fico, assim, sem saber que fazer. Se nego palpites, perco a preciosa confiança dos meus admiradores; se dou palpites, torno-me alvo de todas as iras dos banqueiros de bicho.

Só peço a Deus que não deixe mais nenhum aviador chegar ao Brasil. É a única maneira, para uma criatura nas minhas condições, de *"contenter tout le monde et son pére"*...

URBANO

Jornalismo

Terça-feira, 10 de julho de 1928

Há falhas, no jornalismo, que me desgostam profundamente. A perfeita e absoluta inutilidade, por exemplo, de certas notícias ou comentários que a imprensa costuma oferecer ao público, é uma cousa que eu não posso suportar. Leia-se, em qualquer jornal, qualquer discurso de qualquer deputado em qualquer Câmara: – o trololó terminará sempre com "o orador foi muito cumprimentado" inteiramente inútil, falso e ineficaz. Para que esse rabo alegre e adulador sacudindo parabéns? Haverá ainda, na terra, algum leitor capaz de ler, ou dar crédito, ou se impressionar com semelhantes palavras?

Faz uns dez dias, mais ou menos, que estas considerações atravessaram o meu espírito e me forçaram a dobrar, com asco, o jornal que eu lia, e a quebrar, provisoriamente, o bico da minha pena jornalística. Eu encontrara, em letras monumentais, dando um escândalo de três colunas num dos nossos mais importantes matutinos, a notícia da entrega do grande prêmio de 2.000 contos, da Loteria de São João, a um campineiro invejável. Historiavam-se, aí, todas as incríveis peripécias, toda a romanesca aventura do bilhete privilegiado, toda a série de surpreendentes coincidências e casualidades que cercavam de um halo de milagre o dourado fenômeno, etc. Muito bem. Mas o que não estava muito bem era o *"mot de la fin"*. Rematava o jornal: – "O felizardo contemplado com a sorte grande tem sido muito visitado por todos os seus parentes, amigos e admiradores…"

Ora francamente, isto é de um corriqueirismo, de uma inutilidade perfeitamente irritante. Acho que um jornal interessante deveria noticiar apenas cousas interessantes. Nada mais natural, e, pois, mais destituído de interesse do que o fato de ser um repentino enriquecido procuradíssimo por todos os seus parentes, amigos e até mesmo inimigos ou credores. O contrário é que seria interessante e digno, portanto, de especial registro e comentário nas colunas de um grande órgão que se preza. Não haveria, no mundo, quem não se impressionasse vivamente com esta novidade, por exemplo: – "O felizardo, contemplado inesperadamente com a fortuna, tem sido alvo de provocações insólitas de toda espécie, ódios súbitos e agressões, por parte de todos os habitantes desta cidade. Seus parentes e amigos mais íntimos negam-lhe cumprimento na rua e contra ele publicam mofinas nas sessões livres dos jornais..."

Isto é o que eu entendo por verdadeiro jornalismo.

URBANO

O morro das moscas

Quarta-feira, 11 de julho de 1928

Escreve para esta seção o sr. J. F. Prado:

"Senhor Redator: – É esta a segunda vez que me dirijo a v. s., para praticar a cousa mais agradável que um redator possa desejar: reclamar, isto é, fornecer assunto, de graça... E reclamar a mesma cousa que, já há uns oito meses, reclamei: uma vista de olhos da Higiene para o meu bairro...

O meu bairro! Não vá v. s. pensar que seja um desses 'jardins' retirados para onde se espreguiça, diariamente, a cidade sempre crescente. Não. O meu bairro é uma parte já estabelecida, já toda habitada da cidade; é, até, um bairro que as más línguas costumam chamar de *chic*. É o bairro da Avenida. Moro ali, sr. redator, nas fraldas do lindo Morro dos Ingleses[68],

---

68. Em 1926, quando voltou a morar na zona central da cidade, vindo de Santo Amaro, Guilherme de Almeida pas-

já todo construído e todo habitado. Construído? Não, porque ainda há aí uns terrenos à venda, que a ganância dos proprietários resolveu explorar, para não ter prejuízo com os impostos, neles plantando hortas.

Habitado? Talvez, se é que se pode chamar 'habitado' um lugar onde há mais moscas do que gente.

Aí estão, sr. Redator, os dois pontos da minha reclamação: – hortas e moscas.

Isto é: a causa e o efeito.

Estas hortas – que me transformaram, de bom vegetariano que eu era, no mais terrível carnívoro, e até mesmo canibal, que possa existir – precisam, naturalmente, de estrume, para poderem produzir hortaliças e... moscas! Oh! as moscas! Sofri, pacientemente, durante o verão, a invasão das moscas, com a suave esperança de que, no inverno, pelo menos, elas desapareceriam. Veio o inverno: e elas aqui estão, assanhadas, multiplicando-se prodigiosamente, cada vez mais. Cada carroça de estrume que se despeja numa horta do meu bairro produz cem carroças de moscas e um aumento de uns 300$000 mensais na conta da venda, para o fornecimento de Flit, Flyosan, Fly-Tox e outros venenos perfumosos.

Venha ver, se não me acredita, sr. redator! Venha ver, com seus próprios olhos, uma horta – esta é a principal – que fica aqui, à rua Eugênio de Lima, entre a rua dos Franceses e a alameda Ribeirão Preto. Não é uma horta: é um enxame, uma chocadeira de moscas.

---

sou a morar na Alameda Ribeirão Preto, justamente no Morro dos Ingleses, tema desta crônica.

E peça, sr. redator, aos poderes competentes que façam de duas uma: ou proíbam hortas estrumadas e anti-higiênicas em bairros habitados; ou mudem os nomes daquelas ruas – rua dos Ingleses, dos Franceses, dos Belgas, etc. – por nomes de insetos, antes que surja dessa ofensa aos brios de estrangeiros qualquer complicação diplomática.

Muito grato pela publicação destas linhas.

(a) J. F. PRADO."

– Publique-se. Intime-se a autoridade competente.

URBANO

Maravilha

Quinta-feira, 12 de julho de 1928

Ontem de madrugada, eu tive uma das melhores sensações da minha vida: vi uma cousa que nunca ninguém viu.

Se o meu leitor tivesse visto, um dia, um tatu subindo por um poste da Light, ou um homem da Prefeitura escovando a sobrecasaca da estátua de José Bonifácio, ou um aeroplano chegando diretamente da Europa ao Rio de Janeiro, etc.; se o meu suave leitor tivesse visto qualquer dessas maravilhas, certamente não teria tido nem a milésima parte do pasmo e do prazer que eu tive, ontem de madrugada. Porque a cousa que eu vi é a mais espantosa, a mais extraordinária, a mais surpreendente, a mais rara cousa que se pode ver no mundo civilizado.

Eu vi um olho d'água. Mas um olho d'água superior e originalíssimo: um olho d'água, em pleno

Triângulo, na rua São Bento, em frente ao prédio Martinelli. A linfa cristalina brotava do asfalto com uma naturalidade, uma simplicidade verdadeiramente comovedoras. E era humilde e modesto, o meu olho d'água, como as violetas singelas das campinas... Não atraiu a atenção de ninguém, não fez estardalhaço, não foi cabotino. Era silencioso e ameno.

Diante dele, como diante de uma borboleta azul, de um crepúsculo ou de uma mulher, fiquei logo poeta. Funcionei com facilidade, produzindo um dos mais lindos sonetos da literatura nacional, no qual eu via naquela água pura as lágrimas que a cidade vertia, chorando sob o peso do Martinelli, como um mártir sob o peso de uma cruz...

Mas o mundo é mau. O mundo não paga a dinheiro um soneto célebre e eterno; paga, sim, uma crônica obscura e efêmera. Por isso, rasguei o soneto e agora publico esta crônica.

Urbano

Os ônibus Mooca

Sexta-feira, 13 de julho de 1928

Empregados no comércio, que moram além Tamanduateí e que descem para almoçar às onze e meia; normalistas do Brás; professoras e professores; outros funcionários; homens vagos, sem nada, em si, que possa denunciar a sua profissão, etc. – toda esta gente importante e útil estava ontem, como de costume, no Largo do Tesouro, esperando o seu ônibus bonzinho e chocalhante – o seu "Mooca" 8 ou 10 –

que não vinha mais. Após meia hora de espera, começou esse ótimo pessoal a pressentir, adivinhar, qualquer cousa de anormal na simples e cotidiana vidinha daqueles veículos inocentes. Que teria acontecido? Ter-se-iam evaporado, como essências preciosas, no ar guloso? Estariam todos parados, de um e outro lado das porteiras do Brás, durante a passagem de um trem infinito? Teriam sido comprados pela Light ou por qualquer fabricante de calçados, diretamente interessado em que se gastassem as solas dos sapatos daquela boa gente?... Ninguém, ninguém poderia saber o que o sempre surpreendente destino havia reservado àqueles veículos suaves, dóceis, mansos e humildes de coração. Ninguém. A única verdade que aquela gente sabia era que os ônibus não vinham. E começou, então, a ser praticado o ato de desespero que se pratica sempre em casos como esse: tomar o bonde. As enormes máquinas da Light eram sitiadas, assaltadas, saqueadas, como *bars* aos sábados, em Londres.

Muito depois do meio-dia é que apareceu por ali, entre algumas pessoas tenazes que nunca perdem a esperança, um homem forte de calça de xadrezinho, barba cerrada de toureiro e chapéu de palha com fita multicor. Este homem era um arauto, um anjo. Vinha anunciar aos povos que os tão desejados ônibus estavam partindo do Parque Pedro II, em frente ao Mercado velho.

Muito bem. Nada mais natural, louvável mesmo, do que obrigar-se um ônibus indefeso a partir do Mercado. Mas o que não é natural e muito menos louvável é promover-se uma alteração dessas sem, previamente, se dar qualquer satisfação ao público;

esse pobre público que é a única razão de ser de todos os ônibus do mundo.

Urbano

Sorrir

Sábado, 14 de julho de 1928

Certa manhã, aí por essas sombras convidativas do Parque Paulista, onde os "grilos" vigiam as amas, as amas vigiam as criancinhas e as criancinhas vigiam os "grilos" – eu perguntei, muito intrigado, a uma *nurse* importante e alvíssima, visivelmente da Lituânia:

– Por favor, explique-me por que é que as criancinhas choram tanto!

Ela sentiu-se como injuriada; levantou-se com dignidade e desdém; afastou de mim, como se eu fosse um ser pestilento e mortífero, a trouxa de carne, talco e rendas que estava berrando no carrinho de vime; e explicou-me:

– O senhor não acha que seria um absurdo se uma criancinha vivesse dando gargalhadas?!

Confesso, com sinceridade, que tal explicação não me satisfez.

Continuei sempre desejando ardentemente uma resposta cabal à minha aflita e sensatíssima interrogação.

E porque não podia me conformar com esse estado de cousas, foi que resolvi, um dia – faz hoje um ano –, inaugurar e manter aqui, num cantinho do *Diário Nacional*, esta ligeira seção.

Um ano! Este jornal é uma criancinha. E eu quis que esta minha seção fosse, nesse bebezinho, um pequeno, constante sorriso: aquele sorriso, cor-de-rosa e gordo, entre covinhas, que eu sempre considerei a atitude mais conveniente, mais cômoda, mais digna e mais lógica para um recém-nascido.

Aqui, ao lado do seu berço, passei 365 dias e seis horas fazendo-lhe cócegas e gracinhas com a ponta da minha caneta-tinteiro. Ele sorriu. Sorriu sempre. Isso, eu sei que consegui.

Mas... Mas o seu sorriso terá feito sorrir alguém? Talvez não. Não, com certeza.

Não tenho nada com isso. A maior parte da humanidade é mais ou menos como a importante ama da Lituânia; acha que não fica muito bem a uma criancinha viver alegre...

Paciência, para ela! Coragem, para mim!

URBANO

Gente amável

Domingo, 15 de julho de 1928

O paulista tem fama de "seco". Dizem por aí, pelo resto do Brasil, que ele é retraído, casmurro, reservado, difícil. Em resumo: pouquíssimo amável ao primeiro contato ou à primeira vista.

Injustiça. Não somos assim, não. Somos até de uma cortesia, de uma hospitalidade, de uma expansão exageradas.

Parece-me que, afirmando isto, eu me sinto obrigado a prová-lo. Não é difícil.

Se vocês quiserem, meu carioca, sergipano, riograndense ou goiano céticos, venham aqui comigo, às quatro horas da tarde, por exemplo, e desçamos juntos a velha ladeira do Mercado, hoje rua General Carneiro. É um quarteirão único, todo feito de armarinhos, casas de ferragens e louças, lojas de fazendas, alfaiatarias de ternos feitos, camisarias, etc. Todas elas estão em constante liquidação. Todas elas vendem "abaixo do custo". E, na frente de cada uma delas, passeando pela calçada, há um homem, geralmente em mangas de camisa, cidadão simpático e insinuante, palavroso e excessivamente cortês. Este homem, multiplicado por cem, é a encarnação do mais perfeito "Manual do Bom Tom" que possa existir no mundo. Ele se desfaz, primeiro, num sorriso gentil ao avistar o transeunte; depois, com uma curvatura galante, cumprimenta-o; depois, com palavras estudadas, de perfeita correção, oferece-lhe os seus préstimos; depois, convida-o, muito hospitaleiramente, a entrar, pondo à sua inteira disposição tudo o que há na sua "humilde choupana"; depois discute polidamente, insiste, teima, para que o transeunte entre... E, se porventura o homem ocupado ou senhora apressada se recusa a obedecê-lo, o *gentleman* sente-se, naturalmente, com toda a razão, melindrado, ofendido no seu amor-próprio – e lança mão do único recurso para casos tais: chega a vias de fato. Agarra o homem ocupado, pela gravata, ou a senhora apressada, pela saia, esmurra-os, atordoando-os, e joga-os, como carga pesada, para o interior das suas lojas.

Acho que não é possível haver, no mundo, gente mais amável do que aqueles apregoadores de liquidações da rua General Carneiro. Este argumento, que arranjei, liquida a questão, da mesma maneira por que aquelas lojas liquidam seus gêneros e a integridade alheia.

URBANO

Telefones automáticos

Terça-feira, 17 de julho de 1928

A Companhia Telefônica inaugurou, há poucos dias, os seus primeiros telefones automáticos em S. Paulo.

Esta palavra "automático" é, para mim, um espantalho. Sempre tive por ela uma forte antipatia. Vem de longe – vem de minha remota infância – a velha ojeriza. "Automático", para o meu prevenido espírito, é sinônimo de armadilha, logro, decepção, surpresa desagradável, etc.

Lembro-me bem de todos os dissabores que me proporcionaram as cousas automáticas que até agora experimentei. A primeira dessas máquinas, que tanta influência exerceram sobre o meu destino, foi uma galinha automática, que, por 200 réis, punha ovos de folha-de-flandres cheios de bombons. Foi no Parque Antártica, quando eu tinha seis ou sete anos de idade, que travei relações com tal peste. Gastei, num domingo, mais de 2$000 com esse bicho, sem ter conseguido um único ovo. Em roda, junto a mim, havia uma multidão de meninos mais espertos, que gozavam odiosamente as minhas decepções. Perdi, com o meu último níquel, a minha última esperança. E ia saindo dali, num desaponto doloroso, entre risinhos e galhofas, quando um senhor de idade agarrou-me pela gola da blusa à marinheira e, paternalmente, tentou consolar-me com esta frase:

– É assim mesmo, meu rapaz: de grão em grão a galinha enche o papo!

Anos depois, quando eu já era um estudante de buço e espinhas, fui vítima de um guarda-chuva automático com que um meu parente – evidentemente o meu maior inimigo – me presenteou no dia de meus anos. Uma tarde, ao sair da aula de Direito Criminal, como estivesse chovendo e eu houvesse trazido, enganchado ao meu braço, o espetaculoso aparelho, quis exibi-lo aos olhos invejosos dos meus colegas. Apontei a arma para o céu impiedoso, olhei em volta de mim, para me certificar de que estava sendo alvo de todas as curiosidades possíveis, e, com gesto certo de campeão de tiro, apertei o botão, espécie de gatilho, que deveria fazer com que o pára-águas se abrisse automaticamente. Falhou. Experimentei outra vez: falhou outra vez. Quebrei duas unhas numa terceira experiência, para obter um terceiro fracasso. Desesperei-me. Enganchei a máquina no meu braço e parti, corado, sob a chuva.

Ao chegar, porém, na esquina da rua José Bonifácio, sempre acompanhado de uma fila de colegas galhofeiros, metidos em moderníssimas capas de borracha, ouvi, junto ao meu braço, um estalido metálico, acompanhado de uma espécie de explosão oca. Parei. O demônio negro tinha-se aberto automaticamente, mas sem minha ordem. E nunca mais, nunca mais consegui fechá-lo.

De outra feita, foi na estação da Luz. Fui acompanhar um amigo que partia para a Europa, e deparei, junto às escadas que descem para a plataforma, com uma máquina suspeita. Era um vendedor automático de "ingressos". Como eu já estivesse bastante escramentado com os meus anteriores insucessos, desta vez não caí na esparrela: fui, primeiro, à bilheteria, comprei, calmamente, um ingresso e ia me aprontando para descer, quando uma senhora de minhas relações chamou-me e pediu-me que lhe trocasse 5$000 em níqueis, pois precisava comprar também um ingresso. Como se vê, senti-me na obrigação de convidá-la a descer comigo. Na minha natural atrapalhação, porém, dirigi-me ao vendedor automático, coloquei 200 réis na abertura e recebi, em troca disso, oito ingressos que, com certeza, estavam, há muito tempo, engasgados na goela do bicho.

Ouvi gargalhadas em torno de mim.

Foi por estas e por outras que, quando li a notícia de que íamos ter telefones automáticos, resolvi, com esta crônica, pôr as minhas barbas de molho.

URBANO

Os ocupantes

Quarta-feira, 18 de julho de 1928

O tão longínquo quão populoso bairro de Pinheiros, do qual, graças à proximidade de Butantã, se tem dito cobras e lagartos, foi, há pouco, favorecido com as boas graças da Light.

O máximo de atenção e gentileza que um bairro paulistano pode merecer da poderosa capitalista canadense é ver nadar pelas suas ruas um simpático e apoplético "camarão".

Já há tempos que essa benfeitoria foi concedida a Pinheiros. Os imensos crustáceos elétricos partem do Anhangabaú em cardumes ruidosos e vão levar, *sub tegmine*... dos pinheiros, uma nota vermelha de civilização moderna.

Isto tudo está muito bem. Mas, o que vem acontecendo dentro dos "camarões" dessa longa linha é que não está muito bem.

Todos os homens têm a mania de "marcar lugares", nos cinemas ou nos trens, com chapéus, capas de borracha, bengalas, embrulhos, malas, jornais, etc. Isto já é da natureza humana. Ora, em Pinheiros não há cinemas nem trens. Por isso, sentindo em si, no fundo do seu ser frágil, despertar aquele elementar instinto de posse, os habitantes de Pinheiros praticam nos "camarões" esse exercício. No Anhangabaú, aí pelas 17 horas, quando o motorneiro abre a portinhola automática (ah! as cousas automáticas!), diante da qual uma multidão heterogênea forma um horrível cacho de uvas, os espertos chefes de famílias numerosas tomam a dianteira e vão, mais que depressa, "marcando os lugares". Tudo, qualquer objeto serve para tal fim: uma cesta de ovos, um peru, um recém-nascido, um *cavour*, uma máquina de costura, um alfinete, uma barba postiça... Tudo. Contam-me até que há um homem atarracado, de camisa de malha negra, cartolina e barba cerrada, que assalta o bonde, e marca o lugar de um seu amigo – o chefe da Mão Negra em S. Paulo – com um revólver carregado e engatilhado. Ai daquele que se atrever a sentar-se em cima desse objeto! Outro costuma servir-se da sua carteira recheada de dinheiro: é um homem pacífico e generoso. Houve até um indivíduo que, precisando tomar 17 lugares e não tendo embrulhos ou fardos suficientes, começou a fazê-lo com as peças do seu vestuário: no primeiro banco, deixou o chapéu; no segundo, o *paletot*; no terceiro, o colete; no quarto, as calças; no quinto, os sapatos; no sexto, as meias... e assim por diante, até que, ao zarpar o bonde, todas as senhoras estavam completamente desmaiadas em torno de um ser humano puro e inocente como Deus quer as almas.

URBANO

Do silêncio

Quinta-feira, 19 de julho de 1928

O meu amigo C., da "Sociedade", do *Diário Nacional*, voltou ontem à carga; isto é, ao barulho. Diz que eu não compreendi o seu ponto de vista, quando me dirigiu uma carta protestando contra os barulhos de S. Paulo. E acrescenta: "Urbano, contra toda a minha expectativa, contra todos os preceitos que devem nortear a conduta de um zelador da tranqüilidade pública, defendeu escandalosamente o barulho."

Eu não quero discutir as suas pseudo-razões, nem apontar aqui as escandalosas contradições em que cai o meu amigo, na sua crônica de ontem. Tenho medo de brigar com ele. Limito-me a reproduzir, em seguida, a opinião de três pessoas insuspeitas, de classes sociais e ofícios diferentes, que ontem mesmo consultei sobre a grave questão.

A primeira dessas pessoas, à qual me dirigi, foi um conhecido ator de teatro, já retirado das lutas do palco. Perguntei-lhe se era partidário do barulho ou do silêncio. Não hesitou um segundo. Respondeu-me com enérgica vivacidade:

— Viva o barulho! Mesmo que seja vaia, mesmo que seja pateada: viva o barulho! O senhor não sabe, sr. Urbano, o que representa, para um ator, o silêncio sepulcral de uma sala, ao fim de um 5º ato, quando o pai, descobrindo o medalhão no pescoço do filho, assassina o conde raptor e beija a fronte do infante! Um silêncio, nessas ocasiões, quer dizer: sala completamente vazia ou completamente adormecida.

O segundo representante da sociedade que consultei foi um detetive de bigodes enormes, charuto no canto da boca e lente na mão direita. A princípio, nada me disse. Depois, conduziu-me a um canto da sua sala-de-armas, tirou de uma panóplia um revólver grosso e imenso, colocou uma bala no cano, apontou-o para uma chapa de aço de meia polegada de espessura, e disparou. Não ouvi ruído algum. Apenas vi que a chapa fora atravessada de lado a lado pela bala.

— Um revólver surdo, meu amigo! O maior inimigo da humanidade e dos *detetives*!

Ainda trêmulo de medo, fui entrevistar o meu terceiro informante. Era uma autoridade na matéria: o ladrão mais habilidoso de S. Paulo coçou a cabeça raspada à escovinha, acendeu um cigarro, meteu as mãos no bolso do meu *paletot*, por descuido, e começou a andar, muito preocupado, de um lado para outro do aposento. De repente, estacou. E, com gestos lombrosianos e voz de leiloeiro, retumbou:

– Não me fale em silêncio! Barulho, só barulho! O segredo dos meus triunfos é o barulho. Só assalto casas quando passa na rua adormecida um caminhão ruidoso. Só arrombo cofres em noites de trovoada!

Saí correndo.

Como vê o meu amigo C., não pode haver testemunhas mais leais e fidedignas do que estas três. Suponho que, com elas, consegui reduzir ao silêncio, que tanto almeja, o sr. C.

URBANO

Luxo

Sexta-feira, 20 de julho de 1928

Recebi, inesperadamente, nesta redação, a visita de um homem surpreendente. Digo que ele era surpreendente, porque vinha, gentilmente e sem qualquer interesse material, fornecer-me assunto para uma crônica.

O meu amável e confiante leitor começou por me chamar para junto de uma lâmpada elétrica bem forte. Uma vez aí, ordenou-me:

– Olhe bem para mim! Que tal?

Murmurei umas cousas vagas, como, por exemplo: boa pele! olhar expressivo! testa inteligente!...

Ele interrompeu-me:

– Veja só estas olheiras! Veja estas brotoejas vermelhas no pescoço! Veja este "galo" aqui, no occipital!

– É exato. Não tinha notado. Desculpe-me!

Houve um silêncio parecido com um inferno.

— Sabe a origem, a causa destas mazelas, sr. Urbano? Não sabe, não. Estou chegando do Rio. Cheguei esta manhã. Não, não tenha receio! Não é febre amarela: é pior. É o noturno de luxo! "De luxo"! Quá! quá! quá! Vou explicar-me. Não dormi um só instante. Daí, estas olheiras. E não dormi, primeiro, por causa dos insetos. Daí, estas brotoejas. Não dormi, também, por causa da exigüidade do colchão e da dureza pétrea, granítica do travesseiro. Daí, este "galo" cantando no occipital! Noturno "de luxo"! Quá! quá! quá! Arca de Noé, sr. Urbano. Arca de Noé é que aquilo é!

— Olé! se é!

— Bichos de toda espécie. Pernilongos, pulgas, percevejos, carvão, poeira, baratas, água cheia de micróbios, homens intermediários (gorilas) guardando o carro... Sei lá! E os preços das passagens aumentando de 33%! E chama-se a isto "luxo"! Que é que o sr. acha?

— Acho que o sr. é digno de lástima e que aquela Estrada é digna de ódio... ou de museu!

URBANO

Sábado, 21 de julho de 1928

Tenho recebido uma porção de cartas, referentes a assuntos vários. Dou hoje à publicidade algumas delas.

FALTA D'ÁGUA – "Moro em Vila Mariana e estou passando pelos horrores da sede. Minha casa não tem água depois das treze horas. A Repartição, por isto ou por aquilo – e não nos interessa saber quais essas causas –, fecha o fornecimento do precioso líquido e nós nos vemos na maior das dificuldades, sem ter a quem recorrer. Uma providência se impõe. E sei mais que em Vila Clementino o mesmo se verifica, com a mesma coorte de prejuízos. Não seria possível pôr cobro a essa situação?"

POEIRA – "Aqui, em Vila América, a dois passos do Jardim do mesmo nome, estamos a braços (pode passar a expressão?) com a mais terrível das poeiras. Nuvens se erguem à passagem de qualquer veículo, invadindo as nossas casas e deixando encardidas as paredes, na maioria recém-pintadas. O remédio seria fácil de conseguir: o calçamento. Mas nós sabemos quanto custa esse calçamento e preferimos não pagar o respectivo imposto, pois os que já pagamos ao Município deviam bastar para a execução desses melhoramentos. 'Então a que vem esta carta?' – há de indagar o sr. redator. Para que o seu jornal dê umas catalepadas[69] nesses homens da Câmara, que nada fazem a não ser conspirar contra os interesses do município."

MENORES ABANDONADOS – "Sujos e maltrapilhos, sem disciplina, vemos por todos os recantos da capital, principalmente pela av. São João, menores que a vigilância dos poderes públicos devia encaminhar para as escolas, a engraxarem botinas, sujeitos a toda a sorte de contágios e de perversões.

Desobedientes e viciados no ganho fácil do primeiro 'ofício'.

Não seria o caso do juiz de menores tomar a si a proteção de crianças que em idade escolar vivem ao léu?

---

69. "Catalepadas" é como está no jornal, uma palavra não-dicionarizada. No contexto parece ter o mesmo sentido de "petelecada", ou série de piparotes dados com a ponta dos dedos.

Não seria o caso do juiz de menores tomar a si a proteção desses pobres meninos, reservando-lhes para o futuro melhores dias?

A ficarem eles no mesmo rumo não virão mais tarde constituir séria ameaça à sociedade?"

Aí ficam as cartas. Agora, uma linha para a assinatura do Urbano.

Urbano

Voronoff[70]

Domingo, 22 de julho de 1928

Como se sabe, já está, há dias, no Brasil, e chega hoje a S. Paulo, o milagroso professor Voronoff.

A cidade espera-o, alvoroçada e ansiosa. O eco dos prodígios obtidos pelo surpreendente sábio é uma esperança para a *urbs*. Esperança de rejuvenescimento, de vitalidade. A *urbs* sabe que o professor conseguiu obter vários "super": super-homens, supercarneiros, superelefantes, superbaleias, super-senadores, superdeputados, etc. E tem certeza de que aqui também o santo operará milagres.

Bem que precisávamos de certos milagres! Temos animais de certas espécies, que mereciam subir um pouco na escala zoológica. A cidade vive cheia de "camarões" da Light, insuficientes ainda para con-

---

70. Serge Voronoff (1866-1951), médico russo naturalizado francês. Suas experiências sobre rejuvenescimento por enxerto de órgãos de animais tiveram na época grande repercussão.

ter e transportar a população. Ora, uns "supercamarões" seriam de grande utilidade. Outro bicho, muito freqüente em Santana: as "aranhas" de rodas pneumáticas. Umas "super-aranhas" não fariam mal aos seus proprietários. Outro: as "baratas" (*voiturettes* automóveis). Ficariam até valorizadas, transformadas em "superbaratas". Outros, utilíssimos: os "grilos". Um "supergrilo" imporia muito mais respeito, plantado no meio da rua, do que esses bons condes nórdicos, fraquinhos e bonitos...

Mas... Também para estas expectativas existe um "mas" perturbador. Mas... o jogo do bicho? Imaginem que perigo, se os 25 acadêmicos se transformassem em "superbichos"! Tornar-se-iam exigentes e incontentáveis. Nenhum bicheiro poderia aceitar menos de um conto de réis no grupo. Seria a miséria, a ruína, o desmoronamento de vários lares...

... E, por falar em jogo do bicho e em Voronoff: querem ver que, hoje, S. Paulo inteirinho vai carregar no macaco?!

URBANO

Frio

Terça-feira, 24 de julho de 1928

Há três dias que faz frio em S. Paulo. Arre! Afinal! Custou, mas veio.

Eu já estava com ódio. O meu bairrismo corria perigo. Já não acreditava mais em S. Paulo: esse S. Paulo europeu de 5 graus acima de zero, que eu citava com orgulho, no Piauí, diante do pasmo torrado da gente do norte. Agora, com esta onda de frio, que o Serviço Meteorológico anunciou e que, não sei por quê, chegou mesmo até nós; com esta onda de frio renasce, em minha alma e em minha pele arrepiadas de emoção, a fé na civilização da minha terrinha gelada.

Brr! Acabo de encontrar o filólogo Fagundes – o meu amigo da rua Tabatingüera –, na rua Quinze. Pareceu-me muito mais gordo. Abracei-o e dei-lhe os parabéns. Ele explicou-me, entretanto, que aquilo não era gordura: eram agasalhos. Debaixo do seu sobretudo havia dois *cache-nez*, três *paletots*, quatro coletes, duas camisas de meia, quatorze bentinhos de lã *marron* e oito *grogs*. Ele tiritava, com a ponta do nariz roxo e úmido fumegando entre as malhas do *cache-nez* de *tricot* cor-de-rosa que sua esposa lhe fabricara com amor e respeito. Suas luvas de meia cor de pinhão tremiam ao levar à sua boca, de minuto em minuto, um comprimido de Cafiaspirina. Estava entre duas vitrinas da "Casa Michel", justamente ao lado do grande termômetro, cuja coluna diminuíra sensivelmente. Confessou-me, entre espirros:

– Estou aqui, estou morto. Se isto desce mais meio grau, não sei que será de mim! Veja você: são 3 horas da tarde. Saí de casa às 9. Até agora estou andando, como um pária, a ver se me aqueço. Impossível!

Compadeci-me dele. Arranquei-o dali e despejei na sua alma três *punchs* quentes. Depois, tomamos um "camarão". Bom bonde. Fechado, resguardado, quentinho. Não é como os outros: abertos, com cortinas que não fecham bem...

Estas considerações elogiosas ao "camarão" eram feitas por mim, quando, de repente, abriu-se a portinhola de trás para dar saída a um passageiro e, ao mesmo tempo, a da frente, para dar entrada a outro. Nesse instante, uma rajada fria, uma corrente de ar assassina atravessou o bonde, como um punhal. O Fagundes – meu termômetro infalível – encolheu-se mais na sua trouxa de lã e, do fundo da sua alma, saiu um espirro longo, agudo e contagioso. O "camarão" encheu-se de espirros: todos espirravam *a una voce*. Tive receio de que o Fagundes falecesse ali mesmo, entre meus braços. Saltei com ele, e procurei um táxi fechado. Seria melhor: pelo menos estes veículos só se abrem quando a gente quer. Um táxi fechado... Um só... Procurei, esperei. Inútil. Chamei um "grilo" e reclamei a Assistência. Veio. Fechada, calafetada como aqueles velhos Berliet de saudosa memória.

A estas horas, o Fagundes ainda deve estar dentro do seu escalda-pé, na casa *marron* da rua Tabatingüera.

URBANO

A grande assombração

Quarta-feira, 25 de julho de 1928

Esta cena não se passou, como alguém poderia imaginar, na casa da Light, à rua Mauá. Não. Passou-se ontem à noite, pertinho daqui, desta redação: ali, no largo São Francisco.

Este largo, não sei por quê, está com má fama: anda cheio de assombrações. Dizem que, todas as noites, José Bonifácio, o Moço[71], desce do seu pedestal e começa a andar, de lá para cá, fazendo um barulho insuportável de bronze e tirando faíscas dos paralelepípedos. Contam também que a múmia negra da Faculdade de Direito faz o *footing*, por aqui, altas horas da noite..., etc.

Não posso acreditar nessas lendas. Sou como São Tomé. E, como São Tomé, acredito piamente numa cousa extraordinária, que vejo todos os dias e todas as noites: a Casa Rodovalho. Esta casa, por mais alegres, mais floridas que sejam as suas vitrinas, e por mais dourada, mais brilhante que seja a sua mercadoria, não pode inspirar senão pavor.

Ora, ontem, à meia-noite, eu estava, encolhido de frio, esperando ali um "camarão". Havia, nas minhas condições, mais doze pessoas: éramos, portanto, treze ao todo. Treze... Mau, mau... O "camarão" não vinha. Nós todos, de olhos fixos na porta da casa funerária, tínhamos um medo recalcado e silencioso. Alguns tentavam disfarçar, puxando prosa com um cocheiro de cartola e sobrecasaca negra que passeava por ali; outros tossiam alto, acendiam charutos vistosos ou liam livros de anedotas felizes... De repente, quando o sino da Faculdade bateu a décima segunda badalada da meia-noite, saiu de dentro da Casa Rodovalho uma cousa tenebrosa e lenta. Era um enorme

---

71. A estátua de José Bonifácio, o Moço – na época encimando um complicado monumento na frente da igreja de São Francisco –, atualmente está no saguão de entrada da Faculdade de Direito no Largo de São Francisco.

caixão de defunto carregado por quatro gatos pingados de olheiras fundas e laçarotes de crepe pelo corpo. Sobre o esquife, duas coroas de *biscuit* faziam um barulhinho especial de porcelana. Num movimento brusco e instintivo de fraternidade humana, nós todos nos abraçamos, comovidos, tiritando de frio...

O "camarão" veio, iluminado e ruidoso. Precipitamo-nos sobre ele como náufragos sobre um salva-vidas.

Na manhã seguinte havia, em S. Paulo, treze homens tresnoitados e macambúzios, enganchados numa única interrogação:

– Por que será que essa empresa lúgubre não se muda para um lugar mais alegre, menos assombrado do que aquele? Para ela, tanto se lhe dá viver na rua Direita ou no Alto da Lapa: onde quer que esteja, será sempre procurada. *"Necessitá non vuol legge!"*

URBANO

Civilização

Sexta-feira, 27 de julho de 1928

Recebi uma carta feminina.

Se eu fosse um pouco cabotino, não diria mais nada: deixaria o leitor imaginando o papel grosso, áspero e estalante como casca de árvore; a letra angulosa, grande, bem "Sion"[72]; o perfume abafado e quente, sem dúvida perfume de costureiro (Molyneux,

---

72. O Colégio Sion, dirigido pelas irmãs francesas da Congregação de Nossa Senhora de Sion, é até hoje um dos

Worth ou Chanel); a assinatura rebuscada, com um nome quase cinematográfico (May, Rose Marie ou Dorothy); e, afinal, em torno da goma do envelope, alguns sinais de um *rouge*... quase um beijo...

Mas a minha reconhecida honestidade e já proverbial sinceridade me obrigam a dizer tudo, a não iludir ninguém, a não promover invejas ou intrigas. Assim, aí vai a cousa mais feia que há no mundo: a verdade.

A carta feminina que eu recebi era escrita a lápis, sobre uma folha arrancada a uma caderneta de armazém, com dedadas de manteiga em todos os cantos, impressões digitais marcadas a toucinho, e um aperitivo perfume de alho e salsa. Antes de ler a deliciosa epístola, fiquei com fome. Por isso, comi uma empada. Depois li. Era assinada por uma dona Balbina: evidentemente uma ótima dona de casa, *cordon bleu* nacional, que põe água nos beiços de todos os maridos paulistas.

A carta reclama. Reclama contra o serviço de venda de peixe. Desde que apareceram os tais automóveis modernos, civilizados, para uma distribuição razoável e higiênica do pescado, dona Balbina tornou-se essencialmente carnívora (se é que por animal carnívoro deve-se entender apenas o que se alimenta de carnes vermelhas). Em vão, debalde, inutilmente, passa dona Balbina, todas as manhãs, de orelha espetada, a ver se consegue ouvir a corneta sonora que costumava anunciar, na esquina, a aproximação do carro peixeiro nos primeiros dias do

---

mais conceituados estabelecimentos de ensino de São Paulo. Na época, e por muito tempo depois, contava entre suas alunas as meninas da melhor sociedade paulistana.

ano. Nada! Há mais de quatro meses que não consegue servir ao maridinho um camarão, uma lagosta, um lambari, uma baleia, sequer! É desesperadora a sua situação. Organiza, de véspera, *menus* opíparos, com o peixe abrindo, nas *entrées*, o cortejo pomposo das *esculences* (vide Brillat-Savarin[73]); tudo dispõe, com zelo e proficiência; convida a família mais importante das suas relações para o festim... Chega o dia e – zás! – é só carne de vaca!

Dona Balbina está com saudades do bom peixeiro italiano, barateiro e imundo, pérfido às vezes, mas sempre infalível...

A civilização é essencialmente destruidora: o rádio destrói a música, o telefone destrói a distância, o automóvel destrói a vida e os carros frigoríficos para distribuição regular de peixe à população de S. Paulo destroem os *menus* de dona Balbina.

URBANO

Capítulo imundo

Sábado, 28 de julho de 1928

– Eu não levo essa porcaria!

Esta frase matinal é pronunciada, freqüentemente, diante do portão[74] de várias residências de S. Paulo,

---

73. Anselme Brillat-Savarin (1755-1826), magistrado e escritor francês, conhecido especialmente por sua obra *A fisiologia do gosto*, um original tratado de culinária que o consagrou como a personificação do gastrônomo intelectual.

74. No original está "diante do patrão".

ante uma indignação perplexa e silenciosa. A pessoa que pronuncia é um homem horrível, de zuarte e chapéu de oleado, e barba crescida, ocultando palavrões e blasfêmias. A pessoa que a escuta é, geralmente, um tímido avental matutino, tiritante de frio e medo.

A luta entre os lixeiros e as criadas. Luta inglória e diária!

Os srs. lixeiros recusam-se a levar mais de uma lata de cada residência. Ora, há residências e residências: há a *garçonière* do solteirão misantropo e misógino, e há o lar do chefe de família prolífero e sociável; há a casa dos avarentos, onde tudo se come e nada sobra, e há a residência dos generosos, onde tudo é abundância e tudo vai para o lixo... Numas casas, é natural que as sobras – quando existem – se resumam a uma lata de graxa cheia de cascas de amendoim (cousa absolutamente incomível); noutras, é natural que abarrotem verdadeiros caixões de defunto... Por menos que os srs. lixeiros o queiram, as cousas têm que ser assim. Liberdade, Fraternidade, sim... Igualdade, *Point!*

Uma criada contou-me que tinha achado uma solução para o caso: – Chamou, certa manhã, o lixeiro do bairro e disse-lhe:

– Leve as duas latas, moço, que a patroa dá 5$000 no fim do mês!

Desde esse dia, a casa está que é um brinco!

Muito bem. – Mas essas soluções femininas não podem, de maneira alguma, satisfazer a bons maridos que sabem, por experiência própria, que dinheiro não é lixo...

URBANO

Cousas da Light

Domingo, 29 de julho de 1928

Os "camarões"...

Sim, ainda os "camarões". Eles são, neste momento, o meu *leitmotiv*. Antigamente, era o guarda-chuva. Progredi. Graças a Deus.

Os poetas gostam do outono, dos crepúsculos, das donzelas louras, do "gostoso" ou dos arranha-céus. Eu gosto dos "camarões". São quentinhos, estratégicos e sugestivos, isto é: abrigam do frio, favorecem namoricos e fornecem-me crônicas. Benditos "camarões"!

Sim. Mas tenho certeza de que aquele ótimo homem de Pirassununga, que, esta semana, pela primeira vez visitou S. Paulo, seria incapaz de repetir, com convicção, essa minha espontânea e sincera bênção: Benditos "camarões"! Porque esse bom senhor de roupa de "elasticotina" e gravata cor de pérola e rosa é uma das mais recentes e inéditas vítimas dos "camarões".

Sei a sua história. Ele chegou a S. Paulo há uns cinco dias. Desembarcou com o pé direito. Logo ao chegar, comprou, na estação da Luz, um maço de cigarros "Sudan" (isto não é anúncio) e encontrou, dentro dele, um cheque de 200$000. Ficou com a alminha aos pinotes, dentro da "elasticotina" negra. Recebeu depressa e resolveu esbanjar depressa os cobres. Esbanjou quase tudo em dois dias. Eu disse "quase", porque ontem ainda lhe sobravam 200 réis. Com essa soma queimando-lhe o bolso, passeava, a pé, pela rua das Palmeiras, quando lhe assaltou o espírito o forte desejo de conhecer um dos únicos bairros de S. Paulo que ainda lhe era inédito: a Lapa. Viu apontar, numa esquina, um "camarão" providencial, com o letreiro "Lapa". Tomou-o. E, sem saber como nem por quê, foi ter ao seu já conhecidíssimo Anhangabaú! Pagou os 200 réis, desceu e, felizmente, teve a idéia genial de vir queixar-se a esta redação.

Os "camarões" são assim mesmo. Não gostam de letras. Usam uma única tabuleta, quer se dirijam a um bairro, quer ao centro da cidade. Assim é o "Lapa", assim é o "Higienópolis", assim é o "Avenida", assim são todos.

A Light sabe que todos os habitantes de S. Paulo já conhecem bem as direções, os pontos cardeais da cidade e são capazes de se orientar por si mesmos: mas não quer admitir que em S. Paulo também possa haver forasteiros que absolutamente não são obrigados a consultar mapas ou bússolas no meio da rua.

URBANO

Uma cousa esquisita

Terça-feira, 31 de julho de 1928

Esquisita? Esquisitíssima foi a cousa que aconteceu, sábado à noite, no centro da cidade.

Era exatamente meia-noite, quando, vindo pela rua São Bento, desemboquei na Praça do Patriarca. Uma multidão silenciosa e pasmada olhava em direção do Viaduto do Chá. Olhei também. E o que os meus olhos viram foi a aparição mais inexplicável, mais extraordinária e, ao mesmo tempo, mais simples que houve no mundo até agora. Sobre a trêmula ponte decrépita, oito "camarões" acesos e resplandecentes jaziam, parados, mudos, vazios. Uns atrás dos outros, davam logo a idéia de um longo comboio, um noturno da Central que tivesse errado o caminho e resolvesse dormitar ali, até que raiasse o dia.

Aproximei-me, com cautela, e verifiquei que não era um trem. Eram apenas "camarões" enfileirados sobre o Viaduto.

Mas a minha curiosidade não podia satisfazer-se com o que meus olhos viam: precisava, reclamava uma explicação natural, cabal, completa, daquele fenômeno. Um vendedor de jornais, notando, lendo na minha face a minha ansiosa interrogação, informou-me de que aquilo era uma "parada". Os imensos bondes estariam ali estacionados, perfilados, em uniforme de grande gala, para serem passados em revista por uma autoridade superior e vaga...

Mas, esta explicação não me contentou. Achei impróprio o lugar para uma parada dessa natureza. Fui andando, para os lados do Automóvel Clube. Fiquei nos terraços, contemplando.

De repente, um homem vermelho, entendido e apressado estacionou junto a mim, olhou-me, mediu-me da cabeça aos pés, com uns ares de secreta da polícia, e tentou "puxar prosa" comigo. Recuei um tanto inquieto. O homem seguiu-me. Ofereceu-me um cigarro e, afinal, desembuchou:

– Não aprovo esta espécie de experiência.

– Experiência?

– Sim. Estão experimentando a solidez do Viaduto. Estão calculando quantos "camarões" ele pode sustentar no lombo sem ruir por terra! Pobre velho!

Meu coração parou, de susto. Fechei os olhos para não ver a catástrofe e fugi dali, horrorizado, pensando nos bons homens que poderiam estar, naquele momento, tomando a fresca no Anhangabaú, debaixo da velha ponte supliciada.

URBANO

Veneza

Quarta-feira, 1º de agosto de 1928

Gosto muito de Veneza. E acho muito poético, e até mesmo recomendável, gostar-se de Veneza.

Mas, há Veneza e Veneza. Há uma Veneza sentimental das luas-de-mel espelhando beijos nas lagunas; dos suspiros sobre e sob as pontes; das indolentes canções dos gondoleiros espiritualizando a água limosa dos canais; dos mendigos perseguindo *touristes* ingleses de capacete de cortiça e filó verde; dos pombinhos e dos fotógrafos de São Marcos... E há outra Veneza macaqueada, despoetizada, improvisada, que só aparece nos dias de chuva, aqui em S. Paulo.

Esta – confesso – é uma Veneza degradante, comprometedora e odiosa. Desta vez, instalou-se aqui, no centro mesmo da cidade, na rua José Bonifácio, esquina do Largo do Ouvidor. Uma Veneza mambembe, sem Campanile, sem gôndolas, sem Ponte dos Suspiros, sem pombas, sem Agência Cook, sem nada! Uma Veneza de 4ª ordem, toda de lodo e armadilhas.

Entupiu-se ou funcionou mal, nessa esquina, um dos bueiros. Resultado: Veneza. A água cresceu até a metade do passeio, de um lado; e, de outro lado, até os trilhos da Light. E aí ficou, estagnada, intacta, enquanto durou a gelada chuvinha destes dias. Vi e admirei com repugnância, durante três dias, essa Veneza sem graça. Ninguém se lembrou sequer de soltar aí uns barquinhos de papel, "fingimento-gôndola", para disfarçar um pouco. Nada disso. Apenas, cada bonde Vila Mariana, ou cada automóvel que passava por aí esguichava uns enormes bigodes de lama que bigodeavam as calças dos transeuntes. Ora, não há nada que se pareça menos com uma gôndola do que um bonde elétrico; nem há nada que se pareça menos com um "bucentauro dogal" do que um táxi na disparada...

Dessas Venezas de fancaria acho que nós não precisamos.

URBANO

Ornitologia

Quinta-feira, 2 de agosto de 1928

A princípio, pensei que se tratasse de um simples equívoco ou de um pequeno desaforo. Depois, observando bem, convenci-me de que a pequena tabuleta estava certa. Não havia aí erro, engano, omissão ou injúria de qualquer espécie. Pelo contrário: havia um excelente espírito, vazado num excelente vernáculo.

Foi num dos estrondosos ônibus do "Bom Retiro" que vi e li a maravilhosa, minúscula tabuleta. Era de madeira, esmaltada de branco, e tão pequena que, não podendo comportar todos os dizeres que lhe eram destinados, teve que exibi-los abreviadamente.

O pintor devia escrever isto:

"Lotação, 20 passageiros".

Foi escrevendo, letra por letra... Escrevendo... De repente, notou que a tabuleta já estava quase acabando e teve que abreviar a última palavra. Ficou assim:

"Lotação, 20 passa.ros".

Vinte pássaros! De sorte que eu, ali, estava positivamente engaiolado, reduzido à alada e canora categoria de passarinho!

Por isso, indignei-me, a princípio, e tentei convencer-me de que aquilo era um lapso, ou, quando muito, uma brincadeira de mau gosto. Mas, relanceei os olhos em torno de mim; percorri banco por banco, todo o estrepitoso veículo. E vi. Vi as criaturas que me cercavam. Aclarou-se-me subitamente o intelecto e eu compreendi o fino, sutil espírito daquele letreiro. Eram pássaros, mesmo, que eu tinha junto de mim, naquele viveiro ambulante. Pássaros de várias espécies.

A meu lado crocitava um negro nauseabundo: urubu malandro... No último banco, trinavam dois ou três indivíduos suspeitos, de chapéu desabado e capa de borracha comprometedora: eram os "águias"... Logo atrás de mim, cacarejava uma italiana inquieta, cheia de lenços e balaios: uma perfeita galinha choca... No primeiro banco, à esquerda, dois homens gorjeavam: um, gárrulo, de penacho (gavião), outro, tímido, entregando-lhe notas e níqueis (pato)... No assento imediato a este, dois namorados cândidos e abstratos arrulavam, beijocando-se loucamente, como um casal de pombinhos... Passou por mim o recebedor, ávido, insaciável, engolindo moedas: um admirável avestruz...

Etc. etc. etc.

Afinal, quando desci do ônibus, estava positivamente convencido de que Platão tinha razão. Não havia remédio: eu era mesmo "um bípede sem penas".

URBANO

Fumaças

Sexta-feira, 3 de agosto de 1928

Escrevem-me:

"Sr. Urbano – Vou fazer-lhe uma pergunta: De que serve aquele letreiro que trazem todos os bondes de S. Paulo – 'É proibido fumar nos três primeiros bancos'?

Ora, eu sou um homem de bem, um chefe de família exemplar. Não jogo, não bebo, não danço e, principalmente, não fumo. Não fumo e não gosto que fumem perto de mim. Por isso – e também para chegar mais depressa – só viajo no primeiro banco dos bondes. Mas, é inútil! Justamente nesse banco dão-se, todos os dias, os maiores incêndios do bonde. Charutos toscanos, que são como Deus, pois são eternos e estão em toda parte; cigarros de palha, teimosos, que exigem dezenas de fósforos para pegarem fogo; cachimbos de todas as nacionalidades – ingleses, holandeses, chineses, etc.; piteiras longuíssimas, feitas de propósito para encostar a brasa do cigarro no pescoço do vizinho da frente... Sei lá! Tudo se queima, naqueles malditos bancos. Os bondes do meu bairro ('Vila Clementino') parecem meteoros despencando entre nuvens, pela rua; parecem grandes buscapés contraditórios, pois espirram fumaça pela frente. Quando me acontece sair com a família, o sr. bem pode imaginar o que sucede. Minha esposa engasga e tosse; minhas três filhinhas maiores espirram; meu caçulinha de três meses agarra-se ao meu pescoço, estende as mãozinhas inocentes e tenta pegar no ar a fumaça e, na ponta dos pitos, a brasa. Eu... nem é bom falar!

Sou, por natureza, um tímido. Por isso, ainda não ousei protestar contra a fumaça nos três primeiros bancos, nem me atrevi ainda a aparecer em público com uma máscara contra gases asfixiantes, ou com um escafandro. Mas, há uns oito dias, tive que pôr de parte os meus modos amenos e reagir violentamente. Imagine, sr. Urbano, que veio colocar-se bem à minha frente, no segundo banco, um turco medonho, carregando um enorme 'narguilé'! Isso também era demais! Tentei impedi-lo de se instalar ali, mas toda a população do bonde, inclusive o condutor e o temível motorneiro (empunhando sempre a sua nefasta manivela), tomou partido contra mim. Fui, até a minha casa, de balaústre, ao lado do sultão.

Por todas essas razões é que lhe venho pedir, sr. Urbano, que dê publicidade à minha queixa.

Seu amigo e leitor constante

F. Ramos Prado".

– À Light, para informar.

URBANO

Um atentado

Sábado, 4 de agosto de 1928

Do dr. J. Carlos recebi, datada de anteontem, uma carta, que é um protesto, perfeitamente oportuno e justo, contra uma cousa tremenda e vergonhosa que alguém está querendo perpetrar ali, bem em frente ao Teatro Municipal.

O senhor J. Carlos recorda, na sua epístola, a celeuma que se levantou pela imprensa, quando, à esquina da rua Xavier de Toledo, se tentou edificar o "palacete" extraordinário que hoje ali se vê. Recorda também o barulho provocado por outra tentativa absurda, à rua Barão de Itapetininga, esquina de Conselheiro Crispiniano. Para alguma cousa serviu a grita geral: – Aqui se construiu um excelente prédio de onze andares; ali, se modificou, enfeitando-se um pouco, a fachada do tal "palacete" (que – dizem – assim mesmo é provisório).

Agora, entretanto, está se reformando, quer dizer, disfarçando um pouco o horror que é todo o quarteirão fronteiriço ao Municipal. Em vez de se edificar aí qualquer cousa digna, qualquer cousa pelo menos aceitável, pelo menos decente, reedifica-se um pardieiro ignóbil, reforma-se um verdadeiro barracão miserável, naturalmente conservando-lhe a originalidade: umas "casinhas de cachorro" (como muito bem diz a carta), umas águas-furtadas que vivem encarapitadas sobre aqueles telhados sujos...

Depois de denunciar o atentado, depois de me pedir que observe, com meus próprios olhos, a projetada reforma, o sr. J. Carlos termina formulando um voto que eu subscrevo com o máximo prazer: "Que um abençoado incêndio reduza ao que merece o chiqueiro que defronta com o Municipal!"

URBANO

Simetria

Terça-feira, 7 de agosto de 1928

O homem que eu tinha à minha frente, diante desta mesa de redação, era um homem irrepreensível. À primeira vista, o mais arguto observador nada notaria nele de extraordinário, somente pouco a pouco e, sobretudo, depois de ouvi-lo falar é que se começa a sentir a sua forte originalidade.

O homem irrepreensível falou-me:

– Sr. Urbano, aqui estou para fazer uma reclamação. Que entende o sr. por equilíbrio?

Olhei para todos os lados e sussurrei-lhe ao ouvido a minha definição. Ele prosseguiu:

– Muito bem! É isso mesmo. Pois eu sou um homem perfeitamente equilibrado. E, como não é possível obter-se equilíbrio sem simetria, sou grande amigo da simetria. Acho mesmo, modéstia à parte, que sou o homem mais simétrico que há no mundo. Não admito cousas que quebram a simetria. Nunca visto jaquetão, porque abotoa do lado; todos os meus paletós têm duas *pochettes* para o lenço e duas botoeiras para a flor; detesto monóculos: uso dois em vez de um; trago duas alianças nos dois indicadores das duas mãos; tenho duas mulheres; meus filhos nascem gêmeos, aos pares; meu automóvel tem o volante bem no meio, para não quebrar a simetria; uso sempre duas correntes de relógio e duas para chaves, duas bengalas ou dois guarda-chuvas; sou ambidestro; como com dois garfos e duas facas; quando cumprimento um amigo, dou-lhe sempre ambas as mãos; meu chapéu tem a fita com dois laços: um à direita e outro à esquerda; coloco sempre o meu cigarro bem no meio da boca e acendo-o com dois fósforos, um em cada mão; até a minha maneira de andar, sr. Urbano, é simétrica: movo sempre juntos os dois pés, ao mesmo tempo...

Comecei a sentir-me muito mal. Mas o homem irrepreensível tranqüilizou-me logo:

– Como o sr. vê, há uma cousa, em S. Paulo, que eu não posso absolutamente suportar...

– A rua Direita, naturalmente...

– Não, sr.! Os "camarões"!

– Por quê?

– Por causa dos bancos. Não têm simetria. Uns são transversais, outros longitudinais. Não há motivo para essa diferença. Pelo menos, para os homens equilibrados como eu e que, portanto, não costumam ficar vesgos diante de pernas de "melindrosas" nos indiscretos bancos longitudinais, essa falta de simetria não tem razão de ser!

– Com efeito...

– Pelo contrário: esse desequilíbrio é até um sério perigo! Apalpe aqui as minhas pernas! Apalpe!

Apalpei-as com respeito e dignidade.

– Percebeu? São de borracha, meu caro! Imagine o sr. que, há uns quatro meses, ao entrar num "camarão", tropecei no pé de um gigante que estava sentado num desses inexplicáveis bancos e caí. Caí de tal jeito que quebrei uma perna e, em conseqüência disso, tive que sofrer uma amputação. Fiquei sem simetria: como uma tripeça. Então, mandei amputar a outra perna, para restabelecer o equilíbrio...

Não sei o que aconteceu depois destas declarações. Apenas me recordo de que, imediatamente após a saída do meu irrepreensível queixoso, sentei-me diante de uma folha de papel e, com duas canetas, uma em cada mão, escrevi esta crônica.

URBANO

Agências de empregados[73]

Quinta-feira, 9 de agosto de 1928

O telefone desta redação tem funcionado excessivamente nestes últimos quatro dias. Já estão até saindo faíscas da campainha.

Não são "trotes" amenos ou desaforados: são só reclamações. E reclamações num único e mesmo sentido: reclamações contra as agências de empregados domésticos. Todas estas queixas são mais ou menos uniformes. Esses empregados que as agên-

---

75. Além de "Pela Cidade", Guilherme de Almeida passou, a partir do dia 8 de agosto, a cuidar de uma nova sessão do jornal, chamada "Canto Literário", no qual reproduzia pequenos trechos de vários autores e as traduções que ia fazendo dos *Pequenos poemas em prosa* de Charles Baudelaire, sem, contudo, se identificar como seu tradutor.

cias costumam fornecer às famílias de S. Paulo – dizem as excelentes donas de casa que me telefonam – são tudo o que se quiser, menos "domésticos". Zebras indomáveis, bichos ferozes, não se domesticam de maneira alguma, isto é, não ficam nas casas em que entram. São exatamente o contrário dos gatos: não têm amor ao lar.

Os fatos passam-se mais ou menos da seguinte maneira: – Uma senhora está precisando de uma copeira e arrumadeira. Telefona à Agência e, horas depois, dá ingresso no lar uma criatura estranha, serviçal e silenciosa. Trabalha bem. No dia seguinte, a Agência telefona perguntando se a família está satisfeita. E a família responde, pela feminina voz da sua dirigente caseira: "Plenamente satisfeita." Então, vem um empregado da Agência e recebe o preço do seu "trabalhinho": geralmente 10% sobre o ordenado da criada, ou seja, 10, 15, 20 ou 25 mil-réis. Efetuado este pagamento, a empregada começa a sentir-se mal... Torce o avental, desajeitada... Guagueja um pouquinho... Baixa os olhos... E, afinal, acaba desembuchando a dura verdade:

– A sra. desculpe, mas eu não me acostumo...

Vai-se embora. E, com ela, vão-se embora os 10, 15, 20 ou 25 mil-réis que o lar espremeu, suando, no gordo bolso da ótima Agência.

Uma das senhoras, que teve a amabilidade de telefonar-me nesse sentido, diz-me ter sabido, por ouvir dizer, que a constituição dessas agências era singularíssima. Compunha-se a fábrica de dinheiro de uma diretora, um recebedor, três empregadas e um telefone. Estas criadas eram educadas especialmente, recebiam instruções particulares para empregar-se nas casas, observar bem até o momento em que o recebedor "entrava nos cobres" e "dar o fora" no dia seguinte...

Dizem que há umas cadernetas policiais para empregados domésticos. Acredito. Mas, acho que são insuficientes. Deveria haver também umas cadernetas policiais para as tais agências...

URBANO

O célebre arranha-céu

Sexta-feira, 10 de agosto de 1928

Volta à baila o prédio Martinelli. E volta, desta vez, para receber de mim um violento *shake-hands*, alegre e sincero.

O belo gigante resolveu (desculpável pretensão minha) ouvir os meus conselhos obscuros e humildes: raspou de sua altiva fachada todo aquele "fingimento-tijolinho" que o estava infamando. E, agora, começa a apresentar uma cara limpa, ligeiramente corada, enrubescida ainda de vergonha pelas suas primitivas irreflexões.

Ali, na Praça Antônio Prado, à hora em que se espia o resultado do "bicho" ou se mastigam empadas e *vols-au-vent* à porta da Brasserie, tenho ouvido vários comentários ao rubro Golias. Nenhum deles, porém, pelo absurdo de seus conceitos, merece sequer ligeiro registro. Citarei apenas um, para que o leitor, por ele, avalie o resto... Dois sujeitos fortes e lustrosos, de chapéu na nuca, examinam cuidadosamente o prédio e discutem. Aproximo-me com receio e ouço isto:

– Se fosse meu, eu suprimiria apenas o andar térreo... Depois, venderia o terreno, que deve estar muito valorizado, e alugaria os outros andares...

Estas cousas a gente deve desprezar.

Para mim, o único defeito que o arranha-céu Martinelli está apresentando, neste momento, é a pintura. Já que se rasparam os tijolinhos vermelhos, não há motivo para conservar-se, na fachada, aquele cor-de-rosa, inexplicável e inconveniente. Está fora do espírito moderno. Um cinzento, ou um "ocre" discreto seriam preferíveis. Esse cor-de-rosa de pó-de-arroz é muito "almofadinha" para um arranha-céu. Conheço um rapaz sírio, elegantíssimo – o belo Brummel da rua 25 de Março – que tem um terno de casemira *bois-de-rose*. Está muito bem. Mas, entre um "almofadinha" e um edifício de vinte e quatro andares existe uma certa diferença.

Urbano

Cenas de todo dia

Sábado, 11 de agosto de 1928

Pela avenida Rangel Pestana – é quase meio-dia – vão descendo e subindo filas heterogêneas de bondes, ônibus, automóveis, caminhões, carroças, bicicletas e criaturas humanas. Vão descendo e subindo. Há pressa em tudo e em todos. É hora do almoço, o rápido almoço comprimido como um pedaço de presunto entre duas insípidas fatias de pão: as duas metades do dia trabalhoso e sem gosto, como a vida. Vão indo. Todos querem chegar depressa, para voltar mais depressa ainda: têm só uma hora para beijar a mulherzinha, mastigar o bife, palitar os dentes, enfiar o *paletot* e recomeçar, recomeçar a sua suada e dura e quotidiana existência.

De repente, ali, naquele ponto da avenida, onde os trilhos da S. Paulo Railway cortam os trilhos da Light & Power, e duas porteiras brancas vivem decapitando a paciência da pobre gente, ouve-se uma campainha forte e, dentro da *cabine* do Brás, um homem puxa uma alavanca, uma roda gira e as quatro asas das porteiras agitam-se. Uma ânsia súbita, uma aceleração coletiva ganha, como um pânico, a multidão. Parece aquele truque cinematográfico, usado e abusado pelas fitas cômicas: virar muito devagar a manivela da *câmera*, para que os movimentos se precipitem na projeção. Os bondes metem o *controle* a oito pontos; os *chauffeurs* pisam todo o acelerador; os chicotes estalam no lombo assustado das bestas; os pedestres empurram-se, injuriam-se, esmigalham-se... Todos querem passar os trilhos, antes que a guilhotina da Inglesa decepe a sua esperança de poder almoçar um pouco para trabalhar muito. Há gritos, blasfêmias, imprecações, sob o trilar agudo e ruim do apito do "grilo". Chovem multas, como pedras, sobre aquelas máquinas e aquelas gentes. Fecharam-se as porteiras. E, entre elas, serena, fleugmática, indiferente, torcendo seus bigodes de fumaça, passa, como um banqueiro inglês empanturrado de ouro, uma locomotiva altiva...

Longe dali, de joelhos, diante de um palácio oficial, duas criaturas simbólicas rezam a um ídolo onipotente. Uma delas é um *lord* de suíças, óculos, calça de xadrezinho, cara de *bulldog* e uma porção de cifrões de ouro pendurados na corrente do relógio; outra é um homenzinho moreno, de barba rala, chupando um cigarro de palha, com o chapéu furado puxado para a nuca (tal qual como nas caricaturas de Raul...). O *lord* reza assim:

– *"Janua Coeli!"*[76]

O Jeca responde assim:

– *"A porta Inferi, libera nos, Domine"*![77]

URBANO

Com os "camarões"

Terça-feira, 14 de agosto de 1928

Publiquei, aqui, há dias, as impressões de um homem equilibrado – o homem mais simétrico que há no mundo – sobre os "camarões". Agora, é uma senhorita que me escreve a respeito.

D. Ismênia B. Cruz queixa-se amargamente de todos os vexames por que tem passado dentro desses crustáceos da Light. Na sua opinião, uma senhorita que se preze deve tomar tais bondes, que – com a disposição incômoda, desarmoniosa e inexplicável dos bancos (divididos em longitudinais e transversais) – expõem aos olhares cúpidos dos Adões as se-

---

76. "Porta do céu" – uma das invocações da Ladainha Mariana.

77. "Livra-nos, Senhor, da porta do inferno" – invocação recorrente em algumas cerimônias do Ano Litúrgico Católico.

cretas belezas das Evas. É uma vergonha. Uma mulher que entra num "camarão", por mais vestida que esteja, torna-se logo alvo de toda espécie de olhares e comentários. Logo ao subir, a exagerada altura dos estribos e do degrau de acesso parece calculada de propósito para mostrar a cor, qualidade e dimensão das ligas femininas. Uma vez dentro do impudico veículo, a ação de sentar-se torna-se uma cousa complicada e difícil: – os bancos transversais, de dois lugares, estão sempre cheios de homens e os outros, os longitudinais, possuem a especialidade de desnudar joelhos. Compreendem-se bem os inconvenientes que provêm desse desastrado arranjo interno dos "camarões". E a minha delicada missivista sugere à Light um alvitre, solução única ao intricado problema: escrever em todos os atuais "camarões" este letreiro: "Só para homens"; e, nos futuros bondes fechados, dispor simetricamente os bancos, como os carros de Santo Amaro ou qualquer vagão de estrada-de-ferro.

Aí ficam, com o meu apoio, a queixa e as sugestões de Dona Ismênia.

URBANO

O homem dos trocadilhos

Quarta-feira, 15 de agosto de 1928

Eu possuo um amigo que tem todas as virtudes possíveis, teologais e cardeais, e um só, um único defeito: fazer trocadilhos. Que pena! Ele poderia ser tão feliz e considerado!

Todas as palavras, de todas as línguas vivas ou mortas, nada mais são, para este meu amigo, do que simples "possibilidades de trocadilho". Ele, só ele, descobre e revela, em todos os termos de que se compõe a linguagem humana, um sentido oculto, esotérico, misterioso, muito mais sutil e, principalmente, muito mais engraçado do que o seu natural, primitivo e verdadeiro sentido. Algumas pessoas têm inveja dele; outras têm ódio: o que quer dizer que o meu amigo vive cercado só de inimigos. Todo mundo lhe deseja mal.

Ora, há pouco tempo, surgiu, para estes seus acerbos inimigos, uma suspirada oportunidade, uma ocasião ótima de se desforrarem e rirem do pobre malabarista da palavra. O meu amigo, de tanto fazer trocadilhos, descuidara bastante de seus negócios e arruinara-se materialmente. Tudo, na sua vida, se desconjuntou – como sílabas de uma palavra decomposta por ele – e desmoronou. Era inevitável. Ele começara, de há uns anos a esta parte, a brincar com as contas do alfaiate, da luz, do gás, do armazém, do padeiro, do leiteiro, da lavadeira; a procurar, nelas, qüi-pro-quós, *jeux-de-mots*, cacófatos, etc. E, entretido nesse afã, esqueceu-se de pagá-las. Os bons credores reunidos – a união faz a força – resolveram acioná-lo. E apareceram na sua vida uns personagens até então inéditos: o advogado de rubi no dedo, o meirinho nauseabundo, os aguazis de capinha, os sórdidos papéis estampilhados... E, afinal, como uma apoteose teatral, a penhora! Tiraram-lhe tudo, tudo, tudo. E isso aconteceu justamente – ironias da sorte! – no dia do seu aniversário natalício. Penalizei-me dele e fui visitá-lo, confortá-lo nesse duro transe. Encontrei-o de camisolão, sentado no primeiro degrau da escada, com uma caneta-tinteiro na mão e um bloco de fórmulas de telegramas sobre os joelhos. A seu lado, um mundo de *corbeilles*, cartas, cartões, telegramas de felicitações. "Abraços", "Efusivas saudações", "Cumprimentos", "Felicidades", "Mil emboras", "*Ad multos annos*", etc. eram cousas que choviam sobre ele, como pétalas de flores de retórica. Pela casa, passavam, entravam e saíam, azafamados, homens brutos, carregando móveis, roupas, livros, tudo... E o meu amigo, inteiramente alheio à desgraça jurídica em que naufragava, ia respondendo assim aos seus admiradores:

"F........, penhorado, agradece..."

Era a penhora, com todas as suas características.

URBANO

Árvores e gramados

Quinta-feira, 16 de agosto de 1928

Recebi a seguinte reclamação:
"Muitas queixas já têm aparecido nos jornais, com referência às praças e jardins de S. Paulo. No entretanto, parece que as autoridades pouco se incomodam com o auxílio gratuito que lhes prestam os que são amigos da cidade.

Devido ao descaso da Prefeitura e da Polícia é que observamos com tristeza o aspecto do gramado à avenida S. João, praça do Correio, parque Anhangabaú, etc. Em alguns lugares, como, por exemplo, no largo do Triunfo, os guardas das bombas de gasolina, para seu uso e gozo, têm utilizado completamente bons trechos do gramado, colocando suas cadeiras, caixas, etc. O aspecto que esses lugares apresentam, atesta falta de civilização do povo.

Outro lado triste é o estrago proposital que praticam certos indivíduos, contra a propriedade pública, certos que estão da impunidade. Assim, por exemplo, há praças em que meninos de famílias que parecem distintas, a julgar pela aparência das residências, transformam os gramados em campo de futebol, etc. Outros há que descascam as árvores. Há bem pouco as árvores da avenida Luís Antônio estavam secando-se, em grande número, devido a se lhes descascarem os troncos ao redor, em grande extensão, ou a fogueiras que se lhes acendiam aos pés. Pois bem, foram replantadas as árvores da avenida Luís Antônio. Um gênio mau, no entretanto, anda por lá a descascar as árvores que foram replantadas. E onde atingiu o cúmulo foi na rua Aguiar de Barros, onde cortaram profundamente, em forma circular, uma das árvores ali existentes, e de tal maneira que deixa transparecer claramente o intuito malévolo.

A Prefeitura poderá, no entretanto, coibir esse abuso. Nos gramados, colocar gradis protetores próprios, pequenos, como os há em Paris, etc. Nos lugares em que não há possibilidade de se manter um bom gramado devido ao intenso movimento, removê-los. Quanto aos indivíduos perversos ou cretinos, cabe à polícia refreá-los.

Referindo-me aos[78] guardas das bombas de gasolina, há os fiscais da Prefeitura que podem acabar

---

78. No original está "Referindo às".

com esta anomalia. Que fazem esses fiscais da Prefeitura? Recebem só os seus bons ordenados?

Por este modo, peço aos srs. prefeito e chefe de polícia voltarem as suas atenções para este ponto, pois embora pareça comezinho não deixa de dar à cidade um aspecto deprimente e pouco recomendável para a sua administração.

Deve haver no Código Penal ou no Regulamento Policial algum artigo a respeito dos indivíduos que cometem depredações contra a propriedade pública.

Sr. redator, sou muito amigo das árvores, dos gramados, etc., pelo que muito grato fico pelo acolhimento desta, reforçado pelos comentários que v. s. julgar necessários."

Oportunamente, comentarei esta carta.

URBANO

Resoluções

Sexta-feira, 17 de agosto de 1928

Afinal, parece que a Central do Brasil caiu em si. (Uma das cousas mais engraçadas e mais raras que pode haver no mundo é uma estrada de ferro cair em si! Cair de uma ponte, cair num precipício, cair dentro de um rio são cousas que costumavam acontecer à Central. Mas, cair em si...) Enfim, para bem de todos e felicidade geral da nação, a grande via férrea caiu em si. Pôs a mão na consciência e resolveu emendar-se de uma porção de cousas. Primeiro, suprimiu os desastres diários. Muito bem. Depois, aumentou de 33% os preços das passagens e dos fretes. Muito mal. Agora, resolveu retocar, melhorar um pouco a sua maravilhosa estação do Norte. Muito duvidoso. E, futuramente, para daqui a uns seis meses, promete a estrada pôr em circulação moderníssimos e luxuosos carros leitos e *club-cars*.

Muito comovente.

Sobre aquelas duas primeiras resoluções, já tagarelei bastante aqui. Por hoje, quero apenas gastar umas poucas palavras com as duas últimas.

Uma reforma na atual estação do Norte? Mas já não foi lançada, há tempos imemoriais, uma chamada "pedra fundamental" para uma nova, suntuosa estação? Eu acho que as estações de estradas de ferro são parecidas com os sonetos: nelas, como nestes, a emenda é sempre pior. Por que não aplicar essa verba, destinada a reformar uma cousa imprestável e repugnante, na aquisição de uma outra "pedra fundamental", para ser colocada em cima da que já está dormindo ali? Pelo menos, isso avivaria um pouco as nossas esperanças... E mais vale alimentar uma esperança do que um barracão...

Já descobri, atrás da voronófica palavra "superluxo", com que se anunciam os futuros carros da Central, uma intençãozinha de aumento nas suas futuras passagens... É preciso estabelecer-se um justo limite e um razoável sentido à palavra "luxo". Isso que hoje anda correndo por aí não é propriamente "luxo", mas é quase: é "lixo". No entanto, a gente paga, para andar dentro disso, um luxuosíssimo preço. É natural que os novos vagões tomem o lugar dos velhos, integralmente: quer dizer, no preço também. Não vá entender que além do "luxo" se deva pagar também um suplementozinho; alguma cousa mais pela palavra "super"...

URBANO

A vingança do oprimido

Sábado, 18 de agosto de 1928

Como os meus leitores devem estar fartos de saber, tenho certas obsessões, certos *leitmotive*, certas ojerizas, que volta e meia, até contra a minha vontade, aparecem aqui, teimosamente. Uma delas é o "camarão". Tantas vezes apareceu neste aquário o rubro crustáceo elétrico, que uma leitora gentil, há pouco tempo, escreveu-me, perguntando se esta seção era uma fritada de camarões!

Neste ponto, o leitor começa a ficar com medo, a imaginar e esperar que eu vou falar, ainda uma vez, desses bons bondes. Mas, engana-se. Outra mania, que eu tenho, é a da contradição.

Assim, pois, não é dos "camarões" que vou tratar hoje: é das porteiras do Brás! Também não vou atacá-las, como de costume: vou apenas narrar a cousa surpreendente e extraordinária que, casualmente, tive ontem ensejo de verificar.

Eu descia, de "camarão", a Avenida Rangel Pestana – eram 11 horas e meia – quando, ao chegar às porteiras notei que estavam, como era de esperar, fechadas. Assisti, durante uns 4 ou 5 minutos, à passagem de um comboio (uso, de caso pensado, deste termo "comboio": o trem que passara só levava bois, quer dizer, era um trem com bois). E, enquanto esperava e fazia, mentalmente, trocadilhos degradantes, vi o inaudito fenômeno. Uma das asas da onipotente porteira estava estraçalhada. Fora, visivelmente, vítima de um choque violentíssimo e apresentava uma solução de continuidade suficiente para dar passagem a um considerável caminhão.

Vi o fenômeno e comecei a imaginar o incidente. Que pobre, mas perigoso e bolchevista veículo oprimido teria sido o heróico promotor daquela nobre vingança, o valente e bravo autor daquele sublime ato de desespero contra o magnata tirânico? Teria sido um bonde? Um ônibus? Um automóvel? Uma carrocinha de padeiro? Uma "aranha"? Um carrinho de bebês?...

URBANO

Proibição

Terça-feira, 21 de agosto de 1928

Estou com saudades dos ônibus da Mooca. Que é feito destes coitados? Eram tão meus amigos, tão úteis, tão sugestivos, tão generosos de idéias para crônicas citadinas!

Há tempos – cousa de uns dois meses – foram expulsos do largo do Tesouro e começaram a fazer ponto em frente ao velho Mercado. Depois, li nos jornais uma representação assinada pelos seus proprietários, pedindo aos poderes municipais que os deixassem voltar ao ninho antigo. Nada mais.

Tenho saudades deles. Eram simples e bonzinhos. Despretensiosos, contentavam-se bem com 400 réis. O que sempre mais me impressionava neles era a sua origem modesta. Geralmente, um ônibus "Mooca" (8 ou 10) tinha sido, numa vida anterior, um útil caminhão: – um desses caminhões simpáticos, trabalhadores, honestos, que vivem suando e explodindo, por aí. Um dia, o seu proprietário, ou qualquer *business-man* ambicioso simpatizava com ele. – "Este bicho tem jeito..." – dizia entredentes; e agarrava ou comprava o semovente jeitoso e paciente, arrumava-lhe sobre os ombros dóceis uma pesada "carroceria", uma tabuleta, 10 ou 12 bancos estofados, algumas janelinhas trepidantes de vidros, um aparelho extintor de incêndio, um *chauffeur* e um cobrador fardados: e começava a nova vida do democrático veículo. Vidinha humilde e heróica, toda dedicada ao bem comum, às necessidades coletivas e à estética urbana.

Coitados! Lá se foram eles, como barquinhos de papel na enxurrada...

Hoje... Hoje, restam por aí uns animais de luxo, da Light, que exigem 1$000 para dar uma voltinha pela cidade; e, no largo de São Bento, umas espécies abundantes, prolíferas, mas de maus instintos, que vivem fazendo farra em Santana, no Bom Retiro, no Oriente (Ultra-Próximo)... Não gosto destes; gosto só dos ônibus da Mooca. Não são camaradas, não me tratam bem. Cheios de exigências, vivem recomendando, dando conselhos por letreiros pregados pelos tetos, dos lados, atrás, por toda parte. Proíbem uma porção de cousas: viajar de pé, cuspir, conversar com o motorista, etc.

Ora, uma das proibições mais antipáticas, e que mais me irritam, que leio num desses carros, é esta:

"De ordem superior e a bem da higiene pública, é proibido o uso do cachimbo."

URBANO

Escola

Quarta-feira, 22 de agosto de 1928

Uma grande cidade dá sempre a impressão de uma escola pública, cheia de crianças de todas as origens, aprendendo ou devendo aprender cousas de toda espécie. Há o aluno inteligente, aplicado e de comportamento; como há também o menino insuportável, cheio de sardas, de "estilingues" e de desaforos. Há o bom menino da Cartilha encapada e limpa, como há também o vadio de bolsos cheios de botões, parafusos, retratinhos de bailarinas e histórias de Nick Carter...

Ora, a gente tem que andar pelas ruas de uma cidade com cautela e atenção. Cautela com as criaturas que não se parecem conosco; e atenção para com o professor esperto e mau. Senão... Senão a gente se arrisca a receber marretadas, espetadelas de alfinetes, bolinhas de papel mergulhado em tinta, no colarinho, etc. Ou então, a ir de castigo no canto... do xadrez.

Fiz estas reflexões ontem à tarde, no "Triângulo". Um homem bem educado – tipo do distinto – ia andando na minha frente e eu fui observando as horrorosas cousas que lhe foram acontecendo, primeiro na rua S. Bento, depois, na rua Direita. Algumas dessas pequenas desgraças: – Um sujeito apressado, em mangas de camisa, precipitou-se de uma porta e deu um formidável trambolhão no homem bem educado. Numa esquina, de dentro de um automóvel que estava parado saiu um toco de charuto, ainda aceso, e entrou sorrateiramente no bolso do distinto senhor. De uma sobreloja estratégica caiu uma horrível cusparada no chapéu caro e novo do perfeito cavalheiro. Numa das vitrinas da Casa Alemã, porque o irrepreensível cidadão cedeu o passeio a uma formosa dama, recebeu desta um "seu atrevido! Seu desaforado!" perfeitamente popularizado. E, logo em seguida, como um "grilo" presenciasse a cena, conduziu à Polícia Central, como "moço bonito", o respeitável *gentleman*!

Ah! S. Paulo, Grupo Escolar Modelo, bem que você está precisando também de uma reformazinha...

URBANO

Adiantamentos

Sexta-feira, 24 de agosto de 1928

Vou dar-lhe um conselho, leitor e amigo meu: um bom conselho que você, mais tarde, depois de bem experimentado, há de me agradecer muito.

Antes de tomar um bonde, seja ele da espécie que for, pergunte sempre ao motorneiro se está atrasado, adiantado ou no horário.

Não se esqueça de fazer sempre, sempre essa pergunta. E, se o homem forçudo e roxo responder que o carro está no horário ou que está atrasado, tome, sem receio, sem hesitação alguma o bonde. Mas, se ele informar que o veículo está adiantado – note bem: a-di-an-ta-do –, fuja, meu amigo, fuja dele, vá correndo até o primeiro ponto de táxi ou, então, tome fôlego e marche a pé (porque eu sei que bem poucos dos meus leitores terão coragem de fazer o que eu costumo fazer num caso desses: "chocar" o primeiro automóvel particular ou caminhão que passa).

Você não sabe, *vieux*, o que significa um bonde adiantado. Se eu fosse padre, era isso que eu citaria, em meus sermões, para sugerir aos fiéis a idéia exata do inferno. Um bonde adiantado é a cousa mais torturante que a elétrica imaginação da Light podia inventar. Você está na sua esquina, de relógio em punho, esperando o carro que o vai conduzir à assinatura do "ponto" na sua agradável repartição pública, ou ao encontro galante, com uma sereia impaciente, sob as árvores folhudas do Parque Paulista. Longe, na "extrema curva do caminho extremo", o bonde põe o nariz de fora. E vem vindo, vem vindo no passo do urubu malandro, devagarinho, devagarinho... Vem vindo. Você faz, com seu guarda-chuva, o sinal de parar: e o veículo, solícito, pára mesmo, pára um tempo imenso, até que você se acomode convenientemente. Depois, sai arrastando-se, derretendo-se em gentilezas para com todos os transeuntes. Em todos os postes pintados de branco, e até no meio dos quarteirões, o veículo pára, o motorneiro e o condutor descem e vão, pelas calçadas, convidando, com um sorriso entre os lábios, senhores e cavalheiros para tomarem o seu bonde. "É o melhor bonde da cidade!" – dizem eles. "Funciona que é um gosto! Artigo de primeira qualidade!", etc.

E, enquanto o bonde vai assim, lerdamente, fazendo hora, você sente despertar no seu íntimo os mais bestiais instintos da natureza. A sua vontade é gritar, empurrar com força o calhambeque, fazer barulho para ajuntar gente, produzir um discurso no meio da rua, protestar, redigir mofinas para as seções livres dos jornais, ir aos escritórios da Companhia dizer o seu eterno "Protesto! Não admito!", enfim, praticar toda espécie de violências e escândalos possíveis. Mas – inútil! – você acaba fazendo apenas isto: puxando o cordão da campainha duas, oito, dezenove, quarenta e sete vezes, até rebentar!

É por isso, leitor e amigo meu, que eu antipatizo solenemente com certos "adiantamentos" de S. Paulo...

URBANO

Desabafo

Sábado, 25 de agosto de 1928

Sim, preciso desabafar. Não posso mais. Se me contenho por mais tempo, rebento! Estou sob o peso de uma inquietude dolorosa. A dúvida – uma dúvida longa e torturante – me assalta. Minha alma tomou, de repente, a forma de um ponto de interrogação. É uma situação intolerável. Preciso desabafar.

O caso é este: Ontem de manhã, lendo os jornais, deparei, como todo mundo deve ter deparado, com a notícia das novas resoluções da polícia de veículos no respeitante às "sereias" das auto-ambulâncias. Essa polícia – entidade prudente e razoável – resolveu acabar com as "sereias". Uma sereia é mesmo um anfíbio perigoso e o seu canto tem arrastado à ruína, à desgraça, ao naufrágio completo milhares de marinheiros, pescadores, nadadores, banhistas, geralmente gente honesta e inflamável. Medida de alta sabedoria, essa. E, assim, ficam, de hoje em diante, substituídas as sereias por campainhas. Uma campainha é menos mitológica e, portanto, mais humana do que uma sereia. Gosto muito de campainhas, mesmo que sejam as dos despertadores.

Tudo isto está muito bem, tudo isto é muito ajuizado, tudo isto merece aplauso. Há, porém, no edital da polícia uma estranha disposição que é a causa desta minha inquietude e, pois, deste meu desabafo. Recomenda esse edital aos humildes veículos paulistanos isto: – Assim que ouvirem a inconfundível campainha da Assistência, devem todos, imediatamente, "encostar-se à direita, junto ao passeio". Compreendo e admito isso. Acho até que é mesmo muito possível efetuar-se essa manobra na rua Direita, por exemplo, às cinco horas da tarde, quando ela estiver repleta de automóveis e a campainha policial soar dos lados do viaduto. Porque um automóvel é uma cousa relativamente pequena e elástica, perfeitamente capaz de se encolher, tiritando de medo, junto a uma sarjeta.

Mas não é isso o que me tortura. O que me preocupa extraordinariamente são os bondes. Como será que eles vão fazer? Um trilho é uma cousa fixa e rija. Como será? Como será? Que horror! Como será, meu Deus?!

URBANO

Analogias

Domingo, 26 de agosto de 1928

Uma vez, não me lembro mais onde, nem quando, eu estava numa bela companhia feminina... (o sr. Urbano, embora raramente, também gosta dessas cousas), quando passou por nós uma criatura indefinível e indesejável: um homem. E a minha belíssima companhia, depois de examinar detidamente o exemplar masculino que sumira no horizonte, observou:

– Esquisito, esse sujeito! Tem tudo de que um homem precisa para ser bonito: – lindos cabelos cacheados; testa inteligente; olhos lânguidos e quebrados, de alcova; nariz aquilino, bem *racé*; boca vermelha e provocante; linda estatura; proporções atléticas; belo terno *marron*; sapatos, chapéu, bengala, camisa, gravata, meias... tudo, para ser lindo! No entanto – não sei por quê –, é um monstro, é horroroso, é medonho, é apavorante, é hediondo...

Etc.

(Neste "etc." entram todas aquelas delicadíssimas cousas que só os lábios desejáveis de uma mulher bonita sabem pronunciar com graça, emoção e convicção.)

Ora, isso, meus senhores, deve ter sido há muitos anos. Porque tive saudades, ontem, muitas saudades daquela frase. Como foi que ela me veio à lembrança – eis uma cousa que eu então não saberia dizer. Sei apenas que eu estava no largo da Sé, aqui embaixo, em frente à Previdência; que eram seis horas da tarde de sábado e que eu contemplava o crepúsculo naquele logradouro público.

...Ah! Agora descubro! Agora percebo por que foi que me ocorreu, naquela tarde tão lânguida, aquela tão saudosa frase. Havia uma certa analogia entre o homem analisado pela minha amiguinha e o local onde eu ontem me achava: o largo da Sé. Havia, sim. Esta praça, como aquele homem, também tem tudo para ser bonita: amplidão, prédios bons, arranha-céus mesmo, uma catedral de pedra em construção, uma porção de automóveis, etc. E, no entanto – por que será? –, é a cousa mais feia que há em S. Paulo: é um monstro, é horroroso, é medonho, é apavorante, é hediondo! É... é o tipo da cousa que "esgolfou" (como costumava dizer certo caipira de Santo Amaro cada vez que um foguete negava fogo ou estourava no seu pé).

Urbano

Cômico

Terça-feira, 28 de agosto de 1928

Para o pobre cronista cidadino, forçado a procurar e descobrir na sua *urbs*, todos os dias, uma sugestão qualquer, S. Paulo está se tornando inteiramente negativo. Nada, nada mais que possa interessar, colorir esta pálida coluna, *acontece por esta insípida capital*: nem um desmoronamento duradouro, nem um incendiozinho pitoresco, nem um escorregão numa casca de banana e um tombo de fraque no meio da rua, nem um abalroamento humorístico, entre um irrigador da Prefeitura e um bêbado... Nada, nada de nada.

Assim, neste oco imenso da cidade, neste vazio, neste vácuo, o cronista entendiado boceja longa, longamente.

Ora, eu estava exatamente nesta atitude desconsolada de *spleen*, ontem à tarde, no largo de São Francisco – olhando essa multidão que me dá a sensação, cada vez que a observo, de que estou falando mal da vida alheia – quando um pequeno motivo entrou pelos meus olhos e deu uma gargalhada no meu cérebro. Bem-vindo assunto!

Bem-vindo? – Não sei. A cousa que eu vi é exatamente a única cousa que nunca é bem-vinda para os que dela precisam: um coche fúnebre. Coche... Qual! Já se foi o tempo em que havia coches: hoje são automóveis. Umas imensas Renaults, negras e doiradas, cheias de plumas, veludos e cruzes. O automóvel de defunto veio, fez uma volta graciosa pelo largo e lançou ferros ali, junto à sarjeta, a meu lado. Entretanto, não recuei. Pelo contrário: aproximei-me um pouco mais, para me certificar da veracidade de certo detalhe que meus olhos viam. Examinei bem o veículo... Esquisito! Mas... Não; não era ilusão de ótica: o aparelho existia mesmo e estava ali, real, tangível, lubrificado, funcionando... Ali, ao lado do *chauffeur* de sobrecasaca e cartola negríssimas. Estava ali... Era um "taxímetro"! Um taxímetro num carro funerário! Enterros por táxi!

Triste vida, esta! A morte é mais engraçada...

URBANO

Vingança

Quarta-feira, 29 de agosto de 1928

Dizem que "a vingança é o prazer dos deuses". Talvez. Mas eu só acreditarei piamente nessa possível verdade, no dia em que alguém me provar que um bonde é uma divindade.

Os bondes são apenas uns veículos irritados, que vivem vingando-se. Atribuo essa sua atitude malvada ao preço das passagens. Enquanto, nestes últimos anos, o custo de todas as cousas quadruplicou, uma passagem normal de bonde continua, teimosamente, a custar apenas 200 réis. Aborrecidos com isso, sentindo-se mesmo humilhados, os bondes resolveram vingar-se de tudo e de todos. E é com grande ferocidade que andam exercitando, por aí, as suas tremendas vinganças.

Todo o mundo lembra-se muito bem, por exemplo, daquele abuso inominável, daquele imperdoável esbulho cometido, há tempos, por um bonde despeitado, que entrou, à força, no lar de um casal de velhinhos inofensivos, ali no Baixo Piques. Como esse, outros inúmeros excessos vêm sendo cometidos, diariamente, por esses vingativos e injustos veículos. Eu mesmo fui, há dias, testemunha ocular de uma revoltante desforra tomada por um bonde elétrico e exaltado contra um pobre caminhão indefeso. Foi assim: – Um grande bonde chocara-se violenta e casualmente com um imenso caminhão cinzento das obras do Rio Claro. Um desses encontrões fortuitos e inevitáveis, sem maiores conseqüências, que a gente dá, na rua, todos os dias. Do choque, resultou ficar o bonde gravemente ferido na plataforma dianteira, ao passo que o grande caminhão nada, absolutamente nada sofrera. Houve, como é natural, ajuntamento de gente e de veículos. Interveio o "grilo" e mandou que o bonde recuasse um pouco, para desobstruir o trânsito. O bonde, indignado, obedeceu. Ora, atrás dele tinha parado um inocente e débil caminhão Ford, todo novinho, pintado de verde e preto. O bonde, malvadamente, resolveu fazer com que aquele inocente pagasse pelo pecador. Recuou com violência tal, que, de propósito, friamente, premeditadamente, esmigalhou o Ford.

Para acabar com estes despropósitos, com essas arbitrariedades, só vejo um remédio: aumentar, depressa, o preço das passagens. Vejam só o que aconteceu, por exemplo, com a Central do Brasil: no dia em que ela teve a sua tabela encarecida em 33%, os desastres diminuíram sensivelmente.

URBANO

Solução

Quinta-feira, 30 de agosto de 1928

O Brasil tem lutado tenazmente no campo das finanças. Nosso câmbio tem sido de uma inquietude assustadora. Nossos problemas econômicos fazem estadistas queimar pestanas e notas... Alguém, zeloso de solver essas nossas graves necessidades e tirar-nos desses apuros, já optou pela importação de um ministro da fazenda...

Bem que precisávamos disso. Mas, não precisamos buscar tão longe o que temos aqui, pertinho de nós, ao fácil alcance das nossas mãos. S. Paulo, por exemplo, está cheinho de excelentes ministros das finanças, obscuros e desconhecidos, apenas à espera de quem se lembre deles, de um guindaste piedoso que os levante àquelas alturas políticas.

Qualquer proprietário de salões de engraxates ou de ônibus do Cambuci daria um excelente ministro. Vejam só com que inteligência resolveram a sua situação econômica. Cada "engraxadela" custava, antigamente, 200 réis. Subiram o preço, só de um tostão mais: 300 réis. Pouca cousa. Ninguém reclamou. Mas... a gente paga com um níquel de 400 e não recebe o troco, porque não há tostões na praça! Idem, com os ônibus do Cambuci. A passagem custa também 300 réis, isto é, custaria 300 réis se o freguês ou o recebedor tivessem tostões no bolso...

Por isso, penso, convictamente, que a salvação econômica do Brasil é cousa que depende apenas de engraxates ou condutores de ônibus...

URBANO

Os vendedores de ilusão

Sexta-feira, 31 de agosto de 1928

... Eles estão aí, pela cidade, em toda parte: porque em toda parte há homens e em todos os homens há esperanças.

Os vendedores de ilusões! Pobres pedaços da humanidade, mal vestidos e cépticos. Cépticos, principalmente: deixaram de acreditar na fortuna, no sonho, na felicidade, e por isso andam vendendo-os por aí. Têm uma alma desiludida e decadente de tango argentino...

– Vinte contos! Cinqüenta contos! Cem contos! Corre hoje!

E os vendedores de ilusões passam, com seu passo também desiludido e decadente de tango argentino, como passa um mau desejo, como passa um mau pensamento.

Às vezes, não passam: param. Param, bambos, insistentemente, diante da mesa suja do café, ou à porta apressada dos escritórios, ou junto das tentações coloridas das vitrines, ou na surpresa movimentada das esquinas... E a gente tem que ouvi-los falar na felicidade, e tem que acreditar na sorte-grande, e tem que aceitar o pedacinho importuno de ilusão que eles vendem por qualquer cousa. Tem que ouvir, e acreditar e aceitar isso, só para ficar livre: ficar livre da felicidade, da sorte-grande, da ilusão...

Gosto desses pobres homens. São poetas: vendem bilhetes de loteria, como esses outros coitados que vendem sonhos.

Há dias, esbarrei com um deles à porta de um grande Banco, na rua Quinze de Novembro.

– Olhe a sorte! Terminação do avestruz! É um cheque!

Comprei o bilhete. Estava "branco". Havia muitos dias já que estava "branco". Não me zanguei por isso. Para quê? Tive a mesma ilusão que teria se o bilhete ainda não fosse "corrido". E, mais ainda, dei àquele homem também uma pequenina ilusão: a de ter conseguido enganar outro homem...

URBANO

Gente esquisita

Sábado, 1º de setembro de 1928

Há em S. Paulo – como deve haver em toda grande metrópole – uma espécie esquisita de cidadãos, que eu chamaria, de boa vontade, os "aproveitadores de desastres". São uns homens fortes e espertos, cujo meio de vida consiste em tirar o máximo proveito pessoal das mínimas desgraças alheias.

Vejo-os por aí, em toda parte. É bem fácil reconhecê-los: geralmente, usam capa de borracha, para que tenham bolsos mais elásticos sobre a sua pessoa; óculos pretos, para que não se possa afirmar, com segurança, onde estão postos os seus olhos cúpidos; têm uma destridade extraordinária de prestidigitador. Assim que um automóvel ou um bonde estouram no meio da rua, por mais vítimas que haja, os aproveitadores de desastres, indiferentes à dor humana, aproximam-se e começam logo a catar do chão pedacinhos de ferro, peças aproveitáveis – parafusos, válvulas, roscas, carretilhas, rodinhas, alavancas, manivelas, etc. – fazendo sumir tudo nos seus bolsos profundos e insondáveis. Se um cidadão escorrega numa casca de banana e desmorona no lajedo, os aproveitadores também se insinuam na multidão silenciosa que anima e encoraja o infeliz, e vão logo empalmando e escamoteando caixas de fósforo, pedaços de corrente, chaves, medalhas com retratos de família, charutos inteiros ou usados, ponteiros de relógio ou de guarda-chuva, tesourinhas de unhas, pára-raios, etc.

São assim os aproveitadores de desastres. Homens inconscientes e abomináveis.

. . . .

Agora, de repente, lembro-me de que eu sou jornalista, e de que um jornalista também não é mais do que um simples aproveitador de desastres. Que horror! Mas, agora, já é tarde: não tenho mais tempo de fazer outra crônica elogiando esses profissionais.

URBANO

O fim do mundo

Terça-feira, 4 de setembro de 1928

S. Paulo está ficando proibido de tomar banho. A população sente-se fechada dentro de um dilema de aço: – ou há falta de água no bairro e não há banho possível; ou a água existe, mas o gás dos aquecedores é venenoso e assassino.

Conheço algumas pessoas que, mesmo no inverno, sujeitam-se a banhos frios. Mas são exceções que não servem de argumento. Sei também de outras que, habituadas, no inverno, a banhos muito quentes, quando vem o verão ficam com medo da água fria, como gato escaldado. São exceções também: não contam.

O fato é que, metido dentro daquele triste dilema, ninguém mais pode tomar banho em S. Paulo. Pelo menos, um banho sossegado, tranqüilo, eficaz. Dia a dia, vão se registrando mortes por asfixia (ainda há pouco era uma artista do "Moulin Rouge") causada pelo gás pobre queimado nos aquecedores dos banheiros. Asfixia por submersão, devido à superabundância de água, é que ainda não se registrou nesta capital... A água que existe – quando existe – é tão rara, tão exígua, que não basta para causar o naufrágio fatal de um anão, por mais anão que seja.

Diante de tal situação, é bem fácil de prever-se o que será o fim do mundo para esta nossa pobre cidade milionária. S. Paulo perecerá pela asfixia. Não causada pelo gás de iluminação (pois, dentro em breve, ninguém mais se atreverá a tomar banhos quentes); nem pelo afogamento (pois que a matéria-prima dessa espécie de morte escasseia cada vez mais). A nossa população morrerá asfixiada por um novo gás, venenosíssimo, um gás terrível que escapará dela mesma, depois de ter passado uns três ou quatro meses sem tomar banho...

URBANO

Incrível!

Quarta-feira, 5 de setembro de 1928

Há bem pouco tempo, comentei aqui o imperdoável costume que conservam certas pessoas egoístas, de "marcar lugar" nos "camarões", com chapéus, bengalas, capotes, etc., como caixeiros-viajantes nos trens do Interior. Agora, noto esse mesmo hábito posto em prática nas salas dos cinemas de S. Paulo.

O provincianismo desse processo – a ousadia dos "tomadores de lugar" e a docilidade dos desalojados – chega a ser revoltante. Numa sala, como a do "República", por exemplo, onde se reúne o nosso *smart set*, com acomodações para cerca de 3.000 pessoas, literalmente cheias em dias de *première*, não há uma única criatura humana – chefe de família de bengalão e mau gênio, ou "grilo" de polainas brancas e maneiras aristocráticas – que tenha coragem de protestar contra aqueles chapéus e aquelas capas de borracha colocadas por meia dúzia de espertalhões sobre aquelas disputadíssimas cadeiras. Ninguém, ninguém ousa tirar dali aqueles objetos demarcatórios para, em seu lugar, colocar nas poltronas o corpo cansado e guloso de conforto e *film*.

Ninguém? Talvez... Vi, segunda-feira, um homenzinho nervoso e magro protestar de uma maneira violenta contra tal abuso. Ele procurava um lugar na sala repleta. Só havia um, mas já "marcado" com um chapéu. O homem pequenininho, sem mais cerimônia, sentou-se calmamente sobre o chapéu. De repente, porém, ouviu-se um estalo e, logo a seguir, o cavalheiro foi arremessado ao ar, bruscamente, como uma pulga, descrevendo uma graciosa parábola, com grave risco de vida para o resto da assistência. Pensam que foi o dono do chapéu que varejou assim, pelos ares, o autor do esbulho? Qual! O chapéu era uma cartola de molas, um *claque*, e reagiu por si mesmo, sozinho...

URBANO

Amnésia

Quinta-feira, 6 de setembro de 1928

Desde o dia 1º do corrente, uma esquisitíssima cousa está acontecendo em S. Paulo: – toda a população da cidade foi, bruscamente, atacada de amnésia, de um esquecimento total, absoluto, irresistível. Ninguém mais se lembra de nada: nem das suas obrigações, nem de si mesmo. É comum verem-se, por exemplo, bondes da Mooca trafegando pela avenida Higienópolis; casas de jóias vendendo frangos, certas de que estão vendendo colares de pérolas; locomotivas estacionadas no largo da Sé, pensando que são táxis; funcionários públicos assinando o "ponto" em repartições estranhas à sua; relógios marcando nove horas da manhã, quando são cinco da tarde; atores teatrais esquecendo os papéis e começando a dizer asneiras; condutores de bonde tratando os passageiros por "Vossa Excelência"... e outros incríveis absurdos.

A memória desapareceu, como por encanto, do cérebro dos paulistas. Eles se esquecem de tudo, a todo momento. Ora, é natural que tal estado de cousas provocasse, excitasse a minha curiosidade e que eu pretendesse esclarecer o caso. E assim foi. Estudei minuciosamente o assunto, pesquisei, inquiri, observei, consultei livros e sábios; e, finalmente, com as pestanas completamente incendiadas, cheguei a esta razoável e final explicação: – A causa desta amnésia súbita, desse repentino esquecimento coletivo é o leite: o leite tratado à "pausterização lenta" (processo prescrito pela recentíssima Lei do Leite). Esse líqüido higiênico, logo que entra em casa dos consumidores, transforma-se em queijos ou requeijões de todas as qualidades e feitios: Gorgonzola, Camembert, Reinol, Gruyère, etc. em forma de garrafas, de copos, de xícaras, de mamadeiras... Ora, alimentada assim quase que exclusivamente de queijo, a população paulista perdeu completamente a memória. Pois é bem certo o que diz o povo: – "quem come queijo fica esquecido". E, como *"vox populi, vox Dei"*...

URBANO

Quanto custa um cafezinho?

Sexta-feira, 7 de setembro de 1928

Eis aqui uma pergunta que, à primeira vista, parece fácil de ser respondida. Naturalmente, a réplica que ocorre logo é esta: "Custa 200 réis, no mínimo, isto é, sem gorjeta."

Grave erro. Grande engano. Hoje em dia, um bom cafezinho, engolido entre fumaças, "pelando", diante de um balcão de "Expresso" ou de uma mesa de mármore, custa, no mínimo, 8$200. Vou, primeiro, justificar e, depois, detalhar este orçamento.

Os *garçons* de café são, não há dúvida, excelentes malabaristas: equilibram e fazem *jongleries* espantosas com bandejas, xícaras, bules, açucareiros etc. Mas deviam, de preferência, exibir-se em circos de cavalinhos ou *music-halls*, porque, nessas casas de espetáculo, essas mágicas são feitas longe do público e com o vasilhame todo vazio. Ora, executando as suas habilidades numa sala de café, com bules, açucareiros, xícaras e bandejas cheias, os fregueses têm que, por força, sofrer as conseqüências desagradáveis desses jogos impróprios do lugar. Acontece, pois, que não é mais possível a gente tomar o seu bom cafezinho quente, sem receber pelo chapéu, pelo colarinho, pelo paletó, pelas calças (às vezes até pelas peças mais íntimas da indumentária masculina), esguichos de café negro, borrifos de leite escaldante, pulverizações de açúcar alvo, jatos de chocolate ou gemada, etc. Resultado mínimo: um terno de roupa para o tintureiro. Ora, cada lavagem, a seco, por exemplo, custa, pelo menos, 8$000. Com os 200 réis do café, fazem 8$200.

Isto, na melhor das hipóteses. Porque, muitas vezes, se o freguês é pessoa de mau gênio e dignidade exaltada, a indenização a pagar com os resultados de uma luta no interior de um café (onde tudo é frágil e quebradiço), e os honorários de advogado para a defesa, etc., podem subir até a dezenas de contos de réis.

E dizer-se que ainda há quem se preocupe com a valorização do café!

URBANO

"Omnibus"

Sábado, 8 de setembro de 1928

Reunidos em assembléia, os srs. proprietários de ônibus de S. Paulo tomaram anteontem uma porção de boas resoluções, que – Deus o permita! – espero sejam firmemente mantidas.

Para mim, o principal defeito de nossos ônibus, ou antes, a causa primeira do triste estado em que se acham, está apenas na interpretação errada que se tem dado ao seu nome, a esse simplicíssimo ablativo latino: *Omnibus* – pensaram por aí –, querendo significar "para todos", deve ser um veículo bem humilde, bem feio, bem maltratado, de maneira a não assustar nem vexar pela pompa as pobres pessoas que não estão habituadas ao luxo. Os seus aspectos não devem intimidar ninguém; pelo contrário: devem até encorajar essa boa gente, de hábitos singelos, que gosta de cuspir no chão; de improvisar palitos, tirando lascas de bancos a canivetadas; de fumar charutos toscanos, cachimbos ou *narguilés*; de andar sempre acompanhada de galinhas cacarejantes ou outros animais domésticos, visíveis ou invisíveis, etc.

Esta interpretação é errada. A palavra "ônibus" deve ser entendida assim: "para todos" os que precisam movimentar-se com rapidez, conforto e economia. Ora, nunca poderá ser rápido um veículo cheio de brigas e intervenções policiais; nem poderá ser confortável uma armadilha crivada de pregos próprios para rasgar fatiotas novas e sujices destinadas a infamar individualidades decentes; nem econômico um aparelho assim ruinoso e traiçoeiro, que promove tantas desgraças e tantos prejuízos para os incautos que dele se servem.

Esforcem-se os srs. proprietários de ônibus por dar à palavra o seu justo sentido, e S. Paulo terá alguma cousa menos desgraçada do que essas que andam pererecando por aí.

URBANO

Um cartaz

Domingo, 9 de setembro de 1928

Ontem à noite, ao passar pelo Viaduto do Chá, parei alguns minutos numa das calçadas e fiquei olhando alguma cousa...

Um guarda, receoso de que se tratasse de qualquer premeditação suicida, aproximou-se e olhou-me com esse respeito silencioso e inquieto com que se costuma olhar para os aviadores. Depois, vendo que eu não trazia nenhum guarda-chuva ou pára-quedas comigo, tranqüilizou-se: varreu do seu espírito qualquer idéia precipitada de suicídio. E afastou-se cantarolando uma rapsódia húngara.

O que me chamava a atenção, o que me pregava ali sobre a trêmula ponte do Chá, era um tapume baixo de uns vinte metros de extensão, correndo sobre a calçada fronteira. Fiquei cismado, procurando decifrar a razão de ser daquele trambolho, daquela barreira ali, numa calçada aérea, já de si tão estreita, tão insuficiente para conter o avultado número de desesperados da vida que por ali transitam diária e noturnamente. A primeira conclusão, a primeira hipótese a que cheguei, foi esta: – aquele tapume, obrigando os transeuntes a passar pelos trilhos da Light, simplificava humanitariamente o sistema de suicídios que ali se costuma pôr em prática!

E estava eu vadiando longamente por essa sugestiva hipótese, quando, de repente, um cartaz – um só –, pregado naqueles tapumes, saltou-me aos olhos e fez luz em meu espírito. Do cartaz branco, só as maiores letras podiam ser lidas à distância. E diziam assim: "Experiências do Dr. VORONOFF". Compreendi tudo. O viaduto, alquebrado pelo peso dos anos e dos bondes, andava fraco, caduco, e a Prefeitura nomeara uma junta para vistoriá-lo. Agora, começava o processo de rejuvenescimento...

Fui para casa tranqüilo, e dormi bem.

Urbano

Gasolinomania

Terça-feira, 11 de setembro de 1928

No seu louvável e esforçado combate aos tóxicos – cocaína, morfina, estricnina e outros paraísos artificiais terminados em "ina" – a polícia tem se esquecido completamente de uma das mais bravas dessas comidas: a gasolina.

É um vício daninho e explosivo. O "gasolinômano", não só se mata aos poucos, como também mata as pessoas indiferentes, que nada têm que ver com ele. É como a dinamite, que, explodindo, destrói-se a si mesma e destrói também tudo quanto se acha ao seu alcance.

Esse termo "gasolinômano" pode, a muitos, parecer um sinônimo de *chauffeur*, motorista ou cinesíforo. E esta espécie todo o mundo conhece muito bem. O que nem todo mundo sabe é que essa gente não passa de gente viciada, contínua e terrivelmente intoxicada. Seu vício, seu pecado, sua "cachaça" consiste nisto: ao darem de beber às suas máquinas, respiram profundamente a emanação perigosa da gasolina e, sem o perceberem, ficam embriagados. Caem com vertigem: uma vertigem particular, comumente conhecida por "vertigem da velocidade". Os resultados desse delírio aí estão, enchendo, diariamente, as colunas sangrentas dos *faits divers* dos nossos jornais: atropelos, explosões, incêndios, violação da propriedade alheia, esbulhos, "derrapagens", "capotagens"...

Não há motivo algum para a polícia não combater esse vício perigoso e enormemente deformante da nossa raça. Como, porém, exterminar o nefando mal? "*Hoc opus hic labor est.*"[79] Obrigar os automóveis a funcionar sem essência alguma (gasolina, benzina, éter, álcool, pólvora, etc.) parece-me cousa difícil, senão mesmo impossível. Prover de máscaras contra gases deletérios todos os *chauffeurs* da cidade, também me parece uma arbitrariedade que brada aos céus. Obrigar toda a população – salvo os "grilos" – a não andar a pé pela cidade... Talvez... Quem sabe!

URBANO

---

79. Ver nota 34.

Crianças

Quarta-feira, 12 de setembro de 1928

Costuma-se dizer por aí (não sei com que intenção, mas suponho que com más intenções, isto é, para desculpar descalabros e travessuras) que os homens são umas eternas crianças. Acredito nisso piamente. Comecei a acreditar nisso anteontem à tarde e acho que nunca mais, nunca mais deixarei de acreditar.

Eram cinco horas e meia da tarde, quando eu tomei um bonde. Cousa nada extraordinária a gente tomar um bonde! Mas o que é extraordinário é que esse bonde era o "47", aquele "Vila Clementino" (*né* "Matadouro"). Bonde singular, esse! Longo e pobre como um dia sem pão. Ao tomar assento no quarto banco desse veículo, tive, a princípio, a impressão de que eu era uma saca de café subitamente arrebatada por um guindaste, para a pança ávida de um transatlântico. Depois, imaginei-me um herói, carregado em triunfo, pelos braços peludos e suados de uma porção de homens fortes e entusiasmados. Enfim, acomodei-me como pude no meu bonde completamente cheio. Partimos, como parte para a cozinha uma lata de sardinhas. Mas, logo na primeira parada depois do largo São Francisco, ali na esquina da rua Riachuelo, nova invasão: eram os passageiros sobressalentes, destinados a substituir os que, durante a travessia, pudessem vir a falecer de qualquer cousa. Insinuaram-se no carro já repleto de passageiros normais e de "pingentes". Quer dizer: ficaram entre os bancos, de pé uns, outros sentados nos colos dos bons senhores que tinham tido a má sorte de achar lugar para sentar-se. Eram criancinhas: chupavam balas, faziam "reinações", não pagavam passagem e iam no colo... Um desses bebês, exatamente o que me escolheu para ama-seca, tentou usar a sua chupeta: um charuto toscano. Reagi energicamente, mas o meu petiz começou a fazer manha (a manha dessas criancinhas consiste em injuriar, em tom de ópera, a Deus, a todos os santos do céu e a todos os antepassados do próximo). Ameacei-o: disse-lhe que ia chamar o soldado. Mas, a meu lado, ia justamente um "grilo" no colo de um carniceiro. E o malvado achou graça, sorriu e desmoralizou-me!

Urbano

Capítulo fumegante

Quinta-feira, 13 de setembro de 1928

Desde que apareceu, em S. Paulo, a higiênica instituição dos "camarões", nos quais "é expressamente proibido fumar", começaram certas calçadas da cidade – pontos de bondes – a apresentar um aspecto ainda mais revoltante do que o que apresentavam os velhos carros em que a gente podia fumar até nos três primeiros bancos. Porque, como se sabe, toda a população de S. Paulo – exceção feita de algumas criancinhas de peito, de raríssimas senhoras e de quase todos os fabricantes de cigarros – é constituída exclusivamente de fumantes. Fuma-se aqui de uma maneira assustadora: mais do que em qualquer outra parte do mundo. Há mesmo quem assevere que a nossa clássica e boêmia neblina é um resultado desse vício... Ora, o bom fumante não pode, como todo bom viciado, privar-se da sua "cachaça". Resultado: – ficam as calçadas, os pontos de espera de bonde, cheias de fregueses da Light, isto é, de fumantes. Cada qual acende o seu foguinho predileto: cigarro, charuto, cachimbo, *narguilé*, busca-pé, etc. Assim que aparece na esquina e se aproxima do poste cintado o grande veículo escarlate, todos tratam de aproveitar depressa, o mais que podem, o seu pito, arrancando-lhe fumaçadas desesperadas, violentas, asfixiantes mesmo. O "camarão" pára; a portinhola automática abre-se. É o momento solene do último adeus, do derradeiro beijo. Mais uma chupada forte no ídolo incandescente e – zás! – todos, a um tempo, arremessam por terra a pobre cousa fumegante, e entram no "camarão", resfolegando e soltando, pelo nariz, pela boca ou pelas orelhas, fumaradas longas, bigodeiras azuis de fumo volátil e aromático. O "camarão" embacia-se todo, enche-se de gases como o bojo de um Zeppelin; e as calçadas ficam juncadas de pobres cadáveres abandonados, ainda quentes...

De vez em quando, aparece nesses pontos um homem bondoso com uma vassoura e uma pá, que recolhe, como um coveiro, aqueles restos mortais. Esse homem, à primeira vista, parece um amigo da higiene. Mas não é, não. Pelo contrário: é um grande inimigo da saúde pública. Ele explora desalmadamente aqueles cadáveres: aproveita todos os tocos de cigarros que encontra, para fabricar novos cigarros pestíferos e baratos.

Urbano

Simbolismo

Sexta-feira, 14 de setembro de 1928

Pleno Higienópolis. Nove horas da noite. Uma bruma parda espiritualiza as distâncias e canoniza as luzes.

O automóvel em que eu viajo descobre, de repente, numa esquina afastada, uma cousa que me convence de que estou a bordo de um navio, entre céu e mar, à noite... É um farol: um farol como todos os faróis plantados nas costas e nos rochedos perigosos. Tem quatro luzes – uma para cada ponto cardeal – amarelas e piscas. O meu navio se aproxima. Pára. Observa. Analisa. Sim, é mesmo um farol. Está ali, no atrapalhante cruzamento da Avenida Higienópolis com as ruas D. Veridiana e Maria Antônia. Sobre um pilone de ferro, quatro olhos amarelos piscando, piscando, interminavelmente, sonolentamente. Ao lado dele, de pé, o inútil faroleiro: um "grilo".

A gente está mais ou menos acostumada às luzes verdes ou vermelhas: sinais de passagem livre ou de perigo. Mas, aquela luz amarela... Que quererá dizer essa cor? Estudo, rebusco, folheio a minha memória, como se folheia um código, um dicionário de símbolos, um almanaque. Nada! Apenas uma idéia, uma reminiscência me ocorre. Eu já li, não me lembro quando nem onde, que o amarelo quer dizer – desespero. Sim, deve ser isso. Deve ser essa a intenção daquele farol: desesperar completamente os automobilistas. Fazer com que todos os automóveis que vêm pela Avenida Higienópolis, ou pela rua D. Veridiana, ou pela rua Maria Antônia, desesperados, percam por completo a calma, a cabeça e o sangue-frio e – quais mariposas tontas – venham se consumir, esborrachados, naquela luz sedutora e traiçoeira...

Urbano

A rua infeliz

Sábado, 15 de setembro de 1928

Escrevem-me:

"...É uma rua igualzinha a muitas outras que deve haver por aí, mas que, felizmente, eu não conheço. Entretanto, a Rua Infeliz não é propriamente uma rua, assim como todas as ruas. Não: é uma rua dupla, uma rua que usa dois nomes diferentes, como certos aventureiros indesejáveis e perigosos. Às vezes, quando convém, chama-se 'Rua Rui Barbosa'; outras vezes, 'Rua Pedroso'. Isso já de si a tornaria bastante suspeita. Mas, não sei que terrível autoridade, achando que isso não bastava para comprometê-la, obrigou-a a disfarçar-se, a viver fantasiada de estrada de rodagem, trincheira, fossa comum, caminho da roça e não sei que mais.

Alguém, há muito tempo já, abriu-lhe, ao centro, o calçamento e cavou um buraco longo e profundo. Ladeando esse buraco, equilibrou paralelepípedos frouxos, que desmoronam a qualquer trepidação de bonde ou caminhão que passa por perto. Em vários pontos dessas inexplicáveis e misteriosas obras, ergueu geringonças complicadas, armações de ferro cheias de carretilhas, cordas, trapézios, baldes, etc. E deixou tudo assim, há meses, há muitos meses, ao deus-dará.

Evidentemente, trata-se de uma malvadeza inominável. O visível intuito de quem assim maltratou a Rua Infeliz foi expô-la – como castigo por qualquer crime que com certeza ela não cometeu – à chacota pública. E a Rua Infeliz sofre toda espécie de vexames possíveis. Vê, com lágrimas nas sarjetas, afastarem-se dela automóveis dignos e sapatos bem engraxados, sente-se evitada como uma pobre leprosa... E, à noite, quando todos os gatos são pardos, os vagabundos, os ladrões e os bêbedos aproveitam-se daquela miséria como podem..."

Está conforme o original.

URBANO

Fogos-fátuos

Domingo, 16 de setembro de 1928

Antigamente, eu pensava que era só nos cemitérios, todas as sextas-feiras, 13, à meia-noite, que havia fogos-fátuos. Eu gostava daquela pirotécnica sobrenatural. Gostava e fazia questão de que todo o mundo gostasse também. Cheguei mesmo a levar amigos cardíacos e neuropatas para assistir comigo àquele fogo-de-artifício nas grandes necrópoles da cidade por noites mortas. Consegui, com isso, eliminar alguns e enlouquecer outros. Aliás, devo confessar, sinceramente, que a minha intenção, conduzindo criaturas mórbidas àquela minha distração predileta, era justamente promover a morte desses incautos para que, mais tarde, houvesse ainda mais fogos-fátuos para os meus olhos sedentos e insaciáveis.

Ai! *"Tout passe..."* Passou, infelizmente, esse bom tempinho... Fartei-me de fogos-fátuos. Enjoei. Não que eles perdessem qualquer cousa do seu velho encanto misterioso e fantástico. Mas é que eles deixaram de se produzir só nos cemitérios, única moldura digna dessa estonteante beleza sepulcral. Começaram a dar espetáculo pelas próprias ruas da cidade, em qualquer noite do ano! Baratearam-se. Perdi a fé. Já não acredito em fogos-fátuos.

E, pior que tudo, receberam um nome odioso, científico, técnico: "solda autogênica" (alguns chamam-nos de "fogo do Diogo", não sei por quê: talvez para rimar); e começaram a ser fabricados por atacado, pela Light & Power, sobre os seus próprios trilhos. São fogos-fátuos visivelmente falsificados. Fortes demais, cegam a gente, põem uma auréola santificadora sobre toda a cidade, quando vista de longe; fazem barulho e desprendem uma fumaça venenosa e nauseabunda.

... Não sei por quê, estou me lembrando de um homem de túnica branca, alpercatas e barba imensa, um homem bíblico, que, antigamente, andava por esta cidade, fazendo a reclame de certa medicina vegetariana, e que gritava, como um profeta, pelas ruas: "A cidade é um cemitério! A verdadeira vida está no seio da Natureza..." Ele tinha razão. S. Paulo é um cemitério sem graça. Vamos para o mato!

URBANO

Inocência

Terça-feira, 18 de setembro de 1928

S. Paulo, pouco a pouco, começa a apresentar aspectos característicos das grandes cidades modernas. A "especialização", que é – parece-me – toda a base do espírito moderno, sob vários pontos de vista e em várias esferas da atividade cidadina, vem tendo entre nós, dia a dia, maior aplicação. Já é comum verem-se por aí, por exemplo, elevadores só para o 5º, 6º, 7º, 8º e 9º andares; casas onde só se vendem meias; restaurantes onde só se fazem feijoadas; *chalets* onde só se aceitam "fezinhas" em determinados bichos..., etc. Belo, simpático, edificante sintoma de progresso!

Ora, todo esse trololó que está aí em cima foi escrito apenas para chegar a um ponto: o meu assunto de hoje. Quero me referir a certos *bars*, também especializados, que dão muita vida, muita animação e muito espírito à cidade. Um deles, principalmente, especializou-se nas "batidas". Ali, é só "batida". Uma cousa fortíssima e boa, que transforma, com rapidez e eficácia, o homem mais tímido e calado, num arruaceiro perigoso.

Há dias, estava eu nessa *boite*, gozando a vida, quanto tive ocasião de gozar também outra cousa: – uma cena dolorosa. O *bar* estava repleto de homens forçudos, vermelhos, exaltados e impulsivos. De repente, penetrou ali um velhinho trôpego, trêmulo: um dos homens mais decrépitos que tenho visto em toda a minha existência. Penetrou, sob os olhares desconfiados e ameaçadores dos bons fregueses, e sentou-se à primeira mesa, à esquerda. O *garçon* – um espécime lombrosiano, muito meu amigo – aproximou-se, e com um murro brutal no ombro do ancião, perguntou-lhe "o que mandava". O velhinho tartamudeou qualquer cousa que o *garçon* não compreendeu muito bem. Houve um minuto de silêncio e ódio entre os dois. Passado esse minuto terrível, eu vi o *garçon* colocar sobre a mesa do pobre indesejável um copo imenso – um copo duplo ou triplo – cheio da mais assassina de todas as "batidas". O velhinho, apenas provou a droga, fez uma cara de terror, teve um rito de morte e saiu cambaleando para a sepultura. O *garçon* deu uma gargalhada satânica, de orelha a orelha, e explicou aos circunstantes:

– *Hell*! Dei-lhe uma boa lição! É preciso ensinar essa gente! Esse miserável vem aqui encomendar um mingau de fosfatina! *Hell*!

URBANO

Estação lírica

Quinta-feira, 20 de setembro de 1928

O início da Temporada Lírica alterou o movimento noturno no centro da cidade. Isto é, apenas naquele pequenino pedaço de chão que vai da Praça do Patriarca ao Teatro Municipal.

Aí se reúne, todas as noites, uma espessa multidão, que se divide em duas metades: a metade visual e a metade auricular. A primeira é aquela curiosa gente que abre alas, ante as entradas do Grande Teatro, para ver *limousines*, torpedos, táxis e bondes despejar *manteaux* e peitilhos, chales e ternos escuros. Essa parte da humanidade é essencialmente comercial: ela fica ali, avaliando jóias, vestidos, cartolas, automóveis, etc. Aquilo, para ela, vale muito mais do que qualquer outra esgoelada, em quaisquer condições, por qualquer pessoa vermelha e peituda.

A segunda metade, a auricular, é uma gente heróica, cuja trompa de Eustáquio é de uma resistência à prova de fogo, isto é, de dós-de-peito ou outras cousas destruidoras. Mantém-se essa boa gente, de pé, três horas consecutivas, na Praça do Patriarca, sob as cornetas negras e roucas dos alto-falantes, os olhos semicerrados, a testa franzida e o corpo bamboleando, nadando em ondas sonoras e hertzianas. É gente essencialmente artística. Os seus cinco ou seis sentidos resumem-se num único: o ouvido. Não sente mais nada, senão o som. Presta-se admiravelmente para ser saqueada por batedores de carteiras, contanto que estes não usem revólveres, despertadores ou "sereias".

Enfim, pela primeira vez em toda a minha vida, senti, compreendi a verdadeira utilidade da ópera lírica: fazer com que uma porção de gente possa, facilmente, encher os olhos, os ouvidos e os bolsos.

URBANO

Taxímetros

Sexta-feira, 21 de setembro de 1928

Quando apareceram em S. Paulo, há muitos anos, os primeiros taxímetros (aquela caixinha, com uma bandeirinha e uma fita numerada, pendurada ao lado do *chauffeur*), simpatizei logo com eles. Eram aparelhos mansos e modestos, que começavam a funcionar mediante a humilde importância de 1$000, e que, muitas e muitas vezes, me forneceram, com os dois primeiros números do preço total da corrida, excelentes dezenas infalíveis e altamente remunerativas.

Depois, esses papa-níqueis engordaram, encheram-se de importância, como *nouveaux-riches*, tornaram-se exigentes, malcriados e viciados... Começaram por exigir 1$500, depois 2$ e, afinal, 3$000, para mastigar um quilômetro! E eu comecei, então, a antipatizar com eles. Principalmente no dia em que, tomando um desses veículos chamados injustamente "táxis", o tal aparelho negou-se terminantemente a funcionar, e o seu proprietário me informou que só fazia "corrida a 7$000", e que "era se quisesse"!

De então para cá, considero os taxímetros de uma inutilidade revoltante. Não gostam de trabalhar, apesar de exigirem 3$ para o primeiro arranque. São uns indolentes, que vivem à custa do resto do automóvel e de certa "tabela horária" perfeitamente ruinosa. E os srs. *chauffeurs* andam de parceria com essa malandragem. Se a gente toma um táxi, no largo da Sé, por exemplo, e diz ao *chauffeur*: "Leve-me, depressa, à Escola Normal da praça da República!", pode estar certa de que a "bandeirinha" se conservará imóvel, hasteada festivamente, com ironia; e que, ao chegar ao seu destino, terá de pagar 7$000, ou discutir clamorosamente, com multidão em torno. Tudo por quê? Porque o freguês se esqueceu de intercalar na sua frase inicial estas duas palavras: "Por táxi." Ora, por que, então, um taxímetro, ali na frente? Quando se toma um automóvel provido de tal aparelho, entende-se, tacitamente, que a corrida é por taxímetro. Senão, em vez de tomar um "A", a gente tomaria um "L", que é um pouco menos indecente. Não é mesmo, srs. *chauffeurs* de S. Paulo?

URBANO

O peixe

Sábado, 22 de setembro de 1928

É com verdadeira repugnância que, forçado por instantes reclamações de várias donas de casa, volto a falar de peixes nesta coluna limpíssima.

Eu disse "repugnância" – e sinto que preciso justificar isso, antes de tudo. Realmente, o peixe é uma cousa que sempre me causou íntimas revoltas. Não tenho culpa: todos os organismos são sujeitos a idiosincrasias. Pequeno ou grande, no diminutivo ou no aumentativo, o peixe foi sempre, para mim, péssima comida. Não gosto dele. E, refletindo bem, acho que uma das causas dessa minha antipatia está no fato de não figurar nenhuma espécie de peixe no jogo do bicho e, conseqüentemente, no meu *menu* também. (Entre parênteses: A minha cozinheira tem ordem de seguir, à risca, na confecção de minhas comidas, o resultado da loteria do dia anterior. Por exemplo: ontem deu a vaca – hoje eu como carne de vaca; se desse o elefante ou o jacaré, e ela me servisse pavão ou borboleta, seria, incontinênti, posta no olho da rua. É um velho hábito com o qual me tenho dado muito bem e que não abandonarei por nenhum motivo ou nenhum peixe do mundo.)

Esses parênteses têm, aqui, a sua utilidade: provam que não como nunca peixe e que, por isso, sou insuspeito, desinteressado, no assunto a que hoje me prendo.

Desde que se regulamentou a distribuição de pescado, na cidade, todos os lares se desorganizaram. Não há mais peixe; ou, o que é pior, só há peixe quando a gente não quer peixe. Compreende-se bem o inconveniente geral que resulta dessa deficiência. Brigas pavorosas entre maridos e mulheres, bate-bocas inaudíveis de cozinheiras nas calçadas; casamentos, batizados, jantares de cerimônia, banquetes, enterros, etc., adiados à última hora... Evidentemente, isso não pode continuar assim. Demais, é sabido que o peixe contém muito fósforo e é muito aconselhável às pessoas fracas do cérebro. Tenho muito receio de que, continuando essa escassez de peixe em S. Paulo – onde a fraqueza cerebral é cousa comum –, a nossa população enlouqueça ou, pelo menos, seja obrigada a comer, diariamente, dúzias e dúzias de fósforo "Marca Olho".

URBANO

Idéias

Domingo, 23 de setembro de 1928

Como a gente tem decepções consigo mesmo, neste mundo! Às vezes, concebe-se uma idéia nova, original, inédita, personalíssima; vai-se alimentando dentro de si mesmo, com toda a alma e todo o coração, a filhinha legítima de um momento feliz, à espera de uma oportunidade para lançá-la, com orgulho, à popularidade; e, de repente, surge, inesperada, a mesma idéia, bem aproveitada, por aí... Essa decepção dá ódios e remorsos.

Ora, há muito tempo, eu vinha embalando no meu cérebro uma invenção verdadeiramente genial; uma cousa que seria única no mundo, que bateria o recorde do absurdo e da originalidade; que faria uma porção de gente morrer de rir e outra porção morrer de raiva... No entanto, anteontem, lendo um jornal do Rio, senti-me plagiado, escandalosamente, descaradamente, vergonhosamente plagiado. A minha idéia era esta: – promover-se, com uma comissão de distintas senhoras e senhoritas da nossa sociedade, com *patronnesses*, com subsídios do governo, etc., uma grande festa – quermesse, espetáculo, baile, chá, venda de flores... – em benefício da Light. Não seria, mesmo, interessante? Pois uma companhia teatral, que faz agora temporada num dos mais populares teatros do Rio, deu, outro dia, um espetáculo em benefício da Light!

Como receberá a formidável milionária esse donativo caridoso? Penso que ela só pode receber o gentil óbolo com um sorriso entre os lábios e uma enorme gratidão no seu coração elétrico. Porque um gesto desses dará logo ao povo a idéia de que a Companhia está em apuros, de que é uma pobre coitada, uma espécie de viúva desamparada com 28 filhinhos menores, etc.... E provocará, naturalmente, pela primeira vez, certo movimento de simpatia em torno de sua tão antipatizada e invejada pessoa.

URBANO

Manobras

Terça-feira, 25 de setembro de 1928

— Será de propósito?

Foi essa a pergunta que ouvi, ontem ao meio-dia, unânime, afinada, como um estribilho cantado por um coro bem ensaiado. Saiu essa interrogação coletiva de dentro dos quinze bondes, seis ônibus, onze caminhões, trinta automóveis e nem sei quantos pedestres, que, agitados, nervosos, ameaçavam explodir, de ambos os lados das porteiras do Brás. Justamente no momento de maior e mais precipitado movimento naquele trecho da cidade — à hora do almoço dos que trabalham aquém ou além Tamanduateí —, a uma campainhada brusca, um trilo de "grilo" e um olhar, rubro de cólera, de certa lanterna vermelha, fechou-se aquela barreira. Quatro minutos de espera: e eis que passa um trem de carga, enorme, longo, infinito. Passa, lento, descansado, tranqüilo, como uma pessoa que não tem muito que fazer. Quando o trem acabou, toda a desesperada gente que estava ali esperando esse fim, aquela cauda, agitou-se, pensando que ia poder passar. Qual! "*In cauda, venenum*"... Um homenzinho solitário, de bandeira verde na mão, colocou-se entre os trilhos e fez um sinal irônico com aquele pavilhão verde como a esperança... E o trem começou a recuar, de novo, mais lento, mais preguiçoso, mais comprido, acrescido de mais uns nove ou dez vagões... Foi passando... As pessoas mais calmas, que estavam dentro dos veículos desconsolados, resolveram adormecer, cantarolando, como criancinhas:

"Passa, passa, carneirinho..., etc."

Passou, como tudo, neste mundo: *"tout passe"*... Sim, mas é preciso completar o verso: *"tout lasse"* (a gente, um dia, há de se cansar também dessas manobras e, então...); *"tout casse"* (...então, tudo ficará quebrado de uma vez).

URBANO

Palpite para hoje

Quarta-feira, 26 de setembro de 1928

Há dois dias que a cidade apresenta o aspecto marcial de uma praça de guerra. Praças de cavalaria, de armas embaladas, cavalgam pelas ruas centrais, de lá para cá, vigiando e zelando pela integridade pública. O povo olha, com respeito, aqueles belos homens e aqueles fogosos corcéis: olha, recua, abre alas.

Ao cavalo, principalmente, é que costumamos tributar a nossa mais alta estima e consideração. Não sei por quê. O homem achou o cavalo ineficaz para as cargas da atualidade e substituiu-o por veículos de tração mecânica. Pouco a pouco, o bom bucéfalo será banido das cidades, por inútil, e voltará ao primitivo estado de selvageria donde veio. Portanto, ele já não deveria atemorizar assim a humanidade.

Nesses momentos de motim popular é que se vê o prestígio do cavalo. Dez, cinqüenta praças de infantaria passam, a pé, de baionetas, carabinas, canhões, etc.; ninguém tem medo. Um soldadinho magro, montado num cavalão excitado, surge numa esquina longínqua; e todo o mundo recua, espavorido, foge atônito para dentro dos cafés ou das casas de modas, ou encosta-se aos umbrais protetores das portas... É como se aparecesse, subitamente, na rua, um dragão mitológico ou um dinossauro paleontológico, fumegante. Não posso compreender esse terror. Tenho visto velhinhos fracos enfrentar automóveis; e atletas tremendos fugir de um cavalo irresponsável. No entanto, dentro de um automóvel costuma haver, pelo menos, quinze cavalos (vaporosos ou não, em todo caso, cavalos); e debaixo de um homem vulgar costuma haver, quando muito, um só cavalo...

URBANO

Esclarecimentos

Quinta-feira, 27 de setembro de 1928

Em todos os bondes de S. Paulo há, entre outros, o seguinte aviso: – "É proibido cuspir em qualquer lugar do carro". Preceito higiênico, perfeitamente louvável. Entretanto, acho-o um tanto obscuro, incompleto, sofismável.

"Em qualquer lugar do carro"... Nos "camarões", por exemplo, que têm janelinhas como vagões de estrada de ferro: estas janelinhas são ou não são consideradas "lugar do carro"? Quer dizer: um cidadão poderá cuspir impunemente pela janela, isto é, na janela, para a rua? Eis uma questão intrincada, que exige meticuloso estudo para ser convenientemente ventilada.

Tenho refletido muito sobre isso. Tenho mesmo consultado autoridades na matéria: hermeneutas profundos, exegetas sapientíssimos. E, das informações e esclarecimentos que esses senhores me forneceram, chego à seguinte conclusão: – Um passageiro pode e não pode cuspir na janelinha de um "camarão"; pode, nos dias bonitos, de atmosfera estagnada; não pode, nos dias ventosos. Porque, em se tratando de cuspir em "camarões", o mal não está propriamente no cuspir: o mal está em ventar. Nos dias calmos, uma cusparada habilmente dirigida é uma cousa matemática que absolutamente não pode falhar; está, como todos os tiros do mundo, sujeita às leis invariáveis da balística. A não ser que o vidro da janelinha esteja fechado, não haverá para nenhum outro passageiro do bonde nem para a Light qualquer prejuízo resultante de tal disparo. Nos dias de ventania, porém, a cousa muda de figura. Um projétil dessa espécie, mesmo que tenha sido atirado pelo melhor artilheiro do "camarão", é rebatido pelo vento, pode "recolchetear"[80] (como se diz em balística e cinegética); e, nesse caso, voltando o projétil a entrar por qualquer outra janela do carro, os demais passageiros estarão arriscados a sofrer qualquer cousa. Isto é claro, indiscutível.

Qual, pois, o remédio, a providência a tomar, no sentido de se evitar incidentes resultantes desse hábito? De duas uma: ou a população resolve ler, todas as manhãs, no boletim do Observatório Astronômico, a previsão sobre os ventos para ver como deve agir nos bondes; ou a própria Light colocará, à

---

80. No jornal está "recolchetar".

entrada de cada carro, em lugar bem visível, uma "rosa-dos-ventos" para ser consultada por todos os seus fregueses, ao entrar no veículo.

Com isto, pois, penso ter abundantemente "ventilado" a questão...

Urbano

Amendoim

Sexta-feira, 28 de setembro de 1928

Escrevem-me:
"Li, sr. Urbano, a sua crônica de hoje, na qual o sr. trata de certo desacato que os bondes da Light costumam receber de pessoas não muito educadas. O sr. tem toda a razão. Mas esta carta não é apenas uma manifestação de solidariedade, que o sr. muito bem dispensa. O meu intuito, ao escrever-lhe, é apenas o de... fornecer assunto para mais uma crônica.

Não sei se o sr. já terá reparado em certa cousa que certos passageiros, a certa hora, costumam atirar no soalho de certos bondes... Não é lá cousa excessivamente repugnante. Pelo contrário: é um detrito perfeitamente tolerável, mas inexplicável. Eu quero me referir às cascas de amendoim. Eu disse "inexplicável". É mesmo. Por que será que se come tanto amendoim em S. Paulo? E quem será essa gente que gosta tanto de amendoim? É raro o bonde que tomo – moro nas Perdizes e trabalho lá pelos lados da avenida Paulista – que não esteja, principalmente lá pelas proximidades dos últimos bancos, completamente forrado de cascas de amendoim. O fato, a princípio, apenas me feriu a vista. Depois, começou a me preocupar. E agora, afinal, já é uma obsessão perigosa, uma idéia fixa sintomática de graves enfermidades... Porque, por mais que eu tenha observado, pesquisado, procurado, ainda não vi ninguém comendo amendoim nos bondes. No entanto, os carros da Light vivem cheios de casca dessa inofensiva frutinha. É um mistério que já me aterroriza. De onde virão esses detritos? Cairão do céu, como maná; ou surgirão, por geração espontânea, dos soalhos dos bondes?

Certo de que uma resposta sua virá tranqüilizar-me, subscrevo-me... etc. – (a) J. F. de Paula."

Compreendo a sua inquietude. O caso é, realmente, de assustar. Mas v. s. não refletiu bem: há muita gente que tem vergonha (não sei por quê) de comer amendoim: comem escondido. Por isso, é possível que v. s. nunca tenha visto os comedores, nem a comida; mas unicamente as casquinhas...

URBANO

Ruínas

Sábado, 29 de setembro de 1928

O sr. Plínio de Oliveira Machado teve a bondade de me escrever, em data de 28 do corrente, fornecendo-me gentilmente assunto para uma crônica.

O meu amável missivista conta-me que, ali, no Parque D. Pedro II, início da ladeira do Carmo, vêem-se, já há muito tempo, umas ruínas comovedoras, que partem o coração de quem quer que seja, menos das nossas autoridades. Está ali um monte de ferros velhos, inúteis e incompreensíveis, que só o olho experimentado de um entendido poderá identificar como sendo os restos mortais de um auto-caminhão. Há tempos, houve, naquele lugar, um desastre. A vítima, que ia carregada de canos de manilha, teve morte instantânea, mas ninguém reclamou o seu cadáver. E ali estão os horrorosos despojos, até hoje, provocando nos transeuntes os mais desencontrados comentários.

A maior parte, porém, destes glosadores compreende e justifica o aparente desleixo. Uns dizem que aquilo foi deixado ali, de propósito, como um espantalho, para que ninguém mais ouse passar de automóvel por esse lugar nefasto. Outros querem ver no imenso trambolho um aviso útil aos imprudentes: "Mirai-vos neste espelho!" – gritam aqueles ferros velhos a todo auto-caminhão que despenca pela ladeira. Há também quem tente lobrigar nisso o intuito de atestar ao estrangeiro, que nos visita, a perfeita honestidade do público paulistano: há mais de um mês que aquelas tentações estão ali expostas ao desejo de todo o mundo e, entretanto, ninguém, até agora, ousou surrupiar-lhe sequer um parafuso ou um caco de telha. Não faltam também temperamentos mais sentimentais, que consideram aquilo uma homenagem a todos os heróis vítimas de desastres de automóveis: aquilo seria, por exemplo, o "túmulo do atropelado desconhecido", ou "do abalroado desconhecido"... Etc.

Seja como for, o fato é que aquele montão de cacarecos ali jaz *in pacem*, há mais de um mês, com grande júbilo para mim, que consegui atender a um de meus leitores e produzir mais uma crônica perfeitamente sem graça.

URBANO

Carteiros

Domingo, 30 de setembro de 1928

Um dos maiores amigos, a quem mais amabilidades devo, é o meu carteiro. Excelente homem, simpático, generoso, desprendido e desinteressado!

Continuamente ele me visita, pela manhã, e nunca deixou de me trazer uma pequena, surpreendente lembrança. Às vezes são cartas; outras, jornais ou revistas, e até mesmo objetos que, absolutamente, não me foram endereçados. Trazem nomes totalmente desconhecidos para mim, de criaturas que moram em bairros opostos, que nenhuma analogia têm com o meu bairro. É esquisito! Eu aceito, de coração e braços abertos, aqueles presentes, e gozo-os como posso.

É curioso: a maior parte dessas prendas totalmente gratuitas é constituída de cousas medicinais. Quando não são revistas médicas, são amostras de remédios terríveis, ampolas de injeções, pílulas suspeitas, que eu vou experimentando com grande satisfação. De vez em quando aparecem também aparelhos tenebrosos de alta cirurgia: facões, serrotes, martelos, anzóis, navalhas, tesouras... Vou colecionando com carinho esses ferros, à espera de uma oportunidade.

Certa vez, o meu bom carteiro me trouxe um enorme *colis* contendo uma perna de pau que, infelizmente, não me serviu. Em todo caso, conservo religiosamente isso tudo. Ninguém pode dizer "desta água, não beberei" (nem mesmo um passarinho pode pensar isso diante de uma garrafa de *whisky*).

Um dia, assaltou-me e preocupou-me extraordinariamente esta idéia: – Se toda essa correspondência alheia vem, inexplicavelmente, parar às minhas mãos, é natural também que as cousas que me são endereçadas se extraviem e vão dar com os costados em casa de outrem. Inquietei-me, aterrorizei-me, a princípio, com esse pensamento; depois, tranqüilizei-me. Dei mesmo um suspiro de alívio. Porque, com esse processo, os excelentes e úteis carteiros de S. Paulo evitam-me o grande desgosto de receber contas atrasadas, cartas anônimas, cartões de parabéns e outras cousas insuportáveis.

URBANO

Semana da educação

Terça-feira, 2 de outubro de 1928

Está se realizado, em S. Paulo, a "Semana da Educação".

Não tenho acompanhado os trabalhos deste Congresso; por isso não sei se terão sido debatidas certas questões de educação, que eu considero essenciais à vida cidadina. Em todo caso, pelo sim ou pelo não, quero deixar aqui enunciado esse problema.

Salvo, assim, a minha responsabilidade: *"Lavabo inter innocentes..."*[81]

O primeiro é a proibição do cuspo: regra elementar de qualquer *"Don't"*, de qualquer "Manual de Bom-tom". É necessário que se tomem medidas enérgicas no sentido de serem severamente punidos os infratores desta rudimentar regra da boa educação. Proponho, como pena, uma multa. Mas essa multa deverá, para ser justa, ser proporcional: isto é, estar na razão direta do número de micróbios nocivos que for encontrado em cada corpo de delito. Por exemplo: um tostão por micróbio. Não muito caro.

Outra questão importante é a da linguagem vulgarmente usada por condutores de bondes durante discussões com passageiros. Acho que se deve estabelecer um limite nítido entre o que é e o que não é considerado "palavrão". Tudo, por exemplo, que estiver abaixo de "besta" ou de "cão", será sujeito a uma indenizaçãozinha qualquer. Quando essas discussões degenerarem em "vias de fato", penso que seria acertada a aplicação das regras do "boxe".

Também mereceria especial atenção o procedimento de pedestres nas ruas centrais. Dirigir graçolas a mulherinhas indefesas que passam é crime. Mas a gravidade do delito depende do lugar e hora em que foi cometido. Quanto mais central e mais iluminada ou movimentada for a rua onde se perpetrou a graçola, tanto menor deve ser o castigo. É evidente que, na Saracura Grande ou na Estrada da Boiada, por

---

81. "Lavarei entre os inocentes as minhas mãos." Palavras do Salmo 25, 6, recitadas no momento em que o sacerdote lava as mãos antes da Consagração, ao celebrar a Missa.

exemplo, um "belezinha!" atirado, às 2 horas da madrugada, a uma senhora idosa, que passa, não tem a mesma importância que teria, se fosse dito na praça do Patriarca, num sábado bonito às 5 horas da tarde. Aqui, a cousa seria um elogio, porque teria espectadores; lá uma ofensa negra, nefanda e ignóbil.

Aí ficam as minhas sugestões.

URBANO

"Beaver"

Quarta-feira, 3 de outubro de 1928

Eu sempre tive medo de barbas. Porque uma barba está sempre presa neste dilema: ou é verdadeira ou postiça. E, quer seja autêntica, quer seja artificial, uma grande barba só pode ter uma utilidade: ocultar qualquer cousa. Ora, as cousas que precisam ser escondidas são sempre perigosas. Por isso, cada vez que vejo uma barba andando pela rua, imagino que, debaixo dela estão entrincheirados um sorriso sardônico, uma "camisa preta"[82], um inseto traiçoeiro, uma gravata amedrontadora, uma bomba de dinamite...

É essa a razão da grande desconfiança, do extraordinário mal-estar que me assaltam, cada vez que encontro na rua certo homem indefinível, que, ultimamente, tem dado muito nas vistas de todo S. Paulo. É um senhor alto, de chapéu e blusa de brim branco, calças escuras e sapatos de lona também brancos.

---

82. Ver nota 61.

Sobre o seu peito cascateia uma barba cinzenta, incomodativa. Suas mãos estão sempre carregadas de cousas enormes e indecifráveis, embrulhadas em papel de jornal. No princípio, julguei tratar-se de um apóstolo ou profeta; depois, pensei que aquilo fosse algum anúncio de qualquer tônico capilar. Agora, estou com tendências a acreditar tratar-se simplesmente de uma divindade, porque esse homem tem um dos atributos exclusivos e essenciais de Deus: a omnipresença. Está em toda parte: nas ruas, nas igrejas, nos elevadores, nos bondes, no fundo dos táxis, na superfície dos lagos... Está espalhado pelos quatro elementos da Filosofia antiga: na terra, no ar, na água e no fogo. Não é possível a gente virar uma esquina, em S. Paulo, acompanhar um enterro, nadar numa piscina, apagar um incêndio, atirar-se do Viaduto, que não encontre logo à frente o homem comprido da barba cinzenta.

No entanto... No entanto, aquele homem passaria perfeitamente despercebido, se não fosse aquela barba. Ah! aquela barba! Sonho com ela todas as noites. O que haverá debaixo dela? Peço aos meus leitores que me auxiliem, senão... senão ficarão, muito brevemente, privados das minhas excelentes crônicas.

URBANO

Jardins

Quinta-feira, 4 de outubro de 1928

Agora, que dizem as autoridades na matéria – astrônomos e poetas – que a Primavera entrou, ando por aí, farejando Primavera por este S. Paulo tão trabalhador, tão prosaico, tão insensível.

Naturalmente, não vou procurar a deusa florida e risonha nas usinas, na rua 15 de Novembro, nas repartições públicas, nos gasômetros... Procuro-a onde ela deve estar; isto é, nos jardins.

Tristes jardins de S. Paulo! Tristes, mas daquela tristeza bonita e arranjada, que a gente percebe logo numa mocinha bem penteada, bem pintada, bem vestida, que fica a um canto da sala de baile, sem se mexer – correta e irrepreensível – para não desmanchar o penteado, não apagar a pintura, não amarrotar o vestido... São assim, hoje, os jardins de S. Paulo. Muito bem feitinhos, muito bem cuidados, muito bem desenhados... mas melancólicos como tudo o que faz "pose". E todos uniformizados, "standartizados", decalcados sobre um padrão único, que deve ser o padrão mais "distinto" (adjetivo predileto da maioria paulistana). São assim: – buxos ou cedrinhos aparados, geometricamente conformados à tesoura, em cubos, cilindros, esferas, cones, paralelepípedos; uma grama muito verde e muito limpa fazendo um tabuleiro liso e baixo; algumas roseiras muito contrariadas ou alguns craveiros muito contrafeitos, crucificados em cruzes martirizadoras de madeira bem cortada, pintadas de verde sombrio... Nada mais. E aí, presa entre as muralhas de tijolinhos prendados, que vai limitando os canteiros, a Primavera que se arranje!

Primavera! Cada vez que vejo um desses jardins paulistas, começo a pensar num colégio, num asilo, onde toda uma infância que devia ser alegre e livre, vive, dentro de uniformes e de regras, uma vidinha disciplinada, metódica, pendurada ao badalo de uma campainha e ao ponteiro de um relógio...

Primavera!

URBANO

Sol

Sexta-feira, 5 de outubro de 1928

Não é mesmo verdade que o inverno já passou? Todo os *manteaux* de peles, todos os sobretudos, e até mesmo todos os *cavours* de *pèlerine*, de S. Paulo, já estão dormindo o seu sono de naftalina no fundo honrado dos guarda-roupas. E, neste céu bendito, flameja um sol perfeito, quase heráldico, cheio de raios, todos de ouro, redondinho como uma libra esterlina...

Ora, eu sempre fui a negação absoluta, nacional, de *chanteclair*. Odeio o sol. É ele que faz a terra ficar "gira", e transforma em guarda-sol essa cousa odiosa que nem a chuva, nem o príncipe de Gales, justificam, e que se chama guarda-chuva. Fujo do sol como de um perigo. Mas ele me persegue. Persegue-me, principalmente, quando, para evitá-lo, tomo um "Camarão". Os "Camarões" são excelentes cousas inventadas pela Light para evitar "pingentes" e fabricar insolação. Não têm cortinas. A gente, que cai do lado do sol, tem que agüentar, calado, imóvel, o grande radiador. Ele fica, pendurado na janelinha do "Camarão", muito cínico, rindo o seu sorriso amarelo, que reduz a torresmo o que devia ser apenas um chapéu de palha, e destrói o restinho de pigmento branco que nos salva e recomenda às arianas exigências do estrangeiro.

Só há um "Camarão", em S. Paulo, que tem cortinas. Trabalha na linha da Avenida. É cobiçadíssimo. Mas, um único veículo numa linha circular, como essa, deve levar pelo menos uma hora para voltar ao ponto de partida. É, pois, quase inútil. Há dias, esperei horas a fio o tal "camarão". Afinal, apareceu. Tomei-o, com um suspiro de alívio, contente por não ter que apanhar sol. Mas, infelizmente, já eram seis e meia da tarde: o sol, mais ladino do que eu, fora torrar outras gentes em outros continentes...

URBANO

Água!

Sábado, 6 de outubro de 1928

Os tempos mudam... (Linda novidade!) Naqueles dias antigos e pecaminosos, Deus fez desencadear sobre a terra o dilúvio universal, como castigo para os homens pérfidos. Quarenta dias e quarenta noites, numa época atrasadíssima, arcaica (trocadilho com "Arca"), em que ainda não havia galochas, capas de borracha e nem mesmo guarda-chuva, caiu água do céu e lavou tudo, afogou tudo, menos Noé e seus bichinhos familiares. (Mas Noé parece que gostou da água, pois, logo depois, chupou uns alqueires de uva e ficou, de novo, "na chuva", numa "água" senegalesca...)

Aquilo era um castigo. Hoje, se Deus quisesse premiar os homens de S. Paulo, por exemplo, pela sua muita piedade, pelas suas excessivas virtudes, não poderia fazer-lhes melhor presente, dar-lhes melhor bênção do que mandando uma boa inundação.

Como os tempos mudam!

Não há água em S. Paulo. Nem potável, e, muito menos, para banho. Os corpos ficam ressequidos, por dentro e por fora. Os fabricantes de copos e sabonetes começam a falir ruidosamente. As torneiras – quando os homens nus e afogueados precisam delas – limitam-se a expelir um sopro longo, que silva como uma vaia. E os homens supersticiosos começam a pensar que aquilo é um aviso do céu: que a gente não deve mais tomar banho. Algumas pessoas mais espertas e menos crédulas têm aproveitado essas chuvinhas avaras que têm caído, ultimamente, à noite. Outras, menos pudicas, esperam na calçada das grandes avenidas privilegiadas a passagem dos enormes e hidrópicos irrigadores da Prefeitura; e aí, entre os bigodes de água dos monstros, tomam o seu banho público, sob chacotas e piadas de mau gosto dos espectadores perversos.

Assim, S. Paulo, como o mau rico do Evangelho, ardendo nas profundezas subterrâneas, grita a um céu problemático, onde um deus municipal descansa, pedindo uma gota de água, uma só...

Urbano

"Klaxons"

Domingo, 7 de outubro de 1928

Estou resolvido, inabalavelmente, a só passar pela rua Direita aos sábados, de tarde. Não há que maliciar. Não é por causa das pernas, nem por causa das vitrinas; mas, simplesmente, porque nesse dia não passam automóveis por essa rua. Alguém, ao olhar isto, há de pensar que o sr. Urbano é um desses homens-tílburis, que têm medo de automóveis. Engana-se: o sr. Urbano gosta muito de automóveis, principalmente quando são três horas da madrugada e está um amigo íntimo no volante. De barulhos é que o sr. Urbano não gosta.

Quem gostar de barulhos, quem tiver uma trompa de Eustáquio bastante calejada ou insensível, quem for mudo de nascença, quem for artilheiro, regente de banda-de-música ou estiver acostumado a rebentar pedreiras a dinamite – faça, se quiser, a perigosa experiência de passar pela rua Direita em qualquer outro dia da semana, às cinco horas da tarde, por exemplo. Como se sabe, a rua Direita não endireita mesmo: estreita, torta, tem que conter, quer queira quer não, os 20000 automóveis de S. Paulo. Eles entram aí, vindos da praça do Patriarca, e ficam engarrafados nesse quarteirão único – a nossa Burlington – que vai dessa praça ao largo da Misericórdia. – Entram aí, assanhados, atacados de loucura ambulatória, loucos por poder correr um pouco. Ora, isso não é possível. Então, parados, impacientíssimos, uns atrás dos outros, apressando-se e descompondo-se mutuamente, começam a buzinar, furiosos, ameaçando estourar de ódio e pressa. Imagine-se, agora, o que serão 20000 *klaxons* roncando num quarteirão estreitíssimo e de excelente acústica! Os pobres transeuntes, que precisam falar, trocar idéias ou impressões, nas calçadas, são obrigados a berrar, a gesticular como surdos-mudos, ou então a usar um megafone. Ouvem-se namorados cheinhos de segredos, gritar "Eu amo-a!" ao ouvido da namorada medrosa; descobrem-se detalhes perigosíssimos de alcova; revelam-se segredos profissionais e mazelas de toda sorte; divulgam-se secretíssimas combinações políticas, planos de revolução, invenções científicas... É uma desgraça!

URBANO

Armas

Terça-feira, 9 de outubro de 1928

Recebi uma carta esquisitíssima, na qual o Sr. Felício Batista Braga, depois de me contar uma tentativa de prisão, naturalmente arbitrária, de que foi vítima, por usar armas proibidas, pergunta-me o que se entende propriamente por armas proibidas.

O meu missivista, deixando de declarar qual a arma que usava quando se deu a intervenção policial, deixa-me numa situação difícil. Pois a primeira obrigação de todo consultor é dar respostas favoráveis ao consulente, principalmente em se tratando de clientes que costumam andar armados... Mas, espero em Deus que não cometerei nenhuma *gaffe*, que na minha resposta não incluirei, entre as proibidas, a arma que trazia o sr. Felício quando se viu às voltas com a polícia.

Para mim, essa questão de armas proibidas é cousa muito relativa. Depende das condições pessoais do portador. Eu me explico: – Nas mãos de um cego, não me parece que uma garrucha ou um canhão sejam armas proibidas, ao passo que o mais inofensivo dos objetos, uma pílula, nas mãos de um farmacêutico, pode ser considerada arma proibida. Outro exemplo: uma grande tesoura, nas mãos de um alfaiate, de um jardineiro ou barbeiro, é cousa perfeitamente aceitável; no entanto, essa mesma tesoura nas garras de um epiléptico, numa noite de tempestade, dentro de um "camarão" cheio e sem luzes; ou entre os dedos de um jornalista, assume proporções temíveis de arma proibida. Mais um explozinho: um cachimbo cheio de fumo vulgar, na boca de um fumante incorrigível, é cousa corriqueira, freqüente e inofensiva; mas esse mesmo cachimbo, cheio de dinamite, no bolso de um anarquista, já oferece algum perigo.

Examine-se, pois, bem, à luz da sua consciência e destes conceitos, o meu consulente. Tenho certeza de que ele há de encontrar, em sua pessoa física ou moral, um argumento seguro e impossível para provar a inteira inocência da arma que causou o seu mal-entendido com a polícia. É sempre assim.

URBANO

Filantes

Quarta-feira, 10 de outubro de 1928

Um dos tipos de cidade mais interessantes e agradáveis que conheço é o filante. É o único ser que me envaidece: consegue convencer-me que eu sou milionário e tenho muito bom gosto. Ele acha que 5$000 não são nada para mim; que os meus cigarros são os melhores cigarros que há no mercado; que os meus passes de bondes são inigualáveis; que só eu sei compor o *ménu* de um almoçozinho improvisado, à última hora, a convite seu, etc. Gosto desse homem carinhoso e convincente. Admiro a sua franqueza e o seu gosto apurado. Quando ele me diz num encontro rápido e casual: "Deixe ver aí um dos seus!" – eu estendo-lhe a minha cigarreira, como um deus ou um rei estende a um fiel ou a um vassalo uma bênção ou uma condecoração. Gosto muito dessa espécie de homem.

A espécie que eu detesto é a do filante vergonhoso. Este, eu não posso suportar. É hipócrita. É covarde. Não tem coragem de suas atitudes. Entra no bonde ou no café, onde a gente está, e puxa prosa. Dá logo a entender que está metido em altas especulações; que deixou de assinar uma escritura importantíssima só porque a outra parte duvidou um pouquinho da seriedade do negócio; que está com um plano extraordinário de organização comercial e, se a gente quiser, ele pode interessar a gente nisso... E por aí vai a prosa. Quando chega o momento de pagar, o vergonhoso passa à nossa frente, dizendo que "faz questão"... E, lentamente, põe a mão no bolso da calça; retira-a, apalpa o outro bolso; franze a testa, começa a se impacientar; seus movimentos vão ficando cada vez mais rápidos, mais rápidos; apalpa o primeiro bolso do paletó, depois outro, depois outro...; vai se atrapalhando e se afobando cada vez mais; apalpa os bolsos do colete, um por um... Afinal, vem um "Ora essa!" que é o sinal para a gente pagar a despesa, porque ele esqueceu a carteira no seu clube...

Eu sempre achei que o cinismo era uma virtude, e a vergonha, um grave, imperdoável defeito.

URBANO

Para os dias de chuva

Quinta-feira, 11 de outubro de 1928

Como todo mundo já deve ter percebido, há uns três dias que está chovendo, em S. Paulo. Isto é incontestável.

Eis, pois, chegado o momento de cada qual dar saída ao seu guarda-chuva de estimação: aquele que a sogra, o rival, ou o inimigo mais íntimo deu de presente de núpcias; ou então aquele que a gente herdou do mais cauteloso parente, que morreu de insolação. Mas, o uso do guarda-chuva não é uma cousa assim tão fácil, como, à primeira vista, pode parecer. Exige certa ciência e bastante prática. Tenho notado que, em S. Paulo, poucas pessoas sabem se servir convenientemente desse engenho. Por isso, resolvi transmitir a quem interessar as normas básicas e elementares que devem reger essa usança.

I – Quando mandar parar o bonde, nunca faça o sinal, de pé, entre os trilhos, com o guarda-chuva aberto: é antiestético.

II – Debaixo de um toldo de casa comercial, ou sob um beiral abrigado, não é preciso usar guarda-chuva. Dentro de casa, dos cafés e das confeitarias também. Só mesmo como arma de defesa ou de ataque.

III – Lembre-se sempre de que um guarda-chuva tem, invariavelmente, oito varetas pontudas; ao passo que um transeunte costuma ter apenas dois olhos.

IV – É preciso não se esquecer de que um bom guarda-chuva, por mais aperfeiçoado que seja, não é provido de calha para captação das águas fluviais, nem de bombas ou cano de descargas: por isso, convém ter pena das outras pessoas que passam a seu lado.

V – Se o seu guarda-chuva for automático (daqueles que abrem, num estouro, com a simples pressão de um botão), nunca o faça funcionar perto de pessoas nervosas ou cardíacas.

VI – Não enganche o cabo do guarda-chuva no cordel da campainha, para fazer parar o bonde; às vezes falha e a gente fica com ódio.

Para mais esclarecimentos, conselhos, ou solução de casos intrincados, aqui fica, à disposição de seus leitores, o prudente

Urbano

Lama

Sexta-feira, 10 de outubro de 1928

Dizem que "não há sábado sem sol". Amanhã é sábado, dia das exorbitâncias pelo "Triângulo". Deus permita que se confirme a sabedoria popular: que um sol curioso apareça aí em cima, com vontade de espiar a pequena, efêmera alegria dos homens.

Não que eu tenha qualquer simpatia pessoal pelo Astro-Rei: não sou monarquista e tenho muitas tendências a morrer de insolação. É que... é que somente um bom sol, forte e valente, seria capaz de fazer o que os empregados da Prefeitura e os bueiros não fizeram: destruir totalmente essa lama escura e abundante que, tendo já entupido todos os poros da cidade, durante quatro ou cinco dias, começa a tentar obstruir também os poros menores das roupas e da pele dos srs. transeuntes. Porque já não se pode andar bem vestido, em S. Paulo. Onde quer que uma senhora conveniente ou um homem apresentável insinuem a silhueta, há sempre um esguicho traiçoeiro de lodo, que, invejosamente, vem destruir aquela louvável elegância. Ora é um automóvel que, mergulhando o pneu numa poça, cospe uma cousa hedionda sobre o passante; ora, um ladrilho de calçada, que, meio solto, oscila sob o pé bem engraxado e, com uma pontaria exata, atira contra as meias um borrão gelado e contra a alma um defluxo incômodo; ora, um bonde que, ao passar por uma dessas "chaves", produz um *geyser* repelente e indesejável...

Não é possível qualquer acomodação de interesses entre a lama e o vestuário dos pedestres. A lama é teimosa, surda e onipresente; e os transeuntes não estão dispostos a condenar todas as suas roupas para se uniformizarem assim: sapatos, meias, ternos, gravata, camisa e chapéu *marron*, tudo *marron*!

URBANO

Fascismo

Sábado, 13 de outubro de 1928

Não sei por que motivo o cadastro policial recusou-se a registrar e os jornais a noticiar um caso doloroso, de que eu fui testemunha, e que se desenrolou à luz meridiana, em plena cidade, naqueles lamentáveis dias que se seguiram ao empastelamento de *"Il Piccolo"*. Guardei, a respeito, o mais completo sigilo, por algum tempo; agora, porém, já não posso mais: ou desembucho, ou rebento. Aí vai, pois, a triste ocorrência:

Uma tarde, quando mais exaltados estavam os ânimos contra o finado jornal, saiu de sua residência, à rua dos Imigrantes n° 492, o cidadão brasileiro F. P. J., com destino ao cemitério do Araçá. Ia a pé, de luto, levando nas mãos uma cousa qualquer embrulhada em jornal. Era um homem perfeitamente tranqüilizador, apesar da grande tragédia que levava dentro do seu coração. Em menos de uma semana tinha perdido o pai, a esposa, dois filhos menores e únicos, todas as sogras e um vizinho. Mergulhou, por isso, a sua personalidade no mais profundo, pesado luto: roupa de sarja preta, gravatão e peitilhos pretos, laçarotes de crepe no chapéu e no coração, olhos e bigodes pretos, etc.

Apareceu assim na praça do Correio e parou, um instante, diante da estátua de Verdi. Por uma natural associação de idéias, começou a assobiar, muito alto, uma ária da *"Traviata"*. Isso não podia deixar de atrair para a sua pessoa a atenção antipática da multidão revoltada, que estava por ali. E o homem começou a ser observado com curiosidade e desconfiança. Completamente inocente e alheio a tudo, profundamente mergulhado no seu luto e na *"Traviata"*, ele de nada se apercebeu. Foi se formando, em torno dele, um círculo cada vez mais irritado de brios ofendidos. Era razoável: um homem de "camisa preta", assobiando uma ópera italiana, com um volume nas mãos, embrulhado num número de *"Il Piccolo..."*[83] Mas a multidão indignada estava esperando ainda um detalhe mais inequívoco, uma prova mais completa, uma evidência mais indiscutível, para se convencer de que se tratava mesmo de um fascista perigoso! E esse último argumento não tardou – ao aproximar-se um bonde da linha de "Pinheiros", o homem ergueu o braço direito e fez um sinal de parada, igualzinho àquela célebre saudação fascista. Já não podia haver a menor dúvida.

– Lincha! Lincha!

---

83. Houve mais de um jornal com esse título em São Paulo: *Il Piccolo*, diário fundado em outubro de 1908, editado pelos seus proprietários, Pellegrini e Pucciarelli, e *Il Piccolo, Quotidiano Del Pomeriggio*, fundado em julho de 1924 e dirigido por Alfredo de Martino e Eurico Taglianetti.

E a turba infrene desmoronou sobre o inocente cidadão brasileiro que, salvo a tempo pela polícia, narrou na Central a sua triste história.

Urbano

Medo póstumo

Domingo, 14 de outubro de 1928

Com este título, certamente o leitor há de pensar que vou escrever qualquer cousa sobre almas do outro mundo. Perca as esperanças! Não se assuste! Pode guardar este jornal para ler sozinho, à meia-noite, no quarto escuro ou no bonde do "Araçá".

O que eu entendo por "medo póstumo" é uma espécie de medo tardio, que só vem depois que passou o perigo. Tenho assistido a diversas manifestações deste estado patológico: são interessantes e sugestivas.

Ontem, às duas horas da tarde, quando eu passava pela rua Líbero Badaró, tive mais uma ocasião de observar um caso típico de "medo póstumo". Um homem fortíssimo, torino, com o paletó quase que rebentado, inchado pelos seus músculos brutos – evidentemente um *boxeur* em folga – caminhava à minha frente, com passos calculados, fortes, elásticos. De repente, quis atravessar a rua. Esqueceu-se de olhar para ambos os lados; e, justamente no momento em que enfrentava os trilhos da Light, ouviu um grito rouco e forte de *klaxon* e sentiu nas pernas o roçar leve de um pára-lama; deu um salto para trás...

E o automóvel passou. O homem, perfeitamente calmo, voltou ao passeio e continuou a caminhar à minha frente. Mas notei que os seus passos foram, pouco a pouco, se precipitando, perdendo a cadência anterior, desconjuntando-se quase. Apressei-me a segui-lo de perto. Então, consegui ouvir qualquer cousa murmurada repetidamente, cada vez mais depressa, como que acompanhando o ritmo dos passos acelerados. O homem ia dizendo este refrão:

– Do que escapei! Do que escapei! Do que escapei!...

URBANO

Desforra

Terça-feira, 16 de outubro de 1928

Recebi, ontem, a providencial visita de um habitante das grandes alamedas transversais da Avenida Brigadeiro Luís Antônio. Era um senhor simpático e taciturno. Se eu não fosse já uma espécie de Sherlock Holmes, tomá-lo-ia por um grande poeta, tão artísticas eram as olheiras profundas que lhe sombreavam, como dois crepúsculos, a fisionomia pálida. Antes, porém, que ele começasse a falar, já eu estava tranqüilo: não era um poeta. Era um queixoso.

E o queixoso me expôs, mais ou menos nos seguintes termos, o seu caso:

– Pois é: Caí na asneira de reclamar, pelos jornais, contra o estado de pouco asseio em que se achava a minha alameda; agora a Municipalidade arma, contra mim, uma pavorosa e injusta desforra. A minha rua, depois de calçada, nunca mais foi varrida. Reclamei contra isso. As autoridades competentes ouviram a minha queixa e mandaram fazer, todas as noites, esse serviço aí. Mas, parece-me que, maliciosamente, deram aos varredores certas instruções de uma perversidade inaudita. Por exemplo: "Não deixem o bandido dormir um minuto sequer!" E os pobres varredores obedecem a essa ordem arbitrária. Venha, sr. Urbano, venha, se quiser, dormir comigo esta noite, e o sr. verá! Primeiro, são gritos, ordens aos animais que puxam não sei que carroças: "Eh!" "Vamos!" "Pára!" "Xçzwsthefgdrslkx!" Depois sentam-se esses senhores notívagos bem debaixo da minha janela, e começam a trocar impressões, idéias, injúrias, vassouradas, socos, tiros, etc....

Já não posso mais! Há duas semanas que não durmo. Todas as minhas economias vão-se, aos poucos, em Adalina, Morfina, Clorofórmio... Já experimentei um professor de hipnotismo: realizamos algumas sessões. Sai muito caro e também não dá resultado... Que fazer?

Chamei a um canto o meu amável consulente, e segredei-lhe uma cousa ao ouvido. Ele corou, agradeceu-me muito, e saiu sorrindo.

Urbano

Crime e castigo

Quarta-feira, 17 de outubro de 1928

Acabo de ver (são 10 horas desta manhã de outubro de 1928) um quadro edificante e sugestivo, digno de ser celebrado num poema ou num inquérito policial.

É ali, nessa longuíssima avenida, parecida com o seu longuíssimo nome: avenida Brigadeiro Luís Antônio. Bem defronte da rua Condessa de São Joaquim. Alguém construiu, nos fundos de sua casa, uma *garage*, e abriu para a calçada um portão. Mas, justamente nesse ponto havia um velho, digno e honrado plátano – uma árvore louvável sob todos os pontos de vista. Ora, se o automóvel do novo habitante daquela casa tivesse que funcionar, algum dia, não poderia passar por baixo nem por cima do plátano (porque automóvel ainda não é minhoca nem passarinho). Que fazer? – Cortar, pôr abaixo a velha árvore. E foi isso que se fez. Lá está o tronco mutilado atirado sobre a calçada, entre folhas e golpes, morto, bem morto, como o sr. de Malborough[84]; enquanto, de longe, a *garage* vitoriosa sorri o seu sorriso claro de caliça fresca.

Não ouso pedir qualquer intervenção de qualquer poder humano contra esse atentado egoísta. Depois que, no Cemitério da Consolação, um ricaço obteve licença de abrir no muro um portão extra e particular, para o seu jazigo, *nihil admirari...* O que eu ouso esperar é apenas a justiça divina, isto é, da Light. Tenho certeza de que, cedo ou tarde, um bom poste de cimento armado ou de ferro, em qualquer curva rápida, há de vingar o plátano abatido...

URBANO

---

84. John Churchill, duque de Malborough (1650-1722), general inglês cujo nome se tornou lendário graças à canção burlesca da qual ele é o herói.

Galinhas

Quinta-feira, 18 de outubro de 1928

Encontro, nos jornais, uma notícia que me abala profundamente. Quase todo os redatores de quase todos os diários de S. Paulo deram à sua obra o mesmo título: "FENÔMENO". E o texto anuncia que vai ser exposta, à rua tal, uma ave esquisita, misto de galinha, águia, ama-de-leite, etc.

Isso me arrepiou. Mas não foi propriamente o hibridismo do fenômeno que me impressionou: foi o fato de tratar-se, em linhas gerais, de uma galinha. Eu sempre fui perseguido por galinhas: desde a mais tenra infância, quando meu padrinho meu deu, no meu terceiro aniversário, uma galinha de molas que eu quis forçar a pôr ovos e acabou por se voltar contra mim, estalando e atirando-me à cabeça um pedaço de ferro que produziu, na minha testa, um "galo". Depois, foi no Parque Antárctica. Havia aí umas galinhas chocas, visivelmente falsificadas, que costumavam pôr uns ovos de folha-de-flandres cheios de confeitos. Todos os meninos conseguiam, com 100 réis, obter pelo menos um desses ovos. Todos, menos eu: quando chegava a minha vez, a desgraçada emperrava sempre. Era uma antipatia gratuita. Mais tarde, foi na escola. No exame de alemão, caiu-me justamente a tradução de um conto que começava assim: *"Eine Frau hatte ei Henne..."*[85] Eu me distraí um pouco, coloquei no lugar da palavra *Frau* (mulher) a palavra *Henne* (galinha) e vice-versa. Resul-

---

85. "Uma mulher tinha uma galinha..."

tado: um zero bem feito e liso como um ovo. Anos passaram até que, completa a minha maioridade, apareceu, de novo, uma galinha na minha vida. Era do vizinho: portanto, mais gorda do que a minha. Mas a minha namorada não quis saber de histórias: expulsou-me, devolveu-me o anel de compromisso e, uma noite, tentou "vitriolar-me" no meio da rua.

....

Agora, agora estou aqui, com este jornais abertos diante de meus olhos e uma enorme dúvida no fundo de minha alma. Acabo de saber que o proprietário da galinha-fenômeno exerce a meticulosa profissão de relojoeiro. Começo, pois, a desconfiar seriamente da autenticidade da sua ave. Para um relojoeiro, acostumado a desmontar e fazer funcionar de novo, à vontade, relógios complicados e implicantes, nada é impossível. Para um relojoeiro montar uma galinha é canja! Fico, pois, com a pulga atrás da orelha. Cautela e caldo de galinha...

URBANO

Mascotes

Sexta-feira, 19 de outubro de 1928

Um leitor enviou-me as seguintes considerações de E. Gimenez Caballero sobre as mascotes:

"Acentua-se a cada momento, na cena esportiva do mundo, o gosto pelas mascotes, isto é, pelos objetos protetores.

Um dia vemos que é [um] quadro do *association* que faz o culto da mascote. Outro dia, é um aviador que a maneja em seus vôos, com mais fervor e segurança que a bússola.

Outro, um clube de natação que a erige em divindade simbólica.

Outro, uma marca de automóveis que a instala – estilizada – sobre a tampa do radiador.

* * *

De todos os novos fenômenos que oferece hoje o esporte aos olhos do folclorista, poucos aparecem tão consideráveis como este da mascote. Entretanto, cremos que muito poucos olhos o hão tomado em consideração.

* * *

Somente o povo (o *folk*) deu o transcendentalismo que merecia este aspecto do esporte.

Somente o instinto popular explicou a feliz travessia de Lindbergh[86], de acordo com Lindbergh mesmo. Ou seja: graças ao gato que Lindbergh conduziu, como mascote, em sua "genial" travessia.

* * *

Pensamos que o reaparecimento da mascote é um caso genuinamente de após-guerra, como tantos outros de caráter esportivo.

Casos que ajudam – com a força de um raio – a perceber toda a convulsão religiosa com que a guerra feriu a consciência contemporânea.

---

86. Charles Lindbergh (1902-1974), o primeiro a realizar, em 1927, a travessia aérea sem escalas de Nova York a Paris.

(A começar destas pequenas observações, exatamente, é que se deve considerar os efeitos morais da guerra européia sobre as gentes.)
Curiosas, não acham?

URBANO

Semana Antialcoólica

Sábado, 20 de outubro de 1928

Depois da Semana da Educação, veio naturalmente, por associação de idéias, a Semana Antialcoólica. Sim, porque o álcool é um dos maiores inimigos da boa educação; um homem bêbedo dificilmente se poderá manter com dignidade entre senhores, num salão rococó. Mas veio essa semana em má hora: justamente quando começou este noroeste abrasador, que faz com que todo S. Paulo deseje "água", "chuva" – e nada mais.

Assim mesmo, resolvi colher algumas opiniões de entendidos sobre a momentosa questão. Consultei três alcoólatras dos mais famosos desta Capital. E passo a relatar, quase que *ipsis verbis*, o que me disseram essas autoridades.

O primeiro deles limitou-se a uma frase interrogativa, um tanto retórica, mas bem significativa: – "A água, que corrói o ferro e faz apodrecer a madeira-delei, o que não fará ao meu débil e tímido estômago?"

O segundo não me disse nada. Agarrou-me pelo braço e levou-me a um *bar*. Ficamos aí uns dez minutos, apenas o tempo necessário para cada um engolir quatro "Manhattan". Depois, conduziu-me a uma leiteria. Paramos à porta uns dois minutos, apenas o tempo necessário para sentirmos as primeiras náuseas. E só então o bom bebedor me disse: – "Compare aquela gente pletórica, rubra, sadia, forte, que você viu no *bar*, a esses indivíduos cloróticos, linfáticos, empalados, murchos, tristes, anêmicos, que você acaba de ver nessa leiteria! Onde está a saúde?"

O terceiro respondeu-me com uma paráfrase do célebre conto que a gente leu, quando criança, no *Primeiro* ou *Segundo Livro de Leituras*, de Felisberto de Carvalho. Lembram-se? Era aquela história do diabo que apareceu a um menino e disse: "Mata teu pai, espanca tua irmã ou entrega-te ao vício da embriaguez!" O garoto refletiu: "Dos males o menor..." Começou a beber; e, uma vez bêbado, matou o pai e espancou a irmã. Pára aí a história; mas o meu amigo continuou assim: – "... Foi a júri, o assassino. E, como a embriaguez é considerada uma atenuante e às vezes mesmo uma dirimente, foi absolvido por unanimidade. Depois, 'entrou nos cobres' que o pai deixou..."

URBANO

Malícia

Domingo, 21 de outubro de 1928

Sempre achei que a malícia é um dos maiores males do brasileiro. E dia a dia, à proporção que vou observando melhor as cousas, tanto mais se vai arraigando em mim aquela convicção. Maliciamos tudo: e, de repente, vemo-nos forçados a nos abster de certas cousas que eram úteis, agradáveis, indispensáveis mesmo à vida corriqueira. Por exemplo: no Brasil só pode haver mulheres más: porque o antônimo desse qualificativo degenerou-se em cousa evidentemente gostosa, porém ofensiva aos brios de uma senhora ou donzela. Outro: muita gente tem deixado de ganhar rios de dinheiro em certo "bicho", só porque esse animal se tornou sinônimo de cousas proibidas pelos códigos atuais. Etc.

Ora, essa malícia, passando da simples linguagem às cousas concretas, começa a criar situações insustentáveis, capazes até de comprometer seriamente a nossa fama de gente civilizada aos olhos do estrangeiro. Eis aqui a última novidade nessa matéria: um brasileiro, hoje em dia, se quiser ir para a Europa, por exemplo, terá que viajar com trouxas, baús, embrulhos de jornal (menos de *Il Piccolo*!), o que quiser, menos com malas. A mala tornou-se objeto suspeito. Compreendi isto, há dias, ao passar, às cinco horas da tarde, pela rua José Bonifácio. Fazia uma dessas últimas tardes de noroeste abrasador, e havia muita gente pelo centro. Ao cruzar aquela via pública, notei uma multidão ruidosa acompanhando qualquer cousa. Pensei em algum palhaço de circo de cavalinhos, em algum *camelot*, em alguma procissão, em algum enterro: sei lá! Não era nada disso. Era um pobre homem que acabava de comprar uma boa canastra numa fábrica de malas e, acompanhado por um carregador, conduzia o banal recipiente ao seu domicílio. A turba cercou-o e começaram as perguntazinhas indiscretas, os ditos chistosos, as piadas de mau gosto... O homem, a princípio, sorria amarelo: depois, impacientou-se, enervou-se e, transformado num tipo perfeitamente lombrosiano, ameaçou tiroteios. A polícia interveio a tempo, antes que a mala se enchesse de qualquer cousa...

URBANO

Caipirismo

Terça-feira, 23 de outubro de 1928

A surpresa destes últimos dias de calor veio pegar S. Paulo em flagrante: nem esta cidade nem os seus habitantes, nem o seu *train de vie* se acham apetrechados para receber e suportar uma temperatura destas.

Ruas estreitas, casas altíssimas, de andares baixos (2, no máximo 3m), janelas pequenas, estuques, tapetes, cortinas... – tudo abafadiço, tudo muito agradável em junho ou julho, mas irresistível agora. Nas ruas poucas, pouquíssimas árvores (e essas poucas, essas pouquíssimas, aparadas à *la garçonne* [...] vir de respiradouro a uma estufa onde vive um milhão de almas. Almas? Não, corpos: corpos suados de trabalho e de flanelas, que não querem, de maneira alguma, convencer-se de que estamos nos trópicos, de que "ser europeu pra burro" é uma cousa muito bonita mas muito incômoda, etc.

E assim está a cidade: suando, tomando escalda-pés, *grogs*, cafezinhos quentes, embrulhada em lãs e *fourrures*. A água desaparece de todas as torneiras, e o álcool, de todas as garrafas; os automóveis continuam fechados, de capota descida, porque é mais "distinto"; o asfalto de certas avenidas levanta empolhas, quase derretido sob os pés apressados desta gente de negócios.

Ninguém tem coragem de fazer o que quer. E o que todo mundo quer – tenho certeza disso – é o seguinte: – sair pelo menos nus pelas ruas, sentar-se sob um toldo de confeitaria, chupar quatro ou cinco limonadas geladíssimas, abanar-se com ventarolas imensas, brincar de urso branco ou de *iceberg* nos tanques dos jardins públicos e assim por diante.

Mas, não. S. Paulo tem que ser "europeu pra burro".

URBANO

Boas maneiras

Quarta-feira, 24 de outubro de 1928

Acusam-se freqüentemente os paulistas de ser pouco atenciosos para com as senhoras... em lugares públicos. O paulista é apenas tímido: tem receio de que o seu gesto gentil seja mal interpretado; de que a mulher, geralmente maliciosa, e os outros homens, sempre despeitados, vejam más intenções em qualquer atitude galante. Mais ainda: o paulista é extraordinariamente moderno. Compreende que a época é de feminismo; que o sexo oposto reclama iguais direitos... e faz-lhe a vontade: se as mulheres querem ser iguais aos homens, que sejam! Para que distinções? Para que dar-lhes o passeio na rua, o lugar no bonde, a cadeira no cinema, o genuflexório na Igreja, o salva-vida nos naufrágios?

Mas, mesmo pondo de parte quaisquer razões, acho que é inútil, e às vezes até perigoso, a gente cumprir, em S. Paulo, com certos preceitos do *Don't*. Tenho assistido e até sido vítima de desacatos, de desinteligências, que me deixaram como "gato escaldado". Vou apenas citar um exemplo. Foi há uns três ou quatro dias, num bonde vulgar desses que ainda são bondes (com estribos, balaústres, entrevias, plataformas, etc.). Uma senhora importante (merinó preto, luvas de lã e bolsa enorme) ia do lado da entrevia; eu, à sua direita. O carro caminhava apinhado, com acrobacias do condutor entre "pingentes". Chegou a vez do meu banco pagar a passagem. Todos puderam estender ao cobrador o seu níquel ou o seu passe. Todos menos a minha vizinha, que era gorda e tinha os braços excessivamente curtos para passar por cima de quatro barrigas montanhosas, duras e imóveis. Ela tentou espichar até o condutor os 200 réis. Inútil. Então, entrei em cena. Quis ser amável. Quis receber dela o níquel precioso, para poupar-lhe aquela ginástica impossível. Ela, porém, retirou depressa a mão e olhou-me com uma tal expressão de desconfiança e terror, que eu me senti, naquele instante, reduzido à ínfima categoria de um vulgar "punguista", "fulastra", "batedor-de-carteiras"...

Ora, francamente, diante disto...

URBANO

Borrasca

Sábado, 27 de outubro de 1928

Já têm havido vários planos e projetos de se fazer vir o mar até S. Paulo. É um velho sonho dos paulistas: – ter o seu porto coalhado de transatlânticos, com gentes diferentes, um arzinho *steamer* curioso e civilizado, passeando por estas ruas, armados de "Kodaks", dicionários de bolso e contrabandos audaciosos...

Um sonho bonito... Ora, ontem, parece que, por um instante, esse sonho se transformou, para mim, em palpável realidade, infelizmente efêmera como todas as humanas felicidades. Tive a sensação exata de estar fazendo uma travessia num velho veleiro, em pleno coração da cidade, sobre um mar encapelado, tenebroso. Foi assim: – Eu tomei, no largo da Sé, um grande ônibus cor de laranja, que trazia esta tabuleta: "Penha". O veículo partiu, suave; fez uma volta elegante pelo largo provisório (eternamente provisório); ganhou, sem grande esforço, a rua do Carmo e, afinal, insinuou-se pela terrível ladeira em vias de desaparecer definitivamente (graças a Deus!). Aí começou a cousa. Primeiro, senti um balanço lento; depois, um salto brusco; depois veio toda uma série de oscilações de bombordo a estibordo, com vento contrário pela proa, etc. O *chauffeur* parecia um velho lobo do mar dos contos de Edgard Poe, as mãos calejadas presas ao volante como a uma roda de leme, os olhos de gavião fixos no horizonte tenebroso, e a voz trovejante ordenando: "Arriar velas!" A tripulação, porém, mantinha-se tranqüila, pois sabia que contava entre si com um antigo tripulante do "Principessa Mafalda", com muita prática de naufrágios, que começou a fazer um discurso, aconselhando o uso de pneumáticos como salva-vidas em caso extremo...

Durou essa tempestade apenas dois minutos: o tempo necessário para descer aquela ladeira infernal. Quando voltei à dura, odiosa realidade, já atravessávamos um verdadeiro mar de rosas: a Várzea do Carmo. Mas, no estômago da pobre tripulação agitava-se uma borrasca muito mais terrível, de muito piores conseqüências...

URBANO

A orquídea e o sr. X...

Domingo, 28 de outubro de 1928

Eu conheço um sr. X... (todo o mundo conhece sempre um sr. X...), que é um senhor excessivo, de elegâncias excessivas, e traz constantemente na lapela a frescura invariável de uma orquídea cor de ametista. Constantemente. A lapela nunca é a mesma, porque o sr. X... coleciona roupas novas; mas a orquídea parece ser sempre a mesma.

Em toda parte, todo *gentleman* conhece minuciosamente aquela flor e aquelas roupas. Eu estou tão habituado a encontrar, pela linda vida e pelo grande mundo, aquela primavera lilás e aqueles panos bem cortados, que já não acredito na vida nem acredito no mundo sem a orquídea e sem o sr. X... Mas, cada vez que a minha admiração fala aos outros daquelas lindas parasitas, nunca se exprime assim, como todos se exprimem:

– Vi hoje, no clube, o sr. X... com uma orquídea...

Não. Eu digo assim:

– Vi hoje, no chá, a orquídea com o sr. X...

Isto é que é natural. Isto é que é lógico. Porque não resta a menor dúvida de que a orquídea é que é o principal; e o sr. X..., o acessório. É muito fácil provar isto. Por exemplo: – a orquídea pode passar muito bem sem o sr. X..., ao passo que o sr. X... absolutamente não pode passar sem a orquídea; a orquídea empresta uma grande soma de beleza ao sr. X..., ao passo que o sr. X... não acrescenta beleza alguma à orquídea; todo o mundo compreende muito bem uma orquídea sem o sr. X..., mas ninguém mais pode compreender o sr. X... sem uma orquídea; isoladamente, uma orquídea vale por suavíssimas emoções, e isoladamente o sr. X... vale apenas... (Aqui, eu me calo muito certo de que o leitor destas considerações interessantíssimas terá, como eu, uma vontadezinha irresistível de ir, pessoalmente, perguntar a Madame X... quanto vale o sr. X..., isoladamente).

URBANO

Eleições

Terça-feira, 30 de outubro de 1928

Sempre que há eleições eu me lembro de uma senhora extremamente idosa e cardíaca, que conheci na minha meninice, e cujo único divertimento consistia em procurar nos jornais crimes monstruosos, desastres horripilantes, aparecimentos de fenômenos contra a natureza, abortos, erupções de vulcões, tempestades, incêndios, epidemias, naufrágios, quedas de meteoritos... Parece que o débil coração dessa senhora exigia, precisava desses excitantes para provar a sua resistência: uma vaidade bem humana, aliás. Há pouco tempo, quando desmoronou o Monte Serrat, em Santos, e, mais recentemente, quando se perpetrou aqui a já célebre 2ª edição do crime da mala pensei logo no alvoroço, no prazer, na volúpia que sentiria a velha cardíaca, se ainda estivesse viva!

Ora, S. Paulo, em dias de eleição fica, mais ou menos, parecido com a minha antiga conhecida: espreitando, farejando, desejando, quase, agressões, assaltos, tiroteios, raptos, suicídios... Homens indiferentes, sem cor política, nem título eleitoral, ficam por aí, em frente das redações dos jornais, pelas esquinas, pelas praças, indagando, expiando, rezando para que haja, pelo menos, feridos, muitos feridos. Qualquer trote miúdo de cavalo de carrocinhas de pão, eles tomam por um tropel de soldados de cavalaria; qualquer trepidação de caminhão por uma rua de paralelepípedos irregulares fica parecendo uma carga de fuzilaria ou metralhadora; qualquer pregão vadio de frutas ou de tintureiro, na rua, lembra-lhes o grito de socorro de uma vítima agonizante; qualquer estouro de pneumático assume, para eles, as proporções de um tiro de canhão...

Passa o dia. Passam as eleições. Nem uma só morte, nem um único incêndio, nem sequer uma urna espatifada na cabeça de um cidadão completamente inocente... Nada! Então, à noite, vem o bocejo longo da decepção. E a cidade adormece: morre de tédio, como morreu aquela senhora muito minha conhecida, no dia em que os telegramas dos jornais desmentiram formalmente o fim do mundo, marcado para 1º de janeiro de 1900.

URBANO

Gracinhas

Quinta-feira, 1º de novembro de 1928

Os motorneiros dos "Camarões" são, talvez, os mais bem-humorados dos funcionários da Light. E, bem-humorados como são, gostam, naturalmente, de divertir-se. Cada dia inventam esses bons e vermelhos homens novas distrações, que lhes amenizem um pouco a movimentada vidinha.

No princípio, logo que começaram a circular pelas artérias da cidade esses glóbulos vermelhos do excelente sangue canadense, o principal divertimento dos srs. motorneiros consistia em apreciar, de certa e curiosa maneira, os esforços que faziam as senhoras e senhoritas para subir no "Camarão". Grandes apreciadores de peixes (de qualquer dimensão) – desde o crustáceo elétrico que conduzem, até as... as baleias que nele embarcam – os felizes motorneiros sabem fazer "*l'oeil du maître*", colocados, como estão, estrategicamente, com pleno descortino para os estribos e... contra a luz.

Depois, entenderam os alegres funcionários de brincar de guilhotina com alguns passageiros que lhes pareciam antipáticos: no momento de enfiarem estes a cabeça para transpor a porta automática, os malvados motorneiros viravam uma manivela esquisita e as duas asas da tal porta ameaçavam decepar os pobres inocentes.

Agora, ultimamente, inventaram os foliões uma nova gracinha. Consiste em lograr as multidões candidatas ao seu bonde, nos pontos iniciais da linha. Por exemplo: – No largo S. Francisco, às 6 horas da tarde, amontoa-se uma turba à espera do "Camarão". Vai crescendo a massa popular, à proporção que o bicho vai demorando. Afinal, surge ao longe o bonde. Todos, naturalmente, colocam-se no ponto exato onde costuma ficar a portinhola, ansiosos, na disputa do lugarzinho bom. O motorneiro percebe isso, finge que vai parar ali mesmo e, de repente, ou pára muito aquém ou muito além do ponto habitual. Há, na multidão, prantos e ranger de dentes; e, na plataforma do carrão, uma gargalhada infernal.

URBANO

A desgraça engraçada

Sexta-feira, 2 de novembro de 1928

Tenho sido, nestes últimos dias, insistentemente procurado por algumas pessoas distintas, que aqui vêm apresentar uma queixa dolorida contra certa cousa que, ultimamente, as tem prejudicado bastante. Apresso-me em declarar que não acho, de maneira alguma, justificável a sua reclamação; mas não resisto à tentação de publicá-la aqui, tão original me parece ela.

Trata-se de jogo do bicho. Os meus queixosos são todos apaixonados desse esporte zoológico, que tem imortalizado já vários campeões. Resume-se mais ou menos no seguinte a sua queixa: Desde que se começou a anunciar, nesta Capital, o famoso "Circo Hagenbeck", os jogadores de bicho estão tendo sério prejuízo. Perderam a liberdade de jogar no bicho que entendem; já não podem usar livremente dos seus palpites, dos seus cálculos, dos seus sonhos. Depois do almoço, por exemplo, saem de casa com o joguinho já feito, já todo arrolado em algumas laudas de papel almaço. Tomam o bonde, bem intencionados, em direção ao *chalet*, onde vão fazer a sua cotidiana "fezinha". Mas, logo na primeira esquina, um andaime, e, nesse andaime, dez, quinze, trinta cartazes. São grandes pinturas coloridas, vistosas, atraentes, à contemplação das quais a gente não se pode furtar: enormes elefantes, ursos pândegos, cavalos elegantes, tigres arreganhados, leões reais, cachorros inteligentes... O jogador olha, sem querer, aquelas cousas e... lá se vai por água abaixo o seu joguinho! Começa a sentir sugestões novas, palpites irresistíveis, esperanças repentinas... E altera todo o seu plano. Altera e – às três horas da tarde – zás! Perde pela certa, matematicamente. Alguns, pouco práticos, chegam a jogar na foca, na zebra e em outros bichos que não existem!

Por causa desses cartazes – dizem os meus queixosos – a ruína começa a invadir os lares, destruindo famílias e enlouquecendo, raspando à escovinha cabeças de casal... E a fortuna começa a entrar nos *chalets* malditos e nas casas dos vendedores de armas proibidas...

URBANO

Finados

Sábado, 3 de novembro de 1928

Conheço uma italiana velha – minha antiga ama-seca – que todos os anos, invariavelmente, me faz uma visita, lá pelo dia 20 de dezembro. É a única visita de todo o ano. Mas essa visita vale por 365 visitas. Porque a boa senhora aproveita – espírito sintético e prático – a ocasião para fazer e apresentar-me, então, todos os votos para todo o ano que vem e para o que finda. Depois de receber as suas "festas", ela começa a sua ladainha, que venho ouvindo há 30 anos, e que não muda, não se altera nunca:

– Bom Natal!... Bom Ano Novo... Bom Dia de Reis... Bom Carnaval... Boa Sexta-feira da Paixão... Bom São João... Bom São Bartolomeu... Bons Finados...

Este último voto – "bons finados" – sempre me impressionou. Que entenderá ela por "bons finados"? Passei muitos anos pensando nisso, até que, um dia – ontem mesmo – indo a um cemitério, na hora de maior movimento, descobri a razão de ser daquele voto. "Finados" é, como para uma enorme porção de patrícios seus, uma festa do ano como qualquer outra: pretexto para banquetes sobre túmulos, com discussões agitadas, cheias de garrafinhas de Chianti e blasfêmias nas pontas dos dedos apinhados e gesticulantes.

Assim, o que a minha velha ama-seca me deseja, todos os anos, é que, no dia 2 de novembro, eu também me divirta bastante, coma bastante, gesticule bastante... – porque a vida é breve...

URBANO

O elefante

Domingo, 4 de novembro de 1928

Apareceu-me, há dias, nesta redação, um senhor abastado, cheio de correntes de relógio e charutos: um senhor interrogativo, que veio perguntar-me para que serve um chamado "Gabinete de Queixas e Objetos Achados", que a polícia mantém nesta Capital. Fiz-lhe ver as utilidades – pelo menos teóricas – dessa instituição. Mas o homem, mais prático do que eu, provou-me a absoluta inutilidade desse departamento policial.

Contou-me esse senhor que, sendo um tanto distraído, costuma perder cousas pela rua: chaves, carteiras com dinheiro, relógios, revólveres, pianos, paciência, etc. E nunca – absolutamente nunca – pôde encontrar, naquele gabinete, as suas cousas perdidas. Todas as vezes que para ali se dirigiu, com a esperança de rever o pombo que partiu do seu pombal, só lhe mostraram cacarecos, ferros velhos, latas vazias de conserva, agulhas de *crochet* de ponta quebrada, níqueis falsos, parafusos avulsos, estampilhas usadas, lâminas enferrujadas de gilete, etc. Das suas cousinhas mesmo, nada! Nem sombra!

Ora, a última cousa que caiu de sua pessoa no meio da rua foi um lindo elefante de marfim, com olhos de esmeralda e tromba de oiro, que vivia pendurado na sua corrente de relógio. Era um berloque de estimação, pois pertencera à sua finada sogra. O meu queixoso dirigiu-se, como de costume, ao gabinete da rua Paranapiacaba (termo indígena que quer dizer: "paranapi", esperança; e "acaba", acaba mesmo; isto é: onde a esperança se acaba). Expôs a sua desgraça e descreveu o objeto. Um funcionário começou a remexer no fundo de uma gaveta cheia de absurdos – e voltou com a resposta de sempre:

– Por aqui não apareceu nada!

O infeliz ia se retirando desiludido e lacrimejante, quando aquele pérfido funcionário o chamou e, com uma calma perfeitamente revoltante, coçando a cabeça raspada, sugeriu-lhe isto:

– O sr. já procurou o seu elefante no Circo Hagenbeck? Lá tem muitos...

URBANO

Um homem admirável

Terça-feira, 6 de novembro de 1928

Ontem, parado na porta de uma casa de comestíveis, comecei, de repente, a pensar na morte. Não que me impressionasse a possibilidade de um falecimento motivado por indigestão, isto é, por aquelas conservas traiçoeiras, aquelas lingüiças venenosas como serpentes, aqueles queijos bravios, aquelas frutas ferozes... Não. O que me fez pensar na morte foi apenas a maneira perigosíssima por que se expõem ali as guloseimas: cousas pesadas, esmagadoras mesmo, suspensas à bandeira da porta de entrada, ou sobre a calçada, por fios tênues, linhas frágeis, barbantes pouco resistentes. São ameaças permanentes, verdadeiras espadas de Dâmocles, suspensas sobre a cabeça dos fregueses, dos transeuntes ou dos estacionamentos. De um momento para outro aqueles grandes pesos podem cair e fulminar qualquer cabeça, por mais dura que seja.

De repente, porém, observando bem aquela exposição de comida, comecei a simpatizar extraordinariamente com o proprietário da Casa de Comestíveis. Ele apareceu, a meus olhos, como um ser inteligentíssimo, calculista maravilhoso, digno de uma posição mais elevada, de uma admiração mais ampla. Percebi, claramente, as intenções que havia naquele arranjo aparentemente descuidado ou casual. Tudo ali estava rigorosamente previsto, matematicamente calculado. Cada uma daquelas comidas, suspensas ao seu fio, estava destinada a uma cabeça cuja resistência estaria na direção do peso desse projétil. Por exemplo: havia uma queijo do Reino, pesadíssimo, revestido de lata, destinado ao capacete de um bombeiro mal-intencionado; um melão duro e grande, esperando o crânio de algum freguês teimoso, que discutisse preços; um formidável presunto salgadíssimo, feito sob medida para desandar, como um tacape no *occiput* de um frade gordíssimo, que tentasse ocultar qualquer cousa sob o seu hábito; um coco da Bahia, pequeno e esmigalhante, pronto para cair sobre a moleira de uma criancinha de colo que pretendesse brincar com qualquer lata como se brinca com um caracaxá; um enorme abacaxi espinhento, com a sua coroa áspera, muito adequado a tombar sobre a calva de algum conde, barão, duque, príncipe ou mesmo rei exilado, que ousasse "reinar" por ali; um melão de Coimbra, enorme e perfumado, próprio para sugerir idéias à cabeça pouco imaginosa de alguém que porventura ali viesse buscar alguma cousa, sem ter no bolso nem no pensamento "aquilo com que se compram melões"... Etc., etc.

Depois destas observações, comecei a nutrir pelo proprietário da casa de comestíveis uma admiração e respeito sem limites. Tendo, porém, escrito essa crônica, e supondo que ela poderá ser mal interpretada, estou quase certo de que nunca mais, nunca mais entrarei, sob qualquer pretexto, em qualquer casa de comestíveis desta cidade.

URBANO

As casas misteriosas

Quarta-feira, 7 de novembro de 1928

As farmácias estão correndo grave perigo em São Paulo: em vários pontos da cidade instalaram-se umas casas misteriosas, que fazem sérias concorrências às velhas boticas científicas. São, geralmente, pequeninas: uma porta só e, de preferência, em prédios já bem velhos, bem coloniais, para terem mais caráter. Pelos batentes dessas portas e, lá dentro, pelas paredes e pelos tetos penduram-se cousas extravagantes e inauditas: figas de pau de todos os tamanhos, colares de dentes de jacaré, ervas milagrosas, guizos de cascavel, peles de sapo, escapulários, chifres de Belzebuth... O diabo! São remédios: remédios para todos os males físicos ou morais, infalíveis e a preços módicos. Qualquer doença, em qualquer grau – lumbagos, espinhela caída, hidrofobia, loucura mansa, falta de sorte no jogo do bicho, amores contrariados, infelicidades conjugais, pontada do lado... – encontrará aí pronto lenitivo, cura completa, garantida, como os relógios Roskoff, por dez anos. Não precisa receita: basta a gente entrar, dizer o que tem: – e o feiticeiro, imediatamente, pega num pedaço de jornal (até mesmo de *Il Piccolo*) e embrulha nele um mato esquisito, uma "pedra de cevar" (com cria ou sem cria), um talismã africano, um pé de pato, uma cápsula de papoula ou de revólver... pronto! O enfermo chega em casa, usa aquilo e fica logo completamente lampeiro e pronto para outra.

Não sei se essas farmácias sofrem também a inspeção do fiscal sanitário. Duvido muito. Eu, por exemplo, se fosse escalado para uma diligência dessas, negar-me-ia terminantemente a executá-la: tenho muito medo de mandingas, muambas, "despachos", maus olhados, jetaturas e, principalmente, de "pedras de cevar", que, atiradas com força na cabeça da gente, podem muito bem ocasionar a morte imediata.

URBANO

Cinema

Terça-feira, 8 de novembro de 1928

Eu sempre fui um incondicional admirador e apologista do cinema. Sempre o considerei uma escola de vida, um meio educativo superior, mesmo quando ensina como é que se deve ser "vilão", assaltar bancos ou beijar donzelas indefesas. Acho isso conseqüência fatal da vida moderna, "sinal dos tempos", índice de civilização.

Ontem, porém, esta minha crença estremeceu, esta minha fé ficou abalada. Foi por causa de um condutor da Light, num bonde. Uma senhora, que ia a meu lado, entregou-lhe, para pagamento da passagem, uma moeda de prata de 2$000. O recebedor tomou-a entre seus dedos finamente manicurados, mirou-a e remirou-a, e, meio desconfiado, "sapecou" uma dentada furiosa no capacete frígio da República. E, com um gesto soberbo, devolveu-a, quase intacta, à dama, declarando:

— Não presta! É falsa!

Houve discussões, campainhadas, homens de pé em cima dos bancos, multidão em torno e injúrias a Deus.

Eu não tentei indagar se a moeda era falsa ou não. E tampouco me esforcei por averiguar de que matéria eram feitos os dentes daquele condutor. Vi apenas neste gesto indelicado do funcionário da Light uma influência maléfica do cinema: a única, aliás, que até agora percebi na vida. É o mesmo gesto com que, nas antigas fitas européias, todos os camponeses provavam a moeda antes de escamoteála definitivamente. E desejei, sinceramente, com todas as veras de minha alma, que aquela moeda fosse de cobre e tivesse bastante azinhavre, para poder proporcionar ao condutor um envenenamento completo, com todas as formalidades do estilo.

URBANO

MEU ROTEIRO SENTIMENTAL
DA CIDADE DE S. PAULO

MEU ROTEIRO SENTIMENTAL DA CIDADE DE S. PAULO[1]

> *Da saudade, que é um poeta,*
> *não faça um historiador!*
> Paul Géraldy

Será isto, creio eu, um simples depoimento pessoal em causa própria. Fica, assim, o interessado direto num total à-vontade, a salvo de qualquer contradita. E como que "falando sozinho".

– Mas isso é interessantíssimo! Digo eu mesmo a mim mesmo. O que me faz lembrar de certo sujeito que andava pela rua falando sozinho, e que eu acompanhei certa vez, de perto, curioso por conse-

---

1. Este roteiro – que é uma apaixonada declaração de amor a São Paulo – foi escrito por Guilherme de Almeida em setembro de 1967, atendendo a um pedido da Companhia Telefônica Brasileira, que pretendia divulgá-lo nas páginas das listas telefônicas distribuídas entre seus assinantes.

guir ouvir o que ele dizia, e fomos indo mas de repente ele entrou na...

Estação da Luz

Foi aí que São Paulo começou para mim.

Menino paulista, do Interior, vinha de vez em quando com meus pais à Capital, e desembarcava entre bufos fortes de vapor e cheiro forte de carvão no imenso bojo de ferro marrom e tijolinhos vermelhos do inglesíssimo monumento da São Paulo Railway.

Tenho a impressão de que não só para mim, infante, mas para todos e tudo, foi aí mesmo que começou o verdadeiro São Paulo deste Século. Torre mais alta da cidade, com seu grande relógio marcando certo o Tempo, aí firmada como ponta de compasso, daí iria descrevendo, em círculos concêntricos, as sucessivas, bruscas fases de um violento crescimento. Tanto que se tornou o cartão-postal obrigatório que, no aluzecer deste Século, qualquer itinerante mandava a qualquer destinatário: – "São Paulo – Estação da Luz".

Em torno dessa torre assentaram suas mansões tantos respeitáveis nomes do Império e das páginas do Silva Leme. Um magnífico jardim desdobrou-se em verde, multiflorido e aquático tapete a seus pés. E tornou-se o segundo cartão-postal obrigatório de então: – "São Paulo – Jardim da Luz".

Bairro da Luz

Meu primeiro bairro. Lá por 1904. Solar baronial. Endereço: Largo do Jardim, nº 1. Esse "Largo do Jardim" era a parte da atual Avenida Tiradentes, entre a rua São Caetano e o Quartel da Luz. Casarão térreo, grande jardim lateral, com cascata e peixinhos, e pomar ao fundo. Eu cursava o Ginásio São Bento. Caminho obrigatório: rua Florêncio de Abreu de ponta a ponta, sem transversais. Transposto o Seminário, que ainda lá está, eu passava por uma Confeitaria Minerva, cortava a Rua da Estação (hoje Rua Mauá) e...

... nem sempre fui logo até o colégio. Um dia, dobrei à esquerda e cheguei a um terreno baldio onde uma grande *troupe* de ciganos acabava de assentar acampamento. Os carroções pintados de cores vivas; seus cavalos normandos de imensos cascos; sua forja, fole e bigorna de bater caldeirões de cobre; seu urso ensinado que dançava ao pandeiro; suas ciganas folhudas e enfeitadas que deitavam cartas e ditavam a *buena dicha*; o medo que as famílias tinham desses "ladrões de crianças" e... o medo nenhum, e até gosto e alegria, com que eu gazeava a aula e ia familiarizar-me com aquela gente estranha: seu chefe de brinco de ouro numa orelha e que tinha uma filhinha que gostava de falar comigo, e que eu ia ver sempre e que um dia partiu, e seu pai me convidou para partir também, mas eu... vou? não vou?... não fui. "Você é da minha raça" – disse-me ele: e deu-me um pequeno brinco de ouro. E só trinta anos depois, em Paris, quando numa rua deserta de um domingo – a "Rue de Balzac" – uma cigana casual me leu a mão, foi que eu me lembrei de me perguntar: – E se eu tivesse aceito o convite?... Passou.

Importantíssimo, o Bairro da Luz. A Estação ali, o Jardim em frente, os solares pelas ruas Florêncio de Abreu e Brigadeiro Tobias; lá além, à esquerda, a Escola Politécnica, no casarão de azulejos da Três Rios; em frente, o Quartel da Luz, movimentadíssimo; e, um pouco mais abaixo, o Convento da Luz, repousadíssimo. No quartel, a tropa fazia exercícios, no pátio interno: e eu ia espiar. Era bem em frente de minha casa, no Largo do Jardim, que se armavam os palanques para as grandes paradas comemorativas: Sete de Setembro, Quinze de Novembro. Aquilo, para mim, era "o suco". (Já se falava assim? Não me lembro). Como eu admirava o contagioso garbo dos oficiais da Missão Francesa (Balagny, Nerel...) que tão bem estilizariam a nossa Força Pública. Nesse mesmo ponto do Largo do Jardim foi que São Paulo viu rodar os primeiros automóveis: o Ford "de bigode", seus tripulantes também de bigodes grossos, luvas grossas, óculos grossos. No Jardim da Luz realizavam-se as grandes quermesses de caridade, elegantíssimas, patrocinadas por senhoras da sociedade. Uma dessas *patronesses* – lembro-me bem –, vendo aproximar-se de sua barraca, solene e simpático, o ilustre mestre de direito e senador estadual, Dr. Herculano de Freitas, mandou uma de suas *vendeuses* oferecer-lhe um dos seus conhecidos charutos preferidos: "Hoyo de Monterrey". – "Quanto é isso, menina?" perguntou o dr. Herculano; ouviu o preço, achou caríssimo, devolveu o *habano* e ia afastar-se quando a pequena teve uma idéia: "abriu" o charuto, trincando-lhe uma ponta com os dentes e ofereceu-o, perguntando: "E agora, doutor?" Herculano tirou uma longa baforada e afastou-se numa nuvem aromática, respondendo à garota: – "Agora, minha filha, não há dinheiro que pague!".

Adiante! Lá embaixo da colonial alvura de cal do Convento da Luz eu via sempre sair o nosso adorado Padre Chico: seu negro chapéu eclesiástico, seu negro guarda-chuva, sua negra capa-romana pregueada, descendo do ombro e, esvoaçante, vindo quebrar-se contra o braço. Sua residência, ao lado da portaria do Convento, tinha à entrada uma tabuleta com esta palavra: "PENHA". Ele mesmo imaginara a inocente artimanha: quando não podia receber visitas, para o porteiro não mentir (feio pecado), bastava que dissesse ao visitante: – "Padre Chico está na Penha"...

O Triângulo

O ímã inevitável.
– Onde é que vai?
– Vou à cidade.
Isto é, "fazer Triângulo". Ginasiano, acadêmico de Direito, bacharel, jornalista, etc. e tal, vou por ele. São Bento–Direita–Quinze de Novembro: roda-viva rodando, vivendo. Geometricamente, sempre o mesmo; arquitetonicamente, sempre outro. Ainda semicolonial. Sobradões de beirais e pintados a óleo muitos deles. Por exemplo: na rua São Bento, o "Grande Hotel", do Carlos Schorcht, com sua sacada que me mostrava, menino, na fachada fronteira, de óleo verde, um veado dourado, como *enseigne*, e os dizeres em gótico: *Deutsche Apotheke*. Ou então, nos "Quatro Cantos" (intersecção das ruas São Bento e Direita, antes da abertura da Praça do Patriarca), a

"Rotisserie Sportsman", onde se servia o mais perfeito sorvete de pistache que houve, até hoje, no mundo (Paris *compris*)...

O Triângulo: reino das confeitarias, de todo tempo. Por exemplo: na rua Direita, além dessa citada "Rotisserie Sportsman", o chilreante "Bar Viaduto", para namoricos de "melindrosas" e "almofadinhas". Lá diante, o "Fasoli", com seu "Punch Bouton" quente, para as noites de inverno, e uma tela para projeções de árias de ópera (primas-donas peitudas e barítonos de bigodinho). Na Quinze de Novembro, a confeitaria máxima na história de São Paulo: o "Progredior". Grande decoração barroca de painéis a óleo, *signés* todos, de mestres italianos; serviço perfeito; pessoal irrepreensível, excelente orquestra, no alto, em "gaiola" da qual partia um tubo acústico subterrâneo, que varava toda a colina central e vinha permitir à veneranda senhora D. Veridiana Prado, em sua residência solarenga (o atual "São Paulo Club", de Higienópolis), ouvir o programa musical. Na rua São Bento, a famosíssima "Castelões", com sua *patisserie* requintada.

E os cafés? – Principalmente dois, no meu tempo de Faculdade: o "Café Triângulo", nos Quatro Cantos, muito freqüentado por estudantes a caminho do Largo São Francisco; e, na rua Quinze, o celebérrimo "Café Guarany", que era tudo: verdadeira redação d'*O Pirralho*, semanário humorístico-literário-político, que o magnífico Voltolino[2] ilustrava; estudantes rabis-

---

2. Pseudônimo de Lemmo Lemmi (1884-1926), caricaturista, ilustrador, chargista e publicitário do *Pirralho* e de mais de trinta órgãos da imprensa paulista.

cando, no mármore das mesinhas, versos, caricaturas, palpites para uma "fezinha" no "bicho": grupos, dezenas, centenas, milhares...

E os cinemas? – Apenas quatro (1908-1920): o "Radium" e "São Bento", na rua desse nome; o "Alhambra", na Direita; e o "Iris", na Quinze, pegado à importante "Casa Garraux" (livros e vinhos).

E, por falar em livros, estou me lembrando, com muita saudade, da "Casa Freire", na rua São Bento. Louça fina e, ao fundo, uma livraria com esta tabuleta: "Padaria Espiritual". Riem-se? – "Pois o livro não é mesmo o pão do espírito?" – explicava-me o sr. Freire, o boníssimo. Ora, um dia, aí, farejando estantes, eis que descubro uma brochurazinha cor-de-rosa: – "Paul Verlaine – La Bonne Chanson". Capa e marca da editora: um "V" atravessado por uma papoula. O quê? Vanier, o célebre editor do Pauvre Lélian?... Sr. Freire confirma. "E tem mais" – diz ele, entregando-me *Poèmes Saturniens, Parallelement, Sagesse, Jadis et Naguère, Fêtes Galantes...* Folheio com gula aquela preciosidade, e pergunto, tímido, ao sr. Freire, qual o preço "daquilo". Alto e fino, inclina-se ele sobre a escrivaninha, consulta a escrita e...

– Olhe, rapaz! Há oito anos que tenho esses livros aqui; e nunca ninguém se interessou por eles. Sabe de uma cousa? Eu prefiro dar a quem entende do que vender a quem não entende. Leve-os: são seus!

"Alto" e "fino", mesmo.

Três pequenas praças – três hiatos – quebravam a integridade das três linhas do Triângulo. Na retilínea exatidão da São Bento, a sua confluência com a rua Álvares Penteado, formando o que nós chamávamos o "Larguinho dos táxis": os preciosos Berliets da "Auto-Taxímetro Paulista", bem-vindos sucessores dos tílburis. Na rua Direita, a desembocadura da rua Quintino Bocaiúva formando o antiquíssimo Largo da Misericórdia. E na rua Quinze a interrupção para o Pátio do Colégio. Aí, por vezes, me detinha a contemplar, lá longe, lá embaixo...

O Brás

... no encardido do horizonte encarvoado, rente ao Tamanduateí que escorria sob o choro dos salgueiros-chorões, mergulhando na água corrente as cabeleiras verdes, contra o *background* dos balões negros da Companhia do Gás. Ali começa a "Nuova Italia", conhecida vulgarmente pelo nome de Brás, né mesmo? pergunto a um carregador de blusão branco que subiu do Mercado e parou, um instante, a meu lado.

– *"Mà che Nuova Italia?! Quello, la giù, è il proprio Brasile che incomincia!"*

E explica-me que "Brasil" é simplesmente um anagrama de "Il Bras"...

Sim: o Brasil que começava a acreditar em si mesmo. Volto-me. E é dentro de um grande pensamento que pela rua Quinze ganho o Largo da Sé, onde já começa a brotar do chão a floresta gótica da nova Catedral. E, pela Benjamim Constant, ganho o Largo São Francisco. Ali está, à minha espera.

A faculdade

A nossa paixão primeira. "Mocidade" – era o seu nome de solteira. Casada, mudava de nome: "Alegria" para uns, "Luta" para outros, "Desilusão" para estes, "Glória" para aqueles, mas... "Saudade" para todos. Porque ali, por cinco anos, namorávamos a Vida, amando-a dentro de um círculo vicioso: no primeiro ano, quando calouros, queríamos ser Presidente da República; no segundo, ministro do Supremo Tribunal; no terceiro, lente catedrático da Faculdade; no quarto, simplesmente advogados; e no quinto queríamos ser calouros de novo, apenas calouros...

Mas o fato é que a gente passava sob aquelas arcadas como sob Arcos de Triunfo. Passava, mas ficando, como o nome que gravara (o Carlos Crisci era especialista nessa arte) a canivete nos fortes bancos de caviúna do pátio franciscano. Escrevo o nome desse colega: – estou de volta, entregue ao "meu Tempo" de estudante: 1908-1912. Antes da Guerra. O mundo ainda é mundo. Um mundo que tirava a sua última soneca mamando depressa o cachimbo da paz com um Outro Mundo. Literatice, discurseira, versalhada – mas tão bom! Fundamos, à maneira dos Árcades românticos da Inconfidência, o pernóstico "Columbário dos Sonhos". Reunia-se de noite, aos sábados, na casa de uma família alemã da rua Santa Efigênia, a qual, passando em Santo Amaro o fim-de-semana, emprestava-nos, de graça, parte da sua residência para as nossas sessões. Uma grande sala com uma longa mesa forrada de oleado. A Antarctica mandava-nos os seus barris de chope com bomba e tudo – e a função ia pela noite, madrugada e manhã adentro. Escola de oratória. Grandes revelações de eloqüência: o Pereira Netto, o Gustavo Bierrembach, o Pedro Rodrigues de Almeida, o Penido Monteiro, o Euclides Gomes... Um ou outro poeta. Uma ouvinte apenas, mas persistente, obrigatória: a "loura de cabelos brancos" da Antarctica. Sim...

A Antarctica: a dona do "Parque Antarctica". Ponto final da Avenida Água Branca. Centro dominical de inocentes diversões. Grande restaurante, bar, coreto, galpões, tudo nordicamente rústico – pinho lanhado e colmo – visão gostosa daquela bonacheirona, velha Baviera da "Gemuetlichkeit". Aí, entre outras grandes coisas do meu tempo, assisti ao lançamento de duas arrojadas modas femininas: a *jupe-culotte* e a *jupe-fendue*. Isto é, uma saia-calção (parecida com a das odaliscas dos serralhos orientais) lançada por duas irmãs costureiras; e a saia aberta *do lado*, embaixo, *como a das aristocratas chinesas*, e lançada pelas *vedettes* internacionais do... como era mesmo?... do "Polytheama"... Ah! Sim... Assim mesmo, com "y" e "th", como se escrevia então... Que saudade!...

Noturno galante

Alguém desse "então" que, vindo do Triângulo, passasse à noite pelo velho Viaduto do Jules Martin (de ferro, estrutura transparente, que, sem cortá-lo em dois, pousava, numa fina leveza de inseto, sobre o verde Vale do Anhangabaú), veria lá adiante, à sua esquerda, colado às grades, um bom teatro – o "São José" –, à sua direita, suntuoso e novo, o Teatro Municipal e, atrás dele, lá embaixo, um velho e grosso barracão de zinco, pau e pano pintado, escarrapachado à beira da estreitíssima rua São João. Era o tal: o "Polytheama". Teatro de variedades, tinha tido, anteriormente, suas gloriosas noites: Sarah Bernhardt, vindo em carruagem puxada por estudantes, aí vivera "L'Aiglon", de Rostand... Agora – estamos em 1913, pleno Ciclo Áureo do Café, Câmbio ao par etc. e tal – o "Polytheama" polariza a vida noturna da boêmia elegante de S. Paulo. É o nosso "Moulin Rouge", mas sem um Toulouse-Lautrec, *hélas!*, que o imortalizasse. É o reino da cançoneta internacional. *Clowns*, acrobatas, ilusionistas etc., só para justificar o rótulo clássico de "Variedades". Daí, lá pela meia-noite, a gente subia até o bar do Teatro Municipal. Vicente Rosati era o anfitrião atencioso. Bebericava-se – o quê? *Whisky* era ainda coisa desconhecida. Nem mesmo o *cocktail* era conhecido. Só licores, Oporto, Madeira, ponches, absinto, cerveja, Champ... Não: Champagne era para depois, dali a pouco e ali por perto, quando começava a *tournée* pelos cabarés, pelas pensões ele... elegalantes, alta noite, até...

... as primeiras carrocinhas de verdureiros, os tílburis mariscando, a madrugada, a chave-da-casa, o sono, o sonho, o dia, a vida...

... a vida ávida. Ave da vida, o sol convida a viver.

Vivacidade

Não há vida mais viva que a da minha viva cidade de S. Paulo. Mal adormece o "Polytheama", já ela acorda, ruidosa, no "Mercadinho", também de zinco, ali ao lado, no qual gesticula a balbúrdia bigoduda dos napolitanos parecidos com as caricaturas de Voltolino. E pererecam tílburis pernilongos pelos paralelepípedos da Ladeira São João, estreitinha, que os bimbalhantes bondes da Light sobem num arranco, param um instante no Largo do Rosário, viram a alavanca, erguem a entrevia da direita e baixam a da esquerda, batem o tímpano sob os pés do motorneiro – e descambam, rampa abaixo, entre pregões de loteria à frente dos *chalets* e gritaria dos pequenos jornaleiros: – "Corrê", "Platé", "Está", "Fanfulla"!...

Largo do Rosário: ângulo principal do Triângulo. Na embocadura da brusca ladeira, à esquerda, o "Café Brandão". À direita, a "Chapelaria Alberto": chapéus borsalino e calçados Bostock. Pegada a esta, a tal "Castelões", com seus espelhos e suas paisagens de capitais européias pintadas a óleo nas paredes; e, nos crepúsculos suspeitos, sob o olhar solidário de fazendeiros vestidos pelo Raunier ou pelo Vieira Pinto, as "madamas" de chapelão, plumas, "bichas", adereços e anéis de chuveiro...

A esse velho Largo do Rosário, mais tarde Praça Antônio Prado, estava reservada a glória de receber, há três décadas, numa esquina da sua turbulenta ladeira, o inédito, bruto impacto da primeira estaca batida para as fundações do primeiro arranha-céu desta ascencional cidade de São Paulo. Duas tentativas já haviam tentado – Babel! Babel! – violar o céu: o prédio "Sampaio Moreira", na rua Líbero, e o "Edifício Guinle", na rua Direita. Oito ou doze pisos... Ora! o "Martinelli" plantou seus vinte e seis andares como marco inaugural da Cidade Vertical. Esse ápice espia, lá longe, no mais longínquo horizonte ocidental, o Jaraguá, "Senhor do Plaino". Dois pontos altos no Planalto. Estava lançado o desafio à Altura. E hoje... Ainda bem que hoje...

... entre asfixiantes paredões de aço e cimento, para os dispnéicos da turbulência, ainda existe, verde e suave, um ou outro balão-de-oxigênio. Por exemplo: a...

Praça da República

Para mim, particularissimamente, que nada mais sou do que um simples fazedor de versos, a minha Praça da República foi sempre a minha professora de Poesia. Foi com ela que aprendi, por exemplo, as estações. Plantada de plátanos – educada árvore européia, barométrica, que faz verão dando sombra, outono dando folhas mortas, inverno despindo-se para dar sol, e primavera reverdecendo para dar alegria que é vida, foi entre suas aléias que, certa vez, num emotivo entardecer, vi aquela mulherzinha que passava, ficando:

> Flor do asfalto, encantada flor de seda,
> sugestão de um crepúsculo de outono,
> há no seu gesto o lânguido abandono
> de uma folha que cai, tonta de sono,
> riscando a solidão de uma alameda...

Aí, nas noites de 11 de Agosto dos meus tempos de estudante, é que se concentrava a comemoração noturna, com flores depostas ao pé da herma de um meu glorioso irmão de alma e de armas, que "foi poeta, sonhou e amou na vida" e que morreu quase menino; e que, nos meus tempos de soldado de 32, tombaram quatro outros meninos-heróis de epopéia; aí mesmo, onde o "meu" maio do derradeiro soneto do meu "Nós"

> ... boceja pensativamente
> na tristeza infinita da paisagem...

Sim, maio...

Intermezzo Mariano

Mês de Maria.

Encontrávamo-nos, uma tarde destas. Pela velha rua do bairro que foi o meu segundo bairro e que um entardecer de cinza fria vestia de outono, eu ia devagar, refazendo o caminho tantas vezes feito, reconhecendo as tão conhecidas coisas. Ele chamou-me de repente com sua voz de sino: voz crepuscular de "Angelus" que é como um cristal longo tangido no alto por um golpe leve de feltro.

E ele foi comigo. Foi contando. O altar era todo branco... E subia... E as velas iam por ele como por uma Escada de Jacob... Eu ficava aqui atrás, na nave, olhando o vaivém da porta, que ritmava o vaivém do meu coração menino... Porque uma blusa marinheira devia aparecer ali: chegar, entrar... Quando os cabelos desbotados, soltos, esvoaçando sob o gorro marselhês, passavam por mim, e iam indo, e ficavam lá na frente, entre os primeiros bancos, as luzes do altar emaranhavam-se neles e faziam uma auréola... Nem um único instante eu desviava o olhar daquele halo claro: ele era como um anteparo deslumbrador, um obstáculo fascinante entre mim, que estava aqui atrás, e Deus, que estava no altar... Não, não é verdade. Havia, sim, um instante em que eu não via os cabelos desbotados sob o gorro marujo: – era quando, acompanhando a "Ave Maria", eu fechava os olhos para sublinhar de sonho certas palavras da oração azul... Estas palavras; "Cheia de graça... Bendita entre as mulheres"...

Que é isso, poeta? Acorda! Vem ver, lá longe e lá em cima...

A Avenida

Longe mesmo. E em cima mesmo. Vejo-a sob dois aspectos e em dois momentos do ano: os 3 dias de Carnaval e os restantes 362, às vezes 363 dias da folhinha.

Carnaval. Tipicamente paulista. Aquele "paulista" que para os patrícios de outros Estados queria dizer caipira, antipático, secarrão. O Carnaval da Avenida. O corso. Autos particulares. Quase todos *limousines* e, pois, fechados, com *chauffeur* e às vezes também até *valet-de-pied*, de libré, brasões-de-armas da família discretamente impressos na portinhola. E, entre os cristais da *carrosserie*, as "fantásticas" fininhas, fechadas impermeavelmente, desfilando, "corretíssimas", sem um gesto de serpentina, *confetti* ou lança-perfume...

Passado o Carnaval, restava, para diversão, fronteiro ao precioso pedaço de floresta-virgem, hoje chamado "Parque Siqueira Campos", o festivo "Trianon". Belveder rasgado sobre o Vale do Anhangabaú, já mostrava, na distância opalina, a já tentacular Cidade-Polvo que vinha vindo, vinha vindo...

Ah! o frívolo "Trianon": aquele que, segundo um cronista social da época, "o filólogo Passos Pedroso, inimigo figadal de galicismos, numa indignação vernácula e senil, teimava em chamar "Três Anões"... Era, ao nível da rua, um grande terraço ladrilhado, com duas pérgolas laterais povoadas de pombos e rosas. Tinha, no seu subsolo, amplo salão de festas, restaurante, bar, *tea-room*, tablado para orquestra. Aí é que se realizavam os grandes banquetes oficiais a visitantes ilustres; e que se dançava, principalmente, nas lições da exímia professora Mme. Poças Leitão, e nos bailes da "Sociedade Harmonia". Aí, pela primeira vez, apareceu em São Paulo o "jazz". E como se namorava! Na *terrasse*, certa noite, eles estavam sós, enquanto no salão

> os negros do *jazz-band* esmoíam qualquer coisa
> arrepiada de apitos no ar de porcelana...
> ... Fique junto de mim! está tudo deserto...
> Eu queria que nós ficássemos tão perto
> que nem sequer coubesse um beijo entre nós dois!...

Aí, num velho, célebre Carnaval, o embaixador norte-americano Morgan ofereceu à sociedade paulistana o mais suntuoso baile à fantasia de que há memória em nossos anais da divina frivolidade. Divina mesmo, pois que...

... milagrosamente, do simples grão de uma rubiácea, e do capricho de poder saborear e oferecer aos outros um "*cafezinho*", esta gente teimosa engendrou essa artéria fundamental para o coração do Brasil – colar de palácios, então, e de arranha-céus,

agora – que Eugênio de Lima há três quartos de século idealizara, realizara e batizara de AVENIDA PAULISTA, e que vem contagiando, com sua megalomania, as vizinhanças, Norte–Sul–Este–Oeste, como se ali, de fato, embora não de direito, houvesse nascido este São Paulo de hoje: o grande...
... *S. PAULO DO ABC*:

ABC mesmo de uma cartilha pela qual agora vem o Futuro aprendendo.
Mas, que digo eu? Será...

*

... será que eu sou aquele maluco que falava sozinho, e que eu pensei que acompanhei de perto para ouvir o que ele dizia, e fomos indo, e de repente ele entrou na estação...
Será?

Cromosete
Gráfica e editora ltda.

Impressão e acabamento.
Rua Uhland, 307 - Vila Ema
03283-000 - São Paulo - SP
Tel./Fax: (011) 6104-1176
Email: cromosete@uol.com.br